Über Jahrzehnte hinweg haben die Stevicks alles getan, um das Bild einer intakten Familie zu bieten. Lyle Stevick hat sich abgerackert, um Frau und Kinder mit dem Nötigsten zu versorgen. Nun leert sich das Haus, ein Lebensabschnitt nähert sich seinem Ende. Die älteste Tochter heiratet, der Sohn Warren nimmt am Korea-Krieg teil, kehrt verwundet zurück, beginnt mit dem Studium und kämpft gegen das Wettrüsten. Die jüngste Tochter, Enid Maria, ist verschlossen und verträumt. Eines Nachts versucht sie, sich das Leben zu nehmen. Stets auf ihren guten Ruf bedacht, bemühen sich die Eltern, die Fassade der Wohlanständigkeit aufrechtzuerhalten. Was geschehen ist, wird verharmlost und verdrängt.

Joyce Carol Oates geht den Gründen dafür nach: Sie zeigt, was sich hinter der Fassade einer scheinbar heilen Welt verbirgt. Lyle Stevick verdeckt mit seinem jovialen Zynismus Verunsicherung und Verzweiflung; seine Tochter Enid ist von der »Banalität des Lebens« angeekelt und von unwiderstehlicher Todessehnsucht erfüllt.

Zwischen ihr und Felix Stevick, dem Halbbruder ihres Vaters, entwickelt sich eine leidenschaftliche, alles andere als wohlanständige Liebesbeziehung. Die beiden stehen im Mittelpunkt des Romans, der durch Amerika in der Zeit des Korea-Krieges, durch ein Land des rigiden Konformismus und des Unterhaltungsgetöses führt, Eisenhowers Amerika, das zu einer Supermacht geworden ist.

Deutsche Verlags-Anstalt

Die unsichtbaren Narben

Joyce Carol Oates

Die unsichtbaren Narben

Aus dem Amerikanischen übertragen
von Rüdiger Hipp

Deutsche Verlags-Anstalt
Stuttgart

Die Originalausgabe erschien unter dem Titel
»You Must Remember This«
bei E. P. Dutton, New York

Die Deutsche Bibliothek – CIP-Einheitsaufnahme

Oates, Joyce Carol:
Die unsichtbaren Narben / Joyce Carol Oates.
Aus dem Amerikanischen übertragen von Rüdiger Hipp. –
Stuttgart: Deutsche Verlags-Anstalt, 1992
Einheitssacht.: You Must Remember This ⟨dt.⟩
ISBN 3-421-06546-2

Lektorat: Dieter Luippold
Satz: Fotosatz Kaufmann, Stuttgart
Druck und Bindearbeit: Clausen & Bosse, Leck
Printed in Germany

Für Jeannie und Daniel Halpern

Inhalt

Prolog

7. Juni 1953

Sie hatte auf ein Zeichen gewartet, das ihr den Weg in den Tod freigeben würde, und nun war das Zeichen erschienen.

Sie schloß sich im Badezimmer des Hauses ein, in dem ihre Eltern zur Miete wohnten, und dort schluckte sie zwischen 1.10 und 1.35 Uhr nachts siebenundvierzig Aspirintabletten.

Sie schluckte die Tabletten mit lauwarmem Leitungswasser hinunter, das sie langsam und behutsam trank.

Sie wußte, daß sie langsam und behutsam vorgehen mußte, damit sie nicht in fieberhafte Aufregung geriet, damit ihr nicht speiübel wurde.

Es sei besser, eine einzige Kerze anzuzünden, als die Dunkelheit zu verfluchen, hatte ihr Vater oft gesagt, doch sie zog die Dunkelheit vor.

Sie war barfuß einssechzig groß, und sie wog vierzig Kilogramm.

Sie hinterließ keine Nachricht.

Ihr stark klopfendes Herz war wie eine geballte Faust, stolz, immer ekstatischer, sie glaubte, es könne nie aufhören.

Sie hatte sich in der Bibliothek mit dem Thema befaßt, denn sie wollte die üblichen Fehler vermeiden.

Sie wartete, bis die anderen schliefen; praktisch veranlagt war sie schon immer, auch pfiffig und schlau, Enid Maria machte sich ihre eigenen Gedanken.

Sie fühlte sich allmählich von soviel Wasser ganz aufgebläht, doch die Übelkeit saß nur in ihrem Kopf. Sie hatte am Abend ein langes, verträumtes Bad genommen und sich die Haare gewaschen, während die anderen vor dem Fernseher saßen: Arthur Godfrey. Sie konnte weit drunten das Gelächter hören.

Sie hatte Talkumpuder verwendet für die Schultern, die Brüste und den Bauch, rasch und etwas unsanft, auch zwischen den Schenkeln. Blendendweißes, süßduftendes Jasmine Princess von Woolworth.

Sie dachte an die Unterströmung im Shoal Lake, an jene aalartige Spirale eisigen Wassers, die an ihrem Körper hochgestiegen war. Die Sonne hatte auf ihren Kopf heruntergebrannt, das Wasser war warm und richtig träge gewesen. Zuerst hatte sie das eisige Wasser für einen Fisch oder eine Wasserschlange gehalten; es glitt rasch an ihren Beinen empor und verschwand schließlich.

Wer in jenem Teil des Sees schwamm und von der Unterströmung erfaßt wurde, so lautete eine Warnung, der hatte nicht einmal Zeit für einen Hilferuf.

Das Wasser war wie ein eisiger, glitschiger Aal über ihren Körper geglitten. Sie war weitergeschwommen.

Sie dachte an ihre Schwester Lizzie, die vor ein paar Tagen mitgesungen hatte, als Kay Starr im Fernsehen »Wheel of Fortune« vortrug.

Sie kleidete sich wie eine Braut; sie wollte in ihrem weißen Baumwollnachthemd von Sibley sterben, das breite Träger aus Spitzen besaß, in die ein schmales, weißes Satinband geflochten war. Auch am Hals hatte es ein weißes Satinband, das mit einer Sicherheitsnadel befestigt war.

Sie empfand kein Mitleid mit dem Gesicht im Spiegel. Mit den knochigen Erhebungen ihres Brustkorbs, den zarten Knochen, die ihr so vertraut waren.

Sie hatte kein Mitleid mit den kleinen Brüsten, die sich schwach und unscharf unter dem Gewebe des Nachthemds abzeichneten, als lägen sie hinter Mattglas.

Sie dachte an den gesprenkelten Himmel am Shoal Lake in der Nähe von l'Isle-Verte, der geleuchtet hatte wie altes Preßglas. Sie erinnerte sich an die Insel, die aus zwei Inseln bestand, aus zwei Inselhälften, eine oberhalb des Sees und eine darunter in dem farblosen Wasser.

Sie erinnerte sich an den Geruch des Tabakrauches.

Sie erinnerte sich an seine Stimme: »Sag ja niemand etwas davon.«

Sie erinnerte sich, wie ihr Vater sie gehänselt hatte, wie er sie vor langer Zeit in seinen Armen in die Höhe gehoben und wie sein Backenbart sie dabei im Gesicht gekratzt hatte.

Sie gehörte in der Schule zu den besten, sie war zu intelligent, um das Sterben dem Zufall zu überlassen.

Sie traf die Entscheidungen. Sie glaubte nicht an Zufälle.

Sie war ein paarmal dem Erbrechen nahe, als sie die Tabletten hinunterwürgte, ohne diese noch lange zu zählen, sie wußte jedoch, daß sie ausreichen würden.

Ihre Mutter hatte gefragt: »Bist du krank, Enid, kommt deine Periode wieder so früh?« Hatte ihr mit einem Stirnrunzeln ins Gesicht geschaut.

Ihre Mutter hatte gesagt: »Wenn du Krämpfe hast, Enid, hole ich dir ein paar Aspirin.«

Sie hatte dann ihr Haar abgerieben und es zum Trocknen lose auf die Schultern herabhängen lassen. Die elektrische Aufladung ließ die kastanienfarbenen Strähnen knistern. Sie fuhr langsam mit der Bürste darüber und ordnete das wirre Durcheinander. Sie haßte verfilztes Haar. Sie entfernte winzige Haarknäuel aus der Bürste und ließ sie, die Augen abgewandt, rasch in die Kloschüssel fallen.

Sie erinnerte sich an eine Trauertaube, welche die Jungen auf dem Stück Ödland gefangen, mit Benzin übergossen und mit einem Streichholz angezündet hatten. Im Flug flatterten die wilden Flügel des Vogels wie verrückt im Kreis herum, sie standen in Flammen, sein Schnabel öffnete sich, ein entsetzliches Kreischen drang hervor. Er flog hinauf in die Luft, immer höher hinauf, dann fiel er plötzlich auf die Erde.

Sie sagte: »Ich habe niemand davon erzählt.«

Sie erinnerte sich, wie sie in St. James am Altargitter gekniet hatte, die Augen geschlossen, die Finger ineinander verkrallt, ihre Zunge hatte sie nicht vorstrecken können wie alle anderen.

Sie erinnerte sich, wie sich die Hostie auf ihrer Zunge aufgelöst hatte. (Man soll sie ja nicht kauen, sie soll sich einfach auflösen.)

Sobald du das Wort sagst, wird meine Seele geheilt sein.

Sie trug um den Hals: eine Kette aus winzigen Perlmuttperlen, ein Geschenk ihrer Schwester Geraldine, eine dünne Gold-

kette, eine dünne silberne Kette mit einer Medaille, auf der die Jungfrau Maria eingeprägt war, ein Firmungsgeschenk von ihrem Onkel Domenic, einem Priester.

Sie wohnte in der East Clinton Street Nummer 118 in Port Oriskany im Staat New York, das war im Ostteil der Stadt bei den Rangierbahnhöfen und den Lagerhäusern und den großen Fabriken am Ufer des Sees – General Motors, U.S. Steel, Stubb Central Foundry, Swale Cyanamid. Wenn Mrs. Stevick im Hinterhof die Wäsche aufhängte, klagte sie über den Gestank, doch an den meisten Tagen nahm man ihn kaum wahr. Auf den weißen Leintüchern zeigte sich der Schmutz am stärksten.

Sie war Jungfrau. Er hatte sie dort nicht berührt.

Sie glaubte nicht an Gott, sie glaubte an den Tod.

Sie hatte auf ein Zeichen gewartet, und nun hatte sie das Zeichen bekommen.

Sie versteckte das leere Aspirinfläschchen im Abfalleimer unter dem Waschbecken, sie schaltete das Licht im Badezimmer aus, bevor sie die Tür öffnete – Langsam! Leise! Laß dir Zeit! –; dann sie ging wieder zu Bett, schlüpfte mit angehaltenem Atem hinein, aber ihre Schwester Lizzie, die ganz in der Nähe leise schnarchend schlief, hörte ohnehin nichts.

Sie war fünfzehn Jahre alt. Sie war sehr glücklich. Es war der 7. Juni 1953.

I Die grüne Insel

November 1944 – Juni 1953

1

Nicht in längst vergangenen Zeiten, sondern vor ein paar Jahren. Letzte Woche. Letzten Donnerstag. Auf der Union Street, auf der Cadboro Street, droben in der Decker-Siedlung, droben hinter der High-School in der Gasse da. In Kilbirnie Park. Draußen am Reservoir. Mitten in der Nacht, um sechs Uhr morgens. Am hellen Tag.

Das Mädchen in der neunten Klasse mit Nachnamen Buehl, sie hatte gekräuseltes, wirres Haar und schielte ein bißchen. Niemand wollte in ihrer Nähe sitzen wegen der Läuse, dann hieß es, jemand habe sie geschwängert, womöglich ihr eigener Vater? Und dann lief das Gerücht um, jemand habe es weggemacht, ihre eigene Mutter könne das gewesen sein. Mit einem Kleiderbügel abgetrieben, vielleicht war es auch ein Eispicker, sie starb nicht daran, aber sie durfte nicht mehr zur Schule gehen. Schließlich zog die Familie weg, mit unbekanntem Ziel. Dieses dreckige Pack wären wir Gott sei Dank los, hieß es an der De Witt Clinton High School selbst bei der Lehrerschaft, und Mrs. Stevick, die das Schlimmste an der Geschichte von Pfarrer Ogdens Haushälterin erfahren hatte, war derselben Meinung. Dann war da noch diese Familie in der Decker-Siedlung, in einer von jenen niedrigen, häßlichen Baracken mit Bitumenanstrich. Der Zeitung zufolge handelte es sich bei dem Täter um einen G.I. mit einer Bronzenen Tapferkeitsmedaille, am Sonntagmorgen schnitt er allen mit einem Fleischermesser die Kehle durch und verschonte nicht einmal seine neunundachtzigjährige Großmutter; auf Zehenspitzen ging er kurz vor Sonnenaufgang in der Dunkelheit umher, er ließ sich Zeit, sechs Menschen waren es insgesamt, doch sich selbst schlitzte er nur die Handgelenke und die Arme auf, er war nicht tot, als die Polizei eintraf. Und dann gab es da noch die Dreizehnjährige, die nördlich von Clinton in einem Haus an der Niagara Street eingesperrt war. Von daheim, einer Farm in der Gegend zwischen Foxboro und Olcottsport, sei sie weggerannt, hieß es, und dann habe sie in der Innenstadt beim Greyhound-Busbahnhof einen Kerl kennengelernt, der sie in dieses Haus gebracht habe, das er und seine Kumpel gemietet hatten. Dann wollten sie das Mädchen nicht gehen lassen, sperrten sie ein und fügten ihr schlimme Dinge zu, alles mögliche, wen überrascht das schon? In der ganzen Gegend wußte man, daß sich in dem Haus irgend etwas abspielte, nachts war manchmal ein halbes Dutzend Motorräder auf der Straße geparkt, zu allen Zeiten wurden Autotüren zugeschlagen, auf dem Gehweg wurden Flaschen zertrümmert. Die Leute hatten nicht den Mut, sich zu beschweren, eine Woche, zehn Tage, zwölf, schließlich erstattete jemand Anzeige, und die Polizei verschaffte sich Zutritt und fand das Mädchen, brachte sie ins St. Josephs-Krankenhaus, sie war bewußtlos, sie hatte so stark abgenommen, daß die Zeitungen unter Berufung auf einen Arzt schrieben, sie sei ein »lebendes Skelett«. Außerdem war sie voller Schnittwunden, Wundschorf und Verbrennungen, die von Zigaretten herrührten. Einer der festgenommenen Burschen gab zu Protokoll, das Mädchen habe ihnen Schwierigkeiten gemacht, aus diesem Grund hätten sie sie ab und zu bestraft, sie hätten sich aber nichts dabei gedacht und hätten sie schon noch laufen lassen.

(»Lebendes Skelett« – darüber dachte Enid andauernd nach. Sie sagte es laut, sie formte die Worte tonlos. »Lebendes Skelett.« Sie starrte sich im Badezimmerspiegel an, nackt, betrachtete mit kühl analysierendem Widerwillen das hervorspringende Schlüsselbein, die knorrigen Schulterknochen, die dünne, blasse Hülle aus Haut, die sich in Wellen über ihre Rippen hinzog. Ja, sie konnte es sehen, ja, es war da. Ihre Mutter versuchte sie immer dazu zu bringen, etwas zu essen, obwohl sie doch wirklich alles aß, was sie wollte, alles, was ihr keine Übelkeit bereiten würde. Sie war in einem Jahr fünf Zentimeter gewachsen, jetzt wollte sie nicht noch größer werden.)

Vor ein paar Jahren, sie konnte nicht älter als acht oder neun gewesen sein, hielt sie sich eines Morgens im Geschäft ihres

Vaters auf. Daddy bediente vorn, und sie stöberte in den Büchern und Magazinen herum, die er hinten aufbewahrte; alte, nicht aufeinanderfolgende Bände der *Encyclopaedia Britannica*, angeschimmelte, modrig riechende Exemplare älteren Datums von *Life, Collier's, Saturday Evening Post.* Es gab Kinderbücher, in denen sie manchmal schmökerte, wenn sie bei Daddy den ganzen Tag zu Besuch war, doch an diesem Morgen blätterte sie in *Life* und betrachtete Fotos vom Krieg; sie wußte, daß ihr Onkel Felix im Krieg gewesen und ihr Vetter Joe Pauley dort gefallen war. Dann sah sie Aufnahmen von Opfern der Vernichtungslager, ausgemergelte Männer in komischen gestreiften Uniformen, »lebende Skelette« von Bergen-Belsen wurden sie genannt; Buchenwald-Häftlinge starrten durch Stacheldraht in die Kamera und wirkten so ruhig, so still. An einem Feldweg lagen Leichenstapel, dort stand ein kleiner Junge in kurzen Hosen, der in ihrem Alter war; er blinzelte in die Kamera, sah aus, als wolle er gleich ein Begrüßungslächeln aufsetzen, es war alles so ruhig und normal. Enid blätterte um, und dann starrte sie die Nahaufnahme vom Gesicht eines Jungen an, der bei dem Versuch gestorben war, sich unter einem Scheunentor hindurchzuschieben, durch eine Lücke von vielleicht acht Zentimetern, so klein – ein Gesicht, das verschmiert und kaputt war und dennoch im Schlaf, im Tod schön. Enid schaute es lange an. Enid wollte es sich einprägen. Ein Gesicht, das sie im Laufe ihres Lebens noch oft sehen würde, das aber nicht bedrohlich war für sie; es führte, so wie ein Schloß mit einem Klicken einrastet, zu der Überzeugung, die Welt der Menschen sei verkehrt, sie sei irrtümlicherweise dort hineingeboren worden.

Daddy kam und schaute nach ihr, denn sie war so still. Enid konnte seinen Pfeifentabak riechen, blickte aber nicht auf zu ihm. Nein, sie weine nicht, nein, sie sei nicht durcheinander; ihr Mund fühle sich kalt an, das sei alles. Sie schaute nicht auf zu Daddy, obwohl er mit ihr redete; es schien, als könne sie den Blick erst dann von dem Gesicht des toten Jungen abwenden, wenn er sie losließ. Dieser Kopf, dieser so unvorstellbar unter eine Tür gezwängte Menschenkopf! Diese geschlossenen Augen, der dreckverschmierte Mund! Daddy riß ihr das Magazin aus den Händen, sagte: »So etwas solltest du gar nicht anschauen, das ist nichts für dich!« Zuerst schien er böse zu sein, er schnaufte und saugte an seiner Pfeife, aber er war gar nicht richtig wütend; sie wußte, seine Stimmung würde verfliegen, wenn sie sich ruhig verhielt.

Von der East Clinton Street 118 sprachen sie immer als ihrem Haus, doch es war nur gemietet, ein zweigeschossiges, graues, schindelverkleidetes Gebäude, das einen Anstrich nötig hatte sowie eine Reparatur des Daches und der Kamine. In Wirklichkeit war es ein Doppelhaus, das sie mit einer anderen Familie teilen mußten. Mr. Stevick sparte Geld zusammen für eine Anzahlung auf ein Eigenheim, das aber nicht im östlichen Stadtteil stehen sollte, sondern vielleicht draußen in der Nähe von Prudhoe Park, wo einige seiner Verwandten wohnten. Es war nur als Zwischenlösung gedacht gewesen, daß die Stevicks in dieser Gegend wohnten, so nahe bei Tuscarora, so nahe bei den Fabriken am See. Der Gestank von U.S.Steel war am schlimmsten, überall Kohlenstaub, den man unwillkürlich einatmete, doch es gab auch noch Swale Cyanamid, wo Mr. Stevick während des Krieges gearbeitet hatte, folglich war er ein Experte: Die wahren Giftstoffe in der Luft könne man gar nicht mal sehen.

Die meisten Gebäude des Viertels waren Doppelhäuser, die ihrem eigenen glichen, manche waren schäbig und heruntergekommen, ein Schandfleck, ein paar waren frisch gestrichen und hatten an der Vorderseite gepflegte Rasenflächen. Weiter oben stand die Union Commercial Corrugated Box & Handling Company, ein langer, flacher Betonbau, in einem so blassen Grauton gestrichen, daß es gar keine Farbe war. Die Fabrik war für die Kinder der Nachbarschaft praktisch ohne Interesse, ein dicker Rußfilm machte sogar ihre Fenster undurchsichtig, doch ihren Parkplatz umgab ein mannshoher Maschendrahtzaun, an dem die Kinder gern hochkletterten. Er war da und dort entzwei, war stark verrostet, ihre Mütter machten sich Sorgen, daß sie sich dort eine Tetanusinfektion holen könnten, das bedeutete Kieferstarre, aber es war doch eine Art Spiel – den Drahtzaun zu erklettern, wenn niemand da war, der sie aufhalten konnte, ihn Stück für Stück abzumontieren. Enid lernte, den einen Meter achtzig bis zum asphaltierten Gehsteig hinunterzuspringen, ohne vor

Schreck oder Schmerz aufzuschreien, dabei auf den Ballen der Füße zu landen, die Arme wegen des Gleichgewichts ausgestreckt.

Auf der anderen Seite des Parkplatzes lag eine etwa vier Hektar große ungenutzte Fläche mit verkümmerten Bäumen und Büschen, zwischen hohen Gräsern waren Glasscherben, Schutt und Geröll ausgebreitet; wo die Jungen aus der Nachbarschaft Feuer gelegt hatten, gab es große Brandnarben. (Sie machten das in Sommernächten einfach so zum Spaß! Irgend jemand löste dann den Alarm aus, die Feuerwehrleute trafen nach wenigen Minuten ein, das Löschfahrzeug mit heulenden Sirenen; das bedeutete eine gute Stunde spannende Unterhaltung, und niemand wurde je erwischt.) Über das Gelände zogen sich zahlreiche Pfade, die den steilen Abhang zum Kanal hinunterführten und zu der schmalen Fußgängerbrücke aus Planken, die den Kanal etwa vier Meter unter dem Eisenbahnviadukt überquerte. Die Fußgängerbrücke war vielleicht eineinhalb Meter breit und ziemlich wacklig; wenn ein Zug vorbeikam, war der Lärm ohrenbetäubend, furchteinflößend, die Planken der Fußgängerbrücke vibrierten, und unwillkürlich kam einem der Gedanke, die Brücke falle jetzt gleich auseinander, man werde hinunterstürzen in den Kanal und ertrinken. An diesem Abschnitt genau nördlich des Zentrums von Port Oriskany bestand die Einfassung des Kanals aus fast zehn Meter hohen Gesteinsflächen, die keinerlei Halt boten bis auf die verkümmerten Bäumchen, die sich aber loslösten, kaum daß man sie ergriffen hatte. Es war wie ein Alptraum, und Enid träumte oft davon.

Das Ödland war ein Ort für wilde, ausgelassene Spiele, für Streiche, bei denen die Mädchen nicht immer mitmachen wollten. Einmal schnappten sich die Jungen einen Kerl namens Jimmy Schultz, zogen ihm die Hose und die Unterhose aus und schmierten ihm Dreck, Schlamm und Blätter auf die Genitalien, ein anderes Mal fingen sie eine Trauertaube, übergossen sie mit Benzin und zündeten sie an – der Vogel flog mit flatternden Flügeln empor, flog hellauf brennend und kreischend im Kreis herum, dann gab er plötzlich auf, fiel wie ein Stein zu Boden und war nur noch ein Häufchen brennender Federn. Etwas später an jenem Tag kam Enids Bruder Warren her, um ihn zu begraben.

Er sagte nachher, es sei ja bloß ein bißchen verbranntes Zeug gewesen, aber er habe es trotzdem begraben – ihm habe es leid getan. Enid war nicht noch einmal hingegangen, um das mitanzusehen.

Bei Nacht luden die Leute auf dem Gelände manchmal Sachen ab, kaputte Kühlschränke, zerbrochene Stühle, zerschlissene, versengte und manchmal blutbefleckte Matratzen – die Jungen witzelten herum und sagten: »He, was *das* bedeutet, weiß man ja!« Ab und zu wurden Küchenabfälle hineingeworfen, sogar draußen an der Fahrbahn lagen sie, so daß man sie sehen und riechen konnte, und Mrs. Stevick war außer sich und beinahe in Tränen: »Manche Leute sind einfach *Schweine*. Manche Leute verdienen es nicht, daß sie leben.«

Selbst Warren, der groß, stämmig und stark war, elf Jahre alt, ging bei Dunkelheit nicht in die Nähe des Geländes – er gehörte nicht zu der Clinton-Street-Bande. Es hieß aber, die schlimmsten Sachen, die dort passierten, würden nicht den Jungen angetan.

Da gab es eine Geschichte, die Geraldine in der neunten Klasse gehört hatte: Einen Soldaten auf Urlaub und eine Frau habe man eines Sonntagmorgens oberhalb des Kanals in einem geparkten Auto tot aufgefunden. Sie seien über das Gelände hinweg bis an den Rand des Abhangs gefahren, hätten darauf geachtet, daß der Wagen durch Bäume verdeckt war, hätten ein Stück Schlauch am Auspuff befestigt und den Motor die ganze Nacht laufen lassen, so daß das Auto voller Abgase gewesen sei. Sie hätten sich mit Kohlenmonoxid vergiftet, erzählte Geraldine ihren Schwestern.

»Warum machen die bloß so etwas?« fragte Lizzie.

»Aus Liebe«, sagte Geraldine.

»Na gut, aber wieso denn?« fragte Lizzie. Mit ihren neun Jahren war sie ein kräftig gebautes Mädchen, sie hatte ein breites, offenes, fast hübsch zu nennendes Gesicht. Ihre braunen Augen zogen sich spöttisch zusammen.

Geraldine antwortete ausweichend: »Einer von beiden war mit jemand anderem verheiratet. Oder vielleicht waren auch alle beide mit sonst jemand verheiratet.«

»Okay, aber warum haben sie dann *das* getan?« fragte Lizzie.

»Weil sie es eben getan haben! Weil manche Leute das tun, du Dummkopf!« rief Geraldine.

Der Soldat habe mit seiner Heeres-Uniformjacke den Fensterspalt abgedichtet, durch den der Schlauch führte – oder gehörte er zur Marine? Geraldine konnte sich nicht genau erinnern. Dann hätten die beiden eine Flasche Whiskey getrunken, Zigaretten geraucht, einander fest in den Armen gelegen und das Autoradio laufen lassen, der Kopf der Frau habe auf der Schulter des Mannes gelegen, als sie entdeckt wurden. Am Morgen sei der Benzintank des Autos leer gewesen, der Motor aus, und beide seien tot gewesen.

»Okay, aber warum das?« fragte Lizzie hartnäckig.

»Aus Liebe, du Arschloch«, sagte Geraldine.

Lizzie und Enid erkundeten das Gelände, als sich dort niemand aufhielt, sie suchten nach Beweismaterial, doch sie fanden nichts – nur zerbrochene Flaschen, Schutt, verschmorte Erdhügel. Keine Reifenabdrücke von Autos, nur Spuren von Fahrrädern auf den schlammigen Trampelpfaden. Der größte Teil des Hügels war dicht bewachsen mit Eichen- und Weidengebüsch, mit blühenden Unkräutern, die höher ragten als ihre Köpfe. Im Spätsommer hatte die Erde einen reifen, kräftigen, leicht fauligen Geruch. Die Luft war erfüllt vom Summen und Glitzern der Insekten. »Warum sollte sich jemand umbringen wollen«, sagte Lizzie verächtlich, »schau doch bloß, wie *schön* das Wasser ist!«

Der schlammfarbene Kanal floß träge dahin, er galt als stark verschmutzt, doch aus manchen Blickwinkeln spiegelte seine Oberfläche den Himmel, und in kleinen, perfekt bemessenen, zitternden Wellen ließ er die verschiedenen Farbtöne des Himmels aufleuchten. Wie Musik, dachte Enid. Es fehlte bloß der Ton. Es war doch wirklich schön, warum hätte das Liebespaar sterben wollen?

An jenem Abend fragte Enid Mr. Stevick, was Kohlenmonoxid sei. Er schaute von der Zeitung auf, starrte sie verständnislos und ohne ein Lächeln an. Dann fragte er, warum sie gerade das wissen wolle. Sie wolle es einfach wissen, sagte sie. Also gut, das seien Abgase aus einem Autoauspuff, sagte Mr. Stevick. Von einem Auto oder einem Lastwagen, ganz gleich. Auspuffgase. Übelriechend. Stinkend. Es sei gefährlich, sie einzuatmen. Warum sie das wissen wolle? Sie habe es einfach wissen wollen, sagte Enid im Weggehen.

Jahre danach, als sie wußte, daß sie sich umbringen mußte, schlug sie das Stichwort ›Kohlenmonoxid‹ in einem Band des *Science Digest Handbook* in der Bibliothekszweigstelle in der Huron Street nach. Die Informationen waren spärlich: *Ein farbloses, geruchloses Gas. Wird Kohlenmonoxid, wie es gemeinhin der Fall ist, mit Automobilabgasen vermischt, machen sich nur die Automobilabgase bemerkbar; das Gift selbst ist geruchlos.*

Mrs. Stevick erzählte komische, weitschweifige, atemberaubende Geschichten, bei denen man nicht wußte, ob man sie glauben sollte. Mr. Stevick lachte und sagte, man dürfe sie »nicht ganz wörtlich nehmen«, und wenn seine Frau böse wurde, entschuldigte er sich und gab ihr mit großem Getue einen Kuß auf die Wange, doch gleichzeitig blinzelte er den Kindern zu, ohne daß sie es bemerkte – die halbe Familie lachte da über die arme Mama! Ein Mann sei ihr von der Straßenbahn nachgegangen, sagte sie. Ein Mann habe sie im Fleischerladen in einer ihr unbekannten Sprache angeredet, ihrer Meinung nach könnte es Französisch gewesen sein. Das Telefon habe geläutet, und als sie den Hörer abnahm, sei niemand dran gewesen, als sie ihn auflegte, habe es fort und fort geklingelt, und als sie sich meldete – wie gehabt.

Viele Jahre zuvor, als Geraldine noch in den Windeln lag und Warren noch gar nicht geboren war, machte Mrs. Stevick einen Besuch bei einer Freundin in der Parmalee Avenue, wo damals längst nicht alles bebaut war. Es war eigentlich wie auf dem Lande, Felder und Kühe, keine befestigten Straßen. Der Großvater ihrer Freundin war ein gewisser Captain McCarn, ein pensionierter Polizeioffizier, weit über achtzig, der arme alte Mann hatte einen Schlaganfall erlitten, er konnte nicht sprechen, seine Mundwinkel waren dauernd hochgezogen. Es sah aus wie ein Lächeln, doch es war ein seltsames, bitteres Lächeln: Das sei einem mitten durchs Herz gegangen, sagte Mrs. Stevick.

In jenen Tagen war Hannah Stevick noch ziemlich schlank, sie hatte ein offenes, frisches Gesicht, eine gesunde Haut, ihr hellbraunes Haar glänzte vom Bürsten, hundert Bürstenstriche pro Tag, wie ihre Mutter es ihr beigebracht hatte, sie trug ihr Haar sauber geflochten und an den Ohren aufgewickelt, wie Kopfhörer – es gab Bilder von ihr aus dieser Zeit, die die Mädchen zum Kichern brachten. Mama sah so jung aus! Und doch war es Mama, die argwöhnisch in die Kamera starrte, schon damals zeichnete sich jenes mißbilligende Stirnrunzeln zwischen ihren Augen ab.

Dieser Captain McCarn sei ihr überallhin mit den Augen gefolgt, sagte Mrs. Stevick, er habe kein Wort herausgebracht, nur Gemurmel. Sie habe den Eindruck gehabt, der alte Mann sei für ihre Freundin eine Verlegenheit, doch der Besuch habe sich ganz gut angelassen. Sie und ihre Freundin hätten Babys gehabt, die weniger als ein Jahr alt waren, und sie hätten viel zu besprechen gehabt, aber dann sei folgendes passiert: Sie habe mit Gerry zum Außenabort am Ende des Gartens gehen müssen, um ihre Windeln zu wechseln, dann habe sie ein paar Minuten lang selbst das Klo benutzt. Es sei ein naßkaltes kleines Kabuff gewesen – fast wie aufrechtstehende Särge seien diese Toiletten gewesen –, unter einer bestimmten Altersgrenze sei ja heutzutage jeder verwöhnt, habe immer ein Badezimmer zur Verfügung gehabt. Dann, als sie gerade fertig war, habe sie gemerkt, daß etwas nicht stimmte, daß etwas Seltsames geschah. Sie sei zuerst nicht daraufgekommen, was es sein könnte, dann habe sie ihn erblickt – den langen Strohhalm, der sich zwischen der Tür und dem Rahmen auf und ab bewegte! Sie habe eine Gänsehaut bekommen, ihr Blut sei in den Adern gefroren. Sie habe gewußt, daß draußen der alte Mann stand und spionierte, doch sie habe nicht aufstehen und ihre Unterhosen hochziehen können, sie habe in der Falle gesessen, sie habe sitzenbleiben müssen und sei vor Scham fast umgekommen. Dann habe Gerry auch noch angefangen, quengelig zu werden, und der Strohhalm sei auf und ab gegangen, auf und ab, es sei ganz entsetzlich gewesen! Sie habe einfach kein Wort herausgebracht. Dann, nach zehn Minuten, sei der Strohhalm verschwunden, sie habe gewußt, daß sie hinausgehen konnte, habe aber immer noch Angst gehabt – sie habe sich lange Zeit einfach nicht bewegen können. Was hätte sie denn gegen so einen alten Mann unternehmen sollen? Gegen einen kranken, verrückten Lustmolch im Greisenalter, der ein pensionierter *Polizist* war?

Als sie die Tür des Außenaborts geöffnet und hinausgespäht

habe, sei da natürlich weit und breit kein Mensch zu sehen gewesen, doch sie habe gewußt, daß sich der Captain ganz in der Nähe versteckt hielt. Auf der ganzen Strecke zurück zum Haus habe sie den Blick des Mannes gespürt. Und die arme Gerry habe geweint und gestrampelt, weil sie wußte, daß etwas Seltsames im Gange war!

Sie sei erbittert, beschämt und nervös gewesen und habe dann zu ihrer Freundin gesagt, sie müsse nach Hause. Nein, sie habe ihr keine Erklärung gegeben, sie habe einfach so schnell wie möglich von dort wegwollen. Also habe sie alles zusammengepackt und sei gegangen. Sie habe die Straßenbahn zurück in die Union Street genommen, wo sie und Mr. Stevick zu jener Zeit wohnten. Nach diesem schrecklichen Vorfall habe sie ihre Freundin nur noch ein- oder zweimal getroffen, selbstverständlich habe sie sich nie mehr zur Parmalee Avenue hinausgewagt. Sie habe keine Ahnung, wie lange Captain McCarn noch gelebt und Frauen in Schrecken versetzt habe.

»Ihr Mädchen wißt jetzt«, sagte Mrs. Stevick in strengem Ton, »warum ich euch einschärfe: Traut nie der Polizei! Wenn euch ein Polizist auf der Straße anlächelt und etwas Freundliches sagt, dann glaubt das ja nicht. *Ich weiß, was ich sage.*«

Warren hatte über die Jahre hinweg diese eine Geschichte: Wie er Zeuge eines schrecklichen Unfalls auf der Tuscarora Street wurde, bei dem ein Junge von einem Lkw überfahren und getötet wurde.

Er war damals an der De Witt Clinton in der siebten Klasse und befand sich mit zwei Jungen aus der Nachbarschaft auf dem Nachhauseweg. Es war so ein Novembertag, an dem es früh dunkel wird, nicht besonders kalt damals, aber sehr windig, viel Staub und Dreckzeug in der Luft, und da fuhr dieser zehn- oder elfjährige Negerjunge auf seinem Fahrrad auf der Tuscarora Street nach Süden in Richtung Clinton, auf einem wackligen Rad, an dem vieles abmontiert war und das ein bißchen zu groß war für ihn; dennoch fuhr er schnell, schlängelte sich durch den Verkehr, seine wollene Strickmütze hatte er tief in die Stirn gezogen, ein Junge, den Warren weder von der Schule noch von anderswoher kannte. Dann kam es dazu, daß einige Weiße – alles

Teenager, die höchstwahrscheinlich aus der Decker-Siedlung stammten, denn in diese Richtung rannten sie – damit anfingen, den Jungen zu jagen. Sie schrien, warfen etwas nach dem Fahrrad, der Junge verlor das Gleichgewicht oder vielleicht geriet das Vorderrad in ein Schlagloch, er fiel zu Boden, vor einen Kohlelaster, der so schnell daherbrauste, daß der Fahrer selbst dann nicht mehr hätte anhalten können, wenn er das Geschehen verfolgt hätte, was offensichtlich nicht der Fall gewesen war. Als er die Hupe betätigte und auf die Bremsen trat, war es schon zu spät – er war über den Jungen und das Fahrrad hinweggerollt, eines der Vorderräder des Lasters fuhr über ihn hinweg, drückte ihn und das Fahrrad gegen den Kotflügel, wo sie eingeklemmt und ein Stück weit mitgeschleift wurden, da gab es kein Halten!

Warren erzählte die Geschichte mit stierem Blick, außer Atem, nach Luft schnappend, mit gerötetem Gesicht und mit Tränen der Erregung in den Augen. Ein leichtes Stottern setzte bei ihm ein – das war das traurige Los des armen Warren, es brachte Mr. Stevick zur Verzweiflung, doch da war nichts zu machen –, wenn er zu erklären versuchte, wie schnell der Unfall sich abgespielt hatte, wie man nur halb hinschaut, an nichts Besonderes denkt, nichts *sieht*, bis auf einmal etwas passiert und sich alles verändert. So war es gewesen: Die weißen Jungen rannten hinter dem Jungen auf dem Fahrrad her, dann fiel das Fahrrad zu Boden, dann kam der Laster, dann der Aufschrei des Jungen, dann das Hupen des Lasters und das Geräusch der Druckluftbremsen, dann war alles vorbei, der Junge war zerquetscht und tot – aus seinem Mund und seinen Ohren floß Blut wie Farbe aus einer Tube.

Warren sagte immer wieder, es sei so schnell passiert, für ihn ergebe sich da einfach kein Sinn. Zuerst die rennenden Jungen, dann der stürzende Negerjunge. Aber dann: Fuhr der Laster über ihn hinweg, bevor er schrie, oder kam zuerst die Hupe? Oder war er da schon tot, als das Fahrrad unter den Kotflügel gedrückt und die Straße entlanggeschleift wurde? Daraufhin schien es eine Pause gegeben zu haben, nichts geschah, dann fingen die Leute an zu schreien, einfach Ausrufe wie »He! Halt!« oder »Was zum Teufel ist dort los?« – und sie verrenkten sich die Hälse, um zu sehen, was passiert war. Die weißen Jungen steuerten auf eine

Gasse zu und rannten wie der Teufel, ohne sich umzuschauen. Warren und seinen Freunden waren sie nicht namentlich bekannt, aber er hatte sie schon ab und zu gesehen; wahrscheinlich von einer High-School, aber sie gingen ganz bestimmt nicht zur De Witt Clinton. Warren stand inzwischen an der Seite des Negerjungen, er dachte, er könne vielleicht helfen – bei Notfällen und häuslichen Krisen half er doch auch, Mrs. Stevick rief immer nach ihm. Er dachte, er könnte vielleicht das Fahrrad hervorholen und wieder in Schuß bringen, er war verwirrt und benommen und begriff nicht, daß der Junge tatsächlich tot war, obwohl man doch sehen konnte, daß er *höchstwahrscheinlich* tot war, der dicke Reifen war über seine Brust und seine Schultern gewalzt, hatte das Leben aus ihm herausgedrückt. Alles sei so schnell gegangen, sagte Warren und schluckte das Stottern hinunter.

Dann war alles mögliche geschehen: Leute rannten herbei, der Fahrer des Lasters sprang aus seinem Führerhaus und spielte verrückt, er behauptete, seine Schuld sei das nicht gewesen, der Junge habe ihm den Weg versperrt. Dann erblickte er Warren und rief ihm zu, er solle zurücktreten, aus dem Weg gehen: »Haut ab, ihr Scheißkerle, ihr habt genug angerichtet!« Er versetzte Warren einen Stoß, wie man einem Hund einen Tritt versetzt, damit er weitergeht. Die ganze Zeit lag der Negerjunge dort, lag halb unter dem Laster und verblutete. Der Lkw-Fahrer griff Warren an und sagte, er sei schuld, er und seine Freunde – das seien die Schuldigen. Warren war da völlig verblüfft. Er brachte kein Wort heraus. Jetzt standen ringsherum Leute: Männer, die auf der Straße Kisten abgeladen hatten, aus dem Büro der Transportarbeitergewerkschaft kamen Sekretärinnen kreischend und keuchend auf ihren Stöckelschuhen herbeigerannt. Er wurde beiseite gedrängt, die Aufmerksamkeit des Lkw-Fahrers wurde abgelenkt, und Warren beschloß, sich schleunigst davonzumachen, nur weg von hier, bevor die Polizei eintraf, denn wie sollte er nachweisen, wer er war?

Vielmehr: Wie konnte er beweisen, wer er nicht war?

Als Warren die Geschichte erzählte, fing er an zu weinen. Er war unbeholfen und schämte sich; er war dreizehn und weinte sonst nie, ein stämmiger Junge, der steifes, federndes, kastanienfarbenes Haar hatte wie sein Vater und tiefliegende braune Augen mit zarten haselnußfarbenen und goldenen Einsprengseln sowie zarte, farblose Wimpern. Sie hätten ihm nicht Angst einjagen sollen, sagte er immer wieder. Und: »Wieso hat der Mann *mich* beschuldigt?«

Fort und fort sagte er, als wäre es seine Entdeckung: »Es ist alles so *schnell* passiert.«

Die Hauptsache war – Mr. und Mrs. Stevick stimmten hier ausnahmsweise überein –, daß Warren seine Geschichte nicht außerhalb der Familie weitererzählen würde.

»Auf gar keinen Fall wird der Junge für die Polizei den Zeugen spielen«, sagte Mr. Stevick. »Ich weiß Bescheid über die Polizei!«

Enid war damals sechs Jahre alt. Als sie ihrem Bruder zuhörte, hatte sie ein bißchen Angst, daß alles, was er empfand, und alles, was er gesehen hatte, auch sie überschwemmen könnte, daß sein Kummer sie überwältigte wie vorwärtsstürmendes Wasser, wie Wogen. Sie würde nicht mehr atmen können, sie würde ertrinken! Sie stand ja ganz in der Nähe, sie hörte ja so genau zu, ein Kind, das die Angewohnheit hatte, ganz genau hinzuschauen und die Stirn zu runzeln, als sei sie von allem sehr betroffen. Da sie so versunken war in das, was sie sah und hörte, dauerte das Erwachen und die Rückkehr zu sich selbst sehr lange. Aber wer war das denn: sie selbst?

Warren hörte auf zu weinen, er schämte sich, war von sich selbst angewidert, fühlte sich immer noch sterbensschlecht. Er sagte, er wolle kein Abendessen, er werde nach oben gehen, seine Hausaufgaben erledigen und dann zu Bett gehen. Doch nach dem Abendessen brachte ihm Mrs. Stevick einen Teller – Hackbraten mit einer harten, dicken Ketchupkruste, geröstete Kartoffeln und stark gepfefferte Zwiebeln –, außerdem ein Glas warme Milch mit Honig, Mrs. Stevicks Spezialität für den Fall, daß eines der Kinder krank war; er war hungrig und aß alles auf, er saß im Schlafanzug auf dem Bettrand. Seine Augen waren rotgerändert, die Lider geschwollen. In seinem Schlafanzug sah er trotz seiner kräftigen Schultern und seiner langen Gliedmaßen jünger als dreizehn aus. Während er aß, saß Mrs. Stevick bei ihm und häkelte, ihre Finger bewegten sich flink und geschickt, und die Nadel blitzte. Sie hatte in jenem Herbst gesundheitliche Probleme – der Arzt sprach von einer Nierenentzündung, sie hatte seit ihrer letzten Schwangerschaft mehrere Infektionen gehabt –, doch sie fühlte sich an jenem Abend gesund genug, um Warren wortlos Gesellschaft zu leisten. Wenn die Kinder krank waren, zeigte Mrs. Stevick fast immer Mitgefühl, sie selbst war ja auch so oft krank! Sie hatte gelernt, der Gesundheit nicht zu trauen, wer energiegeladen und glücklich erwachte, wer sich auf den Tag freute, mußte schon um die Mittagszeit dafür büßen – man bekam es immer zu spüren, wenn man unvorsichtig war und sich verausgabte. Sie schien auch zu glauben, bei einer Mutter sei es ein Zeichen von Schwäche, wenn diese die Zuneigung ihrer Kinder erwiderte, auf diese Weise hätten die Kinder weniger Achtung vor ihr – ihre eigene Mutter hatte es genauso gehalten.

Drunten hörten sie sich wie üblich *Fibber McGee and Molly* an und glaubten, Warren werde runterkommen, denn es war eines seiner liebsten Radioprogramme (neben *The Shadow, Jack Benny, Grand Central Station* und *Mr. Keen,* dem »Spürhund für vermißte Personen«). Doch selbst als in Fibber McGees Kämmerchen wie jede Woche das Regal einstürzte und die Stevicks in Gelächter ausbrachen, blieb Warren fern. »Er wird darüber hinwegkommen – jetzt tut er nur noch so«, sagte Mrs. Stevick gleichmütig.

Zahlreiche Geschichten, manche davon nicht für die Ohren von Kindern gedacht, gab es über Mr. Stevicks jüngeren Bruder Felix – eigentlich war es sein Halbbruder, einundzwanzig Jahre nach ihm von der zweiten Frau seines Vaters geboren. Felix war Berufsboxer, ein Mittelgewichtler von lokaler Berühmtheit, sein Bild erschien immer wieder in den Zeitungen – sogar auf der Titelseite, wenn er einen wichtigen Kampf gewonnen hatte. Die Sportjournalisten nannten ihn »Felix the Cat«, was Lyle Stevick für einen vulgären, dummen Namen hielt, aber Boxen sei doch sowieso vulgär und dumm – und ganz bestimmt sei es primitiv. Nicht weil er eifersüchtig oder neidisch sei, mißbillige er das Leben, das Felix als Boxer und als Privatmann führe, sondern weil es unbeschwert und unmoralisch sei und anderen Schaden zufüge.

Felix war von seiner eigenen Mutter aus dem Haus geworfen

worden, als er sechzehn war, und seither hatte er sich mehr oder weniger allein durchgeschlagen. Beim Amateurwettbewerb um die Goldenen Handschuhe hatte er gut abgeschnitten, mit achtzehn war er dann Profi geworden und war immer schön vorangekommen. Er gewann alle seine Kämpfe, bis er sich freiwillig zur U.S. Army meldete und in den pazifischen Raum ging, wo ihm – wie Mr. Stevick es ausdrückte – sein Glück treu blieb. Etwa hier: Im August 1945 war der Gefreite Felix Stevick einer von mehreren Tausend Mann an Bord eines Truppentransporters, der im Chinesischen Meer nach Japan unterwegs war – der Krieg war eskaliert in seine wilde Kamikaze-Phase: Iwoyima, Okinawa und was es noch alles gab –, als Harry Truman befahl, die Atombombe auf Hiroshima zu werfen *(36 000 Menschen waren sofort tot)*, dann drei Tage später auf Nagasaki *(39 000 sofort tot)*, und fünf Tage danach war der Zweite Weltkrieg vorüber! Und Felix Stevick war verschont geblieben, eine Woche vor seinem dreiundzwanzigsten Geburtstag. Das war sein Glück.

Lyle Stevick sagte oft, wenn es um ihn gegangen wäre, wenn es auf sein Glück angekommen wäre, dann hätte Harry Truman den Abwurf der Bomben verschoben bis nach der Landung seines Schiffes in Japan und bis alle ausgelöscht worden wären. Aber Felix the Cat – hol ihn der Teufel! – landete immer auf den Beinen.

(Ganz gegen den Willen ihrer Eltern sammelte Geraldine aus Zeitungen Fotos und Artikel über Felix Stevick, sie befestigte sogar an einer Stelle ihres Wäscheschranks, wo Mrs. Stevick es höchstwahrscheinlich nicht entdecken würde, sein Bild: *Felix »The Cat« Stevick* in weißen Boxershorts mit schwarzen Rändern, die Schultern, die weißen Arme und der Rumpf muskulös, die Fäuste in Sparring-Handschuhen bis zur Mitte der Brust erhoben, sein hübsches Gesicht ohne ein Lächeln, unergründlich. Ganz gleich, ob die Gegner seiner würdig waren oder nicht, Felix Stevick ließ das Gros der Mittelgewichtler bald hinter sich, und auf dem Höhepunkt seiner Laufbahn stand er an vierter Stelle der Anwärter auf den Weltmeistertitel, den damals Rocky Graziano innehatte. Nach seiner schrecklichen Niederlage im Jahr 1948 und seinem »Rückzug« aus dem Ring entfernte Geraldine das Bild und warf alle Fotos und Ausschnitte weg – doch zu diesem Zeitpunkt war sie in einen Jungen namens Neal O'Banan verliebt, war sie verrückt nach einem Jungen namens Neal O'Banan, sie war sogar von Neal O'Banan geschwängert worden und sollte ihn bald heiraten.)

Was für ein Geheimnis umgab Enids Großvater Stevick, der viele Jahre vor ihrer Geburt gestorben war? Etwas Schimpfliches, Ungehöriges, etwas, das Enids Vater vor seinen Kindern geheimhalten wollte.

Er war von 1912 bis 1916 Bürgermeister der Stadt gewesen. Man stelle sich vor: ein Stevick Bürgermeister von Port Oriskany! Und davor über zwei Wahlperioden hinweg für die Demokratische Partei Kongreßabgeordneter in Washington. (Im Grunde seien es die »reformfreudigen« Männer seiner eigenen Partei gewesen, sagte Mr. Stevick, die seinen Vater aus dem Amt gejagt und ihm das Herz gebrochen hätten, die frommen Hundesöhne.) Obwohl Lyle und sein älterer Bruder Domenic nie in dem Haus gewohnt hatten, da Karl Stevick sich zum damaligen Zeitpunkt schon von ihrer Mutter hatte scheiden lassen, fuhr Lyle ab und zu an Sonntagnachmittagen am Grover Park an dem offiziellen Wohnsitz des Bürgermeisters vorbei: Das war ein großer, quadratischer Kalksteinbau mit zahllosen Fenstern, einem schweren Schieferdach und einer imposanten Säulenhalle; sie sah aus, als gehöre sie in einen Film. Wenn Mr. Stevick betrunken war, redete er oft von seinem Vater, da war er wütend, verletzt und geriet ganz durcheinander, machte Andeutungen über etwas, das sein Vater getan hatte, bei dem »Mut dazu gehöre«, das aber doch »eine schwere Sünde« sei – erst nach Jahren erfuhr Enid, daß ihr Großvater sich umgebracht hatte. Doch der Grund, daß Lyle seinem Vater böse war, lag darin, daß dieser seine Mutter wegen einer anderen Frau verlassen hatte, wegen eines »Showgirls« namens Ursula Mohr, einer platinblonden Schönheit, die viele Jahre jünger war als er, und *das* konnte Lyle ihm nie verzeihen. Seine Familie, seine Frau und die zwei Jungen, im Stich zu lassen. Mit so einer Frau anzubändeln – einer Edelnutte. Und dann hatte der alte Esel auch noch ein Kind mit ihr gezeugt.

Das war Felix, Ursula Mohrs Sohn. Genau wisse man nur eines, pflegte Mr. Stevick zu spaßen, wobei die Kinder nicht recht mitkamen: Er sei jedenfalls *ihr* Sohn.

Bevor Karl Stevick in die Politik ging, war er in Port Oriskany ein mäßig erfolgreicher Geschäftsmann gewesen; als er aus der Politik hinausgedrängt worden war, begann er in der Stadt und droben im Gebirge, in den Adirondacks, mit ziemlich umfangreichen Grundstücksspekulationen, in der City steckte er Geld in einen illegalen Alkoholausschank (das berüchtigte »Lulu«), er investierte sogar in verschiedene Klubboxer, deren Laufbahn aber rasch zu Ende war. (Einer wurde in einem Kampf gegen den einäugigen Mittelgewichtler Harry Greb so schwer getroffen, daß er zehn Tage später starb, ohne das Bewußtsein wiedererlangt zu haben.) Auf seinem Höhepunkt mußte Karl Stevick mehrere Millionen Dollar wert gewesen sein, schätzte Lyle. Aber all dies fand im Jahre 1929 ein Ende.

Und als die Weihnachtszeit des Jahres 1930 kam, die freudlosesten Feiertage, die man sich denken konnte, war er tot: mit zweiundsechzig Jahren. Er hatte todkrank dagelegen mit Nierenkrebs, sein Körperbau glich dem von Lyle Stevick, er war aber zusammengefallen und wog weniger als hundert Pfund, wo er doch früher fast zweihundert gewogen hatte. Und es war ihm gelungen, eines seiner Mädchen zu überreden, daß sie ihm seinen »Glücks«-Revolver, Kaliber 22, brachte, als er in seinem Krankenhausbett lag, an zahlreiche lebensspendende Schläuche angeschlossen sowie an einen Katheter. (Der Katheter war die letzte Erniedrigung gewesen.) Er sagte zu dem Mädchen, die Waffe sei für ihn eine Art Andenken, doch sobald sie gegangen war, schoß sich Karl Stevick genau zwischen die Augen: einmal am Abzug gedrückt, und alles war vorbei. Er hatte sich geschämt wegen seiner Krankheit, im Endstadium hatte er sogar seiner Frau Ursula verboten, ihn zu besuchen, selbst seinen Söhnen Lyle und Domenic (obwohl Domenic zu jenem Zeitpunkt ein mit allen Weihen ausgestatteter römisch-katholischer Priester war) und Felix (damals ein achtjähriger Junge). Wenn das Spiel nicht so laufe, wie man's gern hätte, solle man die Verluste abschreiben und aussteigen, hatte er oft gesagt. Und das tat er auch.

Das zweiundzwanzigjährige Mädchen – sie stand als Sekretärin auf seiner Gehaltsliste – wurde der Beihilfe zum Suizid beschuldigt; die Sensationspresse widmete dem Fall ihre Aufmerksamkeit, doch es kam zu keiner Anklage. Und innerhalb von achtzehn Monaten nach Karl Stevicks Tod verheiratete sich seine Witwe Ursula wieder.

Das war die Geschichte, von der Lyle Stevick besessen war, auf die er immer wieder zurückkam. Doch die Kinder mußten sie im Laufe der Jahre selbst zusammensetzen – wie eines von jenen großen, komplizierten Puzzlespielen, die Tante Ingrid über Wochen hinweg in ihrem Haus auf einem Tisch liegen hatte, ziemlich dunkle, düstere, fitzelige Landschaften europäischen Ursprungs mit Kühen, Flüssen, Schäfchenwolken, gleißenden Sonnenstrahlen und viel dichtem Blattwerk; man hob ein Stück zögernd auf, probierte es aus, legte es weg und versuchte es mit einem anderen, bis schließlich etwas wie durch Zufall zusammenpaßte und man von neuem herumprobieren konnte. Mrs. Stevick meinte, es sei für die Kinder nicht gut, wenn sie über ihren Großvater Stevick ins Bild gesetzt würden, doch Mr. Stevick sagte zu ihr, er rede über das, was ihm passe.

Als die Stevick-Kinder aber in der Schule gefragt wurden, ob sie mit den Leuten verwandt seien, denen der Stevick-Bau an der North Main Street »gehöre«, sagten sie immer nein. (Dieses zwölfgeschossige Bürogebäude mit seiner vormals eleganten Marmorfassade war alles, was übrig geblieben war vom »sichtbaren Imperium« seines Vaters, wie Lyle Stevick das nannte – es war schon vor langer Zeit von der Witwe verkauft worden.) Enid wurde einmal in der Grundschule von der Lehrerin gefragt, ob sie mit dem Mann verwandt sei, der vor langer Zeit Bürgermeister von Port Oriskany gewesen war, und als sich die Köpfe Enid zuwandten, saß sie still und steif da, starrte ihren Pultdeckel an und sagte nein. Nein, sei sie *nicht*.

Lyle Stevick schlief immer fest – er schnarche wie ein Bär, klagte die Familie! –, bis auf die Zeit, in der er gar nicht gut schlafen konnte, weil ihn ein alter Alptraum quälte, den er seit seinem neunundzwanzigsten Lebensjahr gehabt hatte, dem Jahr, als Karl Stevick sich erschoß.

Der Traum ging so: Lyle befindet sich in einem unterirdischen Raum, häßliche weiße Wände drücken auf ihn ein, eine niedrige Decke kommt auf ihn zu, alles strahlt und blitzt in Weiß, einem seltsamen silbrigen Weiß, und im nächsten Raum kann er seinen Vater zwar nicht sehen, doch er liegt auf einem Tisch, der denen in der Leichenhalle des St. Josephs-Krankenhauses gleicht, Lyle Stevick wußte darüber aber erst seit Anfang der vierziger Jahre Bescheid, nachdem er dort als Freiwilliger gearbeitet hatte. Sein Vater ist tot, *doch immer noch auf der Hut,* mausetot, aber *seine Augen sind offen, und dennoch dringt er nicht durch zu ihm.* In dem weißwandigen Raum ist er fast geblendet, er kann nicht atmen, er weiß, er wird sterben, aber er kann sich nicht bewegen, und er kann nicht um Hilfe rufen, nur flüstern: »O lieber Gott! O Jesus, Maria und Joseph!« – und das grelle Licht nimmt zu, es blendet, die gekachelten Wände und die Decke drücken auf ihn ein, er kann es nicht ertragen, er weiß, er wird verrückt, *er kann es nicht aushalten.*

Dann ist er auf einmal wach. Er ist aufgewacht und liegt in seinem eigenen Bett, sein Herz klopft stark, schrecklich stark, sein Schlafanzug ist schweißgetränkt und im Mund hat er jenen Panikgeschmack – ein oder zwei Minuten lang weiß er nicht recht, wo er ist, obwohl Hannah neben ihm schläft. Doch dann ist er wieder bei sich, hat seinen Körper, das Zusammenspiel seiner Muskeln, ist fähig, um Hilfe zu rufen, sofern er das tun möchte. Ja, er ist dem Raum mit den weißen Wänden wieder einmal entkommen, er ist dem Verrücktwerden knapp entkommen, aber er weiß, es ist da und wartet auf ihn und sein Vater auch, kalt, steif, tot, lauernd, seine schrecklichen Augen offen und darauf wartend, daß sein Sohn sie schließt.

In dem Schlafzimmer, das sich Lizzie und Enid hinten im Obergeschoß des Hauses teilten, hingen die nettesten Tapeten – blaßgelb mit schmalen Streifen aus Rosen, winzigen roten Rosen mit zartem Blattwerk, das aussah wie leicht ausgefranste Stickerei. Wie in einem Bilderbuch! So nett, so ein faszinierender Anblick. Die Tapete war jetzt wasserfleckig und wölbte sich stellenweise. Mr. Stevick und ein Freund hatten sie vor Jahren angebracht. Sie tranken helles Bier und alberten herum und hatten es schließlich satt, das verdammte Papier zu glätten; das Tapezieren sei Schwerarbeit, sagte Mr. Stevick nachher zu seiner Frau, sie solle es mal selbst versuchen. Enid waren die Beulen und Wasserflecke jedoch völlig gleichgültig, sie mochte die Tapete so, wie sie war.

Winzige rote Rosen. Winzige, federleichte Stiele und Blätter. Ein schwaches, blasses Gelb im Hintergrund wie ein Hauch, wie die Farbe des Himmels am frühen Morgen. Enid lag in ihrem Bett, sie schlief nicht, sondern war hellwach, hörte in ihrem Kopf Musik, starrte in die Tapete hinein, aus der die Musik kam, von einem fernen Ort, der auch weit in der Vergangenheit lag; drinnen in der Tapete war ein Fußpfad, waren viele Pfade, wohin sie auch blickte, bei genauem Hinsehen gab es Pfade, gewundene Gebirgsstraßen, Orte, die als Versteck dienen konnten, Flüsse, Bäume, Berge, Klippen, Seen, Inseln wie in den Adirondacks, wo Mr. Stevick manchmal im Sommer mit seiner Familie hinging; dann sah sie plötzlich den Kanal vom Ufer aus, das plätschernde Wasser geriet mit der Musik durcheinander, und sie stand allein auf der Fußgängerbrücke und hatte Angst, ein Zug könnte oben vorbeibrausen, bevor sie fort wäre, aber es käme nie ein Zug, war das nicht das Versprechen? Nicht hier in ihrem Zimmer, in ihrem Bett, wo sie vollkommen still dalag und die Musik durch sich hindurchrieseln ließ, wo sie spürte, wie sich ihre Seele loslöste und in die Tapete hineinschlüpfte, wo es nichts Böses gab, nie irgendeine Gefährdung, das war das Versprechen. Oder sie war auf dem Ödland, wo sie sich allein nicht aufhalten durfte – sie war gewarnt, mit Mädchen passierten dort die schlimmsten Dinge –, die hohen Gräser verwirrten sie, die Pfade waren die falschen Pfade, und sie konnte ihre Mama den Häuserblock entlang rufen hören: Enid, Enid, *Enid!* Die Stimme war schwach, aber dennoch zornig. Oder sie befand sich in der Schule. Auf dem Spielplatz, bevor sich die Türen öffneten. Nicht richtig angezogen – im Schlafanzug oder in der Unterwäsche. Zu ihren Füßen Risse und Teerflecke auf dem Asphalt, wie die Risse und Flecke auf der Tapete, während sie in der Reihe der Mädchen darauf wartete, daß der schwarze Hausmeister die Tür aufschloß. Doch sie war nicht in Gefahr, sie war in Sicherheit, die Geheimpfade führten sie zurück, niemand konnte folgen.

In der Schule gab es am Schwarzen Brett eine große Karte von

Port Oriskany und den »angrenzenden Gebieten«, gedruckt vom Büro für Zivilverteidigung, mit der FALLOUT-ZONE, der ZWISCHENZONE und der SICHEREN ZONE. Rote, konzentrische Kreise waren zu sehen: ZEHN-MEILEN-RADIUS (Grenze der totalen Zerstörung), ZWANZIG-MEILEN-RADIUS (Grenze der Hitze und der Erschütterung), DREISSIG-MEILEN-RADIUS (wenig oder keine direkten Auswirkungen), SECHZIG-MEILEN-RADIUS (nicht betroffen). Die Karte war ebenfalls in der Tapete, sie konnte die Kreise sehen, die Pfeile, den Umriß des Sees, den geschlängelten Verlauf des Kanals. Wenn die Bombe abgeworfen wurde, dann auf die Fabriken am Seeufer, das bedeutete, daß ein Teil der East Side innerhalb des Kreises ZEHN-MEILEN-RADIUS lag, obwohl die De Witt Clinton Junior High School selbst und die Gegend von East Clinton, in dem die Stevicks wohnten, innerhalb des ZWANZIG-MEILEN-RADIUS lagen. Das sei gut, sagten sie. Das sei nicht übel, sagten sie. Enid lag ganz still da und spürte die Musik in ihrem Brustkorb, in ihrer Kehle, in ihren Fingern, doch als sie im Haus der Pauleys auf dem alten Wandklavier mit den gelben Tasten, von denen einige defekt waren, zu spielen versuchte, hatte das dumm geklungen – nur ein Kind, das herumalbert –, und Mama hatte ihr zugeflüstert, sie solle aufhören. Sie schlief nicht, aber sie war auch nicht ganz wach, ihr Herzschlag ging schnell, heimlich, sie lief in der Wand eine Treppenflucht hinauf, dann stolperte sie und fiel fast hin, ihre Beinmuskulatur zuckte, oder sie fuhr draußen auf der Gasse auf Lizzies Fahrrad und konnte die Balance nicht halten, oder sie schob sich, drückte sich zentimeterweise unter eine Tür – oder war es die Wand einer Art Scheune oder Schuppen? – durch eine winzige Lücke am Boden, drückte sich platt, um hindurchzukommen, um hinauszugelangen, die Augen fest geschlossen vor Anstrengung, die Kiefer aufeinandergepreßt, um hinauszukommen, hinaus, hinaus.

2

Ende September 1947, am Morgen des Tages, an dem Mr. Stevick seine Kinder in die Exerzierhalle mitnahm, damit sie ihren

Onkel Felix das erste und letzte Mal in ihrem Leben boxen sehen konnten, hörte Enid, wie ihre Eltern in der Küche mit erhobener Stimme aufeinander einredeten. Sie war erst neun Jahre alt, doch sie wußte fast instinktiv, der Streit hatte damit zu tun, daß Mr. Stevick etwas mit den Kindern unternehmen wollte und Mrs. Stevick dagegen war.

Sie stritten sich wegen des Boxkampfes. Sie hatten sich deswegen schon früher gestritten, vor Tagen. Und im *News Transcript* jenes Morgens las Mrs. Stevick, daß die örtlichen Boxexperten Felix Stevicks Gegner einen Sieg zutrauten. Zugegeben, Felix sei ein aufsehenerregender Boxer und ein Lokalmatador, doch bei den Buchmachern standen die Wetten 3:2, und das bedeute, daß Felix verlieren und wahrscheinlich Verletzungen davontragen würde, und sie wolle nicht, daß ihre Töchter das zu sehen bekämen.

Felix könne sogar getötet werden, sagte Mrs. Stevick. Wie er es bloß riskieren könne, seine Töchter zu so etwas mitzunehmen?

Mr. Stevick sagte ihr in gewollt ruhigem Ton, daß die Wetten – »Davon hast du keine Ahnung, Hannah« – ursprünglich 2:1 für Mel Watkins gestanden hätten; jetzt lägen sie näher beisammen. Das bedeute doch etwas, oder nicht? Die Schlauen setzten jetzt eher auf Felix – da stecke doch etwas dahinter, nicht wahr? Watkins sei in der Mittelgewichtsklasse der Titelanwärter Nummer vier, doch er habe seine letzten beiden Kämpfe verloren, und Felix, die Nummer sieben, habe noch keinen Kampf verloren. Und alle, die Mr. Stevick in der Stadt gesprochen hatte, waren der Meinung gewesen, Felix habe durchaus eine Siegeschance, wenn er nicht den Fehler beging, auf Watkins' Art zu kämpfen statt auf seine eigene. »Wenn er hitzköpfig wird, ist er erledigt, aber wenn er cool bleibt, ist alles in Ordnung – *er* weiß das schon«, sagte Mr. Stevick, doch Mrs. Stevick redete dazwischen: Das sei ihr alles egal, sie komme da überhaupt nicht mit, sie höre gar nicht zu. Sie wolle einfach nicht, daß ihre kleinen Mädchen mitansehen müßten, wie ihr Onkel auf irgendeine schlimme Weise verletzt werde. Sie habe sich die Sache jetzt durch den Kopf gehen lassen und wolle nicht, daß irgend jemand verletzt werde, sei es nun Felix oder der andere Boxer; die Exerzierhalle selber sei ein unmögliches Ausflugsziel für Kinder – all diese lauten, brutalen Männer, wie sie brüllten und sich aufführten.

»Hannah, du hast nie einen Boxkampf gesehen«, sagte Mr. Stevick in ruhigem Ton. »Du weißt nichts darüber – nichts.«

»Ich weiß aber, wie mir zumute ist«, sagte Mrs. Stevick mit erhobener Stimme. »Ich weiß nämlich, was sich *gehört.*«

Mr. Stevick räumte ein, er sei selbst kein großer Fan dieser Sportart – »Sofern man es überhaupt Sport nennen kann« –, und Mrs. Stevick wisse das nur zu gut. Trotzdem sei dies ein besonderer Anlaß, ganz Port Oriskany nehme daran Anteil, daß Felix Stevick mit einem Gegner der Spitzenklasse zusammentreffe, und wenn er gewinne, käme es vermutlich innerhalb eines Jahres zu einem Titelkampf – so laufe das auf diesem Gebiet, wobei es natürlich ein gewisses Maß an Schiebung gebe. Kein wirklich guter, kein landesweit bekannter Athlet sei je aus diesem Teil des Bundesstaates gekommen: Alle hofften auf Felix.

»Tatsache ist, Hannah, daß uns Felix Eintrittskarten geschickt hat, und es wäre kleinlich von mir, wenn ich darauf nicht einginge. Er bemüht sich, anständig und freundlich zu sein – ich muß ihm zumindest auf halbem Wege entgegenkommen«, sagte Mr. Stevick. Er sprach mit Enids Mutter, als müsse er einem sehr begriffsstutzigen Kind etwas erklären. Er war Möbelhändler – er war fast sein ganzes Leben lang Verkäufer für dieses oder jenes gewesen –, und beim Zuhören merkte Enid, wie dieser Teil von ihm zum Vorschein kam: die lebhafte, joviale, drangsalierende, etwas geringschätzige Art. Immer etwas geringschätzig hinter jenem Lächeln. »Felix und ich haben weiß Gott unsere Auseinandersetzungen gehabt, aber er gibt sich jetzt Mühe, und darauf einzugehen ist das mindeste, was ich jetzt tun kann. Das mußt du doch einsehen.«

»Warren mitzunehmen, ist eine Sache, aber ...«

»Schau mal, die Pauleys und die Rosskys gehen hin, Lillian geht hin – sie sagt, um nichts in der Welt würde sie das versäumen. Wenn sie hingeht, warum zum Teufel kannst *du* nicht hingehen? Und ich bin sicher, die Mädchen werden dabeisein, Annemarie, Dinah ...«

»*Deine* Verwandtschaft.«

»Was soll das heißen, *meine* Verwandtschaft? Was für ein Ton ist das – ausgerechnet von *dir*? Von *dir*?« sagte Mr. Stevick spöttisch. Mrs. Stevicks Sippe – das war als Witz eine Art Dauerbrenner, ein alter Witz. Mr. Stevick griff das Thema jedoch nicht auf. »Und nachher gibt es ein Abendessen in De Marras Restaurant – vorausgesetzt, mein Bruder gewinnt.«

»Und wenn er nicht gewinnt?«

»Damit rechnen die nicht, diese Leute. Sie glauben immer, daß sie gewinnen.«

»Die Exerzierhalle ist schrecklich, das weißt du genau.«

»Die Mädchen wollen aber hin – frag sie doch mal.«

»Ist mir egal, was sie wollen! Ganz besonders Enid. Enid ist zu jung.«

»Enid möchte aber mit ihrem Daddy hingehen«, sagte Mr. Stevick. »Frag sie mal.«

»Sie ist zu klein, um zu wissen, was sie will.«

Enid war im Wohnzimmer, um die Ecke von ihnen saß sie zusammengekauert an der Treppe, doch sie konnte sich das gerötete Gesicht ihrer Mutter vorstellen, die breiten Backenknochen, die zusammengekniffenen Augenwinkel. Mama würde breitbeinig dastehen, die Arme verschränkt in einer weiten Falte ihrer Schürze, wie sie es immer tat, wenn sie nervös war und zu schnell redete und nicht immer wußte, was sie sagte. Aus der Nähe konnte man die Wärme spüren, die sie ausstrahlte, und ihre besonderen Gerüche – etwas Nahrhaftes, Milchiges, Kuchenartiges, allzu Süßes – wurden intensiviert. In solchen Momenten teilte sie aus, stotternd und doch präzise, in der Absicht weh zu tun, so wie jetzt, als sie sagte: »Du! Willst ein Katholik sein! Willst ein Vater sein! *Sein* Bruder! Du hast einen Haß auf Felix, du möchtest zusehen, wie er was abbekommt, und du möchtest, daß deine eigenen Kinder sehen ...«

An diesem Punkt mußte Mr. Stevick mit der Faust auf etwas eingeschlagen haben, auf ein Brett oder den Küchentisch. Mrs. Stevick stieß einen Schrei aus, und er marschierte aus der Küche mit schweren Schritten, als klopfe jemand mit einem Hammer auf den Boden. Mrs. Stevick rief ihm etwas nach, doch er ging weiter, wollte nicht umkehren, er sagte bei solchen Gelegenheiten immer, er müsse der Versuchung aus dem Wege gehen, sonst würde Hannah es bereuen.

Wenn er dieser Frau noch nie eine Maulschelle gegeben habe, sagte er immer lächelnd und mit einem Kopfschütteln, dann sei das nicht *ihr* Verdienst. *Er* sei stets derjenige, der sich zu beherrschen wisse.

Enid wollte sich verstecken, doch ihr Daddy erblickte sie, einen Moment lang dachte sie, er werde auch sie anschreien, aber dann – so war Mr. Stevick, nie konnte man das vorhersagen –, aber dann lächelte er. Lächelte einfach. Als wäre sie sein kleines Mädchen, das er vor Schaden bewahrte. Er sog kräftig an seiner Pfeife, ließ eine Wolke weißlichen Rauches aufsteigen, sein Gesicht war ebenfalls gerötet, gesprenkelt, war vom Zorn angenehm aufgewärmt worden. Kein Wort zu Enid, bloß ein Zwinkern, als er aus dem Haus donnerte, und sein Zwinkern bedeutete: Daddy und sein kleinstes Mädchen haben ein geheimes Einverständnis, und Mama ist ausgeschlossen, Mama ist doof – draußen in der Küche vergoß sie Tränen der Hilflosigkeit, das Gesicht in ihrer Schürze vergraben.

An jenem Abend in der Exerzierhalle zupfte Enid ihren Vater am Arm und fragte ihn, wie die Boxer dazu kämen, so aufeinander einzuschlagen – warum sie dort oben stünden und sich weh tun ließen. Mr. Stevick lachte und sagte: »Schätzchen, die spüren den Schmerz nicht wie *du*. Die spüren doch so gut wie nichts.«

Enid wunderte sich. Ob das stimmte? Wenn es doch so aussah, als seien sie gerade schwer getroffen worden?

Die Stevicks waren mitten im Vorprogramm in die große Arena gekommen, als zwei junge Federgewichtler einander unter den Zurufen der Zuschauer im Ring herumscheuchten und mit einem Ausdruck der Verzweiflung loshämmerten und austeilten und in den Clinch gingen. Sie waren fast noch Jungen, so schien es, und trugen nur Badehosen, man konnte ihre Rippen sehen und den Schweiß auf ihrem Rücken. Mr. Stevick hatte »Ringplätze« – in Wirklichkeit waren sie fünf Reihen vom Ring entfernt – mitten unter einer lauten, bierseligen Abordnung von Verwandten: von Stevicks, Pauleys, Rosskys und anderen. Lyle Stevick wurde recht laut begrüßt – ihr Daddy war allseits beliebt. Geraldine setzte sich zu ihren Cousinen, und Enid setzte sich zwischen Lizzie und Mr. Stevick, blinzelte und schaute, war nicht in der Lage, alles sofort aufzunehmen, es gab so viel zu sehen – und soviel Lärm –, und dort vorne im Ring droschen die jungen Boxer aufeinander ein mit ihren glänzenden roten Handschuhen. Enid spürte, wie sich ihre Eingeweide krampfartig zusammenzogen, und dachte, es sei etwas, das sie nicht anschauen sollte, aber da war es eben – und die Leute paßten nicht einmal besonders auf, außer wenn die Boxer anfingen hart zuzuschlagen in Wirbeln von wilden Stößen.

Mrs. Stevick hatte Enid ermahnt, sie solle sich lieber die Augen zuhalten, wenn etwas Schlimmes anfinge – und dazu komme es schon. Sie solle die Finger über die Augen legen *und sie dort lassen.* Enid Maria war das kleinste Kind im Verwandtenkreis – Dinah Pauley war in Lizzies Alter, ein großes ungestümes Mädchen wie Lizzie –, und es gab noch andere Kinder in der Arena, aber keines war so klein wie Enid. Es gab tatsächlich Frauen – Mrs. Stevick hatte behauptet, an so einem Ort würde es keine geben –, und manche von ihnen schrien wie die Männer.

Und die ganze Zeit strömten Leute die Gänge entlang, quetschten sich in ihre Sitze, Verkäufer boten Hot dogs feil, Pommes frites, Getränke, es war nicht wie in der Kirche oder im Kino, wo man still und ehrfürchtig sein mußte. Es *passierte* so viel. Es gab so viel zu *sehen.* Die Halle füllte sich mit Rauch, der Enid in den Augen brannte – Zigarettenrauch, Zigarrenrauch, der dichte beklemmende Rauch aus Mr. Stevicks Pfeife nahm anderen Leuten den Atem, aber das schien er nicht zu bemerken. Enid saß jedoch ganz nahe bei ihm. Enid drückte sich an ihn. Sie bebte, fieberte schon ganz, sie dachte, ihr Daddy habe sie an einen Ort gebracht, der öffentlich und doch wieder geheim war, wo alles mögliche geschehen konnte. Alles mögliche konnte passieren, und die Leute würden zuschauen: Deswegen hatten sie Eintrittskarten gekauft. Um zuzuschauen.

Der Hauptkampf Watkins gegen Stevick, zehn Runden, Mittelgewichtsklasse, fing erst nach 21.30 Uhr an. Es war spät, doch Enid fühlte sich frisch und munter, als ob es früh am Morgen wäre.

Noch lange Zeit – wahrscheinlich für den Rest ihres Lebens – blieb Enid das schockierende Erlebnis in Erinnerung, ihren

Onkel Felix im Ring zu sehen: daß ihr Onkel Felix, den sie als neckisch, lustig, freundlich, jungenhaft in Erinnerung hatte, plötzlich an diesem lärmerfüllten öffentlichen Ort erschien, daß er im Mittelpunkt von soviel Aufmerksamkeit und Jubel stand. War das Felix? Der Mann dort? Sie hätte ihn kaum wiedererkannt. In einer weißen Robe, die seidig war und glänzend, mit Goldrand, wie die Robe einer Frau – Schweiß glitzerte wie Juwelen auf seiner Haut, und sein Haar war naß. Er machte Schattenboxen und Scheinangriffe und tänzelte herum, als ob er allein wäre, unbeobachtet, wo ihm doch in Wirklichkeit Tausende von Menschen zuschauten – sie schauten nirgendwo anders hin als zu *ihm*. Seine Fans waren schon ganz wild auf ihn, Lizzie machte bereits Luftsprünge und schrie: »Felix! Felix! Felix!«, als ob sie übergeschnappt wäre.

Enid sollte noch denken, der Kampf dauere lange, eine schrecklich lange Zeitspanne, doch in Wahrheit endete er in der vierten Runde – bot also weniger als zwölf Minuten tatsächliches Kampfgeschehen. Sie sollte noch denken, ihr Onkel sei verletzt, denn am Schluß des Kampfes blutete er aus einer Platzwunde an der Stirn, doch Mr. Stevick sagte, da brauche sie sich keine Sorgen zu machen, Felix habe Übung im Einstecken, und eine Blutung sei unwichtig für ihn – zumindest diese Art von Blutung. »Rasch zusammengenäht«, sagte er, »und schon ist das wieder wie neu.«

Als die erste Runde eingeläutet wurde, bewegte sich Felix so schnell durch den Ring und auf seinen Gegner zu, daß Enid nicht erkennen konnte, was passierte. Es geschah alles so rasch, das war so undeutlich und so schnell – die Handschuhe der Boxer, die Arme, die Beine der Boxer, das dumpfe Geräusch des auf Fleisch aufprallenden Leders, das scharrende Geräusch ihrer Schuhe auf dem Segeltuch. Enid schloß aus den Schreien und dem Beifall der Menge, daß wichtige Treffer gelandet, Punkte gemacht wurden. Die Menge war auf der Seite von Felix, und die Menge schien in Hochstimmung zu sein, Felix mußte also gut vorankommen, sie konnte es aber nicht richtig sehen, sie war zu verängstigt. Sie wußte, wenn sie hinschaute, würde sie etwas sehen, das nicht für sie bestimmt war. Und dann wäre es zu spät, sich die Augen zuzuhalten.

Allerdings, dort stand der junge Mann, der ihr Onkel war, fast nackt in seinen weißen Shorts mit Goldrand, sein haariger Körper gebückt schleichend, nach links tänzelnd, um einer langen Geraden seines Gegners auszuweichen, dann blitzschnell nach innen vorstoßend mit einem Wirbel kurzer Schläge, den Mann rückwärts drückend auf die Seile zu, während die Menge in Jubel ausbrach. Welche Schläge genau trafen, welche wirkungslos waren oder daneben lagen, war schwer zu erkennen. Als die Glocke ertönte und die Runde beendete, hatte Enid die Augen längst fest zugedrückt, doch um sie herum sagten alle, Felix liege vermutlich in Führung. Diese Runde sei doch an Felix gegangen?

Mr. Stevick war in der Aufregung die Pfeife ausgegangen, also zündete er sie ganz nüchtern wieder an; er beugte sich über die Mädchen hinweg, um Warren mitzuteilen, daß die Runde seiner Meinung nach – »Selbstverständlich bin ich kein Experte« – ausgeglichen gewesen sei. Felix habe einige trickreiche Schläge gelandet, das sei ja sein Stil, feste drauf und schnell weg, eine Gerade landen und dann davonschlüpfen, doch Mel Watkins habe selbst einige solide Treffer plaziert, rippenbrechende Treffer, welche der Ringrichter und die Jury bestimmt bemerkt hätten. Watkins sei mit einunddreißig ein Veteran des Rings, er habe gegen Zale und Graziano gekämpft und einmal ausgerechnet gegen Ray Robinson sämtliche Runden durchgestanden; er sei gerissen, ein zäher Bursche, die gefährlichste Art von Gegner: Ringerfahrung nenne man das. Felix hingegen sei fünfundzwanzig, für einen Boxer nicht unbedingt jung, doch die Mattiuzzios hätten ihn langsam aufgebaut, bis jetzt sei er noch gegen keinen wirklich gefährlichen Gegner angetreten, und man sehe schon, daß er trotz all seiner tollen Bewegungen von einer Seite zur anderen und seiner schnellen Fäuste und Beine noch viel zu lernen habe. »Außerdem steigt ihm der Beifall zu Kopf«, gab Mr. Stevick zu bedenken. »Er wird in einen Schlag hineinlaufen, und dann wird er fertiggemacht.«

Mit seiner Pfeife zeigte Mr. Stevick den Kindern bestimmte »Mitarbeiter« (so nannte er sie) seines Bruders: In der Ecke von Felix stand der Trainer, ein ältlicher weißhaariger Mann, der sich über ihn beugte; direkt neben ihm hockte sein Manager; dort drüben, in der ersten Reihe, saß Felix' alter Schulfreund Vince

Mattiuzzio, und neben Vince dessen Vater Leonardo – der Mann, dem der Boxklub gehörte, welcher Felix sponserte. Und dort war der Großvater, Guilio Rimi, der auch ein paar Anteile an Felix besaß. Außerdem noch einige Männer, deren Namen Mr. Stevick nicht kannte – »Wir verkehren nicht in denselben Kreisen.« Und jene Frau in Schwarz, mit dem schwarzen Seidenkleid, dem schwarzen Hut, den sie schräg aufgesetzt hatte wie Bette Davis oder Joan Crawford – das war Irene Mercer, Felix' neueste Freundin. Eine geschiedene Frau oder vielleicht nur getrennt lebend von einem Mann namens Otto Mercer, einem bedeutenden Geschäftsmann, der überall in der Stadt Grundstücke besaß. »Selbstverständlich habe ich nicht die Ehre gehabt, Mrs. Mercer vorgestellt zu werden«, sagte Mr. Stevick in sehr ironischem Tonfall.

Enid und Lizzie standen auf, um besser sehen zu können. Der umhertreibende Rauch war so dicht, daß Enid nicht mehr als den Eindruck eines Gesichts erhielt, das schön war wie ein Gesicht auf einem Plakat: totenblasse Haut, rote Lippen; unter dem schicken Hut eine feste Haarrolle, die wie eine Kupfermünze leuchtete. »Sie ist hübsch«, sagte Lizzie. »Sie sieht aus wie ein Filmstar.«

»Sie ist nicht hübsch«, sagte Mr. Stevick barsch. »Sie ist billig. Sie ist gewöhnlich. Sie ist sogar ein paar Jahre älter als Felix.«

Enid starrte zu ihr hin. Sie fragte sich, wie Mrs. Mercer dort so ruhig sitzen und Felix bei seinem Kampf zuschauen konnte – wenn sie ihn liebte, so wie Frauen Männer im Film liebten. War es ihr wichtig, daß ihm nichts passierte?

In den nächsten beiden Runden standen sich die Boxer beim Schlagabtausch mehrmals ganz auf Tuchfühlung gegenüber, und das riß die Zuschauer von den Sitzen, auch die Stevicks und ihre Verwandten. Und das Gekreisch und Geschrei, als Felix Watkins eine Platzwunde beibrachte, oberhalb von dessen rechtem Auge! Als Enid den grellen Blutspritzer sah, wußte sie, daß Mama recht hatte, sie hätte nicht hierherkommen sollen an diesem Abend. Doch selbst Mr. Stevick schrie jetzt ganz außer sich: »Felix! Felix! Felix!« Der seltsame sehnsüchtige Schrei der Menge stieg überall in der Exerzierhalle auf und dröhnte in Enids Kopf. Enid hatte einen komischen Geschmack im Mund, als sie den Mann anstarrte, der ihr Onkel war, wie dieser über seinen benommenen Gegner herfiel, wie er ihn mit einem Dutzend rascher Schläge eindeckte, wie er weiter austeilte, als sein Gegner versuchte, ihn durch Clinchen zu stoppen, wie er diesem einen Wirbel kurzer harter Stöße in die Rippen, an den Steiß schlug und dessen Schultern nach unten zerrte, als wolle er erreichen, daß ihm die Beine wegknickten. Watkins sei wacklig auf den Beinen, das sagten sie jetzt. Und sie riefen in Sprechchören: »Schlag ihn tot! Schlag ihn tot!«, doch Enid drückte die Hände gegen die Ohren und hörte nichts.

Der Gong ertönte. Die Boxer saßen in ihren Ecken. Mr. Stevick wandte sich Enid zu und fragte, ob es ihr gut gehe oder ob Daddy sie in die Eingangshalle bringen solle.

Enid schüttelte den Kopf.

Die nächste Runde begann, Enid blinzelte zwischen ihren Fingern hindurch und sah zu ihrem Entsetzen, wie ein Schlag ihres Onkels den anderen Mann an der Schläfe traf, ein schrecklicher Schlag, der Schweißtropfen wie Funken in das grelle Licht fliegen ließ. Wieder war die Menge ganz wild, und Enid dachte, wie sehr sie alle an diesem Ort haßte – nicht nur an diesem Ort, sondern überhaupt alle, die ganze Welt. Die am Wegrand aufgehäuften Leichen und die marschierenden Soldaten, die Nazis mit ihren komischen Abzeichen und Hitler mit seinem Schnurrbart, über den Mr. Stevick Witze machte, aber wo war der Spaß? Was war daran witzig? Diese Leute, ihr Vater, ihre Onkel, Cousinen schrien: »Schlag ihn tot, Felix! Schlag ihn tot!«, auch Lizzie und Warren, sogar Warren, führten sich an ihrer Seite auf wie wahnsinnig. Watkins fiel auf das Segeltuch, und Felix lief auf seinen muskulösen federnden Beinen in eine neutrale Ecke, und man konnte jetzt sehen, daß er oberhalb des Auges an der Stirn blutete. Er hatte einen Kopfstoß abbekommen, bei einem ihrer Clinchs hatte ihn sein Gegner mit dem Kopf erwischt, und jetzt wischte er sich das Blut mit dem Handschuh aus dem Gesicht und sah überrascht aus, ungläubig: *sein* Blut – als ob er es nie zuvor gesehen hätte.

Zwischen den Runden kaufte Mr. Stevick Cola und Orangensaft für die Kinder und Bier für sich selbst – die Verwandten tranken alle Bier, selbst die Frauen. Er strich Enid übers Gesicht, fragte, ob alles in Ordnung sei, vergaß sie aber gleich wieder, er wischte sein eigenes Gesicht, das vor Schweiß glänzte. Er hatte seine Jacke ausgezogen und den Hemdkragen aufgeknöpft. In der Exerzierhalle war die Luft heiß und schwül, sie roch nach verschüttetem Bier, Pommes frites und Rauch – und es gab auch einen öligen Geruch wie nach Haarwasser. »Was hab' ich dir gesagt, Lyle!« rief einer von den Pauleys herüber. Mr. Stevick grinste, machte mit seinem Daumen und seinem Zeigefinger ein Zeichen und rief zurück: »Und was hab' ich *dir* gesagt!«

Die meisten von den Verwandten hatten zu dem Kampf Wetten abgeschlossen, doch Mr. Stevick schwieg sich aus, ob *er* gewettet hatte oder nicht.

Als die nächste Runde begann, setzte Felix seinem Gegner sofort zu. Er ließ ihm keine Ruhe und gab ihm keine Gelegenheit zu clinchen oder das Tempo des Kampfes zu verlangsamen – man konnte sehen, daß der Mann jetzt müde war, er atmete durch den Mund. Felix aber war auf Touren, Felix sah aus, als hätte er eben erst angefangen und könnte die ganze Nacht weiterkämpfen, nervenstark und kraftstrotzend und sich in Pose werfend für die Menge, die er nie anschaute. Es gab einen blitzschnellen Schlagabtausch, dann in einem engen kurzen Bogen einen mächtigen linken Aufwärtshaken von Felix, und plötzlich hing Watkins rückwärts in den Seilen, als ob er Halt suchte, tölpelhaft ungeschickt auf seinem Weg nach unten, doch er konnte nicht fallen, er vermochte sich nicht zu schützen gegen die Schläge, die auf ihn einprasselten, auf seinen Kopf, auf die Bauchpartie, die Rippen, den Kiefer, bis sich Felix schließlich auf die Zehen stellte, genau ausbalancierte und ihm einen linken Haken versetzte, der sein Kinn von unten emporhob, einen Regenbogen aus Nässe freisetzte, eine fliegende Kette aus Blutstropfen – und der Mann glitt aus den Seilen, seine Knie gaben nach, und er war am Boden, lag auf dem Gesicht; es war die Art von Sturz, die besagte, daß alles vorüber war, und der Ringrichter begann zu zählen, methodisch und endgültig, aber Watkins würde nicht aufstehen – der Kampf war zu Ende, Felix Stevick tanzte schon im Ring herum und streckte seine Handschuhe triumphierend empor. Und jetzt war in der Exerzierhalle die Hölle los.

In dem Getöse erklang eine Glocke, die das Ende signalisierte – wie die Glocke am Altar bei einer Messe, dachte Enid. Man spürt, wie das durch einen hindurchgeht. Man hört es, ohne wirklich hinzuhören.

»Mein Gott.«

Mr. Stevick sah erschöpft, ja benommen aus, er sagte, hier sei es »klaustrophobisch«, und er könne nicht atmen. Er klemmte seine Pfeife zwischen die Zähne, starrte in die Lichter, dann wandte er sich um und hob Enid unversehens empor. »Nichts wie raus hier«, murmelte er. »Wo ist denn Warren, wo steckt Lizzie?« Auf dem verdammten Gang sei es so voll, da herrsche so ein Gedränge, daß man nicht durchkomme, gut die Hälfte des Pöbels von Port Oriskany sei hier aufgekreuzt. Er hätte es besser wissen müssen, sagte er. Hannah habe recht gehabt.

Die Verwandten wollten sofort zu Felix' Umkleideraum gehen, um ihm zu gratulieren, doch allen anderen in der Arena war dieser Gedanke auch gekommen, und Mr. Stevick, der Enid Biergeruch ins Gesicht rülpste, meinte zuerst nein, lieber nicht, dann überlegte er sich's anders und sagte: »Warum denn eigentlich nicht? Es gibt ja was zu feiern.« Doch nach langen Minuten des Schiebens und Drückens in einem Gewühl von Menschen, in einem schlecht beleuchteten Korridor, der unterirdisch zu verlaufen schien, gab es für sie immer noch kein Durchkommen. War der Weg gesperrt? War das überhaupt der richtige Weg? Lyle Stevick stand in voller Lebensgröße da, auf dem Kopf seinen schicken schwarzen Filzhut, und versuchte geduldig, einem Schutzmann zu erklären, daß man ihn und seine Familie in Felix Stevicks Umkleideraum erwarte, *er* sei nämlich Felix Stevicks älterer Bruder, und dieser Mann da – Felix' Onkel Stefan Rossky, der angetrunken war und sich mit einem Nebenmann herumstritt – werde ebenfalls erwartet. Sie würden allesamt erwartet. Die Beschränktheit des Mannes machte Mr. Stevick ungeduldig, er versuchte durchzubrechen, doch ein zweiter Polizist versperrte ihm den Weg, außerdem stand da noch ein riesiger Glatzkopf herum. Im Korridor dröhnten die Stimmen so laut wie in der Arena, Warren hielt Enids Hand fest im Griff, damit sie nicht verlorenging, und selbst Lizzie fürchtete sich vor den ungehobelten Leuten, die sie voranschoben, ohne sie eines Blickes zu würdigen und ohne zu merken, daß sie ja noch ein junges Mädchen war. Es schien überhaupt keine Rolle zu spielen, daß sich Mr. Stevick mit lauter Stimme bemerkbar machte und mit ironischer Autorität redete wie jemand im Radio. Die Polizisten versuchten den Korridor zu räumen, sie setzten dabei ihre Gummiknüppel ein und riefen den Leuten zu, sie sollten sich durch den nächstgelegenen Ausgang entfernen, wo die Türen offenstünden zu einer rückwärtigen Straße: »Los! Vorwärts! Gehen Sie weiter in dieser Richtung!« Warren hob die murrende Enid hoch, er schaffte es durchzukommen, Lizzie schlängelte sich gleich hinter ihnen ins Freie, und zu guter Letzt erschien dort Mr. Stevick mit einem verärgerten, ungläubigen Gesichtsausdruck – er habe von einem knüppelschwingenden Bullen einen Stoß in die Brust erhalten, sagte er, er und seine Kinder seien wie Vieh hinausgetrieben worden auf die Straße, *das sei eine Beleidigung, die er niemals verzeihen könne.*

Irgendwie befreiten sie sich aus der vorwärtsdrängenden, lärmenden Menge und deren ziemlich übler Ausdrucksweise, Mr. Stevick versammelte seine Kinder um sich bis auf Geraldine, die mit den Pauleys zurückfuhr. Du lieber Gott, er hatte vielleicht eine Wut im Bauch! Ließ sich in den Wagen fallen, stieß den Zündschlüssel ins Zündschloß, dann raus aus dem Parkplatz, die Niagara Street entlang mit wilden Beschleunigungsmanövern, die Kinder hatten Angst vor ihm und waren ganz zahm, so wie er sie mochte. Er bremste bei der Kanalbrücke, gab dann wieder Gas, bis die Pfosten vorübersausten. Er war nicht betrunken, aber in einer ähnlichen Geistesverfassung; er sagte zu ihnen, die Stevicks seien an jenem Abend in der Stunde von Felix' Triumph allesamt beleidigt worden, sie müßten sich merken, solche Veranstaltungen in Zukunft zu meiden, solche Treffen des Pöbels, so wie man von der Kirche angewiesen werde, der Gelegenheit zur Sünde aus dem Weg zu gehen. »Ihr könnt sicher sein«, sagte er und hämmerte auf dem Lenkrad herum, »daß Felix alles mit voller Absicht getan hat. Oh ja.« Er habe seine nächsten Verwandten von sich ferngehalten, habe Fremden den Vorzug gegeben, dieser Frau namens Mercer und seinen italienischen Hintermännern, diesen Itakern, Hundesöhnen, Abschaum der Erde; Felix fange sogar schon an, ihnen zu gleichen mit seinem pomadisierten, an den Kopf geklatschten Haar, und wie gemein, wie rundweg barbarisch er sich am Abend aufgeführt habe, selbst wenn man einräume, daß das Boxen eine üble, gewalttätige, primitive Sportart sei. Sie hätten doch wohl selbst gesehen, wie Felix bei seinem Gegner immer wieder dort hingeschlagen habe, wo er ihm die Platzwunde beigebracht hatte, am Augenlid des Mannes, wie er darauf aus gewesen sei, daß die Blutung schlimmer wurde? Das Auge sei schon geschwollen gewesen, zweifellos habe es innere Blutungen gegeben, und Felix habe nonstop seine Geraden hineingestoßen. Es sei ihm recht geschehen, daß *er* einen Kopfstoß abbekommen habe und auch ein paar Genickschläge, die der Ringrichter nicht rügte. Jetzt werde er wahrscheinlich zum Titelanwärter Nummer vier aufsteigen, so funktioniere das, obwohl die Rangordnung sowieso ein Gaunerstückchen sei, das wisse doch jeder, da gebe es Schiebungen und Manipulationen, und *womöglich habe Watkins den Kampf sogar absichtlich verloren,* falls es mit den Mattiuzzios abgesprochen war, doch die Zeitungen würden *diese* Möglichkeit nie in Betracht ziehen, oh nein, da würde eher die Hölle einfrieren. In der Morgenzeitung also Photos von »Felix the Cat« auf der ersten Seite und wieder das Gerede, Port Oriskany werde in naher Zukunft seinen Weltmeister haben, und dann die Fachleute, die ihren Lokalmatador mit Graziano und Zale und Robinson verglichen, daß es einem direkt übel werden konnte – dahinter stecke doch nur die Tatsache, daß dieser Teil des Bundesstaates nichts Anständiges und Vernünftiges habe, worauf man stolz sein könne. »Felix the Cat«! – Himmel nochmal! – Und Felix sei so unreif und eitel, daß er den Quark ernst nehme, der über ihn verbreitet werde. Diese Sportjournalisten mit ihren Übertreibungen und ihrer Hysterie, die ihn mit Billy Conn vergleichen, weil er gut aussehe und »Klasse« habe und vor allem, weil er weiß sei. Aber was war denn jetzt so Klasse gewesen an seinem Auftritt? Viel Posieren und Angabe für die Menge. Man habe doch sehen können, daß Watkins ziemlich früh einige gute solide Körpertreffer gelandet hatte, und Felix würde sie tagelang spüren, schwere Treffer und Prellungen und die Platzwunde an seiner Stirn. Er sei so eitel gewesen wegen seinem Gesicht, einmal habe er sogar in einem Amateurwettbewerb einen Gegner verhöhnt, indem er ihm sein Kinn hingestreckt und gesagt habe: Auf geht's, los! Das sei die Art von Arroganz, für die er eines schönen Tages mit seinem Blut bezahlen müsse – das werde man schon noch sehen.

Felix wisse ja gar nicht, worum es beim Boxen wirklich gehe, denn das wisse keiner von denen, zuviel Speichelleckerei und die Frauen hinter ihnen her, und wenn man auch noch die ganze Zeit das eigene Bild in der Zeitung sehe, kriege man offensichtlich falsche Vorstellungen vom Universum. *Er* jedoch wisse Bescheid, Lyle Stevick kenne sich aus. In seiner Studentenzeit – »Soweit es eine gab!« – habe er die großen Philosophen studiert, Männer wie Hobbes und Schopenhauer, die die Welt klar und illusionslos sahen, Schopenhauer sei der Ansicht gewesen, daß wir uns alle in der Gewalt des blinden Willens befinden, des Willens der Natur, dessen Existenz ihr frommer Onkel Domenic nie anerkennen würde, da er den Willen als Gott betrachte – *der Wille als Gott*, was für eine traurige Vorstellung! –, und er stets zu erkennen gebe, daß er Lyles Logik kein Gehör schenke. Er schalte sein Gehirn ab, wie er es im Seminar gelernt habe, wolle nichts Böses hören, sehen oder sagen, o nein. Selbstgefällige, eingebildete Menschen in ihren Priesterkostümen mit Röcken und einem herumgedrehten Kragen, so vollkommen weiß und steif. Überzeugt, daß die Gläubigen selbst die schwachsinnigsten und eigennützigsten Verlautbarungen schlucken würden; von der Kanzel, *ex officio* verkündeten sie das Wort Gottes und wüßten, daß die Gläubigen gehorchen würden aus Furcht und aus Unwissenheit und aus dem verzweifelten Verlangen nach einem Glauben. Diese seien bereit, ihr Leben zu ruinieren, indem sie zu früh heirateten, indem sie ihre Seelen verpfändeten und zu jung Kinder bekämen (»so viele, wie Gott schickt«), aber Leute wie Felix Stevick seien offenbar nicht so erpicht auf die Ehe, dieser selbstsüchtige Bastard, unmoralisch und schockierend, und seine eigene Mutter, die auch nicht gerade eine Heilige sei, wolle nichts mehr mit ihm zu tun haben, habe ihn nicht im Zaum halten können – da treffe es sich gut, daß er Boxer sei, eines schönen Tages werde er eins auf die Birne bekommen und dann Feierabend, wie bei dem armen Joe Louis, aber in *diese* Gesellschaft werde »Felix the Cat« nicht aufsteigen, ganz egal, wie viele Absprachen gemacht würden. Bei Gott, er habe gedacht, Watkins sei womöglich dem Tode nahe, wie er so dalag und wie sie dem armen Hund Salmiakgeist unter die Nase hielten, doch er, Lyle Stevick, sei selber schuld, weil er seine Kinder an so einen Ort gebracht und sie so einem Spektakel ausgesetzt habe, aber es werde nie mehr geschehen, *nie wieder*, ganz egal, auch wenn Felix um den Titel im Mittelgewicht kämpfte, auch wenn er den Titel gewönne – was nicht geschehen würde; Graziano werde ihn abschlachten, er sei wirklich ein Kämpfer aus der Gosse, ein Itaker, der aus seinem boxerischen Unvermögen kein Geheimnis mache und einfach losdresche, und sie gingen jetzt ganz bestimmt nicht zu De Marra – Freddy De Marra, auch so ein schmieriger Südländer –, er wolle Felix nicht die Genugtuung geben, ihn und seine Familie an einem Abend gleich zweimal abzuweisen, die Angelegenheit sei als erledigt zu betrachten.

Mr. Stevick brachte den Wagen bei der Unterführung Ferry Street abrupt zum Stehen, ganz in der Nähe war die Canal House Tavern. Er werde nur zehn oder höchstens fünfzehn Minuten weg sein, sagte er, sie könnten doch selbst für Unterhaltung sorgen, Radio hören, aber um Gottes willen nicht die Batterie zu sehr beanspruchen, sonst werde er ihnen den Hintern versohlen, und sie sollten die Wagentüren verschlossen lassen in Anbetracht der Umgebung. Und wenn jemand vorbeikäme, wenn zum Beispiel ein Betrunkener herumstöbere oder durch die Autofenster schaue, sollten sie einfach auf die Hupe drücken und fleißig weiterhupen, Daddy werde dann gleich herauskommen.

Er sagte zu den verängstigten Kindern: »Lizzie, paß du auf Enid auf, und du, Warren, paß auf deine Schwestern auf, Daddy ist gleich wieder da. Kapiert?«

Er kam erst nach über einer Stunde zurück, doch zu diesem Zeitpunkt schlief Enid, sie war auf dem Rücksitz des Wagens eingenickt, während Lizzie und Warren am Sendersuchknopf des Radios herumdrehten und über den Kampf redeten; sie schlief ruckartig ein, es waren Abschnitte, die wie Stufen nach unten gingen, wie die zerbröselnden Zementstufen, die hinter dem

Haus in den Keller hinunterführten, wo ein schaler dunkler Geruch aufstieg. Sie zuckte zusammen und wachte auf, sie konnte sich nicht erinnern, wo sie war und warum sie, als sie die Augen aufschlug, das Radio hörte und Lizzies laute Stimme; vielleicht wurde sie wieder krank, fieberheiß, und Mama wäre außer sich – Enid hatte einst die Masern gehabt und 40 Grad Fieber, zuerst war Mama böse, dann kniete sie neben Enids Bett, flüsterte ein *Gegrüßet seist du, Maria, voll der Gnade* und flehte die Jungfrau an, ihr Kind zu verschonen, sie dachte, Enid schliefe und könne nichts hören –, und jetzt schien Enid wieder krank zu werden, sie sah schreckliche blendende Lichter vom Himmel fallen, hörte, wie die Glocke ertönte, der Körper ihres Onkels war entblößt, als er die weiße Robe ablegte, so viel davon war schwarz behaart wie bei einem Tier, seine Brust, seine Schenkel und Beine, selbst ein Teil seines Rückens und seiner muskulösen Arme; dann gingen die Boxer aufeinander zu, als ob sie von hinten geschoben würden und schauten nur einander an, sahen nichts anderes, und das Geräusch der auf Fleisch aufprallenden Handschuhe war etwas, was sie nicht aushalten konnte, aber hatte Daddy ihr nicht gesagt, die Boxer seien nicht wie sie? Doch sie konnte das Blutrinnsal schmecken, auf ihrer Zunge war ein schleimiger roter Belag, sie konnte nicht schlucken, sie würgte, plötzlich war sie hellwach, und Lizzie beugte sich über ihren Sitz und sagte: »O Gott, dir wird doch nicht schlecht? Wenn ja, dann mach bloß die Tür auf!« Dann ging es ihr besser, sie schlief wieder, hatte die Schläfe auf die prickelnde Armlehne gelegt, und wieder fielen die Lichter durch die Luft und wieder die Handschuhe der Männer, der fliegende Blutschleier wie eine Papierschlange, wie Konfetti – ein Mann in einer weißen Seidenrobe mit Goldrand, in seinem Gesicht eine Kreuzschraffierung aus Blut; den kannte sie nicht, und er kannte sie auch nicht.

3

Einst gab es Enid Maria, und es gab Engelchen. Enid Maria wußte aber sehr wenig über Engelchen, während Engelchen alles über Enid Maria wußte. Manchmal richtete Engelchen aus lauter

Übermut in Enid Marias Kommodenschubladen ein Durcheinander an, versteckte die Hausaufgaben, um sie zu erschrecken, verlor ihre Bibliotheksbücher, damit eine Strafgebühr fällig wurde; manchmal bestrafte sie Enid Maria sogar, indem sie ihr Essensgeld verlor – *du* kommst auch ohne aus, *du* verdienst kein Mittagessen. Enid begriff, daß es gefährlich war, in Gesellschaft von Engelchen eine belebte Straße entlangzugehen, weil es Engelchen urplötzlich einfallen konnte, die Straße zu überqueren – sie lächelte und tat einfach, was ihr in den Kram paßte. Und sie durfte sich das erlauben!

Das »brave« Mädchen, die Musterschülerin an der De Witt Clinton Junior High School war Enid Maria Stevick, so benannt nach der Mutter ihres Vaters, die vor vielen Jahren gestorben war. (»Eine gute Frau«, pflegte Mr. Stevick zu sagen, einen Seufzer ausstoßend. »Eine Märtyrerin.«) Enid Maria: Das war wirklich ein hübscher Name. Engelchen, das andere Mädchen, war auch Enid, aber schlau, verschlagen, abgebrüht, hinterhältig, mit Augen wie köstliche Schokoladeplätzchen und einem unschuldigen, wachsamen Gesichtsausdruck, zartknochig wie ein Vogel (hatte das nicht ein alter Narr gesagt, als er sie betrachtete?) und heimlichtuerisch. Die anderen Mädchen nannten sie Honigkuchen, Püppchen, Schätzchen und Miezekätzchen, doch sie beschlossen, daß Engelchen am besten zu ihr passe.

»Bring Engelchen mit«, schlugen sie Enid vor.

»Laß Engelchen zuerst ran«, sagten sie kichernd – »Die kann sich wirklich alles erlauben.«

Selbst wenn sie sich nicht wohl fühlte, versäumte Enid Maria selten den Unterricht – darauf war sie stolz. Sie wurde jedes Jahr zur Klassensprecherin gewählt, ihr Zeugnis bestand stets aus lauter »A« und »A+«, und die Lehrer hatten sie sehr gern – ein liebes Gesicht und zurückhaltend, eine von den *verläßlichen* Schülerinnen. An Sonntagen und hohen Feiertagen besuchte sie die Messe in St. James und nahm zusammen mit den Stevicks an der Kommunion teil, wobei sie achtgab, daß die Hostie auf ihrer Zunge zerfiel. Sie ging Freitag nachmittags zur Beichte, kniete in dem Dunkel, das wie ein Versteck für Kinder war, und leierte ein paar kleine Sünden herunter. Sie verwendete dabei in der Hauptsache Wörter aus dem Gebetbuch mit dem buntschillernden Einband, das Onkel Domenic ihr geschenkt hatte – dort gab es im hinteren Teil für den gewissenhaften Sünder Listen mit läßlichen Sünden und Todsünden. Enid sagte ihre Reuegebete so schnell, wie sie konnte, sagte auch den Rosenkranz, so schnell es ging, sie zog die billigen Plastikperlen durch ihre Finger, während Engelchen spöttisch und gelangweilt die Kirche durchstreifte und die Andächtigen unverschämt anstarrte. Engelchen wartete bloß darauf, daß die Zeremonie zu Ende ging. Das Läuten der Glocke beim Emporheben der Abendmahlshostie erinnerte Enid an die Exerzierhalle und an ihren Onkel Felix, doch diese Glocke war zarter, zittriger, ein süßer, melodischer Klang wie Musik, kein Grund für Enid, die Augen zu bedecken oder sich gegen einen Schock zu wappnen.

O Scheiße, sagte Engelchen gähnend und grinsend, wann hört das bloß auf?

Seit Geraldine mit Neal O'Banan verheiratet war und auf der West Side wohnte, war Enid Maria der Liebling von Mama, sofern sie so etwas wie einen Liebling hatte. Ganz gewiß war sie Daddys Liebling – obwohl er Lizzie gerne hänselte oder sie aufzog, wie er es nannte. Zwischen ihm und Warren gab es ein besonderes Verständnis, eine Ernsthaftigkeit, die er vielleicht mit seinen Töchtern nicht hatte. Bei den Mahlzeiten stellte er Warren Fragen zu seinen Schulfächern, gerade so, als wolle er ihn bei Irrtümern und falschen Angaben ertappen; er trieb Warren dazu an, daß er redete – damit er sein Stottern »bezwinge«. Doch die meiste Zeit nahm Lyle Stevick nicht viel Notiz von seinen Kindern, weil er mit seinen Gedanken woanders war. Seine Arbeitszeit im Geschäft sei lang, sagte er. Tagein und tagaus. Als Ruhepause habe er nur den Sabbath.

Mr. Stevick besaß eine Möbelhandlung – in der Hauptsache gebrauchte Stücke oder »Sonderangebote«. Er machte sich dauernd Sorgen über die Bezahlung der Miete und über Kunden, die Artikel zurückgeben wollten, welche sie selbst beschädigt hatten, ganz zu schweigen von Kunden, die ihm Diebesgut verkaufen wollten. Er lag im Dauerstreit mit dem Vermieter, einem Deutschen. »Es ist kein Geheimnis, daß er ein Nazi ist.« Das alte Gebäude in der Lock Street, das er gemietet hatte, bereitete ihm fortwährend Kummer – verfaulende Schindeln und eine unzuverlässige Ofenheizung, der verdammte Keller stand nach jedem schweren Sturm unter Wasser, es gab Termiten, Mäuse und Ratten. Jeden Sonntag beauftragte er Enid damit, ihm bei der Durchsicht der Anzeigen für gewerbliche Mietobjekte im *News Transcript* zu helfen. Wie gerne würde er dem fetten »Kraut« sagen, er wolle den Mietvertrag nicht verlängern, aber natürlich war das gar nicht so einfach.

Wenn Mr. Stevick sich nicht in geschäftlichen Dingen die Haare ausraufen mußte – wie er es nannte –, dann kümmerte er sich um allgemeine Belange: Er betrachtete es als seine Bürgerpflicht, ein wachsames Auge auf die Regierenden zu haben, seien sie nun an der Spitze der Nation, des Bundesstaates oder des Bezirkes: »Diese Schmarotzer würden uns den letzten Blutstropfen aussaugen, wenn sie könnten.« Es war seine Gewohnheit, in kurzen Zeitabständen Leserbriefe an den *Transcript* und den *Evening Herald* zu schicken; er schrieb sie auf einer alten Remington-Büromaschine, die er im Geschäft aufbewahrte. Mit größter Sorgfalt überarbeitet, mit Fakten, Zahlen, Statistiken und Zitaten gespickt (Samuel Johnson, George Bernard Shaw und Mark Twain bevorzugte er), waren Lyle Stevicks Briefe vorbildhaft für ihr Genre, seine Freunde und Verwandten wunderten sich, warum ihn keine der beiden Zeitungen auf der Kommentarseite eine eigene Kolumne schreiben ließ. Wie beißend war sein Witz, wie messerscharf seine Logik, wenn er das für den Bezirk Oriskany zuständige Aufsichtsgremium anprangerte oder das Rathaus oder die Bundesfinanzbehörde, wenn er den von den Republikanern beherrschten 80. Kongreß rügte wegen seiner Unfähigkeit, »mit der Inflation fertig zu werden«, oder den »politischen Zynismus« des von Harry Truman eingeführten Treueeids für Regierungsangestellte: »Nicht mehr lange, und die Vereinigten Staaten machen es der UdSSR nach.« Als Trumans Justizminister eine öffentliche Erklärung des Inhalts abgab, daß es überall Kommunisten gebe – in Fabriken, Büros, Fleischerläden und Straßenecken, selbst in Privatunternehmen, *wobei jeder die für Amerika tödlichen Keime in sich trage* –, da verfaßte Lyle Stevick seinen brillantesten Brief, aber weder der *Transcript* noch der *Herald* wollten ihn veröffentlichen. Mrs.

Stevick war sehr dagegen gewesen, daß er ihn abschickte – was wäre, wenn man ihn verhaftete? Was dann?

Und Enid machte sich Sorgen, man werde ihn tatsächlich verhaften: SA-Männer hämmerten gegen die Tür wie in einem Kriegsfilm, und ihr Daddy wurde weggeschleppt.

Engelchen ging Daddy aus dem Wege, sie vermutete, daß er für *sie* nicht viel übrig hätte. Enid Maria aber saß auf seinem Knie, er las ihr vor aus seinem Bücherstapel, sann über seine Jugend nach und über die Zeit von Bürgermeister Stevick vor dem Krieg. Lizzie war eifersüchtig – er und Lizzie gingen »einander schwer auf die Nerven«, behauptete Mr. Stevick. Und Warren wurde von ihm kritisiert, weil dieser »schon zu weit voran« sei (was das bedeuten sollte, wußte Warren nicht). Machte Geraldine mit ihrem dicken Bauch in ihren Umstandskleidern einen Besuch im Haus, dann verzog er sich nach draußen auf die Gasse, rauchte seine Pfeife und ließ sie und ihre Mutter reden – er verschwand dann meist in einer seiner Kneipen und kam erst Stunden später zurück. Aber er betete Enid Maria an. Wie er Enid Maria anbetete! Wenn sie ihr Zeugnis nach Hause brachte, machte er viel Aufhebens und schaute es sich ganz genau Zeile für Zeile an, er lobte sein kleines Schätzchen, fragte aber laut mit einer Stimme wie Jimmy Durante, wozu ein so hübsches Mädchen bloß ein kluges Köpfchen brauche.

4

»Denk einfach, es sei ein Spiel«, sagte Lizzie.

»Und wenn du geschnappt wirst – vergiß nicht, du machst das allein«, setzte sie dann warnend hinzu.

»Gib dich ganz so, wie du bist, Engelchen«, sagte Nelia und drückte Enids Handgelenk, »dann wird keinem Menschen was auffallen.«

Zu dieser Zeit waren Steckperlen der letzte Schrei, man machte sich ganz nach Belieben kurze oder lange Hals- oder Armketten aus einem einzelnen Strang oder auch sechsfach aufgereiht. Lizzie hatte perlrosafarbene und mattweiße Perlen, nun wollte sie schwarze, tiefschwarze, und dazu die passenden baumelnden Ohrringe, auch einen schönen schwarzen Gürtel, einen von diesen breiten glänzenden elastischen Gürteln, die einem die Taille zusammendrückten, daß man kaum mehr atmen konnte, aber das sah verdammt gut aus, die Hüften und die Brüste kamen sehr zur Geltung. Auf der Kommode der Mädchen war in einem Rahmen mit Goldfiligran eine aufreizende Schwarzweißfotografie von Rita Hayworth – *Für Lizzie mit lieben Grüßen von Rita* –, sie hatte sinnliche, feuchte, schmollende Lippen, schläfrige, verführerische Augen, das Haar ganz gekräuselt, wellig, lockig, die Spitzen nach oben gebogen. War sie nicht großartig? Lizzie wollte unbedingt *so* sein, aber gleichzeitig auch ein bißchen sie selbst. Rita Hayworth trug allem Anschein nach schwarze Perlen, ein halbes Dutzend Stränge wogte über ihre großen Brüste, die in eine Bluse aus Silberlamé gezwängt waren. »Ach du Scheiße«, sagte Lizzie lachend, »wenn ich bloß so aussehen würde!« Ihre heisere, hauchige Stimme wurde dabei immer leiser.

Und sie wolle ein anständiges Parfüm, sagte sie. Midnight Sin in der milchigblauen Flasche möge sie nicht, das rieche zu scharf; Daddy schnuppere in der Luft herum und tue so, als wäre er eine Hyäne oder sowas, er sage dann: »Wer stinkt denn hier?« Er halte das nämlich für witzig. Lizzie werde das Zeug ins Klo schütten.

Zur Bande gehörten: Lizzie Stevick, Nelia Pancoe und Rose Ann Esposito, die Jerry Espositos jüngere Schwester war. Jerry hatte Lizzie ein paarmal ins Kino und zum Rollschuhfahren eingeladen; er war älter als sie, siebzehn oder achtzehn, er hatte sechs Monate in der Jugendstrafanstalt von Red Bank gesessen wegen Autodiebstahls, Lizzie bekam ihn jetzt nicht mehr zu Gesicht, den verdammten Kerl. Manchmal ging ihre Cousine Dinah Pauley mit, die arme dicke Dinah, die so leicht außer Atem geriet. Und manchmal ging auch Lizzies Schwester Enid mit, die das Engelchen war, die so süß aussah, so schüchtern, so scheu – als könnte sie kein Wässerchen trüben, sagte Nelia Pancoe mit ihrem schleppenden Hillbilly-Tonfall, hinter dem weniger steckte, als er vermuten ließ.

Nach der Schule war auf der Main Street im Zentrum der strategisch beste Zeitpunkt kurz vor fünf, wenn die Geschäfte voll waren, das Personal aber müde und reif für das Ende der Schicht, wenn ihre Augen vor Müdigkeit glasig waren, wenn sie jemand anschauten und manchmal rein gar nichts wahrnahmen: bei Sibley, bei Montgomery Ward, bei Kresge, Woolworth, Grant, in dem großen, hellen, neonbeleuchteten Rexall-Drugstore auf der Niagara Street, bei Port O'Call Fashions und in dem Discountladen an der Union Street. Sie zogen zu zweit oder zu dritt los. Geplant war, daß sie sich nach zwanzig Minuten einige Häuserblocks weiter in der Damentoilette des Greyhound-Busbahnhofs treffen würden. »Benehmt euch ganz natürlich«, sagte Lizzie mit leiser, beschwörender Stimme. Die Kaufhausdetektive seien darauf trainiert, Kinder im Auge zu behalten, die sich »verdächtig« aufführten, also Negerkinder, die ohne ihre Mutter hereinkamen; sie könnten nicht alle Leute gleichzeitig überwachen. »Schlimmstenfalls läßt du das, was du hast, einfach auf den Ladentisch fallen«, sagte Lizzie zu Enid, »und dann gehst du rasch weg; nicht rennen, nur rasch weggehen. Betrachte es als ein Spiel.«

Wenn sich Enid durch die Türen schob, konnte sie vor Aufregung nicht klar sehen, ihre Kehle war wie zugeschnürt, weil sie nicht lachen durfte, innen drin war es immer warm, voller Betrieb, hell und strahlend wie bei einem Volksfest. Gleich geschieht es, sagte sie sich, gleich geschieht es und kann nicht aufgehalten werden: wie die Unterströmung im Shoal Lake. Wie beim Sex, dachte sie – wenn du einen Mann oder einen Jungen damit anfangen läßt, will oder kann er vielleicht nicht mehr aufhören, bis es vorüber ist.

Und das Sterben wäre auch so ähnlich, die eigentliche Schwierigkeit lag am Anfang, wenn man die Entscheidung treffen mußte.

Vor ein paar Jahren, als sie nie das geringste stahl, als sie nicht im entferntesten daran gedacht hätte (Enid Maria nicht, *sie* nicht), wollte es der Zufall, daß sie bei Kresge mit einem Buch aus einer Kiste voller 99-Cent-Bücher wegging, ganz unabsichtlich; sie hatte ihre Schulbücher abgestellt, damit sie schmökern konnte, die Bücher lagen kreuz und quer in der Kiste herum, sie hatten beschädigte Zellophanhüllen und stammten von Autoren, von denen sie noch nie gehört hatte, in der Hauptsache waren es Kriminalromane. Trotzdem verplemperte sie gut zehn Minuten mit Herumschmökern, mit der Suche nach etwas, das ihr gefallen könnte. Wie in der Bibliothek, auf der Suche nach einem Buch, das sie öffnen und durchblättern könnte, um dann innezuhalten und eine Zeile aufs Geratewohl zu lesen, wie es manche Leute mit der Bibel machten, Worte, die vielleicht das Leben verändern würden, die das aber nie taten. Enid schaute sich also eine Weile die Bücher an, schlenderte dann weiter, und draußen auf der Straße stellte sie fest, daß sie zusammen mit ihren Schulbüchern eines der Bücher an sich genommen hatte, und das hieß, daß sie *gestohlen* hatte, daß sie *festgenommen* werden konnte! Sie rannte zu Kresge, um das Buch zurückzugeben; ganz entsetzt versuchte sie einer Verkäuferin zu erklären, was geschehen war, sie habe es aus Versehen getan, völlig unabsichtlich; das Mädchen ließ sich das Buch geben und warf es in die Kiste zu den anderen, einfach so. Der unabsichtliche Diebstahl hatte Enid sehr erschreckt – für sie ging eine Welt in Stücke, zerbrach an unsichtbaren Verwerfungslinien, dort, wo man Dinge unabsichtlich tat und erst nachher davon erfuhr, wenn es zu spät war. Ein absichtlicher Diebstahl war etwas anderes.

Lizzie und Nelia schlenderten mit angeberischem Getue los; sie waren große, fröhliche Mädchen mit flinken Augen, roten Lippen und einem Anflug nervöser Verspieltheit. Die Spielregeln sahen vor, daß Enid von ihnen einen Rüffel beziehen würde, wenn sie sich ihnen jetzt näherte, und in den Geschäften kannten sie Enid überhaupt nicht. Also machte sie es auf ihre behutsame und pfiffige Art und ignorierte die anderen ebenfalls. Bei Grant, bei Rexall Drugs, unter den bei Sibley einkaufenden Damen und in der großen, hellen Norban-Filiale, wo es von oben herunter Musikberieselung gab, hatte sie meist Lizzies alte Umhängetasche aus Kunstleder dabei, in welche sie Gegenstände problemlos hineinschieben konnte, und sie trug Lizzies alte kastanienbraune Cordjacke mit den geräumigen Taschen: Engelchen auf der Lauer. Und wenn ein Kaufhausdetektiv sie erwischte, was dann? Und wenn die anderen wegrannten und sie sitzen ließen, was dann? Das waren die Risiken, die sie eingehen mußte. Jetzt geht es los, sagte sie sich, jetzt kann man's nicht mehr stoppen.

In den folgenden Wochen staunten die anderen über Enid. Lizzie erklärte, sie sei beeindruckt; zu Enids Trophäen gehörte eine weiße Harlekin-Sonnenbrille aus Plastik, eine Tube rosa Lippenpaste, ein Schlüsselbund mit einer Kaninchenpfote, goldene Ohrreifen, Ohrringe mit Perlen, Bergkristall-Ohrringe, eine Brieftasche aus rotem Kunstleder, eine kleine Haarbürste von der Größe einer Geldbörse, mehrere Paar Strümpfe, ein Paar gute Ziegenlederhandschuhe, die sie ihrer Mutter schenkte (die habe sie auf der Straße gefunden, sagte sie), einige silberne Bleistifte, einige winzige Tierchen aus Glas für die Kommode in ihrem und Lizzies Zimmer. Enids Finger schienen sich aus eigenem Antrieb zu bewegen, während ihr Herz ganz unregelmäßig schlug. Aber es war doch Engelchen, die nicht aufzuhalten war!

Bei Sibley hielt sich Enid einmal alleine auf, als die anderen schon weggegangen waren; sie bewegte sich wie eine Schlafwandlerin durch die Gänge, bummelte an den Auslagen mit Modeschmuck vorbei, hübsche Goldketten, goldene Ohrringe, goldene Armspangen, mit falschen Juwelen verziert, und dann gab es noch eine Schatztruhe mit Steckperlen in allen Farben. Die Verkäuferin fragte, ob sie behilflich sein könne, Enid Maria sagte lieb und höflich: »Nein, danke.« Sie schaue sich nur um. Ihr seidenweiches kastanienfarbenes Haar war sauber aus dem Gesicht gekämmt und mit silbernen Spangen festgesteckt, sie trug eine weiße Bluse mit sauberem Kragen und einen grünen gemusterten Pullover, den Mrs. Stevick gestrickt hatte, das war Engelchen in ihrer besten Verkleidung. Durch die Augenwimpern hindurch verfolgte sie insgeheim, wie eine Verkäuferin eine Kundin bediente, ihr Blick war geschärft, alle ihre Sinne waren geschärft. Mr. Stevick hätte gesagt, es war, als gehe man in eine Zeitschleife und gelange in eine andere Galaxie! Ihre Finger waren eisig, steif, womöglich zitterte sie, dennoch griff ihre Hand zu; es war zu spät, nein, es war nicht zu spät, doch ihre Finger krümmten sich um die Perlen, jetzt plötzlich war es wirklich zu spät, sie ließ sie in die Umhängetasche fallen, und jemand rief mit scharfer Stimme über den Gang hinweg: »Sie da! Fräulein!« Aber Enid war schon im Weggehen, Enid ging rasch und ohne ein Zögern weg, ihr Herz ging wie ein Pendel hin und her und trieb sie fort, ihre Lippen spannten sich um die Zähne, ganz gelassen dachte sie: Jetzt geht es los, jetzt geht es los. Sie riefen hinter ihr her: »Sie dort, Fräulein. – Sie in dem grünen Pullover!«, und nachher glaubte Enid zwar, sie sei nicht in Panik geraten, doch sie schob sich unbeholfen an zwei Kundinnen vorbei, die gerade das Geschäft betraten, und dann war sie draußen auf der Straße und rannte in der rauhen, kalten Luft. Sie wußte, sie mußte die Umhängetasche fest an ihre Rippen drücken, damit sie nicht herumbaumelte, sie wußte, sie mußte wie eine Ratte an den Gebäuden entlanglaufen, dann zwischen Grant und dem Schuhgeschäft Scanlon in eine Gasse abbiegen; sie rannte, sie rannte atemlos und lachend, ach du lieber Gott, Engelchen könnte ewig weiterrennen, sie würde ewig leben, niemand wagte es, sie anzufassen.

In der stinkenden ungelüfteten Damentoilette im Greyhound-Busbahnhof warteten sie ein bißchen besorgt auf Enid, sie hatte über zehn Minuten Verspätung; dann stürmte sie schnaufend und kichernd herein, an ihren Wimpern hing die Feuchtigkeit in Tröpfchen, ihr Gesicht war kränklich blaß. Lizzie packte sie und fragte sie halb im Zorn, ob alles in Ordnung oder ob etwas schiefgelaufen sei, und immer noch kichernd und außer Atem öffnete sie die Tasche, damit Lizzie den glänzenden schwarzen Perlenstrang betrachten konnte. Lizzie warf ihre Zigarette ins Waschbecken, damit sie Enid in die Arme schließen konnte, sie sei so erleichtert, richtig froh, o Gott, sie hätten sich alle solche Sorgen gemacht! Nun standen die anderen um sie herum, Nelia und Dinah und Rose Ann, alle ganz aus dem Häuschen, sie quietschten vor Freude, umringten die süße Enid Maria und deren Beute.

Nelia stellte sich vor Enid hin und küßte sie fest auf die Lippen, eine helle Lippenstiftspur blieb zurück. »Du bist halt einfach ganz gottverdammt gerissen«, sagte sie in ihrem verschmitzten Hillbilly-Tonfall.

Mrs. Stevick hielt sich fünfzehn Tage im Krankenhaus auf; man hatte ihre Gallenblase entfernt, nun mußte sie nur wieder zu Kräften kommen. Sie lag in ihrem Krankenhausbett, die Kopfstütze hochgestellt, hörte eines ihrer Radioprogramme oder las eine Zeitschrift – *Woman's Day, Coronet, Catholic Home Messenger, Saturday Evening Post.* Ihr Arzt sagte, sie mache gute Fortschritte, obwohl sie bei der Operation ziemlich viel Blut verloren habe. Um ihre Augen herum hatte sie tintenfarbene Flecke, zu beiden Seiten ihres Mundes waren scharfe Linien eingegraben. Enid sah zum ersten Mal, daß ihr Haar einen Stich ins Gräuliche hatte, ins völlig Farblose. In dem weißen Nachthemd, in dem hohen, weißen Bett, dessen Geruch anders war als die Gerüche in dem Haus East Clinton Street 118, wirkte sie wie eine Fremde, doch am meisten überraschte es ihre Familie, wie sehr sie das Krankenhaus *mochte.* Sie brauche nichts zu tun, müsse zwei Wochen lang kaum einen Finger rühren, sagte sie erstaunt – es sei ganz anders als ein Krankenhausaufenthalt wegen einer Entbindung!

Mr. Stevick besuchte sie einmal täglich, obwohl ihn Krankenhäuser nervös machten, wie er sagte – er habe im St. Josephs-Krankenhaus, genau demselben Hospital, im Krieg als Sanitätsfreiwilliger gedient, aber es mache ihn immer noch nervös, und am wenigsten vertrage er die Gerüche. Vielleicht wisse er einfach zuviel! Mrs. Stevick hatte eine ganz nette Anzahl Besucher, aber es machte ihr anscheinend nichts aus, allein zu sein. Wenn Enid sie nach Schulschluß besuchte, hörte sie im Radio immer *Ma Perkins,* dann kam *Stella Dallas,* sie hatte also ihren Zeitvertreib.

Enid gab ihrer Mutter eine Karte mit Genesungswünschen und eine Flasche Kölnisch Wasser – *Eau de toilette du bois* – aus der Rexall-Filiale. Die Flasche gehörte zu Engelchens Beute; ein seltsamer Anblick, wie sie in Mrs. Stevicks Fingern umhergedreht und untersucht wurde, als hätte sie *doch* einen Verdacht. Mrs. Stevick dankte ihr, sie tupfte sogar ein bißchen Cologne auf ihr Handgelenk und ganz leicht an ihren Hals, das war eine mädchenhafte, fast schüchterne und lange nicht mehr praktizierte Geste. Bevor Enid ging, sagte sie wieder mit einer verwunderten, halb vorwurfsvollen Stimme, wie schön es doch sei, ab und zu einfach allein zu sein, einfach ausruhen zu können. Sie habe nicht gewußt, daß sie so müde sei.

Es sei Zeit, Engelchens Ohren durchzustechen, sagten die Mädchen. Besonders deswegen, weil sie jetzt all die schönen Ohrringe habe.

Sie machten das eines Abends bei den Pancoes, als Nelias Eltern ausgegangen waren. Enid machte sich wegen des Schmerzes keine Gedanken, doch die Größe der Nadel machte ihr Kummer: Wenn Lizzies Hand ausrutschte, was dann?

Lizzie sagte, ihre Hand werde nicht ausrutschen. Still hinsitzen!

Das Radio war aufgedreht, zuerst die Fontane Sisters, dann Nat King Cole mit »Mona Lisa«, dann Frankie Lanes »Mule Train«, den Enid nicht ausstehen konnte. Sie setzten Enid an den Küchentisch, legten ihr ein Handtuch um die Schultern; je schneller man es mache, desto weniger schmerze es, sagte Nelia in nüchternem Ton. Sie erhitzte eine lange Stopfnadel in der Flamme eines Streichholzes und gab sie an Lizzie weiter. Nelia fragte, ob sie denn nicht Jod oder so etwas verwenden sollten gegen Bakterien, und sie machte sich auf die Suche. Jetzt erklang im Radio »If I Knew You Were Coming I'd've Baked a Cake« – das war der fröhlichste unter all den Schlagern.

Die Pancoes hatten in der Decker-Siedlung, einige Häuserblocks nördlich von East Clinton, eine Wohnung im ersten Stock. Die Siedlung war so groß wie ein ganzer Häuserblock in der City, die Gebäude hatten einen Bitumenanstrich und sahen wie Kasernen aus, eine kleine, abgewetzte Grünfläche sollte einen Park darstellen, der Rest der Freifläche zwischen den Gebäuden war betoniert. Die Sozialwohnungen sollten in erster Linie Kriegsveteranen aufnehmen – Mr. Pancoe war bei der Marine gewesen –, viele der Bewohner waren Italiener, Südslawen oder Hillbillies wie die Pancoes, die aus West Virginia stammten, Leute mit fünf, sechs, sieben oder mehr Kindern pro Familie. In der Familie Pancoe gab es sechs Kinder einschließlich Nelia, die mit vierzehn die Älteste war. Sie war ein grobknochiges Mädchen, sie hatte ein breites, hübsches, frisches Gesicht, große, muskulöse Schenkel, und ein Strang dunkelblonder Haare baumelte locker geflochten auf ihrem Rücken hin und her. In der Schule war sie launenhaft und gefährlich, sie geriet in Schlägereien; in der achten Klasse war sie sitzengeblieben, aber gegenüber ihren Freundinnen war sie gutmütig, mit ihr gab es viel Spaß. Sie und Lizzie seien dicke Freundinnen, sie habe gute Freundinnen wie Rose Ann und Dinah, Enid aber sei ihr »Herzchen«, pflegte sie zu sagen. Sie versuchte eines Tages, Enid bei Radiomusik das Tanzen beizubringen, doch sie tanzte zu eng und hielt Enid zu sehr fest, so daß diese nervös wurde; ein andermal fragte sie Enid, ob sie mal das Küssen probieren wolle. »Ich spiele den Mann«, sagte sie, entblößte das Zahnfleisch und grinste, als ob es halb im Spaß gemeint wäre, »jeden Mann, ganz wie du ihn haben möchtest!« Enid schob sie weg und bemühte sich, etwas Spaßiges zu erwidern: »Wenn ich küsse, ist da nichts *Komisches* dran«, sagte sie.

Lizzie hatte Schwierigkeiten, die Nadel durch Enids Ohrläppchen hindurchzubekommen, vielleicht war das verdammte Ding nicht spitz genug. Nelia wischte das Blut weg. Enid saß seltsam still da, sie schreckte nicht vor dem Schmerz zurück, sondern kam ihm entgegen, konzentrierte sich auf ihn mit geschlossenen Augen und bebenden Augenlidern. Sie dachte daran, wie sie beim Abendmahl am Altargitter gekniet und die Hostie auf der Zunge empfangen hatte, trotz einer Todsünde; sie dachte an die Hölle und an die Qualen, die ewig währen sollten, doch was bedeutete Ewigkeit? Der Schmerz war gegenwärtig, der Schmerz war akut. Man konnte ihn im Fleisch spüren, und er war einem nicht fremd.

Sie dachte an Warren, der in Fort Rawling im Ausbildungslager war. Sie vermißte ihn stärker als erwartet – Geraldine fehlte ihr ja fast gar nicht. In seinem letzten Brief hatte er ihr geschrieben, er werde wahrscheinlich zu einem Armeestützpunkt in Japan geschickt werden und dann nach Korea: Präsident Truman habe Südkorea amerikanische Rüstungsgüter versprochen, damit seien amerikanische Soldaten gemeint, »also der Gefreite Stevick«. Es sehe so aus, als drohe dem südkoreanischen Volk eine kommunistische Invasion aus dem Norden, als müsse in Asien »Einhalt geboten werden«, wie schon zuvor in Europa – das sei das einzige, was die Russen verstünden. So war das nach Warrens Worten; so war es ihm beigebracht worden. Bevor er nach New Jersey abgereist war, hatte Enid ihn genau angeschaut, er war ihr schon etwas seltsam vorgekommen, verändert – er machte einen forschen, tüchtigen, *selbstsicheren* Eindruck, er war überhaupt nicht wie Warren Stevick. Enid fragte ihn, ob er nicht Angst habe, ob er nicht besorgt sei, daß etwas passieren könnte, wenn sie ihn auf die andere Seite der Erdkugel schickten, doch Warren schnitt ihr das Wort ab und sagte rasch, dies sei natürlich nicht der Fall.

Er brauche nicht nachzudenken, ob er Angst habe, er führe einfach Befehle aus. Er handle auf Anweisung.

Enid dachte an den Mann, den ihr Onkel Felix in der Exerzierhalle k.o. geschlagen hatte – was für eine Art Schmerz war *das*? Sie hatte sein schmerzverzerrtes Gesicht gesehen, das aus seinem Auge strömende Blut, es hatte ihm weh getan, ganz egal, was ihr Vater dazu sagte. Und dann Felix, der in seinem letzten Kampf so schlimm zugerichtet worden war – an der Stirn mit achtundzwanzig Stichen genäht, Krankenhausaufenthalt wegen Gehirnerschütterung –, daß er mit dem Boxen für immer Schluß machte. Zuerst wurde dem einen Mann weh getan, dann dem anderen.

Zum Glück sei der dumme Kerl nicht getötet worden, sagte Mr. Stevick.

Als bei Enid beide Ohren durchbohrt waren, drückten die Mädchen Baumwollwatte an die kleinen Löcher, um die Blutung zu stillen. Lizzie sagte reumütig, sie hätte Enids Ohren mit Eiswürfeln betäuben sollen – das habe sie vergessen. »Wie schön«, sagte Enid. »Vielen Dank auch.« Dann tupfte Lizzie ihr die Ohren mit Jod ab und drehte ziemlich unbeholfen goldene Stifte hinein, wobei ihr warmer Atem Enids Gesicht streifte; als das vorüber war, gaben ihr Lizzie und Nelia einen Kuß, sie sagten, sie sei ein tapferes kleines Engelchen, wie sie so dagesessen habe, als ob nichts los wäre. Als wäre sie überhaupt nicht da.

Die kleinen Stifte mußte man täglich zweimal weiterdrehen, was Enid natürlich tat, Enid Maria nahm derlei Pflichten immer sehr genau, sie betrachtete sich ein dutzendmal am Tag in irgendwelchen Spiegeln und war beeindruckt von dem funkelnden Gold in ihren Ohrläppchen – so berückend, so *erwachsen*. Das war der Grund, daß Männer ihr manchmal Blicke zuwarfen auf der Straße, im Bus, daß sie sie manchmal unverschämt anstarrten, ohne zu wissen, was sie da taten. Verlegen und mit heißem Gesicht schaute Enid zur Seite und tat so, als merke sie nichts, doch sie hatte es gern, o ja, sie hatte es gern und würde es noch viel mehr zu schätzen wissen, versprach Engelchen.

Sobald ihre Ohren verheilt wären, könnte sie richtige Ohrringe tragen wie die älteren Mädchen, aber warum heilten die Ohren nicht? Das hätte doch längst der Fall sein sollen. Beide Ohrläppchen schmerzten, das linke ganz besonders, manchmal hatte Enid sogar links am Hals Beschwerden; sie lag wach, konnte wegen der Schmerzen nicht schlafen; sie war zu stolz, um Lizzie zu wecken und es ihr zu sagen, zu eigensinnig; sie wußte, daß sie das verdiente, sie wußte, sie verdiente alles, was geschah, was auch immer ganz leise in ihrem Blut pochte, und schließlich tat ihr der ganze Kopf weh, unter ihren Augen lagen Schatten, und Mrs. Stutzman, ihre Englischlehrerin, fragte sie, was denn los sei, ob sie Schmerzen habe, ob sie krank sei – und als sie ihre entzündeten Ohren sah, schickte sie Enid zur Krankenschwester der Schule, die dann die Stifte entfernte – *kein* Gold, sagte die Schwester – und die Wunden mit Jod behandelte. »Wer hat dir das angetan?« fragte die Schwester. »Weiß deine Mutter Bescheid darüber?«

Allmählich verschwanden die Schwellungen, die kleinen Löcher verheilten, bis sie kaum mehr waren als Nadelstiche im Fleisch. Enid untersuchte sie im Spiegel, war enttäuscht und kniff sich, um etwas zu spüren – doch ihre Ohrläppchen waren jetzt empfindungslos. Zumindest hatte es den Anschein.

5

»Das ist der glücklichste Tag meines Lebens.«

In den Augen der Braut standen Tränen wie in einem flachen Gefäß, das beim kleinsten Stoß überlaufen würde. Viel weißer, glänzender Satin, so weiß, ein Tüllschleier (von ihrer Großmutter Rossky), winzige Perlen als Knöpfe im Nacken und an den Ärmeln, ein enganliegendes Mieder, das am Bauch und an den Hüften jedoch auffallend locker war.

»Wie bei Gerry Stevick«, flüsterten sie. »Ihr wißt schon…«

»Im wievielten Monat? Im zweiten, dritten…«

»Oh, aber *mindestens.*«

Annemarie Pauley aber strahlte an ihrem Hochzeitstag trotz allem, sie war hübscher, als Enid sie je gesehen hatte, und bestimmt glücklicher, wie sie auf den Stufen stand und gerade ihr Brautbukett in die Höhe werfen wollte, während ihre Cousinen und Freundinnen ihr zuriefen: »Hier! Hierher! Für mich!« Sie lachte, schließlich liefen die Tränen doch herunter, sie rollten rasch über ihre gepuderten Wangen.

Das duftende, weiße Bukett – Nelken und winzige, geschlossene Rosenknopsen – segelte über ihre Köpfe hinweg, doch keines der Mädchen bekam es zu fassen, statt dessen gelang es zur allgemeinen Überraschung (oder Verlegenheit und Enttäuschung) dem armen, schwachköpfigen Albert Rossky, die Blumen mit einem Gesichtsausdruck kindischen Frohlockens im Flug aufzufangen. Was konnte man machen? Albert war Annemaries Cousin, neununddreißig Jahre alt und geistig wie ein Zehnjähriger; lästig, aber harmlos.

Lizzie brummte in Enids Ohr: »Scheiße. Sie sagte, sie würde es *mir* zuwerfen.«

Sie brachten mit viel Radau einen Toast auf die Braut aus. Auf den Bräutigam. Auf die Eltern der Braut und die Eltern des Bräutigams. Der Champagner schmecke nach Blumen und Sonnenschein, dachte Enid – sie hatte so etwas noch nie getrunken.

Ein paar zögernde Schlucke, und schon lachte sie. Es war ein Tag fürs Lachen.

Sie brachten einen Toast auf Annemaries Großmutter Rossky aus, deren bläuliches Haar so straff in Dauerwellen gelegt war, daß die Kopfhaut löcherig aussah; dann kam der Großvater der Braut an die Reihe, dann der Großvater des Bräutigams, ein ältlicher Mann mit einem munter lächelnden Froschgesicht – die Zieglers waren ein komischer Haufen, am Anfang nicht besonders freundlich, als dächten sie, ihr Junge heirate womöglich unter seinen Stand, aber Lyle Stevick brachte sie allmählich in Fahrt, auf Lyle Stevick konnte man sich verlassen in derartigen Situationen –, und die Tafel brach in Gelächter aus über eine Witzelei des alten Mannes, die Enid nicht hörte. Als nächstes kam ein Toast auf den achtzehn Jahre und zehn Monate alten Gefreiten Warren Stevick, der am 1. Oktober nach Übersee eingeschifft werden sollte und der seinen neunzehnten Geburtstag irgendwo in Korea feiern würde – wie Mr. Stevick zu Warrens großer Verlegenheit verkündete –, und Warren mußte sich erheben, er errötete und dankte ihnen für die Anerkennung, er versuchte der ausgelassenen Fröhlichkeit gerecht zu werden, doch fiel ihm nichts Passendes ein. Enid grub die Fingernägel in die Handballen und hoffte, daß er bloß nicht stottern würde. Er stotterte nicht, doch setzte er sich abrupt mitten in einem Satz hin und vergaß das übliche Nippen am Champagnerglas. Die Tischgesellschaft applaudierte trotzdem, er sah recht adrett aus in seiner Ausgehuniform, mit dem kurzen Haarschnitt und dem geschorenen Hinterkopf, mit einer steifen, selbstbewußten Haltung, die zur U.S. Army gehörte und nicht zu ihm. Verwandte, die Lyles Jungen eine Weile nicht gesehen hatten, waren ziemlich erstaunt über die Veränderung – er hatte in Fort Rawling achtzehn Pfund abgenommen, seine Schultern, seine Oberarme sahen dicker, kräftiger aus, sogar sein Hals. »Man glaubt ja kaum, daß es derselbe Junge ist«, sagte eine der Tanten ganz erstaunt, und Enid wußte nicht, ob sie beleidigt oder stolz sein sollte.

Nun brachte Mr. Stevick einen Toast aus zum Gedenken an seinen Neffen Joe Pauley, der im Dienste seines Landes gefallen sei, als er die amerikanische Flagge zusammen mit unzähligen Tausenden junger Amerikaner verteidigt habe. Joe Pauley, sagte er, werde niemals vergessen werden von denen, die ihn liebten. In Mr. Stevicks Augen glänzten Tränen, doch er lächelte sein breites weißes Händlerlächeln, Enid wußte also, daß alles in Ordnung war: Er hatte die Sache im Griff. Alle stimmten in den Toast ein, sogar die Verwandten des Bräutigams, die von Joe keine Ahnung hatten, die nur wußten, daß er gefallen war, und Mr. Stevick sprach mit Hingabe von den Geheimnissen der Historie und des Schicksals und von den unerforschlichen Wegen Unseres Herrgotts. Lilian Pauley, Joes Mutter, drückte ein Papiertaschentuch an ihren Mund, und Annemarie an der Spitze der Tafel sah aus, als werde sie gleich weinen, auch die alberne Dinah, die zuviel Champagner getrunken hatte, zu allem hin war Frank Pauley, der Vater von Joe, so bewegt, daß er sich schwankend erhob und zu Lyle Stevick hinüberging, um ihm die Hand zu schütteln – oder wollte er ihn umarmen? Beide waren groß, breitschultrig, sie hatten Fett angesetzt, ihre Haut war gerötet, als ob sie sich zu lange in der Sonne aufgehalten hätten. Enid spürte, wie Tränen in ihren Augen brannten, so wie jene, die im Kino manchmal ganz unverhofft hervorbrachen – schnelle Tränen, die kamen und gingen, die ihr aber sehr zusetzten. Sie war zu jung, um sich an ihren Cousin Joe zu erinnern, doch hatten sie ihr zahllose Male von ihm erzählt. Er sei ganz jung gestorben in einem japanischen Gefangenenlager auf der anderen Seite der Welt – in der Provinz Papanga, aber Warren hatte sie auf der Karte nicht finden können. Der netteste Kerl, den man sich denken könne, sagte Mr. Stevick immer, das sei das Schlimme daran. In der Familie gab es eine gewisse unausgesprochene Verbitterung wegen der Tatsache, daß Joe, dieser gutmütige Junge, gestorben, Felix Stevick aber, der Joes Onkel war, obwohl er genauso alt war wie Joe, heimgekehrt war – man hatte ihn nicht gefangengenommen, er hatte so gut wie keine Verletzung davongetragen.

Auf Daddy ist Verlaß, er rührt die Hälfte der Tischgesellschaft zu Tränen, dachte Enid und warf einen Blick in Warrens Richtung, als er ihr einmal nicht die Sicht versperrte, sondern bloß Mama, die steif und verlegen dasaß und das Gebäck auf ihrem Teller anstarrte, ein großes Stück safrangelbe Hochzeitstorte, mit Rumsirup getränkt und mit fetter Schlagsahne bedeckt. Sie hatte wenigstens ihre Gabel weggelegt, als der Toast begann, wollte aber ihren Champagner nicht trinken – sie dachte, ihr Mann führe sich auf wie ein betrunkener Narr, wie könnte man ihn bloß aufhalten? Enid beobachtete ihre Mutter voller Groll. Warum war sie so kühl, so halsstarrig? Sie hatte eine volle Figur, war aber nicht dick, sie hatte ein seltsam glattes, faltenloses Gesicht, sie war (nach Enids Rechnung) fünfzig und nicht unattraktiv. Mrs. Stevick hatte eine Vorliebe für Näharbeiten, aber kein Talent, sich so zurechtzumachen, wie es andere Frauen taten. Ein bißchen Lippenstift würde gewiß nicht schaden, ein bißchen Rouge wie bei Tante Lillian. »Bloß heute, Mama«, hatte Lizzie sie angefleht, aber nein, nicht bei Hannah Stevick. Mrs. Stevick hatte auch die fixe Idee, die Familie ihres Mannes möge sie nicht, ergreife jede sich bietende Gelegenheit, um sie herablassend zu behandeln, damit sie sich wie ein Stück Dreck vorkäme, weil sie die Tochter von Leuten war, die draußen auf dem

Land wohnten hinter Olcottsport und die Stevicks dank des alten Karl Stevick einen gewissen Rang beanspruchen konnten – »Dieser schreckliche alte Mann«, nannte ihn Mrs. Stevick, wenn Mr. Stevick sich gerade woanders aufhielt. Der schlimmste Tratsch besagte, Hannah habe Lyle mit einem Trick dazu gebracht, sie zu heiraten, als er in Wirklichkeit in ein anderes Mädchen verliebt gewesen sei. (Und man wußte ja gut, was mit »Trick« gemeint war.)

Enid bebte vor Abscheu, wenn sie an solche Dinge dachte. Es war eine widerliche Vorstellung – daß ihre in den mittleren Jahren stehenden Eltern einst jung genug waren für die *Liebe*.

Zuerst die feierliche Eheschließung mit einer Messe in St. Anne, dann der Hochzeitsbrunch bei den Pauleys, dann der riesige Empfang in der Halle der Kolumbus-Ritter in der Main Street – mehr Menschen, als Enid je bei einem privaten gesellschaftlichen Ereignis gesehen hatte; jemand sagte, da könnten zweihundert Gäste beisammen sein. Hinten ein Zelt mit Streifen wie Kandiszucker und eine Fünfmannkapelle, die den ganzen Nachmittag Foxtrotts, Walzer und Polkas spielte wie in einem Film. Auf dem Rasen war sogar eine Plattform aufgebaut worden, falls jemand in der Dunsthitze der Septembermitte tanzen wollte.

Enid war zu jung gewesen, als Geraldine heiratete, aber diesmal war alles ganz anders. Dinahs Schwester Annemarie sollte einen jungen Mann namens Ziegler heiraten, und die Pauleys hatten wochen- oder sogar monatelang über nichts anderes geredet: über Annemaries Hochzeitskleid, über Annemaries Brautjungfern und deren Kleider, über Annemaries Hochzeitsgeschenke, Annemaries Hochzeitsreise und so weiter und so fort. Dinah redete so aufgeregt darüber, daß man hätte meinen können, *sie* sei die Braut.

(Vielleicht um ihrer aufgeblasenen Cousine ein bißchen die Luft abzulassen oder einfach aus Neugier fragte Lizzie, ob Annemarie und ihr Freund denn »heiraten müßten« – da wurde Dinah ganz förmlich und sagte, das gehe Lizzie überhaupt nichts an, doch Lizzie ließ sich nicht einschüchtern und gab ihr zurück: »Du brauchst dich nicht aufzuregen, Dinah, jeder weiß, daß unsere Gerry Neal O'Banan heiraten mußte, *sie war im dritten Monat,* und du weißt, wie glücklich sie nun sind, jetzt wo sie wieder ein Baby haben.« Enid protestierte, sie sagte, Gerry habe doch heiraten *wollen*. Und Lizzie meinte spöttisch: »Das hab' ich doch gesagt, du Dummkopf.«)

An jenem Morgen richtete Lizzie Enids Haar, sie machte eine bezaubernde hochgekämmte Frisur, die sie von Debra Paget aus *Screen World* übernommen hatte – mit französischem Seidentwist, in die Stirn hängenden Fransen, Locken und Ringellöckchen. Als sie Enid den Spiegel gab, sagte sie: »Was meinst du dazu, Engelchen?«, und Enid betrachtete sich überrascht und wohlgefällig.

In den Filmen bedeutete die Schönheit der Frauen Macht, der Schauplatz war das Gesicht und der Körper – Enid starrte ihr Spiegelbild an und fragte sich, ob sie wohl eine Chance hätte.

Sie hatte ein abgelegtes Kleid von Geraldine bekommen, doch Mrs. Stevick hatte es abgeändert, blauer Baumwollsatin mit einer Lage Gaze über dem Rock, ein breiter Gürtel, die Schnalle mit Stoffbezug, das Oberteil reich bestickt in Weiß, auch mit dunklen Blumen, die dem Betrachter entgegenzuwachsen schienen als wären sie echt. Enid wollte eigentlich nicht zugeben, wie sehr sie das Kleid mochte, was sie sich davon erhoffte. Sie dankte ihrer Mutter mit Tränen in den Augen, und Mama schien verlegen, ja verärgert, so war sie eben – mit spontaner Dankbarkeit oder mit einem Kompliment kam sie nicht zurecht. Mrs. Stevick bekam immer wieder zu hören, sie nähte so gut, daß sie eine richtige Schneiderin sein könnte – »Näherin« lautete eine andere Bezeichnung, mit ihr war Mrs. Stevick weniger vertraut –, doch sie lachte nur, der Vorschlag irritierte und verwirrte sie. Frauen arbeiteten nicht, es sei denn, daß sie dazu gezwungen waren. Die einzige berufstätige Frau in der ganzen Verwandtschaft war Hannahs ältere Schwester Ingrid, die Witwe war und keine andere Wahl hatte – sie war seit fünfzehn Jahren bei Carleton Brothers jeden Tag acht Stunden auf den Beinen.

Selbst Engelchen war von der Trauungszeremonie beeindruckt – zu Beginn. Die festliche Hochzeitsmusik, der karminrote Teppich wie für gekrönte Häupter, die vielen Blumenbuketts auf dem Altar, Annemarie, wie sie in ihrem schönen, weißen, langen Kleid an Mr. Pauleys Arm langsam und würdevoll zum

Traualtar schritt, wie ihr Gesicht strahlte vor Freude – alle Bräute seien schön, hatte Mr. Stevick gesagt, und das mochte schon stimmen. Und sogar Frank Pauley in einem Anzug, den er aus diesem Anlaß gekauft, nicht geliehen hatte; von Onkel Frank durfte man erwarten, daß er in Gegenwart gewisser Kumpane in Gelächter ausbrechen würde – so wie er gekleidet war, sogar mit einer weißen Nelke im Knopfloch.

In der Familie war man ein bißchen neidisch wegen Annemaries Bräutigam, dem jungen Mann, den sie »sich geschnappt« hatte: Er war Mitte zwanzig, der einzige Sohn des Eigentümers von Zieglers Restaurant und Kegelbahn am Stubbs Boulevard.

Allmählich ließ Enids Interesse nach, ihre Gedanken schweiften anderswohin, Engelchen gähnte und zog unstet in der Kirche umher, Engelchen hörte dem in einer hohen Frauenstimme vorgetragenen Latein des Priesters und den gemurmelten Erwiderungen der Ministranten kaum noch zu. Sie ließ sich von dem Deckengewölbe, von dem feierlichen Glockenläuten, von dem Weihrauchgeruch nicht einschüchtern. Was das mit *ihr* zu tun habe? fragte Engelchen unweigerlich. Daß das ein berechtigter Einwand sei, mußte Enid zugeben, als sie auf einer Holzbank ohne Kissen kniete und einen Rosenkranz durch ihre Finger gleiten ließ, der sie verbinden sollte mit – allem möglichem, etwa mit Gott, anderen Menschen, ihrem eigenen Ich, ihrer Seele.

Vor Jahren hatte Enid von ihrem Onkel Domenic, dem Priester, Religionsunterricht erhalten. Er setzte dabei ein Lächeln auf, als brächte er gute Nachrichten. »Wer hat die Welt erschaffen?« fragte er, und Enid wußte, was sie zu sagen hatte: Gott hat die Welt erschaffen. »Und warum hat Er den Menschen erschaffen? Und warum hat Er *dich* erschaffen?« Seine schwarze Amtstracht, seine perfekt gebügelten schwarzen Hosen, sein steifer, weißer Kragen, und immer roch er schwach nach Rasierwasser. Mr. Stevick nannte seinen Bruder im Spaß »Pater«, hänselte ihn wegen gewisser weiblicher Gemeindemitglieder drüben in Foxboro und weil er um die Taille herum Fett angesetzt hatte. »Ein bißchen Genuß wird Gott ja wohl erlauben, oder?« sagte Onkel Domenic mit einem feinen Lächeln und einem dünnen Zischen.

Man wußte, daß Domenic Stevick seit Karl Stevicks Tod jeden Morgen eine Messe gelesen hatte für die Seele seines Vaters.

Enid fragte sich aber, welchen Zweck das wohl gehabt haben mochte. Die Kirche lehrte, daß Selbstmord zu absoluter Verdammnis führte – in der Hölle, nicht im Fegefeuer. Die Hölle war der Ort, von dem man nie wieder wegkam.

Enid war jetzt zwölfeinhalb Jahre alt und ließ sich nicht so leicht hinters Licht führen.

Die alte, höhlenartige Kirche schwang unter den Klängen mit, Welle um Welle brandete Orgelmusik heran, Akkorde wie Hammerschläge. Bei der Messe ließ sich Enid immer mit der Musik treiben, sie krümmte die Finger und tat so, als ob sie spielte: eine Enid Stevick, die keiner kannte, dort droben auf der Empore, unsichtbar für die Gemeinde. Doch wenn die Musik aufhörte – das Ende kam immer abrupt, es war schrill, als wäre so etwas wie eine Plattform eingestürzt, als würden in einem abgedunkelten Theater plötzlich die Lichter angeschaltet –, wenn die schroffe, aber wunderbare Musik schweigen mußte, waren wieder die gewöhnlichen Töne aus Menschenmund zu hören: Wie enttäuschend! Wie banal! Deshalb verzog Engelchen das Gesicht, wenn sie den Singsang des Priesters hörte, sie war nicht beeindruckt von seinen prunkvollen Gewändern, vom Schwenken des Abendmahlskelches, von der Kraft des Sakramentes. Engelchen schlich in der Kirche herum, aufgeregt und ungeduldig starrte sie den anderen Gottesdienstbesuchern ins Gesicht und fragte: *Warum? Wie? Was denn? Wo?*

Und dann war da Felix Stevick, den sie seit Monaten nicht zu Gesicht bekommen hatten, manche hatten ihn jahrelang nicht gesehen. Er zeigte sich plötzlich bei den Kolumbus-Rittern – sein neues Studebaker-Kabriolett parkte er draußen in der zweiten Reihe, als wolle er sich nicht lange aufhalten. Der Wagen war ein nagelneues 51er-Modell, ein metallisches Grau mit kastanienbraunen Streifen und unglaublich viel Chrom. Felix selbst sah gut aus, überhaupt nicht verlegen oder mitgenommen nach seiner Niederlage. Er hatte eine junge Frau von bestechendem Aussehen bei sich – eine Fremde, die noch keiner gesehen hatte. Weder Felix noch seine Mutter waren zur kirchlichen Trauung oder zu dem Brunch bei den Pauleys gekommen, sie hatten, wie Lillian Pauley monierte, nicht einmal die Höflichkeit besessen, ihnen Bescheid zu geben, obwohl auf der Einladung vermerkt gewesen war, um Antwort werde gebeten.

Aber nun war er da. Als ob sich in seinem Leben kaum etwas geändert hätte. Er nahm es als Selbstverständlichkeit hin, daß die Leute ihn anstarrten, daß sie bewundernd oder mißbilligend herschauten; er sah prächtig aus, piekfein, war bester Laune, seine Finger lagen lässig auf dem nackten Oberarm des Mädchens. Sie heiße einfach Hedy, ohne Nachnamen, sei eine »aus Cleveland rübergekommene« Sängerin, die im Eldorado Club auftrete, wo sie sich kennengelernt hätten. Und die Verwandten fragten sich nachher, was das zu bedeuten habe, was für eine Art von Beleidigung dahinterstecke, wenn Felix so eine Frau zu einem Familientreffen mitbrachte.

Hedy ohne Nachnamen: das knochenweiß gebleichte Haar in Spiralen und Locken, ihre Lippen dunkel wie die von Joan Crawford, kunstvolles Augen-Make-up, auf ihrer linken Wange ein großer aufgemalter Leberfleck. Sie war jung, nicht viel älter als Annemarie, zeigte aber ein selbstsicheres Lächeln, das man sogar als etwas arrogant bezeichnen mochte, sie sonnte sich in der Aufmerksamkeit, mit ihrem gutsitzenden silbrigen Satinrock und der durchsichtigen schwarzen Bluse mit dem V-Ausschnitt, mit den Pfennigabsätzen, die ihr Becken nach vorn drückten und die Rundungen ihres festen kleinen Hinterteils betonten. Und da war Felix in einem cremefarbenen Jackett mit modisch breitem Revers, einer dunklen Hose mit scharfen Bügelfalten, die an den Knöcheln etwas enger wurde, einem weißen Hemd mit Seidenplissee, einer Seidenkrawatte mit silbernen und kastanienfarbenen Streifen – möglicherweise passend zum Studebaker. Seit Felix mit dem Boxen aufgehört hatte, trug er das Haar lang, es ging über den Kragen hinunter, geöltes, duftendes, welliges, schwarzbraunes Haar, das er sorgfältig zurechtkämmte, bis es fast aussah wie eine Skulptur. Er trug Manschetten- und Kragenknöpfe aus Gold, eine Uhr mit einem breiten goldenen Armband und sogar an der linken Hand einen Ring, seine Schuhe waren etwas spitz, glänzend schwarz und teuer. Enid schaute zu, als Felix und Annemarie sich umarmten – als Felix Annemarie küßte und ihren Kopf festhielt, indem er die gespreizten Finger in ihr Haar steckte, wobei er ihren Schleier zerknitterte. Annemarie war beschwipst vom Champagner, und als sie in Gelächter ausbrach, steckte darin ein wonniges Ungestüm, das Enid neu war.

Mr. Stevick hatte vermutet, sein Bruder könnte Narben davongetragen haben – »für immer entstellt« – von den Prügeln, die er in Detroit bezogen hatte von einem boxenden Raufbold namens Corvino, doch soweit Enid feststellen konnte, war das einzige wirklich sichtbare Merkmal eine schmale weiße Narbe über seinem rechten Auge, die sich durch die Augenbraue schlängelte und so empfindlich zu sein schien wie ein freigelegter Nerv. Er wirkte so fit wie eh und je, federte auf den Zehen und lächelte sein unbeschwertes jungenhaftes Lächeln, er schüttelte den Männern die Hand und umarmte seine zahlreichen Tanten und Cousinen, sofern er sie wirklich gern hatte, dabei hielt er es für selbstverständlich, daß sie ihn mochten: Wie könnten sie ihm auch widerstehen?

Hedy schaute die ganze Zeit amüsiert zu und rauchte. Bumst er dich? überlegte Engelchen. Hast du's gern? Tut es weh, oder fühlst du dich wohl dabei?

Felix küßte Hannah höflich auf die Wange und schüttelte Lyles Hand; er murmelte dabei, sie hätten einander eine ganze Weile nicht gesehen, dann ging er zu Warren und fragte ihn, warum zum Teufel er sich freiwillig gemeldet habe, oder ob er etwa eingezogen worden sei? »Mein Gott«, sagte er, »wie die Zeit vergeht, man kann die Kriege kaum mehr auseinanderhalten.« Warren schien ihm in seiner Uniform ein bißchen auf die Nerven zu gehen, oder vielleicht war es die Art und Weise, wie Warren sich geändert hatte. Geraldine kam und drückte ihn an sich, und er umarmte sie ebenfalls ganz fest, dann schüttelte er Neal O'Banan die Hand, den er anscheinend zum erstenmal sah; dann kam die vom Champagner beschwingte Lizzie, warf die Arme um seinen Hals und sagte, sie habe ihn lange nicht gesehen, warum er denn nie einen Besuch mache? Felix blickte sich um, als halte er nach einer weiteren Nichte Ausschau, er bekam Enid zwar zu Gesicht, schien sie aber nicht wiederzuerkennen, und das tat weh. Lizzie aber schleppte Enid herbei, Felix umarmte sie ebenfalls, küßte sie ganz oben auf die Stirn und fragte sie, wie alt sie jetzt sei und ob sie schon in die High-School gehe. Sein Atem roch nach Whiskey.

Die Kapelle spielte wieder die ausgelassene Version von »I Love You Truly«, die sie schon mehrmals gespielt hatte, Felix zog Annemarie auf die Tanzfläche, die beiden lachten, die anderen standen da und schauten zu. Felix und Annemarie machten Späße wie kleine Kinder, seine Füße verhedderten sich in Annemaries Kleidersaum, Annemarie tat so, als wolle sie ihm einen Kinnhaken geben. Nach einer Weile setzte sie einen verträumten Gesichtsausdruck auf und tanzte Wange an Wange mit Felix; der Tanz hätte echt sein können, bei Nacht und in einer romantischen Umgebung, aber nicht bei den Kolumbus-Rittern mit so vielen Leuten, so viel Betrieb und dem Grill- und Biergeruch.

Als nächstes kam »Melancholy Baby«, Felix tanzte mit Annemaries Mutter Lillian; sie war so alt wie Mrs. Stevick oder etwas älter, doch die Frau konnte tanzen! Dann kam die schnelle, feurige »Beer Barrel Polka«, Felix legte sein Jackett ab und warf es auf den Rasen, zog seine Nichte Dinah auf die Tanzfläche, Dinah in ihrem rosa Brautjungfernkleid, untersetzt und schwitzend, kreischend vor Lachen. Die Polka war laut, wild und lustig – die tanzenden Paare stolperten über die Füße des Partners –, doch als sie zu Ende war, verlangten alle eine Wiederholung, die Kapelle willigte ein. Diesmal raste Felix mit Lizzie über den Tanzboden, sie streckten die Arme aus wie Rammböcke, Felix' öliges Haar geriet durcheinander, Lizzies Hochfrisur fiel zusammen, auf ihrer Schulter zeigte sich der weiße Träger ihres Büstenhalters.

Dann tanzte Felix mit Hedy, die beiden lachten zusammen, drückten sich aneinander, ganz egal wie viele Augen ihnen folgten. Dann tanzte Felix mit Stefans Mutter, Mrs. Rossky. Schließlich bemerkte er, daß Enid zuschaute und bat sie um einen Tanz: »Auf, los geht's«, sagte er, als sie zögerte; er zerrte sie hervor und Enid willigte ein, von panischem Schrecken erfaßt, sie hörte kaum, wie die Band »As Time Goes By« spielte, einen ihrer Lieblingsschlager – sie war ganz gelähmt vor Gehemmtheit, ihre Beine waren steif wie ein Krückstock.

Felix aber nahm es ihr nicht übel, Felix vergnügte sich, er packte die eisigen Finger seiner Nichte und drückte seine Hand an ihren Rücken, er war ein bißchen betrunken, roch nach Whiskey, Bier und Haaröl und summte vor sich hin. Von Felix Stevick hieß es, man lerne ihn nie richtig kennen, den Mann hinter dem

Lächeln und den entblößten Zähnen, er habe seiner Mutter das Leben schwer gemacht, dabei sei sie gewiß kein leichter Gegner, er habe seine Karriere an den Nagel gehängt, obwohl man ihm geraten hatte, er solle das nicht tun, solle nicht aufgeben, nicht so schnell. Er aber sage, er tue genau das, was er sich vorgenommen habe. Was er nicht tun wolle, das lasse er bleiben; so einfach sei das – es sei schließlich sein Leben.

Enid kam immer wieder aus dem Takt, sie empfand Verdruß und Entsetzen, doch Felix amüsierte das, er war geduldig, half ihr, neu anzufangen, er summte laut, sagte ihr, sie solle das locker angehen, ob sie denn nicht tanzen könne? Enid sah die Narbe in seiner Augenbraue, wie ein Stück weiße Schnur, um seine Augen herum war auch Narbengewebe – perlenfarbiges Fleisch, das im Licht glänzte wie eine andere Art von Haut, als stamme es von einem alten Menschen oder von einem Baby. Als die Nachricht eintraf von Felix' Verletzung in Detroit, von der ersten Niederlage in seiner Boxerlaufbahn, hatte Enid gedacht: Also gut – du verdienst es nicht anders. Sie dachte an den Abend in der Exerzierhalle und an Mr. Stevicks Wut, seit damals hatte es zwischen den Brüdern böses Blut gegeben.

Der Tanz endete, Enid ging rasch weg und schaute niemand an. Sie hatte genug vom Tanzen, genug von diesen Menschen – und von sich, vor allem von sich selbst: von Enid Maria in ihrem blauen Kleid und den dummen Stöckelschuhen. Ihr drehte sich vor Abscheu fast der Magen um.

Enid Maria, du armseliger Jammerlappen, sagte Engelchen ganz kalt. Warum stirbst du nicht einfach?

In der unbelüfteten Damentoilette im ersten Stock der Halle ging sie in eine der Kabinen, sie wollte unbedingt allein sein. Sie wartete, ob ihr schlecht werden oder ob sie in Tränen ausbrechen würde, aber nichts dergleichen geschah. Ihre Venen und Arterien und all ihre Nerven waren ein weitverzweigter Baum aus zitterndem, strahlendem Licht, das wie Schmerz war.

An einem der Waschbecken ließ sie aus einem Hahn kaltes Wasser auf ihre Handgelenke laufen und tupfte das Gesicht mit einem nassen Papierhandtuch ab. In dem fleckigen Spiegel ein schmalgesichtiges schmalbrüstiges junges Mädchen von ungewöhnlicher Häßlichkeit mit feuchten glasigen Fanatikeraugen, doch es war besser, barmherziger, daß Enid nicht hinschaute. Sie hatte sich den ganzen Tag lang täuschen lassen unter so vielen attraktiven jungen Frauen und Mädchen.

Sie sah, daß ihr Kleid auch einen Fleck abbekommen hatte – eine der winzigen aufgestickten Blumen war von einem Spritzer verunstaltet, sie versuchte, ihn mit den Nägeln abzukratzen.

Sie stieg zum zweiten Stock hinauf und ging durch eine Tür in einen scheunenartigen Raum, der als Speicher benutzt wurde – dort mußte die Temperatur über 30 Grad liegen, ihre Haut prikkelte vor Hitze. Das Summen von Fliegen und Wespen, an der Decke hingen Fäden von Spinnweben. Schachteln, Kisten, Klappstühle, Tischchen fürs Kartenspiel, Garderobenständer, an der gegenüberliegenden Wand ein altes Klavier, halb zugedeckt mit einem staubigen Leintuch – Enid kam es richtig vor, daß sie hier war, allein und in Sicherheit. Sie schaute aus dem Fenster auf die Party drunten auf dem Rasen, so viele Leute drängten sich zusammen, das große gestreifte Zelt sah aus wie ein Zirkuszelt, Kinder rannten wild durch die Gegend. Auf dem Gras lag Papier herum. Die Kapelle spielte »Rum and Coca-Cola«. Hinter der vergipsten Mauer am Ende des Geländes lag ein Wohngebiet mit Einfamilienhäusern aus Backstein, dann kam eine Kirche und schließlich einige Geschäfte; meilenweit weg war der Stevick-Bau zu sehen durch den braunen Dunst, der über der Stadt lag. Der Dunst trieb mit dem Wind von den Fabriken am Seeufer herbei, er gab dem gläsern blauen See ein wie im Traum verzerrtes Erscheinungsbild, als werde er durch eine eingefärbte Linse betrachtet, als könne man beim Blick in diese Richtung einfach nicht klar und deutlich sehen.

Enid setzte sich auf die Klavierbank. Es war ihr völlig egal, ob ihr Kleid schmutzig wurde – die Hochzeit war vorüber, das Fest ging dem Ende zu. Es schien sehr lange her zu sein, daß sie ein Bad genommen und ihr Haar gewaschen hatte, vor Aufregung zitternd. Und weshalb? Zu welchem Zweck? »Morgen kommt wieder ein Tag«, lautete eine von Mr. Stevicks schalen Redensarten, die er für komisch hielt.

Sie schlug auf der Tastatur einige Töne an, doch sie klangen blechern und mißtönend. In der Grundschule hatte sie zweimal wöchentlich Klavierunterricht erhalten im Rahmen eines Spezialprogramms, das der Musikbeauftragte der staatlichen Schulen für sie arrangiert hatte, doch die Stunden nahmen ein Ende, als sie anschließend zur De Witt Clinton ging, und bei ihr zu Hause gab es ohnehin kein Klavier zum Üben. Mr. Stevick hatte nein gesagt: Die Stevicks hätten kein musikalisches Talent – er habe schon immer singen wollen, sei aber nicht einmal für den Kirchenchor gut genug gewesen.

Enid fing gemächlich mit einer ihrer alten Fingerübungen an. Czerny. Schwierige Tonleitern, Akkorde, sie fuhr mit dem Daumen die Tastatur hinauf und hinunter, bis die Nagelhaut zu bluten begann. Das Klavier war nicht mehr zu gebrauchen, die weißen Tasten hatten sich verfärbt, viele von ihnen waren kaputt, gaben keinen Ton von sich. Wie gerät ein Klavier in diesen Zustand? fragte sich Enid. Aufgegeben, in Vergessenheit geraten: nur noch Sperrmüll. Etwas, das der unternehmungslustige Lyle Stevick für 50 Dollar kaufen könnte, um es für 150 Dollar zu verkaufen. Das war seine Branche, das Geschäft seines Lebens.

6

Es war eine rohe, schmutzige Sinnlichkeit, sie spürte, wie sie zwischen ihren Beinen brannte. Sie scheute davor zurück, sich selbst zu berühren, aber dann konnte sie nicht aufhören. Ihre Zähne nagten an dem Kissenbezug, die Augen drehten sich in ihren Höhlen. Nachher war das Kissen feucht vor Speichel, ihr Nachthemd schweißnaß. Der Geruch des Bettes bereitete ihr leichte Übelkeit.

Wie das Herz hämmern konnte, ohne zu platzen: ein verrückt gewordener Muskel. Wie die geheimnisvollen Muskeln zwischen ihren Beinen, die tobenden, rasenden, die sich unter ihren Fingern zusammenzogen. Enid Maria dachte jedesmal, sie würde sterben, doch sie starb nicht. Es würde kein Ende nehmen.

Unermüdlich, ganz wild und von einer affenartigen Gewandtheit war sie auf den langen, flachen Matten in der Turnhalle, die stets nach Schmutz rochen und fusselten, wenn man sie berührte. Dort machte sie den Handstand und den Überschlag mit vollkommen gestreckten, nach außen zeigenden Zehen, sie flog, so schien es, von einem Ende der Matte zum anderen, sie machte so gekonnte Purzelbäume und Kopfstände, daß die Sportlehrerin sie als Vorturnerin nahm und die anderen Mädchen anwies: »Schaut Enid zu, macht es wie Enid, macht es genauso.«

Da kniete Enid Stevick eifrig nieder, ließ den Kopf auf die Matte sinken, daß ihr Haar herunterfiel, brachte die Hände genau in Position, den Kopf genau in Position, dann hob sie ihre glatten, schlanken Beine nach oben, bis sie reglos und ganz gerade in die Luft ragten – mühelos, so schien es –, Knöchel an Knöchel, mit ausgestreckten Zehen, und vollführte das *Eins, zwei, drei!*, wenn Miss Holland mit den Fingern schnalzte.

»Scheiße«, jammerten die anderen Mädchen, »die Stevick hat Gummigelenke.«

Auf dem Trampolin war sie noch wilder, noch spektakulärer, glanzvoller. Keines der anderen Mädchen wagte es, höher zu springen, keine riskierte solche Purzelbäume, solche Hechtsprünge mit eingezogenem Kopf, bei denen das kastanienfarbene Haar flatterte und die Beine sich im Kreise drehten; Saltos in die eine Richtung fünf-, sechs- oder siebenmal hintereinander, dann genausoschnell in die andere Richtung; Enid konnte flach auf Bauch und Brust landen, mit ausgestreckten Armen (Miss Holland verhängte ein Verbot gegen diese Taktik, weil sie befürchtete, es könnte dabei einen »Bruch« geben), dann fast zwei Meter nach oben fliegen, um sich dort herumzudrehen und wieder auf Bauch und Brust zu landen, die Augen zusammengekniffen wegen des stechenden, peitschenden Schmerzes, die Unterlippe zwischen den Zähnen. Die anderen Mädchen jubelten und pfiffen. »Enid ist in Form!« riefen sie. »Die Stevick ist in Form!« Sie waren überhaupt nicht erpicht darauf, selbst an die Reihe zu kommen, sondern zufrieden, ihr zuzuschauen, wie sie immer höher hinaufsprang und ihren Hals riskierte. Sie war wie in einem Fieber, ganz auf ihre Aufgabe konzentriert, hatte kein Auge für die Zuschauer oder irgend etwas außerhalb der Trampolinleinwand in der alten Turnhalle der De Witt Clinton Junior High School, die nach Lysol roch und nach Bodenwachs, nach dem Schimmel in den Umkleideräumen und der andauernden Nässe in den Duschen. Selbst Miss Holland mußte laut rufen, um von Enid gehört zu werden: Ob sie denn nicht wisse, daß sie sich den Arm brechen könne bei solchen Kunststücken? Als Vorsichtsmaßnahme bildeten die am Turnunterricht teilnehmenden Mädchen einen Kreis um das Trampolin und hielten den Metallrahmen mit den Händen fest für den Fall, daß die Sportlerin die Kontrolle verlor und in die Federn oder in Richtung Fußboden abstürzte. Enid flog jedoch so hoch, Enid vollführte solch wilde Saltos, Schrauben und improvisierte Kunststücke. Wer könnte ihr schon helfen bei einem Unfall? Die Mädchen waren darauf vorbereitet, einen Satz nach hinten zu machen und den eigenen Kopf in Sicherheit zu bringen.

Eines Nachmittags kam Lizzie Stevick nach der Schule vorbei, um zu sehen, was Enid so mache. Sie hatte einiges gehört über ihre verrückte jüngere Schwester; sie schaute verwundert zu, sie war tatsächlich beeindruckt, dann wandte sie sich grinsend ab: »Mit *meinem* Hintern weiß ich allemal was Besseres anzufangen!« Miss Holland aber war stolz auf Enid, Miss Holland dachte, sie hätte da vielleicht eine echte Athletin, eine Turnerin und Trampolinkünstlerin, bei deren Ausbildung sie mitwirken könnte. Wenn Enid nur nicht so eigensinnig wäre, so gleichgültig gegenüber guten Ratschlägen, wenn sie nur nicht zurückschreckte vor Leuten, die ihr Bestes wollten.

Miss Holland war eine Frau über dreißig mit olivenfarbiger, ledriger Haut, kleinen Händen und Füßen, die nur ab und zu ein kurzes Lächeln zeigte; bei Temperamentsausbrüchen habe sie eine Stimme wie eine Motorsäge, sagten die Mädchen, und das komme in jeder Unterrichtsstunde mindestens einmal vor. Sie haßte es, im östlichen Stadtgebiet an der De Witt Clinton zu unterrichten und machte daraus kein Hehl. Die älteren, größeren Mädchen gaben ihr ganz frech Kontra und spotteten über sie, wenn sie sich außer Hörweite befanden, sie ließen im Umkleideraum schmutzige Handtücher, Kleenex und sogar Monatsbinden herumliegen, sie beschmierten die Wände mit Lippenstift – ALLES SCHEISSE HOLLAND LECK MICH. Sie erzählten die dicksten Lügen über den Zeitpunkt ihrer Periode, damit sie sich nicht in Turnkleidung und Turnschuhe umziehen und nach der

Stunde nicht duschen mußten. »Als ob ich für irgendeine von euch einen Pfifferling gäbe!« schrie Miss Holland manchmal, wenn sie Tränen der Enttäuschung oder der Wut spürte.

Enid Stevick war ihr Liebling, es sei eine Freude, sagte sie oft, mal zur Abwechslung zu sehen, wie jemand etwas gut mache. Dennoch verlor sie auch bei Enid die Beherrschung, wenn diese unnötige Risiken einging oder die Anweisungen nicht befolgte. Sie könnte sich ja den Arm brechen, sie könnte sich ein Bein brechen oder das Schlüsselbein oder den Hals. Mitten in einer Trampolinübung gab Miss Holland die Anweisung, Enid solle aufhören und herunterkommen; Enid glühte vor Hitze, ihre Bluse war durchgeschwitzt, der Blick war wild und ziellos. Miss Holland schickte ein Mädchen los und ließ ein in kaltes Wasser getauchtes Handtuch holen, dann wischte sie damit Enids nasses Gesicht, streifte ihr das Haar aus der Stirn und schob es nach hinten als Pferdeschwanz, den sie mit einem zwei- oder dreifach herumgewundenden Gummiband geschickt zusammenband. Die anderen Mädchen schauten schweigend zu. Enids Gesicht errötete noch mehr. Miss Holland machte sich an dem Pferdeschwanz zu schaffen, betrachtete Enid kritisch aus einer Armeslänge Abstand, nickte dann kurz mit dem Kopf und sagte: »In Ordnung, Stevick, mach weiter, zeig uns mal, was in dir steckt.«

(»Die ist lesbisch und scharf auf dich«, sagte Lizzie zu Enid, »sie redet in anderen Klassen über dich, hast du das gewußt?« Enid zuckte zurück vor dem spöttischen Lächeln ihrer Schwester. Nein, das habe sie nicht gewußt, sie wisse auch nicht recht, was »lesbisch« bedeute und wolle es auch gar nicht wissen. »Du bist übergeschnappt«, sagte sie errötend, und Lizzie meinte lachend: »Paß nur auf, daß sie dich nicht allein unter der Dusche zu fassen kriegt.«)

Lizzie und die anderen Mädchen hatten Freunde: Mick Hamill, Jack Nicolaou und Jerry Esposito, welcher die 1947er Dodge-Limousine seines Bruders benutzen durfte, solange dieser in der Armee diente. Lizzie sagte zu Enid, sie solle lieber zu Hause bleiben, für sie sei kein Platz. »Bleib zu Hause und mach deine Schularbeiten«, riet sie ihr, »diese Macker sind nichts für dich.«

Enid wollte nicht zu Hause bleiben, sie fürchtete sich davor, aber Lizzie war das egal. »Schreib Warren einen Brief«, sagte sie. »Mach deine Hausaufgaben.«

Wovor hatte sie Angst? An manchen Tagen hatte es etwas mit der Tapete zu tun. Doch warum, warum das bloß so war, wußte sie nicht, die Tapete war ihr besonderer Ort, ihr Refugium, sie konnte herumwandern zwischen den Seen, den Flüssen, den Inseln, sie war kaum in Gefahr, sich zu verlaufen.

»Ich würde doch niemand stören, wenn ich mitkommen würde«, meinte Enid hartnäckig.

»Doch, du würdest stören!« sagte Lizzie.

»Ich könnte genausogut einen Freund haben«, sagte Enid.

Lizzie bewunderte sich im Spiegel, sie bewegte den Kopf so schnell von einer Seite zur anderen, daß ihr Haar durch die Luft peitschte. Sie leckte ihre mit rotem Lippenstift bedeckten Lippen und schürzte sie vor dem Spiegel zu einem Kuß. »Das könntest du wohl schon«, meinte sie. »Darum geht's ja, Engelchen.«

Das wilde, unkrautüberwachsene Ödland an der East Clinton Street mit Blick auf den Kanal. Die hohen, wuchernden, staubbedeckten Unkräuter und Koniferen, ein altes herrenloses Sofa, das die Jungen anzündeten, dann mit Wasser begossen, doch es schwelte stundenlang weiter, auch der Gestank von verbranntem Gummi von den Reifen, die in den langen, schwülen Augustnächten in Brand gesteckt worden waren. Enid pflückte einen Strauß aus Kletten, Zichorien und winzigen purpurfarbenen Astern, den sie mit nach Hause nehmen wollte für Mrs. Stevick, die sich nicht wohl fühlte, doch nach kaum einer Stunde waren die Pflanzen kraftlos und begannen zu welken. Auf dem Gelände, auf dem vom Wind zu Boden gedrückten Gras kreuzten sich Pfade, die den Unebenheiten des Terrains folgten, manche waren recht gefährlich und nicht leicht zu finden. An einem hatten die Jungen geschuftet und Löcher gegraben, die wie Fallen im Dschungel waren; wer dort arglos durch die Gegend rannte, sollte stolpern und sich ein Bein brechen. Es gab ein breiteres, nicht so tiefes Loch mit spitzen, schräggestellten Stöcken, die Speere oder Bajonette darstellen sollten; das sollte eine japanische Falle sein, wie sie in einem Film zu sehen gewesen war: Das

Opfer läuft durch die Gegend, ohne auf den Weg zu achten, biegt um eine Ecke, stolpert und fällt in die Speere und stirbt sofort, da sein Bauch durchbohrt ist. Es vergingen Wochen, die Stöcke wurden umgestoßen, die flache Mulde füllte sich mit Schlamm.

Eines Tages, als Enid bei einer Besorgung für ihre Mutter die Abkürzung durch das Ödland nahm, hörte sie Geschrei und rannte zum Ufer des Kanals, wo sie gerade rechtzeitig ankam, um zu sehen, wie eine Clique Jungen aus der Nachbarschaft einen anderen Jungen von der Fußgängerbrücke baumeln ließ, neun Meter über dem Wasserspiegel. Der Junge hieß Bobby Kroetz, er wohnte ganz in der Nähe der Stevicks, nur drei Haustüren weiter, er war dreizehn Jahre alt und ging mit Enid an der De Witt Clinton in dieselbe Schulklasse. Er war bleich im Gesicht, entsetzt, einer der Jungen hielt sein linkes Handgelenk, ein anderer sein rechtes, er rief ihnen zu, sie sollten ihn wieder hochziehen, sie sollten ihn nicht fallenlassen, doch sie ließen ihn weiter baumeln, lachten übermütig, und als sie Enid erblickten, schrien sie: »He, Enid, willst du mit Bobby schwimmen gehen? Willst du ficken mit Bobby?« Enid stand reglos da, sie hatte gar keine Angst, sie schaute ihnen nur zu und wartete auf das Ende. Sie würden Bobby unabsichtlich fallen lassen! Er würde in das dreckige Kanalwasser stürzen und ertrinken! Und sie wäre Zeugin. Ihr Kopf war durcheinander, es kam ihr vor, als erblicke sie dort statt seiner sich selbst, wie sie sich krümmte, sie spürte das schreckliche Schwindelgefühl, Panik kroch durch ihre Adern, doch sie konnte nicht sprechen wie Bobby, der die anderen anflehte, ihn am Leben zu lassen. Natürlich zogen sie ihn schließlich wieder auf die Planken, und er lag auf dem Bauch, zu schwach, um aufzustehen, er schluchzte vor sich hin, während sie höhnten, ihn verspotteten, weil er in die Hose gepinkelt hatte. Am nächsten Tag war er nicht in der Schule, und am Tag danach, als er Enid erblickte, starrte er sie so haßerfüllt an, daß sie zusammenzuckte; sie wußte, daß er ihr den Tod wünschte.

Es war nur ein Spiel, sagte sich Enid.

Es war nur ein Spiel und kann nicht weh tun.

Das Spiel, die Spiele, immerwährend und endlos. Die Kindheit und die Jahre danach. Elf, zwölf, dreizehn Jahre alt. Vierzehn

Jahre alt und immer noch an der De Witt Clinton, immer noch ein Kind, da lernte Enid Maria die vielen Dinge kennen, die ein kluger Mensch fürchtet.

Das Ödland, auf dem sie manchmal im Schlaf umherging. Die von der East Clinton Street wegführenden Gassen, jede so unverwechselbar, sie kannte sie auswendig. Die asphaltierten Schulhöfe, der Rangierbahnhof am anderen Ende der Cadboro Street, die leeren Güterwagen, die hohen rostigen Maschendrahtzäune, die Parkplätze von Diamond Chemical Company, Empire State Heating & Refrigeration, Inc., Union Commercial Corrugated Box & Handling Company, wo die Arbeiter fünf Tage in der Woche um fünf Uhr ins Freie strömten. Es gab geheimnisvolle herrenlose Autos, die in Nebenstraßen abgestellt waren und bei denen die Jungen aus der Nachbarschaft allmählich die Räder und andere Teile abmontierten. Es gab die Packer Street, die hinter der East Port Oriskany High School als Sackgasse endete. Und das Schwimmbad des CVJM, in dem Enid Samstag morgens immer noch ab und zu schwamm, obwohl Lizzie nicht mehr hinging. Ihr gefiel es, daß in dem helltürkisfarbenen Wasser, das so unruhig war und so nach Chlor roch, der Tod möglich war und auch das Spiel, das Planschen und Tauchen. An der hohen, mit Fliesen verkleideten Decke hallten die Rufe, das Wasser klatschte gegen die Ränder des Beckens, Enid Stevick tauchte unermüdlich wie ein glatter, sich windender Aal, tauchte und tauchte, schwamm eine Beckenlänge, sooft ihre Lungen und ihre Schultermuskeln es zuließen; am Schluß rauschte und klatschte das Wasser innen drin in ihrem Schädel, ihre Augen waren mit zarten roten Äderchen überzogen, sie mußte sich aus dem Schwimmbecken ziehen, sie war kaum fähig, die metallene Leiter emporzusteigen, sie taumelte vor Erschöpfung, vor Befriedigung – nichts konnte jetzt eine Rolle spielen, über Stunden hinweg konnte nichts sie beunruhigen oder verletzen. Das Spiel selbst war unterbrochen.

Metallmarken, die in den Zahlteller fielen; der über die Brücke des Decker Boulevard ratternde Bus; wie der Kanal an Wintermorgen aussah! Es war eine Überraschung, die steilen, vereisten Gesteinsflächen in der Sonne glitzern zu sehen; wie dünner

Nebel aus der schmalen Rinne geborstenen, aufgewühlten Eises aufstieg, weiter unten Dampf und Rauch wie Atemzüge aus den Frachtschiffen und Schleppkähnen. Enid lehnte sich verzückt an das Busfenster, starrte hinaus, ihre Pupillen verengten sich unter dem Schmerz solch strahlender Helligkeit, solcher Schönheit, all ihre Sinne waren hellwach und aktiv! Solche Anblicke prägte sie sich vielleicht als ihre eigenen Visionen ein, denn wo war Enid Maria Stevick, wenn nicht in solchen Bildern, in solchen Augenblicken des Schwebens? Durch ihre erstaunten Augen flutete die Welt unberührt von Leid oder Furcht, als existiere sie überhaupt nicht.

Dann gab es an der Schule die Zivilschutzübungen, nicht viel anders als Brandübungen, nur daß in diesem Fall eine Atombombe abgeworfen worden war (höchstwahrscheinlich irgendwo an dem Industriegürtel am Seeufer, wo denn sonst?), doch es war alles nur zur Übung, die Schüler zogen lärmend aus ihren Klassenzimmern, sie drängelten sich kichernd durch und wurden unten auf die Gänge verteilt, wo sie bei den Spinden kauerten, auf den Knien und so weit wie möglich nach vorn gebeugt, die Stirn auf dem Boden und die Finger im Nacken eng beisammen. Den Nacken hielt man für einen besonders empfindlichen Körperteil, der bei einer Atombombenexplosion geschützt werden mußte: Die Strahlung sei unsichtbar, aber schnell und tödlich, ungefähr wie Röntgenstrahlen, aber feurig, mit der vielfachen Stärke der Sonnenwärme. Enid hatte sich Fotografien von Atombombenexplosionen genau angesehen, mit der berüchtigten Pilzwolke und dem flammenden Himmel; sie fragte ihren Klassenlehrer, was es nützen würde, die Schutzmaßnahmen zu befolgen, wenn die Bombe schon explodiert sei, und wenn sie noch nicht abgeworfen worden sei, wie wisse man dann, daß es Zeit für die Maßnahmen sei? Ihr Lehrer meinte vage und etwas ungeduldig, dies seien Standardvorkehrungen, die jeder treffen sollte.

Die Wahrscheinlichkeit spreche dafür, daß die Russen die Bombe im Laufe der nächsten Jahre abwerfen oder dies zumindest versuchen würden – dies resultierte daraus, daß amerikanische Geheimnisse von Spionen gestohlen und den Russen übergeben worden seien, doch der informierte Durchschnittsbürger könne sich dennoch schützen durch intelligente Vorsichtsmaßnahmen und dadurch, daß er zum Zeitpunkt des Angriffs nicht in Panik gerate. Die Schüler der öffentlichen Schulen von Port Oriskany erhielten Zivilschutzbroschüren – *Was im Falle eines atomaren Angriffs zu tun ist: Die ersten 24 Stunden* –, die sie lesen und mit nach Hause nehmen sollten für ihre Eltern; doch die meisten Broschüren wurden weggeworfen, sie lagen in Schulnähe auf den Straßen und Gehsteigen herum.

Es war ein Spiel, es konnte nicht weh tun, überlegte Enid, obwohl sie die Broschüren durchgelesen und sich manche Abschnitte eingeprägt hatte: *Wenn Sie die spezifischen Gefahren der Bombe kennen, dann können Sie lernen, welche Maßnahmen man ergreifen sollte, um ihnen zu entgehen. Tatsächlich sind Ihre Aussichten, einen Atombombenangriff zu überleben, viel besser als Sie vielleicht gedacht haben. In Nagasaki überlebten zum Beispiel fast 70 Prozent der Menschen, die sich eine Meile von der Bombe entfernt aufhielten. Und heute wohnen Tausende von japanischen Überlebenden in neuen Häusern, die genau dort errichtet wurden, wo ihre alten Häuser gestanden hatten! Eine Bevölkerung, die* DAS ÜBERLEBEN GEPLANT *hat, wird sogar in noch viel größerer Zahl überleben.* Enid warf die Broschüre schließlich weg.

Da war der große, magere, grobknochige Mick Hamill, von dem sie mittlerweile Engelchen genannt wurde, sein Haar war wie Besenginster, sein Blick pfiffig, verschlagen, spöttisch. Er war sechzehn und hatte die Schule genau an seinem sechzehnten Geburtstag verlassen, jetzt machte er in der Nachbarschaft Gelegenheitsarbeiten, half drunten am See beim Entladen von Lastwagen und wartete darauf, daß er zur Marine kam – sein Herzenswunsch war, zur Marine zu kommen. Mick hatte einen älteren Cousin, der im Gelben Meer auf einem Flugzeugträger stationiert war; er hoffte, daß der Krieg nicht zu früh enden würde, er wollte Pilot eines Kampfflugzeuges werden, er wollte eine Uniform anziehen und loslegen. Es gab viele Mädchen, die Mick mochten, weil er nicht ganz so grobschlächtig und unbeholfen war wie die anderen Jungen. Rose Ann Esposito war seine feste

Freundin, manchmal knutschten sie sich in der Öffentlichkeit ab, im Bus oder um die Mittagszeit in der Gasse hinter der Schule. Enid fragte sich, wie Rose Ann das zulassen konnte – Mick mit seinem breiten, dummen, schmutzigen Grinsen, der mit dem Mund saugende Geräusche machte, die obszön sein sollten. Er hatte Lizzie ein paarmal ins Kino mitgenommen, auch zum Rollschuhlaufen, aber Lizzie sagte, er sei nicht immer besonders nett, er könne manchmal ganz schön grob werden, auf einer freundschaftlichen Basis sei es noch am besten mit ihm. Rose Ann aber war verliebt: Rose Ann trug seine Jacke und ein Armband mit seinem Namensschildchen und um den Hals eine Kette mit seinem schweren vergoldeten Siegelring. Eines Nachmittags tauchte Mick bei Nelia auf, wo sich die Mädchen gerade aufhielten, Micks Angehörige waren wie die Pancoes Hillbillies aus West Virginia und wohnten ebenfalls in der Decker-Siedlung. Mick brachte ihnen Geschenke mit, die Mädchen drängten sich um die aufgeschossene, schlaksige Gestalt mit den hängenden Schultern, die eine Kordjacke trug und ölbefleckte Jeans. Mick verteilte grinsend silberne Feuerzeuge, als teile er Karten aus, für jede von ihnen eines, dann ein paar Ringe mit grellbunten Steinen aus Glas. »Der hat ja die ganze Tasche voll davon! Ist das die Weihnachtsbescherung? Was soll das?« riefen die Mädchen. Mick sagte, er sei gerade mal spendabel. Sie fragten ihn, wo er die Sachen her habe. Er grinste bloß mit zugekniffenem Auge wie einer in einem Film, der Geheimnisse hat, die er nicht preisgeben kann.

Enids angeblicher Goldring war aus einem Metall, das so leicht wie Blech war, er hatte einen Stein von der Größe eines Zehncentstücks, der möglicherweise ein Rubin sein sollte. Schön sah er aus. Mick steckte ihn selbst an ihren Finger, er war sogar für den Mittelfinger zu groß, sie müßte den Ring mit Klebeband umwickeln, wenn sie ihn tragen wollte. Die Mädchen machten ein großes Theater und dankten Mick mit Küssen, nur Enid machte nicht mit, sie wollte ihn nicht küssen. Mick fragte sie spöttisch, ob sie ihn denn nicht möge, warum sie ihn nicht leiden könne? Enid wurde rot, wollte den Ring zurückgeben, doch Mick hatte ja nur Spaß gemacht. »Er gehört dir, Engelchen«, sagte er zwinkernd.

Sie war nicht erpicht gewesen auf den Ring, doch dann trug sie ihn wochenlang mit einer Schicht Klebeband. Das weiße Band wurde allmählich schmutzig und franste aus. Manchmal saß sie in der Schule, die Ellbogen auf dem Pult und eine Hand vor dem Gesicht, und indem sie den Ring dicht ans Auge führte, konnte sie durch die prismatischen Glasflächen des Steines verkleinerte Abbilder des hinter ihr liegenden Klassenzimmers sehen – Pultreihen, die Fenster, die Gesichter ihrer Klassenkameraden, die nicht ahnten, daß sie von ihr beobachtet wurden. Es war öde, es hatte etwas Hinterhältiges, es war eine Methode, die Zeit totzuschlagen, und doch hatte es etwas Hypnotisches: Sie schaute in eine andere Dimension wie durch ein winziges Fenster, in dem Farben als ein trübes, schattiges Rot auftauchten. Manchmal konnte sie dazuhin ihr eigenes Auge sehen – ihren eigenen Augapfel –, doch der Brennpunkt war so nahe und so seltsam, daß ihr Auge zu schmerzen begann. Warum sollte ich zurückkehren? fragte sie sich gebannt. Aber natürlich kam sie stets wieder zurück.

Ihr Freund war Mick Hamill nicht, Enid hatte keinen festen Freund, sie fürchtete sich davor, angefaßt zu werden, doch noch mehr fürchtete sie sich davor, reden zu müssen, Dinge zu sagen, die Lügen waren. An einem Wintertag aber, als Lizzies Clique aus der Innenstadt über die Fußgängerbrücke zurückkehrte, hörten sie hinter sich einen Zug heranbrausen; sie fingen an zu laufen, um hinüberzukommen, bevor der Zug oben über ihnen hinwegraste – sie lachten, sie kreischten vor gespielter Furcht –, doch Enid geriet in Panik, Enids Beine wurden steif. Die anderen rannten weiter, ließen sie hinter sich; sie war so verängstigt, daß sie ihnen nicht einmal nachrufen konnte, selbst Lizzie wandte sich nicht um. Der Zug raste vorbei, ein Güterwaggon nach dem anderen, ein gewaltiger Lärm wie Donner und so laut, da sie mittendrin war, ohrenbetäubend, sie konnte sich nicht bewegen, sie war wie gelähmt. In ihrem Entsetzen hielt sie sich an dem Geländer fest, der Kanal drunten bewirkte, daß sie sah, wie das Wasser unter ihren Füßen zwischen den Planken der Brücke weitereilte, während der Zug über ihr auf dem Eisenbahnviadukt entlangdonnerte. Das war der Tod, es war der Tod, kam Enid plötzlich in den Sinn, sie müßte sich weiter ganz fest an das Geländer klammern, sonst würde sie weggefegt, vielleicht würde sie auch hinaufsteigen und sich hinunterstürzen, so weit würde es kommen!

Dann kam einer der Jungen, es war Mick Hamill selbst, zurückgerannt, um sie zu holen, er beugte sich zu ihr hinunter, die Hände an die Ohren gedrückt. »He, Engelchen!« rief er. »Wach auf! Mach dich auf die Socken.« Er lachte und packte Enid, um sie aus ihrer Trance zu holen, schlang einen Arm um sie und drückte sie von dem Geländer weg, zwang sie, schnell zu gehen, fast zu rennen, legte ihr den anderen Arm fest und schwer um die Schultern, mit der freien Hand streichelte er sie am Kiefer, am Hals, tat so, als wolle er den Reißverschluß ihrer Jacke öffnen, alles ganz schnell und leichthin. Mick machte es nur zum Spaß, aus Angabe, er hatte Enid Stevick gerettet vor – was denn? Der Zug würde in wenigen Augenblicken verschwinden, es gab nicht die geringste Gefahr, nur den Lärm, das Vibrieren der Brücke, aber Enids Gesicht zeigte ein fahles Weiß, ihre Lippen waren blutleer, die Augen groß, dunkel, geweitet. Nachher behauptete Mick, er habe ihr Herz gespürt, das wie verrückt gehämmert habe, sie sei wie ein gefangener Vogel gewesen, er habe sie ganz in der Hand gehabt und hätte alles mögliche mit ihr tun können, mit dieser süßen kleinen Fotze.

7

Als Warren Mitte Januar 1951 das erste Mal verwundet wurde, brachte man ihn in ein Hospital in Yokohama; zwei Tage später konnte er nach Hause schreiben und den Stevicks versichern, daß alles in Ordnung sei, es gehe ihm gut, hauptsächlich Beinverletzungen, Fleischwunden, ein Granatsplitter in seinem rechten Knie, doch die Ärzte seien zuversichtlich, daß sie ihn in einer Woche entlassen könnten. Dann hätte er ein paar Tage Urlaub in Tokio, bevor man ihn wieder zu seiner Kompanie schicken würde. *Macht Euch keine Sorgen um mich,* schrieb er, *ich bekomme eine erstklassige ärztliche Versorgung, das Krankenhauspersonal ist sehr nett, es ist toll, zur Abwechslung in einem richtigen Bett zu schlafen!* Der Ton dieser Briefe war stets heiter, jungenhaft; in einem der Briefe führte Warren das Essen auf, das ihm im Krankenhaus am besten schmeckte: Eier mit Schinken, Brathähnchen, Hackbraten, Apfelkuchen, Schokolade- und Vanille-Eis, beides zusammen, *Gefreiter Stevick hat seit langem nicht so gut gegessen.*

Nach Yokohama und Tokio schrieb er eine ganze Weile nicht mehr. Dann schien sich der Stil seiner Briefe zu ändern; Warren sprach nur noch selten in der ersten Person, statt dessen war von *Gefr. Stevick* die Rede, manchmal sogar von *»Gefr. Stevick«*, als handele es sich um eine fiktive Gestalt, die etwas bespöttelt und lächerlich gemacht werden sollte. »Gefr. Stevick« bei dieser Aktion, »Gefr. Stevick« bei jener, »Gefr. Stevick« und sein Mißgeschick im Krieg. Er sprach in ähnlich unbeschwertem Ton von den Kameraden in seiner Kompanie, von denen er mit manchen befreundet war, mit anderen wiederum nicht; sie hießen Jerry, Bud, Ed oder Mitch, sie stammten aus Rhode Island, aus Tampa in Florida, aus dem Bundesstaat Washington, aus Detroit in Michigan, aus Anchorage in Alaska. Es gab sogar einen jungen Mann, der ein Jahr lang die East Port Oriskany High School besucht hatte. Er und Warren hatten einige gemeinsame Bekannte, war das nicht ein Zufall? Und dann gab es noch Sergeant Callaghan, Spitzname Hammerschädel, ein großer, schwerer Bursche aus Boston, der im Zweiten Weltkrieg in einem deutschen Kriegsgefangenenlager gewesen war. Er hatte zwei Verwundetenabzeichen und eine Bronzene Tapferkeitsmedaille, er war anständig, auf Fairneß bedacht und sehr zäh, der Gefreite Stevick fürchtete sich vor ihm, mußte aber zugeben, daß er Achtung vor ihm hatte.

Der Gefreite Stevick und seine Kameraden blieben manchmal unerwähnt, die Briefe nahmen den früher angeschlagenen Ton wieder auf; der Verfasser hätte ein intelligenter Schüler sein können, der alles gewissenhaft aufschrieb, was er sah, der einen Bericht für eine ferne Leserschaft verfaßte. Die koreanische Landschaft wurde unermüdlich beschrieben: Berge, Täler, Waldgebiete, Hügel, Hügel mit steilen Felsklippen, Hügel mit terrassenartigen Reisfeldern in tieferen Lagen, schneebedeckte Berge, mit Granatlöchern durchsetzte und von weißem Phosphor und Napalm zerfressene Berge. Es gab Dörfer oder die Überreste von

Dörfern aus strohgedeckten Ziegelhütten, es gab Straßen, die sich bei Regen in Schlamm verwandelten und, wenn der Regen mehrere Tage ausgeblieben war, in sandigen Staub, der Atembeklemmungen und Augenschmerzen verursachte. Oft gab es keine richtigen Straßen, sondern nur Wege, Trampelpfade, Fußpfade. Die Winterlandschaft bestand hauptsächlich aus Schnee, immergrünen Pflanzen, verkrüppelten Eichen und braunen, grasbewachsenen Hügeln. In diesen Briefen wurde das Wetter genauestens registriert, und Enid begann, dort nach Anhaltspunkten zu suchen – schöne, sonnige Tage, Tage mit Hagelschauern, mit heftigen Schneestürmen, mit ohrenbetäubenden Orkanwinden, über den Straßen schmelzende Gebirgsgrate, wieder verwandelten sich die Straßen in Schlamm, und dann wiederum gab es Straßen, die felsig und staubig waren. Es gab angeschwollen dahinstürmende schmutzigbraune Flüsse, niedrige Temperaturen unter Null, und dann unerwartet warme Temperaturen, bei denen die grelle Sonne an einem leeren blauen Himmel stand. Korea sei ein schönes Land, schrieb Warren viele Male und unterstrich das Wort *schön,* als rechne er damit, daß seine Angehörigen anderer Meinung wären.

Warren schrieb selten über ranghohe Offiziere, im Laufe mehrerer Monate erwähnte er nur ein paarmal General MacArthur; die politische Lage erörterte er nicht, er beschränkte sich auf die Feststellung: *Es gibt keine andere Wahl, Gefr. Stevick hat sich damit abgefunden: Wenn die Vereinten Nationen (die Vereinigten Staaten!) in Asien verlieren, ist Europa als nächstes dran.*

Mrs. Stevick sagte eines Tages, die Briefe stammten nicht von Warren, das höre sich gar nicht wie Warren an, aber niemand pflichtete ihr bei, der Gedanke war zu schrecklich.

Mit erhobener Stimme fragte Mrs. Stevick, ob es vielleicht einen anderen Jungen gebe, der an Warrens Stelle nach Hause schreibe? Vielleicht sei er in Wirklichkeit von den Kommunisten gefangengenommen worden und jemand anders schreibe für ihn?

Mr. Stevick lachte sie zuerst aus und sagte, sie sei übergeschnappt, sie habe im Radio zu viele hysterische Sendungen gehört, in *Reader's Digest* und *Catholic Family* zu viele überzogene Geschichten gelesen. Als er aber merkte, daß sie wirklich beunruhigt war, versuchte er sie zu besänftigen und vernünftig mit ihr zu reden, Enid und Lizzie versuchten es ebenfalls: Natürlich stamme das von Warren, es sei doch seine Handschrift, oder nicht?

(In Wirklichkeit hatte Enid aber im Laufe der Monate bemerkt, daß sich die Handschrift in Warrens Briefen erheblich geändert hatte. Ganz allmählich wurde sie steif und neigte sich nach rückwärts, hatte jedoch lange, gerade, unschöne *l*, *t* und *j*, ein Zeichen der Spannung und der Ungeduld. Häufig war das hauchdünne Briefpapier eingerissen unter dem Druck von Warrens Stift.)

»Es *klingt* nicht nach Warren«, sagte Mrs. Stevick mit wehmütiger Stimme.

Es gab zahlreiche Radiosendungen, die Mrs. Stevick getreulich anhörte und die für eine Mutter mit einem Sohn in den Streitkräften sowohl ein Trost als auch ein Grund für tiefe Besorgnis waren. Zu ihnen gehörte *America Watch*, das von Chicago aus unter der Schirmherrschaft der American Community of Christian Churches an jedem Wochentag um vier Uhr gesendet wurde; die Sendereihe war überkonfessionell, doch durfte Kardinal Spellman in einer der Sendungen gastieren, einmal sogar Senator McCarthy persönlich. Er gab seinen Zuhörern eine leidenschaftliche und erboste Schilderung der Bedrohung durch den gottlosen Kommunismus im eigenen Land und in anderen Ländern. In *Catholic Family* gab es seit vielen Jahren eine beliebte Kolumne mit Geschichten von Müttern, deren Söhne getötet oder verwundet worden waren oder die auf der Vermißtenliste standen (des Koreakonflikts und des Zweiten Weltkriegs); die Geschichten berichteten, wie diese Frauen die Jungfrau Maria verehrten und auf welche Weise ihnen die Jungfrau Kraft gab. Mrs. Stevick las jede Kolumne, schnitt sie aus dem Magazin aus und verwahrte sie in einer Küchenschublade. In keinem der Beiträge war von Ängsten die Rede, wie Mrs. Stevick sie ausstehen mußte, aber die Kolumne spendete ihr dennoch Trost.

Mr. Stevick hatte gewöhnlich für derlei Gefühlsduseleien nur

Verachtung übrig. Es sei alles kirchliche Propaganda, sagte er, Methoden der Geldeintreibung seien das. Er wisse ja schließlich Bescheid, sei denn nicht sein eigener Bruder ein Priester? Eines Tages sagte Mrs. Stevick in einem plötzlichen Wutausbruch: »Was weißt du denn schon?« Sie stellte sich mit zitternden, unbeholfen in Schulterhöhe erhobenen Fäusten vor ihren erstaunten Ehemann hin: »Was hast du überhaupt schon mal gewußt über irgend etwas!«

Im Spätwinter und zu Frühjahrsbeginn waren Warrens Briefe oft bruchstückhaft und unzusammenhängend, durchsetzt mit Ortsnamen, die exotisch und dennoch vertraut klangen, denn sie tauchten so oft in den Zeitungen auf – Pusan, Taegu, Chorwon (wo der Gefreite Stevick verwundet worden war, jetzt befand er sich wieder an Ort und Stelle), die Flüsse Naktong und Han. Es hatte den Anschein, als zögen die UN-Streitkräfte auf demselben Terrain hin und her und kreuzten immer wieder dieselben Linien auf der Karte (zum Beispiel den berühmten 38. Breitengrad); jetzt schrieb er über Seoul, die Hauptstadt (an die Kommunisten verloren, dann zurückerobert von den Kommunisten, dann von den Kommunisten eingenommen, dann den Kommunisten abgerungen!); es sei eine traurige Stadt, bemerkte der Gefreite Stevick, eine tragische Stadt, könnte man sagen, die Zivilbevölkerung verschwunden oder im Sterben oder tot, keine Nahrungsmittel, keine Elektrizität, keine sanitären Einrichtungen, auf den Straßen nur Fahrzeuge der UN, UN-Soldaten überall unterwegs. Im März aber begannen die Ziersträucher zu blühen – Forsythien, Azaleen mit riesigen Blüten in hellen, wilden Farben: in Gelb, in einem leuchtenden Orange, in Karminrot, Purpur –, Warren unterstrich die Farben, dabei riß die Spitze des Bleistiftes das Papier auf.

Die Briefe trafen in unregelmäßigen Abständen ein – innerhalb von zwei Wochen kein einziger Brief, dann drei Stück bei einer einzigen Postzustellung. Enid hielt es für ein schlechtes Zeichen, daß Warren sich nicht mehr für die an ihn gerichteten Briefe bedankte, daß er nie eine Bemerkung machte über die Neuigkeiten von ihnen oder sich bemühte, auf eine ihrer Fragen einzugehen. Er äußerte sich jetzt ausschließlich in der dritten

Person: Gefr. Stevick hoffe, daß ihn zu Hause niemand »ernstlich« vermisse. Es gehe ihm im Grunde gut, er überlege sich, permanent im Fernen Osten zu bleiben.

(»Was meint er denn damit?« fragte Mrs. Stevick verängstigt. »Es ist nur so eine Redensart«, meinte Mr. Stevick; er nahm ihr den Brief aus den Fingern und las ihn mehrmals. »Er scherzt vielleicht.«)

Warren beschrieb immer noch Landschaften, er schrieb ungewöhnlich viel über MacArthur und den »zum Scheitern verurteilten Feldzug« des Generals, Rotchina zu bombardieren und mit einer Blockade zu belegen, »nur um ein paar amerikanische Leben zu retten«. Er erwähnte gefangengenommene chinesische Soldaten: die hätten keine Ahnung gehabt, wo sie sich befanden und gegen wen sie kämpften! Sie hätten gedacht, sie hielten sich irgendwo in China auf und kämpften gegen die Nationalchinesen. Von nordkoreanischen Soldaten war die Rede, südkoreanischen Soldaten, Kommunisten und Antikommunisten, ein völliges Durcheinander, ein Getümmel. Kein Mensch wisse, was er tue, bis auf eines: Befehle ausführen. Nur das zähle. Anders als Warrens Briefe es anfangs dargestellt hatten, war die koreanische Landschaft doch nicht eintönig, merkte Enid jetzt, sie war voller Soldaten: UN-Truppen aus so vielen Ländern – Belgier, Griechen, Filipinos, Franzosen, Engländer, Holländer, Türken, Amerikaner. Der Himmel war nicht leer, er wurde unablässig von Düsenmaschinen durchquert. Es gab M-1-Gewehre, Handgranaten, Karabiner, Panzer, Mörser, und vom Himmel fiel Napalm. Es gab »gegnerisches« Feuer und »eigenes« Feuer. Dann die erstaunlichen Türken, um die sich Legenden rankten – furchtlos und unempfindlich gegen Schmerz (den eigenen und den Schmerz anderer Menschen), die gelassen kleinere Granatsplitter aus ihrem blutenden Fleisch klaubten, die Schußwunden mit einigen Spritzern eines Quecksilberchrompräparates behandelten. Die Türken seien ideale Soldaten, schrieb Warren, sie kämpften, bis sie abgeschossen oder in Stücke gerissen würden. Und die Koreaner selbst, »unsere Koreaner« – ausdauernde, fröhliche, lächelnde Leutchen, die sich nicht einmal beklagten, wenn sie mitten in eine Metzelei gerieten –; er habe Koreaner gesehen, die praktisch keine Notiz genommen hätten von den

Sterbenden in ihrer nächsten Nähe oder den Toten, solange die Opfer nicht Mitglieder ihrer eigenen Familie gewesen seien. Vielleicht habe es mit ihrer Religion zu tun, spekulierte Gefr. Stevick, den Schmerz eines anderen Menschen könne man nur spüren, wenn man sich Mühe gebe, aber warum sollte man? Kreischende, mit Splitterwunden übersäte Kleinkinder, Kinder, bei denen Napalm die Augen verbrannt hat, Kinder mit abgerissenen Gliedmaßen: Warum den Versuch machen, ihren Schmerz zu spüren?

Enid fiel auf, daß Warren die Männer in seinem Zug jetzt nicht mehr erwähnte, es gab keine lustigen Neuigkeiten mehr von Mitch, Jerry und Bud; der junge Mann, der die East High School besucht hatte, war weg. Sogar Hammerschädel fehlte, er wurde auf geheimnisvolle Weise durch einen »Sergeant Mayo« aus Alabama ersetzt, der seit Beginn des »Konflikts« über zweihundert feindliche Soldaten »im Alleingang« ausgelöscht hatte. Er besaß drei Verwundetenabzeichen, eine Silberne Tapferkeitsmedaille und eine Bronzene Tapferkeitsmedaille, und jetzt wollte er ein Kriegsverdienstkreuz haben – das würde er kriegen, und wenn er dafür ins Gras beißen müßte, witzelte er. Sergeant Mayo gab seinen Männer nützliche Anweisungen über den Gebrauch des M-1 anstelle des unnötig schnell feuernden Karabiners. Wozu einen Mann mit dreißig Schuß Munition töten und eine Menge guter Munition vergeuden, wenn man den Job auch mit einem oder zwei Schuß erledigen könne? Außerdem gebe es da noch die Bajonettbehandlung, mit der extrascharfen Spitze, damit steche man Chinesen ab, die am Boden lägen, aber noch nicht ganz tot seien, damit erledige man die Schlitzaugen. »Sobald alles klar ist und die Kerle am Boden liegen, ist die Sache ungefährlich«, sage der Sergeant. »Als Belohnung sticht man sie ab, spießt man sie auf, so lange wie man Lust hat.«

Mr. Stevick war so entsetzt, wie ihn seine Töchter noch nie gesehen hatten, er fragte sich, ob Warrens Briefe vor der Zustellung abgefangen wurden, also bevor Hannah sie öffnete. Er betrachtete die Lage jetzt als ernst: Wer auch immer die Briefe schrieb, war nicht ihr Sohn; Hannah mußte geschützt werden vor ihnen, die amerikanische Post müßte da schon kooperieren.

Dann kam es ein oder zwei Tage später soweit, daß General MacArthur seines Kommandos enthoben wurde; das war am 11. April, und eine Woche später wurde Warren Stevick in der Schlacht am Imjin verwundet. Diesmal wurde er zu einem Hospital in Taegu ausgeflogen; Gott sei Dank trafen keine Briefe des Gefr. Stevick mehr ein.

8

Der 30. November 1951 war ein Tag, an dem sich Lyle Stevicks Leben unwiderruflich ändern sollte, obwohl es anfangs ganz danach aussah, als wäre das wieder so ein gewöhnlicher, langweiliger, im Schneckentempo dahinkriechender Tag. Von der Brennerei in der Tuscarora Street her roch es nach Metall und nach Fabrik, nach Chemikalien und nach Hefe. Das reicht beinahe, aber nur beinahe, dachte Mr. Stevick, um einen besoffen zu machen. Die Stunden vergingen wie sonst auch in STEVICKS NEUE UND GEBRAUCHTE MÖBEL (»Wir kaufen und verkaufen so gut wie alles, was es gibt«) in der Lock Street 1109: business as usual, kein Grund zu feiern und kein Grund zu verzweifeln, er hatte ein paar schlaue Transaktionen gemacht, schätzungsweise 45 Dollar Reingewinn, ein halbes Dutzend Kunden am Vormittag, und das war tatsächlich gar nicht schlecht, aber nichts besonders Bemerkenswertes, bis auf die »politische Diskussion« mit einem hitzköpfigen alten Knaben namens Lelord Muer: ein Vorfall, der viel zu lächerlich war, als daß man ihn im Detail im Gedächtnis behalten würde, doch nach seiner Festnahme durch die Stadtpolizei von Port Oriskany erwartete man von Mr. Stevick, daß er sich genauestens an jede Einzelheit erinnerte.

Und daß er für den Rest seines Lebens wohl oder übel darüber nachsinnen würde.

Es trug sich ungefähr so zu: Lyle Stevick gelang unter erheblichen Mühen der Verkauf einer Tischlampe (leicht angestaubt) zum Preis von zwölf Dollar an ein ältliches, weißhaariges, hilfloses Männchen, einen gewissen Lelord Muer, von dem er noch nie etwas gehört hatte, gewiß kein Kunde von ihm. Während er die Lampe in eine Zeitung einwickelte, erblickte er im selben

Moment wie Muer eine Schlagzeile über die Rosenbergs. Er und Muer fingen an, über den Fall zu diskutieren – Muer mit der leidenschaftlichen Überzeugung, daß die roten Juden den elektrischen Stuhl »oder Schlimmeres« verdienten, Mr. Stevick hielt die Situation für »beschämend«, für einen »Irrtum der amerikanischen Justiz«. Dann gerieten sie in eine hitzige Auseinandersetzung über die schlagzeilenträchtigen Entlassungen an den staatlichen Schulen von Port Oriskany, schließlich stürzten sie sich Hals über Kopf (der tiefere Grund sollte Mr. Stevick auf ewig verborgen bleiben) in ein Streitgespräch über die relative Größe der Vereinigten Staaten, Rußlands und Rotchinas. Dabei konnte Lyle Stevick der Versuchung nicht widerstehen, von einem Regal einen Weltatlas herunterzuholen, um dem großmäuligen alten Narren zu beweisen, daß *die Union der Sozialistischen Sowjetrepubliken und die Volksrepublik China insgesamt eine wesentlich größere Landmasse darstellten als die Vereinigten Staaten.*

Mr. Muer starrte ganz bestürzt die Karten an, er staunte mit den hervorquellenden Augen einer Comicfigur. Er murmelte etwas, das Mr. Stevick nicht verstand; dann sagte er, vielleicht sei doch etwas dran an der Sache, aber sei bei den Roten nicht ein großer Teil des Gebietes wertlos – Steppen, Tundren, Gebirge, Sibirien, Tibet...

»So ist das eben in der Geographie, Mr. Muer«, sagte Mr. Stevick gelassen. Auf gute Beziehungen zu seinen Kunden legte er Wert, selbst zu seinen senilen, verschrobenen Kunden. Er vermied es deshalb, in seiner Stimme einen triumphierenden oder herablassenden Ton anklingen zu lassen. »Das ist unumstößlich.«

Also machte sich Muer mit seiner Lampe samt Schirm auf den Weg, doch der alte Bastard mußte den Rest des Nachmittags über den Vorfall gebrütet haben, mußte sich hineingesteigert haben in höchste vaterländische Begeisterung – oder war er einfach übergeschnappt, litt er an Altersschwachsinn? Um 18.10 Uhr nämlich, als Lyle Stevick hinten im Laden an seinem Schreibtisch saß, finanzielle Überlegungen anstellte, seine Pfeife rauchte und Sunkist-Rosinen aus einem kleinen Kistchen in seinen Mund stopfte, kamen zwei junge Polizisten mit einem Haftbefehl auf seinen Namen. Die Anklage lautete auf »Umsturzverdacht« und »Verbreitung kommunistischer Propaganda«.

»Das meinen Sie doch nicht im Ernst!« rief Mr. Stevick mit schwacher Stimme und schaute vom einen zum anderen. »Einen Haftbefehl gegen *mich*?«

Die Polizisten meinten es jedoch ernst, sie waren brüsk, ganz bei der Sache, nicht in der Stimmung für Debatten: Es liege ein Haftbefehl vor, und wenn er Lyle Stevick sei, dann sei er festgenommen.

Mr. Stevick prüfte das Dokument mit zitternden Fingern. Sein Herz hämmerte in der Brust, in der Kehle, im Kopf, selbst in den Augen spürte er ein schreckliches Pochen – es war ein Wunder, daß er nicht gleich einen Anfall hatte.

Beide Polizisten waren außergewöhnlich jung, kaum älter als Warren, so hatte es den Anschein. Und so unfreundlich: Lyle Stevick war Leute nicht gewohnt, die ihn nicht anlächelten, wenn er *sie* anlächelte. Wenn das nicht passierte, war die Welt aus dem Gleichgewicht… Einer der beiden Beamten hielt einen Gummiknüppel in der Hand, der andere ein Paar Handschellen, um die Hüften hatten sie ihren Pistolengurt. »Das kann doch wirklich nicht ernst gemeint sein«, sagte Mr. Stevick, wagte aber nicht, Widerstand zu leisten, nicht den geringsten, als er sich mit der ungelenken Behutsamkeit eines ältlichen Mannes daranmachte, den Anweisungen Folge zu leisten. Er war so durcheinander, daß er seine angezündete Pfeife auf der Schreibtischplatte liegenließ, daß er ohne seinen Hut und seine Handschuhe ging und sogar vergessen hätte, den gottverdammten Laden zuzusperren, wenn ihn nicht einer der beiden Polizisten barsch darauf hingewiesen hätte. Möglicherweise sei er für eine ganze Weile weg, sagte man ihm.

So etwas konnte doch einfach nicht passieren: Lyle Stevick hinten in einem Streifenwagen eingesperrt wie ein gewöhnlicher Verbrecher. Hinter einer Abschrankung aus Maschendraht. Lyle Stevick festgenommen, von seinem Arbeitsplatz entfernt, fortgeschafft in die dunkle Nacht. Er saß da in tranceartigem Vergessen, sein Herz krampfte sich zusammen, seine Augen brannten, als schiene ihm jetzt schon eine schrecklich starke Lichtquelle ins

Gesicht. Dachten sie tatsächlich, er sei ein Kommunist? Ein Spion? Ein gefährlicher Umstürzler? In seiner Panik hätte er gar nicht sagen können, was eigentlich einen Kommunisten ausmachte, welche Verbrechen er in aller Unschuld begangen haben könnte; er wußte nur, daß er ein guter, anständiger Mensch war, ein katholischer Ehemann und Vater im Alter von fünfzig Jahren, er hatte ein Anrecht darauf, daß man ihn etwas freundlicher behandelte.

Im Sommer des Jahres 1950 hatte sich ein Untersuchungsausschuß des Senats unter Vorsitz des konservativen Demokraten Millard Tydings mit den medienwirksamen Beschuldigungen des Senators Joseph McCarthy befaßt, in der Bundesregierung gebe es Kommunisten (einundachtzig »nachgewiesene« Fälle allein im Außenministerium), und das Ergebnis lautete, daß jede einzelne von diesen Anschuldigungen Schwindel sei; wie sich zeigte, stand dieser unglaubliche, unerhörte Vorgang *ganz am Anfang von Senator McCarthys Aufstieg zur Macht*. Lyle Stevick war perplex, als der vermeintlich mit Schimpf und Schande bedeckte McCarthy in den darauffolgenden Monaten die Schlagzeilen beherrschte mit seinem Kreuzzug gegen Kommunisten – kommunistische Sympathisanten, rosarot Angehauchte und Leichtgläubige und »Spionageverdächtige« in verantwortlichen Positionen, sogar in den oberen Rängen der Truman-Regierung! Fort und fort Anschuldigungen, fort und fort Schlagzeilen. Wenn Lyle Stevick zur Messe ging, mußte er in der Regel leidenschaftliche Kanzelpredigten über sich ergehen lassen, in denen Joseph McCarthy gepriesen wurde, dieser tapfere, furchtlose, eingefleischte katholische Patriot, und in denen seine Gegner verdammt wurden als Atheisten, Verräter und »Fortschrittler«, die praktisch überall lauerten. Mr. Stevick hielt das für verstockten rechtsradikalen Unsinn und räumte ein, daß er so etwas bei einem rückständigen Gemeindepfarrer Ende sechzig verstehen könnte (schließlich hatte Pater Coughlin seinerzeit in der Gegend eine beachtliche Zahl von Anhängern gehabt), doch wie um alles in der Welt ließen sich die vehement für McCarthy eintretenden Leitartikel im *Evening Herald* von Port Oriskany erklären, einer den Demokraten nahestehenden Zeitung? Und wie ließ sich die fixe Idee der großen Magazine erklären, die Woche um Woche weiterging – bei *Time, Life, Saturday Evening Post, Reader's Digest, Coronet?* Jedesmal, wenn Lyle Stevick eines dieser Magazine in die Hand nahm, stieß er auf haßerfüllte Artikel, deren Überschriften dem Leser sofort in die Augen sprangen: »Rote sind hinter IHREM Kind her«, »Kommunisten planen Angriff auf amerikanische Schulen«, »Rote auf der Kanzel«, »Ausbildung für den Umsturz: Die Internationale Leninschule in Moskau«. Er konnte nicht glauben, daß ein halbwegs intelligenter Mensch so etwas ernst nahm – aber dennoch... Gewiß war es offensichtlich, daß es sich bei Joseph McCarthy und seinen Kumpanen um Lügner und Maulhelden handelte, schlichtweg um politische Opportunisten, und doch stieg der Stern des Senators auf absurde Weise immer weiter nach oben, während andere versanken oder zerstört wurden: Jetzt konnte ihn nicht einmal der alte Harry Truman aufhalten. Nicht einmal J. Edgar Hoover konnte ihn jetzt aufhalten.

Es gab natürlich recht zweideutige Fälle, die sich lange hinzogen und große Aufmerksamkeit erregten: Alger Hiss, der »Atomspion« Fuchs, dann Julius und Ethel Rosenberg, die im April 1951 zum Tode verurteilt wurden, weil sie »Atomgeheimnisse an den Feind weitergeleitet hatten«. Doch damit wurden wie bei einer von Hannahs Freitagabend-Kasserollen, in denen tagealte Bestandteile in neuen, überraschenden und nicht immer definierbaren Kombinationen auftauchten, Hunderte oder vielleicht Tausende anderer Fälle vermischt; in Anzeigen bei der örtlichen Polizei oder sogar beim FBI gingen Privatleute gegeneinander vor, ein sozialistischer Stadtrat wurde zum Rücktritt gezwungen (er und seine Familie erhielten Morddrohungen), der demokratische Bürgermeister sah sich gerade üblen Attacken von seiner eigenen Stadtratsfraktion ausgesetzt wegen seiner Loyalität gegenüber den Konzepten Fair Deal – New Deal; ein unitarischer Geistlicher wurde verhaftet und 24 Stunden festgehalten, ohne daß eine Sicherheitsleistung zugelassen worden wäre, weil er eine »aufrührerische« Predigt über Bürgerrechte gehalten hatte; ein Professor für Orientalistik an der örtlichen Universität wurde vom Kuratorium gefeuert wegen »Subversionsverdachts«; etwa sechshundert Bücher in den Kategorien

»subversiv« oder »Hang zur Subversion« wurden aus der öffentlichen Bibliothek von Port Oriskany und deren Zweigstellen entfernt; in den staatlichen Schulen gab es Treuegelöbnisse und Denunziationen und Entlassungen; in Kilbirnie Park ein Freudenfeuer der Volksjustiz (wie es die Zeitungen nicht ohne Mißbilligung nannten), bei dem Bücher von Dreiser, Twain, Jack London und Whitman in die Flammen geworfen wurden; eine von Lizzies Lehrerinnen suspendiert, weil sie im Unterricht Thoreaus Schrift »Über die Pflicht zum Ungehorsam gegen den Staat« behandelt hatte; einer von Enids Lehrern entlassen, nur weil er die wöchentlichen Zivilschutzübungen in Frage gestellt hatte... Es war die Welt des verrückten Don Quijote, dachte Lyle Stevick, es war die Welt der tückischen kleinen Liliputaner, wie Lemuel Gulliver sie erlebte, und doch war es *diese* Welt, und man war verpflichtet, in ihr zu leben (oder etwa nicht?).

Montags und mittwochs trug Lyle Stevick im Geschäft stets ein frisch gebügeltes Hemd, doch die Festnahme fand leider an einem Freitag statt. Sein Hemd war etwas zerknittert, der Kragen nicht ganz sauber, die Krawatte, die er sich aus seinem Wandschrank ausgesucht hatte, gehörte nicht zu seinen attraktiveren Exemplaren (schwarze und senfgelbe Streifen, billiges glänzendes Material, ein Weihnachtsgeschenk von einem der Kinder; wenn er es übers Herz gebracht hätte, dann hätte er die Krawatte längst weggeworfen), seine Schuhe waren verschlissen und hatten Wasserflecke. Der Zufall wollte es aber, daß er den guten braunen Gabardineanzug trug und den guten schwarzen Wollmantel. Er sah ordentlich aus, er sah ganz respektabel aus, aber er war offensichtlich – viel zu offensichtlich! – nervös: Wie er immer wieder nach seiner Pfeife griff, obwohl sich diese nicht in seiner Tasche befand, wie er mit der zittrigen Hand übers Gesicht fuhr, wie er überrascht die Kopfhaut betastete, die glatte, kahle, schrecklich ungeschützte Fläche, die ihn daran erinnerte, daß er kein junger Mann mehr war, nicht mehr der adrette, tatkräftige, junge Lyle Stevick mit voller Haarpracht, die er als Selbstverständlichkeit betrachtet hatte, genauso wie er sein Leben und seine Freiheit als selbstverständlich angesehen hatte. In jenen Jahren hatte er wohl gedacht, er werde ewig leben!

Er hatte keine kommunistischen Neigungen, es war absurd, so etwas anzunehmen; seines Wissens hatte er sogar nie einen echten Kommunisten zu Gesicht bekommen, geschweige denn mit einem gesprochen oder gar gemeinsame Sache gemacht. Die Polizei könnte doch einen Lügendetektortest machen und ihn dann nach Hause schicken?

Die Festnahme war aber wie ein Montageband – oder vielleicht war »Lyle Stevick« die Bezeichnung für das Fließband –, es ging einfach weiter, ohne Rücksicht auf die Wünsche eines Menschen, auf seine aufrichtigen Unschuldsbeteuerungen, darauf, daß er sich gegen seinen Ankläger zur Wehr setzte, daß er eine Anzeige wegen Freiheitsberaubung androhte. Er wurde im Polizeipräsidium in der Union Street eingeliefert, man nahm seine Fingerabdrücke, ließ ihn die Taschen leeren, er wurde gefilzt und durchsucht und mit einer unpersönlichen Geringschätzung behandelt, die ihm in der Seele weh tat. Man befahl ihm, sich zu setzen, aufzustehen, weiterzugehen, die Hände an die Hosennaht zu legen, bis auf weiteres zu warten, in einem ungeheizten neonhellen Korridor zu sitzen in einer Reihe schweigender Festgenommener, fast alle von ihnen Neger in Handschellen, dann fünfzig Minuten lang in einem stickigen fensterlosen Raum. Er dachte an die entsetzliche Geschichte von Tschechow, in welcher ein Arzt genau in jene Anstalt für Geisteskranke gelangt, in die er sonst andere eingewiesen hat in seiner Teilnahmslosigkeit – »Was macht es schon für einen Unterschied?« hatte er zu seinen Patienten gesagt, und jetzt saß er dort selbst gefangen, o Gott, *in der Falle,* wie ein Tier.

Dann wurde Mr. Stevick aus dem Raum geholt und schließlich zwei Beamten in Zivil übergeben – Polizeileutnants mit Anzug und Krawatte. Dummerweise wurde ihm leichter ums Herz – ob er wohl eine Chance hätte, eine bessere Chance, bei Männern mit Anzug und Krawatte? Aber auch diese beiden lächelten nicht, sie waren geradezu unhöflich. Als sie ihm mitteilten, er könne seinen Rechtsanwalt anrufen, wenn er wolle, versuchte er zu scherzen und sagte, so etwas wie »seinen« Rechtsanwalt gebe es nicht, er habe zu Advokaten kein Vertrauen, und warum sollte er übrigens einem Rechtsanwalt Geld zahlen, wenn er unschuldig sei? Die Polizisten fanden das jedoch nicht belustigend. Er entschloß sich, nicht Hannah anzurufen (schon den Gedanken fand er unerträglich), sondern Domenic. Er versuchte gefaßt zu reden, Fakten zu liefern, Informationen, sich Emotionen zu widersetzen, das hatte doch keinen Zweck, er wollte Domenic ja nicht darum bitten, für ihn zu beten, denn was hätte das für einen Zweck, großer Gott! Dann kam ein ranghöherer Beamter namens Scheier hinzu, der vorgestellt wurde (mit einem ziemlich drohenden Unterton, hatte Mr. Stevick den Eindruck) als Spezialist für Subversion, kommunistische Agitation, rote Verschwörungen und so weiter, und dann begann das gefürchtete Verhör.

Es sollte fünf Stunden dauern, wobei es für den Festgenommenen nur eine einzige Pause gab.

Nachher war Lyle Stevick nicht in der Lage, sich die Abfolge der Fragen in Erinnerung zu rufen, was zum Teil daran lag, daß sie im Kreis herumgingen, daß sie mit leicht geändertem Vokabular fort und fort wiederholt wurden, wie um ihn zu überlisten. Er konnte sich nicht mehr erinnern, wie oft er seine Angaben zur Person wiederholt hatte – den Namen seines Vaters, den Beruf seines Vaters, das Datum seiner Taufe und der Firmung in der katholischen Kirche, seinen Beruf, den Namen seiner Frau und seiner Kinder, seines Bruders, der katholischer Priester war, seinen Wohnsitz an der East Clinton Street. Und die lächerlichen Umstände, die dazu geführt hatten, daß Lelord Muer gegen ihn Strafanzeige erstattete, vor allem aber die Tatsache, daß er *kein* Kommunist war und *nie* ein Kommunist oder ein kommunistischer Sympathisant gewesen war. Er sei doch – und das könnten sie nachprüfen – seit 1922 registriert als Demokrat, seit er wahlberechtigt geworden sei. Die Vernehmungsbeamten schienen seinen Ausführungen zu folgen, diese wurden sogar von einem Stenographen mitgeschrieben, doch fiel ihm Scheier sowie einer der beiden Leutnants ins Wort, um ihn immer wieder nach seiner »Verbindung« zu Rußland und Rotchina zu fragen: Warum wußte er so viel über diese Länder? Hatte er sie jemals besucht? Hatte er Verwandte, Freunde oder Bekannte, die diese Länder besucht oder im Ausland gewohnt hatten?

Und warum hatte er Bücher vorrätig wie den Atlas und all diese Enzyklopädien, die *Britannica* zum Beispiel – die stammte doch auch aus dem Ausland –, *wenn er ein Möbelgeschäft betrieb?*

Geduldig bemühte sich Mr. Stevick, alles zu erläutern. Er wisse im Grunde nichts über Rußland und China. Er habe die Vereinigten Staaten nie verlassen. Er habe keine Verwandte, Freunde oder Bekannte, die kommunistische Länder besucht oder im Ausland gewohnt hatten, von der Kriegszeit abgesehen, doch das sei gewiß etwas anderes. Die Bücher seien zusammen mit den Möbeln und Haushaltsgegenständen gekauft worden, er sei ja schließlich im Second-Hand-Geschäft, einen anderen Grund gebe es nicht. Trotzdem sagte Scheier mehrmals: »Eine ziemlich umfangreiche Bibliothek haben Sie da, Mr. Stevick!«, als wisse er genau, daß der Festgenommene log und ein Spielchen mit ihm trieb. Scheier war ein kurzgewachsener, vierschrötiger Mann mit einem faltigen Gesicht. Er glich dem Schlägertyp Gene Fullmer, obwohl er blaßblaue, scheinbar intelligente Augen hatte und so kahl war wie Lyle Stevick, was sich ja zu Mr. Stevicks Gunsten auswirken mochte, aber er war einfach verdammt klein, ein Mann von einem Meter sechzig Körpergröße hatte einfach eine Abneigung gegen einen Mann mit einsfünfundachtzig. Scheier langweilte sich wohl bei seiner Aufgabe oder war verärgert, daß das Verhör kaum Informationen ergab, denn er kehrte immer wieder zum Thema Bücher zurück – »Warum haben Sie in einer Möbelhandlung so viele Bücher, Mr. Stevick?« – und verlas eine Liste von Titeln, die ihm ein Untergebener zur Verfügung gestellt hatte: *The Decline and Fall of the Roman Empire, Look Homeward Angel, Alice in Wonderland, The Wealth of Nations, Selected Tales of Nathaniel Hawthorne, Jean-Christophe, Bulfinch's Mythology, The Metropolitan Opera Guide, The Wisdom of China and India, One Hundred and One Years of Entertainment, The Lives of the Great Explorers, The Call of the Wild, A Primer of American Birds, Gone With the Wind, A Tale of Two Cities, The Devils, The Illustrated Shakespeare.* Die Technik erinnerte stark an Senator McCarthy, doch fehlte die Miene zorniger Überzeugtheit.

(Mr. Stevick zuckte bei dem Buchtitel von Dostojewski zusammen – die Vernehmungsbeamten verfügten aber offensichtlich nur über die Titel, sie hatten sich nicht bemüht, Nachforschungen über die Bücher selbst anzustellen. So verdächtig *Die Dämonen* auch klangen, sie waren nicht als ein russisches Werk identifiziert worden. Zumindest diese kleine Wohltat gab es also.)

»Und wer sind Ihre Komplizen, Mr. Stevick?« fragte Scheier mehrmals, indem er den Beschuldigten mit einem wissenden Lächeln fixierte. »Ihre Freunde? Leute, die dieselbe Art von Büchern lesen und sich für dieselben Dinge interessieren? Karten von fremden Gegenden und solche Sachen?«

Mr. Stevick schwieg halsstarrig, obwohl er wußte, daß man von ihm erwartete, er würde Namen nennen, er würde seinen Hals retten, indem er andere beschuldigte. Aber er würde andere *nicht* belasten.

»Niemand? Nichts? Keinen einzigen?« fragte Scheier.

»Niemand«, sagte Mr. Stevick.

»Sind Sie völlig sicher? Niemand?«

»Niemand, Sir.«

»Das«, sagte Scheier, indem er den Atem mit einem nervösen Zischen ausstieß, »ist verdammt schwer zu glauben.«

Ironischerweise war es Warren, der ihn schließlich rettete – oder die Tatsache, daß Lyle einen einundzwanzigjährigen Sohn hatte, der seinem Land in Korea treu gedient hatte, indem er die Kommunisten bekämpfte; ein junger Mann, dem schon zwei Verwundetenabzeichen verliehen worden waren. Die Polizisten hörten respektvoll zu, als Mr. Stevick von Warren erzählte, als er seine Verwundung in Chorwon und in der Schlacht am Imjin schilderte. Der arme Junge sei bis jetzt dreimal operiert worden, um Reste von Granatsplittern aus seinem Fleisch zu entfernen, es habe sogar eine Operation stattgefunden, bei der aus seinem Gehirn Flüssigkeit entfernt wurde, und eine weitere Operation sei für Januar angesetzt – plastische Chirurgie an seinem verstümmelten Gesicht und an seinem Kiefer. Ein winziger Granatsplitter sei außerdem in Warrens linkes Auge eingedrungen, sagte Mr. Stevick mit zitternder Stimme, und die Sehkraft habe stark nachgelassen.

Eine Pause trat ein. Scheier und die Leutnants scharrten unruhig mit den Füßen und brachten ihr Mitgefühl zum Ausdruck. Ein Glück, daß der Junge noch am Leben sei, meinte Scheier.

»Dafür sei Gott Dank«, sagte Mr. Stevick.

Immerhin sei Warrens Haltung bemerkenswert, fuhr er fort. Er sei ein *guter* Junge – schon immer gewesen. Selbst wenn er

Schmerzen habe, beklage er sich nie, im Gegensatz zu anderen ehemaligen Soldaten leide er selten an Depressionen, er rede davon, nächstes Jahr ein College zu besuchen, wenn alles klappe... Sobald die Ärzte den Katheter entfernt hätten, sei es mit Warrens Lebensgeistern deutlich aufwärts gegangen: Der Junge sei richtig glücklich, daß er noch lebe.

Wieder zeigten die Polizisten Mr. Stevick ihr Mitgefühl. Scheier gab zu verstehen, genau in diesem Augenblick befinde sich ein Neffe von ihm irgendwo in Korea, ein Gefreiter, der Sohn seines Bruders; und das mit McArthur, wie die Dinge da gelaufen waren, sei doch eine Affenschande. »Und sie haben nicht einmal den Mut, es als ›Krieg‹ zu bezeichnen!« sagte Scheier und tat so, als spucke er aus.

»Es ist eine Tragödie«, sagte Mr. Stevick mit bebender Stimme. Er wischte sich den Schweiß vom Gesicht. »Es ist verdammt *traurig*, Sir.«

Nach diesem Gedankenaustausch wurde der Ton des Verhörs freundlicher. Mr. Stevick merkte, daß ein kritischer Punkt überwunden war, er hatte es geschafft, er hatte es Gott sei Dank geschafft, er war auf eine kindische Weise dankbar. Vielleicht war er feige, aber er war dankbar, daß die Machthaber sich entschlossen hatten, in seinem Fall Gnade walten zu lassen, daß sie ihn trotz ihrer Allgewalt nicht bestrafen würden – *diesmal würde er davonkommen!*

Trotzdem ließen sie ihn, wie um die Form zu wahren, erst nach einer weiteren Stunde gehen.

Um 18.10 Uhr festgenommen, um 0.25 Uhr freigelassen; er rief sofort Domenic an und erzählte ihm die erfreuliche Neuigkeit, dann nahm er ein Taxi in die Lock Street; er war zu schwach, zu benommen, zu sehr durcheinander, um Hannah jetzt gegenüberzutreten, dazu wäre später noch Zeit. Was er brauchte, war ein Drink und seine Pfeife. Ein klein wenig kostbare Abgeschiedenheit, im übrigen stand ja sein Wagen beim Möbelladen, er mußte ihn nach Hause fahren. Gedanken kamen rasend schnell, alles überflutend, erstickend – er würde in der Nacht nie und nimmer schlafen können. Er würde nie mehr schlafen können.

Die Polizisten hatten den Laden offenbar rasch und oberflächlich durchsucht. Sie hatten Möbelstücke umgestellt und seinen Schreibtisch aufgebrochen, auf dem Fußboden lagen Bücher herum. Lyle Stevick kickte die Bücher zur Seite, er wollte nur wissen, ob seine Flasche Early Times in Sicherheit war. Das war der Fall, dort in der unteren Schreibtischschublade stand sie, obwohl die Scheißkerle das Schloß aufgebrochen hatten. Seine Hände zitterten stark, als er sich einen gehörigen Schluck in eine Kaffeetasse goß. Er trank; er saß schwer in seinem Drehstuhl, in seinem Mantel schwitzte er ein wenig, doch er fröstelte auch. Bei Nacht sah der Laden anders aus, verwirrend, die vertrauten Farben waren verblaßt, die Umrisse mancher alter Scheußlichkeiten waren in der Düsternis seltsam verzerrt. Es war, als betrachte er ein Familienbild und erblicke darauf lauter Fremde. Da waren Sofas, die schon seit Jahren dagestanden hatten, Badewännchen für Babys, an der Treppe eine hochbeinige viktorianische Kommode, dann eine Standuhr... Manchmal, wenn er spät nachts noch arbeitete oder an seinem Schreibtisch saß und träumte, hörte er, wie in der Nähe Mäuse vorüberhuschten, vielleicht waren es auch Ratten, das Geräusch hörte sich an wie das Kratzen von Nägeln auf den Fußbodenbrettern; manchmal bewegten sich die alten Balken des Gebäudes knarrend in der Kälte, das Geräusch ging ihm bis ins Innerste, aber nichts weiter geschah.

Er war fünfzig Jahre alt. Er war erschöpft, verbraucht, erledigt. Sie hatten ihn zugrunde gerichtet, ihn erniedrigt. *Alles sehnt sich danach, mit seinem Dasein fortzufahren,* hatte Spinoza gesagt – und es stimmte, so war es, das machte die Schande der Menschheit aus.

Er trank Whiskey und stopfte seine Pfeife; seine Hand zitterte immer noch, selbstkritische Gedanken überfielen ihn in einer wilden Flut. Der Geruch des süßen, starken Tabaks war jedoch ein Trost für ihn. Beim ersten Zug füllte sich sein Mund mit Wärme und Rauch. Er war in Sicherheit, er war tatsächlich davongekommen.

Viele Minuten lang saß er im Mantel an seinem Rollpult, schwitzend, fröstelnd, und seine Gedanken vollführten unkontrollierbare Sprünge. Er wollte nicht nach Hause gehen, er konnte Hannah und den Mädchen nicht gegenübertreten. Wenn er zu Bett ginge, würde er nicht schlafen können, und wenn er einschliefe, würde er in seinen alten Traum sinken, in jenen alten Alptraum, der ihm angst und bange machte, bei dem er hilflos wie ein Kind wurde. Der Raum mit weißen Wänden, der unerträgliche Druck, der von den Wänden ausging, die grellen Lichter, sein toter Vater ganz in der Nähe, mit offenen Augen lag er da, und er wartete darauf, daß Lyle sie ihm schloß. Bloß daß sein Vater nicht wirklich tot war, er konnte seine Augen doch selber zumachen! – Lyle Stevick hatte nicht die Kraft, ihn anzufassen, er war erschöpft, verbraucht, sogar ohne jedes Mitleid.

Karl Stevick hatte Lyle und Domenic und deren Mutter an jenem schrecklichen Januartag des Jahres 1911 verlassen. Er hatte seine Mätressen gehabt, seine Huren, und schließlich heiratete er ein hübsches blondes Showgirl, das erheblich jünger war als er. Er bekam seinen dritten Sohn, damals hatte er Schluß gemacht mit der Politik, er hatte nicht mehr sehr lange zu leben. *Requiescat in pace,* dachte Lyle mit Bitterkeit. Er erinnerte sich an die Stunden – die Abende –, in denen er als Junge ziellos in der Stadt umhergestreift war, im Zentrum, am Kanal entlang, draußen am See entlang, durch Wohngegenden, wo er erleuchtete Fenster angestarrt und versucht hatte hineinzuschauen, wo er Vermutungen angestellt hatte über das Leben von Fremden. Selbst die heruntergekommensten Häuser und Elendsquartiere waren ihm als höchst geheimnisvolle Stätten erschienen, als Orte der Zuflucht und des Asyls. Er hatte an jenen Abenden, in jenen Stunden kein Zuhause, es schien eine jahrelange Wanderung gewesen zu sein, er wußte nicht, was er tat, nur eines wußte er, daß sein Vater sie verlassen hatte und daß er allein war, daß er sein ganzes Leben lang allein sein würde.

Die bittere Wahrheit war: Obwohl Karl Stevick vorgab, er liebe seine Söhne, hatte er Lyle oder Domenic niemals auch nur halb so sehr geliebt wie Felix, diesen Sproß seiner Torheit, der Verblendung eines alten Mannes, seines Johannistriebes.

Aber was sollte das? Warum ging das Lyle Stevick nahe? Er war jetzt selbst Vater, war erwachsen, derlei Dinge sollte man weit hinter sich lassen, sie sollten vergessen sein, von der Zeit zugedeckt. Vielleicht hatte er zu lange gelebt. Dieses dumpfe, schnelle Aufwallen von Dankbarkeit, diese ängstlichen Zuckungen seiner Seele – *diesmal würde er davonkommen.*

Tatsächlich?

Er trank Whiskey aus der schmutzverkrusteten Tasse, er rauchte eilends seine Pfeife, wartete darauf, besänftigt zu werden, ruhig zu werden, er selbst zu werden. Es würde ihm nicht mehr einfallen, wie er seine Taschen leeren mußte und ein uniformierter Beamter uninteressiert zuschaute, er würde sich nicht mehr an die Schande erinnern, gefilzt und durchsucht zu werden wie ein gewöhnlicher Krimineller. Er hatte im Laufe des Abends oftmals die Gelegenheit gehabt, der Polizei die Namen anderer Leute zu nennen, andere »hineinzuziehen«, und mancher verängstigte Mann hätte vielleicht die Gelegenheit ergriffen, sich selbst in Sicherheit zu bringen oder alten Feinden oder Freunden eins auszuwischen. Lyle Stevick hätte sich zu so etwas nicht herabgelassen, nicht einmal, um seine Seele zu retten – oder vielleicht doch? Das Verhör hatte schließlich nur bis kurz nach Mitternacht gedauert.

Und wenn sie ihm Gewalt angedroht hätten, was dann?

Und wenn sie damit gedroht hätten, ihn öffentlich zu demütigen und bloßzustellen, was dann?

Mit Klebestreifen waren an der Wand hinter seinem Schreibtisch Kalender befestigt, die bis 1943 zurückreichten, außerdem vergilbte Cartoons, die er aus Magazinen ausgeschnitten hatte, mehrere von ihnen trugen Mr. Stevicks handschriftliche Hinweise: CAVEAT EMPTOR; DER NARR, DER SEINER TORHEIT TREU BLEIBT, WIRD WEISE; ES IST BESSER, EINE EINZIGE KERZE ANZUZÜNDEN, ALS DIE DUNKELHEIT ZU VERFLUCHEN. Es hingen auch einige Cartoons von ihm dort, die er mit Ausziehtusche gezeichnet hatte, seine Version von Jiggs und Maggie, Popeye, Dick Tracy und den Katzenjammer-Kids, den Lieblingen seiner Kinder. Früher einmal hatte er seine Familie mit seinem Sinn für solche Kleinigkeiten belustigt und überrascht, sogar Hannah mußte lachen über eine neckische Version von sich als Blondie – oh, Daddy konnte damals wahre Wunder vollbringen. Wenn er sich jetzt die Mühe machte, ein Blatt von Hand zu beschriften, dann zu praktischen Zwecken im Laden: DAUERTIEFSTPREISE! / »SO GUT WIE NEU!« / RÄUMUNGSVERKAUF – NOCH 3 TAGE! / JETZT WEIHNACHTSVERKAUF! Im Schaufenster hing wieder jenes Plakat, das er bereits vor Jahren gemalt hatte, sein liebstes

Stück, mit dickbauchigen roten Buchstaben auf gelbem Grund: $TEVICK HILFT $PAREN! Das war clever und fiel ins Auge, lockte die Leute herbei. Möglicherweise.

Daß Lyle Stevick mit gebrauchten und unlackierten Möbeln handelte, war schon eine seltsame Kapriole des Schicksals; er war in den dreißiger Jahren in die Sache hineingeraten, als andere Versuche zu nichts geführt hatten: Teilhaber eines Herrenmodengeschäfts im Zentrum und eine mit Karl Stevicks Unterstützung getätigte Investition in eine Grundstücksmaklerfirma. Plötzlich war er kein junger Mann mehr, er war verheiratet, hatte ein, zwei, drei kleine Kinder und eine Frau, die heimlich weinte, wenn sie meinte, er könne sie nicht hören. Die Unbefleckte Empfängnis hatte er die erste Schwangerschaft genannt, er hatte gehofft, seinen Schock und seine Verzweiflung hinter einem lächelnden Gesicht verbergen zu können, doch seinem Bruder Domenic, diesem selbstgerechten, eingebildeten Menschen, hatte das gar nicht gefallen, er hatte sich empört von ihm abgewandt und nichts hören, nichts wissen wollen. Dieses verdammte Arschloch aus dem Priesterseminar, das alle Antworten parat hatte – auf Lateinisch! Man brauchte nur mal zu versuchen, mit ihm zu reden, von ihm ein Wort des Mitgefühls gesagt zu bekommen zum Thema Liebe, Sex, Zufall, Schicksal. Hannah war Jungfrau *und* schwanger, als sie heirateten. Lieber Himmel, er war selbst jungfräulich gewesen, warum sollte er das nicht zugeben? Er saß damals ganz benommen in einem Hörsaal der Universität in der Vorlesung eines Philosophieprofessors, der munter von der Welt als Vorstellung und von der Welt als Willen sprach, dem reinen, brodelnden, sich windenden, sehnsüchtigen Willen, ja, der alte Schopenhauer kannte die Verlockung, die unwiderstehliche Versuchung durch das Weib, doch der Bursche war zu schlau gewesen, um ihr zu erliegen. Lyle Stevick war verliebt in die Tochter eines polnischen Juden, eines wohlhabenden Kürschners mit einem Laden an der Main Street, wo jetzt Sibley war (der Name des Mädchens war Elisabet, sie hatte fahl schimmerndes Haar, Gesichtszüge, die so zart waren wie Glasgravuren, ein Lächeln, das wie Feuer in seine Seele fuhr, *aber denke nur nicht daran*) – der junge Lyle Stevick war in ein Mädchen verliebt, doch Erfolg hatte er bei einem anderen.

Sein Vater hatte ihm unverblümt mitgeteilt, daß die Juden sowieso nichts von ihm wissen wollten. »Verheirate dich mit deinesgleichen, dann brauchst du, wenn der erste Überschwang vorbei ist, wenigstens *darüber* nicht zu streiten.«

Lyle erhob sich schwankend von seinem Schreibtisch, nahm seine Flasche Early Times an sich sowie seine Pfeife und ging langsam in den hinteren Teil des Ladens, wobei er darauf achtete, daß er nicht gegen scharfe Ecken stieß oder Gegenstände umwarf. Er kannte den Weg auswendig, ein schmaler Pfad durch ein Labyrinth von Tischen, Stühlen, Stehlampen und Plüschsofas, die nach Mäusen und Staub rochen; dennoch verwirrte ihn die Dunkelheit, die von Scheier x-mal wiederholten Fragen verwirrten ihn. Ach bitte, lassen Sie mich gehen. Lassen Sie doch Gnade walten. Bei den Kellerstufen schaltete er das Licht an. Er stand einen Augenblick lang blinzelnd da und versuchte, das Gleichgewicht zu halten. Er war nicht betrunken – er war immer ein Mann gewesen, der etwas vertragen konnte –, doch hatte er seit Stunden nichts gegessen, daran lag es, der Whiskey war ihm zu Kopf gestiegen. Bei Gott, er wollte ja nicht mit dem Kopf voraus die Kellertreppe hinunterstürzen und am nächsten Morgen von seinem Bruder entdeckt werden oder gar von der armen Hannah.

Als er merkte, daß er sich besser unter Kontrolle hatte, stieg er vorsichtig die Stufen hinunter. Früher einmal war ein fetter Hurensohn von Kunde auf der Treppe zum ersten Stock durch zwei Stufen hindurchgebrochen. Zum Glück waren die Stufen ganz unten gewesen, zum Glück hatte sich der Fettwanst nicht verletzt. Es gab kein Verfahren, doch hatte er die Frechheit besessen, Lyle gegenüber zornig zu sein, ungehalten. Lyle war die Luft, die er im Keller einatmete, so vertraut, daß sie ihm tröstlich vorkam, aschenartig und feucht und süßlich faulig wie verdorbenes Fleisch, der Geruch von Spinnweben, von Mäuse- und Rattenkot, der Geruch des feuchten, kalten Erdbodens. Asche zu Asche, Staub zu Staub. Er war angelangt. Hier unten gab es ernste Probleme mit dem Abwasser, für die Lagerung von Möbeln war es nicht der geeignete Ort, doch er hatte keine andere Wahl. Was konnte er sonst bekommen für so wenig Miete, und warum sollte er sich die Mühe machen umzuziehen? Er war erschöpft, verbraucht. *Dei gratia*. Bei seiner Familie und bei seiner Sippe galt Lyle Stevick als aktiver, tatkräftiger, temperamentvoller Typ, ein Draufgänger, ein Mann, der klaglos einem schwierigen Haushalt vorstand. Doch die Wahrheit sah anders aus, Lyle Stevick war anders, er war unecht und schäbig wie diese Weihnachtsdekoration, die in einem Häufchen auf dem Kellerboden lag: ein grüner Plastikbaum von der Firma Norban, ein Wirrwarr von Lamettastreifen, Engelshaar in unordentlichen Klumpen.

»Ein Haftbefehl auf Ihren Namen«, hatte der junge Polizist gesagt.

Zitternd trank er aus der Flasche, ganz schwach vor Vorfreude.

Vielleicht wäre Weihnachten 1951 für Lyle Stevick doch kein Problem.

Der Strick, der Strick – hinter einer Packkiste versteckt, sauber zusammengerollt, nicht sehr dick, aber schön kräftig und strapazierfähig, nicht schwer zu knoten. Fast zweieinhalb Meter lang, mehr als er benötigte. Er spürte die faserige Zähigkeit des Strikkes gern zwischen seinen Fingern, das Beruhigende seines Gewichtes, und er mochte den Geruch. Was hatte Ritters Waage angezeigt – o Gott, waren es letztes Mal nicht fast zwei Zentner gewesen? Trotzdem hatte er an jenem Tag beim Frühstück und beim Lunch kräftig zugelangt. Bis auf die Unterwäsche ausgezogen, in Socken auf der Waage des Arztes kam er sich dumm vor, er holte tief Luft, als ob das einen Unterschied ausmachen könnte... Er warf das eine Ende des Strickes über einen Balken, schlang es auf fachmännische Art mehrmals herum und achtete darauf, daß der Strick fest und straff saß. Er testete ihn gründlich, indem er grunzend an ihm zog. Staub- und Schmutzpartikel fielen auf sein nach oben gewandtes Gesicht.

Dann wandte er sich unter starkem Herzklopfen ab. Das reichte fürs erste.

Er breitete eine Zeitung auf einer der unteren Stufen aus und setzte sich. Sein Atem dampfte ein bißchen, sein Puls ging rasch. Mit fühllosen Fingern zündete er die Pfeife wieder an. Er nahm einen weiteren Schluck Whiskey. Er betrachtete den Strick, den baumelnden Strick, dessen Schatten zart auf der Wand dahinter lag, der sich so unscharf abzeichnete, als wäre er ein Schmutzfleck auf dem feuchten Stein. Der Strick regte sich natürlich nicht, doch sah er aus, als werde er sich gleich bewegen. Von irgendwo ganz in der Nähe kam das Geräusch tröpfelnden Wassers, und weit droben quietschte das alte Gebälk in der Kälte, doch auch diese Geräusche waren für ihn ein Trost.

Alles sehnt sich danach, mit seinem Dasein fortzufahren, bis auf diejenigen, die sich freigemacht haben vom blinden, gedankenlosen, erbarmungslosen Willen.

Hier an seinem geheimen Zufluchtsort saß er und wartete auf Eingebungen seiner Seele, seine Gedanken hüpften und sprangen, wie immer schwebten sie schließlich, wohin es ihnen beliebte. Niemand kannte diese Zufluchtsstätte.

Wenn oben das Telefon läutete – ließ es der hartnäckige »Pater« Domenic eben jetzt fort und fort klingeln? –, dann hörte er es nicht. Seine Augen waren halb geschlossen, er sah wieder die unterirdische Leichenhalle des St. Josephs-Krankenhauses, jene blendendweißen Wände, die Lichter. Es war das Jahr 1944, er war ein Sanitätsfreiwilliger, der seiner Pflicht nachkam und die Kriegsanstrengungen unterstützte. Er war kein Junge mehr, aber diese verdammte gekühlte Luft, der Gestank nach Ammoniak und Desinfektionsmitteln und der Gestank des Todes überwältigten ihn, es war, als träfe ihn ein heftiger Schlag auf das Herz, er war wie betäubt. An jenem Tag kam seine erste Leiche: Eine Patientin war in der Nacht zuvor gestorben, und Lyles Aufgabe bestand einfach darin, den Leichnam mit einem Schwamm zu reinigen und ihn in ein Totenhemd aus grobem Zellstoff zu hüllen, wobei er achtgeben mußte, daß er das Papier nicht aufriß; dann mußte er die Leiche in den Korridor schieben und in den Fahrstuhl zur Leichenhalle, ohne daß er sich auch nur einmal den Gedanken erlaubt hätte, wie rasch aus der »Frau« (Mrs. Faxlanger, zweiundsiebzig Jahre alt) eine »Leiche« auf einem fahrbaren Gestell geworden war. Wie abrupt, wie unabänderlich aus ihr ein Ding geworden war!

Er hatte damals erkannt, daß die gesamte, in allen möglichen Büchern enthaltene Philosophie, daß alle Poesie, die ganze in Bibliotheken aufbewahrte Weisheit und die komplizierte Ausdrucksfähigkeit der menschlichen Sprache an dieser Tatsache nichts zu ändern vermochten.

Eine junge Nonne bemerkte, wie blaß und kränklich er aussah, und kam still herbei, um ihm zu helfen; sie redete leise mit ihm, sie half ihm, den Leichnam in die Halle zu schieben, ihn auf eine Metallschublade zu legen, die sie aus der Wand gezogen hatten; dann schob er die Vorrichtung wieder hinein und schloß bebend und schwer atmend die Tür; die Aufgabe war erledigt.

Es gab aber einen Trost: Kinder wissen nichts.

Kinder sind unschuldig, sie wissen nichts, oder? Solange sie nichts wissen, ist da ein Teil von Daddy, der auch nichts weiß. Als seine Kinder klein waren, als sie noch kamen, um einen Morgen oder einen Nachmittag in seinem Laden zu verbringen, war das lustig. Es tat ihm gut, als sie Daddy besuchten, als sie zwischen den Möbeln spielten, es war wie eine Schatzsuche für sie, das merkte man. Enid saß manchmal eine Stunde oder länger ganz versunken an seinem Schreibtisch und las eines der Kinderbücher, die in einem unordentlichen Stapel an der Wand lehnten, ja, er konnte sich erinnern, wie sie an einem Wintertag *The Snow Queen* gelesen und er sie gefoppt hatte, sie sei eine Schneeprinzessin. Enid war in jenem Alter so schön, so zart gebaut, ihre Augen waren so schön, daß er sie oft insgeheim beobachtete, stolz, voll verzücktem, habgierigem Stolz: Enid Maria, das jüngste seiner Kinder und sein liebstes. Vor einigen Monaten hatte er sich genau an diesem Ort halb zum Vergnügen die schlimmstmöglichen Entwicklungen in seinem Leben selbstquälerisch vorgestellt: den Tod seiner Kinder und seiner Frau. Doch ebenso schrecklich war die Vorstellung, er hätte nicht die Macht, sie zu beschützen. Gab es etwas Entsetzlicheres, gab es einen schlimmeren Alptraum – ein Vater, der nicht imstande war, seine Kinder zu beschützen? Lieber Himmel, wie es an seinen Nerven zerrte, wenn er nur daran dachte, daß man das eine oder andere von ihnen verletzt oder schlecht behandelt haben könnte. Aber er war mit der Situation recht vernünftig umgegangen, in der Warren sich befand, und wenn sie in früheren Tagen ungezogen gewesen waren, hatte ihn manchmal eine blinde Wut gepackt gegen sie, selbst gegen Enid – zugegeben, selbst gegen Enid, wenn sie eine ihrer Launen hatte, wenn sich ihre dunklen, aufgerissenen Augen in seiner Gegenwart zu einem Schlitz verengten; zwei oder drei Jahre alt und von einer dämonischen Energie angetrieben, das war ein gefährliches Alter. Enid und Lizzie zusammen, er erinnerte sich, wie sie im Laden ein Versteckspiel machten, ihr schrilles Gelächter, ihre gedämpften Schreie, unverschämtes Getrampel auf den Treppenstufen, in Spiegeln versuchten sie, sich Angst zu machen. Sie krochen unter Betten, liefen oben Amok trotz Daddys Einspruch: Und wenn sie sich etwas brechen würden? Wenn ein Kunde hereinkäme? Wenn sie sich weh tun würden? *Wenn ihr nicht werdet wie die Kinder, so werdet ihr nicht in das Himmelreich kommen,* Lyle Stevick aber, der seine Töchter droben toben hörte, knirschte mit den Zähnen und bemühte sich, seinen rasch anschwellenden Zorn zu bändigen. Wenn er einen Kunden zu bedienen hatte, ging er zum Fuß der Treppe und rief zu ihnen hoch, sie sollten Rücksicht nehmen; sie hielten immer sofort inne, mitten im Gekicher und im Staunen; aber Daddy ließ sich nicht hinters Licht führen, er wußte, sie würden mit dem Spiel fortfahren, sobald er weg war. Seine Strafandrohungen – »Ich versohle euch den Hintern!« – gehörten mit zum Spiel. Wenn niemand im Laden war, legte er manchmal seine Pfeife in den Aschenbecher und ging selbst nach oben, halb im Zorn und halb aus Übermut; dann wirkte er jünger, er nahm zwei oder drei Stufen auf einmal, um zu seinen ungezogenen kleinen Mädchen zu kommen, damit sie vor Schreck und vor Entzücken quiekten und wie kleine Tiere herumkrochen, dabei die Bodenbretter knarren und Staubfähnchen aufsteigen ließen, die meist leicht zu entdecken waren. »Enid! Lizzie! *Ich kriege euch schon noch!*«

9

Seit er nicht mehr im Training war, seit er Geschäftsmann war – Miteigentümer eines in den Adirondacks gelegenen Ferienhotels –, rauchte Felix Stevick sooft er wollte. Puertoricanische Zigarrillos mochte er am liebsten, sie waren lang, schlank, spitz zulaufend, von Hand mit einem braunen Deckblatt umwickelt und teuer. Seine spezielle Marke war in der Stadt nur in wenigen Tabakwarengeschäften erhältlich. Wenn er an Wochenenden zum Shoal Lake hinausfuhr, gab es sie nicht einmal im Saddleback Inn. Wenn er also auf Nachschub Wert legte – wenn er nicht gezwungen sein wollte, gewöhnliche amerikanische Zigaretten zu rauchen –, mußte er einen Vorrat mitbringen. Er rauchte rasch und ziemlich nervös, er qualmte Zigarillos wie auch Zigaretten in kurzen, hastigen Zügen, dann drückte er sie aus, obwohl sie erst halb geraucht waren, oder er warf sie in brennendem Zustand weg. Er sei eigentlich gar nicht für das Rauchen, sagte er, aber auch kein Prinzipienreiter.

Puertoricanischer Tabak sei besser als amerikanischer Tabak, hieß es, milder, leichter, süß im Geschmack, den höheren Preis durchaus wert, doch der Rauch war so stark, daß Enids Augen brannten. Er war ihr fast so zuwider wie der Pfeifentabak ihres Vaters. Trotzdem fragte sie ihren Onkel, ob sie mal ein Zigarillo ausprobieren dürfe, einfach so zum Spaß?

»Nein«, sagte Felix sofort, er fand die Bitte nicht einmal lustig. »Warum denn nicht?« fuhr Enid ziemlich kindisch fort, und Felix sagte, sie würde damit nur billig aussehen, Frauen rauchten so etwas nicht. Enid ließ sich nicht abbringen. Sie wollte ihren Onkel foppen, wie sie es bei ihrem Vater machte, wollte sehen, wie weit sie gehen konnte. Frech und unbekümmert versuchte sie, die Packung aus der Brusttasche seines Hemdes herauszuholen. Felix aber wehrte sie ab wie ein lästiges kleines Kind; er lachte und ging fort, so daß sie sich selbst überlassen war. Dazu war ihr Onkel imstande, dachte Enid beleidigt; darin lag die Macht eines Erwachsenen – einfach wegzugehen.

»Billig aussehen?« rief sie ihm nach, ohne ihm zu zeigen, wie verärgert und verletzt sie war. »Wieso würde ich billig aussehen? In wessen Augen? In *deinen?*«

»Enid, diese Dinger sind praktisch Zigarren«, schimpfte Geraldine, »du könntest sie beim besten Willen nicht rauchen.«

Und als sie sah, was ihre Schwester für ein Gesicht machte, sagte Geraldine: »Schätzchen, dir würde es doch bloß schlecht werden.«

Die Zigarillos gab es in einer schlanken Pappschachtel und nicht wie die amerikanischen Zigaretten in einer Hülle aus Papier. Auf dem Karton war die aufreizende Gestalt einer spanischen Flamencotänzerin eingeprägt – aufgetürmtes schwarzes Haar, ein Arm verführerisch über den Kopf geschwungen, der karminrote Rock angehoben, so daß ein Stückchen Unterrock und schwarze, hochhackige Schuhe sichtbar waren. Am Morgen nach dem Labor Day, als Enid ihre Sachen packte für die Rückreise, entdeckte sie in ihrem Zimmer eine der Pappschachteln in einer Schublade der klapprigen Kommode; sie fuhr langsam mit dem Daumen über die eingeprägte Gestalt, stand einen Augenblick mit geschlossenen Augen da, mit einem ausgetrockneten, fühllosen Mund. Sie erinnerte sich noch daran, die zerdrückte Packung am Strand aufgehoben zu haben, unterhalb des Ferienhäuschens der O'Banans; ganz egal wo, sie konnte verschmutzte Strände nicht ausstehen mit all den leeren Getränkeflaschen, Servietten, Seiten aus den Sonntagszeitungen. Ihr fiel ein, daß sie die zerknüllte Packung aufgehoben hatte, die ihr Onkel gedankenlos hatte fallen lassen, doch sie konnte sich nicht erinnern, sie in das Häuschen mitgenommen und in der Schublade versteckt zu haben. Sie warf die Packung zum Abfall und schämte sich, es wäre ihr nicht recht gewesen, wenn ihre Schwester sie zu Gesicht bekommen hätte oder ihr Schwager oder auch nur ihr dreijähriger Neffe.

In jenem Spätsommer des Jahres 1952, in den letzten beiden Augustwochen, hatte sich Enid am Shoal Lake in dem gemieteten Ferienhäuschen der O'Banans aufgehalten. Sie leistete Geraldine Gesellschaft, wenn Neal beim Fischen war. Sie beschäftigte sich mit Neal junior und dem Baby und schwamm viel, radelte um den See und legte sich an den Strand. Neal O'Banan war sehr großzügig gegenüber seinen angeheirateten Stevick-Verwandten, als er die vierzehnjährige Schwester seiner Frau einlud, die Ferien mit ihnen zu verbringen – er hatte dazuhin noch Lizzie eingeladen und für ein Wochenende sogar Warren; er schien wirklich enttäuscht zu sein, daß sie nicht kommen konnten. Neal stammte aus einer großen katholischen Familie (fünf Söhne, drei Töchter) und pflegte zu sagen, er fühle sich in der Menge wohl.

Er beabsichtige, ebenfalls eine große Familie zu haben, so es Gott gefiel (und seiner Frau!).

Lizzie sagte über ihren Schwager: »Er erinnert einen sehr an Daddy!«

Enids Erwiderung war ausweichend und etwas trotzig: »Niemand erinnert mich an Daddy«, sagte sie.

Enid war anfangs zurückhaltend gegenüber Geraldine, zwischen ihnen gab es einen erheblichen Altersunterschied, und in den vergangenen zehn Jahren waren sie selten einmal allein beisammen gewesen. Geraldine war mit dreiundzwanzig Jahren eine reife, ganz in der Ehe aufgehende und sehr mütterliche Frau; die hitzige, selbstsichere Körperlichkeit ihres Auftretens ging Enid manchmal auf die Nerven. Sie war eine attraktive Frau, auf ihrer zarten, klaren Haut waren blasse Sommersprossen verstreut, ihre Augen waren ziemlich klein und standen eng beisammen, wachsam, unter dem Kinn ein bißchen überschüssiges Fleisch, plumpe Schultern und Arme, schwere Brüste. Ihr dichtes, federndes Haar trug sie jetzt in einem Pudelschnitt, einer Kappe aus dichten Locken, ganz kurz geschnitten und im Nacken ausrasiert, und dieser Stil war so neu, daß sie damit am Shoal Lake Aufmerksamkeit erregte, ohne daß sie sich dessen bewußt gewesen wäre. In Enids Gegenwart plauderte sie viel und fing an laut zu denken, als hätte sie den Eindruck, ihre jüngere Schwester sei einsam, weil sie so überaus still war. Geraldines Ton war heiter, ihre Stimme ohne Modulation, gebieterisch in ihrem Überschwang. Sie sei so glücklich und zufrieden! Mit Neal und dem kleinen Neal und dem acht Monate alten Andy, den alle anbeteten.

Enid beobachtete sie heimlich und dachte: Ist sie denn *meine* Schwester? Was bedeutet das? Lieben wir einander?

Enid erinnerte sich an jene Woche geheimnisvoller Spannung in der East Clinton Street 118, bevor Geraldines Verlobung bekanntgegeben wurde, jene Woche der Auseinandersetzungen und Tränen: Mrs. Stevicks erschöpftes, verkniffenes Gesicht, ein wütender Unterton in Mr. Stevicks dröhnender Lustigkeit, Türen wurden zugeworfen, Geraldines hohe Absätze klapperten auf den Stufen. Enid war damals zehn gewesen und hatte die Geschichte nicht ganz begriffen. Ihr war es nicht recht gewesen, daß ihre Schwester heiratete und wegzog. Als faszinierend und recht beängstigend hatte sie die fortwährende Unruhe empfunden, die Telefongespräche, das Geheimnisvolle, das keine Erläuterung fand, sondern ganz einfach durch die Heirat aufgehoben wurde, durch die Hochzeitsmesse in St. James. Die meisten Vorbereitungen wurden eilig von Mrs. Stevick und Mrs. O'Banan getroffen. Neals Mutter gab sich damals recht freundlich, doch später war das Verhältnis der beiden durch Gleichgültigkeit bestimmt. Mr. Stevick aber gewann seinen jungen, hemdsärmeligen Schwiegersohn lieb; Neal war so gutmütig, so unermüdlich, er hatte das Lächeln und den Händedruck des geborenen Verkäufers, in seinen Augen die Aggressivität als ein freundliches Glitzern. In der High-School war er Geraldine zwei Klassen voraus gewesen; als Football-Spieler sonnte er sich noch im Glanze lokaler Berühmtheit; Männer bewunderten ihn, in Port Oriskany hielten ihn selbst jetzt noch Männer auf der Straße an, um ihm die Hand zu schütteln. Da grinste er verlegen und wurde rot wie ein kleiner Junge, worauf Geraldine ihn hänselte – aber es gefiel ihm trotzdem! Seit dem Schulabschluß arbeitete Neal für seinen Vater, der im Grand Shopping Center eine große Eisenwarenhandlung besaß. Er schien gut voranzukommen, er hatte mit Hilfe eines Darlehens in Lakeshore Meadows südlich der Stadt ein Haus im Ranchstil mit drei Schlafzimmern erworben und besaß eine 1950er Plymouth-Limousine. Außerdem machte er jetzt Urlaub am Shoal Lake, und zwar in dem Dorf gleichen Namens, nicht in einem der billigen, hüttenartigen Cottages, die sich am Südufer hinzogen, in denen Lyle Stevick seine Familie in der Vergangenheit untergebracht hatte.

Dabei war das gemietete Cottage der O'Banans weder geräumig, neu oder besonders attraktiv, es war nur ein Ferienhäuschen für den Sommer aus lasiertem Holz mit recht schäbigen Möbeln, einem kleinen Gasherd in der Küche, einem schönen Blick auf den Shoal Lake in Richtung l'Isle-Verte und Grande Isle, ziemlich dünnen Wänden und Türen, die schlecht schlossen. Wenn sich andere in der Nähe aufhielten, war der Gang zur Toilette für Enid eine äußerst peinliche Angelegenheit. In ihrem winzigen Kämmerchen zu schlafen, wurde noch schwieriger, wenn sich Geraldine und Neal auf der anderen Seite der Wand liebten, was häufig vorkam. Enid drückte sich das Kissen um den Kopf, ihr Herz schlug langsam und träge: Wie vulgär! dachte sie. Wie ich sie hasse! dachte sie. Wie kommt es bloß, daß Gerry sowas mag? Gerry fand nämlich offensichtlich Gefallen daran.

Enid fragte Geraldine, wie es gewesen sei, die Babys zu bekommen. Geraldine zuckte die Achseln und schaute weg. Da sei weiter nichts dabei, sie habe in Wahrheit schon das meiste vergessen. Man habe sie damals ganz schön betäubt, doch an die Wehen könne sie sich noch erinnern, eine Menge Schmerzen, aber es sei ein schwacher, vager Schmerz gewesen, als wäre er jemand anders zugefügt worden, jemand auf der anderen Seite einer Abschirmung. Elf Stunden beim kleinen Neal, sechs bei Andy, vielleicht sei der Schmerz nicht immer schwach und vage gewesen, sondern manchmal ziemlich schlimm, aber um die Wahrheit zu sagen, sie könne sich nicht erinnern. »Weißt du, wenn du aufwachst, ist dieses *Baby* da«, sagte Geraldine, und ihr Mund zuckte dabei, wie er es manchmal tat, wenn sie von etwas überrascht wurde oder wenn sie drauf und dran war, irgendeine spitze, sarkastische Bemerkung zu machen. »Sie geben dir dieses *Baby*, und es gehört dir. Es gehört für immer *dir!*«

Der kleine Neal war für Enid die meiste Zeit ein Schreihals, doch es gab auch ruhigere Momente, in denen er süß war, ganz plötzlich ein Schatz, den sie einfach an sich drücken mußte; das Baby aber betete sie an, das Baby mußte man einfach vergöttern, wie es warm und sich windend und knackig in seinem Bad lag, mit den plumpen Gliedmaßen strampelnd und um sich schlagend; daß es Wasser um sich spritzte, machte Enid kaum etwas aus. Es überraschte sie, daß ihr das so wenig ausmachte, nicht einmal der Gestank der Windeln war wirklich schlimm, sobald man sich daran gewöhnt hatte. Sie fand die Tatsache erstaunlich, daß sie die Tante dieses Kleinkindes war, es würde heranwachsen und sie als Tante Enid betrachten, ohne sie wirklich zu kennen.

Als Enid das Baby im Arm hielt, dachte sie, sie könnte seine Mutter sein, schließlich war sie nun alt genug, wenn man an die Mädchen in der Nachbarschaft dachte, die »in anderen Umständen« gewesen waren oder noch waren. Dem neuesten Gerücht zufolge war es bei Rose Ann Esposito der Fall, doch Lizzie sagte kategorisch, es sei kein Gerücht, sondern die Wahrheit. Arme Rose Ann! Zur Zeit wisse kein Mensch, ob der Scheißkerl sie heiraten werde. Enid sagte, sie würde keinen Mann heiraten, den sie nicht wollte, und auch keinen, der sie nicht haben wollte. Lizzie aber meinte, das würde Enid schon machen, doch Enid sagte, das würde sie nicht tun. Da fragte Lizzie: »Okay, was würdest du dann machen, das Baby einfach alleine zur Welt bringen?« Enid meinte zornig: »Ich würde davonlaufen.« Darauf Lizzie: »Okay, aber das Baby würde so oder so kommen, du Klugscheißer.« Da sagte Enid: »Ich würde weglaufen, ich würde mich umbringen.« Lizzie sah den Gesichtsausdruck, den Enid dabei hatte, und ließ das Thema fallen. Sie selbst war mal eine Woche in diesen Jungen verliebt und die nächste Woche in jenen, aber sie wollte auf keinen Fall jetzt schon heiraten; sie sagte, sie wolle im Showbusiness Karriere machen.

Lizzie fehlte Enid droben in den Bergen, die beiden hätten sich gegen Geraldine verbünden können, die sich so sehr als weiblicher Haushaltsvorstand gebärdete, schlimmer als Mrs. Stevick in ihrer Küche. Wenn Neal in der Nähe war, gab sie Enid in einem netten, singenden Tonfall Anweisungen, sie nannte Enid »Süße« und »Schätzchen«, als wären sie einander immer sehr nahe gewesen. Von Lizzie stammte die grausame Feststellung, Gerry habe im neunten Monat ausgesehen wie eine Boa Constrictor, die eine Wildsau verschluckt hatte, aber es hatte nicht den Anschein, daß Gerry sich dessen bewußt gewesen wäre, sie stolzierte so verdammt glücklich umher, so verflucht *stolz.*

Am dritten Tag ihres Aufenthalts am See holte sich Enid einen starken Sonnenbrand, besonders im Gesicht und auf dem Rükken, als sie bei freundlichem und klarem, aber nicht besonders warmem Wetter schwimmen ging. Geraldine schimpfte sie aus, gab ihr Aspirin, rieb die rosafarbene Haut sorgfältig mit Noxzema ein. Enid lag auf der Veranda des Häuschens auf einem Sofa aus Korbgeflecht, sie hatte die Augen geschlossen und sah Pünktchen und Sonnenstrahlen umhertanzen zu den Klängen eines Radios im Nachbarcottage. Sie fühlte sich schwach, schwindlig, fiebrig, ihr war etwas übel, sie war ziemlich verängstigt, ratlos. Sie erinnerte sich, daß sie sich nach dem seltsamen Vorfall auf der Fußgängerbrücke so gefühlt hatte. Sie hatte damals den Nachhauseweg geschafft, war dann auf der Treppe fast ohnmächtig geworden, hatte sich in ihr Zimmer geschleppt, auf ihr Bett, ihr Herzschlag hatte wild geflattert; sie war zwei Tage lang krank gewesen. Mrs. Stevick hatte sie gepflegt, hatte sie gescholten, sie ziehe sich nicht warm genug an, sie esse nicht genug, sie sei zu mager, und das sei ungesund, eine starke Erkältung könne ihren Tod bedeuten, und daran wäre sie dann selbst schuld. Enid wußte, sie würde die Fußgängerbrücke nie mehr überqueren können, sie durfte dieses Risiko nicht mehr eingehen, keine Brücke mehr zu Fuß, nicht einmal die breite, stark frequentierte Brücke des Decker Boulevard. Wenn sie nahe am Geländer ging, war es gefährlich, wenn sie drunten das Wasser erblickte, war es gefährlich, da war der Ruck, das Ziehen, der Impuls, über das Geländer zu steigen und zu fallen, zu ertrinken; sie mußte acht geben, daß sie sich nie von einem Willen leiten ließ, der außerhalb ihrer selbst lag.

Tu es! Jetzt! sagte die Stimme.

Jetzt! Schnell! Bevor es jemand sieht!

Aber natürlich war da keine Stimme, die gab es nicht, sie hörte eigentlich gar nichts. Nur plötzlich das heftige Zucken ihrer Muskeln, die plötzliche Sehnsucht nach dem Tode. Was in ihr den schrecklichen Sturm von Panik hervorrief, war ihr eigener rascher Widerstand gegen den Impuls. Denn *sie* wollte *ihm* nicht gehorchen. *Sie* wollte *ihm* überlegen sein.

Droben in den Bergen beim Shoal Lake gab es keine gefährlichen Brücken, die sie zu Fuß überqueren mußte, keine gefahrvollen Höhen. Mit dem Fahrrad war es sicher, die Geschwindigkeit hielt sie in Schwung. Das Prinzip, welches das Fahrrad vor dem Umfallen bewahrte, war vielleicht dasselbe: die Bewegung an sich. War das vielleicht ein physikalisches Gesetz? fragte sich Enid. Solange du dich bewegst, fällst du nicht um. Im Shoal Lake gab es die Unterströmung, diese zahlreichen gräßlichen Unterströmungen, doch sie schwamm jetzt nie mehr allein – sie schwamm am Strand beim Cottage der O'Banans, sie schwamm bei Flut hinaus, sie tauchte recht oft, doch im Beisein so vieler Leute und eines Rettungsschwimmers, der stets seinen Dienst versah, war sie in Sicherheit. Sie konnte nicht ertrinken, selbst wenn sie es gewollt hätte, was aber *nicht* der Fall war.

Ihr fiel ein, was Lizzie einmal vor Jahren gesagt hatte: »Warum denn so etwas tun?« Vom Sterben war die Rede gewesen.

Warum denn so etwas tun?

Dennoch gab es die Möglichkeit, plötzlich von einem Impuls hinweggefegt zu werden, von einer Stimme, die tief drinnen in ihren Muskeln und Eingeweiden drängte: Tu es! Jetzt! Die sie antrieb: Tu es! Niemand kann dich aufhalten! Und die Todesangst würde sie befallen, würde sie fühllos machen, kalt, sie bis in die Seele verstummen lassen. Diese Panik war nicht ihr Verlangen zu sterben, sondern vielmehr ihr Widerstand gegen dieses Verlangen. Wenn sie starb, würde sie von eigener Hand sterben, gelobte sie, aus eigener Entscheidung, sie würde dem Drängen einer außerhalb ihres Willens liegenden Kraft nicht nachgeben, selbst wenn es Gottes Wille wäre. *Sie würde nicht nachgeben.*

Vom Geräusch des Außenbordmotors eines Bootes draußen auf dem See aufgeschreckt, öffnete Enid die Augen. Sie war verblüfft, sich dort wiederzufinden – auf der Veranda mit Blick auf den See. Die gewaltige Wasserfläche lag da wie eine helle Metallschicht, der wolkendurchzogene Himmel spiegelte sich in den Wellen, es gab Inseln, die aussahen, als schwebten sie schwerelos – l'Isle-Verte, Grande Isle, Isle à la Motte, andere waren für eine Benennung zu klein und unbedeutend gewesen. Der Shoal Lake galt als der größte Gletschersee in den westlichen Adirondacks, sechs Meilen lang und eineinhalb Meilen breit, gesäumt von Wäldern aus Zedern, Balsambäumen, Hemlocktannen, Waldkiefern; auf Böden, die feuchter waren als das Gelände um das Cottage der O'Banans, wuchsen schwarze Fichten. Enid liebte die Namen: Shoal Lake, l'Isle-Verte, Mount Tahawus (gegen Norden sichtbar), Gray Peak (gegen Osten), Blue Mountain, den sie nie gesehen hatte, Mount Marcy, Boreas Mountain; Seen, die ihr auf der Karte aufgefallen waren, die sie aber nie zu Gesicht bekommen hatte: Kiwassa, Saranac, Champlain, Placid, Rainbow, Tear-of-the-Cloud. Die geheimnisvoll klingenden Namen besaßen manchmal die Kraft, sie mit vagen Sehnsüchten zu erfüllen, vielleicht waren es auch halbvergessene Träume, die sich nicht erklären ließen. Sie wollte so viel! Ihr fehlte so vieles, was sie nie bekommen würde.

Vom Dorf aus sah der größte Teil des Shoal Lake unberührt, ja einsam aus, doch am Südufer gab es zahlreiche Ferienhauskolonien, einige teure Urlauberhotels und versteckte Domizile von Millionären. Enids Großvater Karl Stevick hatte ja in den zwanziger Jahren im Dorf ein großes Haus bauen lassen, das aber längst in andere Hände gelangt war. Es sei bedauerlich, sagte Lyle Stevick, daß sein Bruder Felix, der am Shoal Lake Geld investieren wolle, kein Interesse daran habe, das alte Haus zu übernehmen.

(Felix hatte nämlich die Familie mit der Ankündigung überrascht, er wolle droben am Shoal Lake in ein Urlauberhotel Geld investieren, in der Gegend von l'Isle-Verte; er wolle jetzt ins Hotelgewerbe einsteigen. Mr. Stevick sagte grimmig, davon habe er ja keine blasse Ahnung.)

Geraldine kam ins Freie, um Enid Gesellschaft zu leisten, sie erkundigte sich nach ihrem Befinden und sagte, sie sehe schon besser aus. Geraldine setzte sich mit einem tiefen Seufzer auf die oberste Stufe der Veranda, zündete eine Zigarette an und begann wieder, frohgemut vor sich hin zu plappern. Enid wußte, daß ihre Schwester solche Pausen benutzte, um für das Abendessen und für morgendliche Besorgungen im Supermarkt Pläne zu machen; ihr Leben war eine Litanei, ein Rosenkranz von Aufgaben, den sie eifrig herunterbetete. Geraldine trug Slacks und ein leuchtend blaues Oberteil, das ihre recht beachtlichen Brüste einschnürte, ihr Gesicht und ihre Schultern waren rosa, sommersprossig, ihre Taille war etwas schwammig. Sie hatte während ihrer letzten Schwangerschaft etwa vierzehn Kilo zugenommen und war nicht viel von dem Übergewicht losgeworden. In solchen Augenblicken, wenn sie allein waren – das Baby schlummerte, Neal junior war mit Neal senior weg –, hoffte Enid, sie würden über ernste Angelegenheiten reden: Über Mr. Stevick zum Beispiel, der zu jener Zeit ziemlich viel zu trinken schien, der seit seiner Festnahme verbittert und seltsam geworden war und dessen Witze alles andere als lustig waren; über Mrs. Stevick, die über Ohnmachtsanfälle klagte, Atembeschwerden, Kopfschmerzen und so weiter und so fort, aber keinen Arzt aufsuchen wollte. Warum erkundigte sich Geraldine nicht nach Warren, der wirklich große Fortschritte gemacht hatte, er würde in wenigen Wochen abreisen und sein Collegestudium beginnen, oder nach Lizzie oder nach Enid selbst? Warum immerfort dieses unkonzentrierte Laut-vor-sich-hin-denken, bei dem sie Enid nur dann und wann mal rasch aus Höflichkeit nach ihrer Meinung fragte und die Antwort dann kaum beachtete?

» … Porterhouse Steaks wird Neal grillen. Dazu Kartoffelsalat, Enid, kannst du mir da ein bißchen behilflich sein? Koch ein paar Eier hart, im Kühlschrank sind welche. Brot ist auch da. Und ein bißchen von der Karamelleiskrem, o Gott, die ist noch mein Untergang, das Zeug schmeckt so gut. Neal hat auch was übrig für süße Sachen, seine Mutter sagt, bei den O'Banans hätten alle Männer eine Schwäche für Süßigkeiten, aber ich möchte ja nicht, daß er dick und fett wird, wenn ein Mann ausgewachsen ist, muß er seine Muskeln richtig fit halten, sonst setzt er Fett an; der arme Daddy, ich möchte nicht, daß Neal so einen Bauch bekommt. Das kommt nur vom Biertrinken, so ein Bauch... Übrigens, Felix hat eben angerufen, der möchte uns alle zum Dinner einladen, nächstes Wochenende kommt er herauf. Ist das nicht nett von ihm? Das ist typisch Felix.« Sie hielt inne, rauchte ihre Zigarette, fuhr mit der Hand durch ihre dichten, krausen Locken. »Ich möchte nur wissen, was er jetzt für ein Leben führt – Felix, meine ich. Schluß mit dem Boxen. Es war natürlich gefährlich, Neal sagt, es sei gefährlicher als Football, er würde nie in den Ring steigen, es sei denn, er sei ziemlich sicher, daß er den anderen k.o. schlagen könne. Neal sagt, es sei die einzige Sportart, bei der man Treffer landet oder Treffer einstecken muß, man müsse schon Spaß daran haben, anderen Leuten weh zu tun, das sei das Grundprinzip dieser Sportart. Neal sagt, selbst die Champions lebten gefährlich. Aber ich glaube, daß er und Felix gut miteinander auskommen werden, meinst du nicht auch, Enid?«

»Klar doch«, sagte Enid vage; sie gab sich schläfriger, als sie wirklich war.

Monatelang hielt sich das Gerücht, Felix Stevick werde im Süden der Stadt Geld investieren in eine neue Sporthalle samt Fitness-Klub, und zwar zusammen mit seinen Freund Vince Mattiuzzio. Dann sah es so aus, als ziehe er Erkundigungen ein über andere Anlagemöglichkeiten in der Stadt – Kegelbahnen, Restaurants, Motels am Lakeshore Drive und an der Nine Mile Road –, aber plötzlich hatte er zusammen mit einem Mann namens Sansom (einem Geschäftsmann aus Albany, der für die Familie Stevick ein völlig unbeschriebenes Blatt war) ein Hotel auf l'Isle-Verte gekauft! Es war ein einst glanzvolles Hotel am Seeufer mit ungefähr zweihundert Zimmern, das frühere Rideau Inn, das 1949 bei einem Brand in Mitleidenschaft gezogen worden war und seitdem zum Verkauf stand. Als die Stevicks die Neuigkeit hörten, hatten Felix und sein Partner bereits eine größere Anzahlung auf das Hotel geleistet und eine Hypothek mit dreißig Jahren Laufzeit und drei Prozent Zinsen eintragen lassen, außerdem nahmen sie von örtlichen Baufirmen Angebote für die Renovierung entgegen, die sehr kostspielig sein würde. Sie planten die Eröffnung des Rideau Inn (den Namen und den guten Ruf wollten sie in klingende Münze verwandeln) für den Sommer des Jahres 1953.

Für Lyle Stevick war dies tagelang das Hauptgesprächsthema. Sein Bruder wollte ins Hotelgeschäft einsteigen! In den Adirondacks! Woher hatte er bloß das Geld? Wie konnte er sich so ein Objekt leisten? Und was war mit den Unterhaltungskosten? Felix hatte in den letzten paar Jahren, seit er mit dem Boxen aufgehört hatte, ihres Wissens keine Einkommensquelle gehabt – selbst seine Mutter wisse nicht genau, was er eigentlich tue, hieß es. Doch er fuhr einen teuren Wagen, war gut angezogen und wohnte in einem schicken Apartment in einem aus der Nachkriegszeit stammenden Neubau am Niagara Square; wo zum Teufel stammte das Geld her? Vom Kartenspielen, aus Pferde- oder Boxwetten? Einer von Lyles Vettern in der Familie Rossky sagte, er habe in der Stadt von einem Grundstücksmakler erfahren, für das vom Brand beschädigte Rideau Inn werde der stolze Preis von 87 000 Dollar gefordert – und dazu kämen dann noch die Kosten für die Renovierung, die Versicherung und so weiter; da werde Felix fertiggemacht, wie ihn damals der Dreckskerl Corvino in Detroit fertiggemacht hatte.

Lyle und Felix waren seit Annemarie Pauleys Hochzeitsempfang selten zusammengetroffen, und dann auch nur per Zufall. Lyle Stevick empfand das als Zurückweisung – und durch wen, um Himmels willen? Durch einen Mann, der schon gescheitert war, bevor er dreißig wurde? Aber er trug Felix nichts nach, leben und leben lassen, eines schönen Tages würde Felix seine Blutsverwandten brauchen, und vielleicht wären diese dann nicht zu sprechen. Soviel dazu. Ansonsten hoffte er, daß Felix keine Schulden machte und nicht in ernste Schwierigkeiten geriet.

Anscheinend fuhr Felix an jenem Wochenende zum Shoal Lake, doch hinderten ihn geschäftliche Termine daran, die O'Banans zu besuchen. Er rief aber am Sonntagabend noch zu später Stunde an und fragte, ob Neal Lust hätte, bei einem Pokerspiel im Saddleback mitzumachen, wo er übernachtete; Felix schien irgendwie mit Geschäftsleuten aus der Gegend bekannt geworden zu sein, die gern spielen wollten, außerdem gab es einige Hotelgäste, die mitmachen wollten, die Sache sah nicht übel aus.

Das Saddleback Inn auf Grande Isle galt allgemein als das beste Ferienhotel in der Gegend des Shoal Lake. Klar, sagte Neal O'Banan geschmeichelt, er werde gleich hinüberfahren. Neal war ein großer Bewunderer von Felix Stevick – er fragte Geraldine und Enid über ihn aus: Wie er gewesen sei, als er noch boxte, wieviel Geld er ihrer Meinung nach verdient habe, ob ihm die Art und Weise, wie er verloren hatte, noch zu schaffen gemacht habe. Boxen war für Neal O'Banan die Sportart, die er am liebsten ausgeübt hätte, wenn er nur den Mut dazu gehabt hätte. Wenn er vielleicht ein etwas anderer Mensch gewesen wäre.

Am Tag nach dem Pokerspiel im Saddleback sagte Neal jedoch sehr wenig über das Spiel und über Felix. Er hatte einen Kater, er schlief bis nach elf Uhr, war kleinlaut, mürrisch und gereizt; wie der Abend verlaufen sei, ob er gewonnen oder verloren habe, traute sich niemand zu fragen. (Verloren, dachte Enid, ist doch sonnenklar.) Am Abend bekam Enid einen hitzigen Wortwechsel zwischen Geraldine und Neal zu hören, sie befanden sich in ihrem Schlafzimmer hinter verschlossener Tür; Enid war auf dem Weg ins Freie und hörte auf einmal Neals und dann Geraldines Stimme, dann sofort wieder Neal mit dem lauten, gräßlichen *Ich brauche deine gottverdammten Ratschläge nicht, verflucht noch mal!* Enid verließ rasch das Häuschen, rannte barfuß über Kiesel und stachelige Unkräuter hinunter zum Strand. – *Verloren hat er,* dachte sie mit einem seltsamen Anflug von Zufriedenheit. *Das ist doch sonnenklar.*

Als die Familie Stevick vor Jahren am Shoal Lake Urlaub machte, mietete Lyle jeden Sommer dasselbe Häuschen; es gehörte dem Freund eines Freundes, der so nett war, ein bißchen weniger zu berechnen als ihnen anderswo abverlangt worden wäre. Selbstverständlich war das Cottage kaum mehr als »eine aufgedonnerte Hütte«, wie Mrs. Stevick immer sagte – eine übervolle Küche, die immer dringend geputzt werden mußte, uralte Wasserleitungen, knarrende Fußböden, schlechtsitzende Fliegengitter und ein Dach aus gehämmertem Blech; überhaupt kein Badezimmer, nur hinten auf dem Grundstück ein stinkender Außenabort. Die einzige Tür des gesamten Häuschens führte zu einer schmalen Bretterveranda mit Blick auf die zum See abfallende Böschung, einen aus Sand, Steinen und Disteln bestehenden Pfad, der so abschüssig war, daß man sich den Knöchel verstauchte, wenn man nicht aufpaßte. Und die Nachbarn! Mit ihnen hatte Mrs. Stevick unweigerlich Probleme.

Aber der See war doch wunderbar.

Nicht wahr, Mama?

Bei Nacht glitzerten Lichter am Ufer von l'Isle-Verte, wo die Jachten festgemacht waren, in der Ferne lag Grande Isle, dann kam Isle à la Motte, das selbst bei Tag ein unberührter Kiefernwald zu sein schien – nichts als Wildnis. Morgens lag meist ein kühler, gazeartiger Nebelschleier über dem See, der sich gegen neun oder zehn Uhr verflüchtigte, so daß die Inseln langsam eine nach der anderen hervortreten konnten und schließlich in der Ferne die Berge; immer gab es das nervöse Klatschen der Wellen gegen den felsigen Strand und den scharfen Geruch der beim Häuschen stehenden Kiefern, der sich mit Schlaf und Träumen vermischte. Zu Hause hatte Enid Schnappschüsse vom Shoal Lake über ihrem Schreibtisch an die Wand geklebt, zur Belustigung ihres Daddys packte sie ihren Koffer eine Woche vor der Zeit. Dort zu sein! Weg zu sein! Halb im Schlaf und halb wach lag sie in ihrem Bett und machte mit den Armen Schwimmbewegungen, ihre kleinen, drahtigen Gliedmaßen sehnten sich nach dem widerspenstigen Wasser, sie war flink, geschmeidig, schlau wie ein Aal, der sicher an der Unterströmung vorbeischwamm, der bei Mondlicht durch die geglätteten Wellen in Richtung auf l'Isle-Verte schwamm. Droben glitzerten Sterne, ein bleicher Mond schien.

Der Shoal Lake war wie manche Musikstücke, die Enid zufällig entdeckte, wenn sie am Radio den Sendersuchknopf drehte – so schön, daß es ihren Nerven weh tat.

Mr. Stevicks Vater hatte in den Adirondacks vor Jahren mehrere Tausend Morgen Land besessen; das große Haus, das er für sich und seine zweite Frau hatte bauen lassen, stand immer noch am Rand des Dorfes in einer vornehmen Gegend beim Black Spruce Lane. Angeblich wurde es jetzt von einem Millionär bewohnt, der sich aus dem Geschäftsleben zurückgezogen hatte; der Besitz war durch einen mehrere Meter hohen Zaun aus Mammutbaumholz abgeschirmt, und wann immer die Familie Stevick dort vorbeifuhr, war das schmiedeeiserne Tor fest verschlossen. Mr. Stevick sagte, eines Tages werde er mit dem Besitzer oder mit dem Verwalter des Hauses einen Besichtigungstermin vereinbaren – er selbst habe ja das Haus auch noch nicht gesehen. Ob sie wohl so selbstsüchtig wären, ihm dies abzuschlagen? Einen Besuchstag gab es nie. Enids Vater ließ die Angelegenheit ruhen, und sie fragte sich oft, ob er seine Bitte vorgebracht und eine Absage erhalten hatte.

Als Enid sieben Jahre alt war und Lizzie zehn, erkundeten sie jedoch an einem Augusttag den Besitz ganz allein, indem sie vom Strand her eindrangen. Enid fürchtete sich, erwischt zu werden, aber Lizzie sagte: »Warum denn nicht, los, niemand wird uns aufhalten.« Und das tat auch niemand. Das alte Haus ihres Großvaters war geräumig und imposant, doch wirkte es auch ziemlich traurig und heruntergekommen, ähnlich den großen, alten, vornehmen Häusern bei West Clinton, dachten die Schwestern, wo einst wohlhabende Leute gewohnt hatten, jede Menge von diesen seltsamen schmalen Fenstern sowie steile Dächer, Kamine und an den Dachkanten vermodernde Verzierungen. Die Schindelverkleidung zeigte ein dunkles, verwittertes Braun. Im Garten wuchsen rote Kletterrosen, die wild umherwucherten. Auf einer gewundenen Auffahrt lag gräulich-rosafarbener Kies, aus dem aber Unkraut hervorwuchs, es gab eine lange, schäbige Anlegestelle ohne ein Segelboot oder eine Jacht, nur mit einem ins Wasser eingesunkenen alten Ruderboot. Überall am Boden lagen Brombeerranken und wilde rote Weintrauben, die so reif waren, daß Bienen die Luft mit einem gefährlichen Summen erfüllten. Enid schloß immer wieder die Augen, weil sie sich alles einprägen wollte – sie dachte, es sei irgendwie von Bedeutung, vielleicht würde ihr Vater sie eines Tages danach fragen –, doch

Lizzie sagte andauernd: »Ist das alles? Ist das alles?« In einem Ton, als sei sie betrogen worden. Sie nahm eine Handvoll Kieselsteine und warf sie umher.

Die beiden schauten auf und entdeckten einen älteren Mann in einem Rollstuhl, der im ersten Stock von einer Krankenschwester auf eine Veranda geschoben wurde; der Mann war in Pullover und eine Decke gepackt, er trug eine tief in die Stirn gezogene Wollmütze und sah im Sonnenschein dumm und traurig aus. Es war August – es war doch nicht kalt! Während die beiden ihn anschauten, wandte er sein Gesicht der Sonne zu, saß blinzelnd da, wie ein Blinder, seine Haut war sehr weiß. Lizzie zupfte Enid am Arm – die Krankenschwester hatte sie gesehen –, doch Enid blieb wie angewachsen stehen und starrte hinauf zu der ältlichen Gestalt. Sie dachte, er würde sie vielleicht erkennen, wenn er sie erblickte – war er möglicherweise jemand, den *sie* kannten? –, ein gebrechlicher alter Mann, an einem warmen Sommertag in eine Decke gehüllt, zusammengesunken in einem Rollstuhl. Die Schwester rief mit scharfer Stimme: »Geht nach Hause, Mädchen, geht nach Hause.« Ihre Stimme klang nicht ärgerlich, aber kräftig und selbstbewußt. »Dies ist Privatbesitz, bitte geht nach Hause.«

Als Junge hatte Felix Stevick die Sommer am Shoal Lake in dem Haus am Black Spruce Lane verbracht, aber er sagte, er sei nicht interessiert, es wieder zu besuchen. »Wirklich? Warum denn nicht?« fragte ihn Geraldine. »Warum sollte ich?« sagte Felix. »Bist du denn nicht neugierig?« fragte Geraldine. »Neugierig?« sagte Felix. »Wieso denn? Es ist doch bloß ein altes Haus.«

Am Labor-Day-Wochenende war Felix schließlich eingetroffen, um Geraldine und Neal und Enid zum Dinner in den Jachtclub Shoal Lake mitzunehmen und um sie anschließend zum Rideau Inn hinauszufahren. Wie sich ihr Onkel bloß in dem Club breitmachen könne, fragte Neal O'Banan seine Frau, der sei womöglich Mitglied dort? Als Felix eintraf, sagte Geraldine deshalb gleich zu Beginn, sie hätte immer geglaubt, der Jachtclub sei etwas für Millionäre und nicht für Leute wie ihresgleichen. Felix korrigierte lächelnd: »Für Millionäre und deren Freunde.«

Anfangs herrschte eine gewisse Spannung zwischen den beiden Männern, Neal war nicht ganz so offen und so locker wie sonst, aber Felix kam allmählich immer besser mit ihm zurecht; er richtete seine Bemerkungen meist an Neal, und dessen Antworten schienen ihn zu interessieren. Die beiden tranken Bier, Geraldine nahm einen ausgefallenen sommerlichen Drink, Enid ein Club Soda mit einem Spritzer Limone in einem hohen, mit Zucker bestreuten Glas; es war ein elegantes Getränk, das sie sehr genoß. Sie schaute die anderen Gäste auf der Terrasse an, ihre teure Sportkleidung, ihre Schuhe, sah, wie die Frauen ihr Haar trugen – so ungezwungen, manchmal mit Kopftüchern zurückgebunden, doch so anziehend –, sah das Aufblitzen von Gold und von Juwelen. Selbst die Kellner fielen auf: Schwarze, die nicht mehr jung waren und einen soldatischen Stolz an den Tag legten in ihrer makellos weißen Uniform. Hier waren die herrlichen Boote aus der Nähe zu sehen, die sie in all den Jahren aus der Ferne zu Gesicht bekommen hatten; sie schwankten im Wasser, zeigten den warmen Orangeton der untergehenden Sonne, der den Rumpf und die Segel schwach erleuchtete. Enid wünschte sich plötzlich, daß ihre Eltern da wären und all dies sehen könnten. Sie wußte sehr wohl, daß sie sich ablehnend verhalten würden – Mama mit einem kalten, wegwerfenden Achselzucken, Mr. Stevick mit einer abwehrenden Witzelei: »Es ist nicht alles Gold, was glänzt!«

Enid trank einen Schluck von Geraldines Drink, dann noch einen – »Das ist ja köstlich!« –, und die anderen warnten sie, sie solle sich nicht täuschen lassen, den Wodka schmecke man kaum, man schmecke nur den Orangensaft.

Sollte Neal tatsächlich Geld verspielt haben beim Pokern, so wurde das Thema jedenfalls nicht angeschnitten. Sie redeten über Neals Geschäftszweig, die Eisenwarenbranche; sie sprachen über Politik und Port Oriskany und über Leute, die sie kannten. Felix schaute Neal offen in die Augen, vielleicht war es sein alter Stil aus dem Boxring, dem anderen direkt ins Gesicht zu sehen; er fragte ihn, ob er jetzt glücklich sei als Familienvater, ob er Football vermisse. Enid merkte, daß Neal O'Banan, der sich sonst benahm, als sei er etwas ganz Besonderes, Felix gegenüber eine mißtrauische Vorsicht walten ließ, als traue er ihm nicht recht, oder als traue er es sich selbst nicht zu, die richtigen Antworten zu geben. Obwohl Neal eindeutig der größere war, gab es zwischen den beiden eine subtile Rivalität, so wie Enid sie zwischen Neal und Mr. Stevick spürte, doch in diesem Fall schärfer und intensiver, da Felix nur ein paar Jahre älter war als Neal. Er hatte aber das Heft in der Hand, es war seine Dinnereinladung, und er hatte sie *hierher* geführt – wo einem schon bei den Preisen auf der Speisekarte die Augen übergingen.

Neal sagte, das Footballspielen fehle ihm, er vermisse die Begeisterung, das Mannschaftliche und dann eben, so ganz im Mittelpunkt zu stehen – ein Gefühl der Anspannung und der Verantwortlichkeit zu haben und zu wissen, daß es sehr darauf ankomme, was man in den nächsten zwei oder drei Sekunden tat. Er schüttelte den Kopf, schaute Geraldine nicht an und sagte: »Ich glaube, es ist so, wie wenn man aus dem Krieg heimkehrt – das normale Dasein, das wirkliche Leben ist ein bißchen enttäuschend.« Er fragte Felix, ob er das Boxen vermisse, und dieser antwortete nicht gleich, so als wäre die Frage ärgerlich oder beleidigend. Dann lächelte Felix, zeigte seine weißen Zähne und sagte: »Ach wo, ich vermisse das Boxen nicht; wenn man das Boxen aufgibt, gewinnt man die Welt zurück – man hat viel von der Welt versäumt, ohne es zu wissen.« Das war die längste Ausführung, die Enid bisher von ihrem Onkel gehört hatte – er hatte leise und rasch gesprochen, doch mit einem Unterton von Verärgerung. Neal O' Banan stellte keine weiteren Fragen.

Enid zog die Augen zusammen, als sie ihren Onkel beobachtete. Er trug ein weißes Sportsakko aus Leinen, ein offenes Hemd mit blaßblauen Streifen, eine bernsteinfarben gesprenkelte Sonnenbrille, eine Armbanduhr mit einem eleganten Platinband und den Goldring. »Was für eine Art von Mann trägt einen Ring?« lautete Mr. Stevicks höhnische Frage. Seine Hände waren kleiner als die von Neal O'Banan, doch die Knöchel traten stark hervor; Enid erinnerte sich an das Gerücht, die Ärzte und Trainer der Boxer spritzten diesen manchmal vor einem Kampf schmerzlindernde Medikamente in den Handrücken. Sie erinnerte sich an den Mann im Ring der Exerzierhalle unter den Scheinwerfern, der ihr Onkel war, der wild bejubelt worden war, als er seinen Gegner niederkämpfte, doch konnte sie nicht verstehen, daß dieser lächelnde, warmherzige, umgängliche Mann wirklich jener andere Mann war. Der andere Mann steckte vielleicht in diesem Mann – er mußte dort sein –, doch handelte es sich dabei um keine Tatsache, die man erkennen oder begreifen sollte.

Das wahre Leben ihres Onkels bewegte sich in schnellen nervösen Wellenbewegungen unter seinen Worten und seinem Lächeln und der Art, wie er einen anschaute, was für ein Gesicht er aufsetzte. Der Mann, den man sah, war nicht da, und den Mann, der wirklich da war, konnte man nicht sehen. Mr. Stevick sagte einmal, Felix' Problem sei, daß er keine Seele habe – »keine menschliche Seele« –, doch Enid wußte jetzt, daß ihr Vater damit nur sagen wollte, daß sein jüngerer Halbbruder nicht mit *ihm* übereinstimmte.

Unterwegs zum alten Rideau Inn auf l'Isle-Verte redeten die Männer über Felix Stevicks neuen Wagen, einen königsblauen Packard Hardtop mit einem V8-Motor, einer beigefarbenen Innenverkleidung aus Leder und breiten Weißwandreifen. Neal O'Banan, der vorn neben Felix saß, zeigte jungenhafte Bewunderung – er schlug auf den Sitzrücken und sagte, es gebe doch nichts Schöneres als den Geruch eines neuen Autos. »Macht verdammt mehr Spaß, Autos zu verkaufen als Eisenwaren«, sagte er. Felix führte das Beschleunigungsvermögen des Wagens vor, wie rasch er von null auf hundert Stundenkilometer kam. Geraldine und Enid schrien auf vor heiterem Entsetzen: Auf der schmalen Asphaltstraße war die Geschwindigkeit auf fünfzig Stundenkilometer beschränkt, in Kurvenstrecken auf dreißig. Felix hatte jedoch keine Mühe, mit den Straßenverhältnissen zurechtzukommen.

Und dann tauchte endlich das Rideau Inn auf hinter einer hohen Stuckmauer und einem schmiedeeisernen Tor – mit einem Vorhängeschloß, doch Felix hatte den Schlüssel. Es war ein riesiges Gebäude, trotz der Brandschäden immer noch sehr beeindruckend, sowohl glanzvoll als auch unheimlich. Die O'Banans kamen aus dem Staunen nicht heraus, Enid aber betrachtete es schweigend, sie merkte jetzt zum ersten Mal, daß Felix ihren Vater übertroffen hatte, daß er über die Welt ihres Vaters hinausgegangen war mit ihren Bagatellumsätzen, kleinen Transaktionen, Inventuren und Mietverhältnissen – und über jenes schäbige Mietshaus in East Clinton. Auf dies hier Anspruch zu erheben: Wie war das möglich?

Sie konnte Lyle Stevicks Bitterkeit verstehen. Sie schmeckte sie in ihrem eigenen Mund.

Felix parkte den Packard am Straßenrand und führte sie hinein. Enid hatte noch nie ein Bauwerk dieser Art aus der Nähe gesehen, es war alt und dennoch modern – »modernistisch« –, mit einer lachsfarbenen Fassade, sechs schlanken Säulen, die einen Portikus trugen, einer Treppe aus Steinstufen, die zu einer viereckigen Doppeltür aus gehämmertem Metall führte, welche – was denn wohl darstellen sollte, etwa den Eingang zu einem ägyptischen Grabmal? Die Wand aus Schieferplatten war vom Brand stark beschädigt, ein Großteil der schönen Fassade war versengt und streifig wie von Tränen. Auf dem Dach breiteten sich hellgrüne Moospolster aus, auf dem gepflasterten Vorhof waren schon längst Unkräuter und blühende Disteln aus den Ritzen emporgewachsen. Einige von den schwarzen Fensterläden waren heruntergefallen oder hingen schräg in ihren Scharnieren, von Giftefeu überwachsen oder von wildem Wein.

So still hier. Traurig. Die Stätte des Verbrechens, dachte Engelchen.

Das Hotel sei in den zwanziger Jahren gebaut worden, sagte Felix, es solle eine mediterrane Villa darstellen. Er und sein Partner Al Sansom würden den Namen abändern in Villa Rideau – sie dächten, das hätte etwas mehr Klasse.

Drinnen roch es noch sehr stark nach verkohltem Holz, Rauch, Schimmel und Fäulnis. Dennoch waren die O'Banans voller Bewunderung – insbesondere Geraldine. (»Es kommt mir vor wie in einem Film«, erzählte sie Felix, »ich weiß bloß nicht mehr, wie er hieß.«) Sie standen in der Eingangshalle und schauten nach oben. Die ovale Decke war dunkel vor Ruß und Spinnweben, aber doch beeindruckend – in ihrem Mittelpunkt hing ein großer, vielgliedriger Kronleuchter aus Messing. Eine der Wände war mit einem Fresko verziert, welches eine tropische, auf einem türkisfarbenen Meer schwebende Insel zeigte, gischtumhüllt und voller Bäume, Pflanzen, Blumen. Das Fresko war wie eine Illustration in einem Kinderbuch, dachte Enid, war stilisiert und verträumt. Man schaute immerzu und konnte es nicht enträtseln.

Es sei kein Strom da, sagte Felix, sie sollten also rasch einen Rundgang machen, bevor es dunkel werde. Er hatte eines seiner schicken Zigarillos mit braunem Deckblatt angezündet, seine Stimmung war angespannter, ungeduldiger geworden.

Enid blieb hinter den Erwachsenen zurück, sie betrachtete alles genau, als wolle sie diesen bemerkenswerten Ort ganz fest im Gedächtnis behalten. Er erinnerte sie irgendwie an eine Öffnung, einen Riß oder eine Spalte – an einen Eingang. Oder vielleicht an einen Ausgang. An einen der mysteriösen Pfade in der Tapete neben ihrem Bett, die sie im Schlaf entlanggegangen war, bloß daß dies wirklich war, trotz all seiner Fremdheit – an die Eingangshalle schloß sich ein Aufenthaltsraum an mit aufwendiger Wandverkleidung, übergroßen Ledersofas und Sesseln und einem gewaltigen offenen Kamin, der mit Schutt angefüllt war. Und dahinter lag ein Speisesaal mit Blick auf den See – sein Design und seine Proportionen waren so schön, daß Enid wie angewurzelt stehenblieb. Sie stellte sich vor, hier zu essen – vielmehr zu speisen –, das Haar salopp mit einem Kopftuch zurückgebunden, am Handgelenk das Glitzern eines Armbandes. Wenn das Hotel ihrem Onkel gehörte, dann würden sie doch hierher eingeladen werden, oder nicht? Wenn…

Du wirst nie hierher eingeladen werden, bemerkte Engelchen, und das weißt du ganz genau.

In der gigantischen Küche stieß Geraldine Überraschungsschreie aus wegen der Größe der Herde, der Backöfen, der Arbeitsflächen und der Schränke – so etwas habe sie noch nie gesehen. In ihre Bewunderung mischte sich eine seltsame Heftigkeit, als rechne sie damit, daß Neal ihr widerspreche.

Von den Räumen, die sie besichtigt hatten, war die Küche am stärksten beschädigt. Eine Wand war völlig eingestürzt, es gab Schuttberge, offenliegende Leitungen, den Geruch von verkohltem Holz und verbranntem Fett. Felix schnippte Asche von seinem Zigarillo auf den Boden und erzählte ihnen lachend, daß der Brand hier seinen Anfang genommen habe. – »Aber er hat sich nicht unbedingt so ausgebreitet, wie die Eigentümer sich das vorstellten.« Geraldine und Neal gaben sich überrascht. »Du willst damit sagen, die Eigentümer hätten ihn gelegt? Es war also Brandstiftung?« fragte Neal. »Wegen der Versicherung?«

Felix zuckte mit den Achseln, als wäre die Frage zu primitiv für eine Beantwortung.

»Und sie sind nicht geschnappt worden?« fragte Geraldine.

»Aber nein«, sagte Felix.

Als sie wieder draußen waren, als sie sich am Strand befanden, sogen sie erleichtert die frische Luft ein. Es war kühl, kurz nach Sonnenuntergang, jeden Abend schien sich der Wind um diese Zeit zu legen, der See wirkte gebändigt, als wäre er bestraft worden, seine Wellen waren geglättet, abgeflacht. Und doch hatte das Klatschen des Wassers einen zarten Rhythmus, eine versteckte Melodie. »Das gehört ebenfalls Sansom und mir«, sagte Felix – er meinte das Gelände am Strand. Aber er war auf einmal gelangweilt, gleichgültig.

»Also«, sagte Neal O'Banan, die Hände auf den Hüften, »das ist vielleicht ein Ding, dieser Schuppen.«

»Tatsächlich?« sagte Felix. Er lachte freundlich und schleuderte sein Zigarillo hinaus ins Wasser.

Geraldine bat Felix, er solle am folgenden Tag bei ihrem Cottage vorbeikommen, um schwimmen zu gehen und etwas Gegrilltes zu Abend zu essen, bevor er wieder nach Port Oriskany zurückfuhr, doch Felix lehnte ab, er habe keine Zeit – und dann tauchte er doch gegen sechs Uhr auf. Er habe das Saddleback verlassen und sei jetzt auf dem Nachhauseweg, er könne sich nicht lange aufhalten. Tatsächlich sollte er aber bis lange nach Einbruch der Dunkelheit am Shoal Lake bleiben.

Er hatte den O'Banans drei Flaschen italienischen Rotwein mitgebracht und einige Sechserpack Bier. Sogar Geschenke für den kleinen Neal und das Baby – Sachen, die er noch schnell im Geschenkkiosk des Saddleback mitgenommen hatte. Für Enid hatte er eine in Stanniol gehüllte Packung Schokoladezigaretten dabei, doch sie schob sie weg und war entrüstet über den Scherz: Sie sei doch kein Kind.

Felix, Neal und Enid gingen schwimmen, während Geraldine mit den Jungen am Strand lag und die Sonntagszeitung durchblätterte. Felix schwamm langsam und lässig, auf seinen Armen, seinen Schultern und seinem Rücken zeichneten sich die Museln ab, sein Haupthaar und Büschel schwarzer Körperbehaarung flatterten im Wasser. Er sagte zu Neal, seine Kondition sei zur Zeit nicht besonders gut, doch schwamm er besser als Neal, der seit seiner Heirat zehn oder zwölf Pfund zugenommen hatte, und Enid, die hinter den Männern zurückfiel, fragte sich, wie es wohl gewesen war, als der eigene Körper, das eigene Fleisch eine Waffe darstellten – ob er je darüber hinwegkam, es vergessen konnte. Das rasche Schwingen der Arme, die verletzende Kraft der Fäuste – hast du das jemals vergessen?

Betrachtete ihr Onkel andere Leute als seine Gegner, als seine Widersacher? Oder einfach als Menschen?

Nach dem abendlichen Barbecue tranken die Männer eine ganze Menge Wein und Bier, und Geraldine war ein bißchen beschwipst oder »angeheitert«, wie sie es nannte. Felix gab Enid am Strand Boxtraining, er hatte immer noch seine Badehose an, Enid ihren Badeanzug, obwohl sie an diesem Tag genug hatten vom Schwimmen. Engelchen schob sich in den Vordergrund, keß und kichernd, sie hatte zwei oder drei Becher von dem Itakerrotwein getrunken, während Enid Maria sich ein Stück entfernte, beschämt und alarmiert über ihr Verhalten. Fremde kamen her, um die improvisierte Lektion zu verfolgen, aber Felix ignorierte sie, um sich Enid ganz zu widmen; er führte einen linken Jab vor, einen linken Haken, einen linken Haken zum Kopf, einen linken Haken zum Körper. »Auf, Enid, leg mal los! Immer drauf!« sagte er mit einer Mischung aus Ernst und Jux, die alle zum Lachen brachte. Bis auf Enid: Enid lachte nicht.

Es war bemerkenswert, wie es Felix, der sich nicht zu rühren schien, fast mühelos gelang, die wildesten Schläge von ihr abzuwehren – und sie wollte, daß es weh tat, sie schlug so kräftig zu, wie sie nur konnte. Doch nichts von dem, was sie tat, wirkte sich aus, obwohl sie nachzumachen versuchte, wie Felix sich hinstellte, wie er seine Arme und Hände hielt, wie er seine Füße bewegte. »Jetzt kommt ein rechter Cross zum Kinn, Schätzchen, schön langsam, siehst du? Jetzt eine rechte Gerade zum Körper – jetzt kommt ein linker Uppercut nach innen; Schätzchen, die Deckung *oben* lassen, steh nicht einfach rum vor mir; siehst du, was jetzt passiert?« Dabei streifte er Enids Kinn, ihre Brust und ihren

Bauch mit seinen nicht ganz zusammengeballten Fäusten. Enid war verblüfft, es erinnerte sie an einen Jongleur: Alles war so einfach an seinen Bewegungen, und doch konnte sie es ihm nicht gleichtun, fand keinen Anfang. Seine Schläge fegten an ihr vorbei wie in einem Traum, sie hätte sie in Zeitlupe oder als Standbild sehen müssen, um sich ihre Gewalt und ihre vernichtende Wirkung vorstellen zu können. Ihre eigenen Fäuste schmerzten wie wild, als sie seinen Oberarm, seine Fäuste, seine Ellbogen traf. »Schlag mir ins Gesicht, ich vertrage schon was«, sagte Felix lachend, doch jedesmal, wenn Enid auf ihn losging, witschte er zur Seite, hatte flinkere Beine als sie. Aber wie war das möglich? Er wog einen halben Zentner mehr als sie. Er war betrunken, oder so gut wie. Und er stand vor ihr mit dem stinkenden Zigarillo zwischen den gebleckten Zähnen – sie wollte dafür sorgen, daß es davonflog.

Der Jux hatte nun eine ernste Note bekommen, weil Enid entschlossen war, ihrem Onkel weh zu tun, wenigstens einen guten Treffer zu landen; das Gelächter aus dem kleinen Zirkel von Zuschauern ging ihr auf die Nerven, und es war ihr ganz egal, daß Geraldine schimpfte und ihnen zurief, sie sollten lieber aufhören, bevor jemand etwas abbekäme. Felix sagte andauernd: »Los jetzt, versuch das mal, so geht's, nein, *so* geht das, Schätzchen: Schau mal her.« Doch keiner von Enids Hieben erreichte sein Ziel. »Beweg dich, weiter mit dem Jab, beweg dich, jetzt leg los«, neckte Felix sie lachend. Enids Haar klebte an der Stirn, ihre Haut glühte, Enid Maria in ihrem zweiteiligen korallenrosa Badeanzug von Grant mit den grünen Seepferdchen auf dem Oberteil, mit den kleinen, harten Brüsten, dem kleinen, harten Hinterteil, das schlank war wie bei einem Jungen, und ihre Beine hart vor Muskeln. Sie hatte sich ihr halbes Leben lang mit Verzweiflung und Hoffnung im Spiegel betrachtet, in dem Wissen, daß man Macht brauchte, o Gott, Macht; wenn du schön bist, hast du sie über andere Menschen, über Männer, du wirst geliebt, begehrt werden, mußt niemals sterben.

Felix wurde unbedacht, und ein paar von seinen Schlägen taten jetzt weh. Er konnte ihre Attacken abwehren, auch wenn er nur so tat, als bewege er sich nach hinten oder weiche zur Seite aus, und er konnte fast im selben Moment blitzschnell aus zwei oder drei verschiedenen Richtungen losschlagen, so daß sie fassungslos und frustriert dastand. Ein mit offener Hand ausgeführter Schlag von ihm erwischte sie am Kiefer, machte sie richtig benommen, und in heller Wut ging sie um sich schlagend und mit den Beinen tretend auf ihn los, die Augen zornglühend, tränend, die Haare mitten im Gesicht. Er merkte, daß er vielleicht zu weit gegangen war, sagte: »Okay, Schätzchen, das wär's – das reicht für die erste Lektion.« Er lachte, dann wurde er unruhig, ärgerlich, rief: »He, du kleines Biest!«, als Enid seine Abwehr überwand, wie eine Windmühle losdreschend, schnaufend und hitzig, mit den Nägeln kratzend, als sein Zigarillo schließlich durch die Luft flog – und alle lachten. Sie traf ihn mehrmals, bevor es ihm gelang, sie an den Handgelenken zu packen. Es war zum Totlachen, nicht zu fassen – sie hatte ihm die Lippe aufgeschlagen, das Blut sickerte dünn und schnell über sein Kinn hinunter. Dann plötzlich tat es ihr leid, sie war atemlos und bereute, schämte sich. Das klebrige Haar im Gesicht, einer der beiden Träger war von der Schulter gerutscht, sie zerrte ihn hoch, war ganz verlegen, doch Felix scherte sich nicht besonders um das Blut, wischte es mit dem Handrücken weg, leckte es weg. Die Lektion sei zu Ende, sagte er, Gott, er sei vielleicht durstig, ob noch ein Bier im Kühlschrank sei – im Moment habe er genug vom Boxen.

Enid rannte hinauf zum Cottage, um sich das Gesicht und die verschwitzten Achselhöhlen zu waschen, Sand klebte an ihrem Hintern, sie hatte ja ebenfalls genug. Und sie tat, als hörte sie nicht, wie Geraldine hinter ihr mit lauter Stimme in scharfem, vorwurfsvollem Ton redete.

Was danach geschah, stand in Enids Erinnerung in seiner zeitlichen Abfolge nie fest, obwohl sie noch lange danach Überlegungen anstellen, ja sogar recht ernsthaft darüber nachdenken sollte.

»Hast du Lust auf eine Spazierfahrt, Schätzchen?«

Onkel Felix mit dem Autoschlüssel in der Hand, Onkel Felix mit frisch gekämmtem Haar, vielsagend lächelnd, zu Späßen aufgelegt und unernst, wie er am Abend die meiste Zeit gewesen war, seine Worte vom Alkohol zerdehnt. »Willst du mein Schätzchen sein, Schätzchen?« fragte er und starrte Enid an; sie hatte schon bemerkt, wie sie von Männern auf der Straße oder im Bus so angestarrt worden war, und dann hatte sie schnell weggeschaut.

Engelchen drängte sie, ja zu sagen.

Geraldine wäre verärgert, wenn sie sich davonstehlen und ihr die ganze Aufräumarbeit überlassen würde, doch Felix sagte, er brauche jetzt eine Autofahrt zur Abkühlung, er werde ganz zappelig, wenn er zu lang an einem Ort bleibe; außerdem hätten sie kein Bier mehr. »Und das ist schlimm.«

War er etwa zu betrunken zum Autofahren? Er kam aber mit dem Packard so gut zurecht wie sonst auch; er jagte die schmale, gewundene Straße entlang, deren Randstreifen gefährlich weich und sandig waren; wenn eines der Räder von der Fahrbahn rutschte, würden sie ins Schleudern kommen, doch Felix hatte den Wagen im Griff, und Enid neben ihm war unbesorgt. Am Rand standen Leute, die die Straße überqueren wollten, Badegäste, Ausflügler, auch Kinder, die drauf und dran waren, vor dem heranbrausenden Auto über die Fahrbahn zu rennen, doch Felix drückte auf die Hupe und machte den Weg frei, und Enid konnte sehen, es war alles in Ordnung, sie befanden sich nicht in Gefahr.

Er fragte sie, ob sie einen Freund hätte.

»Nein«, sagte Enid.

»Keinen Freund? Wirklich?«

»Nein.«

Er warf ihr einen Blick zu, war belustigt, oder vielleicht war es auch etwas anderes als Belustigung; Enid konnte ihn jetzt nicht anschauen, sie ahnte, was sie sehen würde, und sie wollte es nicht sehen.

»Warum denn nicht?« fragte er. »Du bist doch alt genug, oder nicht?«

Enid drehte am Sendersuchknopf, hörte eine Weile Frankie Laine zu, der einer von Lizzies Lieblingen war – mit einem vollen, tiefen, gequälten, röhrenden Ton, bei dem man nicht wußte, ob man lachen oder weinen sollte, der einem ans Gemüt ging.

Ihr Haar wehte in dem Wind, der durch die geöffneten Fenster kam. Sie fühlte sich wohl, ihr war nach Lachen zumute; der fruchtige Geschmack des Weines und ein Mann, ein Fremder, der den Kopf eines Mädchens in seine Hände nahm und es küßte, nicht der richtige Anblick für sie. Tags zuvor im Shoal-Lake-Jachtclub auf dem Deck aus Mammutbaumholz unter einem gestreiften Sonnenschirm, mit Blick auf den See und die Boote der Millionäre, und jetzt neben ihrem Onkel Felix, der die Uferstraße entlangraste, Enid Maria im neuen Packard ihres Onkels, der königsblaue Lack glänzte, das Armaturenbrett glitzerte; sie brauchte keine Nachhilfe von Engelchen, um zu begreifen, daß sie Glück hatte. Ein sonderbares Gefühl machte sich bemerkbar – daß alles in Ordnung sei und seine Richtigkeit habe. Oder war es ein Zauber, der sie umhüllte wie ein Netz und sie mitriß, fortzog? Und wieso sollte sie widerstehen, wenn sie doch wußte, daß es richtig war? Warum auch nicht? Felix fragte noch einmal mit lauterer Stimme und mit mehr Nachdruck, doch sie hatte vergessen, um was es eigentlich ging.

Dinah Shore sang. Ein Lied von der Liebe, vom Verlust der wahren Liebe, wie man sich selbst in den Schlaf weint, die Erinnerung auf ewig im Herzen verwahrt.

Enid wollte das neckische Getue von Felix ignorieren, sie hatte es geschafft, ihren neckischen Daddy zu ignorieren, wenn er ihr auf die Nerven ging. »Dummerweise vergißt er, daß wir keine Kinder mehr sind«, jammerte Lizzie des öfteren. Enid betrachtete die eng beisammenstehenden kleinen Cottages am Straßenrand und hatte ein Gefühl der Überlegenheit und des Mitleids – Wäscheleinen voller Handtücher, Badeanzüge, Kochwäsche. Jetzt fuhren sie genau an dem Cottage – der Hütte – vorbei, das Mr. Stevick jedes Jahr im August für zwei Wochen gemietet hatte, bis dann der Sommer kam, in dem sie damit für immer Schluß machten. Mit Mamas Gesundheitszustand hatte es angeblich zu tun gehabt, aber Lizzie sagte sarkastisch: »Dummes Geschwätz, sie hat ihren Willen durchgesetzt.« Wie auch immer, Mama tat in den zwei Wochen nichts anderes, als sie anzugiften, den Herd zu scheuern, die gottverdammte Küche zu putzen, so als wäre sie ihr Eigentum und nicht gemietet, und an den Mädchen herumzunörgeln, sie sollten ihr doch helfen. »Also, die kann mich mal«, sagte Lizzie, »*ich* würde lieber zu Hause bleiben.« Lizzie hatte zu Hause ihre Verehrer.

Hinter dem Cottage lag der See – das Wasser glitzerte durch die dunkel werdenden Kiefern wie die Schuppen einer Schlange.

Auch der Geruch des Wassers, beinahe Sonnenuntergang, es wurde dämmerig, doch auf offenen Flächen tauchte der Sonnenschein wieder auf, hell, blendend – Enid blinzelte verwundert, als hätte sie ihr Zeitgefühl verloren und wüßte nicht, wo sie sich aufhielt.

Als Enid Maria wieder bei Gerry und Neal war, half sie wie üblich beim Baden des Babys, hob den kleinen, warmen, sich krümmenden Körper des Babys hoch, hatte Angst, daß sie ihn fallenließ; lieber Gott, wenn das passierte – was dann? Die glitschige Haut, der Seifenschaum, der an ihr hinuntertropfte. Die winzigen, vollständig ausgebildeten Genitalien des Babys – und Enid Maria wandte schüchtern die Augen ab, mußte das einfach tun. Geraldine und Neal flüsterten manchmal miteinander, wenn sie in Hörweite war, machten Anspielungen und Scherze, waren immer noch scharf aufeinander wie ein frisch verheiratetes Paar. Es war wie in den lahmen Witzen über Neuvermählte, wie gebannt schauten sie einander an, und die Anwesenheit von Geraldines kleiner Schwester war ihnen egal. Und dann der Lärm, den sie im Schlafzimmer machten: O Gott, hören sie denn nie auf? Enid legte die Hände auf die Ohren, preßte das Kissen gegen die Ohren, sie haßte sie; sie waren Schweine, Schweine – Geraldine produzierte Geräusche, wie Enid sie noch nie gehört hatte, und am nächsten Morgen trat sie ihr dann gegenüber, als ob nichts passiert wäre. Aber: Enid war ja nicht bei ihnen. Enid hatte sich das Gesicht gewaschen, hatte ihr feuchtes Haar glattgebürstet, hatte einen Baumwollrock angezogen und einen Nylonpulli übergestreift, einen hübschen kleinen weißen gerippten Pulli, ärmellos, über ihren Badeanzug. »Hast du Lust auf eine Spazierfahrt, Schätzchen?« hatte er gefragt, scherzhaft, unernst, er war zum Cottage heraufgekommen auf der Suche nach ihr. »Willst du mein Schätzchen sein, Schätzchen?« – wie der Refrain eines Songs aus der Jukebox. Und warum auch nicht?

Warum auch nicht.

Sie hatte nicht gehört, ob Geraldine hinter ihnen hergerufen und gefragt hatte, wo sie hingingen, ob Enid ihr denn nicht helfen wolle beim Aufräumen. Enid drückte die Fingerknöchel an den Mund, um nicht loszulachen. Bevor sie von zu Hause abgereist war, hatte Lizzie zu ihr gesagt: »Laß dich dort droben von ihr nicht herumkommandieren, sie will bloß ein Dienstmädchen und einen Babysitter.« Und Enid hatte erwidert: »Keine Bange, ohne mich.«

Der bittere Rotwein war ihr zu Kopf gestiegen, doch durch die Luft wurde er wieder klarer. Wie Konfetti aus dem Fenster flogen die Gedanken, und sie brach schließlich in ein hauchiges Gelächter aus. Felix fragte, was denn so komisch sei, doch sie sagte, sie wisse es nicht. Und fing wieder an zu lachen. Felix sagte: »Du bist vielleicht dämlich.«

Er hielt im Dorf vor einem Spirituosenladen an, kaufte noch zwei Sechserpack Budweiser, öffnete eine Dose und trank gierig daraus, als ob er, der komische Kerl, seit Stunden nichts bekommen hätte. Er fragte Enid, ob sie mal probieren wolle, doch sie lehnte ab. »Solltest du nicht aufpassen, daß du keinen Bierbauch kriegst wie Neal oder mein Vater?« meinte sie, aber Felix lachte bloß. Enid spürte die Hitze, die von ihm ausging und fragte sich, ob seine Lippe dort, wo sie sie aufgeschlagen hatte, wohl geschwollen wäre. Er hatte ihr das nicht übelgenommen. Auch nicht, daß sie ihm das Zigarillo aus dem Mund geschlagen hatte und die Leute gelacht hatten. Aber es war wirklich urkomisch gewesen, und das brachte sie nun wieder zum Lachen.

Felix beschloß, auf dem Rückweg die längere Strecke durch l'Isle-Verte zu nehmen: »Schauen wir uns das Hotel noch einmal an.« Es gebe da einige Dinge, die er ihr tags zuvor nicht gezeigt habe. Als er anfuhr, gab er Enid die Bierdose und sagte, sie solle ein paar Schlucke nehmen: »Du wirst Bier mögen, sobald du dich dran gewöhnt hast.« Enid probierte es also, doch der Geschmack war so bitter wie eh und je – so schlimm wie ein Mundvoll Rauch. Sie überquerten die Brücke – eine schmale, summende, vibrierende Brücke, bei der man durchsehen konnte, wo das Wasser nur ein Stück weit weg war, und das war beängstigend. Aber Enid gestattete sich das Hinunterschauen nicht; sie blickte geradeaus. Der Himmel leuchtete vor Licht und Farbe. Mein Gott, wie schön das ist, dachte Enid, der bebende See, die in den Wellen schimmernde Helligkeit – so schön, daß es weh tut. Das ist der glücklichste Tag meines Lebens, dachte sie.

Aber auf einmal plapperte sie. Hörte sich selbst plappern. Wie ein Schulmädchen, das Fakten hersagt, um Eindruck zu schinden – sie und Warren hatten einmal so gut wie alles auswendig gelernt, was in einem Prospekt über den Adirondacks State Park stand, und sie konnte ihrem Onkel mitteilen, daß die unterste Gesteinsschicht des Gebirges eine Milliarde einhundert Millionen Jahre alt sei – man stelle sich das mal vor. Dann sei die Eiszeit gekommen, Eisschichten so hoch wie Berge, Gletscher in der Größe von Städten hätten Täler ausgehoben, Flüsse aufgestaut und die Flanken der Berge abgegraben – der Grund dafür, daß die Adirondacks für so ungewöhnlich galten, liege in einer zerschlagenen und in Verwerfungszonen aufgesplitterten Felssohle. Auf einer Darstellung, die sie gesehen habe, gebe es Eisschichten, die sich vom Nordpol heranschoben und alles zerquetschten und auseinanderdrückten, ob er die Darstellung mal gesehen habe? Nein? Oder Darstellungen der Gletscher? Nein? Enid redete schnell und klug und eindringlich, es war Enid Maria, die in der Schule stets die Antworten wußte. War ihr das Bier auch in den Kopf gestiegen? fragte sie sich, aber sie hatte ja nicht mehr als zwei kleine Mundvoll getrunken. Wollte immer wieder lachen. Störte ihren Vortrag durch Gelächter. Sie habe die Namen gern, die Fachbegriffe, sagte sie – *Gletschertopf, Drumlin, langgestreckter Geschiebehügel, Talgletscher* –, sie klängen doch fast wie Poesie oder wie Musik – *Gletschertopf, Drumlin, langgestreckter Geschiebehügel, Talgletscher* –, doch sie sei sich nicht mehr sicher, was sie bedeuteten. Auch das Wort *Gletscher*…

Felix sagte: »Wir werden nicht lange bleiben, Enid.«

Er parkte seinen Wagen an derselben Stelle, aber er führte Enid nicht zur Vorderseite, sondern zum Hintereingang des Hotels. Hoch und düster das alte Hotel, wie ein Gebäude in einem Film, in dem etwas passieren würde oder sich schon zugetragen hatte, die Kamera würde den Zuschauer heranführen. Sobald sie ausgestiegen waren, kehrte ihre frühere Laune zurück, sie neckten sich und scherzten wie zuvor beim Cottage. »Zeig mir, wie man boxt, Onkel Felix«, hatte Enid gesagt, »gehört da irgendwas Besonderes dazu?« Und Felix hatte geantwortet: »Ach was, jeder Blödmann schafft das, ganz klar.«

Der Strand war steinig und voller Schutt, doch es gab den See, den überraschenden Anblick des Sees bei Sonnenuntergang, Wellen wie Tausende von geneigten Spiegelbildern, gebrochen, vor Helligkeit zitternd. Enid watete spritzend ins Wasser, zog den Rock hoch bis an die Hüften, wie es Gerry tags zuvor mit ihrem Sommerkleid getan hatte, dem mohnrot-grünen Baumwollkleid, das ihren sommersprossigen Rücken frei ließ und über ihren Brüsten so straff saß wie ein Büstenhalter, und dabei sehr wohl gewußt hatte, daß Neal und Felix zuschauten. Jetzt ging Felix weiter, obwohl Enid mit ihm redete, sie merkte dann, daß er weg war. Sie rieb sich die Augen, als sie den Himmel im Westen betrachtete, wo dichte, von Helligkeit durchlöcherte Wolken standen. Sie spürte etwas wie Besorgnis, daß sie anfangen könnte zu weinen. So glücklich war sie.

Wo steckte er denn? Sie rannte den Strand entlang wie ein kleines Kind, platschte strampelnd umher auf der Suche nach ihm, erblickte ihn dann neben einem alten Bootsschuppen: Urinierte er da in eine Ecke? Sie wandte sich empört und angewidert ab. Warum waren sie solche Ferkel? Daddy machte immer so laute Geräusche im Badezimmer und kümmerte sich manchmal nicht einmal darum, ob die Tür richtig geschlossen war; bei Neal O'Banan im Cottage in dem winzigen Badezimmer dieses langanhaltende Geplätscher in der Kloschüssel, wie man es sich bei einer Kuh oder einem Pferd vorstellen könnte. Jungen aus der Nachbarschaft, die auf der Gasse den Reißverschluß ihrer Hose herunterzogen, die auf dem Ödland ins Unkraut pinkelten, wie sie alle miteinander haßte und ihnen den Tod wünschte – doch gleich darauf nahm Felix immer zwei oder drei Stufen der Terrasse auf einmal und holte sie ein, so als wäre nichts geschehen. Und was war denn geschehen? – Es war bloß das, was alle taten, was alle Männer taten, normales Verhalten. Enid Maria hätte sich mittlerweile daran gewöhnen sollen.

Felix fragte, ob ihr sein Hotel gefalle, ob sie mal kommen und sich darin aufhalten wolle.

»Gewiß«, sagte Enid.

Enid schluckte und sagte: »Ich weiß nicht.«

»Was weißt du nicht?« fragte Felix und gab ihr einen Schubs.

Er trug immer noch seine Badehose, doch hatte er ein Hemd angezogen, die Ärmel hochgerollt bis zum Ellbogen. Er hatte einen Schlüssel für eine der Hintertüren – der öffnete das Schloß mühelos wie durch Zauberhand, und sie traten ein, verhielten sich zuerst ziemlich ruhig, als wären sie Eindringlinge. Nach der frischen Luft Schwall um Schwall der Geruch von verschmortem Holz und von Fäulnis, auch der Geruch der Dunkelheit, der hereinbrechenden Nacht. Enid gab dann Felix einen Schubs und rannte von ihm weg: »Verstecken!« Es würde ein Versteckspiel sein, wie sie es in Daddys Geschäft gespielt hatten, als sie Kinder waren – Enid und Lizzie und manchmal Warren.

Enid entkam Felix, indem sie wie um ihr Leben rannte, um Ecken bog, sich das Schienbein anschlug, das Gelächter unterdrückte, sie war atemlos vor Lachen, hockte sich hinter einen Sessel, hatte dort keine Zeit zum Nachdenken, saß da auf ihrem Hinterteil, schnaufend und in Hochstimmung, die Handknöchel an den Mund gepreßt, damit sie still blieb, oder vielleicht war es, um sich vom Niesen abzuhalten – dieser verdammte Staub. Felix ging in kurzer Entfernung an ihr vorbei, er rief: »Enid? Schatz?« Aber er konnte sie nicht finden.

Er suchte sie und rief dabei ihren Namen: »Enid, Schätzchen, kleines Mädchen, kleines Biest! Bist du aber ein kleines Biest!« Stolpernd und fluchend, lachend, doch sie war zu schlau, hockte in ihrem Versteck, kroch dann auf allen vieren in ein anderes, schob sich unter einen niedrigen Tisch, holte Atem in dem Staub, das Handgelenk im Mund. »Enid? Schatz? Wo bist du, Schatz?« Dann war er auf der Treppe und stampfte mit den Füßen auf, um so ihre Aufmerksamkeit auf sich zu ziehen, rief ihren Namen in einem neckischen Singsang. Wer hätte gedacht, daß Felix Stevick so sein würde, verspielt wie ein Kind, ein ungezogenes lärmendes Kind? Er pfiff und trampelte auf den Stufen herum, damit sie auf ihn aufmerksam würde, denn es war ja nur ein Spiel – alles nur zum Spaß. Er legte die Händflächen trichterförmig an den Mund, rief: »Enid, he Schätzchen, lauf mir bloß nicht nach.« Er rief die Treppe hinunter mit einer Stimme wie Daddy, spöttisch, herausfordernd: »*Nicht* hier heraufkommen, und wenn, dann bloß nicht die falsche Tür öffnen!« Und ein paar Minuten lang konnte sich Enid nicht entschließen, wie es weitergehen sollte. Plötzlich herrschte überall Stille. Solche Stille. Wenn dies ein Versteckspiel war, hatte Felix gemogelt. Er hatte sie nicht gefunden, also war er nicht an der Reihe mit dem Verstecken, er hatte gemogelt.

Wo sie sich aufhielt, war es fast dunkel. Sie kroch hinaus, strich das Haar aus dem Gesicht. So still. Da war ein Geruch wie im Geschäft ihres Vaters, in jenem schrecklichen Keller, wo es verstopfte Abwasserrohre gab, ein Ort, an dem sie eigentlich nicht spielen sollten. Erde, Gestein, Spinnweben, tröpfelndes Wasser. Mr. Stevick wies Lizzie und Enid an, rauszubleiben aus dem verdammten Keller, aber natürlich krochen sie wieder hinunter, sobald er ihnen den Rücken zuwandte.

Sie dachte daran, wieder zum Strand hinauszugehen und dort auf ihn zu warten oder sich in sein Auto zu setzen und am Radio herumzuspielen. Statt dessen fand sie sich aber an der Treppe wieder. Auf Zehenspitzen die Stufen hinauf. »Felix?« flüsterte sie. »Onkel Felix? Wo bist du denn?«

Droben war es still. Niemand zu sehen. Nicht die falsche Tür öffnen, hatte er sie gewarnt, aber was hatte das genau zu bedeuten? Die Türen zu den Hotelzimmern, eine nach der anderen, und alle geschlossen. Sie sahen aus, als wären sie verschlossen, aber vielleicht war das nicht der Fall. Sie versuchte es bei der ersten Tür, öffnete sie, beugte sich hinein. »Felix?« Ein geräumiges Zimmer mit einem hohen Fenster, keine Drapierungen oder Vorhänge, die Scheiben speckig vor Schmutz, doch das Fenster ging nach Westen, und der Himmel war immer noch hell, ins Orangefarbene gehende, mit Schwarz durchsetzte Wolken wie topographische Karten.

»Felix… ?«

Niemand da. In diesem Zimmer nicht. Bettroste und zusammengerollte Matratzen, in einem Kommodenspiegel zeigte sich ein kleines, blasses, abgehetztes Gesicht, das in der Luft zu schweben schien.

Sie machte die Tür leise, verstohlen zu. Ging auf Zehenspitzen zur nächsten Tür, zum nächsten Zimmer. »Felix… ?« Drehte den Knauf, ihr Herz klopfte stark, schnell und stark, wie sie es mochte; sie sah ein Zimmer wie das erste, nur stand hier die Kommode mit ihrem schweren ovalen Spiegel an einer anderen Wand. Sie dachte: So sieht also ein Hotelzimmer in Wirklichkeit aus. Sie hatte vorher noch keines zu sehen bekommen.

Felix, du gottverdammter Kerl. Wo bist du denn?

Sie entschloß sich, es nur noch bei einer einzigen Tür zu versuchen, nur noch bei einem Zimmer. Wenn sie ihn dort nicht anträfe, würde sie die Treppe hinunterrennen und in seinem Wagen auf ihn warten; ihr Herz schlug ein bißchen zu stark, jetzt war es, als machte sie die ersten zögernden Schritte hinaus auf die Fußgängerbrücke und bekäme dabei den Eindruck, einen herannahenden Zug zu vernehmen. Ein so rascher und flatternder Herzschlag, daß sie fast nicht mehr atmen konnte. Dennoch ging sie zum nächsten Zimmer und legte die Hand tapfer auf den Knauf, sah die Nummer aus Messing auf der Tür: 188. War das nicht aus irgendeinem Grund eine vertraute, sichere Zahl? Also drehte sie den Knopf und stieß die Tür auf. Und dort war er, wartend.

10

Zwei Tage später, nach der Rückkehr in die Stadt, rief er an. Zufällig war es Enid, die abnahm, sie nahm den Hörer sogar beim ersten Läuten ab, wandte dem Lärm draußen in der Küche den Rücken zu. Felix sprach mit tiefer Stimme und schnell, eilig. Was er zu sagen hatte, war nur, daß er dort draußen betrunken gewesen sei und daß er das, was passiert war, nicht mit Absicht getan habe.

Es würde nicht mehr passieren, sagte er ihr.

Enid sagte nichts. In der Küche briet Mrs. Stevick irgend etwas in heißem, spritzendem, zischendem Fett; Mr. Stevick sprach mit lauter Stimme, klagte oder spaßte vielleicht sogar ein bißchen über etwas in der Zeitung, möglicherweise handelte es sich auch um etwas, das ihm an diesem Tag im Geschäft widerfahren war. Enid sagte nichts, hörte ihrem Onkel zu, der mit tiefer, nervöser Stimme redete; er versicherte ihr, er sei betrunken gewesen, er habe nicht gewußt, was er tat; es sei einfach etwas, das draußen auf der Insel passiert war, und es würde nie wieder geschehen. Dann, nach einer Pause, sagte er: »Erzähl niemand etwas davon, Enid.«

»Nein«, sagte Enid. »Ich werde es niemand erzählen.«

11

Wir leben in einer der großen entscheidenden Perioden der Geschichte, sagte Adlai Stevenson gerade. *Diese Ära kann sehr wohl das Grundmuster der Zivilisation auf viele Generationen hinaus festlegen… Gott hat uns eine verantwortungsvolle Mission auferlegt: nichts weniger als die Führungsrolle in der freien Welt.*

Die Stimme im Radio drückte eine freudige Offenbarung aus – knapp, klar und stark wie eine Glocke. Bei all ihrer subtilen Verspieltheit war sie stark. Was er sagte, war sehr wirklichkeitsnah und klug. Er besaß Autorität – wie oft wurde dieser Mann durch Applaus unterbrochen! Schon das bloße Zuhören brachte es mit sich, daß man Bescheid wußte. *Das ist er,* dachte Warren Stevick, als er die Stimme zum ersten Mal hörte. *Er ist der richtige Mann,* dachte Warren ganz ruhig, doch stiegen ihm Tränen in die Augen, und er verdeckte instinktiv das Gesicht.

Das war im September des Jahres 1952. Warren hatte eben an der Cornell University mit dem Studium begonnen, er hatte in einer schäbigen Pension an der North Seneca Street, wo noch ein halbes Dutzend »älterer« Studenten wohnte, ein Einzelzimmer bezogen. Und es drängte ihn danach, sich endlich zu verlieben.

Sein Leben bestand aus Fragmenten und Scherben, Knochen- und Schrapnellsplittern, Fleischfetzen, er hatte sogar ein zusammengestückeltes Gesicht, wie er es nannte – die Nähte an seinem Kiefer paßten selbst nach zwei Operationen nicht richtig zusammen; durchs linke Auge sah er verschwommen, es war fast nicht zu gebrauchen, die blitzenden Plastikzähne an der partiellen Gaumenplatte waren vielleicht *zu* perfekt, um für echt gehalten zu werden.

Vielleicht bemerkte niemand etwas, kümmerte sich niemand besonders darum, also warum sollte es ihm etwas ausmachen? Er dankte Gott stündlich, daß er am Leben war.

Immerhin: *Es ist besser, eine Kerze anzuzünden, als die Dunkelheit zu verfluchen.*

In Korea, an dem Fluß mit dem Namen Imjin, in einem anderen Leben, war er der Gefreite Warren Stevick vom zweiten Zug der George-Kompanie des zweiten Bataillons des 27. Infanterieregiments der 25. Infanteriedivision der Streitkräfte der Vereinten Nationen unter dem Kommando von General Douglas MacArthur gewesen. Am Imjin war Gefreiter Stevick in einem Kataklysmus aus Granatwerferfeuer gestorben, der so immens war, daß er das Universum erfüllte. Es geschah geräuschlos und ohne Schmerzen; rasch verließ seine Seele den Körper, nachher erinnerte er sich genau an das eigenartige Gefühl seiner Seele, nun über seinem früheren Körper zu schweben, den sie mit Bedauern und Abscheu betrachtete, das zerfetzte blutende Fleisch, das *er* sein sollte. Doch die Seele erwachte benommen, ungläubig und wunderbar erfrischt zu neuem Leben in diesem unbeholfenen, zusammengestückelten Körper, der das für seine Inkarnation erforderliche Vehikel bilden würde und daher nie verachtet oder verabscheut, nicht einmal bedauert werden sollte. *Das bist du,* erfuhr Warren. *Und du bist einer von vielen.*

Er hatte damals begriffen, daß sein beschädigter Körper nicht versagen würde, obwohl jeder seiner Atemzüge von einem Respirator und von Schläuchen bewerkstelligt werden mußte, die man durch seine Luftröhre hinuntergeführt hatte und in seine Nasenlöcher hinauf; Schläuche waren an seine Arme und Beine angeschlossen, sein Herzschlag wurde kontrolliert, seine Augen waren mit Bandagen bedeckt. Sein Körper würde durchkommen, weil verfügt worden war, daß er überleben sollte, untergebracht in diesem warmen Fleisch, weil er es war, Warren Stevick, und es viele wie ihn gab. Und seine Lebensaufgabe war so furchtbar einfach, daß er nie von selbst draufgekommen wäre – der begabte Warren Stevick, voller Stolz auf seine Zeugnisse mit ihren »A« und »B+«: *Er muß mithelfen, das Leiden der Menschheit zu verringern, welches in erster Linie fleischliches Leiden ist, die Folge eines tragischen Mißverstehens der Beziehung des Menschen zu seinen Brüdern und Schwestern auf Erden.*

Im Hospital in Taegu waren die Ärzte nicht überzeugt, daß er mit dem Leben davonkommen würde, doch Warren wollte unbedingt mit dem katholischen Kaplan sprechen. Seine Augen

waren verbunden, in seine Nasenlöcher waren Schläuche eingeführt, und dennoch bestand er darauf zu reden; seine Stimme war kraftlos, aber entschlossen. »Das bedeutet das Ende des Krieges«, sagte Warren, »die Abschaffung des Kriegsgeräts, die Verkündigung einer alle Menschen verbindenden Gemeinsamkeit, daß ein Fleisch alles Fleisch ist, so wie der einzelne Geist zum gesamten Geist gehört, welcher Gott ist.«
Der Kaplan, dessen Gesicht zu erblicken Warren nie vergönnt war, ließ ihn eine Weile reden, dann sprach er selbst mit einer besänftigenden und doch kraftvollen Stimme vom Dogma der Kirche, den Sakramenten der Kirche, dem Mysterium der Fleischwerdung von Gott dem Vater in Jesus Christus, Seinem einzigen eingeborenen Sohn. Und Warren sagte: »Aber ich meine nicht ausschließlich Jesus Christus, Hochwürden! Ich meine die gesamte Menschheit, alle Männer und Frauen, die *ganze* Menschheit.« Er redete aufgeregt, unzusammenhängend, er spürte die Verlegenheit und die Verärgerung des Kaplans, er wußte, daß er andere Patienten in der Station störte, diejenigen, die nur den Wunsch hatten, in ihrem Morphinkoma dahinzuschweben oder zu sterben, ohne daß sie durch Worte aufgewühlt wurden. Trotzdem sagte Warren: »Wir müssen das bestehende menschliche Leiden hier auf Erden verringern, zu unseren Lebzeiten!« Schließlich wurde der Kaplan müde, er segnete Warren und zog weiter.

Dabei war es so furchtbar einfach, daß er selbst nie auf den Gedanken gekommen wäre: Warren Stevick war von seiner eigenen selbstbezogenen, selbstbesessenen Seele verflucht worden.

Und jetzt werde ich neu geboren, dachte er, während seine Augäpfel sich sprunghaft bewegten unter den straffen Bandagen. Und wozu...?

In Amerika, im Veteranenhospital an der Union Street in Port Oriskany, war bei Warren eine Operation »mit Erfolg« durchgeführt worden, wie seine Familie erfuhr; er würde nicht sterben, er könnte sich durchaus erholen, fast vollständig erholen. Doch sie sollten realistisch sein, hieß es als Warnung an die Stevicks, mit einer leichten Betonung des Wortes »realistisch« – Warren habe schließlich ein extremes physisches Trauma erlitten, ein ausgedehntes physisches Trauma, welches unweigerlich emotionale Konsequenzen nach sich ziehen werde.

Sein priesterlicher Onkel Domenic besuchte ihn am Krankenbett, hörte sich Warrens stockende Ausführungen über die Bedingungen seiner Fleischwerdung an, schien verblüfft zu sein, verlegen wie der Kaplan in Korea. Er sagte den Stevicks nachher, er hoffe, daß sein Neffe nicht von der Kirche wegdrifte: Er sei anscheinend dort drüben von einer orientalischen Variante des Mystizismus oder Pantheismus angesteckt worden. In einer Reihe peinlicher Begegnungen redete Warren mit seinem Vater über sein Erlebnis, über seine Hoffnungen für die Zukunft der Menschheit und so weiter. Doch während Lyle Stevick anfangs überaus interessiert zu sein schien, zutiefst bewegt, wenn auch etwas perplex, endeten die Gespräche allmählich in gegenseitiger Verlegenheit und in Schweigen. Er war in der Lage, zu bestimmten Bemerkungen seines Sohnes die Namen bestimmter Philosophen zu liefern – Platon, Aristoteles, Mark Aurel, Schopenhauer –, doch diese Informationen konnten Warren in seinem heftigen Drängen nicht besänftigen. Da Mr. Stevick im Krankenzimmer nicht rauchen konnte, saugte er mit einem mitfühlenden, geistesabwesenden Kopfnicken an seiner kalten Pfeife und teilte Warren mit, daß er bald aus dem Hospital heraus und wieder zu Hause sein werde, wo er hingehörte, *dort* würde sein Leben in Ordnung kommen.

Mit seiner Mutter vermochte Warren, obwohl er mit Medikamenten vollgepumpt war, nur über konkrete Dinge zu sprechen, über Erinnerungen – seine Lieblingsgerichte, das Wetter, erfreuliche familiäre Neuigkeiten. Er hatte bereits Schuldgefühle, weil er sie mit seiner beinahe tödlichen Verwundung in Angst und Schrecken versetzt hatte, und er wollte ihr nicht noch mehr Kummer bereiten.

Nach seiner Entlassung aus dem Hospital machte Warren es sich zur Gewohnheit, mit Enid Gespräche zu führen, denn sie war das einzige Mitglied der Familie, das ihn nicht nur verstehen konnte, sie schien sich vielmehr auch für das zu interessieren, was er sagte. Und dabei war sie so viel jünger als er! Es verblüffte ihn, wie flink sie auf seine Themen einging, Fragen stellte und ihn aus sich herauslockte. Zu dieser Zeit war Enid vierzehn Jahre alt, ein zartes, ziemlich gefühlsbetontes Mädchen, übererregbar und leicht in Gelächter oder in Zorn ausbrechend, recht intelligent nach Warrens Einschätzung, obwohl ihre Intelligenz etwas Unangenehmes, ja vielleicht etwas Verwirrendes hatte. Ihre Augen waren klar und fragend, häufig zusammengekniffen, die Augäpfel selbst etwas hervortretend, wenn man sie von der Seite betrachtete. In Ruhestellung sah ihr zarter Mund oft verletzt aus, fast häßlich, als wachse in ihr eine Spannung, die sie in Angst versetzte.

Aber sie war wirklich schön. Warren dachte unwillkürlich: Arme Enid!

Als ambulanter Patient des Veteranenhospitals war Warren gehalten, viermal in der Woche zu einer Therapie zu erscheinen, die darauf abzielte, die weitgehend verkümmerten Muskeln in seinen Schultern und in seinen Schenkeln neu aufzubauen. Ihm stand ein leichtgewichtiger Gehwagen aus Aluminium zur Verfügung, schließlich benötigte er nur noch einen Stock, doch Enid erklärte sich häufig bereit, ihn auf seiner Busfahrt zu begleiten. Diese Fahrt war beschwerlich, sie mußten in Clinton und Union umsteigen. Wiederholt kamen sie auf Warrens »Tod« in Korea zurück. Enid wollte genau wissen, wie man sich dabei fühle, wie er gewußt habe, was passierte; warum er so sicher sei, daß es überhaupt geschehen war. Vermutlich bedeute es, daß er eine Seele habe, aber was *sei* denn eine Seele – wenn sie, wie Warren beharrlich behauptet hatte, im Fleisch wohne? »Alles, was geschehen ist, könnte eine Halluzination gewesen sein«, sagte Enid. »Es war keine Halluzination«, entgegnete Warren gefaßt. »Aber woher *weißt* du das?« fragte Enid beharrlich weiter. Sie schaute ihn beim Sprechen nicht an, ihr Gesicht war ein kleines bißchen zur Seite gewandt, ihr Mund hatte einen seltsamen, schmerzlichen Ausdruck. »Woher weißt du, daß du jetzt wach bist und nicht träumst?« sagte Warren.

Er hatte das als rhetorische Frage gemeint, doch Enid dachte angestrengt nach, saß mit gerunzelter Stirn da. Schließlich sagte sie: »Aber das weiß ich doch nicht!«

In jenem anderen Leben, in jener anderen Dimension begriff Gefreiter Stevick, daß sein Lebenszyklus rasch zu Ende ging.

Seine Seele, mit soviel Sorgfalt von der Hand eines Mannes im Dienste des Göttlichen getauft, war bloß Wasser, das sich geräuschvoll in Wasser ergoß, wie die von Regen und Schlamm angeschwollenen Flüsse im Frühling, die er mit seinem Zug hatte überqueren müssen bei der Verfolgung eines unsichtbaren Feindes oder beim Rückzug vor einem unsichtbaren Feind. Dieser Feind erwartete sie wie die Nacht, wie die Zeit selbst, die das Fleisch auslöscht. Es ging um das Zerfallen, um das Dahinschwinden.

Das Gesicht des Gefreiten Stevick löste sich zuerst auf, dann die Gesichter seiner Familienangehörigen, denen er seine unzusammenhängenden Briefe schrieb.

Faszinierend war, daß die angeschwollenen Flüsse mit wahnsinniger Gewalt ein Durcheinander aus entwurzelten Bäumen, Teilen von Hütten und Zäunen, aufgetriebenen Kadavern von Kühen, Ochsen und Ziegen mit sich führten, auch menschliche Kadaver, die so verstümmelt und entstellt waren, daß es gar nicht nötig erschien, Mitleid zu heucheln.

Südlich von Chorwon hatte im Schlamm und bei prasselndem Regen eine Schlacht stattgefunden, in welcher der Gefreite Stevick nicht umgekommen war. Nachher verkündete der Kaplan die Namen der Gefallenen und der als vermißt Geltenden; er intonierte die Namen, die Silben, als ob es möglich wäre, die abwesenden Männer auf diese feierliche Weise herbeizurufen. Dann erzählte er eine Geschichte aus dem Buch Salomo über eine belagerte Stadt, wo, als alle Hoffnung vergeblich schien, ein guter und weiser Mann auftauchte, um die Stadt zu retten; doch trotz seines Heldentums war der gute und weise Mann sehr bald vergessen. Mit heiserer, sorgenvoller Stimme wandte sich der Kaplan an die Kompanie, er erzählte den Männern von der heiligen Verpflichtung, sich zu erinnern, nicht nur jetzt, heute, zu diesem Zeitpunkt, sondern auch in den kommenden Wochen und Monaten. »Ich möchte mit euch das Wissen teilen, daß wir Lebenden uns des Opfers unserer gefallenen Kameraden würdig erweisen müssen«, sagte er. »Wir, die Lebenden, sind das einzige Bindeglied in der kostbaren Kette, die sich aus der Vergangenheit in die Zukunft erstreckt. Wir müssen die Vergangenheit in Ehren halten, wir müssen die Toten ehren, die gestorben sind, damit wir und unsere Landsleute leben können. Wir müssen zukünftigen Generationen alles weitergeben, was an der Vergangenheit heilig ist, dann werden wir durch Gottes Gnade des heutigen Opfers unserer Kameraden würdig sein. Denkt daran, daß sie gestorben sind, auf daß wir leben mögen!« sagte er in leidenschaftlichem Ton; auf seinem Gesicht schimmerten Tränen, und sein ergrauendes Haar flatterte im Wind. »Auf daß Amerika leben möge!«

Ungerührt und feindselig stand Gefreiter Stevick da, unfähig zu weinen, nicht einmal über seinen eigenen bevorstehenden Tod.

Jetzt, mit einem kümmerlich reparierten Körper, der durch Nähte und Operationsnarben zusammengehalten wurde, rief sich Warren derartige Vorfälle ohne Schmerz oder Leid in Erinnerung, als wäre alles einem anderen Menschen zugefügt worden. Er empfand jedoch starkes Mitgefühl für diesen Mann: Wir sind einer, wir sind viele.

Solche Dinge wollte er gern Adlai Stevenson erzählen. Wenn sie zusammenträfen, wenn sie jemals allein beisammen wären. *Wir, die Lebenden, sind das einzige Bindeglied in der kostbaren Kette, die sich aus der Vergangenheit in die Zukunft erstreckt.*

Doch es gab einen zweiten Warren Stevick, der entschlossen war, praktisch zu handeln und ganz pragmatisch zu sein. Sein Instinkt sagte ihm, daß die Politik in erster Linie die Kunst des Pragmatischen war, der Veränderung der Welt; was nützte der Idealismus, wenn er nicht mit Aktivismus verbunden war? Als Dreizehnjähriger hatte er Thoreau gelesen und bewundert. So schloß er sich in Ithaca im Bundesstaat New York den Young Democrats an, gleich nachdem er Adlai Stevensons Rede gehört hatte, und aus einer Heerschar von gleichgesinnten, unermüdlichen Stevenson-Anhängern ragte er bald heraus als einer, der ganz besonders engagiert und eifrig war. Sein Grundprinzip war einfach: Adlai Stevenson ist ein großer Mann, er wird ein großartiger Präsident sein, aber zuallererst muß er gewählt werden. Also stopfte Warren stundenlang Material in Umschläge, verteilte in der Stadt Flugblätter, tippte Listen mit Namen, Adressen und Telefonnummern, klingelte an Wohnungstüren, schrieb für die Studentenzeitung Leitartikel, in denen er das Parteiprogramm der Demokraten und der Republikaner analysierte. Er half mit, eine öffentliche Debatte zu organisieren, bei welcher über diese Punkte diskutiert wurde, er sprach bei der St. Thomas More Society, um Stevenson gegen Anschuldigungen zu verteidigen, er sei unmoralisch (Stevenson hatte sich scheiden lassen), er debattierte sogar bei den Sozialisten. Seine Freunde warnten ihn, er werde beim Studium den Anschluß verlieren und sein Stipendium in Gefahr bringen – er hatte in Wirklichkeit zwei Stipendien –, doch Warren war zuversichtlich, alles erledigen zu können, was getan werden mußte: Er würde in der Wahlkampfzentrale den Fußboden aufwischen, er würde die Toiletten putzen, was er dann auch tat, im Dienste des großen Mannes!

Die frühen fünfziger Jahre könnten das Grundmuster der Zivilisation auf viele Generationen hinaus festlegen, hatte Stevenson gesagt, und Warren glaubte, daß dies der Fall war. Welche Aufgabe war daher zu unbedeutend, zu erniedrigend, zu wenig lohnend, wenn sie dazu beitrug, daß Stevenson zum Präsidenten gewählt wurde? *Was deine Hand zu tun findet, das tue mit aller Kraft.*

Er unterstützte auch einen Rechtsanwalt aus Ithaca, der Mitte dreißig war, einen überzeugten Anhänger Stevensons, der sich um ein Kongreßmandat für den Distrikt bewarb. Verglichen mit einer Aufgabe dieser Größenordnung, spielten seine Noten keine Rolle, falls er jedoch im einen oder anderen Fach durchfallen sollte, könnte er das im zweiten Semester wieder wettmachen; an seiner neu erlangten Stärke und an der Richtigkeit seiner Bestrebungen zweifelte er nicht.

Adlai Stevenson hatte seine Kampagne kraftvoll begonnen und wurde im Laufe der Wochen immer stärker. Unermüdlich war dieser Mann, so schien es, aufgeweckt, zuversichtlich, lustig; dabei leidenschaftlich, über alles im Bilde und so unglaublich redegewandt, hier ging es in der Tat um die Ausstrahlung einer Persönlichkeit! Im Mittleren Westen, in Neuengland, in Texas und in Oregon erwies er sich in einer Rede nach der anderen als hervorragender Wahlkämpfer, als ein Mann, der mit großen Menschenmengen umgehen, aber auch das ziemlich launenhafte und unberechenbare neue Medium Fernsehen nutzen konnte. Selbst seine Kritiker mußten beipflichten: Eine Fernsehpersönlichkeit wie Adlai Stevenson hatte es bisher noch nicht gegeben. *Was* er sagte und *wie* er es sagte, gehörte auf einzigartige Weise zusammen, seine funkelnden Augen, sein warmes Lächeln, dann sein heftiger Zorn, wenn er mutig seine Meinung sagte und Senator Joseph McCarthy beschuldigte, er sei selbst unamerikanisch und in Wirklichkeit eine Schande für Amerika; er wagte es, sich General Eisenhower entgegenzustellen, diesem ungeheuer populären Gegner, indem er ihm politischen Opportunismus vorwarf – fehlte es Ike denn nicht an moralischen Prinzipien, wenn er davor zurückschreckte, seinen alten Freund und Kameraden General George Marshall gegen absurde Attacken zu verteidigen, dieser habe China an die Kommunisten »ausgeliefert«? Ike und sein Stab von Redenschreibern waren nicht in der Lage, darauf eine klare Antwort zu geben.

Warren und seine Freunde nahmen jede Gelegenheit wahr, um Stevensons Auftritte in der Wahlkampfzentrale auf dem Bildschirm zu verfolgen. Er kaufte ein billiges Radio, um zu jeder Tages- und Nachtstunde Nachrichtensendungen hören zu können, das Gerät stand in der Nähe seines Bettes auf einem Bücherregal. Stevensons Stern war im Aufsteigen begriffen! Stevenson würde gewinnen! Und doch kam es Warren besorgniserregend und rätselhaft vor, daß Eisenhower selbst nach Richard Nixons öffentlicher Bloßstellung wegen Bestechlichkeit weiterhin stärkeren Zuspruch bei den Wählern fand als Stevenson; doch noch unerklärlicher war, daß Nixon nun von breiten Kreisen unterstützt wurde – ein Mann, den das Fernsehen als unerfahren, heuchlerisch und unaufrichtig bloßgestellt hatte, als einen Intriganten und offensichtlichen Lügner. Ja, er war eindeutig ein Lügner!

Obwohl Eisenhower seinen Wahlkampf schwach, ja unbeholfen begonnen hatte, zeigte er sich zum Schluß überraschend stark – eine Kriegslist des Berufssoldaten, wie sich später herausstellen sollte. Stevenson blieb derselbe Stevenson wie zuvor, wenn er einen guten Tag hatte, aber bei manchen Gelegenheiten schien er nachzulassen, sein Humor war nicht mehr anregend, sondern sarkastisch, ja bitter. Er stand selbst vor einem Rätsel – er, Adlai Stevenson, der Eisenhower in jeder Beziehung so überlegen war, lag in allen für das gesamte Land geltenden Meinungsumfragen weit hinter seinem Gegner! Noch bestürzender und vielleicht herzzerreißender war jedoch die Tatsache, daß der diskreditierte Richard Nixon – jener heuchlerische »kleine Mann«, der Sauberkeit und Amerikanertum predigte, aber in Wirklichkeit mit Korruption und politischen Tricks arbeitete – jetzt selbst im gesamten Land gewaltige Menschenmassen mobilisierte, ganz unabhängig von Eisenhower!

Im Oktober erschienen Nixon und sein Helfer McCarthy häufig im Fernsehen, um Stevenson zu beschuldigen, er habe eine »weiche« Haltung gegenüber dem Kommunismus, oder vielleicht agiere der Kandidat der Demokraten – wie McCarthy böswillig unterstellte – im Dienste des Kommunismus? »Gleich und gleich gesellt sich gern«, meinte McCarthy mit vielsagender, spöttischer Feierlichkeit, und dann fügte er nicht weniger geheimnisvoll hinzu: »An ihren Früchten sollt ihr sie erkennen!« Jetzt lautete General Eisenhowers Wahlkampfversprechen, er werde als Präsident persönlich nach Korea reisen, um seinen Beitrag zu einem Waffenstillstand zu leisten. Jetzt kannten politische Karikaturisten selbst in relativ liberalen Zeitungen mit Adlai Stevenson keine Gnade mehr wegen seines schütteren Haaransatzes, seiner hohen Stirn – »Eierkopf«. Eben hatte der politische Kolumnist Stewart Alsop die so wunderbar grausame Bezeichnung geschaffen, die sich im Nu durchsetzte. »Eierkopf, Eierkopf«: Was bedeutete das? Es bedeutete Lächerlichkeit, darin steckte Verachtung, ja Abscheu, es bedeutete die Niederlage.

Doch als Warren schließlich Stevenson in der Innenstadt von Syracuse sprechen hörte gegen Ende seines Wahlkampfes, zog ihn dieser Mann noch stärker in seinen Bann. Es spielte keine Rolle, daß Stevensons Gesicht faltig war vor Erschöpfung, es spielte keine Rolle, daß seine kraftvolle Stimme manchmal versagte; alles, was Warren von Anfang an geglaubt hatte, stimmte: Adlai Stevenson war ein großer Mann, er mußte zum Präsidenten der Vereinigten Staaten gewählt werden, er *würde* zum Präsidenten der Vereinigten Staaten gewählt werden. Selbst in dieser Spätphase des Wahlkampfes war die Menge lautstark und fröhlich, sie unterbrach Stevenson unzählige Male mit Applaus, obwohl dieser die meisten seiner Anliegen schon früher vorgetragen hatte. Und es machte nichts aus, daß er plötzlich offen und ehrlich zugab, er habe – um die schöne, treffende Wendung zu gebrauchen – das Fracksausen bekommen.

Das bedeute nur, fuhr Stevenson in leidenschaftlichem Ton fort, daß er in den nächsten paar Tagen bis hin zum Vorabend der Wahl noch härter arbeiten müsse, und er sei gewillt, schwer zu arbeiten, wie seine Zuhörer jetzt hoffentlich wüßten; er sei gewillt, verdammt hart zu arbeiten.

Warren applaudierte, er stand schwankend auf den Beinen zusammen mit den anderen, den vielen Reihen von Männern und Frauen, in deren Augen Tränen standen, deren Gesichter verzückt waren; er hatte das Gefühl, halb betrunken zu sein, richtig in Schwung, seine Hände schmerzten, weil sie mit so wunderbarer Gewalt klatschten. Wenn ein Augenblick wie dieser nur ewig weitergehen könnte! Wenn er nur ewig währte!

Nachher wurde Warren von dem Rechtsanwalt, der für den Kongreß kandidierte, hinter die Bühne geleitet zu einem Treffen mit Stevenson. Es überraschte ihn, daß man Adlai Stevenson aus nächster Nähe sein Alter wirklich ansah, daß diese wunderbaren, so lebenssprühenden Augen von Falten und weicher, schlaffer Haut umgeben waren, und daß er so klein wirkte, als er auf einem gewöhnlichen Fußboden stand, umgeben von anderen Menschen. Warren fühlte sich an diesem Abend selbst recht schwach, denn er hatte schon über eine Woche lang in der Wahlkampfzentrale schwer gearbeitet, täglich acht, zehn oder zwölf Stunden, er war nicht mehr zu den Lehrveranstaltungen gegangen, hatte nicht einmal Zeit gehabt, in der Universitätsklinik eine Blutuntersuchung machen zu lassen (er hatte den Verdacht, daß die Zahl seiner weißen Blutkörperchen wieder abnahm, er kannte die Symptome), er hatte pro Tag nicht mehr als eine einzige schnelle, fade Mahlzeit zu sich genommen. Dennoch wußte er, daß der Abend in Syracuse zu den größten Ereignissen seines Lebens zählen würde, egal, ob Stevenson Präsident werden würde oder nicht, und er wollte den Abend jetzt schon genießen, ihn ganz auskosten.

In einem Gewirr von Stimmen und drängelnden Bewunderern schüttelte Adlai Stevenson Warrens Hand, sein Händedruck war fest und zupackend, sein Gebaren offen und warmherzig. Es reichte nur zu einer etwa einminütigen Unterhaltung, doch in dieser Zeitspanne lockte Stevenson aus Warren geschickt die Tatsache heraus, daß dieser ein Veteran des Koreakrieges sowie Stipendiat an der Cornell University war und aus Port Oriskany im Bundesstaat New York stammte – einer alten Hochburg der Demokraten, wenngleich die Demokraten auf den Parteiapparat in dieser ungeschliffenen Stadt, wie Stevenson mit einem schiefen Lächeln meinte, nicht gerade besonders stolz sein könnten! Warren sagte Stevenson dann mit einem Schwall von Worten, er sei ein großer Mann – der größte Amerikaner seiner Zeit –, und der Wahlkampf mit ihm an der Spitze sei ein großartiger Feldzug gewesen, ganz gleich, wie er ausgehen werde. Und der lächelnde ermüdete Mann schüttelte seine Hand ein zweites Mal und dankte ihm.

Und das war's dann.

Mr. Stevick ließ es sich nicht nehmen, mit Warren um 25 Dollar zu wetten: Ike würde nicht nur gewinnen, sondern einen erdrutschartigen Sieg davontragen.

Mr. Stevick war ein treuer Anhänger der Demokraten, der die Absicht hatte, wie üblich für die Kandidaten dieser Partei zu stimmen; er wisse jedoch, sagte er, woher der Wind wehe, er könne ihn von weitem riechen.

Seit der demütigenden Festnahme war Mr. Stevicks Humor schroff und schalkhaft, unberechenbar. Es hatte den Anschein, daß er nicht begriff oder nicht begreifen wollte, was die Wahl für seinen Sohn bedeutete. »Adlai hat keine Chance, ein intelligenter und sensibler Mann hat in diesem Land keine Chance«, sagte er. »Du weißt doch, was der große amerikanische Philosoph P. T. Barnum über die Vereinigten Staaten gesagt hat!« Dabei kümmerte er sich nicht darum, daß Warren am anderen Ende der Leitung schwieg.

In der Wahlnacht schaute sich Warren in der Zentrale die Ergebnisse auf dem Bildschirm an, die Augen voller Tränen des Zornes und des ungläubigen Staunens. Wie er sich schämte – nicht für seinen Kandidaten, nicht für seine eigenen Bemühungen, sondern für Amerika! Für die amerikanischen Wähler! Die Niederlage war erheblich größer, als die Demokraten befürchtet hatten. Selbst als der Wahlkampf zu Ende ging, hatte man sich schwer vorstellen können, daß eine Niederlage unvermeidlich sein würde, daß sie durch Zahlen und statistische Größen herbeigeführt werden würde. An einer Wand in der Zentrale hing an gut sichtbarer Stelle das berühmte Foto von Harry Truman am Morgen des 3. November 1949; dort hielt er die *Tribune* aus Chicago hoch mit ihrer hämischen Falschmeldung DEWEY SCHLÄGT TRUMAN: Denkt daran, daß die Umfrageergebnisse falsch sein können! Aber jetzt, im Jahr 1952, gab es ganz andere Nachrichten. Fernsehsprecher redeten aufgeregt von einem Erdrutsch, dem überzeugendsten landesweiten Sieg seit Roosevelts Wahl im Jahr 1936; dabei konnte es sich nicht um ein amüsantes Versehen handeln, dem am nächsten Morgen eine Richtigstellung folgen müßte.

Um elf Uhr nachts hieß es, neununddreißig Staaten seien an Eisenhower gegangen, lediglich neun an Stevenson. Der Abstand zwischen den Kandidaten belief sich auf sechs Millionen Stimmen, und es sah aus, als sollten noch mehr, viel mehr dazukommen! Immer wieder wurde die Karte der Vereinigten Staaten auf dem Bildschirm eingeblendet, immer wieder lieferten die Nachrichtensprecher ihre Berichte, machten ihre schadenfrohen Prognosen, redeten von Ikes »überwältigendem Sieg«, Ikes »Sieg auf der ganzen Linie«, Ikes »Erdrutsch« (»der überzeugendste landesweite Sieg seit Roosevelts Wahl im Jahr 1936«: jaja), bis Warren sich ganz elend fühlte und nur noch Scham empfand. Lyle Stevick mit seinem grobschlächtigen, faulen Zynismus hatte die ganze Zeit recht gehabt.

Um halb zwölf Uhr nachts erschien Adlai Stevenson im Fernsehen und verlas seine Stellungnahme, mit der er die Niederlage einräumte.

Er war genau derselbe Mann, den Warren in Syracuse kennengelernt hatte, genau derselbe! Er war jetzt zurechtgemacht, trug die Niederlage mit Anstand und gut gelaunt, so hatte es fast den Anschein, denn er wußte, wie sehr Amerika einen Sieger anbetet und einen Verlierer verachtet, wie genau Amerika seine

Verlierer anschaut, um das Ausmaß des Schadens und der Demütigung feststellen zu können: Ist die Wunde tödlich? Und tut sie auch *weh*? Als wolle er derartigen Erwartungen entgegenkommen, schwieg Adlai Stevenson nach der Verlesung seiner Stellungnahme – plötzlich durfte man sehen, daß dies ein geschlagener Mann war, ein Mann, der benommen und erschöpft war von der Niederlage. Und dann erzählte er in einem ganz anderen Ton die Anekdote, die nach der Wahlnacht noch unzählige Male weitererzählt werden sollte, die Warren zeit seines Lebens im Gedächtnis behalten sollte: Als Abraham Lincoln von einem Journalisten gefragt wurde, wie er sich nach einer Wahlniederlage gefühlt habe, sagte er: Wie der kleine Junge, der in der Dunkelheit seinen Zeh angestoßen hatte – zum Weinen war er zu alt, aber es tat zu sehr weh, als daß er hätte lachen können.

Warren Stevick aber weinte dennoch, unbeholfen lieferte er sich dem Kummer aus, fühlte nichts als Erniedrigung, Scham und Wut. Was spielte denn jetzt noch eine Rolle? Dem größten lebenden Amerikaner hatten seine Mitbürger eine Abfuhr erteilt.

Warren verabschiedete sich von den anderen kurz nach Mitternacht, ging zu seiner Pension, in sein Zimmer mit dem ungemachten Bett, um in der Dunkelheit dazuliegen wie ein verwundetes Tier. Hinter dem dicken, vergrößernden Brillenglas hatte sein linkes Auge schon stundenlang weh getan, die Sehkraft war fast erloschen; in seinem Inneren spürte er Übelkeit und Kälte. Er wollte nicht bemitleidet werden, er wollte nur allein sein mit seinem Kummer. Doch er war so erschöpft, daß er bald einschlief. Er glitt auf Wachträumen in einem seltsamen Zickzackkurs in den Schlaf hinein. Er sah ein Negerkind auf einem Fahrrad, es geriet einem gewaltigen Lastwagen in den Weg – ein Laster mit Kohlen war das –, er hörte das Dröhnen der Hupe, das schreckliche Quietschen der Druckluftbremsen, er bemühte sich, nicht hinzuschauen, doch da lag der zuckende kleine Körper, da lag das zermalmte Fahrrad, da waren die Blutspritzer. Als er erwachte, war das Bild noch in ihm, ein Bruchstück des Alptraums, an den er sich nicht mehr erinnern konnte – stammte das aus der Wirklichkeit, hatte es sich tatsächlich zugetragen, oder hatte Warren Stevick nur geträumt?

12

Felix, ich möchte, daß du mich liebst.
Du darfst mit mir machen, was du willst.
Ich liebe dich, Felix, ich würde es niemand erzählen.

Sie erfand einen Kode, mit dem sie Eintragungen in ihr Notizbuch machte; sollte es von Lizzie oder Mrs. Stevick entdeckt werden, so würden sie das Buch nicht lesen können, sie hätten keine Ahnung, das Geheimnis von Felix und Enid war geschützt. *Niemals werde ich jemand davon erzählen,* schrieb Enid. Sie verdrückte sich in ihr Zimmer, ihre Haut strahlte eine eklige, schweißtreibende Hitze aus. War sie mit anderen Menschen zusammen, schaute sie diese oft strahlend an, ohne sie wahrzunehmen, und ihre Augen waren dabei vor Leidenschaft geweitet.

Er sei verreist, hieß es, er sei ein richtiger Geschäftsmann geworden, hieß es, der sich Geld lieh und Investitionen tätigte, vielleicht würde er aus steuerlichen Überlegungen eine eigene Firma gründen. Enid war auf der Hut, sich nicht zu häufig nach ihm zu erkundigen, besonders dann nicht, wenn Lizzie in der Nähe war, denn Lizzie würde Vermutungen anstellen, Lizzie würde draufkommen, war sie denn nicht immer selbst in Felix verliebt gewesen? In der Schule gab es vertraute Fenster, bestimmte Blickwinkel, Schornsteine, Dachflächen, Feuertreppen, die Enid allmählich mit Felix und ihren Gedanken an ihn in Verbindung brachte; das Einsteigen in den Bus zum Decker Boulevard, wie es sich anhörte, wenn die Druckluftbremsen des Busses gelöst wurden, und natürlich ihr eigenes Spiegelbild in einem Toilettenspiegel, als sie sich die Hände wusch, die Hände schrubbte. Sie schrubbte ihre Hände manchmal sehr ausgiebig, auch das Gesicht, dann tupfte sie sich ganz langsam mit einem Papierhandtuch ab, weil sie den zwanghaften Rhythmus ihrer Gedanken nicht durcheinanderbringen wollte.

Am Shoal Lake auf l'Isle-Verte in jenem Zimmer im alten Rideau Inn hatte an der Tür, die Enid öffnete, ein Mann gewartet, er hatte sie rasch und ohne jedes Zögern ins Innere gezerrt. Er hatte gewußt, was er wollte und was er gleich tun würde, auch was er sich nicht zu tun erlauben würde, doch in seiner Erregung, im Taumel seiner Leidenschaft hätte er ihr leicht den Hals brechen können – das Rückgrat! Es hätte im Nu passieren können, wenn sie Widerstand geleistet hätte.

»Willst du mein Schätzchen sein, Schätzchen?« hatte Felix in neckischem Ton gesagt, aber das hatte sie gar nicht hören wollen.

Trotzdem war sie nach oben gegangen. Sie hatte die Tür geöffnet.

Seine Finger waren ungeduldig, sie zerrten die Träger ihres Badeanzuges nach unten; er saugte an ihren Brüsten, biß sie ins Fleisch, zitterte vor Erregung. Sein ganzer Körper bestand nur aus Muskeln und Begierden, die über sie herfielen, sie merkte in ihrem tranceartigen Erstaunen, daß er halb nackt war, er hatte sich gegen sie gedrückt, sich dann wie eine Pumpe hin und her bewegt mit raschen, harten Stößen, hatte ihren Rock hochgezogen. Dabei quetschte er sich an ihren Bauch, dann zwischen ihre Beine, den Schritt ihres Höschens, dann war es vorbei; sein Atem drang schwer, abrupt, überrascht, zornig aus ihm heraus, Schweiß rann in kleinen Bächen über sein Gesicht, seine Brust und seinen Rücken. Enid umarmte ihn, ohne zu wissen, was sie tat, dann umschlang sie ihn noch stärker, sie klammerte sich an ihn, um nicht loszuschreien.

Sie hatte es gespürt, als der warme Samen ihren Bauch berührte, sie hatte gewußt, was das war.

Er schwieg immer noch. Er schien sie kaum zu bemerken, nur ihre Anwesenheit; ein Körper, der sich, ohne es zu wollen, ein bißchen widerstrebend zeigte ihm gegenüber, doch sein Wille behielt die Oberhand, setzte sich durch. Enid begriff, daß er auf Abstand gegangen war zu ihr und zu dem eher qualvollen mechanischen Akt, den er vollzogen hatte. Selbst als er sich betrunken schwankend gegen sie lehnte, sie mit seinem um ihren Hals gelegten Arm festhaltend, das heiße, verlegene Gesicht in ihrem Haar, war er dennoch irgendwie getrennt von ihr. Er sagte ihren Namen, ihren Namen, so süß so süß so süß – dann unterdrückte er einen Rülpser, und Enid bekam Bier zu riechen.

Sie hatte die Augen offen und starrte ins Leere. Sie starrte blicklos vor sich hin, während der Himmel sich allmählich verdunkelte und die von Schwarz durchzogenen Wolkenklumpen dichter wurden. Jetzt konnte sie den See wieder hören, die trägen, kraftlosen Wellen; an den meisten Tagen legte sich der Wind bei Dämmerung und der See wurde eben, er kräuselte sich nur und zitterte in seinem Dahinströmen. Von irgendwo am Strand kamen Stimmen, fröhliche Stimmen von Betrunkenen, Wellen von Gelächter, die so schwach und zufällig wirkten, daß sie ferne Musik hätten sein können. Felix hatte jetzt ihre Hand genommen, er legte ihre starr gewordenen Finger um seinen Penis, sie sollten ihn durch Streicheln wieder steif machen.

13

Es geschah zu keiner bestimmten Stunde, daß sie bewußt damit anfing, über Selbstmord nachzudenken, sondern an einem bestimmten Tag im Spätherbst – im November, in der Woche vor dem Erntedankfest. Als ihr klar wurde, daß sie schon lange daran gedacht hatte.

Eigentlich nicht an Selbstmord, sondern ans Sterben: an den Tod.

Sie fuhr in dem überfüllten 4.20-Uhr-Bus, in dem es viel zu heiß war, er brachte sie über den Decker Boulevard von der Schule nach Hause. Sie saß neben einer vierschrötigen Frau italienischer Abstammung, die etwa so alt wie ihre Mutter war, ihre Schulbücher hatte sie auf dem Schoß, ihre Turnkleidung in einer verschmierten Papiertüte; sie hatte den Bus zuvor nicht nehmen wollen, weil zwei ihrer Freundinnen ihn benutzten – Enid hatte Freundinnen an der High-School, Enid Maria war hübsch und bis zu einem gewissen Grad beliebt. Sie wollte jedoch allein sein, um an Felix Stevick denken zu können, wie sie es so häufig tat; dann begriff sie plötzlich, daß sie überhaupt nicht an ihn dachte, sondern an den Tod, ans Sterben, daß Enid Maria Stevick tot wäre.

Und die straffen, geballten Muskeln in ihrer Brust entspannten sich. Wie eine Faust, die langsam die Finger ausstreckt.

Nun fingen die losgebrochenen Teile ihres Lebens, die Fragmente, Stücke, Puzzleteile an, ihren Platz einzunehmen, sich zusammenzufügen, wie sie es unweigerlich tun, wenn wir uns im Bann des Todes befinden.

Dennoch wußte Enid, daß sie auf ein Zeichen warten mußte.

Sie würde erst handeln, wenn sie das Zeichen bekommen hätte.

Doch nun war sie so fröhlich, so stark, angetrieben von Kraft und Energie. Sie ordnete Lizzies Kommodenschubladen und ihre eigenen auch, sie half ihrer Mutter bei der Hausarbeit, sie empfand allmählich fast eine erregte Vorfreude auf die einfachen, mechanischen, stets wiederkehrenden Aufgaben der häuslichen Arbeit, die sie in Gegenwart ihrer Mutter erledigte; Enid ganz in der Rolle der Tochter, ganz formbar, kindhaft in ihrer Unterwerfung unter den Willen von Mrs. Stevick. Aber manchmal weckte der Eifer ihrer häuslichen Hilfsbereitschaft bei ihrer Mutter eine gewisse Feindseligkeit; es lag in der Art ihrer Mutter, sich der Großherzigkeit anderer zu widersetzen, weil sie befürchtete, sie müsse sich dann selber großherzig zeigen.

Während der Busfahrt zum Decker Boulevard überließ sie ihren Platz oft älteren Mitreisenden oder Frauen mit kleinen Kindern, achtete peinlich genau auf die Bedürfnisse oder Quasibedürfnisse anderer Menschen. Es gefiel ihr, es erregte sie, wenn sie sah, daß ihr Platz wieder besetzt war, daß die Lücke, die sie gelassen hatte, so rasch wieder gefüllt worden war.

Felix, ich möchte sterben, schrieb Enid auf ein Blatt Papier aus dem Notizbuch, ihr Blut strömte in starken, beharrlichen Wogen dahin. *Ich liebe Dich so sehr.*

Und bevor ihr Mut sie verließ, steckte sie das Blatt in einen Umschlag, adressierte ihn an ihren Onkel, klebte eine Marke darauf und rannte hinaus zur Straßenecke, um ihn in einen Briefkasten zu werfen.

Als sie zurückkehrte, ohne Mantel und ganz außer Atem, mit diesem seltsamen strahlenden Glanz auf dem Gesicht, packte Mrs. Stevick sie an der Schulter und sagte mit einer widerlichen, immer lauter werdenden Stimme: »Was ist los? Was für ein

Spiel treibst du da? Ist es ein Junge? Lauert draußen ein Junge herum? Willst du eine Schlampe werden wie deine Schwester? *Sag's mir!«*

Doch Enid war unschuldig, Enid hatte nichts zu erzählen.

Selbst nach ihrem Tod könnte das Notizbuch nicht entziffert werden. Das Geheimnis von Enid und Felix war geschützt.

Sie überlegte, ob sie ihm einen zweiten Brief schreiben sollte, um ihm zu versichern, daß das Geheimnis gut aufgehoben sei; sie beschloß dann, es nicht zu tun. *Ein* Brief von Enid war genug für den Fall, daß er sie nicht liebte, nicht mal interessiert war, sie wieder zu ficken; ein zweiter Brief wäre vulgär, geschmacklos. Er würde ihn ungeöffnet wegwerfen, und zu so einer Handlung wollte sie ihn nicht verleiten.

Weihnachten 1952: Die Stevicks in der East Clinton Street Nummer 118 bekamen ihr erstes Fernsehgerät.

Das war Mr. Stevicks Überraschungsgeschenk für die Familie, ein Portable der Marke Philco, Bildschirmgröße 27 cm, mit einer Vitrine in Walnußimitation. Der Platz dafür wäre in einer Ecke des Wohnzimmers, Wand an Wand mit der Ecke des Wohnzimmers, in welcher ihre Nachbarn den Fernseher stehen hatten; mit aufgedrehter Lautstärke könnte man die Geräuschentwicklung des Geräts der Nachbarn übertönen.

Jeder beschaffe sich jetzt einen Fernseher; wer nicht gegen den Strom schwimmen könne, müsse eben mit ihm schwimmen, sagte Mr. Stevick verachtungsvoll. Der Apparat sei gebraucht, er habe sich aber entschlossen, ihn nach Hause mitzunehmen, statt ihn im Laden zu verkaufen; er wolle sich ja nicht viel anschauen, doch den anderen Familienmitgliedern könnte das schon gefallen.

Nun summte das Gerät Abend für Abend im düsteren Wohnzimmer, der kleine Bildschirm flimmerte mit einem unheimlichen, atomaren Leuchten, blaß, bläulich, geisterhaft, flackernd. Tagsüber stellte Mrs. Stevick ihr Bügelbrett so auf, daß sie alles anschauen konnte, was gerade gezeigt wurde. Sie war tief bewegt, als sie Senator McCarthy in Person im Plenarsaal des Senats erblickte; bei Quizveranstaltungen konnte sie versuchen, auf die gestellten Fragen die richtigen Antworten zu finden: Wie heißt der längste Fluß der Welt? Von wann bis wann dauerte der Krimkrieg? Wer war die »Schwedische Nachtigall«? Ihre Schwester Ingrid kam jede Woche ein- oder zweimal zum Zuschauen herüber; Lizzie blieb öfter zu Hause oder verschob ihre Verabredungen; Mr. Stevick saß in seinem alten Ledersessel, hatte eine Zeitschrift oder ein Buch aufgeschlagen auf seinem Schoß liegen, natürlich war er ganz bei seiner Lektüre, wenn er auch ab und zu aufschaute, um zu sehen, was da vor sich ging, wegen was für einer Narretei die Zuschauer im Studio so außer sich waren. Da zeigte sich Onkel Miltie affektiert lächelnd in einem Abendkleid aus Taft und stolperte in Schuhen mit Pfennigabsätzen umher; da kam Lucy und zwinkerte Desi mit ihren überlangen Augenwimpern zu; da erschien Phil Silvers in seiner Armeeoffiziersuniform, grinsend und spöttisch dreinschauend. Da gab es den händereibenden Ed Sullivan – wie ein Leichenbestatter sehe er aus, sagte Mr. Stevick –, Ed Sullivan mit ernster Miene und lächelnd, sich räuspernd; am besten von allen war Arthur Godfrey mit seiner Truppe. »Armleuchter« Godfrey nannte ihn Mr. Stevick, doch in Wahrheit gefiel ihm Godfreys witzige Art recht gut, er erkannte dort tief drunten etwas Hinterhältiges und Gemeines, das mit ihm selbst in Einklang stand.

Und natürlich gab es da Groucho! Groucho, wie er seine phantastischen Augenbrauen hochschnellen ließ, wie er lüstern an seiner Zigarre lutschte. Wenn Lyle Stevick überhaupt zugab, daß er so etwas wie einen Fernsehliebling hatte, dann war es Groucho Marx. Lizzie und Enid mochten ihn ebenfalls, vielleicht weil er sie an ihren Vater erinnerte, zu der Zeit, als sie noch klein waren.

Da Lizzie im Showbusiness Karriere machen wollte – als Sängerin, Tänzerin, Schauspielerin, sie hatte sich noch nicht entschieden; vielleicht würde sie alles zusammen sein! –, gefielen ihr die Varieté-Programme am besten. Besonders aufregend fand sie Ted Macks Sprungbrett für Amateure, auch wenn sie den Nachwuchskräften den Erfolg stets mißgönnte. (War Lizzie Stevick denn nicht genauso gut?) Lizzie habe eine kräftige, volle, kehlige Stimme wie Kay Starr, sagten manche Leute, oder auch wie Patti Page oder Dorothy Collins, so süß und mädchenhaft, oder Peggy Lee, die sexy und gerissen war und voller Andeutungen steckte – Lizzie konnte sie alle imitieren, je nachdem, wie sie gelaunt war.

(Der Anfang ihrer Karriere war jedoch schwierig. Mr. Stevick wollte es nicht zulassen, daß sie Gesangsunterricht nahm und zur Tanzstunde ging, weil er darin »eine Gefährdung ihrer Moral« sah.)

An jenen Winterabenden machte Enid ihre Hausaufgaben bei offenstehender Tür, damit sie von unten den Fernseher hören konnte – sie fühlte sich dadurch nicht so einsam. Sie wollte sich den anderen Familienmitgliedern nicht anschließen, aber sie brauchte die Gewißheit, daß sie da waren, genauso, wie sie auch nach ihrem Tod da sein würden.

Manchmal schaute sie von ihrer Arbeit auf, von einem seltsamen Glücksgefühl überkommen. Von unten herauf war Gelächter zu hören aus dem Erdgeschoß der East Clinton Street 118. Es war verblüffend. Das hatte es noch nie gegeben. Ohne das Fernsehen wäre das nicht möglich gewesen.

Enid fiel auch auf, daß menschliche Wesen auf dem Bildschirm, der so ganz anders war als die Kinoleinwand, stark verkleinert erschienen; winzig, trivial und flach, in zwei banalen Dimensionen, farblos. Das hatte doch etwas Beruhigendes – daß menschliche Wesen in Wirklichkeit bloß Bilder waren von der Art, wie man sie voneinander mit den Augen und dem Gehirn aufnahm, Erscheinungen, die aus mikroskopisch kleinen,wie Atome flimmernden Punkten zusammengesetzt waren! Atome, das waren sie – nichts weiter. Rasch den Knopf weitergedreht, da verschwanden sie, und wer könnte den Verlust beklagen?

Kurz nach Weihnachten traf ein unerwartetes Geschenk ein: ein kleiner, aber schwerer Korb mit Zitrusfrüchten aus Florida (grellfarbene Navelorangen, eine kernlose rosa Grapefruit), mit Feigen, verschiedenen Nüssen, Schokolade und ellenlangen Spazierstöckchen aus Kandiszucker, verschickt von der Firma Neiman-Marcus in Miami Beach, adressiert an *Die Stevicks*. Die beigefügte Karte, die einen funkelnden Nikolaus zeigte, war mit *Felix Stevick* unterzeichnet, aber es hatte den Anschein, als stamme der Namenszug nicht von ihm.

»Was ist denn *das*? Was zum Teufel soll das?« rief Mr. Stevick.

Das Geschenk von Felix verblüffte und beleidigte ihn, daher weigerte er sich, die Sache auf sich beruhen zu lassen. Wie kam sein Bruder auf solch verrückte Ideen, was für Motive hatte dieser Mensch? Hatte er überhaupt irgendwelche Motive? – Felix habe ihnen früher nicht einmal eine Karte geschickt, er habe sie alle jahrelang ignoriert und habe fast vergessen, Lyle zur Geburt seiner Kinder zu gratulieren. Und jetzt *so etwas.*

Felix wolle ihm nur zeigen, daß er sich's leisten könne, sagte Mr. Stevick – nicht nur ein Geschenk aus einem schicken Geschäft, sondern auch seinen Aufenthalt dort drunten, während die übrige Verwandtschaft in der Kälte sitze. Oder es läge vielleicht daran, daß er einfach wie andere Boxer sei – die Zunft sei bekannt für derartige Schrullen. Felix Stevick sei freigebig, wenn ihm der Sinn danach stehe, aber der gemeinste Dreckskerl auf Gottes Erdboden, wenn seine Laune umschlage.

»Insgeheim hat er keine Seele wie andere Leute«, sagte Mr. Stevick mit vollem Ernst. »Er ist nicht ganz da.«

»Wie du über diese Nüsse herfällst, Daddy, zeigt klipp und klar, daß du ganz da bist«, bemerkte Lizzie.

Und zu Mr. Stevicks Verlegenheit stimmte es: Ohne recht zu wissen, was er tat, hatte er die Dose mit gemischten Nüssen nahezu geleert. Cashewnüsse und Paranüsse waren ihm am liebsten gewesen – die Erdnüsse hatte er liegen lassen.

Enid wollte aus dem Geschenkkorb von Felix nichts haben, nicht einmal die süße rosafarbene Grapefruit, nicht einmal die Kiwifrucht, die den Stevicks völlig unbekannt war – sie brauchten einige Zeit, bis sie herausfanden, wie man die Frucht essen mußte. (Mr. Stevick hatte versucht hineinzubeißen, doch die Haut war widerlich.) Zu guter Letzt aß Enid ein paar von den Orangen, weil diese im Kühlschrank zusammen mit den Orangen aus dem Supermarkt aufbewahrt waren. Doch zu diesem Zeitpunkt dachte sie nicht mehr daran, daß sie von Onkel Felix stammten, daß sie überhaupt irgend etwas mit ihm zu tun hatten. Aber zu diesem Zeitpunkt aß sie sowieso nur ganz wenig.

Enid fragte Warren, ob er je habe sterben wollen, zum Beispiel, als er in Korea das erste Mal ins Hospital eingeliefert worden sei, oder nachher, als er Zeit gehabt habe, um nachzudenken, um wirklich Schmerz zu empfinden und sich daran zu erinnern, was mit ihm geschehen war, wie schrecklich die Menschen waren? Ob er je Bedauern empfunden habe gegenüber der Tatsache, daß seine Seele wieder in seinen Körper eingekehrt war? (Enid zweifelte nie daran, daß das, was er gesagt hatte, der Wahrheit entsprach. Warren konnte gar nicht lügen.) Enids Fragen kamen Warren spontan vor, doch er gab ausweichende Antworten. Er packte gerade einen Koffer, warf Kleidungsstücke, Bücher, Referate hinein; er wollte am nächsten Morgen mit dem 7-Uhr-Bus nach Ithaca reisen und hatte für Ablenkungen wenig Zeit. (Die ganzen Ferien hatte er in seinem Zimmer verbracht, er hatte Referate geschrieben und sich auf Seminarprüfungen vorbereitet, die er in der Mitte des Trimesters nicht bestanden hatte. Er hatte alles liegenlassen, als er sich für Adlai Stevenson betätigte, und das war dabei herausgekommen.) Warren hatte deshalb keine Lust, ausgerechnet auf diese Frage seiner Schwester einzugehen.

Er sagte rasch: »Ich glaube nicht. Nein.«

»Du hast nie sterben wollen? Nie?«

»Nein.«

Als er sah, daß sein Ton Enid verletzt hatte, fügte er hinzu, wenn Menschen schwer verwundet seien, so wie er es gewesen war, wollten sie nicht sterben, weil sie nicht fähig seien, den Gedanken ans »Sterben« zu entwickeln – an den »Tod«. Bewußtsein sei dafür erforderlich. Ein freier Wille sei dafür erforderlich. »Außerdem hatte ich die Vorstellung, daß Gott jede Seele abweisen würde, die vor ihrem rechtmäßigen Zeitpunkt zu Ihm käme«, sagte Warren. »Das klingt jetzt absurd – klingt verrückt. Aber ich konnte damals nicht logisch denken. Der ganze Glaube an Gott, das Gefüge der Religion – ich rede von *unserer* Religion –, das ist alles ziemlich verrückt. Aber ich sollte so etwas nicht sagen«, murmelte er, »und dich nicht beunruhigen.«

Dabei konnte er doch sehen, daß Enid überhaupt nicht beunruhigt war. Daß sie ihn anschaute, die Lippen ein Stückchen geöffnet. Und so intensiv zuhörte, daß sie das Atemholen vergessen hatte.

»Tut mir leid«, sagte er, damit er sie loswurde und mit dem

Packen fortfahren konnte. Es sah aus, als wollte er schleunigst weg.

Die verbreitetsten Methoden bei Frauen sind, nach der Häufigkeit geordnet: Tabletten (Barbiturate, Aspirin); Gas- und Kohlenmonoxidvergiftung; sich ertränken; Öffnen der Pulsadern; Sprung aus großer Höhe; sich erschießen. Die verbreitetsten Methoden bei Männern sind: sich erschießen; sich erhängen; Gas- und Kohlenmonoxidvergiftung; Tabletten (Barbiturate, Aspirin); Sprung aus großer Höhe; sich ertränken; Gift (Arsen, Rattengift usw.). Frauen machen häufiger Suizidversuche, doch bei Männern sind Suizidversuche häufiger erfolgreich.

Sie dachte viel an an ihren Großvater Stevick. Er hatte es gewagt, sich im St. Josephs-Krankenhaus in seinem Bett zu Füßen eines Kruzifixes zu erschießen, weil er wußte, daß er sterben mußte und wenigstens die Kontrolle über sein Sterben übernehmen wollte.

Ja, darauf kam es an, dachte Enid. Die Kontrolle übernehmen.

Die Rosenbergs zum Beispiel. Ja, die Rosenbergs – man konnte nicht umhin, sie zu bewundern. Zum Tod auf dem elektrischen Stuhl verurteilt mit der Einschränkung, daß die Todesstrafe aufzuheben sei, *falls sie gestanden,* und zu vollstrecken sei, falls sie *nicht gestanden.* Und dann machten sie den verblüfften Anklagevertretern einen Strich durch die Rechnung, indem *sie nicht gestanden.*

Gleich nach der Urteilsverkündung hatten sie in ihren Gefängniszellen laut gesungen – Ethel eine Arie aus »Madame Butterfly«, Julius die »Battle Hymn of the Republic«.

In ihrem Notizbuch machte Enid mit ihrem Geheimkode Eintragungen über die Rosenbergs, sie übernahm Bemerkungen von ihnen aus den Zeitungen, trug ihre Namen liebevoll ein. Warren war empört über die Entscheidung, ihm zufolge stellte das, was Richter Kaufmann getan hatte, eine Verhöhnung der Gerechtigkeit dar, und zwar eine *absichtliche.* Nach dem lächerlichen Spionagegesetz sei seit der Verabschiedung im Jahr 1917 noch niemand zum Tod verurteilt worden! Wie könne eine Regierung so zynisch, hinterhältig und tyrannisch sein und sich gleichzeitig voller Stolz auf ihr demokratisches Erbe berufen!

Enid aber mochte die Rosenbergs, weil sie sterben wollten und weil sie im Grunde aus eigenem Entschluß heraus sterben würden. Das war ihr Geheimnis – ihr Triumph. Gemeinsam zu sterben, ihre Feinde zum Mord zu zwingen, ihre Liebe zueinander in alle Ewigkeit zu bekräftigen.

Julius + Ethel
Ethel + Julius

Sie zählte die Monate an den Fingern ab. Die Wochen. Bis zum 18. Juni 1953, dem Hinrichtungstermin, dauerte es nicht mehr lange. Sie überlegte sich, ob sie wohl die Rosenbergs überleben würde – ob sie ihr Leben noch so lange ertragen könnte.

Im April kam ein Freund von Lizzie namens Tony Sapio auf dem John-Jamieson-Expressway bei einem Autounfall ums Leben, als sein Wagen ins Schleudern geriet, zwei Fahrspuren überquerte und gegen den Mittelpfeiler aus Beton prallte. Der Gerichtsmediziner stellte jedoch fest, daß ihn ein Schuß aus einem großkalibrigen Gewehr an der Schulter getroffen hatte. Die Polizei vermutete, der Schuß sei von der Überführung Grand Street aus abgefeuert worden, doch es gab keine Zeugen. Der Vorfall hatte sich an einem Dienstagnachmittag zugetragen, doch es gab keine Zeugen.

In Lizzies Clique und an der High-School, wo Tony vor ein paar Jahren zur Schule gegangen war, redete man über nichts anderes als Tony Sapio, und wer wohl ein Interesse an seinem Tod haben könnte! Tonys Vater und seine älteren Brüder machten mit bei den dunklen Geschäften, die von der mächtigen Familie Rimi gesteuert wurden, munkelte man. Doch darüber wollte Lizzie nie reden, davon war Lizzie nichts bekannt, sie weinte und sprach nur von Tony: Wie lieb er zu ihr gewesen sei, was er ihr alles geschenkt habe, wo sie hingefahren seien in seinem tollen Pontiac Catalina. Es stimmte zwar, daß Lizzie Stevick nicht behaupten konnte, eine feste Freundin von Tony gewesen zu sein – er hatte keine feste Freundin gehabt, dazu war er zu ruhelos –, aber sie war verrückt gewesen nach ihm. Sozusagen. Mal ein Weilchen verliebt ihn in, dann wieder nicht. Ab und zu sei er fies gewesen, er habe ganz schön grob sein können, aber er sei doch in Wirklichkeit so schrecklich lieb gewesen. Und nun war er tot.

Und deshalb trauerte Lizzie um ihn, sie weinte fort und fort, sie hatte sich das Gesicht leichenblaß gepudert, ihre Lippenstiftfarbe war ein düsteres, an den Tod erinnerndes Kastanienbraun. Selbst ihr Parfüm verströmte ein Fluidum von wildem, verzweifeltem Leid. In den Räumen der East High wurde Lizzie von ihren Freundinnen eifersüchtig umringt; sie spendeten ihr Trost, während andere Schüler große Augen machten – vielleicht vor Neid. Weil Enid jetzt nicht mehr Engelchen war, weil sie sich davon abgewandt hatte, schien sie ihre Schwester kaum noch zu kennen, ihre Wege hatten sich getrennt; mein Gott, dachte Enid, wenn sie Lizzie in der Schule sah, ist das wirklich meine eigene Schwester – aufgetakelt, harte Gesichtszüge, blasiert? Mit dem »Renommee«, das Lizzie in der Schule hatte, brauchte man sich gar nicht erst zu beschäftigen, aber Enid meinte, viel davon sei einfach übertrieben, Tratsch. Anders könne es nicht sein.

Lizzie hatte toupiertes Haar, eingedrehte Locken und eine Ponyfrisur, die bis zu den Augenbrauen reichte. Diese waren dick, kräftig und schwungvoll aufgemalt wie bei Elizabeth Taylor. An Unterrichtstagen trug sie enge Pullover oder Orlonblusen, die so dünn waren, daß man die spitzenartigen Träger des Unterrocks und des Büstenhalters sehen konnte. Häufig trug sie einen schwarzen Elastikgürtel, der ihre Taille zusammenpreßte und ihre Hüften und ihre Brüste betonte – die erstaunliche Fülle ihres jungen Körpers. Enid war nicht neidisch, doch wirkte es einschüchternd auf sie, wenn sie Lizzie manchmal zuschaute, wie sie sich anzog, wie sie sich in ihrem Spiegel betrachtete; an der Schule wiederum sah sie Lizzie manchmal aus der Ferne mit einem Klüngel von Freundinnen, die genauso ins Auge stachen wie sie, sah die schrecklich ungehobelten Jungen, die mit ihnen anbändelten, obgleich Lizzie in Liebesdingen ihr »ernsthaftes« Interesse älteren Jungen zuwandte, die längst aus der Schule waren, die Autos hatten und Geld. Lizzie trug einen Ring, den Tony Sapio ihr geschenkt hatte, an einer Kette um den Hals. Mehrere Tage hintereinander trug sie eine scharlachrote Satinjacke mit schwarzen Lederverzierungen, die sie von Tony bekommen hatte – seine eigene Jacke, behauptete Lizzie, die ihm zu klein geworden sei und die sie, darauf habe er bestanden, anziehen sollte. »Es ist nicht zu fassen, daß Tony tot ist«, sagte

Lizzie fortwährend. In ihrer Geldbörse steckte ein Automatenfoto von Tony, das sie jedem zeigte, der es sehen wollte: Tony Sapio, adrett und mit einem grausamen Gesichtsausdruck wie ein aufgedunsener Frank Sinatra, mit Koteletten und einer Schmalzlocke über seiner etwas fleckigen Stirn. Im Punk-Stil der frühen fünfziger Jahre hatte er sich stets mit hinten hochgeschlagenem Hemdkragen gezeigt.

Wer ihn ermordet hatte, sollte sich nie herausstellen.

»Ich kann es nicht glauben – daß er tot ist«, sagte Lizzie und starrte im Spiegel ihr mitgenommenes, teigiges, weiß gepudertes Gesicht an. »Enid, ich kann es einfach nicht fassen.«

Dann fand Enid eines Tages die scharlachrote Jacke auf dem Boden ihres gemeinsamen Schrankes; sie war wohl vom Bügel gerutscht, oder vielleicht hatte Lizzie sich nicht die Mühe gemacht, sie aufzuhängen, und hatte sie einfach hineingeworfen, wie sie es mit ihren Kleidungsstücken öfters tat. Enid machte es Spaß, das Zimmer zu säubern, wenn ihre Schwester gerade nicht da war – und sie hielt sich dort ziemlich selten auf –, insbesondere bei dem Schrank war sie seit einer Weile ganz pingelig, legte Wert auf Ordnung: die Schuhe ordentlich in Reihen, kein Staubgewölle, keine am Boden liegenden Kleidungsstücke oder »verlegte« Sachen in den Ecken.

Sie hob Tonys alte Jacke auf, zog sie über, musterte sich im Spiegel. Ein leuchtendes, grelles, hübsches Scharlachrot – glänzend, ziemlich gewöhnlich, außerdem Kunstleder –, doch die Jacke besaß einen gewissen Stil. Enid fand es lustig, sich selbst darin zu erblicken, obgleich die Jacke viel zu groß war für sie, selbst für Lizzie war sie zu groß. »Gott, was für ein grauenhafter Anblick«, hatte Mr. Stevick gesagt und sich die Augen zugehalten, als Lizzie unten damit ankam. »Habt ihr Mädchen denn nichts Anständiges zum Anziehen?« Aber Enid gefiel die Jacke, einen Augenblick lang grinste Engelchen aus dem blassen, abgehetzten Gesicht im Spiegel, dann verschwand sie allmählich, war weg.

Sie überquerte den Kanal nie auf der Fußgängerbrücke, weigerte sich sogar, die Abkürzung durch das Ödland zu nehmen. Das waren entwürdigende Erinnerungen aus einer fernen Kindheit voller Krankheiten, Schmutz und Elend, Erniedrigung. Sie wuchs heran, sie war fast schon erwachsen, im April fünfzehn Jahre alt, an der High-School im zweiten Schuljahr, sie hatte nichts gemein mit dem schäbigen Umfeld der Clinton Street, obwohl sie gezwungen war, dort zu leben: Enid Maria wartete den rechten Augenblick ab. Sie wartete auf ein Zeichen, das ihr den Weg freigab.

Auch jetzt dachte sie manchmal an die Fußgängerbrücke, an die losen Planken, das Brausen des Wassers weit drunten, das Übelkeit verursachende Schwanken, das wie ein Hebel war, der ihre Seele abspaltete. Der ohrenbetäubende Lärm des Zuges, die Güterwagen, die lange Reihe von Güterwagen, deren Rattern und Beben selbst die Luft mit Donner erfüllte... Auf diese Art zu sterben, sich über das Geländer zu stürzen, um sich in dem schmutzigen Kanal zu ertränken, wie einfach, wie mühelos; aber es wäre ein unpersönlicher Tod, und nicht der von Enid Maria.

Sie ging an Nachmittagen heimlich ins Kino und schaute sich Filme an, Gloria Grahame in *The Bad and the Beautiful,* Shirley Booth in *Come Back, Little Sheba;* am Schluß dieser Melodramen aus Hollywood brummte ihr der Kopf, und sie schämte sich; war sie wieder draußen auf der Straße, wirkte die Intensität der Filme in ihr nach, sie spürte plötzlich in ihren Muskeln den Impuls, schnell etwas Gewaltsames und Irreparables zu tun. Dazustehen, als wolle sie die Straße überqueren, sich nicht umschauen, direkt vor einen Bus, einen Laster hin, im Nu könnte alles vorbei sein, Enid Stevick sofort tot und kein Schmerz: Jetzt! Tu's doch! Aber augenblicklich kam die Reaktion, der Widerstand: Ihr Körper war von Panik erfüllt, ihre Gedanken waren ausgelöscht, sie stand reglos da, steif, selbst die Augen blicklos, wartete, bis der Anfall vorüber war.

Sie hatte dafür eine Bezeichnung: Todespanik.

Todespanik: Daß sie sich umbringen würde, daß sie auf primitive Weise schlagartig ums Leben kommen würde, ohne Überlegung, oder daß sie nicht tot wäre, sondern verstümmelt und zum Krüppel gemacht werden würde, zu einem Schauspiel für Gaffer, einem Objekt des Mitleids und der Verachtung.

Sie sei doch Enid Maria Stevick, *sie* sei schließlich intelligent und schlau genug, um nicht ganz zufällig ums Leben zu kommen, prägte sie sich ein.

Und was gewisse Gedanken anbetraf, die ihr in bestimmten Augenblicken unerwartet durch den Kopf gingen – sie glaubte beinahe, es könnten Gedanken von jemand anderem sein, von irgendeiner Kraft, irgendeiner Gewalt, vielleicht war es doch Gott, der sie zum Sterben drängte.

Als sie über die schmale silbrige Brücke von l'Isle-Verte zum Festland und zum Dorf Shoal Lake zurückgefahren waren, hatte Enid die Fahrbahn betrachtet, über die sie hinflogen, die dunkle Wasserfläche zu ihrer Rechten; ihre Hände hatten zusammengepreßt in ihrem Schoß gelegen, die Finger noch klebrig von seinem Sperma. Und da war ihr eingefallen, daß sie das Lenkrad packen und daran drehen könnte, ganz schnell und mit Gewalt, bevor er sie aufhalten könnte; sie wären auf das Geländer geprallt, doch es wäre wohl nicht auseinandergebrochen und hätte einen Sturz in den See verhindert. Das war jedoch rasch und still vorübergegangen, er ahnte nichts, er schien sie dann kaum wahrzunehmen, als er mit dem Wagen losjagte und die Geschwindigkeitsbegrenzung für die Brücke überschritt und es kaum erwarten konnte, sie zu den O'Banans zurückzubringen. Aber die Todespanik hatte sie damals nicht erfüllt, nicht richtig. Sie war zu schwach gewesen; ihr hätte die Kraft zum Sterben gefehlt.

Droben im Badezimmer zählte Enid zwölf Fläschchen rezeptpflichtiger Tabletten von unterschiedlicher Größe, drei für Lyle Stevick und die übrigen für Hannah Stevick. Einige der Verschreibungen waren schon vor Jahren ausgestellt worden, andere waren neueren Datums. Mr. Stevick litt an hohem Blutdruck sowie an häufig auftretenden Verdauungsstörungen; Mrs. Stevick litt an einer Vielzahl wechselnder Beschwerden, darunter migräneartige Kopfschmerzen, Entzündungen des Zahnfleisches und der Augenlider, Erschöpfung, Frauenleiden, Rheuma, außerdem waren Verdauung und »Nerven« nicht in Ordnung. Doch soweit Enid feststellen konnte, gab es im Arzneischränkchen keine vom Arzt verschriebenen Barbiturate: Barbiturate, die bevorzugte Selbstmordmethode.

Dort stand jedoch ein stattliches Fläschchen Aspirin von

Bayer. Immer ein Fläschchen Bayer-Aspirin und manchmal ein zweites im Regal unter dem Waschbecken als Reserve; Mrs. Stevick nahm zusätzlich Aspirin, wenn ihre sonstigen Präparate nicht zu wirken schienen.

Enid würde es sich nicht selber kaufen, dadurch würde alles nur nach Vorsatz aussehen.

Anfang Juni, als das Hinrichtungsdatum näherrückte, machten die Rosenbergs oft Schlagzeilen auf der ersten Seite des *Evening Herald.* Es gab Leitartikel, in denen die Entscheidung des Gerichts befürwortet wurde, Kolumnen von Westbrook Pegler, der die Ansicht vertrat, der Staat werde als nächstes die Mitgliedschaft bei der Kommunistischen Partei oder bei ihren »Tarnorganisationen« als solche zu einem Kapitalverbrechen machen und alle Schuldigen hinrichten lassen. Enid las die Artikel mit Entsetzen und hoffte inständig, daß die Rosenbergs nicht plötzlich schwach werden und gestehen würden.

14

Das erhoffte Zeichen erhielt sie am 6. Juni.

An Samstagvormittagen nahm Enid oft einen Bus ins Zentrum, um die öffentliche Bibliothek zu besuchen, einer der Orte, an denen sie ungestört war – sie ging alleine hin, niemals mit Lizzie oder einem anderen Mädchen –, und nachher ging sie die fünf oder sechs langen Häuserblocks bis zum Niagara Square zu Fuß. Das war ein moderneres Viertel von Port Oriskany, es war nach dem Krieg abgerissen und neu aufgebaut worden. »Protzige Gegend«, sagte Mr. Stevick dazu in seinem gedehnten, spöttischen Ton; dort hatte das modernste, im Jahr 1950 erbaute Apartmenthochhaus fünfzehn Stockwerke aus Backstein, Kalkstein und getöntem Glas, dazu eine Marmorimitation als Fassade des Erdgeschosses und kunstvoll verzierte Eisengitter an den unteren Fenstern – es war das Gebäude, in dem Felix Stevick wohnte. Dort gab es sogar am Eingang ein grünes Vordach mit dem eleganten, schwungvollen weißen Schriftzug *The Niagara Towers.*

Enid ging nie in dieses Gebäude hinein. Das kam ihr nie in den Sinn.

Statt dessen setzte sie sich auf dem Platz auf eine der Bänke und versuchte ein Buch zu lesen. Dann merkte sie nach einer Weile, daß sie gar nicht las, weil sich ihr Blick verschleiert hatte oder weil sie zu dem Apartmenthochhaus auf der anderen Straßenseite hinüberstarrte. Er hatte natürlich nie auf ihren Brief geantwortet, sie hatte auch keine Erwiderung erwartet, kein Eingehen auf ihr Leid. Er hatte vergessen, was am See geschehen war, und wenn er seine Nichte Enid Stevick zufällig erblickt hätte, wie sie dort auf dem Platz saß, dann hätte er nicht begriffen, aus welchem Grund sie das tat. Und Enid wußte selbst nicht, was sie von ihm wollte. Dennoch zog der Platz sie an, es zog sie hin zu Geschehnissen voll Erniedrigung und Sinnlosigkeit. Wie jene Heiligen, Männer und Frauen, von denen sie im Firmungsunterricht gehört hatten, die passiv blieben und ihren Körper den Peinigern überließen, die keinen Widerstand leisteten – da ist mein Herz, da meine Zunge, meine Eingeweide; macht damit, was ihr wollt. Und ihre Peiniger taten es, ja, sie taten es! Sie fügten ihnen Verbrennungen und Verstümmelungen zu, hackten Gliedmaßen ab! – Zum Ruhme Gottes.

Manchmal saß eine verrückte Alte in einem Wintermantel auf einer der Bänke und warf Eichhörnchen und Tauben Brotbrokken zu, wobei sie mit ihnen plauderte, als wären es ihre Freunde. Kamen Fußgänger vorüber oder flegelhafte Jungen auf Fahrrädern, flohen die Tiere panikartig, doch sie kehrten bald darauf zurück, und die Prozedur fing von neuem an: Zuerst waren sie vorsichtig und wachsam, dann verschlangen sie gierig das Brot, während die alte Frau auf sie einplapperte, tadelnd und lobend. Enid schaute der Frau mit einer Mischung aus Anteilnahme und Abscheu zu, doch diese nahm keine Notiz von ihr.

Manchmal fuhr Enid per Anhalter, statt den Bus nach Hause zu nehmen. Sie sparte die zehn Cents, doch es war riskant: Wenn sich herausstellte, daß der Fahrer jemand war, der sie kannte, dann könnten es am Ende die Stevicks erfahren, und sie würde in der Patsche stecken. Sie hatte beim Dahinschlendern immer den einen Fuß auf dem Gehsteig, den anderen auf der Straße und hielt schüchtern den Daumen hoch für den Fall, daß irgendein

Autofahrer herschauen sollte. In jenen Jahren war es in Port Oriskany nichts Ungewöhnliches, daß Schülerinnen, welche auf dem Nachhauseweg gemächlich die Niagara Street hinaufschlenderten und vielleicht weiter in östlicher Richtung zur Grand Street und zum Decker Boulevard, per Anhalter fuhren, doch sah man selten ein einzelnes Mädchen – das hatte etwas Auffälliges. Enid war jedoch immer allein. Enid war gern allein. Sie mochte das Gefühl der Spannung, die Ungewißheit, wer wohl anhalten würde, und sie rannte los, um schnell einzusteigen. Und wenn der Fahrer jemand wäre, den sie nicht kannte, dem es egal wäre, wo sie hinwollte, der einfach in eine Gegend fahren würde, in die *er* wollte – zur Schnellstraße zum Beispiel und über die Stadtgrenze hinaus und aufs Land –, was dann? Doch wenn Enid mitgenommen wurde, verlief das immer freundlich, unbeschwert, harmlos – man konnte es gleich wieder vergessen.

Und wenn sie zu Hause ankam, fragte Mrs. Stevick vielleicht: »Wo warst du denn den ganzen Tag?«, und Enid antwortete: »In der Bibliothek, Mama, hab ich dir das nicht gesagt?« Ohne daß in ihrer Stimme Verachtung mitgeschwungen hätte, wie dies bei Lizzie der Fall gewesen wäre. Doch Mrs. Stevick kannte sich aus. Mrs. Stevick ließ sich nicht hinters Licht führen. Sie hörte die Überheblichkeit heraus, auch wenn sie nicht zutage trat, aber doch irgendwo steckte, nämlich im Herzen. Sie fing nicht die Gedanken auf, die ihre jüngste Tochter tatsächlich hatte, sondern die Gedanken, die sie sich nicht erlaubte, gerade weil die argwöhnisch herstarrende Mama ihre Gedanken lesen konnte. Auf diese tiefere Verständigungsebene, die sie gleichsam mit einer ganz anderen Enid Maria hatte, bezog sie sich, wenn sie mit einer bitteren Genüßlichkeit als Erwiderung »Aha!« sagte. Sie warf nur einen kurzen Blick auf die Bücher, die ihre Tochter in den Armen hielt wie ein kostbares Gut, denn sie wußte, daß sie bloß Staffage waren, Zeichen eines Täuschungsmanövers.

An einem kühlen Juninachmittag wollte Enid bei leichtem Regen an der Brücke Niagara Street mitgenommen werden, als ein Wagen plötzlich eine Vollbremsung machte und sie feststellte, daß ihr Onkel Felix hinter dem Steuer saß – der sie herbeiwinkte. Und nicht lächelte.

Sie hatte den Wagen nicht erkannt, war nicht darauf gefaßt gewesen; hatte er sich schon wieder ein neues Auto zugelegt? Und nachher fragte sie sich, ob ihr Onkel angehalten hatte, weil er sie erkannt hatte oder weil er einfach ein junges Mädchen auflesen wollte, das alleine im Regen stehend darauf wartete, mitgenommen zu werden.

»Steig ein! Mach die Tür zu!« sagte Felix. Und er lächelte immer noch nicht.

Enid saß steif da und schaute ihn nicht an, als er über die Brücke fuhr, er hielt eine brennende Zigarette zwischen den Fingern, Ascheflocken fielen auf den Sitz und auf den Fußboden. Er war gereizt, zornig. »Weiß dein Vater, daß du per Anhalter fährst?« fragte er.

»Ich habe keine Ahnung, was er weiß«, antwortete Enid.

Felix sagte: »Es ist ordinär, du bringst dich damit nur selbst in Schwierigkeiten – daß eine Nichte von mir so etwas tut, möchte ich nicht.«

Das Auto roch neu – es hatte diesen berauschenden, beißenden Geruch neuen Leders. Aber in der Luft hingen dichte Rauchwolken.

»Wie bist du bloß auf so eine Idee gekommen?« fragte Felix.

Enid war starr vor Ablehnung und sagte nichts. Sie tat so, als überfliege sie eines der entliehenen Bücher, und der Zorn ihres Onkels legte sich allmählich. Dennoch fuhr er sehr schnell – raste auf der Niagara Street in nördlicher Richtung über Kreuzungen, wenn die Ampeln gerade von gelb auf rot schalteten. Wollte sie nach Hause schaffen und loswerden.

Auf dem Dach und der Windschutzscheibe setzte das Trommeln von Regentropfen ein. Enid fand die raschen mechanischen Bewegungen der Scheibenwischer beruhigend, wie das Glas sauber wurde, sich dann dem klatschenden Regen aussetzte und wieder gereinigt wurde – es wirkte einschläfernd. Sie hätte gern das Radio angeschaltet, traute sich aber nicht. Ihre Sinne waren hellwach, ihre Knochen kamen ihr zerbrechlich wie Glas vor, selbst die Augäpfel glotzten starr und kraftlos, während sie fortfuhr, die Seiten ihres Buches umzublättern, ohne sie zu lesen. *Ich habe keinem Menschen davon erzählt,* wollte sie ihm sagen. *Wem sollte ich's denn auch sagen?*

Schon hatten sie die Washburn Street hinter sich gelassen, bogen auf der Clinton nach Osten ab, und jetzt zogen nacheinander vertraute, einschläfernde Szenerien vom Regen verhüllt wie im Traum vorüber – die Autowaschanlage Ajax mit ihrem großen gelben Schild, das Restaurant White Tower an der Ecke Clinton und Lock, die Esso-Tankstelle, wo Mr. Stevick mit einem Mechaniker eine Auseinandersetzung gehabt hatte, dann Carrier Furnaces, dann die Zweigstelle Clinton Street der Bank of Port Oriskany, dann eine gewöhnliche Gegend, vollgestopft mit Reihenhäusern aus Backstein, dann etwas größere Gebäude, Doppelhäuser wie bei den Stevicks, mit metallgrauer, dunkelbrauner oder grüner Schindelverkleidung, breiten Veranden, steil abfallenden Dächern, kleinen Rasenflächen oder gar keinen, der Erdboden nur von Buschwerk, von Unkraut bedeckt. Mrs. Stevick hatte die Rasenfläche vor ihrem Haus eingesät, doch nun wuchs dort hauptsächlich Löwenzahn. Enid hatte, ohne daß sie es merkte, zu weinen begonnen. Sie zog ein gebrauchtes Papiertaschentuch aus ihrer Handtasche und fuhr sich über die Augen. *Wem sollte ich's denn auch sagen?*

Felix fuhr sie nicht bis zum Haus hin. Er parkte einen Häuserblock entfernt davon auf der Straße.

Stellte den Motor nicht ab. Die Scheibenwischer gingen weiter hin und her, von hinten breitete sich eine große fahle Abgaswolke aus. Felix zündete wieder ein Zigarette an und schnippte das Streichholz aus dem Fenster. Mit einer Stimme, die merkwürdig freundlich und entspannt klang, sagte er: »Laß dir sagen, per Anhalter zu fahren ist schlechter Stil, da kommen manche Leute auf falsche Gedanken.«

Enid klappte das Buch zu. »Ich mache, was mir paßt«, sagte sie.

»Und wackelst auf der Straße mit dem Arsch herum.«

Enid weinte, und das erboste ihn, er versuchte daher, einen lockeren Ton anzuschlagen; sie spürte, welche Spannung zwischen ihnen lag, wie in der aufgeladenen Luft kurz vor einem Gewitter. Sie betrachtete ihn, sah seine dunklen schmalen Augen, die fahle Narbe in seiner Augenbraue, glatt wie ein abgewetztes Knochenstückchen. Sie sagte plötzlich: »Ich habe niemand was davon erzählt.« Er sagte sofort halb im Scherz: »Von was denn?« Und sie schluckte das hinunter und verstummte. Er schaute weg, sein Gesicht zuckte verächtlich, er fing an, mit den Fingern auf dem Lenkrad herumzutrommeln, sie konnte seine Erregung, seinen anschwellenden Zorn spüren. »Schau mal, du weißt doch genau, ich war betrunken dort droben, ich hab dir's doch gesagt – tut mir leid, was da passiert ist, mein Gott, es kotzt mich an, ich bin doch sonst nicht so ein Scheißkerl! Der bei einem Mädchen in deinem Alter, Tochter meines eigenen Bruders, die Situation ausnützt, so einer bin ich nicht«, murmelte er ganz schnell. Das aufsteigende Blut machte sein Gesicht dunkel, und Enid saß wie in Trance da, ihr Denken war ausgelöscht, als ahnte sie jetzt schon, was als nächstes kommen würde, die Worte, die als nächstes aus ihm herausstürzen würden, harte, haßerfüllte Worte, kein Übergang zwischen dem einen Ton und dem anderen: »Du hast mich dazu gebracht, wie du dich aufgeführt hast, wie du herumgealbert hast, du hast doch genau gewußt, was du gemacht hast! Und jetzt sehe ich, wie du auf der Straße stehst und mitgenommen werden willst! Ich hab auch Sachen über deine Schwester Lizzie gehört, daß sie zum Beispiel mit diesem Arschloch zu tun hatte, dem kleinen Sapio, mit diesem Mistkerl; er und sein Bruder, der Alte wurde nicht mehr fertig mit ihnen, was denen auch zustoßen mag, sie haben es zehnmal verdient, aber aufgepaßt: Ich hab vorher nie so etwas gemacht mit einem Mädchen in deinem Alter, es ist einfach passiert, weil ich besoffen war, weil du mich dazu gebracht hast. Und dann der Brief, den ich von dir bekommen habe – was zum Teufel sollte denn das bedeuten, dieser Brief von dir –, ich habe ihn weggeworfen, was glaubst du denn, mit wem du es zu tun hast? Muß ich deutlicher werden?«

Enid machte plötzlich eine Bewegung, als wolle sie die Hand nach ihm ausstrecken, vielleicht schreckte sie auch einfach vor ihm zurück, und Felix schlug instinktiv los, versetzte ihr mit dem Handrücken einen harten, schmerzhaften Schlag auf die Wange, blitzschnell, sie hatte ihn nicht kommen sehen, ihr Kopf prallte gegen das Fenster, und einen Augenblick lang war sie betäubt, verblüfft – dann bedeckte sie ihr Gesicht mit den Händen und weinte wie ein kleines Kind. Sie schämte sich so, schämte sich so. Und sie hatte es genau gewußt, sie hatte es die ganze Zeit gewußt – sie schämte sich so.

Felix rührte sie nicht mehr an. Wollte sie nicht trösten, wollte sie nur forthaben – sie widerte ihn an. Er zündete noch eine Zigarette an, er ließ sie eine Weile weinen, dann sagte er: »Es hat aufgehört zu regnen«, obwohl es in Wirklichkeit noch nicht ganz aufgehört hatte. »Du kannst jetzt aussteigen, Enid. Steig aus.«

II Romanze

Juni 1953 – Februar 1955

1

Die Schwestern spielten zusammen, droben über dem Geschäft ihres Vaters. Vor vielen Jahren war das, an einem regnerischen, einem öden, langweiligen Samstag. Durch einen Spalt im Fußboden konnten sie Daddy von oben beäugen, wie er dastand und mit einem Kunden redete, mal wurde sein Haar sichtbar und die durchscheinende Kopfhaut, mal seine eilig gestikulierende Hand. Wie seine Stimme anschwoll, sein Gelächter! Er hatte im Umgang mit seinen Kunden einen herzlichen, unverblümten Ton, selbst bei Fremden, denen er zum ersten Mal begegnete. Das sei das gewisse Etwas in der Kunst des Verkaufens, sagte er.

Das Möbelgeschäft war eine Schatzkammer, ein Königreich für Kinder. Durch die schmutzigen Fenster an der Vorderfront des ersten Stocks konnten Lizzie und Enid hinüberschauen auf die andere Seite der Lock Street zu einem großen, langen, gelben Schild mit schwarzen Buchstaben – MO STEINBERG FÄKALIENBESEITIGUNG UND KANALREINIGUNG / SPEZIALIST FÜR VERSTOPFTE ROHRE, AUSGÜSSE UND ABWASSERLEITUNGEN –, an der Rückseite konnten sie hinausschauen auf unkrautüberwuchertes Ödland mit aufgetürmten Betonbrocken, dann kam die Rückseite eines zugenagelten Lagerhauses, dessen Betreten ihnen untersagt war. Bei ihren Versteckspielen tappte die arme Lizzie oft viele Minuten lang völlig ratlos und grollend umher, weil sie keine Ahnung hatte, wo Enid sich versteckte. Das sei unfair, Enid sei so klein! Einmal gelang es ihr, in einen zusammengerollten Teppichrest hineinzukriechen, ohne sich von dem Schmutz abschrecken zu lassen, dann wiederum kauerte sie unter einem Sessel mit Chintzbesatz, und Lizzie ging ein halbes Dutzend Mal vorbei, ohne Verdacht zu schöpfen. Aber Lizzie zahlte es ihr heim, indem sie die Tür eines alten Kühlschrankes zuschlug, der Enid gerade als Versteck diente; dann lief sie begeistert weg, sie wollte Enid erst herauslassen, wenn sie richtig fertig wäre, das wäre doch mal eine Lektion für sie. »Wo ist denn Enid?« fragte Daddy, und Lizzie antwortete: »Weiß ich doch nicht.« Aber ein paar Minuten später überlegte sie sich's anders, lief zurück und öffnete die Tür, und da saß die zusammengekauerte Enid, sie hatte die Arme um die Knie geschlungen, ihre Augen waren geschlossen, vielleicht wollte sie den Anschein erwecken, sie sei tot. Lizzie schrie auf sie ein, sie solle rauskommen – doch selbst dann wollte sie die Augen nicht gleich aufmachen. Nachher erzählte sie Lizzie, sie habe gar nicht zu atmen brauchen, sie habe einfach die Augen geschlossen und sei an einen Ort gegangen, wo sie nicht zu atmen brauchte.

Und jetzt wurde Lizzies Schlaf durch Enids schwere, rasselnde Atemzüge gestört. Auch von einem üblen Geruch in der Luft, der neu war. Das Fenster war ein Stück weit geöffnet und der Wind hatte gedreht, er blies jetzt aus östlicher Richtung und brachte einen vertrauten chlorartigen Gestank mit sich von Diamond Chemical, dazu den schwächeren Geruch von Goodyear Tire. Lizzie war verwirrt, einen Moment lang meinte sie, einen hohen, feurigen, qualmenden Schornstein zu sehen, dann öffnete sie die Augen und war hellwach. Etwas im Zimmer jagte ihr Angst ein. Ganz in der Nähe, in dem anderen Bett, atmete Enid, wie Lizzie noch nie jemand hatte atmen hören, ganz seltsam, zittrige, würgende Atemzüge, die lang anhielten, dazwischen Stille: Lizzie zählte in der Pause auf drei, vier, fünf, bis auf *sechs,* dann rang Enid schrecklich nach Luft, als wäre sie am Ertrinken, eine feuchte Masse verstopfte, verschloß ihre Kehle, es hörte sich schrecklich an. Einen langen Augenblick lag Lizzie erstarrt da, dann flüsterte sie: »Enid?« und beugte sich vor, um die Lampe anzuschalten.

Sie konnte den Anblick nie vergessen, den ihre Schwester bot in dem feuchten, durcheinandergebrachten Bettzeug, das Gesicht verzerrt, die weißen Augäpfel kreisend in ihren Höhlen.

In panischer Angst schrie Lizzie: »Enid! *Enid!*«, um sie aufzuwecken. Da stockte der Atem, dann setzte er wieder ein, schwer und mühsam, würgend; die feuchte, rasselnde Sperre in ihrer Kehle hörte sich schrecklich an. Lizzie beugte sich über ihre Schwester, zerrte an ihrer Schulter, doch Enid blieb schlaff und reaktionslos liegen, an ihrem Kinn einen Speichelfaden. Das Bettzeug verströmte einen üblen Schweißgeruch, Enids Lippen gaben die Zähne frei zu einer Grimasse.

Sie liegt im Sterben, dachte Lizzie.

Sie wurde vergiftet, dachte Lizzie.

So war es Lizzie, die Enids Leben rettete.

Mr. Stevick rief um 2.25 Uhr den Notfalldienst des St. Josephs-Krankenhauses an und sagte, seine Tochter werde von Krämpfen geplagt. Der Krankenwagen traf um 2.33 Uhr ein, Mr. Stevick fuhr mit Enid ins Krankenhaus und ließ Lizzie und ihre Mutter zurück. Alles geschah in schwindelerregendem Tempo – der Krankenwagen draußen am Bordstein, die Rettungssanitäter auf der Treppe, Männer hoben die bewußtlose Enid in ihrem schweißfleckigen Nachthemd aus dem Bett, während die Stevicks Abstand hielten, entsetzt hinstarrten.

Dann zogen sich Lizzie und Mrs. Stevick an. Sie würden zwar erst am Morgen ins Krankenhaus gehen, doch sie brauchten sehr lange, bis sie fertig waren; viele Minuten schienen nötig, um von einem Zimmer zum anderen zu gelangen, Lizzie fing an, ihre Lockenwickel herauszunehmen, dann vergaß sie völlig, was sie gerade machte, stand benommen und fassungslos da. Mrs. Stevick tappte weinend aus ihrem Schlafzimmer ins Schlafzimmer der Mädchen und wieder zurück, es könnte ein Asthma-Anfall gewesen sein, sagte sie, manchmal seien Asthma-Anfälle tödlich, eine ihrer Cousinen sei, als sie noch klein waren, drunten in Olcottsport mitten in der Nacht an einem Asthma-Anfall gestorben, erst sieben Jahre alt; ihre Tante habe sich nie erholt davon, von einem derartigen Schock erhole man sich nie. Aber einmal habe sie einen Mann gesehen, der einen Anfall hatte, er habe in einer Straßenbahn auf dem Boden gelegen und um sich geschlagen, nachher habe es geheißen, es sei ein epileptischer Anfall gewesen; *das* sei das Schrecklichste gewesen, das sie je gesehen habe. Mrs. Stevick weinte, wimmerte: »Lieber Gott, heilige

Maria, laßt meine Tochter keine Epileptikerin sein, laßt sie nicht sterben.« In ihrem langen, zerknitterten Nachthemd, das grau werdende Haar zu einem Zopf zusammengeflochten, sah sie fast wie ein zu groß geratenes Mädchen aus, wenn nicht die papierähnliche, faltige Haut gewesen wäre und die weichen, schweren, baumelnden Brüste. Sie blickte mit tränenfeuchten Augen um sich, halb wahnsinnig vor Angst.

Im Obergeschoß der East Clinton Street 118 waren fast alle Lichter angeschaltet, unten brannte eine ganze Anzahl; die Schultzes nebenan waren erbost wegen des Aufruhrs und begannen an die Wand zu klopfen, wie sie es auch sonst manchmal taten. Lizzie, die im Unterrock dastand, wirbelte herum, schlug mit der Faust gegen die Wand und schrie: »Gott verfluche euch, laßt uns in Ruhe!« Gleich darauf läutete das Telefon, Mr. Stevick rief vom Krankenhaus an; er bemühte sich, mit ruhiger Stimme zu sprechen, und sagte, man sei dabei, Enids Magen auszupumpen, er könne von niemand eine klare Auskunft bekommen, wie ernst es denn sei – ob seine Tochter davonkommen werde.

Lizzie hatte den Hörer abgenommen. Mrs. Stevick stand daneben, zupfte sie am Arm und fragte: »Ist sie tot? Ist Enid tot?« Und Lizzie schrie: »Nein, Mama!«

Es war eine Nacht, die sie nie vergessen würde. Und doch konnte sie sich nur an Teile, an Bruchstücke erinnern.

Mrs. Stevick wurde von Kopfschmerzen geplagt und konnte nur mit Mühe gehen; sie wollte ein Aspirin einnehmen und stellte fest, daß das Fläschchen fehlte. Dann fand es Lizzie im Abfalleimer unter dem Waschbecken, gut versteckt unter zusammengeknüllten Kleenex-Tüchern, keine einzige Tablette mehr drin.

Das war es also, dachte sie verblüfft, das war es also! Sie drängelte sich an ihrer Mutter vorbei, rannte zum Telefon, sie wußte, daß sie im Krankenhaus anrufen mußte, selbst wenn man dort gerade dabei war, Enids Magen auszupumpen, sie sollten Bescheid wissen.

Aspirin, ein Fläschchen Aspirin.

Warum aber?

Mrs. Stevick schien etwas erleichtert zu sein, ihr panikartiger Trancezustand begann sich zu verflüchtigen. Sie sagte, Enid müsse mitten in der Nacht aufgewacht sein mit Kopfschmerzen, ihr sei nicht gut gewesen, sie habe nicht gewußt, was sie tat, habe versehentlich zu viele Tabletten eingenommen; von den Ärzten werde man ja immer gewarnt, daß man durch zu viele krank werden könne.

»Ja, Mama«, sagte Lizzie mit tonloser Stimme.

Sie machte sich auf die Suche nach einem Brief. Wurden da nicht ab und zu Abschiedsbriefe verfaßt? Mrs. Stevick stöberte zusammen mit ihr Enids Sachen durch, Enids Hälfte der Kommode, Enids Hälfte des Schrankes, die Schubladen von Enids Schreibtisch. Mitten in der Suche packte Lizzie ein alptraumhaftes Entsetzen, als sie daran dachte, daß sie zwischen ihrer Matratze und dem Bettrost Geld versteckt hatte, einige 20 und 50 Dollar-Scheine, außerdem einige platinierte Feuerzeuge und verschiedene Springmesser mit verbotenen, zwanzig Zentimeter langen Klingen, die ihr Freund Eddy Carlisle ihr gegeben hatte, Lizzie sollte sie zur Vorsicht ein paar Wochen lang verstecken. Doch es gab keine Veranlassung, gerade dort nachzuschauen, und Lizzie fand dafür Enids nicht einmal richtig im Verborgenen liegendes Notizbuch in einer ihrer Schreibtischschubladen; jenes Notizbuch für die Schule, in dem Enid immer herumzukritzeln schien, wenn sie auf dem Bett lag und ganz in Gedanken war, kein Interesse zeigte, nach unten zu kommen und fernzusehen, und man sie zweimal rufen mußte, bis sie zum Abendessen erschien. Lizzie dachte über das Notizbuch nicht lange nach, sie dachte über ihre jüngere Schwester nicht lange nach, sie vermutete, das Notizbuch könnte ein Tagebuch sein, vielleicht enthielt es auch eine Geschichte, an der Enid gerade arbeitete. Enid war der Typ Schüler, der sich in der Schule immer für zusätzliche Aufgaben meldete, obwohl in ihren Zeugnissen durchweg »A«, manchmal sogar »A+« stand, so eine Mentalität konnte Lizzie einfach nicht verstehen. Beim besten Willen nicht! Einmal fragte sie Enid, was sie denn schreibe, und Enid sagte mit jenem kleinen, verschnupften Naserümpfen, welches bedeutete, daß sie sich gestört fühlte: »Oh, nichts.« Und sie verdeckte das Blatt sogar mit der Hand, gerade so, als wäre Lizzie erpicht darauf, es zu lesen.

Trotzdem wirkte es wie ein Schock auf sie, als sie feststellte, daß das Notizbuch nur Geheimschrift enthielt. Mrs. Stevick riß es

Lizzie aus den Händen, um es durchzusehen. Ihre Stirn runzelte sich vor Mißbilligung und Argwohn. Sie blätterte mit wachsendem Erstaunen Seite für Seite um und versuchte zu entziffern, was Enid so peinlich sauber in Druckschrift mit Großbuchstaben notiert hatte. DKWMXQT YUIZ TLLAQDJ – was war das bloß, was für eine Sprache, was für ein Trick? Lauter Nonsenswörter, man verstand überhaupt nichts, das war typisch Enid.

Seit 5.30 Uhr sei Enid nicht mehr in der Notaufnahme, sondern auf der Intensivstation, gab Mr. Stevick telefonisch durch, ihr Zustand sei »kritisch, aber stabil«. Jetzt endlich fing er an zu schluchzen, und Lizzie weinte, schluchzte ebenfalls, konnte nicht aufhören. »Beruhige dich, Daddy«, hörte sie sich sagen, »beruhige dich, Daddy, sie werden alles tun, damit sie nicht stirbt.« In ihr schoß eine Flamme bitteren Hasses auf Enid hoch, die sich im Bad versteckt hatte, um sich zu vergiften, und zu welchem Zweck, etwa *dazu?* »Daddy, sie werden alles tun, damit Enid nicht stirbt«, sagte Lizzie.

Sie und Mrs. Stevick sollten im Verlauf des Vormittags mit einem Taxi zum Krankenhaus fahren. Lizzie telefonierte mit Geraldine, dann mit ihrem Onkel Domenic, um sie zu informieren; schließlich wagte sie einen kurzen Anruf bei Eddy Carlisle, obwohl es immer noch früh am Morgen war: »Schatz, du kannst dir nicht vorstellen, was hier heute Nacht passiert ist.« Sie war vor Übelkeit und Benommenheit ganz schwach auf den Beinen und erzählte die Geschichte, die sie noch viele Male in vielen unterschiedlichen Versionen verbreiten sollte. Enid sei nur am Leben, weil sie, Lizzie, früh nach Hause gekommen war, ursprünglich habe sie vorgehabt, bei Nelia Pancoe zu übernachten, wo eine Party stattfinden sollte, doch dann sei die Party ins Wasser gefallen, weil die Pancoes die Nacht über doch daheimbleiben wollten. Diese Geschichte konnte Lizzie in der East Clinton Street 118 nicht erzählen, sie ließ sich auch nicht in Enids Gegenwart erzählen. Sie habe ihrer Schwester das Leben gerettet, ihr allein sei das zu verdanken. »Das ist der Grund dafür, daß Enid mich jetzt nicht immer besonders mag«, fügte sie manchmal mit einem wehmütigen kleinen Lachen hinzu. »Sie meint, sie könne mir nicht trauen.«

2

Sie war achtundvierzig Stunden lang auf der Intensivstation, dann wurde sie in ein Einzelzimmer verlegt; sie mußte weiterhin intravenös ernährt werden; sowohl an den Armen als auch an der Innenseite der Fußknöchel waren Schläuche angeschlossen. »Ihre Tochter hat sehr kleine Venen«, sagte eine der Nonnen.

Die Barmherzigen Schwestern: Lange, makellos saubere, weiße Gewänder, die raschelten, wenn sie die Korridore entlanggingen, an der Taille leise klimpernde Rosenkränze; die prächtigen, weißen, gestärkten Nonnenschleier umgaben ihre Gesichter so straff, daß keine einzige Haarsträhne sichtbar war. Das Haar war selbstverständlich kurz geschnitten, geschoren, vielleicht waren einige der älteren Nonnen fast kahlköpfig, weil sie ihren Kopfputz so viele Jahre lang so enganliegend getragen hatten. Als Lyle Stevick Sanitätsfreiwilliger gewesen war, hatte er sich bestimmte jüngere Nonnen nackt vorgestellt unter ihrer Tracht, doch in seinen Phantasien waren sie immer unbehaart, ihre Körper glatt wie Porzellanpüppchen. Er war nicht der Typ von Katholik, der sich von Nonnen einschüchtern ließ, obgleich er eine kirchliche Schule besucht hatte.

Die Ärzte aber schüchterten ihn ein. Sie fragten mit kaum verhüllter Ironie, wie es zu einem solchen »Versehen« habe kommen können. Sie fragten, ob die Stevicks sicher seien, daß Enid keinen Abschiedsbrief hinterlassen habe. Keinen Zettel? Waren sie da absolut sicher? Sollte das, was sie getan hatte, mit Absicht geschehen sein, dann bedeutete dies, daß sie versucht habe, sich umzubringen, es müsse also der Polizei gemeldet werden. »Außerdem ist da immer die Gefahr, Mr. Stevick, daß sie's noch einmal versucht.«

Mr. Stevick saß schmerzerfüllt aber gefaßt da. Er wußte, daß er seine Worte mit Bedacht wählen mußte. »Laß dich von denen nicht überreden, sie in ein Psychiatrisches Krankenhaus einzuweisen«, hatte Felix ihn gewarnt. Man könnte sie mit Elektroschocks behandeln. Sie könnten Schizophrenie diagnostizieren, würden sie vielleicht nie mehr herauslassen.

Dabei brauchte er solche Ratschläge weder von seinem jüngeren Bruder noch von sonst jemand, Lyle Stevick war nicht von gestern. Einer von den Weirs, seinen angeheirateten Verwandten, war seit dem Jahr 1915 in Mercerville im Staatlichen Psychiatrischen Krankenhaus eingesperrt, weil er einen Finanzbeamten mit einem Gewehr bedroht hatte. Er war eine Art Einsiedler gewesen und hatte auf einer kleinen Farm gelebt – eigentlich ganz harmlos, meinte Hannah –, doch sobald ihn die Behörden zu fassen kriegten und mit ihren Tests anfingen, war er erledigt. (Er konnte ihnen nicht sagen, wer der Präsident der Vereinigten Staaten war oder der Gouverneur des Staates New York, er wußte nicht einmal das Datum oder den genauen Wochentag. Die Diagnose lautete »paranoide Schizophrenie«.)

Mr. und Mrs. Stevick wurden von einem Arzt eingehend befragt, als feststand, daß Enid Stevick mit dem Leben davonkommen würde. Sein Name war McIntyre; es handelte sich natürlich nicht um den Hausarzt der Stevicks, er war ganz einfach in den frühen Morgenstunden des 7. Juni für den Notfalldienst eingeteilt gewesen. Mr. Stevick empfand gegenüber diesem Mann unwillkürlich eine gewisse Animosität, weil ihm selbst in Hannahs Gegenwart das richtige Maß an Wärme und Anteilnahme zu fehlen schien. Außerdem war er jung – jünger jedenfalls als Mr. Stevick –, vielleicht erst Anfang vierzig, hatte einen kleinen, strengen Mund und einen unfreundlichen Blick. Wie er da in seinem sauberen weißen Arztkittel hinter seinem Schreibtisch saß, ein silbernes Kruzifix an auffallender Stelle an der Wand hinter ihm, erinnerte er Mr. Stevick an einen Priester, der den Segen nicht erteilen wollte, als wäre er ein Pokerspieler, der niemand wissen ließ, daß er die besten Karten hatte. Allmächtiger Heiland, so hätte Lyle Stevick flehen mögen, mein kleines Mädchen ist fast *gestorben!* Und ich werde jetzt von der Gestapo verhört!

Nach Enids Darstellung handelte es sich bei der Überdosis um ein Versehen.

Fast achtundvierzig Stunden dauerte es, bis sie so weit bei Bewußtsein war, daß sie reden konnte. Auch dann konnte sie sich nur ab und zu verständlich ausdrücken bei ihren Antworten auf Fragen von Dr. McIntyre und Mr. Stevick, die sie mit leiser, schwacher, rauher Stimme gab. Die Wörter kamen furchtbar langsam aus ihr heraus, sie schien jede Silbe mit aller ihr zur Verfügung stehenden Kraft zu formen, ganz angespannt von der Mühe, und verfiel dann erschöpft in Schweigen. Ihr Vater stellte mit Entsetzen fest, wie zerbrechlich das in ihr steckende Leben war, wie sehr der Puls, der mit einem etwas unregelmäßigen Pochen weiterschlug, in Gefahr war, und auch das Herz, das von einem piepsenden Apparat in der Nähe des Bettes überwacht wurde. Ihre Haut war durchsichtig, die Flügel ihrer zarten Nase wächsern, sie hatte an einem einzigen Tag über sieben Pfund abgenommen, und um die Augen zogen sich blaue Flecken, dunkle Stellen. Ihr Blutdruck sei immer noch gefährlich niedrig, sagte McIntyre, das Mageninnere sei ungeschützt und blute; er hatte unbarmherzig auf die Gefahr eines Nierenversagens hingewiesen, auf »irreversible« Schädigungen der Leber, in der Tat habe ihr Herz in der Notaufnahme mehrere Male aufgehört zu schlagen. In einem derart geschwächten Zustand hätte sie nicht lügen können, überlegte Mr. Stevick, gewiß hätte sie nicht die Geistesgegenwart besessen, eine Geschichte zu erfinden. Sein kleines Mädchen erzählte jedenfalls *keine Lügen,* wenn sie anfänglich sagte, sie könne sich nicht erinnern, was passiert sei. Wenn es ihr dann allmählich wieder einfiel, daß sie mitten in der Nacht mit starken Kopfschmerzen aufgewacht und halb im Schlaf ins Badezimmer gegangen war, um ein paar Aspirintabletten einzunehmen. Wenn sie nicht mehr wußte, wie viele, aber daß sie dann später wieder aufgewacht sei und ihr Kopf sehr stark geschmerzt habe, worauf sie ganz verschlafen und groggy noch einmal hinausgegangen sei, um wieder ein paar Tabletten einzunehmen, die sie nicht gezählt habe, und alles so wirr gewesen sei, ein Durcheinander von Schlaf, dem Verlangen, rasch wieder einzuschlafen, und dem Wunsch, daß die Kopfschmerzen endlich verschwänden.

War das gelogen? Lyle Stevick hätte sein Leben darauf gewettet, daß sie *nicht* log.

Aber er verstand es, seine Stimme unter Kontrolle zu halten und liebenswürdig zu sein. Den Ärzten gefiel es doch, wenn man sich ihnen gegenüber ehrerbietig verhielt; in ihrem Krankenhaus waren sie kleine Götter, von den eilfertig heranwogenden Krankenschwestern angebetet, die in ihren mittelalterlichen

Gewändern engelhaft weiß und steif wirkten. Nun ja, ein Mann konnte da schon auf gewisse Gedanken kommen – manche von den Schwesternschülerinnen, Nonnen oder auch nicht, waren richtige Schönheiten! Während des Krieges, als Männer rar waren, hatte Lyle Stevick phantastische, sensationelle Gerüchte gehört über Techtelmechtel zwischen Ärzten und Laienschwestern (selbst diese Bezeichnung war nicht ohne Komik). Da gab es einen ziemlich häßlichen Arzt, er erfreute sich großer Beliebtheit und Bewunderung, war ein guter katholischer Ehemann mit neun Kindern und leistete sich Sachen, daß man blaß werden konnte vor Neid. Einer weniger amüsanten Geschichte zufolge war der Chef der Chirurgischen Abteilung bei mehr als einer Gelegenheit so betrunken oder so benommen vor lauter Morphin, daß man ihn mit Gewalt davon abhalten mußte, eine Operation durchzuführen. Lyle Stevick wußte also, mit wem er es zu tun hatte, er unterdrückte sein wahres Ich, das stolze, ruppige, etwas feindselige Ich des Geschäftsmannes, so war es eben, er befand sich wieder im Vernehmungszimmer des Polizeipräsidiums; er ging gefaßt und klug auf die Fragen ein, schien keine Notiz davon zu nehmen, daß seine Frau weinend neben ihm saß, ihn konnte man doch nicht verantwortlich machen für Hannahs emotionelle Instabilität.

»Ja, Herr Doktor«, sagte er höflich. »Nein, Herr Doktor«, sagte er ebenso höflich; und mit fester Stimme: »Das glaube ich nicht, Herr Doktor.« Lyle Stevick war nicht von gestern.

Er hatte seinen guten braunen Anzug an, trug ein frisch gebügeltes weißes Hemd und eine sorgfältig gebundene rostrote Krawatte; seine Hosenaufschläge waren schmutzig, aber McIntyre würde das von seinem Schreibtisch aus nicht bemerken. Hannah war mit ihrem Kostüm wie für einen Kirchgang angezogen, die Jacke eckig und knopflos, aus einem tristen dunkelblauen Material, das ihren zusammengeschnürten, aber plumpen Leib unförmig umhüllte. Sie trug ihren Sommerhut aus satiniertem Stroh, ebenfalls dunkelblau, oben mit Hutnadeln befestigt in ihrem starren, graumelierten braunen Haar. Ihre weißen, gehäkelten Handschuhe hatte sie nicht an, diese hielt sie auf dem Schoß umklammert zusammen mit ihrer Handtasche. Sie weinte eine Weile, dann saß sie einfach da und drückte ihr Taschentuch an die Nase. Mrs. Stevick schenkte dem Bericht ihrer Tochter über den Vorfall ebenfalls Glauben. Selbstverständlich glaube sie Enid, sie und ihre jüngste Tochter stünden einander besonders nahe. Mit langsamer, stockender Stimme erzählte sie Dr. McIntyre vielleicht mehr, als er überhaupt wissen wollte: Über Enids kameradschaftliches Verhalten zu Hause, Enids Hilfsbereitschaft bei häuslichen Arbeiten, Enids gute Manieren und ihre hervorragenden Noten (»Sie erhielt an der De Witt Clinton in der achten und in der neunten Klasse einen Preis«), ihre fröhliche Art, wie sehr sie ihren Schwestern und ihrem Bruder zugetan sei. Nein, Freunde habe sie nicht, doch *das* sei ja eine Wohltat. Außerdem sei Enid tief religiös, in dieser Hinsicht schlage sie der mütterlichen Verwandtschaft nach. Sie habe an Sonn- und Feiertagen nie eine Messe versäumt, von wenigen Ausnahmen abgesehen, wenn sie sich nicht wohl fühlte; Kopfschmerzen machten Enid in der Tat zu schaffen, migräneartige Kopfschmerzen, Menstruationsbeschwerden, auch in dieser Hinsicht schlage sie der mütterlichen Verwandtschaft nach. Während Hannah redete, schaute Mr. Stevick zu ihr hinüber; er war überrascht, jedoch voller Bewunderung für ihre bauernschlaue Art. Aber bei seinen Familienangehörigen mußte er ja immer auf Überraschungen gefaßt sein.

Dann ging es noch um die zweideutige, knifflige Klausel in der Versicherungspolice von Blue Shield-Blue Cross über »Absichtliche Beeinträchtigungen von eigener Hand«, welche zusammen mit »Höherer Gewalt« nicht als Schadensfall anerkannt werden sollten.

Mrs. Stevick sagte mit fester, eindringlicher Stimme, Enid habe keinen Abschiedsbrief, keine Nachricht hinterlassen, und sie sei nicht der Typ, so etwas zu versuchen, ohne die Gründe zu nennen. »Ich habe überall gesucht in ihrem Zimmer, ihre Schwester und ich haben das ganze Zimmer umgekrempelt – ich kenne mich da aus, das können Sie mir glauben, Herr Doktor –, aber da gab es nichts, nur die Schulsachen meiner Tochter, ihre Notizbücher und Hefte, das war alles. Nein, da gab es nichts«, sagte sie, das Kinn hochstreckend, mit einer sonderbaren, unbeholfenen Würde und mit bebender Stimme. »Was passiert ist, geschah aus Versehen, und es wird sich nicht wiederholen.«

Mr. Stevick verfolgte den kritischen Moment, in dem Dr. McIntyre sich entschloß, Hannah zu glauben. Er hörte ihr zu und nickte; dann nickte er entschiedener, blickte nach unten und machte dabei schnell einige Eintragungen auf einem Blatt Papier. Er war eben doch ein guter, großherziger Mensch, war selbst Familienvater und zweifellos ein guter Katholik. Mr. Stevick hatte bemerkt, daß auf seinem Schreibtisch gerahmte Schnappschüsse standen von zwei, drei, vier, vielleicht sogar fünf lächelnden, strahlenden Kindern, die alle ziemlich klein waren, und einer robusten, gutaussehenden Frau mit einem Haarschnitt wie Geraldine.

Dennoch war es grausam von ihm, daß er als Schlußbemerkung hinzufügte: »Ihrer Tochter geht es so schlecht, daß *dies* gewiß nie mehr passieren wird.«

Das zweite Gespräch war viel kürzer, sachlicher. Dr. McIntyre schien in Eile zu sein, er wollte einfach mit Mr. Stevick alleine sprechen. Er geleitete ihn aus Enids Zimmer hinaus, und sie schlenderten den Korridor entlang in Richtung Aufenthaltsraum für Besucher, doch kamen sie nicht bis dahin, so lange dauerte die Unterhaltung nicht. Er habe Enid jetzt ziemlich gründlich untersucht, erzählte er Mr. Stevick. Eine Untersuchung habe er für alle Fälle durchgeführt, diese habe ergeben, daß sie immer noch Jungfrau sei, auch habe er keinerlei Anzeichen einer venerischen Infektion oder Krankheit festgestellt. In derartigen Fällen – ob es sich nun um eine versehentlich eingenommene Überdosis handele oder auch nicht – stelle es sich manchmal heraus, daß das Mädchen schwanger sei und dies vor ihrer Familie verheimlicht habe. Die übliche Verfahrensweise sei deshalb, eine Untersuchung durchzuführen, sagte Dr. McIntyre und legte dahei seine Hand teilnahmsvoll auf Mr. Stevicks Arm, vielleicht weil ihm dessen Miene aufgefallen war. »Diesmal sind es erfreuliche Neuigkeiten, Mr. Stevick«, sagte er im Weggehen. »Ich dachte, das würde Sie interessieren.«

Lyle Stevick starrte ihm nach. Wie betäubt sagte er: »Danke, Herr Doktor.«

Schönen Dank, du geiler Dreckskerl.

3

»Enid? *Enid…*« Als Warren Stevick seine Schwester in der Intensivstation von St. Joseph in ihrem hoch hinaufgekurbelten Krankenhausbett erblickte, zerriß es ihm fast das Herz, obwohl er genau gewußt hatte, was ihm bevorstand. Er war auf das Schlimmste gefaßt gewesen, doch war ihm nicht eingefallen, daß er sie vielleicht nicht wiedererkennen würde. Da lag eine gerade noch am Leben befindliche Enid, in beiden Nasenlöchern Schläuche, die das Fleisch auseinanderdrückten, Schläuche in ihren Oberarmen, in ihren Fußgelenken. Drähte verbanden sie mit einem elektronischen Herzmonitor, dem Apparat, den man verwendet hatte, als Warren zugrunde gerichtet, seine Seele verstümmelt wurde; er konnte es nicht mit ansehen, daß Enid von ihm beherrscht wurde.

Er starrte immerfort hin. So ausgezehrt, ein so papierenes Weiß, wieder klein wie ein Kind, als wäre sie zehn Jahre alt; eine Spur von Leben gerade noch wahrnehmbar im Zittern der Augenlider und in dem aschgrauen Schleim um den Mund… Wie hatte sie sich selbst so sehr hassen können, daß sie eine so furchtbare Strafe herbeiwünschte!

»Enid?« flüsterte er.

Man hatte ihm gesagt, möglicherweise sei sie in der Lage, ihn zu verstehen und zu antworten. Sie habe am selben Tag schon recht verständlich geredet, sie habe ihre Eltern und ihre Schwester Lizzie erkannt. Sie werde am Leben bleiben, hatte man Warren versichert, die Krise sei vorüber.

Warren hatte aber den Eindruck, daß das nicht stimmte, sie sah so gräßlich aus.

»Enid? Ich bin's, Warren…«

Er hoffte, sie dazu zu bringen, daß sie ihn einen Augenblick lang wiedererkannte; er war plötzlich versessen darauf, eine ganz winzige, ganz schwache Bestätigung zu erhalten, daß sie ihn wahrnahm.

»Enid, Herzchen…«

Sie lag reaktionslos da, als wäre sie dem Tode ganz nahe. Wie furchtbar sie jetzt für Taten bestraft wird, dachte Warren, die sie sich in ihrer Unschuld ausgedacht hat.

Er erinnerte sich daran, daß sie ihm Fragen gestellt hatte, die mit dem Trauma seiner Verwundung zusammenhingen. Seiner Verwundungen. Auf seine aus dem Körper huschende Seele hatte sie abgezielt. Warren hatte sie vielleicht in die Irre geführt, sein Kriegserlebnis hatte sich rasch verflüchtigt und war jetzt wie ein Traum, der sich nicht bequem in den Schlaf einfügen wollte. Wie ein Traum, der von jemand anderem stammte, ein Traum, der ihm vor langer Zeit erzählt worden war.

Mr. Stevick und eine der Krankenschwestern versicherten Warren, daß sie ihn höchstwahrscheinlich hören könne. Sie wisse durchaus, daß er da sei.

Er stand in einiger Entfernung vom Bett, traute sich nicht näher heran. In seiner Erinnerung sollte sich die Gewißheit festsetzen, die er hier hatte: daß sie tatsächlich im Sterben lag, daß sie fortging von ihnen. Es spielte keine Rolle, daß der Herzmonitor mit seinem hohen Piepston gleichmäßig weitermachte wie ein schnell eingestelltes Metronom, daß sie ohne Hilfsmittel atmete, daß ihre Lunge sich mit Luft füllte und Luft ausstieß in einer unregelmäßigen, aber rhythmischen Abfolge. Und wenn sie wirklich sterben sollte, dann wäre er vielleicht schuld daran.

Er war überwältigt von Kummer, Schuldgefühlen und Wut, plötzlich verlor er die Beherrschung und sagte: »O Enid – *warum nur?* Hörst du mich? *Warum?*« Da krallte sein Vater die Finger so tief in seinen Arm, daß es weh tat.

Das brachte ihn sofort zum Schweigen. Er wußte Bescheid.

Es hatte aber den Anschein, daß Enid jetzt aufwachen werde, sich aufraffen wollte. Sie mühte sich ab, die Augenlider zu öffnen, doch die Anstrengung war schließlich doch zu groß für sie. Das Leben schlummerte tief versteckt in ihrem Inneren, ein Rinnsal von Leben, das Leben an sich, kostbar, unermeßlich.

»*Warum nur?*« murmelte Warren vor sich hin.

Draußen auf dem Gang begann er hemmungslos zu weinen. Es war ihm völlig egal, daß er dabei ein Spektakel machte und das Mißfallen seines Vaters erregte, daß dieser innerlich kochte vor Wut. Er hoffte, daß Enid ihn gehört hatte, selbst wenn sie im Sterben lag. Er wollte ihr mitteilen, daß er alles wußte. Er war ihr so nahe wie ihre eigene Seele.

Das geschah am ersten Tag, es war der bedenklichste Vorfall. Warren blieb noch über eine Woche lang in Port Oriskany, aber er verlor nie wieder die Beherrschung.

Geraldine hatte ihn in seiner Pension in Ithaca telefonisch benachrichtigt. Er hatte so schnell wie möglich einen Bus nach Hause genommen, unterwegs war er überzeugt gewesen, daß er zu spät kommen, daß Enid schon tot sein würde. »Eine Überdosis Aspirin«, hatte Geraldine gesagt, und Warren hatte geschrien: »Willst du damit sagen, daß sie versucht hat, sich umzubringen? Enid?« Und Geraldine hatte geantwortet: »Nein, das war nicht der Fall, sag bloß das nicht, so war das nämlich überhaupt nicht.«

Enid würde am Leben bleiben, Enid würde wieder gesund werden; es war ein Versehen, eine versehentlich eingenommene Überdosis. Warren hörte zu und hütete sich, ein Urteil zu fällen, denn jetzt waren ängstliche, wohlwollende Lügen an der Tagesordnung: Man wollte es einfach hinter sich bringen. Aber es war auch eine Zeit überraschender, ja fröhlich stimmender Beweise von Großherzigkeit, Zuneigung und Liebe. Eine Zeit, in der Trost gespendet und wieder empfangen wurde. Tante Ingrid umarmte Warren unter Tränen, Warren schüttelte Frank Pauleys Hand, Onkel Domenic ganz feierlich und gütig, tiefe Anteilnahme ausstrahlend in seinem schwarzen Priestergewand, dazu Tanten und Onkel, Cousins und Cousinen, Nachbarn. Felix Stevick wollte unbedingt wissen, was er für die Familie tun könne, ob Lyle irgend etwas brauche – die beiden sprachen im Gang über die Unterbringungskosten im Krankenhaus. Die Kosten eines Mehrbettzimmers würde Lyles Versicherung tragen, und Felix wollte die Mehrkosten für ein Einzelzimmer übernehmen. Er wolle, daß seine Nichte die beste Pflege bekomme, sagte er mit Nachdruck, die allerbeste Pflege, die das St. Josephs-Krankenhaus zu bieten habe. Und Lyle Stevick konnte nicht umhin, das Angebot anzunehmen. Lyle Stevick war sehr dankbar.

Soweit Warren sich erinnern konnte, waren sich die beiden noch nie so nahe gewesen. Sie waren eben doch Brüder.

Lizzie und Geraldine beschlossen, auf ihre Mutter und ihren

Vater achtzugeben, auch auf Warren; prüfend und besorgt behielten sie ihren Bruder im Auge: Wie käme *er* mit all dem zurecht, der arme Warren, der ja selbst noch nicht ganz gesund war?

Warren wurde klar, daß es in seiner Familie in den vergangenen Jahren nur eine gegeben hatte, mit der er sich aussprechen konnte.

Hol dich der Teufel, Enid. Wie konntest du nur?

Tage verstrichen, Stunden vergingen, die so mühsam und endlos waren wie Tage. Enid brauchte keine Intensivpflege mehr, Enid aß jetzt Schonkost, Enid infizierte sich mit einem Krankenhausvirus, wieder wurde ein Schlauch angeschlossen, um ihr Antibiotika zuzuführen und das alarmierend hohe Fieber zu senken. »Kann ein Mensch einfach so an Fieber sterben?« - »Durchaus möglich, durchaus möglich.« Mrs. Stevick war selbst einem Zusammenbruch nahe.

Enids Augen sahen aus, als hätte sie Gelbsucht, Hyperästhesie ließ ihre Haut so empfindlich werden, daß selbst eine leichte Berührung schmerzte.

Wie kam es, daß Warren ihr da noch Vorwürfe machte? Wie konnte er sich da allein zu ihr ins Zimmer trauen?

Warum hast du das getan, Enid? Du hast uns alle vergiftet!

Trotzdem gehörte es allmählich zum normalen Tagesablauf, Besuche im Krankenhaus zu machen, man konnte dort zur Mittagszeit im Selbstbedienungsrestaurant essen und später in einem der Restaurants in der Union Street das Abendessen einnehmen. Mr. Stevick bevorzugte das Chop House, doch Mrs. Stevick war über die Preise entsetzt; außerdem meinte sie, die Speisen seien lieblos zubereitet. Sie haßte Restaurants und mißtraute ihnen, und zwar aus Prinzip: In einer ihrer Anekdoten ging es um das Milchgeschäft Algonquin, in dem sie und Ingrid als Mädchen gearbeitet hatten. Wie unglaublich schmutzig es dort hinten herum, wo die Kundschaft nicht hinsehen konnte, gewesen sei! Und das Algonquin stehe auch jetzt noch in einem so guten Ruf! Als Felix die gesamte Familie zum Dinner ins Gondola an der West Street einlud, konnte Mrs. Stevick ihr Essen nicht genießen. Sie müsse fortwährend an ihre arme Tochter im Krankenhaus denken, sagte sie, und wie es wohl in der Küche des Gondola aussehe. Es sei doch immer das gleiche dort, meinte sie.

Warren glaubte, er warte jetzt nur noch auf den richtigen Moment, bis sein Gemüt völlig im Gleichgewicht wäre; dann würde er seinen Vater (oder Domenic oder Lizzie oder Geraldine) fragen, wie lange sie denn noch die Fiktion aufrechterhalten wollten, Enid habe keinen Selbstmordversuch unternommen. Daß ihr aus heiterem Himmel etwas zugestoßen sei, ganz zufällig und ohne Vorbedacht, so wie von einem Fenstersims ein Blumentopf herabstürzen konnte.

Und dies trotz der Lebensweisheit, die Warren irgendwo gehört hatte, man könne das, was in der Familie zur Sprache gebracht worden sei, nicht mehr rückgängig machen. Und was geschehen, aber nicht beim Namen genannt worden sei, könne man ganz einfach vergessen.

Die ganze Zeit sah es so aus, als gingen ihm die anderen Familienangehörigen aus dem Weg, als hielten sie ihn selbst dann nervös von sich fern, wenn sie sich scheinbar interessiert nach seinem studentischen Leben erkundigten: nach seinen Studienfächern, seinen Professoren, seinen Freunden in Ithaca, nach der Gruppierung, der er dort angehörte (Nationales Komitee zur Gewährleistung von Gerechtigkeit im Fall Rosenberg), und nach seinen Kontakten zu netten Mädchen, zu netten katholischen Mädchen. In Warrens Gegenwart brachte Mrs. Stevick ihre inständige Hoffnung zum Ausdruck, er möge bald seßhaft werden und eine Frau zum Heiraten finden, bevor es zu spät sei. Warren lachte, traute sich aber nicht zu fragen, was das bedeutete: zu spät?

Im November würde er zweiundzwanzig werden.

Weil er seine Mutter nicht beunruhigen wollte, vermied es Warren, das Thema Enid ihr gegenüber zur Sprache zu bringen. Aber nun war selbst Mr. Stevick sehr unzugänglich. Mal war er rauhbeinig, aufbrausend, laut und überschäumend, dann wieder griesgrämig, niedergedrückt und erschöpft. Er pfiff leise vor sich hin, summte oder sang im ganzen Haus Nonsens-Schlager (»Ja doch! Bananen ha'm wir nicht«). Er zündete fortwährend seine Pfeife an und verpestete die Luft mit dem Rauch, auch als Warren gerade ernsthaft versuchte, mit ihm zu reden. Oder er sah

Warren mit einem so düsteren, trübseligen, niedergeschlagenen Blick an, daß dieser aus Mitleid verstummte. Er weiß etwas, fuhr es da dem hilflosen Warren durch den Kopf. Aber was weiß er wirklich?

Von Warren stammte der Vorschlag, Enid solle nach der Entlassung aus dem Krankenhaus einen Psychotherapeuten aufsuchen. (Später sollte er von Lizzie erfahren, daß Dr. McIntyre dies ebenfalls empfohlen und sich bereiterklärt hatte, Enid zu überweisen.) Er versuchte seinem Vater klarzumachen, daß der Psychotherapie im Jahr 1953 nichts Exotisches oder Peinliches anhafte – eine Anzahl Soldaten aus dem Koreakrieg, darunter auch er selbst, seien im Veteranenhospital psychotherapeutisch behandelt worden. Manchmal sei das hilfreich, schlimmstenfalls aber völlig harmlos. Was gebe es dabei schon zu verlieren? Aber dieser Vorschlag versetzte Mr. Stevick in Wut. »In unserer Familie gibt es keine Geisteskrankheiten«, sagte er.

Kein einziges Mal nahm Warren das Wort *Selbstmord* in den Mund, kein einziges Mal sagte er: *Selbstmordversuch*. Aber er riskierte es, den Zorn seines Vaters noch mehr zu entfachen, indem er andeutete, was einmal passiert sei mit Enid, könne erneut geschehen: manchmal laufe das schematisch ab. Enid sei schließlich fast umgekommen, deshalb könne man durchaus der Auffassung sein, daß ein Trauma vorliege, das man behandeln und exorzieren müsse wie im Krieg nach einem Gefecht; im Körper wie auch im Geist habe sich eine konkrete Erinnerung festgesetzt.

Mr. Stevick schaute ihn mit einem sonderbaren Blick an. Als hätte er Warren noch nie gesehen, noch nie reden hören. So, als hätte das Erlebte für ihn in einem anderen Lebensabschnitt vielleicht eine überraschende Neuigkeit sein können, wogegen es ihn jetzt nur ratlos machte und betrübte.

»Eine Tatsache übersiehst du geflissentlich, Warren«, sagte er langsam und fuchtelte mit seiner Pfeife vor ihm herum. »Deine Schwester ist nicht gestorben. Sie ist nicht tot. Und das Klügste ist jetzt, einfach nicht mehr daran zu denken.«

Warren versuchte mit seinem Onkel Domenic zu diskutieren. Er hatte ihm vor Jahren ziemlich nahegestanden, doch nun schien ihr Verhältnis gespannt zu sein, als hätte Domenic begriffen, daß sein Neffe sich auf gefährliche Weise so weit hatte treiben lassen, so daß er seines Segens nicht mehr teilhaftig werden konnte: Studierte Warren denn nicht Geschichte, Politik sowie Nichtthomistische Philosophie an der Cornell University? Und war Cornell denn nicht berüchtigt für seine liberale und weltliche, ja atheistische Einstellung? Zweifellos vernachlässigte Warren seine religiösen Pflichten, und wenn er vor kurzem in St. James die Frühmesse besucht hatte, dann doch nur, um seine Mutter zu begleiten. Domenic war jedoch zu taktvoll, um das Thema zur Sprache zu bringen, vielleicht auch zu sehr verletzt. Wie alle Priester, mit denen Warren bekannt war, schien er zu glauben, es sei eine Zurückweisung seiner Person, wenn es bei irgend jemand in seiner Verwandtschaft zu einer Entfremdung von der Kirche kam. Nicht Zorn war die Folge oder Sarkasmus, sondern tiefe, stumme Verletztheit.

Mit seinem Vorschlag stieß Warren jedoch bei Onkel Domenic auf scharfe Mißbilligung. Psychotherapie – oder Psychologie, Psychoanalyse und wie das auch heißen möge – beruhe doch auf atheistischen Prinzipien! Da gehe es doch fortwährend um sexuelle Dinge! Über Freud wisse er Bescheid, er habe einige bestürzende Artikel über ihn und seine Anhänger gelesen, er habe genug erfahren, um angewidert und entsetzt zu sein. Sollte Enid besondere Betreuung benötigen, dann wolle er selbst nach ihr schauen; er habe bereits viele Minuten mit ihr zusammen im Gebet verbracht. Und in St. James sei ja außerdem Pfarrer Ogden, ein guter, ein verläßlicher Mann, der kenne Enid doch von klein auf, und habe er sie nicht sogar getauft? Und Warren ebenfalls?

Warren gab sich keine Mühe, seine Enttäuschung zu verbergen. »Das weiß ich nicht mehr«, sagte er barsch.

Was Warrens Schwestern anbetraf, so war es jetzt unmöglich, mit Geraldine ein vernünftiges Gespräch zu führen. Sie redete von nichts anderem als ihren Jungen, ihrem Mann, ihren Schwiegereltern, daß Neal mit seinem Vater, für den er arbeitete, Meinungsverschiedenheiten habe, und was denn werden solle, wenn er – er sei eben so jähzornig – alles hinwerfe? Und jetzt, da

Enid wieder gesund werde, sollten sie doch mal an ihre Mutter denken, an Mamas nervliche Belastung. Seit Warren in Korea gewesen war, brachte es seine ältere Schwester soweit, daß er sich in ihrer Gegenwart nicht recht wohl fühlte. Er dachte, es könne mit seiner Verwundung zusammenhängen, damit, daß seine untere Gesichtshälfte voller Narben und gerötet war, daß sein tränendes Auge vergrößert zu sehen war. Sie hatte es nie geschafft, ihn zu sich nach Hause zum Abendessen einzuladen, obwohl Neal sich recht freundlich zeigte: Hatte sie vielleicht gedacht, er könnte den Vierjährigen in Schrecken versetzen? Oder das Baby? Was Enid anbetraf, wollte sie ihm jedenfalls nicht behilflich sein, nicht mit *so etwas;* sie lehnte es rundweg ab, darüber zu sprechen. Und Lizzie war genauso, sie dachte, je weniger Aufmerksamkeit Enid zuteil werde, desto besser. Enid könne es einfach nicht ausstehen, wenn man ihretwegen ein großes Getue mache, wenn man sie anfasse oder anschaue oder über sie rede; sie würde sich bloß abkapseln, würde wie eine Klaffmuschel oder eine Auster die Schalen zuklappen.

Warren fragte Lizzie ganz unverblümt, ob Enid eine Notiz oder einen Brief hinterlassen habe. Lizzie sah schockiert aus, starrte ihn an: Wie hätte es Enid einfallen können, einen Zettel zu hinterlassen, wenn die Überdosis ein Versehen war? Ob denn ein Tagebuch oder etwas derartiges aufgetaucht sei, fragte Warren. (Er hatte Enids Zimmerhälfte durchsuchen wollen, aber sowohl Lizzie als auch Mrs. Stevick hatten sich diesem Vorhaben widersetzt. Sie hätten bereits alles genau durchgesehen, sagten sie.) Nein, antwortete Lizzie, kein Tagebuch, und abgesehen davon: Enid werde doch wieder gesund, sie sei doch fast wieder wie früher, sie bemühe sich doch, ihr Schulpensum im Krankenhaus nachzuholen, um an den Abschlußprüfungen teilnehmen zu können. »Das ist doch typisch Enid«, sagte Lizzie und schüttelte lächelnd den Kopf, »sich im Krankenhaus Sorgen zu machen wegen der Noten.«

Felix Stevick nahm ebenfalls Anstoß an dem Vorschlag, Enid solle in eine Psychotherapie gehen.

Warren fand seine Erwiderung nicht nur puritanisch, sondern auch sehr grob. »Du willst doch nicht, daß irgendein Wichser am

Gehirn deiner Schwester herumfummelt, oder?« sagte er und starrte Warren an.

Onkel und Neffe hatten sich zufällig vor dem Krankenhaus auf einem der Spazierwege getroffen, zwischen unnatürlich grün schimmernden Rasenflächen, die von rotierenden Sprengern berieselt wurden. Es war schon fast sieben Uhr abends, doch die Luft war feucht und frisch, der Himmel hatte ein sommerliches Wasserfarbenblau. Warren, der sich auf dem Nachhauseweg befand, hatte seinen Onkel nicht gleich erkannt. Felix grüßte ihn zuerst, lächelte, klopfte ihm mit der Faust auf die Schulter und riß ihn aus seinem Dämmerzustand. (Warren hatte mehrere Stunden in Enids Zimmer verbracht, in ihrer Gegenwart, aber nicht gemeinsam mit ihr; andauernd hatte es Störungen gegeben, durch Krankenschwestern, durch andere Besucher, das endlose Geschwätz ihrer Tante Lillian und ihrer Cousine Dinah war besonders ermüdend gewesen.) Felix erkundigte sich sofort nach Enid, er war bester Laune und sehr gesprächig. Er wolle sie etwa zehn Minuten lang besuchen, sagte er, dann müsse er zum Shoal Lake hinauffahren, weil sich beim Hotel noch in letzter Minute Probleme ergeben hätten. »Wie geht es ihr? Was glaubst du, wann wird sie entlassen?« fragte er.

»Irgendwann im Laufe der nächsten Woche, meint der Arzt«, antwortete Warren.

Felix trug eine bernsteinfarben gesprenkelte Sonnenbrille, ein weißes Sportjackett aus Leinen über einem dunklen Hemd mit offenem Kragen, eine blaue Hose mit makellosen Bügelfalten und sportliche Schuhe aus Segeltuch. Sein tiefschwarzes, glattes, sorgfältig gebürstetes Haar reichte bis über den Kragenrand, an seinem Kinn, den Wangen und der Oberlippe zeigte sich ein schwacher Bartschatten. Wie immer empfand Warren in der Gegenwart seines jugendlichen Onkels eine Mischung aus Überschwang und Beklemmung.

Felix war aus irgendeinem Grund sehr gesprächig. Er bot Warren eines seiner langen, dünnen, mit einem braunen Deckblatt versehenen Zigarillos an, obwohl ihm bekannt sein mußte, daß Warren nicht rauchte. Dann erkundigte er sich nach seinem Studium, seinen Zukunftsplänen. Warren könnte doch Rechtsanwalt werden? Nein? Lyle habe einmal etwas in dieser Richtung angedeutet. Sie müßten mal miteinander ein Bier trinken, über Korea reden, meinte Felix. Er habe sich noch gar nie mit ihm zusammengesetzt und über Korea geredet, sagte Felix mit Bedauern. Er starrte Warren an, als ob ihm etwas auf der Zunge läge, er es aber lieber unerwähnt lassen wollte. Warren war verlegen, gleichzeitig fühlte er sich geschmeichelt; er sagte abschätzig: »Ich denke nicht mehr viel an den Krieg.« – »Gut so«, sagte Felix. »Etwas anderes bleibt einem nicht übrig.«

Während sie miteinander redeten, wippte Felix auf den Fußballen hin und her. Er machte den Eindruck, ganz sprungbereit und doch ganz vergnügt zu sein; in seinem Körper steckte immer noch die ungezwungene, lockere Art des Athleten, ein muskelbewehrtes Selbstvertrauen, das Warren wahrnahm, ohne es je selbst erfahren zu haben. Wie er mit seinem Zigarillo umging, wie er beim Lachen durch beide Nasenlöcher Rauch ausstieß, das hatte eine naive Sinnlichkeit. Und er lachte gern. Er faßte andere gern an – Warren legte er immer wieder die Hand auf den Arm, um dieser oder jener Bemerkung rasch Nachdruck zu verleihen. Warren erinnerte sich, wie er Felix vor Jahren zugesehen hatte bei einem Sparringskampf mit einem Freund, in der Sporthalle der Mattiuzios war das gewesen; es hatte ihn fasziniert, wie die Boxer umeinander herumtänzelten, wie sie mit ihren leichtgewichtigen Handschuhen so blitzschnell angriffen, daß man kaum sehen konnte, von woher der Schlag gekommen, wohin er gerichtet war. Sofort kam der nächste, und noch einer, noch einer, und die ganze Zeit bewegten sich die beiden Männer im Kreis herum, von einer wilden Konzentration erfüllt, deren Gewalt selbst der Zuschauer spürte. Das war Sparring, Training, kein richtiger Kampf, sondern so etwas wie ein kunstvolles Spiel. Warren starrte fasziniert hin, er wunderte sich, wie sie das bloß so lange aushalten konnten. Allein schon das Gewicht der Arme, die Anstrengung, immer auf Zack zu sein, jeder Nerv ganz wach, aufs äußerste angespannt! Warren war bald vom Zuschauen und von dem Versuch, sich ihre weiteren Aktionen vorzustellen, ganz benommen und erschöpft. Natürlich war Felix viel talentierter als sein Gegner, doch er riß ihn mit. Mehrmals ging der Kampf in Gelächter unter, so als Felix die Schulter seines Freundes mit lauten, klatschenden Schlägen bearbeitete und ihm dann einen Klaps aufs Haar gab; an beiden floß der Schweiß in Strömen, sie atmeten schwer, waren aber noch lange nicht müde. Und am Schluß umarmten sie sich einen Augenblick lang, offenbar mochten sie sich und hatten Achtung voreinander. Der neunjährige Warren ahnte damals, daß in seinem Leben niemals ein Umstand einträte, aus dem heraus er einen anderen Mann umarmen würde. Damit das geschehen könnte, müßte er ihm ja zuerst weh tun.

Doch als Erwachsener fühlte sich Warren in Gegenwart seines Onkels immer beklommen. Jeder mochte ihn – und so sperrte sich Warren dagegen, ihn zu mögen. Außerdem hatte er schlimme Geschichten gehört, die in der Stadt über seinen Onkel in Umlauf waren; natürlich waren das nur Gerüchte, aber zweifellos steckte ein Körnchen Wahrheit in ihnen. Es war zum Beispiel ein offenes Geheimnis, daß Felix in Manila eine Weile in einem U.S.-Militärgefängnis im Arrest gesessen hatte, weil er sich mit einem Offizier geprügelt hatte. Es hieß, er habe einmal am Auto eines Boxpromoters von der South Side mit einem Schraubenschlüssel die Windschutzscheibe eingeschlagen. Doch die übelste von all den Geschichten besagte, Felix Stevick habe einer Frau den Kiefer zertrümmert, weil diese mit einem Revolver vom Kaliber 22 auf ihn geschossen und ihn am Oberarm verletzt habe!

Anzeigen gegen Felix wurden ausnahmslos zurückgezogen, Anklagen von Behörden fallengelassen. Mr. Stevick meinte, sein Bruder sei im Laufe der Jahre einige Male festgenommen worden, doch habe er nie auch nur eine einzige Nacht in einem Zivilgefängnis verbringen müssen – niemals sei er vor Gericht gestellt worden. Mit verschiedenen Polizeihauptleuten sei er gut bekannt, wie seinerzeit Karl Stevick. Außerdem fehle es ihm und seinen italienischen Spießgesellen in der City nicht an Verbindungen.

Die einzige halbwegs anständige Beschäftigung im Leben seines Bruders sei das Boxen gewesen, pflegte Mr. Stevick zu sagen. Aber man wisse ja, was *dabei* herausgekommen sei.

Felix fragte jetzt, wie die Familie damit zurechtkomme, und Warren teilte ihm in groben Zügen den wahren Sachverhalt mit. Sie schwiegen, hörten eine Weile nur das Geräusch der Rasensprenger, dann sagte Warren fast zornig: »Schau mal, jeder weiß doch, daß es kein Unfall war, daß es einfach nicht aus Versehen passiert sein kann.«

»Was denn?«

»Daß sie fast ein ganzes Fläschchen Aspirintabletten geschluckt hat.«

»Und was war es dann?«

Warren schaute ihn an, über sein linkes Auge zog sich ein Schleier. »Du weißt doch, was es war.«

»Nein«, sagte Felix. »Was war es denn?«

Warren trat einen Schritt zurück. Spürte, wie sich Schwäche, Übelkeit und Schuldgefühle ausbreiteten. »Alles, bloß kein *Versehen.*«

Felix starrte ihn an, als traute er seinen Ohren nicht. Er rückte die gesprenkelte Brille zurecht, als wollte er Warren besser in den Blick bekommen.

»Deswegen halte ich einen Psychotherapeuten für …«

»Wie kannst du nur eine so schwere Beschuldigung gegen deine Schwester vorbringen, Warren«, sagte Felix. Sein Mund verzog sich zuckend wie zu einem Lächeln.

»Es ist keine Beschuldigung«, sagte Warren rasch.

»Doch, und zwar eine sehr schwere«, sagte Felix.

Er war plötzlich ganz kühl, unfreundlich und nachdenklich geworden. Starrte Warren an. Taxierte ihn. Er wollte noch etwas sagen, dann überlegte er sich's anders, verabschiedete sich brüsk und ging weg. Als Warren die Straße erreicht hatte, drehte er sich um, weil er dachte, sein Onkel könnte ihn beobachten, doch dieser war längst im Krankenhaus verschwunden. Die Sprenger breiteten in der Luft ihre Wasserschleier aus, zarte Regenbogen tauchten auf und vergingen über dem Gras, das so grün war, daß einem fast die Augen schmerzten. »Das verdammte Gras kommt mir so unecht vor, das sieht ja aus wie der Kunstrasen in einem Bestattungsinstitut«, hatte Mr. Stevick gesagt und dabei jenes schauerliche Geräusch des Abscheus von sich gegeben, dem unweigerlich Späße folgen würden: Arthur Godfrey würde er vielleicht nachmachen oder Groucho Marx.

Als Felix Stevick vor Jahren als Boxer eine nicht endenwollende Erfolgsserie hatte – Port Oriskany habe nun seinen eigenen Billy Conn, trompeteten die Zeitungen –, fragte ihn jemand bei einem Familientreffen, ob er je mit aller Kraft zugeschlagen habe. Und was Felix zur Antwort gab, behielt Warren immer im Gedächtnis: Nein, natürlich nicht, man schlage nie mit all seiner Kraft zu, was man mache, sei nie das Äußerste, das man hätte tun können.

»Und noch eins«, hatte Felix hinzugefügt, so als wäre sein Gegenüber besonders einfältig, »dein Gegner ist ja immer in Bewegung. Im Boxring.«

Warren fragte sich, was für einen Sinn es denn habe, einem anderen Menschen weh zu tun. Dieses Grundprinzip: *dem anderen Schaden zufügen.*

In Korea war er damit eine Zeitlang vertraut gewesen. Doch nun hatte er es vergessen.

Jedesmal, wenn er im St. Josephs-Krankenhaus die Herrentoilette besuchte, betrachtete er sein Spiegelbild und sprach dabei die Worte, die er Enid gegenüber sagen wollte, wenn sich endlich eine Gelegenheit ergeben würde. Neue Spiegel, besonders solche in öffentlichen Gebäuden, zogen ihn an und weckten ein kindliches Zutrauen in ihm – Spiegel, auf denen Warren Stevicks entstelltes Abbild noch nie erschienen war.

Bevor das Schrapnell kam, hatte er nie ein Getue gemacht um sein Aussehen, warum sollte er sich jetzt den Kopf zerbrechen? Längst nicht alle jungen Frauen fanden ihn abstoßend.

Nach zwei Operationen sah seine untere Gesichtshälfte immer noch seltsam aus. Das Fleisch war rauh und etwas wellig, als wäre es nicht ganz ausgeheilt. Das war jedoch der Fall. Bei den Kriegsveteranen könne die kosmetische Chirurgie keine Wunder bewirken, sagte man ihm, niemand sehe aus wie Cary Grant, und das solle er auch nicht erwarten. Warren erwartete das keinesfalls, er war für das, was er hatte, dankbar. Das linke Auge war so gut wie nutzlos, aber er hatte ja immer noch das rechte. Nicht auszudenken, wenn er beide verloren hätte. Ein Auge sei tausend Prozent besser als kein Auge, hatte mal einer gesagt. Und die Plastikzähne an der herausnehmbaren Gaumenplatte aus Aluminium waren den Zähnen, die er gehabt hatte, den echten Zähnen, sogar qualitativ überlegen. Das mußte man ebenfalls in Betracht ziehen.

Die leichte Asymmetrie des Gesichts setzte sich wie eine Verwerfungslinie in seinem gesamten Körper fort. Die eine Schulter war erkennbar ein bißchen höher als die andere, das Rückgrat ein klein wenig verbogen. Schmerzen wie zeitweilige Hitzewellen im Sommer – das hatte wohl etwas mit dem Barometer zu tun. Bei feuchter Luft schwollen seine Gelenke und taten weh, besonders das rechte Knie. In einem Jahr müsse an dem Knie erneut ein Eingriff vorgenommen werden, sagte man ihm. Im allgemeinen war er an ein gewisses Ausmaß an Schmerzen so sehr gewöhnt – an Kopfschmerzen, Augenschmerzen, Rükkenschmerzen, rheumatische Muskelschmerzen -, daß er von ihnen kaum noch Notiz nahm. Wenn es zu schlimm wurde, nahm er Aspirin, das er wohlweislich in der billigsten Verwendungsform erwarb, nämlich als *Azetylsalizilsäure.* Aspirin sei besser als jede Wunderdroge, sagten die Ärzte, aber Warren hatte nie den Drang verspürt, fünfzig Tabletten auf einmal zu schlucken.

Sollte er je den Wunsch haben zu sterben, dann wüßte er schon, wie das auf schnelle und unwiderrufliche Weise zu machen wäre: eine Kugel in die Schädelbasis, in das Kleinhirn, von dem die primären Lebensvorgänge ausgingen.

Eine Kugel würde reichen. Für eine zweite gäbe es sowieso keine Gelegenheit mehr.

Plötzlich gelang ihm die Frage ohne viel Mühe: »Warst du sehr unglücklich, Enid?«

Und Enid sagte sofort: »Was meinst du damit? Wann soll ich unglücklich gewesen sein?«

Sie saß mit Kissen im Rücken in ihrem Krankenhausbett und schaute mit einem etwas verwunderten Lächeln zu ihm hinüber. Es war Warrens sechster Besuchstag, und sie befanden sich allein im Zimmer. Warren schätzte, daß ihm im Höchstfall dreißig Minuten zur Verfügung stehen würden. Mrs. Stevick hatte ursprünglich mitkommen wollen, doch war sie zu erschöpft gewesen und hatte ihn deshalb alleine losgeschickt. Enids Haut spannte sich über die Backenknochen, das Gewebe unter den Augen war immer noch verfärbt, doch die Augen selbst waren klar, das Haar frisch gewaschen und gebürstet, es glänzte und lag in einem zarten Braunrot auf ihren Schultern. Fast wieder dieselbe, wie die Stevicks andauernd sagten.

»Vorher«, sagte Warren.

»Wie bitte? Vor was?«

»Vor dem Unfall.«

Warren fragte sich, ob Enid, als sie in der Intensivstation bewußtlos in ihrem Bett gelegen hatte, sein *Warum nur? Warum?* gehört hatte, in jenem anklagenden Ton: *Enid, warum nur?* Und das in einem Augenblick, in dem sie sehr wohl hätte sterben können.

Jetzt hatte seine Stimme keinen aufgeregten, fordernden Beiklang. Er war nicht einmal nervös, soweit er das beurteilen konnte – jedenfalls stotterte er nicht.

Enid wandte den Blick von ihm ab, doch ihre Miene änderte sich nicht. Die Unterlippe steckte mit der Andeutung eines Lächelns zwischen den Zahnreihen. Noch vor drei oder vier Tagen war sie eine kleine, zarte, gehetzte, besiegte Kreatur gewesen, von Schmerz überflutet, doch nun hatten sie ihr durch die Venen Kraft zugeführt und sie wieder ganz zu Bewußtsein gebracht. Ihr Gesicht war bereits von einer spröden, elfenbeinblassen Schönheit, alles zur Kindheit Gehörende war auf einmal verschwunden.

Warren begriff: Enids Seele hatte sich abgekapselt, um bei Kräften zu bleiben; Enid hatte im Dunkel ihre geheimen Energiequellen angezapft. Für die Seele waren solche Totenwachen ersprießlich, auch wenn sie sich auf den Körper verheerend auswirkten. Er begriff, denn er war selbst in jene lichtlose, bildlose, ganz stille Gegend gereist.

Und doch machte er mit einer verlegenen Härtnäckigkeit weiter: »Ist da vielleicht etwas vorgefallen, das dich ganz durcheinandergebracht hat? Irgend etwas, das du mir mitteilen könntest... Vielleicht warst du schrecklich unglücklich. Vielleicht hattest du einen Grund, unglücklich zu sein...«

Die Bettdecke war jetzt säuberlich bis zu Enids Kinn hochgezogen; ohne sich zu bewegen lag sie darunter, hörte mit jeder

Faser ihres Körpers gespannt zu. Dann zupfte sie mit ihren dünnen Fingern am Leintuch, setzte ein schiefes Lächeln auf, die Unterlippe fest zwischen den Zähnen; doch sie schaffte es nicht ganz, Warren ins Gesicht zu sehen.

Sie waren so selten zu zweit beisammen gewesen, daß sie untereinander fast schüchtern waren. In dem Krankenhauszimmer blieb man nie lange ungestört, jeden Moment konnte jemand hereinkommen. Es gab dort eine junge Nonne, Schwester Mary Elizabeth mit Namen, die Enid besonders gern hatte und die sie ebenfalls mochte, eine Frau mit tiefen Pockennarben im Gesicht, die aber wie eine ägyptische Prinzessin einherschritt in ihrer weißen Tracht. Warren wußte, Enid wartete schon darauf, daß sie ins Zimmer käme, daß sie die Temperatur und den Blutdruck messen und dieser schwierigen Unterhaltung mit ihrem Bruder ein Ende setzen würde. Deshalb wiederholte er seine Frage.

»Enid, du kannst mir's ruhig sagen. Ich gebe dir mein Wort, ich werde es nicht weitererzählen.«

Enid schüttelte schweigend den Kopf, schaute weg. Er meinte, er hätte gesehen, wie sich ihre Augen mit Tränen füllten, aber vielleicht war das eine optische Täuschung gewesen – hervorgerufen von dem schräg einfallenden Junisonnenschein, der für diese Umstände zu fröhlich war.

Warren schluckte seine Verärgerung hinunter. Er wußte, es war widerlich, mit welchem Eifer er vorging; widerlich, daß er seiner Schwester so eindringlich und mit solch unverhüllter Zuneigung ins Gesicht sah. Er wußte es gut! Doch er konnte nicht anders. Er hatte den Verdacht, es gebe da ein Geheimnis, das sie auf eine fast beiläufige Art enthüllen würde, wenn sie nicht unter Druck stünde.

Doch da war das Krankenhauszimmer, der Sonnenschein, das geschäftige Treiben draußen auf dem Gang. Warren fragte sich, warum fast alles, was vom Leben sichtbar war, so unangemessen erschien gegenüber der tiefgründigsten, krassesten Wirklichkeit, gegenüber der eigentlichen Tragödie. Hier war eine Fünfzehnjährige, die einen so verzweifelten Haß gegen das Leben empfunden hatte, daß sie versucht hatte, sich umzubringen. Aber nun lag ein Geometriebuch aufgeschlagen auf ihrem Bett, ihre

Nägel waren in einem perlfarbenen Rosa lackiert, weil Lizzie den Wunsch verspürt hatte, ihr eine Maniküre zu geben, und in ihrem Haar sorgten glänzende goldfarbene Spangen dafür, daß es nicht ins Gesicht fiel. Das Fensterbrett nicht weit von Enids Bett war mit Grußkarten und allerlei Geschenken bedeckt, darunter ein Weidenkörbchen mit Schokoladentieren in Stanniol und ein kleiner, mit winzigen Glöckchen verzierter Pandabär. Langstielige weiße Rosen standen dort, die schon fast verwelkt waren, auf dem Fensterbrett lagen abgefallene Blütenblätter. Dort stand auch ein kleiner, in festlich glänzende Aluminiumfolie gewickelter Topf mit einer gelben Azalee. Von verschiedenen Besuchern hatte Enid Rosenkränze erhalten, die nun sauber aufgewickelt vor den Grußkarten lagen. Neal O'Banans Mutter hatte ihre Leinenausgabe von *The Robe* durch Geraldine überbringen und ausrichten lassen, sie habe das Buch zwei- oder dreimal gelesen und sei ganz begeistert davon – sie habe gehört, daß Enid Stevick gern lese und gehobene Literatur schätze, und dieses Buch werde ihr bestimmt gefallen.

Warren wurde unruhig und stand auf. Er ging auf und ab, blieb einen Augenblick am Fenster stehen und setzte sich dann zu Enid ans Bett. Er hätte gern ihre Hand, ihr Handgelenk ergriffen. Er fragte sie nochmals, ob irgend etwas passiert sei. In der Schule? Zu Hause? Sie habe ihm wochenlang nicht geschrieben, und er sei so beschäftigt gewesen mit den Petitionen für die Rosenbergs und anderen Angelegenheiten, daß er es in Wahrheit kaum bemerkt habe. Er hätte gern ihr mageres Handgelenk genommen, es festgehalten, an der Innenseite die blaue Ader gestreichelt. O Gott, was wäre gewesen, wenn sie sich die Pulsadern aufgeschnitten hätte? Das hätte niemand für ein Versehen halten können.

»Bist du verliebt, Enid?« fragte Warren.

Sie antwortete nicht gleich. Jetzt schien sie wirklich müde zu sein – ein dunkler Schatten lag auf ihrem Gesicht, der ihren Widerwillen ausdrückte. »Ich glaube nicht, daß das so wichtig ist – darüber brauchen wir nicht zu reden.«

»Worüber?«

»Darüber.«

»Gut. Aber was soll das heißen – ›darüber‹?«

»Über die Gefühle der Menschen. Was die bewirken.«

»Was denn?«

»Daß man glücklich, daß man unglücklich ist – lauter dummes Zeug«, sagte Enid. »Das ist unwichtig.«

»Was ist dann wichtig?« fragte Warren und fürchtete sich fast.

Enid zuckte mit den Achseln und schaute weg.

»Was ist dann wirklich wichtig?« fragte Warren beharrlich.

»Das weiß ich nicht.«

»Warum sagst du dann so etwas?«

»Ich weiß nicht – du machst mich ganz müde.«

Sie warf einen Blick zur Tür hin, hoffte, daß Schwester Mary Elizabeth bald käme. Sie schwiegen. Warren wußte, daß es besser wäre, still zu bleiben, sie nicht zu reizen, er merkte gut, daß er ihr tatsächlich auf die Nerven ging, daß er die Sache falsch anpackte. Mit seiner Unbeholfenheit, seinem Stottern, seinen bohrenden Fragen.

Enid sagte schließlich: »Mal zu *deinem* Leben, wie du jetzt lebst. Um dich *selbst* kümmerst du dich nicht, und dabei geht es um mehr als deine Gefühle und was dir gefällt oder mißfällt oder... Willst du tatsächlich nach Washington gehen?«

»Nirgendwo gehe ich hin«, sagte Warren. »Ich bleibe hier. Ich möchte mit dir reden.«

»Ich würde nach Washington gehen, wenn ich du wäre«, sagte Enid verträumt. »Erzähl mir mal, was du tust. Von deinen Freunden, den Leuten, mit denen du zusammenarbeitest. Von den Rosenbergs.«

Widerwillig (denn er wußte, daß sie ihn vom Thema ablenken wollte) berichtete Warren über das Nationale Komitee zur Gewährleistung von Gerechtigkeit im Fall Rosenberg – man nannte es auch die Begnadigungskampagne. Tausende hätten die Petitionen unterschrieben, Tausende von Telegrammen und Briefen seien an Eisenhower geschickt worden; es habe große Kundgebungen, Demonstrationen, Mahnwachen gegeben; im Ausland werde vor amerikanischen Botschaften protestiert, und diese würden mit Petitionen und Appellen überschwemmt. Der Papst selbst habe sich angeblich für eine Begnadigung ausgesprochen und einen direkten persönlichen Appell an Eisenhower gerichtet. Es stimme zwar, räumte Warren ein, daß die Rosenbergs in der öffentlichen Meinung Amerikas schlecht abschnitten, die amerikanische Presse verlange fast einmütig die Hinrichtung, doch im Laufe der Monate seien viele Tausende von Bürgern durch die Aufklärungsarbeit des Komitees davon überzeugt worden, daß der gesamte Prozeß unfair und ungerecht gewesen war. Eben jetzt finde in Washington eine vierundzwanzigstündige Mahnwache vor dem Weißen Haus statt. Das unmittelbare Ziel sei lediglich, eine weitere Aufschiebung der Hinrichtung zu erreichen, dann könnte das Todesurteil vielleicht umgewandelt und ein neuer Prozeß angesetzt werden, bei dem aber nicht der voreingenommene Richter Kaufmann den Vorsitz führen würde.

Viele seiner Mitstreiter hätten sich nicht festgelegt hinsichtlich der »Schuld« oder »Unschuld« der Rosenbergs, fügte Warren hinzu. Sie meinten einfach, der gesamte Prozeß sei nicht rechtmäßig verlaufen.

Enid hatte ihn wie gebannt angeschaut, ihm aufmerksam zugehört.

»Glaubst du denn, daß sie gerettet werden wollen?« fragte sie.

Geduldig, als hätte er diese Frage schon viele Male vernommen, gab Warren zur Antwort: »Enid, wie soll ich wissen, was sie wollen oder nicht wollen? Und was hat das letzten Endes mit *ihnen* zu tun? Einige von uns verlangen einfach einen neuen Prozeß, wir wollen, daß alles noch einmal überprüft wird, daß neues Beweismaterial zugelassen wird, neue Zeugen, neue Aussagen und vor allem ein neuer Richter. Ob die Rosenbergs selbst den Wunsch haben, daß etwas für ihre Rettung getan wird, könnte man als irrelevant bezeichnen.«

Enid sah aus, als sei sie zurechtgewiesen, gedemütigt worden.

Nun war sie wirklich erschöpft, die Augenlider hingen herunter. Warren schien es, daß ihre Lebensgeister sie jetzt verließen. Er hatte versagt, das Gespräch war zu Ende. Sie sagte in einem sonderbar hellen und abgehackten Ton: »Es ist wohl so, als gerate man in eine Überschwemmung oder in einen Erdrutsch... In eine Eiszeit... Da stürzt ein Gletscher zu Tal und reißt dich mit, dich und so viele andere Menschen... All diese Petitionen, Versammlungen, Mahnwachen. Genau das wollte ich wissen. Wie dein Leben aussieht, welchen Verlauf es genommen hat. Es muß Gott ähnlich sein, sofern man an Gott glauben kann.«

Warren küßte seine Schwester zum Abschied. »Ja«, sagte er ironisch und drückte ihre kleine, kalte Hand. »Sofern man an Gott glauben kann.«

Am nächsten Morgen, dem 17. Juni, reiste Warren mit dem 6.20-Uhr-Bus aus Port Oriskany ab mit dem Ziel Washington, D.C. Eine zehnstündige Fahrt lag vor ihm, doch er würde zeitig genug eintreffen, um die Nacht über bei der Mahnwache mitmachen zu können, die im Rahmen der Gnadenaktion für die Rosenbergs vor dem Weißen Haus stattfand (fast dreitausend Menschen nahmen daran teil, hatte er im *Transcript* gelesen). Wollten sie denn gerettet werden, oder waren sie fest entschlossen zu sterben? Es ging in diesem Fall nicht um Individuen, sondern um Gerechtigkeit, Humanität, Anteilnahme, Wahrheit.

Als Warren im Bus eine Weile döste, träumte er von der Stadt, die sein Reiseziel war, als einem Ort mit hohen, glitzernden Türmen, Denkmälern aus weißem Marmor und dem Kapitol selbst als einer goldglänzenden Kuppel, prächtig wie die Sonne auf einem Wappen. Die Stadt war eine dahinschwebende Insel, weiß, keusch und gelassen, durchsetzt mit Baumgruppen, mit Oasen aus sattem Grün. Erregung und Hoffnung ließen sein Herz schneller schlagen. Und als er plötzlich aufwachte, hielt er es für durchaus möglich, daß der Oberste Gerichtshof die Hinrichtung nochmals aufschieben würde, vielleicht bis zum Herbst. Vielleicht bliebe das furchtbare Urteil gar nicht bestehen: Washington stand ja im Blickpunkt der ganzen Weltöffentlichkeit. Man brauchte eigentlich Gott gar nicht, dachte Warren, um Milde zu erreichen.

4

Domenic Stevick hatte ihn aufgespürt, hatte ihn in der Sporthalle angerufen, in der er sich gerade aufhielt, um mit einem jungen Berufsboxer einen Sparringskampf zu absolvieren. Er hatte ihm berichtet, was mit Lyles jüngster Tochter passiert war. Daraufhin hatte Felix als erstes gesagt: »Mein Gott! Wird sie durchkommen?« Und dann, Sekunden später: »Hat sie einen Abschiedsbrief hinterlassen?«

Schon als ihm die Worte über die Lippen kamen, merkte er, wie sich damit der Schweinehund zeigte, der in ihm steckte. *Hat sie einen Abschiedsbrief hinterlassen? Hat sie den Grund angegeben?* Domenic aber antwortete in scharfem Ton, einen Abschiedsbrief habe sie nicht hinterlassen, wie er bloß so eine Frage stellen könne? Das Mädchen habe aus Versehen eine Überdosis Aspirin eingenommen; ihr sei gar nicht bewußt gewesen, was sie da machte. Aber sie werde mit dem Leben davonkommen. Es sei gleich etwas unternommen worden, man habe sie noch rechtzeitig in die Notaufnahme geschafft. »Ich dachte, man sollte dich informieren«, sagte Domenic, »da das Mädchen deine Nichte ist.«

»Ja«, sagte Felix.

»Du könntest im Krankenhaus oder im Haus vorbeischauen – dich erkundigen, ob du Lyle oder Hannah behilflich sein kannst...«

»Großer Gott, ja doch«, entgegnete Felix, ohne daß er wußte, was er sagte; er hatte ein Schwächegefühl in den Knien, und das bedeutete, daß seine Beine versagten. »Ja, gewiß doch.« Wußten sie Bescheid? Wußte irgend jemand Bescheid? Hatte Enid vielleicht doch einen Zettel hinterlassen, den sie noch nicht entdeckt hatten? »Sie ist okay, hast du gesagt? Sie wird davonkommen?«

»Sie wird mit dem Leben davonkommen, aber okay ist sie nicht«, teilte ihm Domenic mit seiner vorwurfsvollen Priesterstimme mit, in genau dem Ton, der Felix schon immer typisch vorgekommen war für diesen selbstgerechten Mistkerl. »Sie hat bis vor wenigen Stunden um ihr Leben gekämpft.«

Domenic Stevick – »Pater« Stevick, den Felix kaum kannte – wies ihn zurecht, als wäre er ein kleiner Junge und nicht einunddreißig Jahre alt, als wäre er tatsächlich Domenics Bruder und nicht sein Halbbruder, als würde sich Felix dafür interessieren, was ihm durch den Kopf ging, Priester hin, Priester her. Ein Getue machte er: »Beträchtliche Schwierigkeiten« habe er gehabt, Felix ausfindig zu machen. Zuerst habe er am Sonntag und am Montag ein halbes Dutzend Mal erfolglos versucht, ihn in seiner Wohnung am Niagara Square zu erreichen – vielleicht wohne er gar nicht mehr dort? Dann habe er die Mutter von Felix angerufen, dann die Firma Sansom & Stevick, sogar bei diesem Rideau Inn am Shoal Lake habe er es versucht, sei aber nicht durchgekommen. Schließlich habe Lyle gesagt, er solle es mal bei der Sporthalle versuchen, der Sporthalle der Mattiuzzios, die wüßten bestimmt, wo er sei. Und das habe er dann getan. Und zufälligerweise sei Felix erreichbar gewesen.

»Als ich mit deiner Mutter sprach, sagte sie, sie habe dich seit Wochen nicht gesehen und auch nichts von dir gehört. Sie sagte, sie habe keine Ahnung, wo du steckst.« Er gab die Bemerkung so wieder, daß sie bereits einen Vorwurf darstellte, dem er nichts hinzuzufügen brauchte.

Felix begriff, daß er jetzt sein Bedauern ausdrücken müßte, aber er sagte nichts. Er versuchte, seine Beine zu benützen und wartete darauf, daß sie wieder zu Kräften kämen. In seinem Kopf drängten sich Gedanken wie im Sonnenschein schimmernde Hornissen; sie summten, stürzten los, machten Scheinangriffe auf ihn. Sie müßten erst einmal zur Ruhe kommen, bevor er einen Entschluß fassen könnte.

Es sollte eine Weile dauern, bis es ihm richtig ins Bewußtsein drang: Enid wäre fast gestorben, sie hätte sich beinahe umgebracht, und das seinetwegen.

In jenem Brief hatte sie geschrieben, sie wolle nicht mehr leben, aber er hatte ihn vor Wut in der Faust zerknüllt, hatte ihn weggeworfen. Vielleicht hatte er ihn falsch ausgelegt. Er hatte nicht geglaubt, daß sie es ernst meinte – ganz und gar nicht.

Du darfst machen mit mir, was du willst.

Sicher, er hatte ihn in der Faust zerknüllt und weggeworfen, zum Teufel mit ihr – wenn sie doch bloß zum Teufel ginge. Wollte nichts mehr zu tun haben mit ihr. Und jetzt das.

Überdosis Aspirin. Fast gestorben – verdammt noch mal. Ein Versuch, *ihn* zu manipulieren.

»Vielen Dank, Domenic. Vielen Dank für den Anruf.«

Er hängte auf, schon bevor das Gespräch ganz zu Ende war, doch konnte er es nicht länger ertragen. Konnte es einfach nicht aushalten.

Als der Anruf kam, hatte Felix Stevick gerade einen Sparringskampf ausgetragen mit Jo-Jo Pearl, dem jungen Weltergewichtler der Mattiuzzios, der sozusagen auch ein Schützling von ihm war. Zuerst wußte er nicht einmal, wer dieser »Domenic« war, erst als er die Treppe zum Büro von Vince hochstieg, in dem er den Anruf entgegennehmen sollte, fiel es ihm plötzlich ein. Schlechte Nachrichten. Etwas passiert in der Verwandtschaft. Der Gedanke schoß ihm durch den Kopf, Lyle könnte einen Herzanfall erlitten haben oder sei bereits tot, und er würde ihn vermissen – so einen wie Lyle gab es nicht zweimal.

Er hatte sich nur ein Handtuch schnappen können, jetzt stand er schweißnaß da und fröstelte, hatte von dem Schreck richtig Zähneklappern. Ein einziger Blick genügte Vince, er schenkte Felix einen Drink ein, drückte ihm wortlos das Glas in die Hand, und Felix goß den Drink hinunter. »Was passiert in der Verwandtschaft? Todesfall?« fragte Vince. Felix schüttelte den Kopf. Starrte auf dem luxuriösen burgunderfarbenen Teppich eine Stelle mit dünnen Sonnenstrahlen an, spürte, wie sich sein Mund zu einer Art Lächeln verzog. Dem Lächeln, mit dem man seinen Gegner durcheinanderbrachte – der wußte dann nicht recht, was man vorhatte.

»Deine Mutter?« fragte Vince. Die einzige Person aus der Verwandtschaft von Felix, die Vince kannte, war Ursula.

Felix schüttelte erneut den Kopf. Deutete mit einer Handbewegung an, daß er nicht reden, aber noch etwas trinken wolle – ja, danke.

Er saß auf dem Rand von Vinces Schreibtisch, der eine Glasplatte als Abdeckung hatte. Er wußte nicht recht, wo er sich gerade aufhielt, obgleich er durchs Fenster den smogverhangenen Himmel sah, den Verkehr, der sich auf dem John Jamieson Expressway in verschiedene Richtungen bewegte, nach Osten, Westen, Süden und Norden, ausgehend von einem engen, kleeblattförmigen Verteiler. Die Schnellstraße war erst ein paar Jahre alt, der dahinströmende Verkehr tat Felix' Augen wohl. Er spürte eine Ähnlichkeit mit sich selbst. Beim Zuschauen konnte er sich beruhigen und brauchte nicht zu überlegen, was er tun müßte, wie er sich ihnen gegenüber verhalten sollte, ob er ihnen – ihr – überhaupt begegnen wollte. Nicht von diesem Fenster, doch vom Dach des Gebäudes aus, eine Treppe höher, konnte man in einer Meile Entfernung den Lake Oriskany sehen, die Gebäude am Seeufer, die Binnenfrachtschiffe, den Rauch. Selbst im Sommer war die Luft rauh, böig, widerlich, voller beißender Gerüche – Schwefel, Hefe, Gummi, Chemikalien und Autoabgase, manchmal drang aus den Schornsteinen von Diamond Chemical ein merkwürdiger, süßlich-kalkiger Duft, dann wieder ein scharfer, orangenähnlicher Geruch wie von überreifen Zitrusfrüchten. Bis auf die Jahre bei der Armee im Pazifik hatte Felix sein ganzes Leben lang in Port Oriskany gewohnt; in manchen Augenblikken hatte er das Gefühl gehabt, seine Seele weile draußen in jener Luft, den unablässig vom See heranwehenden Winden, den aufdringlichen Gerüchen. Er verspürte plötzlich einen starken Drang, die Treppe zum Dach hochzusteigen. Hinaufzurennen und die Tür aufzustoßen.

Er mußte wohl irgendeinen Laut von sich gegeben haben. Vince starrte ihn fragend an und sagte: »Felix, kann ich was für dich tun?« Felix stand auf, wischte sich mit dem Handtuch das Gesicht ab, rieb sich die Augen und anwortete: »Nein danke, Vince, mir geht's gut.«

Er verließ das Büro von Vince, schlug unabsichtlich die Tür zu. Es ging nicht anders, er mußte sie besuchen – unverzüglich. Er würde sich duschen, zum Krankenhaus fahren und einen Besuch machen, und sobald er sie erblicken würde, so dachte er, wüßte er Bescheid.

Armes Ding. Fast gestorben. Seinetwegen.

Arme Enid. Seine Nichte. Wegen ihm.

Versuchte, *ihn* zu manipulieren.

Und wenn sie einen Zettel hinterlassen hätte und sie ihn entdeckt hätten, was dann? Wenn sie den der Polizei übergeben hätten, was dann?

Er duschte sich ausgiebig. Stand lange unter den heißen, dampfenden Wasserstrahlen und lange unter den kalten. Es war einer seiner alten Zufluchtsorte, an den Felix sich nach seinen Kämpfen zurückgezogen hatte vor dem Gerede über ihn, den gleißenden Sprüchen, die wie Schwerter funkelten und noch die Luft aufflammen ließen. Wie unvergleichlich Felix gewesen sei und so weiter, wie weit er es noch bringen könnte und dergleichen, wo er doch wußte, daß er nicht unvergleichlich gewesen war, sondern nur gut, ziemlich gut. Flotte Beinarbeit und beidhändig schnell, doch das würde nicht reichen, und wenn er allein war, wußte er das; deshalb brauchte er die Abgeschiedenheit, aber er fürchtete sich auch vor ihr. Was sie auch über ihn sagten, welche Ansprüche sie auch stellten – er müßte damit zurechtkommen, nicht die anderen. Im Ring stand er allein mit seinem Gegner, da war niemand sonst.

Er schloß die Augen, wandte sein Gesicht der Brause zu. Er sah den Schlag, den er so plötzlich ganz gegen seinen Willen ausgeteilt hatte – mit dem Handrücken hatte er sie getroffen. Erst vor ein paar Tagen. Und nun das Krankenhaus. Mitten in der Nacht einen Krankenwagen herbeigerufen, dann die Notaufnahme, die Intensivstation, und jetzt »ruhe« sie, und angesichts der erlittenen physischen Beeinträchtigungen gehe es ihr »verhältnismäßig gut«.

Angenommen sie stirbt, was dann, Stevick? Dann…

Dann würde er sich umbringen?

Sich umbringen.

Sich vollaufen lassen und zur Schnellstraße hinausfahren und den Wagen auf hundert bringen und einen Pfeiler rammen – eine Sache von wenigen Sekunden. Kein Mensch weiß etwas. Niemand kümmert sich drum. Das Stück Betonpiste hinter der Nine Mile Road. Nach zwei Uhr morgens wäre die Schnellstraße leer, keine Menschenseele anzutreffen.

Er fragte sich, ob der Schlag vielleicht eine Spur hinterlassen hatte auf ihrem Gesicht. Ob jemand neugierig geworden war. Und was sie zur Antwort gegeben hatte.

Und dann im Cottage, in jener Nacht. Nachdem er sie dorthin zurückgebracht hatte. Was sie wohl erwidert hatte, wenn von Geraldine Fragen gekommen waren.

Ich werde es niemand erzählen, Felix.

Ich würde es niemand erzählen, Felix.

Wenn er sich umbrächte, gäbe es eine Schlagzeile auf der ersten Seite. Früherer Berufsboxer, Anwärter auf den Titel im Mittelgewicht; eventuell ein Foto – Felix »The Cat« Stevick als grinsender Sieger, mit erhobenem Handschuh. Schon lange her, doch sie würden das Foto ausgraben, einen Nachruf veröffentlichen. Und all seine alten Feinde würden ihn lesen, wären den ganzen Morgen bester Laune. Sogar seine alten Freunde.

Vor ein paar Tagen im Auto, als der Regen aufs Dach trommelte und eine Spannung herrschte zwischen ihnen, da hatte er gedacht: Sie ist deine eigene Nichte, die Tochter deines Bruders. Aber er war zornig gewesen, außer sich; dann hatte sie angefangen zu weinen, und er hatte nicht gewußt, ob er sich noch beherrschen könnte, seine Erregung, die Begierde in seinem Unterleib, mit ihr zu schlafen, sie aber diesmal richtig zu ficken, wie sie's verdiente. Diese kleine Schlampe, die ihn necken wollte – ihn provozieren wollte. Ihr zappelnder, verschwitzter Körper in dem Badeanzug für kleine Mädchen, der Träger, der von der Schulter rutschte. Ihn anzuschauen mit diesen gierigen Augen. Er hatte schon eine Stunde lang eine Erektion gehabt, bis es dann hinter der Tür zu dem Erguß gekommen war. Jetzt, unter der Dusche, wurde sein Glied steif bei dem Gedanken daran, wie er sie schließlich gepackt, sich an ihr gerieben hatte. Der erste Orgasmus war wie ein Schlag in die Magengrube gewesen, da hatte er weiche Knie gehabt und hatte nach Atem gerungen. Das zweite Mal war es leichter gewesen, angenehmer, er hatte das besser unter Kontrolle gehabt, hatte ihre Finger gelenkt, sich von ihren willfährigen Fingern drücken und streicheln lassen. Wieder hätte er nicht aufhören können, doch für sie war die Gefahr, die er zuvor gespürt hatte, nicht mehr vorhanden gewesen – daß er dem Mädchen etwas Verrücktes antun könnte, das nie wieder gutzumachen wäre.

Gleichzeitig hatte er einfach nicht glauben können, daß er das tat. Erstaunt, gar nicht mal angewidert oder beschämt, war er zur Seite getreten, hatte es gar nicht fassen können, daß er zu so etwas fähig war.

Am Strand hatten sie herumgealbert, wie man das eben tat nach ein paar Bieren, ohne etwas dabei zu denken oder zumindest nicht viel; alles war recht lustig gewesen, alle hatten gelacht und waren guter Laune gewesen, auch Felix. Er bedauerte es bei solchen Gelegenheiten, daß er keine Familie hatte, mit der er an Sonntagen und Feiertagen am Strand faulenzen oder schwimmen, im Sand herumspielen könnte, wie sie's getan hatten. Allerdings war das Mädchen zu überdreht gewesen, sie hatte den Kopf verloren, das war ihm aufgefallen, er war ja selbst ganz schön in Fahrt gewesen, an dem Punkt hätte Schluß sein sollen.

Felix hätte wissen müssen, daß es für irgend jemand ein bitteres Ende nehmen würde.

Schon seit vielen Jahren besuchte Felix die Sporthalle der Mattiuzzios, er hätte sie als sein Zuhause betrachten können, wenn ihm so etwas wichtig erschienen wäre.

Ausgenommen die sechs oder sieben Monate, in denen er, nach seinem Abschied vom Berufsboxen, weggeblieben war. Und die Jahre im Krieg.

Sein Vater war mit ihm hingegangen, als er noch ein kleiner Junge war. Der Sportklub Crecca & Mattiuzzio, wie er damals hieß, verfügte über ein Stockwerk eines öden Gebäudes aus Hohlblocksteinen an der Ecke Huron und Fourth Street in einer Gegend mit italienischen Restaurants und Tavernen, kleinen Lebensmittelgeschäften, Metzgereien, Tankstellen, billigen Hotels und Pensionen. Leonardo, Vince Mattiuzzios Vater, war in der Stadt an verschiedenen geschäftlichen Unternehmungen beteiligt, etwa als Mitveranstalter von Preisboxkämpfen. Er und seine Freunde holten eine Reihe berühmter Boxer nach Port Oriskany, so Gene Tunney (zu einem Kampf, bei dem es nicht um den Titel ging), Jack Sharkey, Harry Greb, Mickey Walker und selbst Jack Dempsey, als er den Titel abgegeben hatte und Schaukämpfe absolvierte. Auch Max Baer – Felix' Vater hatte Max Baer sehr gemocht. Dann noch Jimmy Braddock. Und natürlich Primo Carnera, der einen der Stammkunden des Klubs als Kontrahenten erhielt. Das hatte ihnen auf Jahre hinaus etwas zu lachen gegeben.

Als Felix sieben Jahre alt war, hatte ihn sein Vater zu einem Schaukampf mitgenommen zwischen Mickey Walker, dem damaligen Weltmeister im Mittelgewicht, und einem der jungen Boxer des Klubs. Eigentlich handelte es sich um eine freundschaftliche Begegnung, aber Walker schien das aus dem Auge zu verlieren, als er im Ring stand und ein Glückstreffer des jungen Boxers, ein linker Haken, von der Menge enthusiastisch gefeiert wurde. Das kränkte ihn so sehr, daß er den jungen Mann plötzlich mit schweren Schlägen bombardierte, gerade so, als wolle er seinen Gegner umbringen. Der Kampf mußte in der dritten

Runde abgebrochen werden. Walker war ein gedrungener, beinahe pummeliger Mann mit einem teigigen Gesicht, der eher wie ein Angestellter aussah und nicht wie ein Athlet – »Spielzeugbulldogge« hieß er im Volksmund. Er konnte ein übler, gemeiner Hundesohn sein, wenn ihm einer die Tour vermasselte oder wenn er den Eindruck hatte, jemand wolle ihn hereinlegen.

Felix stieg auf einen Stuhl, um besser sehen zu können. Er war aufgeregt und verängstigt, spürte, daß etwas nicht stimmte – da kam einer zu Schaden. Der kleinere Mann hämmerte auf den größeren ein, er trieb ihn mit seinen Körpertreffern rückwärts durch den Ring, dann erwischte er ihn am Kopf, schlug fortwährend auf seinen Kopf ein, ein Dutzend Treffer ohne Gegenwehr, bis der junge Mann in die Seile fiel und der Ringrichter den Kampf abbrach. Im Saal herrschte eine Stille, als wäre jemand gestorben, und Mickey Walker zeigte als Sieger auf einmal Großherzigkeit, ging hin und half seinem Gegner auf die Beine, legte ihm die Arme um den Hals mit einer schwülstigen, sentimentalen Geste, ein typischer Ire, streitlustig und rührselig. Der Kampf war zu Ende, doch der Weltmeister umarmte den jungen Mann, den er so brutal zusammengeschlagen hatte, als wären sie Brüder.

All dies hatte sich so schnell abgespielt – Felix hatte nicht recht begriffen, was es bedeutete. Nur, daß etwas Wichtiges dahintersteckte. Und daß er das auch haben wollte.

»Die Leute tun das, was sie tun wollen – nicht mehr und nicht weniger. So lautet das Geheimnis, das niemand preisgeben möchte.«

Mit diesen Worten drückte es Karl Stevick Felix gegenüber aus. Sein Ton war zynisch, aber nicht bitter – eher lustig. Karl Stevick amüsierte sich gern.

Selbst während seiner letzten schrecklichen Erkrankung behielt er seinen lustigen Ton bei. Er erzählte seinem kleinen Sohn Dinge, die dieser erst Jahre danach begreifen sollte.

Felix erfuhr, daß sein Vater noch eine zweite Familie hatte – weitere Söhne. Er liebe sie ebenfalls, sagte er, aber er habe sie verlassen müssen, als er sich in Felix' Mutter verliebte. Genauer gesagt, bevor sie die Mutter von Felix gewesen sei.

»Warum?«

»Warum? Was meinst du damit?«

»Warum war sie nicht meine Mutter?«

»Weil du noch gar nicht auf der Welt warst. Du solltest bald geboren werden, aber du warst noch nicht da.«

»Aber wieso denn?« fragte Felix. Er war ein Kind, aber doch alt genug, um eine Gefährdung zu spüren, einen Hinweis auf eine Zeit, in welcher *er* nicht existiert und auch keinerlei Bedeutung gehabt zu haben schien. Sein Vater hatte noch andere Söhne, er hatte eine andere Frau gehabt, man konnte ihm nicht trauen.

Felix lernte schließlich seine älteren Halbbrüder Domenic und Lyle kennen, aber er wurde nie mit der ersten Frau seines Vaters bekannt gemacht. (Sie hieß Maria und wohnte jahrelang in einer Hotelpension am Eaton Boulevard, Felix' Mutter zufolge war sie immer kränklich und verlangte andauernd Geld.) Domenic ging ins theologische Seminar und wurde dann katholischer Priester; Lyle ging ins »Geschäftsleben«, doch bat er Karl Stevick fortwährend um Gefälligkeiten – ihm Darlehen oder Ratschläge zu geben, Kontakte zu nützlichen Leuten herzustellen. Die Kirche erkannte die Scheidung nicht an, folglich war Karl Stevick ein »schlechter« Katholik, ein Sünder, und seine zweite Frau Ursula war überhaupt nicht seine Ehefrau, sondern seine Konkubine, seine Hure.

Felix sollte zu seinem Verdruß erfahren, daß *er* in den Augen der Kirche illegitim war: ein Bastard.

»Und daran läßt sich nichts ändern?« fragte er seine Mutter.

Das war nach dem Tod seines Vaters. Seine Mutter sagte obenhin: »Warum macht dir das was aus? Hat es mit deinem Stolz zu tun? *Mir* macht es nichts aus, also kann es dir auch egal sein.«

Felix sagte sich, eigentlich könnte ihm das egal sein. Aber dem war nicht so.

Karl Stevick starb an einer Kopfverletzung, die er sich selbst beigebracht hatte, als er wegen Krebs im Krankenhaus lag – und ein todkranker Mann war. Er hatte seiner Frau und seinem kleinen Sohn untersagt, ihn kurz vor seinem Tod zu besuchen. Darin zeigte sich *sein* Stolz. Aber es gab da auch einen Skandal wegen einer anderen Frau, die angeblich seine Freundin war. Sie hatte ihm die Pistole ins Krankenhaus gebracht, sie war dann wegen Beihilfe zu seinem Verbrechen festgenommen worden, und die Mutter von Felix verzieh es Karl Stevick nie, daß er sie betrogen und ins Gerede gebracht hatte. »Ist ganz gut so«, hatte sie mit einem zornigen Lachen zu Felix gesagt, »jetzt brauche ich wenigstens nicht zu trauern.«

Als Junge kannte Felix nichts Schöneres, als sich querzulegen und Widerstand zu leisten. Wenn er allein war, spielte er wie ein Kind, war er blind für seine Umgebung. Er dachte sich in jenen Jahren ein zweites Ich aus, mit dem er plauderte und Pläne schmiedete; doch wenn sich eine andere Person einmischte, wurde er wach, abwehrbereit, quicklebendig. Ob es seine Mutter war, die Haushälterin seiner Mutter oder ein Kind aus der Nachbarschaft – sobald sich der Wille eines anderen dem seinen entgegenstellte, sah sich Felix herausgefordert: In Sekundenschnelle war er gefühlsgeladen und kannte nur noch ein Ziel. Er galt als halsstarriges Kind. Als ein schlimmes Kind. Nicht unter Kontrolle zu halten.

»Er schlägt seinem Vater nach«, sagte Felix' Mutter. Das sollte kein Kompliment sein, sondern eine Schuldzuweisung.

Schon bevor sein Vater ihn mitnahm, damit er Mickey Walker beim Boxen zuschauen konnte, hatte Felix Gefallen daran gefunden, mit anderen Jungen zu kämpfen. Für ihn war der Kampf die reinste Form des Spiels – man langweilte sich nie, man drehte sich nie angeödet um und ging weg. Als Kind besaß Felix schon erstaunlich viel Kraft und Bosheit; er schlug nicht wild um sich, stand nicht unbeholfen da wie ein Gassenrowdy – er verstand es, den Gegner mit Jabs auf Distanz zu halten, Täuschungsmanöver zu machen, Schlägen auszuweichen und mit einem Volltreffer Wirkung zu erzielen. Es machte ihm nichts aus, wenn er selbst getroffen oder gar verletzt wurde; er schien recht stolz zu sein auf seine Platzwunden und blauen Flecke, seine blutverkrusteten Nasenlöcher.

Dem Alter nach hätte Karl Stevick der Großvater eines Jungen wie Felix sein können, und das war vielleicht der Grund dafür, daß er ihm gegenüber so nachgiebig war, daß er ihm »seinen Willen ließ« und sich nicht bemühte, ihn zu zügeln. Daß Felix

Boxer werden wollte, gefiel ihm nicht, doch er war überzeugt, daß ihm die Lust bald vergehen würde – man müsse ja in einer ziemlich verzweifelten Lage sein, wenn man ganz am Anfang seiner Laufbahn für einen Pappenstiel das Risiko eingehe, zum Krüppel geschlagen oder umgebracht zu werden. Dempsey sei ein Beispiel, auch der alte Jack Johnson, Mickey Walker ebenfalls und selbst Gene Tunney, der ein Kind der Slums gewesen sei, auch wenn er sich noch so sehr umgemodelt habe, nachdem er berühmt geworden war. Harry Greb habe Tunney einmal in einem Kampf im Leichtschwergewicht fast umgebracht; wenn Tunney nicht so dringend Geld gebraucht hätte, dann hätte er nach jener schweren Niederlage das Boxen für immer sein lassen. »All die wirklich guten Boxer sind arm gewesen, und zwar bettelarm, sie befanden sich in einer verzweifelten Lage«, belehrte Karl Stevick seinen Sohn, »aber du gehörst nicht in diese Kategorie. Du bist nicht hungrig genug, um bis nach ganz oben zu kommen.«

Und dies sollte sich als wahr erweisen – letzten Endes.

Felix holte sich seine Vorbilder aber genau aus der Welt des Boxsports, die ihm auch den Maßstab lieferte, nach dem er alle Männer und alle männlichen Verhaltensmuster beurteilte. Sie bildete zur »realen« Welt eine zweite, eine Spiegelwelt, die viel mehr Bedeutung besaß. Wenn kein Weltmeister Mickey Walker aus ihm werden sollte, dann würde er der junge Mann werden, der es gewagt hatte, mit Walker in den Ring zu klettern und drei erstaunliche Runden zu absolvieren, eine lokale Berühmtheit für den Rest seines Lebens wegen eines einzigen linken Hakens, eines Glückstreffers, mit dem er den Champion am Kiefer erwischt und eine Nummer kleiner gemacht hatte. Was spielte es schon für eine Rolle, was schließlich passierte, wie schlimm einem in aller Öffentlichkeit zugesetzt wurde. Wenn man sich droben im Ring befand, über der Masse der Durchschnittsmenschen, waren selbst Verletzungen sinnvoll.

Felix gefiel auch, daß man beim Boxen Prügel bezog, wenn man Prügel verdient hatte, nämlich dann, wenn man es nicht verstanden hatte, sich gegen den Widersacher zu verteidigen, was wiederum hieß, daß man schon gar nicht gegen ihn hätte antreten sollen, daß man folglich alles verdiente, was auf einen zukam, selbst den Tod – nichts geschah zufällig. Auf der ganzen Welt fand er nichts dergleichen.

Er war nicht der Typ dafür, über Vergangenes nachzudenken, zu grübeln oder lange abzuwägen. Warum auch? Was brachte das schon? Wer sich umschaute, sah nur das Vorhandene – das Vergangene war längst weg, gestorben, begraben. Dennoch fragte er sich manchmal, was der alte Karl Stevick wohl von Felix »The Cat« Stevick gehalten hätte. Er hätte das Gesicht verzogen wegen des Beinamens und hätte gelacht: Er war kein Spielverderber gewesen. Wie so viele andere, hätte auch er regen Anteil genommen an der Karriere des jungen Mannes. Er hätte Wetten abgeschlossen – und dabei Geld eingestrichen, bis zu einem gewissen Zeitpunkt. Felix hatte eine spektakuläre Bilanz von 29:0 Siegen aufweisen können, davon 25 durch K.o.; er war tatsächlich gut gewesen, auch wenn ihn die Mattiuzzios mit unüblicher Sorgfalt behandelt hatten, ihn hauptsächlich gegen Klubboxer oder Ex-Größen hatten antreten lassen, die Felix mühelos kleinkriegte. Er war ziemlich gut gewesen. So wie Billy Conn gut, ja sehr gut gewesen war bis zu einem bestimmten Zeitpunkt – bis zu dem Augenblick, in dem er sich zu dem Versuch entschloß, bei Joe Louis einen K.o. zu landen, statt den Titel im Schwergewicht mit rein boxerischen Mitteln zu erkämpfen.

Natürlich hatte Felix einige schwierige Auseinandersetzungen bestehen müssen, bevor er mit Corvino zusammentraf. Er hatte Kämpfe wie den gegen den Farbigen Oscar Ellis gewonnen, doch wußte er, daß er seinen Gegner überhaupt nicht niedergekämpft, sondern mit Beinarbeit niedergetänzelt, mit boxerischen Kniffen ausgetrickst hatte. Jemanden niederzukämpfen war etwas anderes; die Männer, die gegen ihn bis in die Schlußrunde durchgehalten hatten, wußten das. Felix rechnete sich dennoch eine Chance aus – alle dachten, er hätte eine Chance. Wie Tunney, der Dempsey boxerisch überlegen war. Wie Tommy Loughran. Benny Leonard. Oder gar »Gentleman Jim«.

Der lange, lange Weg nach oben war so schwindelerregend, so hinreißend, er glich einem Eintauchen in die grenzenlose Weite des Alls, bis dann in jener Oktobernacht des Jahres 1948 in Detroit abrupt das Ende kam, zwei Minuten nach Beginn der achten Runde in einem Kampf über zehn Runden. Felix beging den großen Fehler seiner Karriere, der sein letzter sein sollte: Er wurde böse auf seinen Gegner, ließ sich von Gefühlen bestimmen, machte einen Schlagabtausch, stellte sich vor ihn hin, wollte es »Mann gegen Mann« zu Ende bringen; doch Corvino war stärker, zäher, härter, er hatte die Statur eines Bullen. Er wandte Tricks an, die Felix kannte, aber noch nie zu spüren bekommen hatte, schon gar nicht in dem hitzigen Getümmel eines richtigen Wettkampfes. Aus seiner Stirn schoß Blut, Blut in den Augen, er atmete durch den Mund, er hatte den Mundschutz verloren, und danach wußte er nicht mehr, was passierte; er wußte nur, daß er erledigt war. »Großer Gott, warum hast du das getan, Felix?« schrie Vince ausgerechnet im Krankenwagen auf ihn ein. »Warum zum Teufel hast du das getan?« Aber Felix vernahm es nicht, er war an einen Ort gegangen, wo er nicht zuhören mußte. Er brauchte sich nicht anzuhören, was sein Trainer, sein Manager, seine Anhänger zu sagen hatten. Aus der Sicht von Felix war die Sache so: Er hatte sich auf eine Schlägerei eingelassen, ausgerechnet mit Gino Corvino, der viel mehr einstecken konnte als er selbst; er hatte sich zwei oder drei Runden lang wie ein Schlafwandler aufgeführt; er hatte wiederholt Tiefschläge abgekriegt, und der Ringrichter schien das nicht zu bemerken; ein Schleier aus Schmerz und Blut hatte sich über sein Gesicht und seine Brust gelegt, Blutspritzer waren auf Corvinos Brust und auf das weiße Hemd des Ringrichters geflogen. Als er geblinzelt hatte, um wieder klar sehen zu können, hatte er alles doppelt wahrgenommen oder verzerrt, unscharf wie Gegenstände, die auf der Wasseroberfläche widergespiegelt werden. Und das Komische war gewesen: Er hatte kaum Schmerz gespürt – als die Attacke abrupt aufhörte, nahm er nur das Läuten der Glocke wahr. »Um Gottes willen, box doch endlich, Felix!« hatte ihn sein Trainer angefleht, der nicht wußte oder nicht wissen wollte, daß Felix mittlerweile nicht mehr fähig war zu boxen, daß sein Körper bloß noch die eingeübten Bewegungen ausführte, daß seine Arme und seine Handschuhe ihn nicht mehr schützen konnten gegen die schrecklichen Dinge, die ihm angetan wurden: Tiefschläge und Nierenstöße, Stöße in den Bauch mit dem Ellbogen, Genickschläge an die Schädelbasis beim Clinch, und selbst nach dem Kopfstoß, der als Versehen durchgegangen war, hatte Corvino noch an Felix' Augen von seiner Handschuhverschnürung Gebrauch gemacht. Beide Augen bluteten, waren halb zugeschwollen; er könne von Glück sagen, daß er das rechte Auge nicht eingebüßt habe, so hatte es nachher geheißen. Aber dann kam schließlich das Ende: Er hatte den Schlag nicht kommen sehen, spürte ihn auch nicht, einer von einem halben Dutzend Schlägen, die er nicht hatte kommen sehen. Was Karl Stevick wohl denken würde, wenn er mitansehen könnte, wie sein Sohn diese Schläge einsteckte? fragte er sich, bevor er zu Boden stürzte und drei, vier Minuten lang reglos dalag, als sei er dem Tode nahe oder schon gestorben – viele Zuschauer in der Arena dachten, er sei tot. Sein Denken war ausgeschaltet, das Rinnsal Blut in seinem Mund schien aus seinem Schädelinneren zu fließen. Sein Tod war ihm wie eine Öffnung vorgekommen, wie ein Tor, das von dämmerigem Licht, aber auch von Kälte erfüllt war. Er hatte den Tod gesehen und geschmeckt.

Im St. Josephs-Krankenhaus blieb er an der offenen Tür des Zimmers 419 stehen, wo seine Nichte in einem der Betten lag. Sie schien zu schlafen, oder sie hatte das Bewußtsein verloren. Infusionsschläuche hingen an ihren Armen, die dünner waren, als er sie in Erinnerung hatte. Das blaße, verschwommene Oval ihres Gesichts war von ihm abgewandt, doch am Bett saß Hannah Stevick, und mit dem Rücken zu ihm stand Lyle, auf dessen weißem Hemd sich ein dreieckiger Schweißfleck abzeichnete. Felix sah mit Erstaunen, daß Lyle kahl wurde, daß die Kopfhaut durch das schüttere, ergrauende Haar schimmerte. Und daß er von hinten so gealtert, so gebeugt aussah. Sie verstanden sich nicht besonders gut, aber Felix mochte ihn durchaus; er wollte bloß nichts mit ihm zu schaffen haben.

Felix sah noch drei weitere Betten – also kein Zimmer Erster Klasse. Warum zum Teufel hatte Lyle nicht für ein Privatzimmer gesorgt?

Ich übernehme die Kosten! dachte Felix.

Aber er konnte nicht in das Zimmer hineingehen. Er konnte nicht sprechen. Er war die Treppen hochgestiegen, statt auf den

Aufzug zu warten, doch jetzt konnte er das Zimmer nicht betreten. Er hatte Angst davor, daß Hannah und Lyle ihn bemerkten; vielleicht würden sie Bescheid wissen, wenn sie nur sein Gesicht sahen. Möglicherweise hatte Geraldine etwas ausgeplaudert. Sie waren keine Einfaltspinsel.

Liebte er sie denn?

War er wirklich schuld daran?

(Vielleicht erinnerte sie sich gar nicht mehr daran, was zwischen ihnen geschehen war, wenn sie sich erholt hatte?)

Sein Kopf war leer, das Denken im Nu so völlig ausgelöscht wie eine Flamme, die ausgeblasen worden war. Er hätte kein Wort herausbringen können, nicht einmal, um seine Tat einzugestehen.

Er meinte, er liebe sie vielleicht doch – auf eine gewisse Art. Weil sie seinetwegen, wegen der Vorstellung, die sie von ihm hatte, so gelitten hatte und fast gestorben war. Keine andere Frau, kein anderes Mädchen hatte das je getan. Das mußte er zugeben, das stand fest. Ihre Haut war so blaß, an ihren Armen, ihren Fußgelenken und selbst an ihren Nasenlöchern hingen die Schläuche – er wußte, worum es ging, er war selbst dem Tode nahe gewesen. Domenic hatte am Telefon gesagt, die »Krise« sei vorüber, Enid habe jedoch ein »extremes physisches Trauma« erlitten. Die Magenwand blute, andere Organe könnten in Mitleidenschaft gezogen sein, aber Genaueres wisse man noch nicht.

Sie hatte immerhin ihren Willen durchgesetzt und war fast gestorben. Um ihn zu bestrafen.

Oder um ihn herbeizurufen.

Und das hatte noch niemand getan. Frauen hatten zwar schon gedroht, daß sie sich seinetwegen umbringen würden oder daß sie ihn umbringen würden, was aber etwas ganz anderes war.

Er liebte sie nicht, doch jetzt gab es diese Verbindung zwischen ihnen, dieses Band. Eine Blutsbrüderschaft wie bei zwei Männern, die im Kampf einander ebenbürtig gewesen waren. Oder wenn der eine den anderen klar geschlagen, der Verlierer aber so tapfer gekämpft hatte und so über sich hinausgewachsen war, daß der Sieger von nun an in seiner Schuld stand.

Ja, sie hatte ihren Willen durchgesetzt. Aber er würde das Zimmer nicht betreten.

Das St. Josephs-Krankenhaus mit den Nonnen in ihren weißen, gestärkten Gewändern, ihren von straffem Weiß umrahmten Gesichtern, erinnerte Felix an seinen Vater, an den Tod seines Vaters. Vor so vielen Jahren. Er war mehrere Male mit seiner Mutter hergekommen, bis Karl Stevick plötzlich beschlossen hatte, daß sie ihn nicht mehr besuchen sollten, weil er vom Krebs so schwer gezeichnet war. Er sei das sowieso gar nicht mehr, hatte er gesagt, das sei längst vorbei.

Er sah Enid Stevick in ihrem Patientenbett, aber aus der Entfernung hätte er nicht sagen können, ob sie lebte oder tot war. Er wußte, ihre Haut würde sich jedenfalls feuchtkalt wie der Tod anfühlen, wenn er sie berührte. Und wenn sie sein Gesicht sehen würden, wüßten sie wohl Bescheid; zumindest Hannah, wenn schon nicht Lyle, *die* Frau ließ sich nicht hinters Licht führen. Er wandte sich um und ging schnell weg, ohne recht zu wissen, was er tat. Er würde Enid und die beiden ein andermal besuchen. Sich ein andermal anständig und normal aufführen. Er würde das Angebot machen, für ein Privatzimmer aufzukommen, falls er damit seinen Bruder, diesen Pfennigfuchser, nicht in Verlegenheit brachte. Ein andermal.

»Felix, stimmt etwas nicht? Du kommst mir so verändert vor.«

Al Sansoms Frau legte ihm die Hand auf den Arm, die polierten, manikürten Nägel. Der schwache Parfümduft war köstlich und warm.

Felix schüttelte den Kopf, goß den ersten von drei Martinis hinunter, die zu trinken er vorhatte, und versuchte sich auf einen druckfrischen Hochglanzprospekt zu konzentrieren, der aus acht schmalen Seiten mit Farbfotografien und Druckspalten bestand, letztere mit cremefarbenen Buchstaben auf schwarzem Hintergrund. Der Prospekt sei eben fertig geworden, sagte Al Sansom, er sei als Werbung gedacht für »das schönste Ferienhotel in den Adirondacks: VILLA RIDEAU. Feierliche Eröffnung geplant für Sommer 1953.«

»Man ahnt ja nicht, wie verdammt teuer so etwas ist«, meinte Al Sansom. »Das schaut man nur kurz an und wirft es ungelesen in den Papierkorb.« Dabei habe er sechs Personen anheuern müssen, den Drucker nicht mitgerechnet, um das unter Dach und Fach zu bringen. Jetzt würden über fünftausend Exemplare gedruckt und überallhin ausgeliefert, insbesondere nach New York City. An Reisebüros und dergleichen, auch an einige Privatadressen. »Was meinst du, Felix? Sieht gut aus, was?«

Beim Durchblättern fiel Felix das Wort *luxeriös* auf. »Schreibt man das so?« fragte er. Er wußte es nicht. Für das gedruckte Wort hatte er wenig übrig; er überflog Zeitungen und Zeitschriften nicht um der Lektüre willen, sondern um sich Fakten, Informationen und Nachrichten anzueignen. Al und Claudette machten sich ebenfalls Gedanken wegen des Wortes. Al meinte, es könnte sich um eines jener Wörter mit verschiedenen Schreibweisen handeln, um eine Übernahme aus dem Französischen; Claudette aber, die einmal bei einem Rechtsanwalt als Sekretärin gearbeitet hatte, war der Ansicht, es sei ein Schnitzer.

»Was denn für ein Schnitzer?« fragte Al.

»Ein Setzfehler«, antwortete Claudette.

»Was soll das heißen?«

»Ein falscher Buchstabe. Ein Druckfehler.«

»Und das bedeutet?«

»Genau das, was ich gesagt habe!« rief Claudette. Sie war eine ungemein attraktive junge Frau, die die halb feindselige Anmache von männlicher Seite gewohnt war, aber von dem Geschwätz ihres Mannes oft aus der Fassung gebracht wurde. Sie schaute Felix an, als erwarte sie eine Bestätigung. »Es ist ein Irrtum, wie er jedem passieren kann.«

Al Sansom hielt den Prospekt ans Licht und untersuchte ihn genau. Seine Augen waren klein, argwöhnisch und feucht, in seinem interessanten, verlebten Gesicht spiegelte sich der Glanz der Druckseiten. »Für einen Irrtum ist immer irgend jemand verantwortlich«, sagte er gereizt. »Die einzige Ausnahme ist die ›höhere Gewalt‹, wie unsere Freundchen aus der Versicherungsbranche das nennen. Und den Grund dafür kennen wir.«

Er warf den Prospekt auf den Tisch, als hätte er genug davon, dann winkte er einen Kellner zu sich, der gerade vorüberging, und bestellte eine weitere Runde: Martinis für ihn und seinen Partner, einen Sloe Gin Fizz für seine Frau. »Ach was, unsere Klientel wird selbst nicht wissen, wie man ›luxuriös‹ buchstabiert. Das fällt doch keinem auf.«

Felix und das Ehepaar Sansom nahmen ihre Drinks in der Cocktail Lounge des Hotels Onondaga, wo die Sansoms abstiegen, sooft sie Port Oriskany besuchten. Felix sollte an diesem Abend mit ihnen zusammen dinieren. Es fiel ihm jedoch schwer, sich auf Al Sansoms Plauderei zu konzentrieren, die ein von Fragen durchsetzter Monolog war, eine Litanei von Klagen, die dieser ohne eine Miene zu verziehen in belustigtem Ton vortrug. Felix dachte an die im Krankenhaus liegende Enid, an Lyle und Hannah. An das, was er getan hatte. Ob es ihm leid tue und ob es wieder passieren würde.

»... so ein schönes Hotel, es wäre ja schade, wenn es vor der offiziellen Eröffnung abbrennen würde«, sagte Al mit leiser Stimme.

»Das ist aber gar nicht komisch, Al«, meinte Claudette.

»Wer sagt denn, es sei komisch? Tragisch wäre das.«

»So etwas solltest du nicht sagen, wenn jemand mithören kann.«

»Also bitte, ich habe ja bloß Spaß gemacht. Du weißt doch, daß das bloß Spaß war.« Er schaute Felix mit gespieltem Flehen an. »Du weißt, daß ich bloß gescherzt habe, nicht wahr?«

»Klar«, sagte Felix.

»Du hast aber auch nicht gelacht, oder?« sagte Al. »Erzähl uns mal, warum du nicht gelacht hast. Vielleicht deswegen, weil das Scheißhotel ein Reinfall werden wird?«

Felix sagte: »Lassen wir doch das Thema.«

»Das schönste Hotel in den Adirondacks, in das wir bereits ein kleines Vermögen gesteckt haben; die ›feierliche Eröffnung‹ ist schon zweimal verschoben worden, und es sieht ganz so aus, als müßte sie wieder verschoben werden. Wäre gar nicht komisch, wenn es abbrennen würde. Liege ich da falsch? Bin ich betrunken? Schau mich nicht so an, meine Schöne«, sagte Al zu Claudette. »Du weißt gut, wie ich darüber denke, wenn du mich im Beisein anderer so ansiehst.«

Felix machte die Augen halb zu und sah etwas, sah jemanden näherkommen. Eine von den Barmherzigen Schwestern. Ein sich bauschendes weißes Gewand und das beruhigende Klicken des Rosenkranzes, der an ihrem Gürtel baumelte. An der Wand über dem Bett seiner Nichte hing ein Kruzifix; er hatte es zuvor nicht bemerkt, aber jetzt konnte er es genau erkennen.

Al Sansom merkte, daß Felix in Gedanken woanders war und redete mit mehr Nachdruck, um seine Aufmerksamkeit zu gewinnen. Dabei streichelte er die Finger seiner jungen Frau, machte zärtliche kleine Kringel auf ihrer Haut, als wären es geheime Zeichen. Er fühlte sich in der Gesellschaft von Felix manchmal unwohl, dann wieder ganz zu Hause, als kenne er seinen Partner schon seit Jahren, wo er ihn in Wirklichkeit doch so gut wie gar nicht kannte. Er kannte ihn fast gar nicht, und so gefiel es Felix.

Vince Mattiuzzio hatte Felix eines Tages gefragt, was denn dran sei an der Geschichte mit dem Ferienhotel droben in den Adirondacks. »Ja, warum auch nicht?« hatte Felix obenhin geantwortet. Seit Monaten habe er Ausschau gehalten nach einer Anlagemöglichkeit für sein Geld und nach etwas, das eine Verbindung zu seinem Leben hätte. Da sei der fünfzehnprozentige Anteil an Jo-Jo Pearl und die Möglichkeit, zusammen mit Vince in einer der Vorstädte in einen neuen Sportklub Geld zu investieren. Aber er brauche mehr als das. Die Adirondacks, den Shoal Lake und l'Isle-Verte. Er sei seit Jahren nicht mehr hingekommen, es sei ihm ziemlich egal gewesen, daß Ursula den Besitz seines Vaters verhökert habe, ohne ihn um Rat zu fragen – wie das üblich sei bei ihr. Warum nicht ins Ferienhotel-Geschäft einsteigen? Natürlich gab es einen Grund dafür, daß Vince das Thema anschnitt, als sei es ihm eben in den Kopf gekommen, doch Felix war nicht neugierig. In den Zeiten, als Felix ihr Boxer war, teilten ihm die Mattiuzzios immer mit, welchen Gegner sie für ihn vorgesehen hatten, und Felix fragte nie nach dem Grund: Warum gerade diese Paarung und nicht eine andere? Es lag immer ein Grund vor, und er verließ sich darauf, daß sie ihn mit diesen Dingen verschonten. Jetzt stand er im Geschäftsleben – oder versuchte es zumindest. Er hatte Geld und mußte etwas anfangen damit. Er war in der Stadt herumgefahren und hatte sich Objekte angesehen, die zum Verkauf standen: Wohnhäuser, Restaurants, Grundstücke, von denen er meinte, sie könnten ein Gefühl für Besitz in ihm wecken. Bei manchen Männern war das ein Fieber, eine Sucht. Stolz, Ehre, Glück gab ihnen das, einen Grund, morgens aufzustehen, es war die Verkörperung der Männlichkeit – eine Manifestation ihres Seelenlebens, ein sichtbares Zeichen von Macht. Aber Felix fand nie etwas, das er kaufen wollte. Er schaute sich um, er zog Erkundigungen ein, aber nie fand er etwas, das ihm zusagte. Es war wie in den Zeiten, als er eine lokale Berühmtheit darstellte und alle Frauen bekam, die ihm gefielen, ohne daß er großen Wert darauf gelegt hätte.

Vince sagte, im Ferienhotel-Geschäft sei eine Menge Geld zu verdienen. Und lächelnd meinte er: »Dieser Sansom ist in dem Spiel so eine Art Joker. Wir bringen dich hinein, aber du hast nach außen hin nichts mit uns zu tun, und er wird auch keine Fragen stellen.«

Bei ihrem ersten Zusammentreffen schüttelte Al Sansom Felix Stevick die Hand und sagte: »Liebe auf den ersten Blick!« Er wollte den Leuten immer gleich zeigen, daß er einen Sinn für Humor besaß.

Grundbesitz sei seine Leidenschaft, erzählte er Felix. Auf ihn sei Verlaß – man könne ihn sehen, auf ihm herumspazieren; man könne Häuser darauf bauen und ihn verkaufen, wenn die Zeit reif sei dafür. Auf die Reife komme es an, sagte er Felix mit heftigem Augenzwinkern. Auf das Wissen, wann man kaufen und wann verkaufen müsse.

»Sie waren mal ein Schwerathlet, habe ich gehört. Boxer? Ja? Dann wissen Sie den Wert des Dauerhaften, Unverwüstlichen zu schätzen. Von etwas, das nicht verschleißt.«

Felix starrte ihn an. Noch nie hatte er so eine Abneigung gegen jemand empfunden. »Das stimmt«, sagte er.

Al Sansom war ein penibel gekleideter Mann Mitte fünfzig, der mit einer wesentlich jüngeren Frau verheiratet war – im Alter von Felix Stevick. Seine dritte oder gar vierte Ehefrau war sie. Recht intelligent, doch setzte sie mit Vorliebe ein geziertes, vieldeutiges Lächeln auf und eine geheimnisvolle, unergründliche Miene. Sansom stand bei Banken und Sparkassen in großem Ansehen, doch schien es an seinem Charakterbild einen zweifelhaften Aspekt zu geben, und zwar hinsichtlich seiner Vertrauenswürdigkeit: Felix sollte dies einige Monate später erfahren. (Sansom hatte vor Jahren mit den Mattiuzzios oder mit Freunden von ihnen geschäftliche Verbindungen unterhalten, die sich als Reinfall erwiesen: Auch dies sollte Felix erst erfahren, als er

Sansoms Partner geworden war.) Dieser Mann hatte einen Teint von zartem Rosa, der ganz anders war als Felix' olivfarbene Haut; seine Nase war etwas geschwollen und hatte breit angesetzte Flügel, war nicht zu vergleichen mit Felix' schmaler Adlernase. Und doch war etwas an ihm – seine Augen, sein knochiges Gesicht –, das Felix an sich selbst erinnerte. War er ihm vielleicht ähnlicher als seinem eigenen Vater?

Felix glaubte, daß er in Al Sansoms Alter genauso aussehen würde. Wenn er zuviel trank. Und wenn er da überhaupt noch lebte.

Al war jetzt bei seinem dritten Martini angelangt. Er ließ immer wieder Zigarettenasche auf das Cocktailtischchen fallen und sprach verzückt vom Shoal Lake, von l'Isle-Verte: Was für eine schöne, unberührte Weltgegend das sei, und was für eine Ehre, sie zu erschließen. »Das Rideau Inn ist nur der Anfang für Sansom und Stevick«, sagte er. »Wartet nur mal ab. Es gibt da zwar ein paar Probleme, aber man wird schon sehen.«

»Stimmt«, sagte Felix.

»Da werden wir beide zu Multimillionären, zu Milliardären. Paßt nur mal auf!«

Was hättest du getan, was hättest du gedacht, überlegte Felix, wenn deine Tochter versucht hätte, sich umzubringen? Mit fünfzehn Jahren. Er sah Lyles breiten, gebeugten Rücken vor sich, den Schweißfleck auf seinem Hemd.

Al erzählte Felix und Claudette eine Geschichte, die sich die Woche zuvor am Shoal Lake zugetragen habe – ein unglaublich verrückter, beängstigender Vorfall.

Anscheinend war er am frühen Abend gegen 8.30 Uhr allein in seinem Auto über die Brücke zum Festland gefahren. Da habe er plötzlich gesehen, daß etwas über dem See thronte, etwas in einer Meile Entfernung nach Norden hin. So etwas Ähnliches wie ein Flugzeug, aber doch nicht ganz; eher wie eine Scheibe, flach, mit Lichtern, die verschwommen glimmerten wie bei Nebel oder bei Regen, obwohl die Luft ringsum klar gewesen sei. Das sei ihm besonders aufgefallen: *Überall sonst klare Sicht.* »Ich glaube ja nicht an Fliegende Untertassen oder UFOs, wie sie bei der Air Force heißen. Vermutlich habe ich etwas gesehen, das vom Wasser widergespiegelt wurde.« Er grinste Felix und Claudette an und wartete auf deren Reaktion, doch die beiden hatten nichts zu sagen. Al meinte: »Heutzutage gibt es zuviel Zeug, das wir glauben müssen. Und das strapaziert unsere Aufnahmebereitschaft. Da ist kein Platz mehr für Fliegende Untertassen von einem anderen Planeten.«

»Al, du bist so komisch«, sagte Claudette. Wenn sie etwas getrunken hatte, lachte sie viel, und das Lachen schien ihr leichtzufallen. »Al, du bist so *weise.*«

»Ein weiser, alter Mann«, sagte Al verdrießlich. »Felix, wie denkst du darüber?«

Felix hatte nicht zugehört. Er zog ganz langsam die Schultern hoch und schüttelte den Kopf.

»Felix, du bist meine rechte Hand. Felix bedeutet doch ›der Glückliche‹!«

Ein hellhäutiger Neger in einem weißen Dinnerjacket spielte an einem Cocktailpiano, sang im Stil von Cab Calloway »Stormy Weather«, »These Foolish Things« und »Blues in the Night«. Die Melodien gingen ineinander über, niemand schien zuzuhören. Jetzt spielte er mit hochgezogenen Schultern, verzerrtem Gesicht und geschlossenen Augen »Hongkong Blues«; Felix hörte genau hin, um die abgehackte Melodie und die komische Verzweiflung des Schlagertextes mitzubekommen: *Kicked old Buddha's gong ... Leave Hong Kong far behind me ... Happiness once again ...*

Er wußte gar nicht, warum er auf Sansom böse war; er spürte nur seinen Zorn, ein schwaches Zucken des Herzens und in seinem Blut das wie Alkohol dahinströmende Adrenalin. Großer Gott, am liebsten würde er dem Kerl einen Schlag ins Gesicht versetzen: Eine schnelle Rechte, und der Knorpel seiner Nase wäre weg.

Vince Mattiuzzio hatte ihn nicht belogen wegen Al, überlegte er. Vince hatte ihm bloß nicht alle Informationen zur Verfügung gestellt, die er besaß, und das war etwas anderes. Vince belog Felix niemals, denn sie waren ja Freunde. Sie hielten zusammen, als ob sie Brüder wären. Leonardo mochte ihn ebenfalls, selbst nach der Enttäuschung, die er ihnen bereitet hatte. Und der alte Guilio. Er sagte ja, Felix sei der schönste Boxer, den er je gesehen habe; damit zeigte er, daß er zwar keine große Ahnung hatte, aber warmherzig war. »Was willst du denn wissen? Warum willst du überhaupt genau Bescheid wissen?« hatte ihn Vince ausweichend gefragt. »Sagen wir mal, der Bezirksstaatsanwalt setzt es sich in den Kopf, Felix Stevick eine Vorladung zu schikken. Nehmen wir mal an, Felix Stevick steht plötzlich als Zeuge vor einem Geschworenengericht, welches die ›kriminellen Geschäfte‹ – was auch immer damit gemeint sein mag – im nördlichen Teil des Staates New York untersucht. Felix sagt unter Eid aus, daß er keine blasse Ahnung habe. Und das ist die Wahrheit, oder nicht? Immobilientransaktionen, eigene Hotels und Motels, Handel mit Wein und Spirituosen, Verkaufslizenzen, Straßenbaufirmen, Speditionen, Unterhaltungsbetriebe, Autohandel, Boxveranstaltungen, Trabrennen: Von ›kriminellen Geschäften‹ in diesen Bereichen weiß Felix Stevick nichts.«

»Ist mal jemand mit dem Vorschlag an Sie herangetreten, einen Kampf absichtlich zu verlieren?« würden ihn die Dreckskerle womöglich fragen, und Felix würde voll Verachtung erwidern: »Zu dieser Art Boxer gehörte ich nicht. Ich war auf dem besten Wege, einen Weltmeistertitel zu erringen.«

Al entschuldigte sich, um auf die Toilette zu gehen. Oder wollte er wieder eines seiner geheimnisvollen Telefonate führen? Felix und Claudette blieben sich selbst überlassen. Die beiden hatten nichts zu bereden, aber Claudette fing mit einem betont lustigen, seichten Geplapper an; sie merkte, daß Felix Stevick kein aufmerksamer Zuhörer war, kannte aber den Grund nicht. Sie war eine auffallende Erscheinung mit honigfarbenem Haar, das über ein Auge herunterfiel, dunkel geschminkten Lippen und einer warmen, klaren, gesunden Haut. Als sie zum erstenmal mit Felix zusammengetroffen war, hatten sie sich gleich zueinander hingezogen gefühlt, doch nun spürte Claudette, daß etwas nicht stimmte. Vielleicht war auch sie ein bißchen böse.

»Heute abend bist du einfach nicht du selbst, Felix. Woran liegt es denn?«

Felix schüttelte den Kopf.

Obwohl er sonst nie an Al Sansoms Frau dachte, kamen ihm in ihrer Gegenwart jene Fotografien aus der Kriegszeit in Erinnerung mit Hollywoodstars wie Betty Grable, Rita Hayworth und

Veronica Lake. Und dabei dachte er mit Verbitterung an die verlorenen Jahre seines frühen Erwachsenenalters, an sein Leben als Soldat in der amerikanischen Armee, als er gezwungen worden war, jahrelang im Südpazifik zu kämpfen, wo er fast gestorben wäre, wo er vor Durchfall, Erschöpfung und Verzweiflung die Hosen vollgeschissen hatte. Neunzehn, als er hinging, dreiundzwanzig, als er entlassen wurde: verlorene Jahre. In der Armee hatte er ein bißchen geboxt, aber keine ebenbürtigen Gegner gefunden. Es war ihm an die Nieren gegangen, wenn er daran dachte, wie er um sein Leben betrogen wurde – was Ray Robinson, Joe Louis oder Tony Zale im Alter von dreiundzwanzig Jahren erreicht hatten. Und die ganze Zeit grinsten ihn die Glamourgirls aus Hollywood an, befeuchteten ihre Lippen und lächelten ihn an, luden ihn ein, mal zu zeigen, was er so alles draufhatte.

Hitler und Mussolini waren ihm völlig egal gewesen; es fehlte ja nicht an Leuten, um sie zu bekämpfen. Felix Stevick war eine Privatperson, er hatte sein eigenes Lebensziel.

»...und hoffentlich hast du dich nicht geärgert über seine Späße. Ich verstehe sie manchmal selber nicht, und ich bin seine Frau.«

»Na ja«, sagte Felix.

»Er mag dich sehr, auch wenn er mal sarkastisch wird. Mag dich wirklich sehr, weil er dir nämlich vertrauen kann.«

Claudette redete in einem ernsthaften, vertraulichen Ton. Sie tat gern so, als wäre sie ganz außer Atem. An jenem Abend trug sie ein weißes, sommerliches Strickkleid mit einem tiefen Ausschnitt, der den blassen, weichen Brustansatz zeigte; wenn sie sich zu Felix hinüberlehnte, um seinen Arm zu berühren, verströmte sie einen süßen, wohlriechenden Duft. Ganz wie sie es beabsichtigt hatte, fand Felix dies erregend, doch er dachte gerade an den See, die Wälder, an die Villa Rideau im vergangenen Sommer, in der es nach Rauch gerochen hatte und nach Verfall. Der Korridor war mit Möbeln vollgestellt gewesen, sie waren beide wie verrückt umhergerannt, wie Kinder; aber sie war ja noch ein Kind gewesen, dieses Mädchen, die Tochter seines Bruders, die er mißbraucht hatte. Er war betrunken gewesen, doch das mußte so sein, damit er tun konnte, was er tun wollte.

Er hatte sie ja gewarnt, sie solle ihm nicht folgen! Und natürlich hatte sie genau das getan. Sie hatte es genauso gewollt wie er, vielleicht ohne recht zu wissen, was das eigentlich war.

Der Neger am Piano spielte jetzt »Paper Moon« mit ironisch gemeinter Kitschigkeit, und Claudette fing an, von ihren Überzeugungen zu reden. Das Leben sei anstrengend, sagte sie. Sie gehöre keiner Konfession an, sie sei kein Mitglied der Methodistengemeinde wie ihre Angehörigen, und doch wisse sie, daß es einen Gott gebe, einen Geist, dem das Universum untertan sei. Der purpurrote Drink war ihr zu Kopf gestiegen, sie war etwas angesäuselt, auf eine ganz reizende Weise beschwipst. Ihr welliges Haar glitt über ihre Wange; ihr Atem ging rasch, als ob sie vor Als Rückkehr noch schnell etwas sagen müßte. Sie erzählte Felix, sie habe gehofft, mit Al eine »zweite Familie« gründen zu können, aber daraus werde offenbar nichts. Felix fragte, was sie damit meine, und sie sagte: »Ich liebe Al, aber es klappt nicht so recht.« Dann gab es eine Pause, das Cocktailpiano lieferte mit seiner Musik die Geräuschkulisse. Wie man es vom Kino her gewohnt war.

Sie habe in ihrer ersten Ehe ein Mädchen gehabt, das Baby sei nach wenigen Tagen gestorben, und ihr Mann habe offenbar ihr die Schuld gegeben. Um die Wahrheit zu sagen, sie fühle sich schon ein bißchen schuldig; es sei doch seltsam, wie es im Kopf zugehe, wie die Vernunft den kürzeren ziehe. Achtzehn sei sie gewesen, als sie heiratete, neunzehn, als Lily geboren wurde und starb. Dann hätten sie sich getrennt, und zur Scheidung sei es gekommen, als sie dreiundzwanzig war. Sie habe gedacht, das Leben sei vorüber, warum nicht Schluß machen? Eine Weile habe sie getrunken und sich mit den falschen Männern eingelassen, mit denen, die einen ausnützten, wenn man am Boden sei. Dann habe sie sich wieder aufgerappelt, sei in Albany zur Sekretärinnenschule gegangen, habe einen Job bekommen und sei jahrelang mit keinem Mann ausgegangen, weil sie Angst gehabt habe vor Männern. Schließlich sei sie mit Al zusammengetroffen; der habe sie bloß einmal angeschaut und gleich gesagt: »Ihnen ist sehr weh getan worden, nicht wahr?« Daraufhin sei sie in Tränen ausgebrochen. Er sei ein ganz lieber Mensch, überhaupt nicht so sarkastisch und spaßig, wie er sich in der Öffentlichkeit gebe. Trotzdem sei er manchmal jähzornig, um seine Gesundheit sei es nicht gut bestellt. Sie habe wieder eine Familie gründen wollen, sagte Claudette mit zitternder Stimme, doch Al wolle keine Kinder mehr; er habe erwachsene Kinder aus den früheren Ehen, die immer in Schwierigkeiten steckten und immer Geld brauchten. Bestimmte Fehler könne man nur in der Jugend machen, pflege Al zu sagen.

Sie glaube aber an das Leben; sie schon. Die Menschen seien auf Erden, um einander zu lieben, und nicht, um einander zu zerstören. Um als Gottes Ebenbilder neues Leben hervorzubringen. Ob Felix nicht auch dieser Meinung sei? Felix schüttelte den Kopf und lächelte. Claudette fragte ihn, bettelte fast um Zustimmung: Das glaube er doch auch? Felix erwiderte, er habe keine Ahnung, warum die Menschen da seien. »Vielleicht um zu kämpfen?« Er lachte, obwohl er nicht in der richtigen Stimmung war.

»Da gibt es nichts zu lachen«, sagte Claudette schmollend. Sie berührte seine Hand mit der ihren, als wolle sie ihn zurechtweisen. »Du weißt doch selbst, daß das nicht dein Ernst ist«, sagte sie, und Felix spürte, wie ihm das Blut zu Kopfe schoß. Seine Finger spannten sich unwillkürlich um die Hand der Frau und drückten zu; der Schmerz und seine barschen Worte ließen sie zusammenzucken: »Faß mich nicht einfach so an, ohne was dabei zu denken.«

Er rief das St. Josephs-Krankenhaus an und erfuhr von der Vermittlung, Enid Stevick sei in einem »guten, stabilen Zustand«; die Besuchszeit beginne am folgenden Tag um 11 Uhr. Er rief die Stevicks in der East Clinton Street 118 an, und nach elfmaligem Läuten hob seine Nichte Lizzie ab. Sie hörte sich verschlafen und verängstigt an; anfangs erkannte sie Felix' Stimme nicht, dann sagte sie, ihre Mutter und ihr Vater hielten sich noch im Krankenhaus auf, wieviel Uhr es denn sei? Sie habe sich auf ihr Bett gelegt und sei im Nu eingeschlafen. Lizzie war ganz erpicht darauf, mit Felix zu reden: »O Gott«, sagte sie, »es war ganz schrecklich, als ich hörte, wie Enid so schwer atmete. Ich wußte sofort, daß sie im Sterben lag. Und später hieß es ja, in der Notaufnahme habe ihr Herz stillgestanden, sie hätte also gleich tot sein können.« Wie das denn bei den Leuten droben in den Wäldern, draußen auf dem Land sei, wo man keinen Rettungswagen rufen könne? Lizzie fing an zu weinen, und Felix warf eine weitere Münze ein, als seine drei Minuten zu Ende gingen. Er erkundigte sich nach Lyle und Hannah, wie sie damit zurechtkämen, und wer Enids Arzt sei. Und wie es denn Enid gehe. Begreife sie, was geschehen war? Was sei denn Lizzies Ansicht nach geschehen? Lizzie sagte: »O Felix, es war einfach schrecklich. Ich glaube, sie hat es absichtlich getan. Aber Mama und Daddy glauben, es sei ein Versehen gewesen.« Felix schloß zitternd die Augen; er wußte, wenn sie beisammen wären, würde sich Lizzie in seine Arme werfen. Hatten ihn seine Nichten nicht schon immer angebetet? Geraldine, Lizzie, Enid – Geraldine, eine verheiratete Frau, die ihn anschaute und anlächelte mit dem Wissen, was Männer und Frauen miteinander und füreinander taten, und am See war sie auch argwöhnisch gewesen wegen Enids Verhalten; Schwestern hatten doch ein Gespür für so etwas, waren immer ein bißchen eifersüchtig aufeinander. Lizzie sagte gerade: »Stell dir mal vor Felix, sie wäre *gestorben...*« Dann fing sie wieder an zu weinen, und Felix wollte nach einem Abschiedsbrief fragen, ob sie etwas Schriftliches hinterlassen habe, aber er überlegte es sich anders: So etwas hätten sie inzwischen gefunden.

Oder Enid hätte es ihnen inzwischen erzählt. Falls sie die Absicht gehabt hatte, sich auszusprechen.

Er hatte die Sansoms sitzenlassen. Er sagte zu ihnen, er könne nicht dableiben und mit ihnen zu Abend essen; da sei nichts zu machen, auch wenn sie ihn für unhöflich hielten. Um 23 Uhr werde er bei Freddy De Marra zum Pokern erwartet, aber da gehe er auch nicht hin. Er stieg in sein Auto und fuhr los; er kehrte zuerst im Diamond Horseshoe an der Nine Mile Road ein. Der Barkeeper dort kannte ihn, aber er war nicht aufdringlich. Er bot ihm stets einen Drink auf Kosten des Hauses an. Meist redeten sie über Boxkämpfe oder Autos oder gemeinsame Bekannte; manche hatten sie seit Jahren nicht gesehen, andere waren vielleicht schon gestorben. Nach dem Aufenthalt im Diamond

Horseshoe fuhr Felix in bester Laune auf dem Jamieson Expressway nach Norden. Genau das brauchte er, das hatte er gesucht: Schwung, der ihn mitriß.

Es war wohl so etwas Ähnliches wie die Erinnerungen: Wie all die Boxkämpfe, mit denen er angefangen hatte, als er fünfzehn war und knapp sechzig Kilo wog. Er konnte sich der Reihe nach an sie erinnern und, wenn er wollte, in allen Einzelheiten. Seltsam, dachte er, wie man sich selbst in der Erinnerung von außen sieht, auf Film festgehalten. Aus dem Gedächtnis, als wäre auch das vorher schon einmal geschehen, tauchte das Mädchen auf, das er vergewaltigt hatte (nicht ganz, aber gezwungen hatte er sie); schon immer hatte er befürchtet, daß er dies eines Tages tun würde. Er hatte Vince einmal gefragt, ob ihm so etwas auch schon durch den Kopf gegangen sei, etwas in dieser Art, aber er hatte ihn mißverstanden und geantwortet: »Na ja, klar, ich glaube, jeder Mann möchte das machen, wenigstens einmal.«

Fulton, Marietta, Timber Lake, Unionport... Er hatte die Schnellstraße verlassen und fuhr jetzt in nördostlicher Richtung; er raste durch Orte, in denen die Geschwindigkeit auf dreißig Stundenkilometer begrenzt war und wünschte sich fast, daß ein Ortspolizist versuchen würde, ihn zu erwischen. Vielleicht das Lebanon Inn mit seinem halbvollen Parkplatz, der grellen rosafarbenen Neonreklame? Aber er hatte noch keine Lust anzuhalten. Er fuhr weiter zum nächsten Örtchen, zum übernächsten, nach Spragueville, Oconee, ließ Touristenunterkünfte, Tankstellen und kleine Verkaufsbuden hinter sich, die an der Landstraße aufgereiht waren. Jetzt war er sechzig Kilometer von Port Oriskany entfernt, hier kannten ihn die Leute nicht. Er fuhr auf den mit Schlacke belegten Parkplatz eines Wirtshauses, das sich Club 55 nannte. Es befand sich ganz in der Nähe des Pendleton Raceway – war er nicht schon mal als Soldat während eines Urlaubs im Club 55 gewesen? Er erinnerte sich an die benachbarte Stock-Car-Rennstrecke, auch daran, daß es ihm dort gefallen hatte.

Er setzte seine Sonnenbrille auf, obwohl es Nacht war. Fuhr mit dem Kamm durch sein geöltes Haar, drehte den Kopf hin und her und betrachtete sich im Spiegel; Felix Stevick bildete sich etwas ein auf sein gutes Aussehen, war auch froh, daß seine Nase nicht eingedrückt oder gar platt war. Im Gesicht mit achtundzwanzig Stichen genäht, doch war eigentlich nur die eine Narbe geblieben, und es hätte auch schlimmer ausgehen können: Er hätte das eine Auge verlieren können. Corvino und seinem Manager hatte der Vorfall furchtbar leid getan. Corvino war außerhalb des Rings kein übler Bursche; der Kopfstoß sei halt so passiert, hatte er gesagt – »Sowas kommt vor.« – »Okay«, hatte Felix gesagt, »ich bin nicht nachtragend.« Sie hatten sich Sorgen gemacht, die Mattiuzzios würden es ihnen vielleicht noch heimzahlen, möglicherweise taten sie oder die Rimis das auch. Felix aber war aus der ganzen Sache heraus, wußte nichts und wollte auch nichts wissen. Was kümmerten ihn die Streitigkeiten anderer, er nahm sein Leben jetzt selbst in die Hand.

Er stand an der Bar, trank ein helles Bier und betrachtete die Menschenmenge; er fand den Anblick aufregend, er bewegte sich ein bißchen im Rhythmus der Jukebox-Musik und ließ sich Zeit beim Umherschauen. Hauptsächlich Männer, Hinterwäldler, ein paar Frauen, doch niemanden, den er kannte oder der ihn kannte.

Er schlenderte mit seinem Glas und der Flasche umher. Am anderen Ende der Bar stand ein Mädchen mit einer weißen Bluse spanischer Machart, deren Gummiband sich über ihre nackten Schultern spannte. Sie hatte rotes, lockiges Haar und eine weiße Haut, nach der Felix verrückt war – wie Susan Hayward in irgendeinem Film, er hatte von ihm nur die Plakate zu Gesicht bekommen. Sie war mit einem etwa einen Meter fünfundachtzig großen Kerl zusammen, der gut und gerne neunzig Kilo wog. Dicke, von dunklem Haar bedeckte Arme, schwere Schultern; er hätte ein Tagelöhner sein können oder ein Farmer. Eine Tätowierung auf einem seiner Oberarme zeigte, daß er bei der Marine gewesen war. Warum sollte ich nicht? dachte Felix; der Kerl hätte ja einen Gewichtsvorteil von mindestens dreißig Pfund.

Er betrachtete die junge Frau nicht verstohlen, sondern ganz offen und unverblümt; ohne zu lächeln, denn er meinte es ernst. Nach einer Weile wurde sie unsicher, warf Felix lächelnd einen nervösen Seitenblick zu, doch er ignorierte ihr Lächeln. Dann gab sie ihrem Freund einen Schubs, er hieß Robbie, wie Felix mitbekommen hatte (Okay, Robbie, wie wär's denn?) – und das Gesicht des hünenhaften Kerls wurde rot vor Zorn.

Felix trieb die Sache nicht gleich auf die Spitze; er wandte sich einfach ab und bestellte noch ein Bier, tat so, als existierten Robbie und das Mädchen gar nicht. Doch nach einer Weile drehte er sich ganz zwanglos um und schaute die beiden, schaute das Mädchen von neuem an; sein Blick war ein Angelhaken, den er nach ihnen auswarf, ein gezackter Haken ins offene Auge. Nur Robbie beobachtete ihn jetzt noch. Fünfundzwanzig Jahre alt, in einem ausgebleichten grünen T-Shirt, das sich um seinen breiten Oberkörper spannte, mit einem Halsausschnitt, der ausgeleiert war von seinem großen, harten Schädel. Robbie zeigte provinziellen Schick mit seinen ausufernden Koteletten, dem pomadisierten, zu einer Tolle zurechtgestriegelten Haar und dem Entenschwanz im Nacken. Er bestand nicht nur aus Muskeln, er hatte auch Fettpolster um die Hüften, sein Hals war dick, aber gewiß nicht vom Krafttraining. Er würde losstürmen und auf Felix einschlagen, doch Felix würde ausweichen und ihm etwas ganz Spezielles verabreichen; eine rechte Gerade an die Luftröhre, einen nach innen gezogenen rechten Aufwärtshaken, und zwar mit seinem ganzen Gewicht dahinter – nein, er würde es mit dem klassischen Solarplexus-Schlag versuchen, für den es im Ring nie eine Gelegenheit gab: Genau unterhalb des Herzens, da fiel der Gegner wie tot um. Aber er könnte Robbie auch die Fresse polieren, könnte ihn möglichst lange auf den Beinen bleiben lassen und mit seinem Jab bearbeiten, um ihn herumtänzeln draußen auf dem Parkplatz – es würde sich auf dem Parkplatz abspielen, im Licht der Scheinwerfer -, denn er hätte ja nichts davon, wenn er ihm schwere Verletzungen zufügte, das würde ja nur bedeuten: Krankenwagen, Polizei, Schwierigkeiten. Wenn Robbie aber Glück hatte und ein paar gute Treffer landete, wenn Robbie bei der Marine schon geboxt hatte, was dann? Er war mindestens dreißig Pfund schwerer als Felix, hatte eine bessere Reichweite, und wenn er ein geübter Boxer wäre, würde er Felix fertigmachen. Felix hielt das jedoch für unwahrscheinlich: Nicht hier, nicht in dieser Nacht.

Dann redete das Mädchen ernsthaft mit Robbie, legte den Kopf an sein Ohr, dann zog sie ihn weg von der Bar. »Gehn wir nach Hause, Schatz«, würde sie jetzt zu ihm sagen, sie wolle doch nicht in Schwierigkeiten geraten. Und sie warf Felix nicht einmal im Weggehen einen koketten, vorwurfsvollen Abschiedsblick zu, denn er hatte ihr wirklich Angst eingejagt – er sah betrunken aus, hatte einen gemeinen, bösartigen Gesichtsausdruck. Das war dann schon alles.

Scheiße, dachte Felix. Sein Herz schlug so schnell, er atmete in kurzen, mühsamen Zügen; noch nie hatte er sich allein gefühlt.

Bei der Fahrt zurück in die Stadt hielt er auf halbem Weg vor Joe's Marietta Café und wählte an einem Münzfernsprecher Lyles Nummer. Es war 1 Uhr, der arme Kerl würde wohl erschöpft im Bett liegen nach der Nachtwache, aber Felix wollte unbedingt mit ihm reden, seine Stimme hören.

Ein Dutzend Klingelzeichen, dann endlich antwortete Lyle. Seine Stimme klang vorsichtig und ängstlich; Felix wußte, daß er mit schlechten Nachrichten aus dem Krankenhaus rechnete, deshalb sagte er rasch: »Lyle? Ich bin's, Felix.« Das geschah jedoch so leise, daß Lyle nichts verstand. »Hallo? Hallo?« sagte er in einem undeutlichen, benommenen, verwunderten Ton, den Felix noch nie vernommen hatte. Felix stand da, die gewölbte Hand an der Hörmuschel, wollte reden, brachte aber kein Wort heraus, hatte sich nicht recht überlegt, was er sagen wollte. Von der Bar Rufe, Gelächter und Jukebox-Musik; Felix murmelte: »Lyle?« Da versagte seine Stimme, und Lyle rief mit wachsender Erregung: »He, wer zum Teufel spricht denn da?« Er wartete noch einen Moment und warf schließlich den Hörer auf die Gabel.

Felix blieb stehen und horchte, als die Verbindung längst abgebrochen war; stand einfach da und lauschte, fragte sich, wie lange er wohl noch stehenbleiben würde, gar nicht mal betrunken, sondern voll bei Bewußtsein, ganz bei sich. Fragte sich, wie lange er das noch aushalten könnte.

5

Der Oberste Gerichtshof faßte den Beschluß, die Hinrichtung von Julius und Ethel Rosenberg aufzuschieben – um weniger als vierundzwanzig Stunden. Beide starben dann am 19. Juni 1953 kurz nach 20 Uhr auf dem elektrischen Stuhl in Sing Sing. Zu Geständnissen in letzter Minute kam es nicht.

Die Nachricht von ihrem Tod erreichte Enid erst, als sie die Woche darauf aus dem Krankenhaus nach Hause kam. Selbst dann war es dem Zufall zu verdanken, daß sie auf den Artikel stieß; er stand in einer alten Ausgabe des *Evening Herald,* die Mrs. Stevick im Erdgeschoß der East Clinton Street 118 unter ihre undichte Waschmaschine gelegt hatte. Enid war, als sie den Artikel zweimal durchgelesen hatte, über ihre eigene Reaktion überrascht: Sie fing bitterlich zu weinen an. Die beiden hatten es doch geschafft! Sie waren entkommen. Trotzdem weinte sie. Sie weinte, weil sie nicht nur an die Rosenbergs dachte, sondern auch an Warren; wie ihm zumute gewesen sein mußte, wie elend er sich jetzt fühlte. Als der Zeitpunkt der Hinrichtung nähergerückt war, hatten den vierhundert Pro-Rosenberg-Demonstranten, die vor dem Weißen Haus ihre Mahnwache hielten, fast siebentausend Anti-Rosenberg-Demonstranten gegenübergestanden, die sie verspotteten und bedrohten, die ihre eigenen Slogans in die Höhe hielten: VERBRENNT DIE ROTEN VERRÄTER! KEINE GNADE FÜR JÜDISCHE SPIONE! 2 GEBRATENE ROSENBERGERS FRISCH AUF DEN TISCH! Um 20 Uhr waren die Anti-Rosenberg-Demonstranten in Jubel ausgebrochen wie bei einer Silvesterparty.

»Armer Warren«, sagte Enid und ließ die Zeitung zu Boden fallen. Sie war froh, daß sie ihn lange nicht mehr zu Gesicht bekommen würde.

6

»Lieben möchtest du mich also«, sagte Felix.

»Und wolltest dich umbringen, um mich zu bestrafen«, flüsterte Felix, gerade noch laut genug, daß Enid es hören konnte.

Sie waren jetzt in dem Patientenzimmer allein, und er streichelte verstohlen ihre Hand, folgte mit seinen Fingern langsam der Kurve ihrer Taille, ihrer Hüfte. Sie spürte die Berührung durch das Bettzeug hindurch, schaute ihn an, ganz schwach vor Liebe. In solchen Augenblicken sagte er nichts; eine Art Trance hatte beide befallen, ihr Blut floß träge und schwer, löschte das Denken aus. Sie merkte, daß er böse war auf sie, daß er krank war vor Verlangen nach ihr, daß die übrige Welt in die Ferne gerückt, verschwunden war. Enid überkam das Schauergefühl, das sie gespürt hatte, als sie im Schlaf versunken war, im Tod. Allerdings war sie nicht gestorben. Man hatte sie zurückgeholt, so wie man einen Fisch mit einem Netz aus dem Wasser holt. Hast wohl gedacht, du könntest uns entkommen!

»Du wirst das nie wieder tun, nicht wahr?« sagte Felix.

Enids Lippen bewegten sich fühllos: »Nein.«

»Oder etwa doch?«

»Nein.«

»Ganz bestimmt nicht?«

»Nein, Felix.«

Und sie starrten einander benommen an, zitternd vor Vorfreude, mit einem so starken Verlangen, daß im Zimmer eine Spannung herrschte, die jedem Eindringling wohl sofort aufgefallen wäre. Felix hatte eine rote, warme Gesichtsfarbe, sein Lächeln schien sich spontan auszubreiten. Er hatte Enid Stevick die zwölf cremefarbenen, in Seidenpapier gewickelten Rosen gebracht, die nach Kälte rochen. Er hatte die Schweizer Pralinen in der unförmigen roten Satinschachtel mitgebracht; sie standen drüben auf dem Fensterbrett, damit Enids Besucher sie probieren konnten. Von niemandem in Enids Verwandtschaft waren die Nonnen so eingenommen wie von ihrem jungen Onkel Felix.

Er versprach ihr, er würde ihr nicht weh tun, er würde eigentlich gar nichts tun, bis er den Eindruck hätte, daß sie bereit sei. Dabei blieb es auch, als Enid ihre heißen, krampfartigen Tränen weinte, sich aalgleich und voller Begierde in seinen Armen wand, nach Liebe verlangte, der Liebe der Erwachsenen. Sie sei doch bereit, sagte sie, im Mund den seltsamen, säuerlichen Geschmack des Weines, und zu beiden Seiten floß der Schweiß in Rinnsalen an ihr hinunter. Felix streichelte und liebkoste sie, er küßte und leckte ihre Brüste, ihre Brustwarzen, saugte daran; ihm gefiel es sogar, in ihren Achselhöhlen zu saugen, er mochte ihren Schweiß, das Aroma ihres Körpers – alles an ihrem Körper betete er an! Er kuschelte sich küssend an das weiche, von dunklen Flecken entstellte Fleisch ihrer Armbeuge und an die Kniekehlen; er knetete ihre Oberschenkel, ihren Steiß, ihren Bauch. Er streichelte, küßte und leckte sie zwischen den Beinen, es gefiel ihm, sie auf vielerlei Art zu lieben. Etwa indem er seinen steifen, mit einem dünnen, straffen Gummi versehenen Penis langsam zwischen ihren Beinen rieb, ganz langsam, wieder und wieder, und sie dabei küßte, die Zunge tief in ihren Mund schob, bis Enid den Überschwang der Gefühle nicht mehr aushalten konnte und rasch zu einem gewaltigen Orgasmus kam, bei dem die Augäpfel in den Höhlen kreisten und ihre Lippen die Zähne entblößten, daß diese grinsten wie bei einem Totenschädel. Sie hörte ihr hilfloses, verrücktes Schreien – die gelallten Worte *Ich liebe dich, ich liebe dich* oder gar keine Worte mehr, sondern nur ein Angstgeheul wie bei einem kleinen Kind, das geschlagen wird. Sie hatten die Gesichter voneinander abgewandt, Felix' Gewicht lastete auf ihr mit der Schwere des ganzen Erdballs; sie wünschte, daß es nie verschwände.

Mal brachte er sie dazu, ein Glas Rotwein zu trinken, mal einen Wodka pur. Er gab ihr nur ein Schnapsglas voll Wodka; das Zeug sei stark, warnte er sie, aber es solle sie locker machen. Und das tat es auch.

Er riskiere ihretwegen eine Gefängnisstrafe, er müsse verrückt sein, sagte er und entblößte dabei seine Zähne zu einem unfrohen Lächeln. Ihm sei das aber egal; sie brauchten es beide. Wenn sie nicht beisammen waren, schien er immer nur an sie zu denken. Er wachte nachts auf und dachte an sie, er wußte gut, was das zu bedeuten hatte: Immer nur das eine, und er wollte ihr beibringen, es so sehr zu mögen wie er.

Ansonsten fand er sein Leben uninteressant. Das Hotel am Shoal Lake lief in seiner ersten Saison recht gut, besser als erwartet. Es langweilte ihn aber, er wollte sich anderen Dingen zuwenden, Beteiligungen; er hatte da einige Ideen, an denen er arbeitete. Manchmal redete er mit Enid über sein Leben, insbesondere über seine Boxerlaufbahn und über die Aussichten von Jo-Jo Pearl, aber er hatte es nicht gern, wenn sie ihn ausfragte. Es gab Nachmittage, an denen er stundenlang überhaupt nicht mit ihr redete, sondern sich ganz seinen Gefühlen und Sehnsüchten hingab. Da reagierte er fast nie auf das, was sie sagte, hörte es wahrscheinlich gar nicht.

Wiederholt warnte er sie, sie solle nichts von ihm erwarten, überhaupt gar nichts. Ob sie das verstehe? Natürlich werde sie Geschenke bekommen, denn er sei ja verrückt nach ihr, er bezahle ihren Klavierunterricht und hoffe bloß, daß Lyle nicht Verdacht schöpfe. Darum gehe es ihm nicht, er wolle einfach keine Versprechungen machen. Mit Liebe habe es nichts zu tun, es sei einfach etwas, das sie brauchten. Er wolle ihr nicht schaden, doch mache er keinerlei Versprechungen. Ob sie das verstehe? Es sei keine Beziehung auf Dauer. Um ihm zu zeigen, daß sie nicht verletzt war, sagte Enid unbekümmert und neckisch: »Aber ich werde immer deine Nichte bleiben, nicht wahr?«

Am Anfang machte ihm das Verhältnis Sorgen, da sie nun einmal blutsverwandt waren. Kein einziges Mal nahm er das Wort »Inzest« in den Mund, und Enid sperrte sich ebenfalls gegen diesen Gedanken. Es war ja nur ein Wort aus dem Wörterbuch! Bei einer Blutsverwandtschaft sei es am wichtigsten, daß man keine Kinder zeuge, und sie werde garantiert nicht schwanger werden.

Nach ein paar Monaten machte er sich jedoch keine Gedanken mehr über ihre Blutverwandtschaft und redete auch nicht groß darüber. Vielleicht gefalle es ihm sogar, daß sie seine Nichte sei, meinte er. Das zeige ja, was für ein Scheißkerl er sei. Ihm sei das vorher nie so recht klar gewesen.

Aber er fürchtete sich doch davor, wirklich mit ihr zu schlafen. Ihr Jungfernhäutchen zu durchstoßen und so weit in sie einzudringen, wie er konnte. Würde das dann nicht für beide zuviel bedeuten? Eines Tages würde sie heiraten, sagte er. Enid verletzte das, sie erwiderte: »Ich möchte niemanden heiraten – ich liebe dich.« Felix nahm derartige Bemerkungen auf die leichte Schulter, hörte gar nicht recht zu. »Klar wirst du eines Tages heiraten, Schätzchen«, sagte er. »Was willst du denn sonst machen?«

Ein andermal sagte er zu ihr, er wolle ihr Leben nicht kaputtmachen. Enid erwiderte, ihr Leben sei doch schon kaputt – er sei der einzige, der es wieder heil machen könne.

7

Zu Beginn der Affäre, im Hochsommer des Jahres 1953, legte Felix Wert darauf, mit Enid aus der Stadt hinauszufahren, wann immer es sich machen ließ: zu Motels und Touristenunterkünften am nördlichen Seeufer, bis in die Gegend von Mattawa oder Oconee, fast fünfzig Kilometer von Port Oriskany entfernt. Im Laufe der Wochen und Monate ließ seine Achtsamkeit immer mehr nach, manchmal verhielt er sich geradezu unvernünftig. Er wählte zwar stets ein jenseits der Stadtgrenze gelegenes Motel, gab sich aber auch mit einer der neuen Anlagen zufrieden, die entlang des North Decker Boulevard entstanden waren – mit dem Bel Air, dem Americana, dem Sleep-E-Hollow oder dem Great Western; dabei kümmerte es ihn wenig, daß das nächstgelegene von diesen Motels nur wenige Kilometer von Enids Schule und von der East Clinton Street entfernt war. Er brachte sie selten in ein »gutes« Motel, weil er glaubte, dort könnte die Direktion argwöhnischer sein; er bemühte sich auch, dasselbe Haus erst nach einiger Zeit erneut aufzusuchen, weil er befürchtete, irgend jemand werde sein Gesicht wiedererkennen. Dennoch traf er sich mit Enid an einem Samstagmorgen nach ihrem Klavierunterricht im Hotel Onondaga zum Lunch – es gab wohl einen besonderen Grund.

Enid behielt diesen Tag, dieses Mittagessen in Erinnerung. Sie hatte ihrem Klavierlehrer immer wieder die ais-Moll-Tonleiter vorspielen müssen. Er war ein großartiger, aber auch strenger und ziemlich humorloser Lehrer, ein früherer Konzertpianist, der auf sein hohes Niveau stolz war. Als Enid und Felix in dem gutbesuchten Restaurant saßen wie Nichte und Onkel bei einem Ausflug in den Ferien, drückte sie am Rand des Tisches insgeheim mit den Fingern imaginäre Tasten. Auf und ab, immer die schwierige ais-Moll-Tonleiter.

Erst nach einiger Zeit erlaubte es Felix, daß sie ihn in seinem Apartment am Niagara Square besuchte. Daß sie gesehen werden könnten, bereitete ihm mehr Sorgen als ihr; sie lachte darüber, doch sie war auch verletzt und kam sich leichtsinnig vor.

»Liebst du mich denn nicht? Schämst du dich meinetwegen?«

»Ich weiß nicht, was ich empfinde«, sagte Felix.

Sie lag in seinen Armen und begrub ihr Gesicht an seinem Hals, erzählte ihm, was für einen Fehler sie gemacht habe – sie habe den Tod für ihren Freund, für etwas zu ihr Gehöriges gehalten. Der Tod sei jedoch nicht anwesend, nicht vorhanden. Es gebe nur den sich wehrenden Körper, der hinuntergezogen werde wie in einer Unterströmung; da sei man noch bei Bewußtsein und bei Kräften, wisse aber, daß man nicht friedlich sterben werde, sondern im Todeskampf; daß man Wasser in die Lunge saugen und sterben werde; daß mitten im Kampf ums Überleben der Tod eintreten werde. Sobald dieser Prozeß eingesetzt habe, gebe es kein Entrinnen, höchstens drunten auf dem Grund des Sees – im fetten, schwarzen Schlamm, im Vergessen. Dieser Friede sei jedoch nicht so ohne weiteres zu erlangen, zuerst müsse man ertrinken. Zuerst müsse man sterben.

Aber dann werde man entdeckt und an Land gezogen. Ein nach Luft schnappender, sich windender Fisch auf dem Trockenen – wie häßlich! Man habe sich im eigenen Bett versteckt, habe das Sterben für etwas Geheimes und Privates gehalten, doch dann zogen sie einen aus und schoben einen langen Schlauch in den Magen und saugten ihn aus, danach stachen sie einen im Schein unbarmherziger greller Lichter mit Nadeln. Als würde das Innere nach außen gekehrt und zur Besichtigung freigegeben. Und all das habe man verdient.

Sie habe gemeint, ihr Ziel sei es, ihrem ganzen Leben ein Ende zu setzen, aber in Wirklichkeit habe sie nur Enid Maria umbringen wollen.

Trotz allem hatte sie sich wieder erholt. Während ihrer Rekonvaleszenz erreichte sie ihr früheres Gewicht und legte sogar noch ein paar Pfund zu. Ihre Brust war etwas voller, auch die Hüften, und das Polster am Steiß streichelte Felix besonders gern. War der Stolz gebrochen, dann gebärdete sich der Körper wie ein schlummerndes kleines Kind, das einfach nach Nahrung gierte.

Egal woher.

Felix hatte im Krankenhaus gesagt: »Versprich mir, daß du es nie wieder versuchen wirst.«

»Courage hast du ja, aber wo soll das hinführen?« hatte er gesagt.

Wenn er mit ihr schlief und die Empfindungen gerade nicht ganz mächtig und wild waren, wenn sie auch nicht befürchten mußte, er werde ihr weh tun, spürte sie manchmal, wie sich ihre Seele loslöste und entfernte. Da wurde sie von der Unterströmung in die Tiefe gezogen, doch besaß diese keinen Schrecken für sie. Das war nicht die Unterströmung im Shoal Lake, nicht der eisige, aalartige, schlangengleiche, ihren Körper liebkosende Sog. Es war wie ein etwas rascher gehender Atem, ein leicht beschleunigter Herzschlag. Ihr Blick war erloschen, obgleich die Augen offen sein mochten; jeder Muskel in ihrem Körper entspannte sich und spannte sich erneut, der Pulsschlag war zuerst nicht ihr eigener, sondern der ihres Liebhabers, ein Pochen, ein Pochen, ein immer stärker werdender Rhythmus, und erst ganz am Schluß gelangte sie zu Bewußtsein und geriet in Panik – es war immer wie zuvor, so wie die Betten, in denen sie lagen, immer die gleichen Betten waren, die Wände um sie herum die gleichen Wände. Nach Atem ringend, sog sie den Geruch von Desinfektionsmitteln und Raumsprays ein. Der Anblick eines einzelnen Haares im Waschbecken erinnerte sie daran, daß sie Felix vor nicht langer Zeit umschlungen und umklammert hatte, daß sie ihn wie wild zerkratzt hatte, daß sie seinen Namen gerufen, ihn gehaßt hatte; daß sie danach verlangt hatte, ihn in sich hineinzuziehen, tief hinein. Der Orgasmus war so schrecklich gewesen, weil er von ihr weggeblieben war; er hatte sie mit beiden Händen am Gesäß gepackt, hatte sich behutsam vor sie hingekniet, die Stirn schweißgebadet, und sie zuerst langsam, dann ganz rasch und unbarmherzig mit dem Mund zum Orgasmus gebracht. Zitternd hatte er sich dann selbst einen Orgasmus verschafft, indem er seinen steifen Penis in die Hand nahm und an ihrer Scheide, ihrem schmalen kleinen Loch rieb. Er wolle ihr nicht weh tun, hatte er gesagt. Er würde ihr vielleicht eine Verletzung zufügen, denn das sei so eng bei ihr. Aber trotzdem mache es ihn ganz verrückt, er möge es sehr. Er hätte nie gedacht, daß ein Mädchen ihres Alters dabei ebenso starke Gefühle empfinden könne wie die erwachsenen Frauen, mit denen er geschlafen habe. Vielleicht könne sie dabei ebensoviel empfinden wie er.

Enids Denken war ausgelöscht, sie weinte, sie fand es abscheulich; lange Zeit konnte sie sich nicht bewegen. Es war wie das

Wachliegen im Krankenhaus, aber mit dem Wissen, daß man gelähmt war, daß die Muskeln nicht funktionierten, sich noch im Schlaf, in der Erstarrung befanden, solange die Welt fernab blieb. Es gab keinen Atemzug, der ganz allein ihr und nicht auch Felix gehörte. Halb im Schlaf bildete sie sich ein, er atme für sie mit; ohne sie wahrzunehmen, lag er schwer auf ihr, als wären sie zusammen aus großer Höhe abgestürzt. Stets wurde ihr wilder Herzschlag ganz allmählich ruhiger, doch es war immer auch Felix' Herzschlag. Er hielt sie fest umschlungen, hatte den einen Arm unter ihr durchgeschoben, den anderen um ihren Hals gelegt. Wenn er schlief, zog er sie mit in den Schlaf hinein. Ihre Augenlider brannten, als sie sich einen Weg bahnte durch eine Wiese hindurch oder einen Hang hinauf, wo das Gras von einem so lebenssprühenden, so wunderbaren Grün war! Sie stand da und schirmte die Augen ab gegen den Glanz der Sonne, der auf dem See lag. Im See war der Himmel zu sehen, und dies wirkte immer beruhigend auf sie: Himmel und Erde auf derselben Ebene. Sie erblickte im Wasser ein verschwommenes Spiegelbild, es war nicht ihr eigenes, sie starrte fort und fort hin, sie fing an zu weinen vor Sehnsucht, vor einem Verlangen, das so stark war, daß sie es kaum aushielt; es glich der zwischen ihren Beinen aufflammenden Lust, die Felix ihr geben oder verweigern konnte.

Er hatte sie geküßt und war dabei eingeschlafen. Doch der Kuß bedeutete so wenig, es war nur einer von vielen Tausenden.

Diese Küsse schmeckten nach Enids eigenem Körper, aber auch nach Wein, nach Wodka oder dem schottischen Whisky der Marke Johnnie Walker, den Felix in einer silbernen Taschenflasche mit sich führte, auf der als Widmung eingraviert war: *Für Felix the Cat am 1. Januar 1948. In Liebe Irene.*

»Wer ist denn Irene?« fragte ihn Enid einmal.

»Das war mal«, sagte Felix barsch. Er hatte es nicht gern, wenn man ihn ausfragte.

Manchmal lachte Felix leise, wenn sie erwachten; er fühlte sich so *wohl.* Sein Körper, den Enid schön fand, war in glitzernden, lustvollen Schweiß gebadet; er mochte es, wenn er schwitzte, er war überzeugt, es sei gut für die Gesundheit; fast alles könne einem nur guttun, lautete Felix' Überzeugung. Er versetzte Enid in Erstaunen und in ein unbändiges Lachen, wenn er an ihren Achselhöhlen leckte und saugte und sie ein Kitzeln, ein verrücktes Kitzeln empfand. Er mochte die feinen, seidenen, rötlich glitzernden Haare, er verbot ihr, sich die Achselhöhlen auszurasieren. »Wenn du das machst, wird das nachwachsende Haar dick und stoppelig«, sagte er. Aber bei den Beinen sei es anders – er bevorzuge glatte Frauenbeine.

O Gott, er stehe ihm schon fast wieder, aber es sei schon spät, er müsse sie doch nach Hause bringen.

Enid betrachtete ihren Liebhaber aus den Augenwinkeln. Oder in einem Spiegel. Auch wenn sie beschwipst war und ein bißchen schwankte, auch wenn sie selbst nackt dastand, das Haar ganz wirr, fiel es ihr schwer, ihn direkt anzusehen und ihn merken zu lassen, daß sie ihn betrachtete. Das war wie der Blick in ein zu grelles Licht.

Das hübsche Gesicht von Felix war blutrot, das Haar hing ihm in die Augen, Haare auf seinem muskulösen, schön geformten Rumpf, seinen Schenkeln, seinen kräftigen Beinen, als ungleichmäßiger, dunkler Bewuchs auch auf seiner Brust und seinem Unterleib. Von Stolz auf seinen Körper erfüllt, nahm er keine Rücksicht auf sie; er tappte nackt und auf bloßen Füßen umher, wobei seine Genitalien herunterbaumelten wie Obst.

(Wie Obst! Doch so zart. Es erinnerte sie auch an die Haut eines Jungvogels, einer aus dem Nest gefallenen Kreatur, deren Haut kaum mehr war als eine Membran, ein Netzwerk von Äderchen. Und das Geschöpf selbst ein mit Blut und Organen gefüllter Sack, die Augen noch geschlossen.)

Sie war in einer städtischen Umgebung aufgewachsen, und das bedeutete: unbeholfene Zeichnungen oder Kritzeleien auf dem Gehsteig, auf Wänden und Türen, auf den Spinden in der Schule – von *Schwänzen, Pimmeln.* Zu Tausenden tauchten sie auf, vom Körper losgelöst, etwas komisch anzusehen; es gab auch grobe Skizzen von weiblichen Genitalien, doch die Symbolik war vage; selbst ein Mädchen mochte mit unschuldiger Verwunderung hinstarren, ohne zu ahnen, was der Kreis mit der scharfen senkrechten Linie eigentlich bedeutete. Bei den *Schwänzen* und *Pimmeln* hingegen wurde es zur Gewohnheit, gar nicht hinzuschauen, um nicht verlegen zu werden oder Scham und Angst zu empfinden; der Blick ging darüber hinweg, ohne etwas zu bemerken. Aber warum das alles? hatte sich Enid als Kind gefragt. Warum wurden die Zeichnungen angefertigt? Wozu die Mühe? Lizzie sagte, das stamme eben aus der schmutzigen Phantasie gewisser Kinder, sie solle das gar nicht beachten. Und die Wörter *ficken, vögeln, scheißen* stammten auch von Kindern mit schmutziger Phantasie, sagte Lizzie, von Arschlöchern, denen nichts Gescheiteres einfiele.

Die Stevicks hielten sich auf diesem Gebiet sehr zurück. Derartige Dinge seien wirklich schmutzig – schon allein daran zu denken, und sei es ungewollt, stelle eine läßliche Sünde dar, die bei Pfarrer Ogden reuevoll gebeichtet werden müsse. Sie scheuten sich, ihren Körper zu entblößen, selbst Enid und Lizzie achteten als Heranwachsende darauf, einander beim Auskleiden den Rücken zuzuwenden. Nur ganz selten hatte Enid ihre Mutter im Unterrock erblickt, und dann auch nur durch einen peinlichen Zufall. Ihren Vater unbekleidet dastehen zu sehen, hätte sie als beschämend empfunden – schon der Gedanke bereitete ihr Herzklopfen.

Felix aber war gar nicht befangen, er schämte sich überhaupt nicht, er mochte seinen Penis, seinen Schwanz; Felix und sein Schwanz waren eins, steif und zitternd vor Vorfreude. Er haßte jedoch die dünnen, nach Chemie riechenden Kondome, die er überziehen mußte; nachher streifte er sie verächtlich ab, und Enid fand dann den einen oder anderen in einem Abfalleimer im Bad, sofern dort ein Abfalleimer aufgestellt war, oder gar auf dem Boden des Schlafzimmers zwischen herumliegendem Bettzeug. Aber er wollte ja vermeiden, sie zu schwängern. Darüber machte er sich mehr Sorgen als Enid; wenn er keinen Pariser verwendete, mußte er auf ihrem Bauch kommen, doch was ihm gefiel, wonach er verrückt war, das war das Hineinschieben. So weit hinein wie es ging, ohne ihr dabei allzusehr weh zu tun, einfach zu schieben, zu drücken, ihr enges kleines Loch zu dehnen. Nur um ein Stück weit hineinzukommen, aber wie er das liebte, und daß Enid so eng gebaut, so kindhaft war, ihr Hintern klein genug, um ihn mit den Händen zu packen – all das erregte ihn ungeheuer, mehr als er sich hatte träumen lassen.

Felix drang in sie ein, so weit es ging, dann noch ein Stückchen weiter, bis sich Enid auf die Lippen biß, um einen Aufschrei zu unterdrücken; manchmal schrie sie auch, und er drückte den Handballen auf ihren Mund, doch das war dann alles, er hörte auf; durch ihre klebrigen Wimpern konnte sie sein warmes, hingerissenes, verträumtes Gesicht im Orgasmus sehen, mit dem Ausdruck einer Seligkeit, die sie sich fast nicht vorstellen konnte.

Es macht Spaß, Schätzchen, aber Liebe ist es nicht.

Beim Abendessen fragte Mr. Stevick Enid einmal in scharfem Ton, woran sie denn gerade denke – daß sie ihm nicht zuhöre und ihn nicht beachte, zeige ihr Gesichtsausdruck ja überdeutlich. Enid blinzelte und merkte, daß ihre Eltern und Lizzie sie anschauten, daß Lizzie ein schlaues Lächeln aufgesetzt hatte. Mr. Stevick hatte sich in einem unergründlichen Ton (halb komisch, halb verzweifelt) über die Atombombenversuche ausgelassen; das Neueste seien die Tests mit Wasserstoffbomben, welche bei der Explosion und danach viel mehr Menschen das Leben kosteten. Enid sagte rasch mit verlegener, grollender Stimme: »An nichts.« Etwas beleidigt, aber doch fröhlich entgegnete Mr. Stevick: »›Von nichts kommt nichts‹ – das sagte schon Lear zu seiner ungezogenen Tochter.«

Sie hatte an Felix gedacht: daß sie ihn über alles liebte. Es war vielleicht an einem Zeitpunkt, als sie ihn mehrere Tage lang nicht getroffen und auch nicht mit ihm gesprochen hatte. Er rief sie an, wenn er es einrichten konnte, ließ es aber nicht zu, daß sie ihn anrief; er hatte ihr seine Telefonnummer gegeben und ihr gleichzeitig eingeschärft, sie ja nicht zu benützen. »An nichts«, sagte Enid hartnäckig. In Wahrheit hatte sie an den Gesichtsausdruck gedacht, den ihr Geliebter hatte, wenn er mit ihr schlief. Sie hatte an die weggeworfenen Kondome gedacht und daran, daß diese bei der Reinigung des Zimmers entdeckt werden würden; daß es sich bei den »Zimmermädchen« in vielen der Motels und Touristenpensionen um die Ehefrauen oder gar um die halbwüchsigen Töchter der Besitzer handelte. Sie hatte überlegt, ob die Kondome ekelerregend wären wie gebrauchtes Toilettenpapier und gebrauchte Papiertaschentücher oder ob sie zu dem üblichen Abfall gehörten, den man auflesen und wegwerfen mußte. Daß der milchige Samen von Felix, in der Spitze des durchscheinenden Gummis eingeschlossen, aufgelesen und weggeworfen werden würde.

Enid war schon eine Weile aus dem St. Josephs-Krankenhaus heraus und, wie jedermann feststellte, »ganz die alte«, als sie merkte, daß die Todespanik verschwunden war. Seit ihr das Sterben und die schlimmsten Geschehnisse vertraut waren, seit Felix sie liebte, konnte sie sich des öfteren an diese Wahrnehmung genau erinnern – etwa wenn sie zu nahe an einem hochgelegenen Fenster oder an einer Brüstung vorbeiging, wenn sie im Treppenhaus des Wohnblocks ihres Klavierlehrers fünf Stockwerke hinunterschaute bis zur Eingangshalle. Doch es war nicht die Todespanik selbst, sondern nur die Erinnerung an sie.

Dennoch brachte Enid es nicht über sich, den Kanal auf der Fußgängerbrücke zu überqueren. Noch nicht; nicht gerade jetzt. Genausowenig ging sie bei irgendwelchen Besorgungen über das Ödland – sie wußte, daß die schlimmsten Dinge dort nicht mit den Jungen passierten. Und von Felix hörte Enid ja andauernd, sie solle nicht per Anhalter fahren, von der Schule nicht allein nach Hause gehen, sich von Gassen und Seitensträßchen fernhalten – sie sehe so gut aus, daß ihr zwangsläufig etwas passieren müsse.

Bei Enids Klavierlehrer handelte es sich um Mr. Lesnovich, Anton Lesnovich. Der Mann war ganz schön teuer, und er hatte sich gesträubt, sie als Schülerin anzunehmen, weil sie im Grunde eine Anfängerin sei, und das in ihrem Alter! Lesnovich sei aber der Beste weit und breit, sagte Felix. Er hatte Erkundigungen eingezogen, einige Telefonanrufe getätigt; ironischerweise hatte sich seine eigene Mutter oder vielmehr deren Mann als hilfreich erwiesen – es gab da Verbindungen, die mit Spenden für ein örtliches Kammermusik-Ensemble zusammenhingen, an welchem Lesnovich beteiligt war. Felix glaubte, Musiker seien temperamentvoll, aber offen und ehrlich, zumindest hatte er das gesagt bekommen; außerdem verdienten die meisten von ihnen so wenig, daß sie für kleine Gefälligkeiten dankbar seien. So wie ehemalige Athleten sich freuten, wenn sie ihren Namen ab und zu in einer Sportkolumne entdeckten. Lesnovich sei einst als Solist aufgetreten, doch nur in der Gegend; zu Schallplattenaufnahmen habe er es allem Anschein nach nicht gebracht, doch genieße er einen ausgezeichneten Ruf. Und wenn er viel verlange, dann sei er das wert, für Felix Stevicks junge Nichte sei das Beste gerade gut genug.

Natürlich übernahm Felix die Kosten – niemand erwartete von Lyle Stevick, daß er die fünfzehn Dollar pro Unterrichtsstunde aufbringen würde. Felix hatte Enid auch ein Klavier gekauft, ein nettes kleines Spinett der Marke Knabe. Dabei hatte er die Ausrede parat, es sei ja gebraucht, einer seiner Freunde benötige es nicht mehr, und er habe es zum Spottpreis von 250 Dollar bekommen, wogegen es in neuem Zustand zehnmal soviel wert sei. Das wußte Lyle Stevick zu schätzen, und er würde deshalb nicht so leicht Anstoß daran nehmen, daß sich sein Bruder in seine Familienangelegenheiten einmischte. Lieber Himmel, das sei ja tatsächlich ein Schnäppchen, ein so billiges Knabe-Piano, und dabei sehe es nagelneu aus, kein Kratzer dran und kein bißchen verstimmt.

Felix freute sich darüber, daß Lesnovich bereit war, Enid zu unterrichten, daß er meinte, sie besitze zumindest etwas Talent. Felix schien sich jedoch nicht besonders dafür zu interessieren, wie sie vorankam; er fragte sie nicht nach dem Unterricht und den Musikstücken, die sie spielte. Enid erkannte bald, daß dieser Aspekt ihres Lebens für ihn wenig Bedeutung besaß. Ihm war es wichtiger, daß Enids Vater keinen Verdacht schöpfte wegen ihrer Beziehung.

Enid sagte: »Ach wo, Daddy hält das für eine Selbstverständlichkeit.« Und etwas zynisch fügte sie hinzu: »Er erzählt doch überall herum, du hättest ihm gegenüber Schuldgefühle und wolltest eine Art Wiedergutmachung leisten für die Jahre, in denen er von dir wie ein Stück Dreck behandelt worden sei.«

»Okay, Schatz, diesmal werden wir nicht haltmachen«, sagte Felix. Er hatte ihr immer wieder einen Schluck Johnnie Walker verabreicht, an dem sie allmählich Gefallen fand. Die Tür war verriegelt und mit einer Kette gesichert, die Jalousie sorgfältig bis unter das Fensterbrett heruntergelassen, die schäbigen braungestreiften Vorhänge fast ganz zugezogen. Draußen auf der Landstraße fuhr ab und zu ein Auto vorbei; wenn bei einem Lastwagen ein anderer Gang eingelegt wurde, war ein Knirschen zu hören. »Bleib ganz locker, Schatz«, sagte Felix, »dir passiert weiter nichts.« Aber er dachte doch daran, ein doppelt gefaltetes Handtuch unter ihre Hüften zu schieben.

Oconee. Oder Mattawa. Vielleicht war es auch Spragueville – im Bide-a-Wile Tourist Court, im Sleep-E-Time Motel. Preisgünstig, mit Ermäßigungen in der Nebensaison, ZIMMER FREI. Drinnen der vertraute abgestandene Geruch nach Insektenvertilgungsmitteln; ein dünner, von Zigaretten angeschmorter Bettüberzug; spinnenförmige rostfarbene Flecke an der Decke. Draußen erstreckte sich die Route 55, aus dem Süden, von Port Oriskany herkommend; sie durchschnitt landwirtschaftliche Flächen, die im Winter verlassen dalagen, zog sich an dem gewaltigen See hin, der die Farbe von Zinn hatte, der kabbelig und ungestüm war an jenem Nachmittag, aber auch schön, mit gezackten Eisbrocken an seinem Ufer. Bei der Herfahrt hatte Enid dicht neben Felix gesessen, hatte lange Zeit kein Wort gesprochen und zugeschaut, wie es mit einem silbernen Glitzern zu schneien begann. Keine Sonne, nur Wolken, ein einheitliches, bedrückendes Grau, doch sie war von Glück durchflutet, das wie Sonnenschein war. Und die Luft so frisch, kalt und feucht, daß jedes tiefe Atemholen schmerzte, jeder Atemzug guttat.

Diesmal würde es, wenn sie einmal angefangen hatten, kein Halten geben.

Felix packte sie am Hintern und zog sie zu sich her; sein Blick verschleierte sich, als ob er am Erblinden wäre. Beim ersten stechenden Schmerz schloß Enid die Augen ganz fest, denn sie wollte sein Gesicht nicht sehen.

…liebe dich. Liebe, liebe, liebe, liebe dich.

Sie bemühte sich, ihn zu so lieben, wie er es ihr beigebracht hatte: mit den Beinen, den Knien umschlang sie ihn kraftlos, ihre Finger fuhren in wilder Hast über seine angeschwollenen Rükkenmuskeln.

Der Schmerz war anders als alles, was sie jemals gespürt hatte. Ein Messer stach immer wieder auf sie ein, drang immer tiefer in sie ein, brannte in ihrem Inneren. Aber Felix machte weiter. Unter der Anspannung, nicht loszuschreien, wurde ihr Mund häßlich; Schweiß lag in kleinen Perlensträngen auf ihrer Stirn. Ein wilder, ein wahnsinniger Ritt. Sie war nicht betrunken genug. Felix fickte sie halb zu Tode.

Als es vorbei war, stemmte er sich hoch, hatte Blut an seinem Penis. Ach Gott, der verdammte Kondom sei geplatzt, sagte er. Der Atem blieb ihm in der Kehle stecken, Speichel glitzerte in seinem Mundwinkel. Enid wußte, daß es ihm gefallen hatte; sie bemühte sich, ihm gegenüber keine Verachtung zu empfinden.

Er wollte sie zu einem Arzt bringen. Er kenne zu Hause einen Arzt, sagte er. Sie scheine ja ziemlich stark zu bluten, er habe ihr vielleicht eine innere Verletzung zugefügt. Enid sagte, das sei nicht so schlimm. Sie glaube, das werde sich geben. Es werde schon noch in Ordnung kommen, er solle sie um Gottes willen loslassen. Sie ging ins Bad, schloß die Tür hinter sich und verriegelte sie, so gut es sich mit dem elenden Schieber machen ließ. Ihre Finger fühlten sich pelzig an, als hätte sie auf ihnen gelegen. Ihr Mund war fühllos und aschfahl, blutleer; er erinnerte sie im Spiegel an das Maul eines Fisches.

Dennoch glänzten ihre Augen stolz und triumphierend. Niemand könnte ihr in Zukunft so weh tun.

Mit zitternden Händen nahm sie ein Blatt Toilettenpapier nach dem andern, dann spülte sie alles hinunter und bemühte sich, nicht hinzuschauen; das Blut hatte ein helles, dünnes Rot, es war nicht dunkel und verklumpt, wie die Menstruationsblutung einmal zu Beginn einer Periode gewesen war. Innen an ihren Oberschenkeln war sie wundgescheuert, der brennende, dumpf pochende Schmerz ließ jetzt ein bißchen nach. Das war es also, dachte Enid.

Oconee. Oder Mattawa, vielleicht auch Spragueville. Eine rostfleckige Kloschüssel, die sie schon viele Male gesehen hatte; einzelne Haare im Abfluß der Dusche, draußen die lauter und leiser werdenden Stimmen fremder Leute. Auf dem Parkplatz wurde ein Auto angelassen. Sie wartete, bis die Blutung aufzuhören schien und rieb sich mit Toilettenpapier ab. Dann wusch sie sich vorsichtig und umständlich. Es erstaunte sie, daß ihre Hände immer noch zitterten, obwohl alles längst vorüber war.

Dann kam auf leisen Sohlen ein Traum voller Hirngespinste – mitten drin wußte sie sehr wohl, daß es ein Traum war -, in dem sie erfuhr, sie müsse nach Hause gehen, sie werde dort erwartet. Sie war aber weit weg von zu Hause und wußte nicht einmal, welche Richtung sie einschlagen sollte. Was hatte sie getan, was war ihr angetan worden! Das Gewicht eines Mannes lastete schwer auf ihr, einen Arm hatte er im Schlaf quer über ihren Bauch gelegt. Auf einer nicht weit entfernten Straße näherten sich Autos und verschwanden, bei Diesellastern wurde auf einer langen Steigung ein kleinerer Gang eingelegt, dann war es wieder still in der Gegend und sie schlief halb. Dabei zuckten ihre Muskeln, ihre Augäpfel bewegten sich zuckend in den Höhlen, sie mußte unbedingt nach Hause, doch sie konnte sich nicht bewegen.

Auf der Tapete mit den Beulen und Falten, mit den geheimnisvollen Höhlen und Schluchten, Fußpfaden, Wäldern und dahinschwebenden Inseln – dort wanderte sie ganz allein umher. Der billige, an die Tür ihres Spindes geklebte Spiegel zeigte hinter ihr eine verkehrte Welt, in welcher die Gestalten ihrer Mitschüler und Freunde vorübergingen, ohne sie wahrzunehmen, ohne zu wissen, daß sie von ihr beobachtet wurden. Hatte sie denn nicht vor Jahren einen Zauberring besessen? Wenn sie ihn dicht ans Auge hielt, fing das gläserne Juwel über ihre Schulter hinweg eine winzige, rechteckige, verkehrte Welt ein, in der sie nicht vorkam. Das Wichtige daran war, daß es sie auf jener Welt nicht gab, daß man dort nichts wußte von ihr. Sie hatte einmal versucht, dort hinzugelangen, doch sie war gescheitert; die Überfahrt war zu schwierig gewesen.

»Enid…?«

Felix schüttelte sie, benommen und zerschlagen wachte sie auf; ihr Herz klopfte, sie wußte nicht, wo sie sich befand. Er stand über ihr, hatte sie an der Schulter gepackt und schüttelte sie so stark, daß die Sprungfedern des Bettes quietschten.

Er ließ sich neben ihr aufs Bett fallen und fragte, wie es ihr gehe. Er hatte sich geduscht, sein feuchtes Haar war glatt zurückgekämmt, zwischen den Fingern hielt er eine brennende Zigarette. Trotz ihrer Verwirrung spürte Enid, daß er seine Besorgnis zu verscheuchen versuchte: Selbstverständlich ging es ihr gut. Ihr ging es doch immer gut. Felix küßte sie auf die Augenlider, auf den Mund; in ziemlich barschem Ton sagte er, sie müßten sich jetzt auf den Weg machen, sie solle sich anziehen, er könne ihr ja behilflich sein.

Bei der Rückfahrt hielten sie auf halbem Wege vor einem Wirtshaus an. Felix trank ein Bier, Enid mußte unterdessen die Damentoilette aufsuchen. Die Blutung hatte wieder eingesetzt; Enid spürte, wie sie heiß und träge durch ihre Lenden rann. Jetzt hatte sie im Unterleib dumpfe, an- und abschwellende Krampfbeschwerden. Durch die billige Sperrholztür der Toilette drang das Gewimmer eines süßlichen, einschmeichelnden Country-and-Western-Songs herein, dessen Rhythmus mit ihren Schmerzen im Gleichtakt war. Wieder verwendete sie Packen von Toilettenpapier, wieder zitterten ihre Hände. Ihr Triumphgefühl war erloschen.

Sie dachte an die Hinfahrt an jenem Tag. Felix war nervös und aufgeregt, redete jedoch sehr wenig; er geriet auf ein vereistes Straßenstück, und der Wagen kam kurz ins Rutschen. Etwas später, einige Kilometer weiter, als sich Felix gerade einer Kreuzung näherte, bog ein Farmer mit einem Kleinlaster recht unbedacht ein, obwohl er hätte anhalten sollen, Felix hatte ja die Vorfahrt. Aber Felix ließ sich das nicht bieten und raste weiter; beide ließen die Hupe ertönen in ihrem schnellen, kurzen Wutanfall. »Scheißkerl«, sagte Felix in den Rückspiegel hinein.

Auf der Fahrt nach Spragueville hatten sie sehr wenig geredet. Dort stand gleich neben der Landstraße ein schäbiges, aus Hohlblocksteinen erbautes Motel mit den Anpreisungen ERMÄSSIGUNGEN IN DER NEBENSAISON / VÖLLIGE RUHE / EINZEL- UND DOPPELBETTEN / ZIMMER FREI. In der Nacht zuvor hatte Enid in der Zeitung gelesen, Jo-Jo Pearl habe in Pittsburgh einen »knappen« Punktsieg davongetragen, doch als sie Felix danach fragte, sagte er nur, Jo-Jo müsse noch viel lernen. Enid wollte wissen, wann er sie mal mitnehmen würde zu einem

Kampf von Jo-Jo, er habe es ihr doch versprochen. Felix antwortete, er werde sie schon noch einladen, sofern die Umstände es erlaubten. Es wäre nicht gut, wenn man sie jetzt zusammen in der Öffentlichkeit sähe; jeder, der ihn kenne, wüßte dann Bescheid. »Bescheid worüber?« fragte Enid halb neckisch.

An das Waschbecken gelehnt, von starken Kopfschmerzen geplagt und die Augen voller Tränen, hatte sie sich lange in der übelriechenden, ungeheizten Toilette aufgehalten und darauf gewartet, daß die Blutung aufhörte. Nun kam eine der Kellnerinnen herein und fragte, wie es ihr gehe; ihr Freund mache sich allmählich Sorgen ihretwegen.

»Ich bin okay«, sagte Enid. Ihre Stimme klang spöttisch, sie betonte das Wort *okay,* das sie haßte und selten verwendete. »Sagen Sie ihm, ich sei *okay*. Ich komme sofort.«

Als sie an den Tisch zurückkehrte, bemerkte sie seinen ausdruckslosen, verschleierten Blick und dieses Getue, als ob nichts passiert wäre, als hätte er alles bestens unter Kontrolle. Felix Stevick löste gerade ganz gelassen von einer Bierflasche das Etikett ab. Er lächelte sie unbeschwert an, aber jetzt machte er sich wohl doch Sorgen, ein bißchen bekümmert schaute er schon drein; bestimmt dachte er, seine Freundin werde doch noch einen Arzt aufsuchen, und zwar keinen von denen, die zu seinem Bekanntenkreis gehörten. Vielleicht würde sie durchhalten bis nach dem Abendessen, vielleicht aber auch nicht; vielleicht würde sie plötzlich schlappmachen, würde ganz hysterisch werden und heulend zusammenbrechen. Zuerst würde sie ihrer Mutter, dann beiden, ihrer Mutter und ihrem Vater, berichten, was passiert war, wer sie gefickt und so in ihr gewütet hatte, daß sie blutete wie ein abgestochenes Schwein. Und er hatte das sogar noch genossen, jeden Augenblick; er war erregter gewesen, als sie ihn je erlebt hatte, schließlich hätte er sich von ihr durch nichts mehr davon abbringen lassen. Er hatte sie vergewaltigt, er hatte es genossen, aber das würde kein Geheimnis bleiben. Felix Stevick schien dies zu begreifen, als er sich ein Stück weit erhob, während sie Platz nahm; er schien alles vorauszuahnen, als er seinen Arm um ihre Schulter schlang, seinen Mund liebevoll und zärtlich an ihr Ohr legte, wie es jeder Liebhaber tat, und dabei versuchte, keine Angst zu haben vor dem, was kommen würde. Enid würde es ihren Eltern sagen, sie würde es dem Arzt sagen, sie würde immer wieder davon erzählen, schließlich müßte sie es noch einmal schildern, damit die Polizei alles mitstenografieren konnte. Und das war doch der Grund, weshalb er allmählich bekümmert dreinschaute, der arrogante Hurensohn.

Sie zitterte und bebte, ihr Gesicht brannte, die Haut war dünn wie Papier und wartete darauf, entflammt zu werden. Felix zögerte, dann fragte er, ob sie noch blute, und Enid erwiderte: »Wenn ich blute, dann blute ich eben; was geht das dich an?« Sie sagte mit leiser, tiefer, gehetzter Stimme: »Warum willst du das wissen? Kümmere dich um deine Angelegenheiten. Wenn ich blute, dann blute ich eben; was geht das dich an?« Sie schaute ihn haßerfüllt, voller Abscheu an und sagte etwas lauter: »Du Hurensohn. Du Dreckskerl. Mir kannst du nichts vormachen, du Saukerl. Dich kenne ich seit langem. Ich habe schon letztes Jahr Bescheid gewußt, am Shoal Lake – da habe ich dich erkannt. Du dreckiger Hurensohn, du hast mich betrunken gemacht und in das Haus geschafft, damit du mich im Stehen ficken konntest, und dann hast du…«

Felix warf einen Fünfdollarschein auf den Tisch, ging mit ihren Mänteln auf dem Arm aus dem Wirtshaus. Als sie im Wagen saßen, versuchte er nicht, sie zu besänftigen. Er schwieg und gab sich keine große Mühe, die wütenden Schläge abzuwehren, die immer wieder an seine Schultern und an seine Schläfe prallten. Als er im Rückwärtsgang aus dem Parkplatz fuhr, drehten die Weißwandreifen seines De Soto Deluxe durch und wirbelten Kieselsteine auf. Dann erreichte er die Landstraße und fuhr in Richtung Stadt.

Enid schlief bald darauf ein; als sie aufwachte, sah sie einen wuchtigen Abendhimmel, und Felix war gerade dabei, vom John Jamieson Expressway in Höhe der Nine Mile Road herunterzufahren. Auf der einen Seite lag der Ruß von U.S. Steel in der Luft, auf der anderen stand der flammenspeiende Schornstein von Goodyear Tire. Jetzt sagte sie mit leiser Stimme: »Ich möchte dich nicht mehr sehen. Das ist alles.« Und Felix sagte nach einer Weile: »Also gut. Ich glaube, du hast recht, Enid.«

8

Zu ihrem sechzehnten Geburtstag schenkte ihr Felix einen herzförmigen Anhänger aus Sterlingsilber mit goldenen Verzierungen, der ungefähr so groß war wie eine Vierteldollarmünze, und dazu eine schmale goldene Kette. Er gab das Schächtelchen, das von einem örtlichen Juwelier stammte und in schlichtes weißes Seidenpapier gewickelt war, Mrs. Stevick zur Aufbewahrung. Enid erhielt es, als sie von der Schule nach Hause kam.

»Ist das aber schön!« sagte Mrs. Stevick in einem anklagenden Ton. »Nimm es heraus, Enid, leg es um den Hals. Was ist denn los mit dir?«

Das war am 9. April 1954, fast fünf Wochen nach ihrem letzten Beisammensein. Sie hatten die ganze Zeit über nicht einmal miteinander gesprochen, doch an diesem Abend rief Enid ihn an.

Sie solle nur nicht denken, sagte er mit Bedacht, daß die Halskette etwas zu bedeuten hätte; da stecke nichts dahinter. Ob ihr das klar sei? Enid sagte, das habe sie begriffen. Ihr sei das schon lange klar gewesen.

9

Es war eine Zeit der Besorgnis, der heraufziehenden Krise. Lyle Stevick spürte das in seinen Knochen und in seiner Lunge, spürte es in seiner Magengrube, aber er hatte keine Ahnung, von woher der vernichtende Schlag kommen könnte; die Ursache seiner schrecklichen Angst war ihm unbekannt. Die zahlreichen Bombentests, die im Fernsehen übertragen wurden (auf dem Bildschirm plötzlich eine geräuschlose Eruption von Licht, Dunst und Rauch), jagten ihm eine Angst ein, die beim Anblick von Dokumentarfotos nicht entstehen konnte. Mit gespanntem Interesse verfolgte er die Anhörungen in Sachen Armee – McCarthy (die sich über sechsunddreißig Tage hinziehen sollten), doch glaubte er nicht, daß diese äußeren Umstände dafür verantwortlich sein könnten, daß er fast jeden Morgen nach unruhigem Schlaf mit dem Gefühl erwachte, knapp einer Katastrophe entgangen zu sein. Vielleicht war es sein alter, verhaßter

Traum von dem weißen Raum, dem schmucklosen, funkelnden, weißgekachelten Raum. Er erwachte mit dem schalen, ekligen Geschmack der Angst im Mund, fing sogleich zu husten an und weckte die arme Hannah auf; er taumelte zusammengekrümmt ins Bad, gepeinigt von dem Drang, sich von giftigen Schleimklumpen zu befreien, die tief in seinem Inneren saßen. Es kam ihm vor, als entstünden die heftigen Krämpfe nicht in seiner Lunge, sondern mitten in seinen Eingeweiden. Was das bloß war?

Auch Hannah war verängstigt, sie sagte, es komme davon, daß er die ganze Zeit seine Pfeife rauche, das sei doch jedem halbwegs vernünftigen Menschen klar. Lyle gab erbost zurück, er *inhaliere* den verdammten Rauch ja gar nicht, doch sie lag ihm in den Ohren, er solle Dr. Ritter aufsuchen, bis er schließlich kapitulierte und sich anmeldete. Am nächsten Morgen ließ er insgeheim den Termin streichen; den ersten Anruf hatte er von zu Hause gemacht, als seine Frau danebenstand, beim zweiten Mal rief er aus Stevicks Möbelhandlung an. Danach war er froh und erleichtert wie ein Kind, das von der Schule früher nach Hause gehen durfte. Die Hustenanfälle ließen sowieso immer nach, sobald er das Haus in der East Clinton Street verließ.

»Es gibt nichts Schöneres, als einen Arzttermin platzen zu lassen«, sagte Lyle Stevick zu einem seiner Kumpels, bei dem er zu Mittag aß und nebenher ein paar Glas Bier trank. In der Cadboro Tavern kannte und schätzte man Lyle Stevick; dort gab es Knackwurst mit Roggenbrot, Corned Beef mit Kohl, Fleischklöße mit Sauerkraut und Bier der Marke Stroh vom Faß. »Es gibt nichts Schöneres, stimmt's? Das gibt einem Schwung für den ganzen Tag.«

Sein Kumpel war in seinem Alter, Anfang fünfzig, aber er sah wesentlich älter aus: Auf der Nase geplatzte Äderchen, die Augäpfel traten etwas hervor und waren ebenfalls blutunterlaufen. Lyle hatte den Eindruck, daß er einen Moment zögerte, bevor er ihm mit der Hand auf die Schulter schlug und brüllte: »Da hast du verdammt recht.«

Sollte er den weiten Weg bis ins Zentrum fahren, bloß um dieses Arschloch namens Ritter aufzusuchen und ihm 25 Dollar hinzulegen für seinen altbekannten, selbstgerechten Quatsch? Er wußte doch selbst, daß er ein paar Pfund Übergewicht hatte, daß er einen Bauch hatte und einen Ring aus Speck um die Hüften, daß unter seinem Kinn Lappen hingen und erbärmlich schlaffe Sehnen. Er wußte, daß er Probleme mit dem Blutdruck hatte, doch das Hauptproblem war eine Vorliebe für Salz – ungesalzen *schmeckte* das Essen einfach nicht – sowie für Bier und Kaffee und all das, was sonst noch auf der ausgedruckten Liste stand, die Ritter ihm einmal gegeben hatte, die er vor langer Zeit abgelegt und seither nicht mehr zu Gesicht bekommen hatte. Er habe Zeit seines Lebens allmorgendlich Blutdruckpillen eingenommen, hatte er bei seinem letzten Besuch geklagt, warum wirkten die verdammten Dinger denn nicht? Ritter hatte ihm gesagt, die Pillen sorgten für eine leichte Blutdrucksenkung, der Rest sei seine Sache. Tadelnd hatte der aufgeblasene, arschgesichtige Kerl hinzugefügt, er müsse auch selbst entscheiden, ob er weiter seine Pfeife rauchen wolle, auch wenn sie so schlecht sei für sein Herz, seine Lunge und seinen Mund. Erst vor ein paar Tagen habe er einen Patienten verloren, einen alten Freund; er sei im St. Josephs-Krankenhaus an Krebs gestorben, und dieser habe in seinem Mund angefangen, über vierzig Jahre habe er Pfeife geraucht und nicht aufhören können... Das war noch weitergegangen, aber Lyle Stevick hatte nicht mehr zugehört. Im Leben gibt es einiges, das man sich schlichtweg nicht anhören kann, hatte er gedacht. Da sperrt sich einfach der Verstand dagegen.

So ähnlich war es auch mit der Kriegsangst. Jeden Tag eine Schlagzeile in der Zeitung, jeden Tag die NBC-Nachrichten: Die Sowjets verlangen, die USA protestieren, die Sowjets haben das und das zur Explosion gebracht, die USA haben das gleiche und noch mehr zur Explosion gebracht; Krisen in Ostdeutschland, in Jugoslawien, in Ungarn, in Afrika, in Indochina; und man solle Rotchina nicht vergessen, man solle Nationalchina nicht vergessen, betonte Eisenhower, betonte John Foster Dulles, betonte Chruschtschow, betonte Bulganin. Da gab es den Vizepräsidenten Nixon, den Senator Joe McCarthy, es gab die neue Superwaffe namens Wasserstoffbombe, H-Bombe, Kernfusionsbombe oder thermonukleare Bombe. Lyle Stevick war fasziniert, als er las, daß diese kolossale Bombe mit den hohen Temperaturen einer »gewöhnlichen« Atombombe gezündet werde; mit ihr konnte man eine ganze Südseeinsel zu Staub machen, man konnte ein sechzig Meter tiefes Loch in den Meeresboden reißen, man konnte einen riesigen Feuerball von fast fünf Kilometer Durchmesser in die Höhe schießen lassen, dabei eine Wolke mit radioaktivem Staub vierzig Kilometer in die Stratosphäre vordringen lassen. Mit feierlichem Getue verkündete einer der Nachrichtensprecher, die Vernichtungskraft einer einzigen Wasserstoffbombe sei so stark wie die Summe aller im Zweiten Weltkrieg über Deutschland und Japan abgeworfenen Bomben, *die ersten beiden Atombomben inbegriffen.*

Das mußte man sich einmal vorstellen! Sofern man dazu fähig war.

Selbstverständlich würde die Wasserstoffbombe nie eingesetzt werden, sie war lediglich als Teil einer Verteidigungsstrategie entwickelt worden.

In den Zeitungen, in den Zeitschriften und im Fernsehen, selbst bei Pfarrer Ogden auf der Kanzel war viel von Atombunkern die Rede, die stark genug wären, um Explosionen einer gewissen Stärke standzuhalten; man brauche Vorräte und Schutzkleidung für einen Aufenthalt von drei bis fünf Tagen Dauer; für 3 000 Dollar gebe es einen Selbstbausatz Mark I Kidde Kokoon, andere seien für weniger Geld zu haben. Im *Reader's Digest* wurden in einem Artikel mit der Überschrift »Ja, Sie können überleben!« Optimismus und positives Denken herausgestellt, weil es doch sehr auf die eigene Einstellung ankomme. Ein angesehener Arzt sagte, selbst bei einer Person, die der Strahlung ausgesetzt gewesen war und an der Strahlenkrankheit litt, stünden die Chancen auf eine Genesung eins zu eins. Ein angesehener Wissenschaftler meinte, der nukleare Fallout könne zwar zu Mutationen führen, doch seien diese »häufig« dazu imstande, die Spezies zu verbessern. Im Fernsehen betete Bischof Fulton Sheen in seinem prachtvollen Ornat ganz leidenschaftlich für den Weltfrieden, nahm aber gegenüber dem atheistischen Kommunismus eine aggressive Haltung ein. Als der Bischof auf dem Bildschirm erschien, verließ Lyle Stevick vorsichtshalber das Zimmer; er und Hannah würden sich ja nur wieder in die Haare geraten. Hannah war zudem eine begeisterte Anhängerin von

McCarthy und vertrat die Überzeugung, daß die Armee einer großen Zahl von Kommunisten Unterschlupf gewähre. Lyle hatte jedoch gelernt, sich mit ihr auf keine Diskussion einzulassen, weil er zum Schluß nur auf das dumme Weibsbild einschrie und seine Töchter in Angst und Schrecken versetzte, womöglich auch noch die Nachbarn. Und weil das gar nicht gut war für seinen Blutdruck, für sein Herz und für seinen Seelenfrieden!

Wenn er über derlei Dinge nachdachte, spürte er manchmal, wie seine Hände und seine Füße blutleer wurden; dann wiederum war sein Gesicht gerötet und heiß, sein Herzschlag beschleunigt und unregelmäßig oder unbegreiflich langsam aus Furcht vor all dem, was noch kommen würde, was noch ertragen werden müßte. In Stevicks Möbelhandlung ertappte er sich dabei, wie er stocksteif dastand, zur Kellertreppe hinüberschaute und an das Seil dachte, das er immer noch auf einem Balken versteckt hielt, obwohl er nicht die geringste Absicht hatte, von ihm Gebrauch zu machen. Er ertappte sich dabei, wie er mit offenen Augen von dem weißgekachelten unterirdischen Raum träumte: *O schützt vor Wahnsinn mich, vor Wahnsinn, Götter!* lautete das verzweifelte Gebet von Lear, das sich Lyle Stevick bald zu eigen machen sollte.

Zu Hannah sagte er nichts, doch überlegte er manchmal, ob er vielleicht doch Vergiftungen davongetragen hatte – während des Krieges, als er sechs Tage in der Woche bei der Firma Swale gearbeitet und weiß Gott was für giftige Dünste eingeatmet hatte, mit weiß Gott was für toxischen Chemikalien in Berührung gekommen war. Man hatte den Beschäftigten versichert, die Sache sei absolut unbedenklich, es gebe keinerlei Gefährdung, es sei denn, man gösse sich gewisse Chemikalien hinter die Binde; dieser saudumme Scherz hatte die Opfer stets in schallendes Gelächter versetzt. Lyle Stevick hatte der verdammten Fabrik schon die ganze Zeit die Schuld gegeben für seinen verfrühten Haarausfall; rückblickend war er der Ansicht, seine Probleme mit dem Blutdruck hätten ebenfalls dort ihren Anfang genommen, er habe sich schneller erkältet, habe die Verdauungsbeschwerden bekommen. Wenn nur die Bezahlung nicht so gut gewesen wäre! Das war das Verlockende dran.

Und in all den Jahren hatte er sich insgeheim gefreut, daß es ihm so gut ging, während Felix im Pazifik im Einsatz war. Er hatte irgendwie das Gefühl, Felix könnte es nicht schaden, bei der Armee zu sein, am Krieg beteiligt zu sein – das würde ihn schon nicht umbringen, aber immerhin einige Nummern kleiner machen.

Jetzt ängstigte sich Lyle Stevick, weil er etwas gelesen hatte über Angestellte eines Strahlungslabors in Kalifornien, über wissenschaftliche Assistenten, die nach den Experimenten für Ordnung sorgen und die Spülbecken sowie die Reagenzgläser reinigen mußten. Ein paar von ihnen waren nun an Leukämie und an Schilddrüsenkrebs erkrankt und machten die Firma dafür verantwortlich. Diese behauptete, die Erkrankungen hätten nichts mit der Arbeit im Labor zu tun, sie seien rein zufällig entstanden; man verfüge zudem über entsprechende ärztliche Atteste. Gottverdammte Scheißkerle, dachte Lyle Stevick.

Er hatte den Eindruck, es sei immer die gleiche Geschichte.

Weil die Geschäfte in jenen Tagen schleppend verliefen und er es müde war, die Anhörungen in Sachen Armee – McCarthy zu verfolgen (auf einem Philco-Gerät, das dem Apparat zu Hause sehr ähnlich war), widmete er sich erneut der Lektüre von *Lear, Macbeth* und *Othello.* Er hatte vor kurzem schöne alte, in Leder gebundene Ausgaben der Stücke erworben als Teil eines Inventars von gebrauchten Haushaltsgegenständen und unnützem Zeug. Er warf auch einen Blick in die Werke von Cervantes, Spinoza und Aristoteles, obgleich ihm die beiden Philosophen jetzt doch etwas lebensfremd und abstrakt vorkamen. Einzelne Passagen aus *Gullivers Reisen* las er mit Vorliebe laut, etwa die Worte, mit denen der König von Brobdingnag Gulliver und dessen Spezies verurteilte: »Ich kann nur den Schluß ziehen, daß die große Masse eurer Eingeborenen die schädlichste Art von kleinem, scheußlichem Ungeziefer ist, dem die Natur jemals erlaubt hat, auf der Oberfläche der Erde herumzukriechen.« Wie wahr! Wie wahr!

Jonathan Swift habe jedoch seine Weisheit teuer bezahlen müssen, er habe den Verstand verloren, hieß es. Ein Absterben, das oben einsetzte wie bei einem alten, kranken Baum: an ein derartiges Schicksal durfte man gar nicht denken.

Anfang Juni hatte Lyle Stevick dann ein romantisches Abenteuer.

Er wurde zum Eaton Boulevard bestellt ins Haus einer gewissen Mrs. Elvira French, um den Wert einer Anzahl Möbelstücke zu schätzen. Die Aufgabe selbst war reine Routinearbeit, doch der Eaton Boulevard bedeutete Geld, möglicherweise alten Reichtum. Nicht gerade das übliche Territorium von Lyle Stevick, obwohl er dort tatsächlich eine Zeitlang zusammen mit seiner Mutter und seinem Bruder in einer Hotelpension gewohnt hatte, als die Ehe seiner Eltern in die Brüche gegangen war. Ein beschämender Abschnitt seines Lebens, diese jahrelangen Erniedrigungen! Mrs. French wohnte nur zwei Häuserblocks von dem Gebäude entfernt, in welchem Lyle einst untergebracht war. Im Vorbeifahren stellte er jedoch mit einiger Erleichterung fest, daß man das alte Hotel geschmackvoll umgebaut hatte: Es besaß eine Kalksteinfassade, einen stattlichen Säulenvorbau und an jedem Fenster schmucke schwarze Jalousien. Das Gebäude schien jetzt ein prestigeträchtiges Apartmenthaus zu sein; das hätte seiner armen Mutter, die immer auf den äußeren Anschein, den Ruf und den gesellschaftlichen Rang bedacht gewesen war, wenigstens eine gewisse Genugtuung verschafft. Mr. Stevick fuhr langsam an dem Haus vorüber und setzte halb unbewußt sein trotziges Grinsen auf. Er hatte Gott sei Dank überlebt; eigentlich schade, daß das Gebäude Eaton Arms nicht mit all seinem melancholischen, kleinbürgerlichen Stolz weiterexistierte, auch daß drinnen die alten Bewohner nicht mumifiziert erhalten geblieben waren. Er hatte es immerhin trotz seiner Beschwerden und Leiden recht weit gebracht.

Er hatte ja vier wohlgeratene Kinder, von denen zwei, nämlich sein Sohn und seine jüngste Tochter, besonders begabt waren; sie stellten sozusagen seinen ganzen Reichtum dar, und das war immerhin etwas.

Lyle Stevicks unglückliche Mutter war recht jung gestorben, mit Ende vierzig. Sie hatte sich nur langsam von einer schweren Grippe erholt, dann versagte das Herz; er war immer der Meinung gewesen, daß sie vor allem aus Enttäuschung über den Verlauf ihres Lebens gestorben sei. Sie war so unerschütterlich *gut, sittsam* und *fromm* gewesen – mit solch entwürdigenden Ergebnissen! Lyle war beim Tod seiner Mutter vierundzwanzig Jahre alt gewesen, doch ihre letzten, mit einem Zischen gesprochenen Worte an ihn waren eine Anschuldigung, daß er in der Nähe ihres Bettes etwas zerbrochen habe, vielleicht irgendeine von ihren dummen Figürchen aus Glasgespinst. Aber er hatte überhaupt nichts kaputtgemacht; niemand begriff, was ihre mit zorniger Resignation gesprochenen Worte bedeuten sollten: »*Du* hast es zerbrochen, nicht wahr?« Was zerbrochen? Wo? Doch einen Augenblick später war die arme Frau tot.

Lyle war etwas wohler zumute, als er das Haus von Mrs. Elvira French zu Gesicht bekam. Es war eines jener unheimlichen Häuser im Pseudo-Tudorstil; das Fachwerk sah aus wie angebrannte Pfefferkuchen, der Gips hatte einen angestaubten Vanilleton; es besaß eine Anzahl schmaler Fenster mit Bleifassung und ein einigermaßen gut erhaltenes Schieferdach. Den Garten hatte man vor Jahren verschwenderisch und ziemlich protzig hergerichtet, doch nun war er etwas überwachsen. Eine wohlhabende Witwe, ein mit schönen Möbelstücken vollgestopftes Haus, wo man bloß zuzugreifen brauchte – hatte Lyle Stevick denn nicht seit Jahren auf so eine Gelegenheit gewartet?

Die erste Überraschung war, daß kein Dienstmädchen an die Tür kam, sondern die Dame des Hauses, und daß Mrs. French anders aussah, als er erwartet hatte – sie war viel jünger, sogar jünger als er, eine hübsche, mollige Frau mit heller Haut, Rouge auf den Wangen und großen, überraschten, porzellanblauen Augen. Ihr Haar hatte einen silbernen Blondton und war an der Stirn wie bei Mamie Eisenhower sorgfältig in Locken gelegt. Sie trug einen seidenen Morgenrock im Kimonostil mit kunstvollen Brokatverzierungen sowie schicke Stöckelschuhe; an ihren Händen glitzerten Juwelen. Mr. Stevick fand es seltsam, daß sie selbst an die Tür gekommen war, und noch mehr verwirrte ihn, daß sie bei seinem Anblick sowohl Freude als auch Furcht zu empfinden schien. Aufgeregt bat sie ihn, er solle ihr seinen Führerschein zeigen, um sich auszuweisen, dann entschuldigte sie sich vielmals. »Keine Ursache«, sagte er und schlug einen lustigen Ton an, um die gespannte Atmosphäre aufzulockern. »Schließlich möchte ich nicht, daß ein Fremder so tut, als wäre er *ich*.«

Er merkte erst einen Sekundenbruchteil später, daß seine

Bemerkung genaugenommen nicht ganz logisch war. Mrs. French lachte jedoch höflich und bat ihn herein. Sie entschuldigte sich dafür, daß Mr. French in Geschäften unterwegs sei und er mit ihr verhandeln müsse; sie hoffe, er werde nicht enttäuscht sein von dem, was sie ihm zu bieten habe. Als Mr. Stevick eintrat, überkam ihn eine sonderbare Erregung und Vorfreude, als ob er sich schon vor Jahren in diesem Haus oder in einem ganz ähnlichen aufgehalten hätte und etwas Wunderbares geschehen wäre. War das möglich? fragte er sich. Sein Gefühl trog – es war *unmöglich*.

Das Innere war schwach beleuchtet, und es war dort ziemlich kühl, obwohl draußen die warme Junisonne schien; die Räume waren angesichts der eindrucksvollen Breite des Hauses überraschend klein und voll abgestandener Luft. Lyle Stevick empfand dennoch Bewunderung für die stattliche Tudorarchitektur und die Anstrengungen, die sie verkörperte: alter Reichtum und alte Ambitionen, die Hoffnung von Amerikanern, sie könnten für Engländer gehalten werden. »Bitte folgen Sie mir«, sagte Mrs. French. Er erblickte offene Kamine aus Marmor, kristallene Kronleuchter, abgeschossene, doch recht elegante Vorhänge, viktorianische sowie aus dem 18. Jahrhundert stammende Möbelstücke und verschiedene antike Stilrichtungen, die er nicht kannte. Bei Gott, das war ein paar Nummern zu groß für ihn! Er würde sich lächerlich machen bei dem Versuch, für solche Sachen einen Kaufpreis zu nennen. Lyle Stevick hatte zwar seinen Unterhalt ein halbes Leben mit Ramsch bestreiten müssen, aber er wußte gute Möbel nach wie vor zu würdigen.

»Mrs. French«, sagte er verlegen, »ich fürchte, Sie haben den Falschen herbestellt. Ich bin der Meinung...«

»Bitte treffen Sie kein vorschnelles Urteil!« sagte Mrs. French in leisem, verletztem Ton. Etwa ein Dutzend Möbelstücke standen in einem Salon eng beieinander. Sie zog fast schüchtern die Schutzhüllen ab und bat um Entschuldigung für den Staub, für den Zustand des Hauses; ihr Dienstmädchen habe vor ein paar Tagen fristlos gekündigt, und da Mr. French abwesend sei, habe sich eine sehr schwierige Situation ergeben. Sie wolle diese Transaktion so einfach wie möglich machen, ohne Einschaltung Dritter. Während sie redete, starrte Lyle Stevick mit düsterem

Blick die Möbel an. Wie er befürchtet hatte, waren sie durchweg von ausgezeichneter Qualität, die seine Mittel weit überstieg: ein reizender Tisch samt Stühlen im Queen-Anne-Stil; etwas, das wie ein französisches Sofa ländlichen Ursprungs aussah; und das dort war womöglich eine echte Chippendale-Kommode, die schon allein viele tausend Dollar wert war... Die arme Mrs. French hatte aus Versehen statt eines Antiquitätenhändlers einen Gebrauchtmöbelhändler angerufen.

Noch einmal versuchte Lyle zu erklären, daß er in dieser Angelegenheit nicht der richtige Mann sei, daß er nicht über die nötigen Mittel verfüge, aber Mrs. French schien kaum zuzuhören. Sie erzählte, sie sei allein im Haus, sie sei schon seit Tagen allein, die Lebensumstände seien nun äußerst schwierig geworden, doch sei sie keine Person, die einen ihr so gut wie unbekannten Mann mit Klagen behellige. Ob er einen Sherry und Gebäck zu sich nehmen wolle, während er sein Gebot ausarbeite? Es sei ihr wichtig, daß er nichts übereile, sie habe wirklich genügend Zeit.

Mrs. French sprach in einem derart bittenden Ton, daß Lyle einfach ja sagen mußte: Ein Sherry würde ihm schmecken, und Gebäck auch. Was ihm da angeboten wurde, verwirrte ihn jedoch: Sherry hatte er noch nie getrunken, und wurde Gebäck nicht beim Dinner gereicht? Mrs. French schien hoch erfreut zu sein; sie bemühte sich um ihn mit ihrem unsicheren, backfischhaften Getue, als würde sie selbst begutachtet und nicht ihr Mobiliar. Sie ließ ihn in einem weichen Polstersessel Platz nehmen und reichte ihm ein Kniekissen für die Beine: »Bitte fühlen Sie sich wie zu Hause, Mr. Stevick! Lassen Sie sich Zeit!« Der Sherry hatte eine sirupartige Süße, das Gebäck bestand lediglich aus dünnen, waffelähnlichen Plätzchen, doch stellte er fest, daß er Appetit darauf hatte. Er hatte seit halb acht Uhr morgens nichts gegessen.

Mrs. Elvira French war eine kurzgewachsene Frau, sie maß selbst in ihren Stöckelschuhen nicht viel mehr als einen Meter fünfundfünzig; ihr Busen war rund und voll, doch nicht schwer, und er verströmte einen sommerlichen Duft. Als sie sich angeregt mit Mr. Stevick unterhielt, nahm ihr Gesicht allmählich eine rosafarbene Tönung an. Ihr jadegrüner, brokatverzierter

Kimono war am Hals offen und zeigte ihre warme, gerötete Haut. Sie kam Mr. Stevick nervös und erregt vor; eine Frau wie eine Rosenknospe, dachte er und spürte dabei, wie etwas erwachte in ihm. War es Verlangen? Lust? Er rutschte beklommen auf dem Sessel herum und konnte den Blick kaum von ihr abwenden. Von rüpelhaften, nicht ganz ernst gemeinten Annäherungsversuchen halbbetrunkener Frauen in Wirtshäusern oder Kegelbahnen abgesehen, hatte sich jahrelang kein weibliches Wesen für Lyle Stevick interessiert. Und jetzt stieg ihm alles wie der süße Sherry rasch zu Kopf!

Mrs. French redete, plauderte, lachte so vergnügt, als handelte es sich um einen Höflichkeitsbesuch. Sie war eine einsame Frau, so hatte es allmählich den Anschein, auf seltsame Weise isoliert; sie sprach davon, daß sie sich von ihren gesellschaftlichen Kreisen entfernt habe, diese Leute kämen ihr so langweilig und beschränkt vor, so phantasielos und ohne Lebenslust. Sie fragte, wie lange Mr. Stevick schon in Port Oriskany wohne, wie lange er schon in der Möbelbranche tätig sei, ob er verheiratet sei, ob er Kinder habe. Ach, *Enkel* habe er! Dabei leuchteten ihre blauen Augen vor kokettierendem Staunen, als wolle sie seine Worte in Zweifel ziehen. »Kaum zu glauben, eine noch recht jugendliche Erscheinung wie Sie, und schon Großvater!« sagte sie eifrig. »Sie müssen sehr jung geheiratet haben, Mr. Stevick.«

»Sehr jung«, sagte Mr. Stevick lächelnd.

»Aber sind Sie auch glücklich verheiratet?« fragte Mrs. French.

Er fuhr rasch mit der Hand über den Kopf und spürte die glatte, freiliegende Haut; er zögerte einen Moment, bevor er mit ziemlich ausdrucksloser Stimme sagte: »Ja, selbstverständlich.«

Daraufhin stellte er das Sherryglas beiseite und erhob sich, um die Möbel zu begutachten. Sein Gesicht glühte, er war ein bißchen kurzatmig. Was wollte diese Frau eigentlich von ihm? Er fühlte sich plötzlich unwohl, wollte so schnell wie möglich weg. Er erkundigte sich nach ihren Preisvorstellungen für verschiedene Gegenstände, und sie sagte mit undeutlicher, schwächer werdender Stimme, sie brauche lediglich einen Pauschalbetrag, ob er denn nicht für alles eine Gesamtsumme nennen könne, um die Transaktion so glatt und einfach wie möglich zu machen? Schließlich sei er der Fachmann und nicht sie.

Mr. Stevick lachte, stand unbeholfen da, die Hände in die Hüften gestemmt. Es war ein Mittwoch, er trug ein frisch gebügeltes weißes Hemd mit einem guten, gestärkten Kragen und dazu eine anständige Krawatte; sein braunkarierter Anzug spannte an den Schultern, sah aber immer noch gut aus. Er fühlte sich durch Mrs. Frenchs Interesse an seiner Person verunsichert und war gleichzeitig geschmeichelt, doch er wurde nicht schlau aus ihr. War sie nicht recht bei Sinnen? Trank sie heimlich? Ihre Augen waren jedoch klar, ihre Manieren angenehm. Der anzügliche Beiklang ihrer Stimme war vielleicht in ihren Kreisen üblich, entsprach der Art und Weise, wie dort Frauen mit Männern redeten; da wurden Anspielungen gemacht, die weiter nichts zu bedeuten hatten. In dem düsteren Spiegel einer Anrichte, die an einer Wand des Salons stand, hatte Mr. Stevick eine recht vorteilhafte Figur: Groß, aufrecht, imposant, stattlich. Ja, er war ein gutaussehender Mann, auch wenn ihm das seit etlichen Jahren entgangen war; seine Schädeldecke war zwar kahl, aber er besaß immerhin einen schönen Kranz grauer und roter Haare sowie seine Koteletten. Er mußte nur darauf achten, das Kinn zu strekken, damit sich die Haut am Hals nicht wölbte.

Mrs. French rief atemlos und fröhlich: »Fünftausend Dollar!«

Mr. Stevick wandte sich um und starrte sie an: »Fünftausend Dollar? Für alles zusammen?«

Sofort sagte sie zerknirscht: »Also dann: viertausend? Dreitausendfünfhundert? Nennen Sie mir doch bitte einen Betrag, Mr. Stevick!« Sie saß da, die plumpen, beringten Hände auf dem Schoß gefaltet, und schaute mit kindlichem Bangen zu ihm hoch. »Sie haben so ein ehrliches Gesicht, Mr. Stevick, so ein gutes, nettes, ehrliches amerikanisches Gesicht«, sagte sie mit einer etwas undeutlichen Stimme. »Ich richte mich da ganz nach Ihnen.«

Mr. Stevick wandte sich schnell ab und tat so, als untersuche er die Möbel; er überlegte rasch, über wieviel Bargeld er verfügte für eine sofortige Anzahlung und wieviel er auf der Bank hatte, auf dem Girokonto und dem Sparkonto. Den Rest könnte er von Felix borgen, für ihn war eine so geringe Summe kein Problem. Er hatte damit gerechnet, an diesem Tag vielleicht 150 oder 250 Dollar ausbezahlen zu müssen, aber er könnte 3 500 aufbringen, das Zeug am Nachmittag fortschaffen und vielleicht schon am nächsten Tag an einen Antiquitätenhändler in der City für weiß Gott wieviel verkaufen: 20 000? Oder gar 50 000? Doch als er dastand und ihm diese verwegenen Gedanken durch den Kopf gingen, wußte er bereits, daß er weder den Mut noch die Abgebrühtheit hätte für eine derartige Transaktion. Da saß Mrs. French und schaute ihn mit ihrem bemühten Lächeln an und mit großen, unschuldigen, wehmütigen Augen: Ach Gott, so etwas konnte er nicht machen. Die törichte Frau hatte ja Glück gehabt, daß sie im Telefonbuch auf seinen Namen gestoßen war und nicht auf einen anderen.

Verärgert und ohne ein Lächeln sagte er: »Die Möbel sind viel mehr wert, ich weiß gar nicht, wie hoch ihr Wert zu veranschlagen wäre. Sie sollten einen guten Antiquitätenhändler einschalten – oder ein paar, damit Sie mehrere Angebote haben. Ich bin ja gar nicht im Antiquitätenhandel tätig, Mrs. French, ich kaufe und verkaufe gebrauchte Möbel, und das ist etwas ganz anderes.«

Immer noch schaute sie ihn zerknirscht und besorgt an. Sie stand langsam und etwas unsicher auf, und einen Augenblick lang sah es so aus, als wollte sie seine Hände ergreifen. »Aber Mr. Stevick, Sie als *Fachmann*...«

Er wich ihr aus und bewegte sich auf die Salontür zu. »Sie fordern einen ja geradezu dazu auf, Mrs. French, Sie übers Ohr zu hauen, aber da sind Sie bei mir an der falschen Adresse!«

»Was fällt Ihnen ein! ›Dazu auffordern‹!«

Dann geschah das Unglaubliche, das sich Lyle Stevick noch nach vielen Tagen, Wochen und Monaten halb angstvoll, halb lustvoll vor Augen führte.

Ihre Stimmen hatten überraschend an Lautstärke zugenommen, Mr. Stevick stellte plötzlich zu seinem Erstaunen fest, daß sie aneinandergeraten waren, daß sie sich stritten wie ein Liebespaar. Es ging so schnell! Als Mrs. French ihn auf den Gang hinausführte, war sie sehr erregt, mußte sie gegen Tränen ankämpfen; mit ihren hohen Absätzen geriet sie auf dem Teppich ins Stolpern und wäre gestürzt, wenn er sie nicht mit beiden Armen aufgefangen hätte. Als sie in seinen Armen lag, erregte ihn ihr kleiner, molliger, parfümierter Körper so sehr, daß er sie fest an sich drückte und sogar mit den Lippen ihre Stirn berührte. Es ging so schnell! Mrs. French schob ihn mit einem leisen Aufschrei von sich.

»Mr. Stevick!« flüsterte sie.

Sie strich sich das Haar glatt, zupfte den Kragen ihres Kimonos zurecht, dann war sie ganz die versierte Gastgeberin und führte ihren Besucher zur Haustür. Lyle Stevick ging benommen und wie geblendet hinter ihr drein, sein Herz hämmerte vor Fassungslosigkeit über seine Tat. Er wollte sein Bedauern ausdrükken, doch Mrs. French fiel ihm zitternd und ohne seinen Blick zu erwidern ins Wort, sagte mit kaum vernehmlicher Stimme: »Es war nicht Ihre Schuld. Sie konnten nicht anders. Ich habe im Telefonbuch Ihren Namen ausgewählt, weil ›Lyle Stevick‹ mir bekannt vorkam, und als ich dann hier die Tür öffnete und Sie auf der Terrasse erblickte, kam mir ihr Gesicht bekannt vor. Keiner von uns beiden kann etwas dafür, aber wir dürfen uns nicht wiedersehen. Bitte gehen Sie.«

»Aber…«

»Bitte, Mr. Stevick. *Bitte gehen Sie.*«

Also ging er fort, lief rasch den Weg entlang, stieg in seinen Wagen, schlug die Tür zu, fuhr los und wagte nicht, sich umzuschauen. Die Worte *Ich allein bin entronnen, die Geschichte zu erzählen* rumorten in seinem Kopf herum.

Dann folgten Stunden, Tage, ja eine ganze Woche des Taumels, eine schwindelerregende Zeit, wie Lyle Stevick sie noch nie erlebt hatte. Selbst vor vielen Jahren, auf dem Höhepunkt seiner jugendlichen Verliebtheit in die schöne Tochter des jüdischen Pelzhändlers, hatte er keine so starken Empfindungen gehabt: Nicht nur, daß er am Rande des Wahnsinns stehe, sondern daß der Wahnsinn sogar etwas sehr Verlockendes, Erregendes sei.

Und er konnte niemanden in sein Geheimnis einweihen, er war ganz allein.

An jenem Abend rief er Mrs. French an, bevor er sein Geschäft verließ; er wollte sich nochmals entschuldigen, aber bei ihr nahm niemand ab. War er verliebt? In seinem Alter? Ein verheirateter Mann, der schon Großvater war? Hatte er die Frau wirklich umarmt und geküßt? Aber das hatte sich doch so geschickt ergeben, daß er ihr damit wirklich keinen Schreck eingejagt hatte. Er hatte ihre Worte noch im Ohr: *Sie konnten nicht anders, keiner von uns beiden kann etwas dafür.* Dann hatte sie noch gesagt, sie habe im Telefonbuch seinen Namen ausgewählt; sie hatte sogar behauptet, sein Gesicht sei ihr bekannt vorgekommen.

Er wußte, daß das absurd und äußerst unwahrscheinlich war, doch konnte er an nichts anderes denken.

War er denn verliebt?

Das hatte er schon gewußt, als er durch die Tür getreten war: Mrs. Elvira French mit ihren schönen hellblauen Augen, der hellen Haut, dem runden, parfümierten Busen, die sich unverkennbar zu *ihm* hingezogen fühlte. Es spielte keine Rolle, daß sie eine verheiratete Frau, eine Dame vom Eaton Boulevard war und zu einer Gesellschaftsschicht gehörte, die weit über der seinen lag.

Es spielte keine Rolle, daß er verheiratet war und Kinder, ja Enkel hatte, sein Leben war noch längst nicht vorüber!

Er betrachtete sein Gesicht im Spiegel, sah den erwartungsvollen, optimistischen Lyle Stevick; seine Haut hatte eine etwas derbe Rötung, der winzige Blutfleck in seinem rechten Auge glitzerte. Und doch hatte er das schreckliche Gefühl, an ihm sei auch noch etwas Verzweifeltes, etwas Mitleiderregendes. *Wir dürfen uns nicht wiedersehen,* hatte Mrs. French gesagt, und das wäre die beste Lösung.

Trotzdem wählte er ihre Nummer. Und am dritten Tag wurde der Hörer schließlich abgenommen: Mrs. Frenchs leise, süße, zaghafte Stimme ertönte, ihre unverwechselbare Stimme. Er nannte ganz förmlich seinen Namen und sagte, falls er ihr Ärger bereitet habe, tue ihm das leid. Als sie nichts erwiderte, riet er ihr, vorsichtiger zu sein und sich nicht übervorteilen zu lassen; sie sei eine zu vertrauensselige und leichtgläubige Frau, wegen der Möbel solle sie unbedingt, wie von ihm vorgeschlagen, einige Angebote einholen. »Vielen Dank, Mr. Stevick«, sagte sie leise. Mehr nicht. Obwohl ihn das kränkte, nannte er ihr noch die Namen mehrerer Antiquitätenhändler, die er für zuverlässig hielt. Sie dankte ihm erneut, zögerte ein wenig und fügte hinzu: »Mr. Stevick, ich hatte doch *Sie* ausgewählt.« Und bevor er etwas erwidern konnte, hängte sie auf.

Und als er nochmals ihre Nummer wählte, kam keine Antwort.

Was wollte sie von ihm? Was für einen Grund hatte sie? Warum geschah das am Abend seines Lebens?

Er stand frühmorgens auf, um die Übertragung der Atomexplosion im Pazifik anzuschauen; die anderen Familienmitglieder schliefen noch, der Fernseher war ganz leise eingestellt. Solche Ereignisse waren von historischer Bedeutung, und er könnte doch als unerschrockener Zeitzeuge daran teilnehmen. Er hatte von der süßen Elvira French geträumt und war dann ohnehin durch einen Hustenanfall wach geworden, der ihn so mitnahm und ihm so sehr den Atem raubte, daß er hinterher nicht mehr einschlafen konnte.

Es ging los! Auf einer hellen, zuckenden Rauchsäule eine winzige Lichtkugel, die rasch größer wurde, den Himmel verdeckte und den Horizont zum Verschwinden brachte; jetzt nahm die Pilzwolke anmutig Gestalt an wie ein vertrautes Motiv aus einem Bilderbuch für Kinder. Er starrte erschrocken, jedoch innerlich unbewegt hin, es überstieg einfach seine Aufnahmefähigkeit; die Wolke war todbringend und doch lebendig, sie zitterte und kräuselte sich, angetrieben von einer unaufhaltsamen, unberechenbaren inneren Energie. Während ein Reporter aufgeregt über Winde, Hitzeentwicklung, Milliarden Tonnen Dynamit sprach sowie über Millionen von Menschen, die ausgelöscht werden könnten, fuhr Lyle Stevick mit den Fingern über sein unrasiertes Kinn und sagte sich, das sei womöglich nur eine Trickfilmdarstellung, den Spezialeffekten in Science-fiction-Filmen vergleichbar – also ein Phänomen von der Größe des Bildschirms, auf dem es erschien.

Er schaltete das Gerät aus. Das war zuviel für ihn.

Großer Gott, das war einfach mehr, als man verkraften konnte. Kein Mensch konnte das in sich aufnehmen; von denen, die er kannte, schien keiner besonders Notiz davon zu nehmen. Die Seele erstarrte, die Kehle würgte unter dem Drang, all die vergifteten Eingeweide auszuspeien. Er würde wieder nach oben gehen, im Badezimmer austreten und sich dann rasieren; er würde sich im Toilettenspiegel eine frohe Geschichte erzählen über einen unterirdischen, von Lyle Stevick eigenhändig erbauten Zufluchtsort für seine Lieben und für Elvira French im besonderen, falls sich da etwas ergeben sollte. Falls sie ihn haben wollte.

Elvira French erzählte er auch in Gedanken die Geschichte, wie ihm seine Kinder nacheinander entglitten, wie sie sich seiner väterlichen Liebe entzogen. Sie wurden eben älter, das war ganz natürlich, da durfte man nicht protestieren. Zugegeben, er war verärgert, er war fuchsteufelswild gewesen, als Geraldine ihm von diesem Neal O'Banan erzählt hatte, den sie liebe und den sie heiraten müsse. Gott im Himmel, heiraten mußte sie ihn, und das so schnell wie möglich! Mr. Stevick war damals nahe dran gewesen, seine eigene Tochter zu schlagen; er nannte sie eine Hure, eine Schlampe. Nie würde er das Entsetzen vergessen, das auf dem Gesicht der armen Geraldine lag, als Daddy fast die Beherrschung verlor. Daddy hatte sich jedoch beherrscht. Daddy lernte, seinen Stolz hinunterzuschlucken und Kränkungen hinzunehmen, er gewöhnte sich daran, dem jungen Mann, der seine Tochter geschwängert hatte, die Hand zu schütteln, ihm sogar ins Gesicht zu blicken und ihn anzulächeln; schließlich mochte er ihn auch noch. Man schluckte das Gift hinunter und tat so, als schmecke es vorzüglich. Aber warum auch nicht? Das war ja nur der Lauf der Zeit und das Walten der Natur, wie das Leben so spielte, ob es einem nun gefiel oder nicht. Lyle Stevick mußte zugeben, daß er sich jetzt wohl fühlte, wenn er bei den zwei- oder dreimal im Monat stattfindenden Besuchen bei Gerry und Neal mit seinem Schwiegersohn plauderte in ihrem aus imitiertem Mammutbaumholz erbauten, mit Spielzeug übersäten »Ranch«-Haus in Lakeshore Meadows. Mit seiner Tochter redete er kaum, abgesehen von den üblichen Bemerkungen über die Enkel, über das von ihr zubereitete Essen und über Gegenstände, welche die O'Banans zu kaufen beabsichtigten – momentan war es ein Westinghouse-Kühlschrank, vor einer Weile ein stattlicher RCA-Fernseher, in einigen Monaten eventuell ein Starcraft-Rennboot für Neal und die Jungen, das sie an den Shoal Lake schaffen würden. Außerdem wurde immer über Autos geredet; es gab erregte Spekulationen darüber, ob der nächste Wagen der O'Banans ein Dodge, ein Plymouth oder ein Chevrolet sein sollte, und es gab Klagelieder über das gegenwärtige Auto, einen Ford, dessen Motor andauernd streikte. Neal O'Banan fragte Mr. Stevick höflich, was er dazu meine, und Mr. Stevick gab ihm bereitwillig Bescheid: Über kein amerikanisches Auto, das er je besessen habe, könne er ein gutes Wort sagen.

»Daddy«, rief Geraldine daraufhin mit einer etwas vorwurfsvollen Stimme, als wolle sie Neal junior schelten, »irgend etwas müssen wir doch fahren, oder?«

Neal O'Banan bekam eine Stirnglatze, um die Hüfte herum setzte er schneller Fett an als sein Schwiegervater, doch sein geschäftsmäßiger Händedruck und sein blendendweißes Verkäuferlächeln waren so nachdrücklich wie eh und je. Man muß den Burschen schon bewundern, dachte Mr. Stevick, daß er den Job in der väterlichen Eisenwarenhandlung aufgab, um bei AT&T eine Stelle anzutreten. Geraldine hatten Neals Pläne Sorgen bereitet, Mrs. Stevick hatten sie geradezu Angst eingejagt, weil sie an die diversen Tätigkeiten von Mr. Stevick in den dreißiger Jahren dachte, aber jetzt lief alles bestens. Die fünfziger Jahre waren eben nicht mit den dreißiger Jahren zu vergleichen, Neal stand kurz vor einer Beförderung, und Geraldine war von den Ehefrauen der Kollegen entzückt. Die Firma bot ihren Angestellten vielfältige Versicherungsleistungen sowie Freizeitbeschäftigungen vom Softball über Kegeln bis hin zu Laienspielgruppen und Puppentheater für Kinder. Was konnte man mehr verlangen? Mr. Stevick wollte gar nicht wissen, was Geraldine und ihre Familie von der alten Wohnung in der East Clinton Street 118 hielten, von der schäbigen, heruntergekommenen Gegend an der East Side, der sie für immer entronnen war.

Lyle Stevick liebte seine Tochter und seinen Schwiegersohn, seine Enkelkinder gewiß auch, doch Elvira French gegenüber würde er vielleicht erwähnen, daß er in ihrer Mitte ein Gefühl der Trauer und der Fremdheit empfand; daß ihm Babygerüche und Babysachen Unbehagen bereiteten und auch der verdammte Fernseher, der so laut lief, daß eine Unterhaltung kaum noch möglich war. Neal junior würde bald den Kindergarten besuchen, der kleine Andy war bereits zwei Jahre alt, und Geraldine war schon wieder schwanger, war freudig erregt und ganz mit sich selbst beschäftigt; eine Fortpflanzungsgier hatte sie erfaßt, sie lag in ihren Augen. In Gegenwart der Kinder nannte sie Mr. Stevick häufig »Opa«, und er ärgerte sich viel zu sehr darüber; er wollte beim Älterwerden keine Überempfindlichkeit zeigen, um nicht Gesprächsstoff zu liefern wie sein Gegenstück, der arme Opa O'Banan, dieser blöde, von Selbstmitleid erfüllte Langweiler.

Geraldine war also weg. Und was Warren anging: Als Enid im Krankenhaus lag, waren Mr. Stevick und Warren fast aneinandergeraten; die genauen Ursachen lagen im dunkeln, doch jetzt war er dauernd unterwegs. Warren wollte in Philadelphia Jura studieren, etwa einmal im Monat telefonierte er aus einer Art Pflichtgefühl heraus nach Hause, doch schrieb er keine Briefe mehr und machte nie einen Besuch. Und Lizzie war dreist und ordinär geworden; sie hatte sich nicht davon abbringen lassen, sich das Haar zu einem Platinblond bleichen zu lassen, das fahl wie der Mond war, sie trug dickes Make-up und enganliegende Sachen, aber was konnte man da schon machen? Kritik nützte nichts, sie anzuschreien nützte nichts, Drohungen halfen ebensowenig; nun zog Lizzie aus und teilte sich eine Wohnung mit dieser Schlampe namens Nelia Pancoe und einem anderen Mädchen. Mr. Stevick wollte gar nicht daran denken, was das bedeutete. Aber Lizzie hatte immerhin an der High-School den Abschluß geschafft, sie arbeitete in der Rexall-Filiale in der City und finanzierte so den Gesangs- und Tanzunterricht in Henri's Music Studio, das im zweiten Stock eines Altbaus an der Main Street untergebracht war. Sie war ein liebes, gutherziges Mädchen, aber verbohrt, wollte unbedingt ihren Kopf durchsetzen. Sie kam und ging, wie es ihr paßte, man konnte sich nicht auf sie verlassen; sie war erst achtzehn, hatte aber, so vermutete Mr. Stevick, schon Geschlechtsverkehr gehabt mit einem Freund namens Eddy Carlisle, der Ende zwanzig war und sechs Monate im Gefängnis gesessen hatte wegen Autodiebstahls. Großer Gott, was konnte man da schon machen, so ging es zu im Leben. Manchmal legte Lizzie den Kopf an seine Schulter und schäkerte und gurrte, als wäre sie wieder sein kleines Mädchen, weil sie es einfach nicht ertragen konnte, wenn ihr Daddy böse war; dann wiederum brachte sie es fertig, ihm und ihrer Mutter zu sagen, sie sollten doch zum Teufel gehen, es sei ihr piepegal, was sie dächten, sie mache, was sie wolle, und damit basta! Und damit hatte es sich dann auch. Das letzte Mal, daß Lizzie und ihre Eltern einander nahe waren und etwas gemeinsam erlebten, war vergangenen Oktober gewesen, als Arthur Godfrey den armen Julius La Rosa demütigte, indem er den Sänger in aller Öffentlichkeit feuerte. »Danke schön, Julie, das war nett«, hatte Godfrey mit dem gewohnten väterlichen Lächeln zu dem jungen Mann gesagt und sich dann mit einem verschwörerischen Grinsen ans Publikum gewandt: »Und das, meine Freunde, war der Schwanengesang von Julius.« Atemlose Stille folgte, und diese konnte man, wie die Zeitungen am nächsten Tag schrieben, geradezu in den gesamten Vereinigten Staaten spüren, als jedem klar wurde, daß Godfrey seinen Schützling Julius La Rosa vor einem Millionenpublikum gefeuert hatte – ein Vorfall, der in der Geschichte des Radios und des Fernsehens beispiellos war. Lizzie weinte vor Schmerz und Empörung, auch Mrs. Stevick war ganz erschüttert, so als wäre der italienische Sänger mit dem Babygesicht eines von ihren Kindern. Die beiden waren ganz geknickt und redeten stundenlang von nichts anderem. Lizzie sagte, sie hasse Godfrey, sie werde es ihm nie verzeihen; Mrs. Stevick war hin und her gerissen zwischen ihrem Mitgefühl für La Rosa und ihrer Loyalität gegenüber Godfrey. Mr. Stevick beteiligte sich auch, seltsamerweise war er selbst etwas aufgewühlt, obwohl er für den schmalzigen Gesangsstil von La Rosa nie etwas übrig gehabt hatte. Daß Godfrey einen seiner eigenen Leute im Fernsehen vor aller Augen gedemütigt hatte, war ja schon etwas Ungeheuerliches!

»Dieser Hurensohn«, flüsterte Lizzie mit Tränen in den Augen. »Den schaue ich mir nie mehr an!«

»Lizzie!« rief Mrs. Stevick.

»Lizzie, jetzt beruhige dich aber«, sagte Mr. Stevick, obwohl in ihm selbst gerade alles andere als Gelassenheit herrschte.

Und dann war da noch Enid.

Vor dem Abendessen übte sie zumeist Klavier, und Mr. Stevick genoß es immer, ihr bei seiner Lektüre des *Herald* ein bißchen zuzuhören, wobei seine Aufmerksamkeit mal den beunruhigenden Meldungen galt, mal dem gewandten Spiel seiner Tochter. Er mußte zugeben, daß es ihn überraschte, wie gut sie Klavier spielen konnte. Weil sie damals bereits fünfzehn gewesen war, hatte Mr. Lesnovich sie nicht als Schülerin haben wollen, aber nun meinte er anscheinend, daß sie Talent besitze, nicht nur für das Klavier, sondern für Musik im allgemeinen. Sie sagte, sie würde gern ins Lehrfach gehen, und das sei eine realistische und plausible Einstellung. Natürlich werde aus ihr niemals eine große Künstlerin, wie viele Pianisten brächten es schon zum Konzertpianisten? Mr. Lesnovich sage immer etwas ironisch, dieses Ziel sei, wie er selbst sehr wohl wisse, nicht leicht zu erreichen. Etwas ganz anderes sei es, mit dem vorhandenen Talent klug umzugehen, daran zu arbeiten, um ohne Druck und ohne übertriebene Erwartungen allmählich voranzukommen. Dafür könne er Verständnis aufbringen.

»Das Geheimnis liegt darin, eine genaue Übereinstimmung zwischen den Ambitionen und dem eigenen Talent zu erzielen«, sagte Mr. Lesnovich zu Enid. »Genau das ist der Schlüssel zum Glück.«

Wenn Enid ihm über diese Dinge berichtete, fühlte sich Mr. Stevick unwillkürlich privilegiert und geschmeichelt. Die musikalische Begabung, mit der ihn seine Tochter verblüffte, war immerhin etwas Außergewöhnliches; sie hatte gewiß etwas mit Genen und Chromosomen zu tun, mit den kleinen, prallen, verkalkten Knospen seines eigenen Talents, die nie zur Blüte gelangen durften. Sie würde ihm eine Bestätigung geben, sie würde sein Versagen wettmachen: die liebe, süße, reizende Enid, die im vergangenen Jahr fast gestorben wäre. Doch sie lebte, sie saß am Klavier, spielte unermüdlich die immer schwieriger werdenden Tonleitern und Arpeggios, ihre Finger waren leicht, schnell und geschmeidig, ihr Haar lag leuchtend auf den Schultern, es zeigte denselben kastanienfarbenen Ton, den sein Haar einst gehabt hatte. Mr. Stevick machten die mißglückten Versuche und die Wiederholungen wenig aus, ihm gefielen die Fingerübungen recht gut. Dann kamen Kompositionen, die ihr Mr. Lesnovich aufgegeben hatte – ein schlichtes Rondo von Mozart, einige der leichteren »Préludes« von Chopin, Bartóks »Zehn einfache Klavierstücke« und Chatschaturians »Album für Kinder«. Mr. Lesnovich war bekannt dafür, daß sein Klavierunterricht von den üblichen Methoden abwich; er gab seinen Schülern keine Musikstücke auf, die er nicht selbst zahllose Male mit Genuß anhören konnte.

Im Juni des vergangenen Jahres, als Enid im Rettungswagen ins St. Josephs-Krankenhaus geschafft worden war und niemand wußte, ob sie leben oder sterben würde, hatte ihr Vater sich selbst erniedrigt, hatte sein Innerstes nach außen gekehrt: »O Gott, laß meine Tochter nicht sterben. Gott, wenn es Dich gibt, dann laß meine Tochter nicht sterben.« Unzählige Male murmelte er dieses Gebet, die Stunden des Wartens vor der Notaufnahme waren zu einer seltsam gallertigen, traumähnlichen Zeitspanne geronnen, die sich über Tage hingezogen haben könnte oder auch nur über wenige Minuten. Es war ein derart erschütterndes Erlebnis gewesen, daß Mr. Stevick es später nicht mehr in Erinnerung rufen konnte; schon bevor Enid aus dem Krankenhaus entlassen wurde, hatte er allmählich die Abfolge der Ereignisse vergessen, die schrecklichen Stunden des Wartens, des Feilschens mit einem Gott, der seines Wissens gar nicht existierte und der sich, sofern es Ihn doch gab, sowieso einen Dreck um Lyle Stevick und seine Tochter gekümmert hätte. Wie eine Frau, die überaus qualvolle Geburtswehen durchmachen mußte, die vom Schmerz zerrissen und reingewaschen wurde, bot er seine ganze seelische Kraft auf und dachte nur noch daran, daß sie wieder gesund werden würde. Denn in Wirklichkeit lebte Enid; daß sie am Rande des Todes stand, war nur eine Fiktion.

Und wie stolz sie dann alle auf sie waren, die ganze Verwandtschaft – daß sie sich so rasch erholte und guter Stimmung war, daß sie sich so mutig und entschlossen zeigte und mit einer einzigen Woche Verspätung ihre Abschlußprüfungen ablegte, bei denen sie auch noch so gut abschnitt. Und daß sie dann mit dem Klavierunterricht anfing. Wessen Idee das gewesen war, ließ sich später nicht mehr genau feststellen, vielleicht war das Enid eingefallen, vielleicht aber auch Lyle Stevick; wahrscheinlich war es Lyle Stevick gewesen, der seiner Tochter einen zusätzlichen Lebensinhalt geben und ein wenig Glück spenden wollte, weil er sie fast verloren hatte.

Er erinnerte sich daran, wie er Enid vor vielen Jahren einmal angetroffen hatte: Sie starrte gerade in einem Nachrichtenmagazin ein Foto an und war so vertieft, daß sie ihn nicht wahrzunehmen schien. Das Foto zeigte etwas Entsetzliches, etwas Niederdrückendes; Mr. Stevicks Erinnerung nach war es ein Junge, der von Nazis umgebracht worden war. Er hatte dann das Magazin zugeklappt und es ihr weggenommen, hatte sie gescholten, weil sie so etwas anschaute. Doch schon damals hatte sie nicht normal reagiert; sie hatte schmerzerfüllt dagesessen und ins Leere gestarrt. Enid? Hör mal, mein Schatz, du hast doch deinen Daddy, der dich vor diesen Dingen schützt!

Aber das hatte Daddy nicht vermocht.

Nun war sie sechzehn und erreichte ein Entwicklungsstadium, an dem er nicht teilhaben konnte. Ihn und ihre Mutter liebte sie, aber sie bereiteten ihr offenbar auch Verlegenheit und Schmerz; sie hatte ihr eigenes Leben, war mit ihren Freundinnen, den Schularbeiten, dem Klavierunterricht beschäftigt und mit all den »Aktivitäten« einer amerikanischen Oberschülerin des Jahres 1954. Und dann ihre Heimlichtuerei! Ihre zunehmende Distanziertheit! Sie fuhr zusammen, wenn er sie berührte, hatte dabei ein nervöses Lachen und fand es abscheulich, wenn Daddy ihr übers Haar fuhr; der Pfeifenrauch nehme ihr den Atem, er treibe ihr Tränen in die Augen. Sie machte nicht mehr mit bei seinem lauten, beschwipsten, spöttischen Geplänkel und schämte sich zutiefst, wenn eine ihrer Freundinnen Daddy in so einem Zustand antraf. An manchen Tagen sah er Enid überhaupt nicht, er frühstückte und ging weg, bevor sie nach unten kam; zum Abendessen war sie nicht da, und wenn sie dann nach Hause kam, war er schon zu Bett gegangen. Am darauffolgenden Tag knöpfte er sie sich vor, versuchte aber, seine Erregung zu verbergen. »Oho! Wo hast du denn gestern abend gesteckt?« fragte er sie vielleicht, und Enid schaute ihm dann ins Gesicht, aber sie hatte eine harte, verächtliche Miene, und ihre schönen, tiefliegenden braunen Augen blickten düster. »In der Bibliothek, Daddy«, sagte sie vielleicht, oder auch: »Ich war im Kino, Daddy.« Er konnte sich selbst nicht ausstehen, aber er machte weiter: »So? Tatsächlich? Das läßt sich nachprüfen!« Dann wurde Enids Mund ganz spitz vor Feindseligkeit gegen ihn, vor lauter Abneigung gegen den armen Lyle Stevick, der es doch nur gut meinte, der seine letzte im Haus verbliebene Tochter mit einem zornigen Lächeln anschaute. Das alte Einvernehmen zwischen ihnen schien der Vergangenheit anzugehören. Auch ihre alte Kumpanei gegen die arme Hannah, dieses Dummchen. Zu seinem Verdruß merkte Mr. Stevick, daß Enid ihrer Mutter jetzt des öfteren den Vorzug gab.

Weiß der Himmel, wo sie mit ihren Gedanken war, er hatte keine Ahnung. Er war sich ihrer nur dann sicher, wenn sie stocksteif am Klavier saß und mit einer seltsam wilden Hingabe Übungen absolvierte, wenn die hohen Töne besonders präzise, und kraftvoll erklangen. Wenn er nicht so froh gewesen wäre über ihre Genesung, dann hätte er eifersüchtig werden können auf ihren Klavierlehrer, diesen exzentrischen Lesnovich, der die Stirn hatte, fünfzehn Dollar pro Stunde zu verlangen, obwohl die ganze Verwandtschaft der Meinung war, Musikunterricht habe nie mehr als fünf Dollar die Stunde gekostet. Er hätte auch auf seinen Bruder Felix eifersüchtig sein können, weil er sich eingemischt und die Kosten für den Unterricht und das Klavier übernommen hatte. Aber das war eben typisch Felix, dachte Lyle Stevick, bei ihm wußte man nie, wo man dran war: Jahrelang ignorierte er die Stevicks, dann tauchte er plötzlich wieder auf in ihrem Leben...

All dies wollte er Elvira French eines nicht zu fernen Tages erzählen; er wollte sich gar nicht beklagen, ihm ging es vielmehr um das Verwirrende, das ihn niederdrückte.

O schützt vor Wahnsinn mich, vor Wahnsinn, Götter!

Mit jedem Tag, den er fern vom Eaton Boulevard verbrachte, spürte Lyle Stevick seine Sehnsucht um so stärker. Er fand keinen Schlaf, hustete heftig, hatte keinen Appetit oder plötzlich einen so unmäßigen Hunger, daß er sich richtig vollfraß. Ein einziges Glas Bier stieg ihm schon zu Kopf. Fieberhaft prägte er sich Worte, Gesten und Handlungen ein. Er würde ihre Hand nehmen, er würde sie an beiden Händen festhalten, würde sie sanft küssen und ihren Namen sagen. War das möglich? War denn so etwas denkbar? Ein Mann bereitet sich auf einen Ehebruch vor, stellte er fest, als ginge es in die Schlacht oder in den Tod.

Wenn er die Schwelle ihres Hauses ein zweites Mal überschritt, wenn sie ihn dazu einlud, dann würden sie ein Liebespaar werden. Er wußte es genau! Also mußte er hingehen. Aber er hatte Angst davor. Er *mußte* aber hingehen, das Schicksal wollte es so. Elvira French: sein Schicksal. Und er war dreiundfünfzig.

Was Hannah anbetraf – er dachte gar nicht an sie. Sie war da, sie existierte, sie lag sogar neben ihm in ihrem bleiernen Schlaf, aber er beachtete sie nicht, weil er in Gedanken immer bei Elvira French war. Er liebte seine Frau schon lange nicht mehr, und er hatte dann auch aufgehört, mit ihr zu schlafen. Nach Enids Geburt hatte sie Angst davor gehabt, wieder schwanger zu werden, doch jede Art von Geburtenkontrolle war für sie undenkbar, weil die zölibatären Priester die Verhütungsmethoden als Todsünde bezeichneten. Wer seinen Samen nicht am richtigen Platz deponierte, der würde zur Hölle fahren! Aber das spielte kaum eine Rolle, weil Lyle Stevicks sexuelles Verlangen rasch nachgelassen hatte. Jahrelang hatte er sich eingeredet, das sei ihm egal, sein Humor war obszön, grobschlächtig, voll Verzweiflung, und es war ihm ja auch gleichgültig gewesen, bis...

Lyle Stevick hätte Mrs. French angerufen und ihr mitgeteilt, er sei unterwegs zu ihr, er hätte ganz kühn und unerschrocken gesagt, er komme jetzt, aber er mußte damit rechnen, daß sich ihr Mann melden würde. Was dann? Vielleicht würde sich auch Elvira melden mit ihrer leisen, süßen Stimme und ihn abweisen – hatte sie ihn denn nicht gewarnt, sie dürften sich nicht wiedersehen? Aber es ging doch um ihr gemeinsames Schicksal, hatte sie das denn nicht auch gesagt?

Am darauffolgenden Mittwoch, um Viertel nach zwölf an einem milden, dunstigen Junitag endete die Romanze so abrupt und geheimnisvoll, wie sie begonnen hatte.

Lyle Stevick ging zum Haus von Mrs. French und wurde schroff abgewiesen.

Er ging frisch rasiert und geschmackvoll gekleidet hin (er trug seinen guten marineblauen Gabardineanzug, ein frisch gebügeltes weißes Hemd und eine adrette karierte Krawatte) und nahm seinen ganzen Mannesmut zusammen: Er klingelte und wartete zitternd, sein ganzes Leben dröhnte ihm in den Ohren. Aber dann trat ihm nicht die hübsche Elvira French gegenüber, sondern eine äußerst feindselige Person in einem unförmigen schwarzen Kleid, die eine ältere Verwandte von ihr hätte sein können. »Ja? Wer sind Sie? Was haben Sie hier zu schaffen?« fragte die Frau. Mit einem so strengen und gebieterischen Gebaren konnte sie schwerlich eine Bedienstete sein; sie starrte ihn abweisend an, ihre blaßblauen, wässerigen Augen traten etwas hervor, als hätte sie es mit einem Verbrecher oder einem Verrückten zu tun, der gerade in das Haus einzudringen versuchte. Es war verblüffend, wie sehr sie Mrs. French ähnelte, doch Mr. Stevick wagte nicht, diesen Gedanken zu Ende zu denken. Bemüht, seine Miene vornehmer Gelassenheit beizubehalten, erklärte er stockend, er sei ein »guter Bekannter« von Elvira French und wünsche sie zu besuchen.

»Sie fühlt sich nicht wohl und empfängt keinen Besuch«, sagte die Frau barsch.

»Nicht wohl? Was fehlt ihr denn?« fragte Mr. Stevick bestürzt.

Nun betrachtete ihn die Frau mit etwas Mitleid und Geringschätzung. »Darüber zu befinden, ist Sache der Ärzte«, sagte sie.

»Aber ist es denn etwas Ernstes? Liegt sie im Krankenhaus?« fragte Mr. Stevick.

»Und sie hat keine ›guten Bekannten‹«, fügte die Frau hinzu.

Sie stand breit und triumphierend im Eingang, als verteidige sie das Haus gegen ihn. Sie war eine kurzgewachsene Frau Mitte oder Ende fünfzig, deren ausgebleichtes Haar auf ihrem recht kleinen Schädel glatt und straff nach hinten gestriegelt war; sie hatte eine runzlige Haut, ihre Strümpfe warfen an den Knöcheln Falten. Mr. Stevick starrte sie hilflos und verzweifelt an, weil sie eine so starke Ähnlichkeit mit Elvira French hatte. Was sollte er machen?

»Ich bin sicher, Mrs. French erwartet mich«, sagte er mit ruhiger Stimme. »Wenn Sie so freundlich wären…«

»›Mrs. French‹ erwartet heute gar niemand«, sagte die Frau. »Sie fühlt sich nicht wohl. Sie ist erkrankt. Sie steht unter Quarantäne.«

»Aber wenn Sie ihr sagen würden, daß Lyle Stevick hier ist…«

»Sie kennt keinen ›Lyle Stevick‹, das versichere ich Ihnen.«

»Ich war letzte Woche hier, um einige ihrer Möbelstücke zu begutachten und hatte die Absicht…«

Plötzlich verlor die Frau in dem unförmigen schwarzen Kleid die Geduld; um ihn loszuwerden, sagte sie: »Die Möbel sind verkauft, mein Herr, schon seit langem. Sie sind fort. Guten Tag.«

Die Tür schloß sich vor Lyle Stevick, er stand benommen auf der Schwelle des prachtvollen alten Tudorhauses Eaton Boulevard Nummer 928, und das Kartenhaus, das er in seiner Torheit aufgebaut hatte, stürzte auf einmal zusammen.

Darüber nachzusinnen, wäre unerträglich gewesen. Da setzte das Denken auf eine ganz natürliche und praktische Weise einfach aus.

McCarthy war erledigt, der schwadronierende Senator war untergegangen, begleitet von einem Ausbruch wilder, zorniger Schadenfreude; er war öffentlich gedemütigt worden vor den Augen von Millionen amerikanischer Fernsehzuschauer. Endlich! Und Lyle Stevick, der in seinem Geschäft allein war, der im Fenster das Schild GESCHLOSSEN hängen hatte, beteiligte sich an dem Applaus, der im Caucus Room des Senats zu einer solchen Stärke anschwoll, als könnte er aus dem Fernsehgerät herausbranden und eine festliche und strahlende, eine gereinigte Atmosphäre erzeugen. Die traurige Tatache blieb jedoch bestehen, daß es erst im Sommer des Jahres 1954 geschah, mit jahrelanger Verspätung, viel zu spät. Diese Hurensöhne haben mir mein Land weggenommen, dachte Lyle Stevick und goß sich dabei noch einen Schluck Early Times ein.

Klar, er hatte es kommen sehen, daß McCarthy sich schließlich selbst die Schlinge um den Hals legen würde, wenn man ihn an der langen Leine laufen ließ. Und die Arschlöcher im ganzen Land hatten ihm alles durchgehen lassen, über Jahre hinweg, doch leider hatte er auch andere aufgeknüpft, o Gott, wie er andere Leute hatte baumeln lassen! Lyle Stevick sah den vom

Balken herunterhängenden Strick vor sich, sein geheimes Seil und seinen geheimen Balken, aber er war zu betrunken, um sich weiter damit zu beschäftigen. Doch, diese Hurensöhne hatten gesiegt. Es war Juni 1954 und sehr spät.

In den darauffolgenden Tagen hatte er nicht einmal genug Kraft und Bosheit, um seine Frau wegen ihrer standhaften Loyalität gegenüber McCarthy zu verspotten. Himmel noch mal, die Frau tat ihm fast leid, sie war genauso verblüfft und bestürzt über diese Wende wie McCarthy selbst. Zuerst unterstützte Amerika den Senator, dann war der Senator plötzlich auf dem Abstellgleis, vielleicht eine altbekannte Geschichte, aber doch ziemlich rätselhaft, wenn man an alles geglaubt hatte wie Hannah Stevick. Sie hätte gern darüber gesprochen, selbst auf das Risiko hin, daß sie wieder in eine ihrer Auseinandersetzungen gerieten, aber Lyle Stevick brachte es nicht übers Herz. Daß ihm McCarthys Niederlage nicht einmal ein kleiner, bitterer Trost war, bedeutete doch, daß es mit seiner Männlichkeit endgültig vorbei war.

»Aber er ist immer noch Senator«, sagte Mrs. Stevick. »Das können sie ihm doch nicht nehmen, oder?«

Dr. Ritters Wartezimmer: Zwischen jungen Mütter mit quengeligen Babys und stumpfsinnigen, gebeugten, rotäugigen alten Leuten, die er nicht anzuschauen wagte, saß Lyle Stevick und saugte an seiner kalten Pfeife (BITTE NICHT RAUCHEN). Er wartete darauf, daß sein Name aufgerufen wurde und überflog unterdessen einige alte Nummern von *Time, Newsweek, Life* und *Collier's*. Seit einiger Zeit las er kaum einen Artikel von Anfang bis Ende durch, nicht einmal ziemlich knappe Berichte in den Lokalzeitungen; er hatte es aufgegeben, die diplomatischen Schachzüge der sogenannten Weltmächte zu verfolgen. Er hatte ein gewisses, wenn auch nicht besonders großes Interesse für die Entscheidung des Obersten Gerichtshofes vom Mai aufgebracht, daß die Rassentrennung in den öffentlichen Schulen aufzuheben sei. Enid hatte schließlich nur noch ein oder zwei Jahre zu absolvieren, die East Clinton High School war ohnehin zu einem Drittel schwarz, das juckte ihn also nicht. Einige Fotos, die der schwitzenden, stiernackigen, schüchtern lächelnden Rocky Marciano zeigten, überblätterte er rasch, weil er nicht an seinen Bruder Felix erinnert werden wollte. Ob Felix wohl im Bilde war, daß er fünfzig Dollar gewonnen hatte, weil er damals auf Corvino gesetzt hatte? So etwas würde sein freundlich lächelnder Bruder, der ihm die Hand auf die Schulter legte und seine schlaffen Muskeln beklopfte, nie vergessen. Er überblätterte auch Fotos von Eisenhower, der erschöpft und alt aussah und auf den Händen Leberflecke hatte, das frohe, einfältige Lächeln half da auch nicht mehr viel. Lyle Stevick kümmerte das wenig, in Wahrheit war er dankbar, daß Eisenhower die Wahl gewonnen hatte und nicht Stevenson: Die Russen hätten uns mittlerweile ins Meer geschmissen, dachte er, das ist die traurige Wahrheit. Eine Bildfolge mit UFOs, mit Fliegenden Untertassen, die angeblich in Oregon, Colorado, Texas und Rio aufgetaucht waren, erregte ein paar Minuten lang sein Interesse, doch brachte ihn das schließlich so durcheinander, daß er umblättern mußte. Es war schon plausibel, das käme wahrscheinlich als nächstes, aber er konnte sich nicht damit befassen, er hatte nicht die Kraft dazu.

Dann stieß er auf einen Bildbericht über Schutzbunker. Und diese unterirdischen Atombunker besaßen ja durchaus eine gewisse schaurige Gemütlichkeit und Attraktivität. Auf einmal erkannte er, was sie anziehend machte. Das war ja der helle Wahnsinn und etwas ganz Fürchterliches, aber es hatte auch etwas Faszinierendes und eine gewisse Romantik: Die Liebe, die man für seine Familie und vielleicht sogar für das mächtige Amerika empfand, brachte man zum Ausdruck, indem man einen behaglichen Zufluchtsort schuf, indem man Betonmauern errichtete und einen Vorrat anlegte – für drei bis fünf Tage, meinten die einen, für ein paar Wochen, behaupteten die anderen. Er mußte zugeben, daß manche der Bunkerabbildungen recht beeindruckend waren, auch das Foto von einem verkrampften, lächelnden Mann in seinem Alter, der in Iowa auf seinem Hinterhof stand neben einem großen, klaffenden Loch und nur einen Pickel und eine Schaufel bei sich hatte. Er betrachtete eine Zeichnung von einem 2 350 Dollar teuren Bunker, der einer fünfköpfigen Familie Schutz bieten konnte, als Dr. Ritters Sprechstundenhilfe seinen Namen aufrief. Die Art und Weise, wie diese Frau die Stimme erhob, und die gewisse Schärfe in ihrem Ton ließen Mr. Stevick fast vermuten, sie riefe ihn nun schon zum zweiten oder dritten Mal auf.

10

Es war der Labor Day des Jahres 1954, und Lizzie sagte auf einmal ganz beiläufig, so als wäre es ihr eben jetzt wieder eingefallen, als wolle sie die Sache endlich mal ins Reine bringen: »Paß mal auf, Enid, weißt du noch, als du damals krank warst, als der Krankenwagen kam und dieses Durcheinander herrschte? Also, da ist Mama hier hereingestürmt und hat deine Sachen durchsucht; ich weiß nicht, ob sie etwas mitgenommen hat, ob sie etwas gefunden hat. Also, ich war nämlich nicht die ganze Zeit im Zimmer...« Ihre rauchige Stimme wurde allmählich schwächer, und es entstand eine beklemmende Stille.

Lizzie stand breitbeinig da und schüttete alles, was sich in ihrer Schublade an Unterwäsche befand, auf ihrem Bett in eine halbvolle Schachtel. Sie war aufgeregt und voller Trotz, endlich zog sie aus dem Haus in der East Clinton Street weg und kriegte ihre eigene Wohnung. Mama konnte giften, soviel sie wollte, Daddy mochte sie ruhig eine Schlampe nennen, sie hatte ihre Wohnung, sie hatte ihren Job, sie hatte ihre Zukunftspläne; Himmel noch mal, sie war neunzehn Jahre alt, und es wurde auch langsam Zeit. Schon den ganzen Morgen hatte es zwischen Lizzie und Enid Spannungen gegeben, Enid war fest entschlossen, nicht zu weinen, denn in Wirklichkeit war es ihr ja recht, daß Lizzie ging; sie brauche ihre Privatsphäre, hatte sie sich zahllose Male gesagt. Die beiläufige Bemerkung ihrer Schwester kam für sie überraschend; sie hatte das Notizbuch längst aus dem Gedächtnis gestrichen, diese mit pedantischer, kindischer Geheimschrift gefüllten Seiten, und sie hatte sich ja auch bemüht, so viele kindische Dinge zu vergessen. Sie wußte natürlich, daß es jemand entdeckt und mitgenommen hatte und daß Mrs. Stevick wahrscheinlich dieser Jemand gewesen war, doch nun wurde sie vor Scham und Empörung ganz rot und konnte kaum sprechen. Sie war gerade dabei, einen von Lizzies Pullovern zusammenzulegen und faltete ihn von neuem, damit die

Ärmel richtig übereinanderlagen, obwohl Lizzie ihn schon in ein oder zwei Stunden auspacken würde. Leise und genauso beiläufig sagte sie: »Schon in Ordnung, Lizzie, das ist lange her.«

Lizzie war zu einer bemerkenswerten jungen Frau herangewachsen, die sehr reif war für ihr Alter. Schon bevor sie es gewagt hatte, ihr Haar zu einem glamourösen Aschblond zu färben, hatte sie sich längst daran gewöhnt, in der Öffentlichkeit angeschaut und angestarrt zu werden. War dieses Mädchen vielleicht eine Sängerin aus einem der Nachtclubs in der City? fragten sich die Leute. Oder führte sie in einem der Varietés exotische Tänze vor? Lizzie hatte im allgemeinen ein reine Haut, aber sie ging nie aus dem Haus, ohne zuvor ein aprikosenfarbenes Make-up im Gesicht aufgetragen und es dann in einem etwas helleren Ton gepudert zu haben. Die Augenbrauen zupfte sie sich jede Woche zwei- oder dreimal ganz penibel aus; sie zog die Konturen ihrer weichen, breiten, vollen Lippen sorgfältig mit einem winzigen Pinsel nach, bevor sie diese dick in Rot bemalte. Von ihrem Musiklehrer Henri La Porte, der einst in Hollywood oder vielmehr in New York City bei Fred Astaire Unterricht genommen hatte, wurde Lizzie darin bestärkt, sich auffallend zu kleiden, enganliegende Slacks und Stöckelschuhe zu tragen, Pullis oder Blusen mit tiefem Ausschnitt, und wenn sie Strümpfe anhatte, mußten diese unbedingt eine dunkle Naht besitzen. Daß ihr Fremde Beachtung schenkten, machte sie nervös, wenn ihr Freund nicht bei ihr war, aber sie mußte zugeben, daß sie das auch aufregend fand. Es bedeutete doch, daß sie sich auf dem richtigen Weg befand und Aussichten hatte, Karriere zu machen. Man mußte, wie Henri des öfteren sagte, die Leute zuerst mal dazu bringen, daß sie überhaupt *herschauten,* erst dann würden sie vielleicht auch noch *zuhören.*

Henri La Porte war ein kurzgewachsener, schlanker, modisch gekleideter Mann fast mittleren Alters; er hatte glattes, pomadisiertes schwarzes Haar, einen dünnen Schnurrbart und eine Stimme, die je nachdem, wie er gelaunt war, mal melodisch und mal schrill klang. Lizzie bewunderte ihn sehr; er könne aber, so berichtete sie Enid, manchmal recht hart und ungeduldig sein, weniger bei ihr – er scheine sie zu mögen! –, sondern manchen anderen gegenüber. Zu seinem Unterricht kamen nur Frauen, und nicht alle von ihnen waren so jung und vielversprechend wie Lizzie. »Er schärft uns immer wieder ein, daß wir auf Konkurrenz gefaßt sein müssen, wenn wir zum Probesingen und dergleichen antreten«, sagte Lizzie. »Er meint, wir sollten die Sache lieber realistisch angehen.«

Lizzie mochte ihren Job bei Rexall Drugs nicht besonders; dort mußte sie in der Kosmetikabteilung die Kundschaft bedienen. Gelegentlich sprang sie freitags oder samstags abends für eine Freundin ein, die im Gondola servierte, wo es gute Trinkgelder gab. Trotzdem schaffte sie es, bei Henri wöchentlich zwei Stunden Unterricht zu nehmen und so viel wie nur möglich zu üben. Ihr Kurs war nach Henris Worten ein Sammelsurium, eine allgemeine Einführung ins Showbusiness. Lizzie gab sich große Mühe, lernte Steptanz und Gesellschaftstänze – Foxtrott, Walzer, Tango, Mambo –, und sie trainierte ihre volle, rauchige, recht sinnliche Altstimme, indem sie Liebeslieder und Bluestitel sang, aber auch Schlager wie Johnnie Rays »The Little White Cloud That Cried« und Pattie Pages »Doggie in the Window«. Enid begleitete sie manchmal am Klavier, wenn Mr. Stevick gerade mal nichts dagegen hatte; dabei hatte sie den Eindruck, daß Lizzie schon recht gut vorangekommen sei. Vielleicht besaß sie doch Talent: Ihre Stimme war sicherer, sie hatte ihre Atmung unter Kontrolle und ließ sich beim Singen eine Reihe von Eigenheiten einfallen – sie lächelte, leckte sich die Lippen, machte vielsagende Körperbewegungen und streichelte sich sogar scheinbar unbewußt die Arme und die Hüften. Am gelungensten waren ihre langsamen, vor Gefühl bebenden, von wilder Sehnsucht erfüllten Songs: »Ebb Tide« und »Blues in the Night«. Enid empfand Mitgefühl für ihre Schwester und wünschte ihr von ganzem Herzen Erfolg. Was Mr. Stevick eines Abends trotz seiner mißbilligenden Haltung gegenüber Lizzies Karrierehoffnungen behauptet hatte, stimmte nämlich: »Meine Tochter kann einem großen Teil von diesen Fernsehstars ohne weiteres das Wasser reichen, und sie ist verdammt hübscher als manche von denen.« – »Oh, das meinst du ja nur, weil du mein Vater bist«, sagte Lizzie dann errötend. Und Mr. Stevick gab, als wäre es zwischen ihnen nie zu Reibereien gekommen, ganz emphatisch zurück: »Ich sage das, weil es wahr ist.«

Er konnte es sich jedoch nicht verkneifen, noch etwas hinzuzufügen: »Aber die Wahrheit hat ja auf unser Leben nicht den geringsten Einfluß.«

Als Lizzie in Henri's Music Studio anfing, war sie ein klein bißchen sauer, weil ihr Onkel Felix soviel für Enid getan hatte – sie erhielt Unterricht und bekam das neue Klavier –, während sie sich alleine durchschlagen mußte. Vielleicht würde sie auch besser behandelt werden, sobald sie in die Notaufnahme des St. Josephs-Krankenhauses käme? Sie brachte das Thema Enid gegenüber zwar nicht so taktlos zur Sprache, doch hatte sie sich schon seit der Nacht von Enids Einlieferung und dem darauffolgenden Durcheinander ziemlich reserviert verhalten. Enid aber hatte ein feines Ohr für Lizzies Äußerungen und erzählte Felix eines Nachmittags davon. Dieser sagte sofort: »Warum auch nicht? Warum denn nicht auch für Lizzie bezahlen? Solange Lyle nur nicht Anstoß daran nimmt.«

Schließlich wolle er nicht, daß sein Bruder den Eindruck bekäme, er mische sich in seine Familienangelegenheiten ein.

(Als er mit Enid ein ziemlich festes Verhältnis hatte, das seiner Meinung nach andauern würde, bis er ihm ein Ende setzte, machte sich Felix nicht mehr soviel Kopfzerbrechen, daß man ihn erwischen könnte. Enid betete ihn an, Enid würde ihn niemals bloßstellen, und so dachte er sich nicht viel dabei, wenn er mit ihr in seinem Wagen herumfuhr, er ging sogar mit ihr auf der Straße spazieren. Das Mädchen war schließlich seine Nichte, sie gehörten ja mit Fug und Recht zusammen. Darüber hatte er zwar nicht sehr genau nachgedacht, doch spürte er, daß seine impulsiven Entscheidungen eine gewisse Logik besaßen.)

Dann geschah etwas, das niemand hatte vorhersehen können: Felix erfuhr, worum es sich bei Lizzies Musikunterricht eigentlich handelte, und er war ganz außer sich, daß eine Nichte von ihm eine Karriere im Showbusiness plante. Er zog sogar Erkundigungen ein über »Henri La Porte« (sein bürgerlicher Name lautete Henry Hertzburg), an denen er dann wenig Freude hatte: Der Mistkerl sei praktisch ein Zuhälter! Ganz wütend und empört rief er Mr. Stevick eines Abends an und sagte ihm, jeder Depp wisse doch, daß ein Mädchen, das als Sängerin und Tänzerin öffentlich auftrete, insbesondere in einem Nachtklub, nur einen Schritt von der Prostitution entfernt sei. Ob er seine eigene Tochter nicht unter Kontrolle halten könne? Er und Hannah sollten Lizzie lieber nicht mehr aus dem Haus lassen, bis sie verheiratet sei!

Das Familienleben war tagelang chaotisch. Lizzie drohte unter Tränen, sie werde ausziehen und mit dem Nächstbesten, der sie haben wolle, zusammenleben. Sie sei schließlich neunzehn und berufstätig und lasse sich nicht verscheißern. Und zur Messe werde sie auch nicht mehr gehen, davon habe sie ebenfalls genug.

Enid entschuldigte sich, sie sagte zu Lizzie, ihr Gespräch mit Felix habe ja leider mehr geschadet als genutzt. Und Lizzie meinte mit einem Achselzucken: »Ach was, Felix weiß einfach zuviel.« Dann schaute sie Enid fragend an und sagte: »Was ist denn neuerdings los mit dir und mit Felix, daß ihr so scharf aufeinander seid?« Sie ließ diese derbe Bemerkung ganz beiläufig fallen, um zu sehen, wie Enid darauf reagieren würde. Enid erwiderte jedoch rasch: »Felix ist nur unser Onkel.« Lizzie betrachtete sie nachdenklich und sagte eine Weile gar nichts. »So so, also das ist es?« meinte sie schließlich.

Die monatelange Spannung waren jetzt vorüber, Lizzie ging fort und bezog in der South Olcott Street eine Wohnung, die über einer chinesischen Wäscherei lag. Die Miete bestritt sie anteilig mit ihrer alten Freundin Nelia Pancoe, die bei Chrysler am Fließband arbeitete, und mit einer neuen Freundin namens Thelia Price, die im Nachtklub El Dorado die Cocktails servierte und wie Lizzie im Showbusiness Karriere machen wollte. Enid glaubte, Lizzie würde viel mit ihrem Freund Eddy Carlisle zusammensein, jedenfalls sooft dieser Zeit hätte, doch es stellte sich heraus, daß er schon seit langem verheiratet war und sogar einen sechsjährigen Sohn hatte. Eddy und seine junge Frau hatten nicht einmal die Scheidung beantragt, sie wollten mit Rechtsanwälten und mit Gerichten nichts zu schaffen haben und ließen die Dinge einfach treiben. Das war eine mißliche Situation, aber Lizzie konnte daran nicht viel ändern. Sie war zwar die meiste Zeit in Eddy verliebt, doch sie hatte auch ihren Stolz, immerhin hatte sie auch noch andere Verehrer; manchmal rief in einer einzigen Woche ein halbes Dutzend neue an. Sogar bei Rexall kamen Männer zu ihr und taten so, als suchten sie gerade nach einem Parfüm für ein Geschenk; dann fragten sie, ob sie verheiratet sei, ob sie schon einen festen Freund habe, ob sie mal ausgehen wolle und so weiter. Und Lizzie hatte nicht die Absicht, sich vor Sehnsucht nach Eddy Carlisle zu verzehren wie eine schmachtende Bluessängerin.

»Klar, ich möchte eines Tages heiraten und Kinder haben«, sagte Lizzie. »Doch zuerst kommt die Karriere. *Und dafür werde ich schon sorgen.*«

Immerhin war es Eddy Carlisle, der draußen parkte und Lizzie beim Umzug in die neue Wohnung half. Die Stevicks hatten ihm untersagt, das Haus zu betreten; Mrs. Stevick drohte, sie werde die Polizei rufen, wenn er auch nur den Fuß auf ihre Veranda setzte. Eddy wartete also die meiste Zeit geduldig und rauchte Zigaretten, bis Lizzie und Enid die Sachen herunterbrachten; dann half er ihnen, den Wagen vollzuladen. An Lizzies letztem Morgen in der East Clinton Street 118 befand sich Mr. Stevick im Geschäft, Mrs. Stevick litt unter schlimmen Kopfschmerzen und ruhte sich in ihrem Schlafzimmer aus; sie hatte Lizzie gebeten, sie solle sie ungestört lassen und sich gar nicht verabschieden, sie sei einfach zu mitgenommen.

»Mama haßt mich«, sagte Lizzie. Einen Augenblick lang sah sie fast erschrocken aus.

Enid sagte rasch: »Ach, Mama hat nicht alle Tassen im Schrank – das weißt du doch.«

Als sie Lizzies Garderobe durchschauten, herrschte eine seltsam wirre und nervöse Atmosphäre. Enid mußte gegen den Drang zu weinen ankämpfen, Lizzie benahm sich laut, albern und ordinär, riß Sachen von den Bügeln, hielt sie an sich hin und betrachtete sich im Spiegel. O Gott, wie sie bloß dazu gekommen sei, so etwas zu tragen! Die Hälfte ihrer Kleider überließ sie Enid, und mehr als die Hälfte ihres Bestandes an Schuhen. Da, die Jacke mit dem falschen Pelzkragen; die Wildlederhosen, die im Schritt schon immer zu knapp gewesen seien; hier eine alte rote Filzweste mit weißen Stickereien, die aussehe wie die komische Kleinmädchentracht nach Schweizer Art, die Mrs. Stevick ihr vor Jahren genäht hatte. Sie probierte die Weste an, aber diese paßte ihr natürlich nicht mehr; sie war unter den Armen zu knapp und ließ sich an der Brust nicht zuknöpfen. Lizzie warf sie Enid zu und bemerkte nebenbei, *ihr* könnte das ja passen.

Sie machten Späße, kicherten und schubsten einander; sie waren keine Kinder mehr, aber das war ein Raum, in dem sie sich als Kinder aufgehalten hatten. An diesem Morgen teilten sie sich das Zimmer zum letzten Mal, und Enid versuchte nicht daran zu denken, wie alles sein würde nach Lizzies Weggang. Was sie dabei empfand, konnte sie niemandem mitteilen bis auf Felix, sofern er in einer ausgeglichenen Stimmung war und nicht über sich selbst reden wollte, sondern auch mal gern zuhörte. Oft erkundigte er sich neugierig nach den Stevicks, nach Enids Familienleben, wie es sei, mit einen Bruder und Schwestern zusammen heranzuwachsen, einen Vater zu haben, der noch lebte, und einen Glauben zu haben, auch wenn das Quatsch sei. Manchmal sagte Felix schläfrig und geistesabwesend auch noch, er hätte ja schon gern eine Familie, er hätte ganz gern ein paar Kinder, aber er könne sich nicht vorstellen, verheiratet zu sein, das sei das Problem.

Was denn los sei mit ihr und Felix, sie seien so scharf aufeinander, hatte Lizzie einfach so gefragt, ohne daß sie wußte, was sie sagte. Natürlich hatte sie sich nichts dabei gedacht; sie war bloß ein bißchen eifersüchtig, aber sie hatte nicht die geringste Ahnung. Enid beschloß, die Bemerkung zu vergessen. So etwas würde sie ihrem Onkel ohnehin nicht weitererzählen.

Nun war Eddy Carlisles Autos vollgeladen, Lizzies Zimmerhälfte war ausgeräumt, das Zimmer aber wirkte auf einmal kleiner als zuvor und nicht größer.

Lizzies Bett war abgezogen bis auf den Matratzenbezug. Sie hatte ihre Tagesdecke aus rosafarbenem, gestepptem Satin mitgenommen und auch das halbe Dutzend purpurroter Zierkissen von Woolworth. Enid kannte sie seit Jahren, hatte sie immer für zu grell und auffallend gehalten, doch nun waren sie weg, lagen hinten in Eddys Wagen, und sie würde sie nie mehr sehen.

Draußen am Straßenrand ließ Eddy den Motor aufheulen; jetzt kam der Augenblick der Panik, der Krise. Enid versuchte zu sagen, daß sie Lizzie vermissen werde, und konnte dabei die Tränen nicht mehr zurückhalten; Lizzie drückte sie fest an sich und sagte, sie werde sie auch vermissen. Lizzies Schluchzen war laut und rauh, sie verschmierte Enids Wange mit Lippenstift und sagte, schließlich fliege sie nicht zum Mond, sie fahre ja nur ein paar Meilen weit, und sie könnten sich doch laufend treffen.

Parallel zur East Clinton Street verläuft hinter der Häuserzeile eine schmale Gasse, dort steht Mrs. Stevick und verbrennt etwas in einem Abfallbehälter aus Drahtgeflecht. Es muß ein Wochentag sein, kein Mensch weit und breit. Sie arbeitet schnell, gründlich und unsentimental, ihr ist nur daran gelegen, die Beweisstücke zu vernichten. Aus einem Notizbuch für Schüler reißt sie eine Seite nach der anderen heraus. Was ihre jüngste Tochter krank machte, flammt auf, verwandelt sich in Rauch, wird zu harmloser Asche, die sie mit einem Stock sorgfältig untersucht.

11

Er sei abergläubisch, sagte er.

Aus diesem Grund habe er eine Waffe, er besitze deren sogar zwei, beide von der Marke Smith & Wesson, nämlich eine kleine vernickelte Automatik, Kaliber 22, die er manchmal in seiner Manteltasche herumtrage oder im Handschuhfach seines Autos verwahre, und eine schwerere Pistole, Kaliber 45, eine Standardausführung, die aus seiner Militärzeit stamme. Wenn er eine Waffe besitze, sagte er, dann müsse er nie von ihr Gebrauch machen. Wenn er aber ohne Waffe wäre, dann käme bestimmt der Zeitpunkt, an dem er eine ganz dringend brauchte.

Enid fragte, weshalb er überhaupt eine Waffe brauche.

»Zum Schutz«, sagte Felix.

»Schutz wogegen?« fragte Enid.

Es irritierte sie selbst, daß sie ihn so bedrängte; sie wußte, daß es falsch war, aber sie konnte nicht aufhören. Ihr Herz schlug schneller, weil sie seinen Zorn vorausahnte.

Felix aber schloß die Schublade des Schlafzimmertischchens, in welcher sie die Pistole gefunden hatte, wie man irgend etwas zusperren mochte, um einem Kind den Zugriff zu verwehren, ohne daß man es dabei besonders beachtete. Sobald die Schublade geschlossen und die Waffe nicht mehr sichtbar war, verwandelte sich die Angelegenheit in ein abstraktes Problem. Felix war sonst nicht der Typ, der sich verpflichtet fühlte, Rechenschaft abzulegen oder auch nur über seine Beweggründe nachzudenken. Doch nun sagte er so langsam und mit einem so geistesabwesenden Gesichtsausdruck, daß Enid fast meinte, er spreche überhaupt nicht mit ihr: »Es findet sich immer etwas, wogegen man sich schützen muß.«

12

Es war November. Ein windiger, wechselhafter Tag mit Regenfällen. Enid stand an einem hohen Fenster, das keine Vorhänge hatte. Sie drückte die Stirn an das Glas und schaute hinaus auf den elf Stockwerke tiefer liegenden Niagara Square. Sie spürte nur ein leichtes Schwindelgefühl, vermied es aber, direkt auf die Straße hinunterzuschauen, denn das konnte gefährlich sein.

Sie war glücklich, sie war völlig im Gleichgewicht, die beiden Erscheinungsformen ihres Ich standen gleichwertig nebeneinander. Warum sollte sie sich selbst auf die Probe stellen, indem sie auf die Straße hinunterschaute und auf den Gehsteig, der an dem Gebäude entlanglief?

In dieser Höhe schien der mit Wolken und grellen Sonnenstrahlen durchsetzte Himmel nach unten zu drücken; die Wolken wirkten zuerst groß, verklumpt, schwer und häßlich, bis man ihre zarte Struktur sah, ihre verschlungenen Formen, deren Schönheit an Skulpturen erinnerte. Fortwährend wichen die Schatten dem Licht, das Licht wich den Schatten. Enid stellte sich wilde Höhenwinde vor und gigantische Wolken, die wie zerklüftete Berge aussahen. *Gott ist ein Kreis, dessen Mittelpunkt überall ist, dessen Umfang nirgendwo endet* – Mr. Stevick hatte sie einst zu sich gerufen, um ihr diesen rätselhaften Satz aus einem seiner Bücher vorzulesen. Das stimmt, dachte Enid. Sie hatte es nicht begriffen, aber sie war einverstanden. Es war wohl alles, was ihr von Gott noch übrigblieb.

Der Novemberhimmel war so faszinierend, daß sie den Blick fast nicht abwenden konnte. Aber da lag ja die Stadt, die sie noch nie aus dieser Perspektive gesehen hatte. Und sie bot auf einmal ein seltsames, rätselhaftes Schauspiel, an der Main Street und der Niagara Street erhob sich eine unregelmäßige Silhouette von Gebäuden, die ihr nicht unbekannt waren; verschwommen ragten im Wechselschein Kirchtürme auf, dann sah sie die Stahlträger der Niagara Street Bridge, und in östlicher Richtung lag kaum sichtbar der konturenlos mit dem Himmel verschmelzende See. Port Oriskany, Lake Oriskany. Beim Betrachten konnte man das ausmachen, was einem bereits bekannt war, aber man hätte es nicht zu Gesicht bekommen, wenn man einfach unten geblieben wäre.

Nördlich des Sees war der Himmel schwarz, dort hatte es wohl geregnet; immer wieder brach die Sonne durch mit blendendem Licht. Als Enid an diesem Morgen bei Mr. Lesnovich Übungen in e-Moll gespielt hatte, formelhafte Grundmuster, Dreiklänge und Arpeggios, als sie ungefähr sechs Takte eines einfachen Rondos von Mozart immer wieder hatte spielen müssen, weil sie mit den Griffen nicht zurechtkam, da hatte sie gehört, wie der Regen an die Fenster trommelte, da hatte sie in der Ferne das Donnergrollen vernommen und eine kindliche Vorfreude auf den Sturm gespürt. Es war aber zu keinem Sturm gekommen, und selbst den ans Fenster prasselnden Regen hatte sie sich nur eingebildet.

Mr. Lesnovich war gereizter Stimmung gewesen, hatte ernst dreingeschaut und nichts Lobendes gesagt; er hatte ihr die gesamte Lektion erneut aufgegeben, selbst die Übungen, die sie fehlerlos gespielt hatte. Als sie hinausging, hatte er sie gefragt, weshalb sie so nervös, so angespannt, so verkrampft sei, es sei doch nur eine Unterrichtsstunde. Sie erinnere ihn daran, wie er selbst in ihrem Alter gewesen sei, hatte er mit griesgrämiger Miene bemerkt. Und diese Erinnerung sei nicht besonders schön.

Im angrenzenden Zimmer führte Felix gerade ein Telefongespräch. Er lag halb angezogen auf dem Bett, hatte den Hörer gegen die Schulter geklemmt und machte auf einem Notizblock einige Berechnungen. Er schien zu lachen, vielleicht war er auch ungeduldig, als er mit abgehackter Stimme seine Fragen abfeuerte. Enid war jedoch gern allein; daß sie für ihren Onkel jetzt nicht im Mittelpunkt stand, gefiel ihr. Immerhin war sie in seiner Wohnung, wo sie sich noch nie zuvor aufgehalten hatte, immerhin befand sie sich in seiner Nähe und war geschützt. Sie hatten miteinander geschlafen. In ihrem Körper empfand sie noch das Entzücken; die Lust, die er ihr vermittelt hatte, strömte langsam in ihren Adern weg, hatte nichts mehr mit ihr zu tun. Nun war sie gelassen und ruhig. Auch der Blick aus seinen Fenstern entzückte sie: der Himmel, die Gebäude, elf Stockwerke tiefer der Niagara Square, ein grünes Inselchen in einer ausgedehnten Asphaltfläche. Sie erinnerte sich daran, wie sie eines Tages dort drunten auf einer der steinernen Bänke gesessen und zu diesen Fenstern hinaufgeschaut hatte. Und nun war sie hier.

Es war Spätherbst, über den Platz fegte der Wind, die meisten der Ulmen waren ausgetrocknet und kahl. Da und dort einige Eichen, Ahornbäume und Birken, ein paar bunte Blätter – ein blasses Gelb, ein seidig glänzendes Dunkelrot. Auch aus dieser Höhe war der Platz schön. Welche von den Bänken drunten war es wohl gewesen? Und nun war sie hier.

»Ist es immer so?« wollte Enid wissen. »Immer«, sagte Felix.

In jenem Herbst war Enid in Felix verliebt, aber sie war auch in die Liebe vernarrt. Alles, was er mit ihr machte, liebte sie, weil sie ihn liebte, daran lag es wohl. Und deshalb würde ihr auch alles gefallen, was er mit ihr tat. Oder nicht?

Wenn er wollte, paßte er in sie hinein wie eine Hand in einen Seidenhandschuh, wie ein Fuß in einen Seidenpantoffel. Er achtete darauf, sie nicht zu weit zu penetrieren; sein Penis steckte tief in ihr, aber sie schien ihn dennoch unter Kontrolle zu haben, als wäre er ein Teil von ihr, eine Ergänzung, die plötzlich eine Leere ausfüllte. Sie spürte, wie ihre Augen sich vor Erstaunen im Kopf verdrehten, wenn sie seinen Penis umschloß, wenn sie ihn festhielt und wieder losließ in einem schneller werdenden Rhythmus, der allmählich seinen eigenen vorwegnahm und anstachelte. Sie sah, wie ein Streichholz an einen Fetzen Stoff oder Papier gehalten wurde, wie sich die kleine Flamme festsetzte, wie sie unaufhaltsam hochzüngelte. Jetzt driftete alles weg von ihr, und sie merkte, daß sie nichts unter Kontrolle hatte.

ganz gewiß nicht die winzigen zuckenden Muskeln, die sein Glied umschlossen; ihre Hände fuhren umher, krallten sich in seinen Rücken, seine Schulter, sein Haar, sie schluchzte laut und rief seinen Namen. Liebe! Liebe! Liebe! Liebe! Sie war unersättlich, wollte, daß es nie aufhörte, flehte ihn an, nicht von ihr wegzugehen. Da wußte sie, daß sie ohne ihn keinen Atemzug mehr machen könnte, daß sie tot wäre.

Nachher lag sie erschöpft da, konnte sich nicht mehr rühren. Ihr Denken war ausgelöscht, Tränen rollten ihr über das Gesicht. Auch Felix lag oft noch sehr lange reglos da, ohne ein Wort zu reden, ohne etwas zu denken, wie es schien.

»Liebst du mich?« fragte Enid stets.

»Aber ja«, sagte Felix immer.

Manchmal traf sie ihn ein- oder zweimal wöchentlich; manchmal hörte sie fünfzehn Tage lang nichts von ihm. Da hielt er sich in Chicago, in Cleveland, in Pittsburgh, in Albany oder in New York City auf. Er flog in einem von Freunden gecharterten Privatflugzeug nach San Francisco hinüber, um einen Boxkampf anzuschauen und blieb eine Woche lang weg. Zu Hause verhandelte er tagelang wegen des Kaufs von Mietwohnungen an der South Side, von unbebauten Grundstücken hinter dem Einkaufszentrum Grand Street, von städtischem Gelände am Kanal, von Lagerhäusern an der Kinboro oder Cadboro Street, die auf der Abrißliste standen und deren Grundstücke eines Tages eine starke Wertsteigerung erfahren könnten, wenn der Stadtrat entsprechende Beschlüsse faßte. Manche von diesen Transaktionen kamen zu einem Abschluß, andere wurden verschoben oder fallengelassen. Wettgeschäfte gehörten ebenfalls zu Felix' Aktivitäten, und auch diese nahmen viel Zeit in Anspruch.

Solange Enid wußte, daß sie ihn wiedersehen würde, ging es ihr gut. Wichtig war nur, daß es das Versprechen auf eine Fortsetzung gab. Sie hatte ihr eigenes Leben, mit dem sie recht zufrieden war; es wurde von ihrer Liebe zu Felix zusammengehalten wie eine Perlenkette von einer ganz simplen, primitiven Schnur. Die Perlen waren sichtbar, aber nicht die Schnur; doch ohne die Schnur würden die Perlen auseinanderfallen und fortrollen.

Sie war verliebt, und ihre Liebe schuf plötzlich eine starke, geheimnisvolle Beziehung zur Welt. Dank Felix konnte sie freundschaftlichen Umgang pflegen, mit wem sie wollte; sie konnte ihren raschen, wachen, analytischen Verstand weiterentwickeln, als wäre er ein Faktor, der nicht zu ihrer Persönlichkeit gehörte. Sie widmete sich stundenlang den Klavierübungen, war schließlich dankbar für das Gefühl der Erschöpfung – einer benebelnden Ermattung wie nach dem Liebesakt. Dachte sie an Felix, an ihr letztes Beisammensein und an ihr nächstes Rendezvous, spürte sie fast schmerzhaft ihre geschärften und geweiteten Sinne. Auf einmal war alles lebendig, aufrüttelnd, bedeutungsvoll: die Gesichter von Fremden auf der Straße, das weißschäumende Kielwasser eines Schleppkahns drunten auf dem Kanal, das Rattern der Güterwagen auf dem Eisenbahnviadukt, selbst der hefige, mehlige Geruch der Luft an manchen Morgen. Enid war entsetzt, als sie daran dachte, wie sehr sie sich einst nach dem Sterben gesehnt hatte; wie zornig und verzweifelt sie gewesen war, daß sie die Welt abgewiesen hatte, sie zerknittert und fortgeworfen hatte wie ein Stück Papier. Und dabei hatte sie gar nicht gewußt, was sie verwarf! Jetzt erfüllte sie der Gedanke ans Sterben mit Entsetzen – daß sie selbst nicht mehr am Leben wäre oder Felix.

Vor Überraschung und Enttäuschung hatte Enid ganz spontan gesagt: »Das sieht ja aus, als ob niemand drin wohnte!«

»Tatsächlich?« hatte Felix in freundlichem Ton erwidert. »Es stimmt ja auch fast.«

Das Apartment entsprach keineswegs Enids Vorstellungen. Leere weißgetünchte Wände ohne Bilder oder Spiegel, hohe Fenster ohne Vorhänge, auf dem Parkettboden lag kein Teppich – das Wohnzimmer sah aus wie ein noch etwas unvollständiger Ausstellungsraum für Möbel. Ein breites, niedriges, samtigbraunes Sofa mit geschwungener Lehne stand da wie in einer Hotelhalle; es gab einen mondänen Kaffeetisch aus dunklem Rauchglas mit Messingbeinen, einige niedrige Sessel, dann noch Tischchen und Lampen, und das war alles. Felix sagte, er sei noch nicht dazu gekommen, Vorhänge aufhängen zu lassen oder einen Teppich zu kaufen, er wohne erst seit sechs Jahren in dem Apartment.

Es hänge mit seinem Abschied vom Boxen zusammen, sagte

er. Vorher habe er eine Wohnung unweit der Sporthalle gehabt, dort habe er sich wohler gefühlt, soweit er sich erinnern könne. Aber im Grunde sei es ziemlich unwichtig, wo man wohne, das spiele doch keine große Rolle.

Felix kaute dabei eifrig auf einem großen, aus fünf oder sechs Streifen Pfefferminzkaugummi bestehenden Klumpen herum. Er hatte wenige Tage zuvor das Rauchen aufgegeben, weil ihm aufgefallen war, daß ihm in der Sporthalle die Luft ausging bei Übungen, die er schon sein halbes Leben lang machte. Er war auf dem Lakeshore Drive schlappe fünf Meilen gelaufen und mit einem stechenden Schmerz in der Seite zurückgekehrt.

An der Türöffnung zu Felix' Schlafzimmer zögerte Enid, weil sie ein bißchen schockiert war. Dort roch es, als wäre lange nicht gelüftet worden; das Bett war nicht gemacht, auf dem Boden lag ein Durcheinander von Bettzeug. An einem der beiden Fenster war die Jalousie ganz heruntergelassen, am anderen war sie einen Spalt breit geöffnet, so daß das Licht schräg auf das zerknüllte Bettzeug und die nackte weiße Wand fiel. Enid dachte, es sei einem Grab ähnlich. Felix spürte ihr Mißbehagen, sagte aber nichts. Sein Atem ging schnell, er umarmte sie von hinten und küßte sie auf den Nacken. Ihr fiel ein, daß er am Abend zuvor eine Boxveranstaltung besucht hatte; nach Boxkämpfen hatte er immer ein Verlangen nach Sex, das keinen Aufschub duldete.

Im Schlafzimmertischchen hatte sie den Revolver mit dem langen Lauf gefunden; er hatte ihr einen Schrecken eingejagt, aber sie war nicht besonders überrascht gewesen. Im Badezimmer fiel ihr Blick auf einige Haarnadeln, die hinter dem Toilettensitz in eine Ritze zwischen dem Linoleum und der Wand gefallen waren; ihr Braunton war heller als die Farbe von Enids Haar. Auch dieser Anblick überraschte Enid nicht besonders, doch später wäre es ihr lieber gewesen, sie hätte die Haarnadeln nicht gesehen.

Das Badezimmer war klein, aber gut eingerichtet. Es hatte eine bis in Schulterhöhe mit dunkelgrünen lasierten Kacheln ausgestattete Wand und einen dunklen Spiegel. Enid erschien dort ohne Kopf, aber sie blieb doch ganz heil dabei. Am Rand von Felix' weißer Porzellanbadewanne lag ein Stapel Magazine mit

Eselsohren – *Ring, Boxing News, Fortune, Time.* Die Titelgeschichte in *Time* handelte von dreizehn amerikanischen »Spionen«, die in Rotchina strafrechtlich verfolgt wurden; auf dem Umschlag von *Boxing News* war Johnny Saxton zu sehen, der neue Champion im Weltergewicht.

Daß Felix den Besitz von Waffen für nötig erachtete, hing auch damit zusammen, daß er häufig große Geldsummen bei sich hatte und die Nacht über in seiner Wohnung verwahrte.

Im Laufe der vorangegangenen Jahre hatte er allmählich eine starke Wettleidenschaft entwickelt, und er stützte sich dabei auf eine Theorie: Nach einem hohen Gewinn sei man versucht, für eine Weile aufzuhören und die Sache nicht auf die Spitze zu treiben; nach einem schweren Verlust sei man versucht, auf allen Vieren zu kriechen und seine Wunden zu lecken. Es komme aber darauf an, einfach weiterzumachen, dranzubleiben, da man sonst aus der Übung komme. Das sei wie alles andere im Leben, sagte Felix.

Er hatte gut abgeschnitten mit Wetteinsätzen auf bestimmte Boxer, mit deren Namen Enid bald vertraut war, obwohl sie nichts über sie wußte: Bobo Olson, Archie Moore, Carmen Basilio, Sandy Saddler. Als Felix im August eine Wette auf einen Weltergewichtler namens Kid Gavilan gewonnen hatte, war er ungewöhnlich aufgeschlossen und auch ein bißchen großspurig gewesen; dadurch hatte Enid sich ermuntert gefühlt, ihn rundheraus zu fragen, wieviel Geld er denn eingestrichen habe. »Rate mal«, sagte Felix daraufhin. Enid sagte, sie habe keine Ahnung: »Fünfhundert Dollar? Tausend?« Felix lachte bloß, und da fragte sie: »Fündundzwanzigtausend?« »Schon möglich«, antwortete er. Und damit war das Gespräch zu Ende.

Sowohl bei seinen Erfolgen als auch bei seinen Mißerfolgen ließ Felix Vorsicht walten, aber er schien eher bereit zu sein, über seine Verluste zu reden; sie machten ihm jedesmal zu schaffen, brachten ihn auf die Palme, waren wie Zahnschmerz, wie eine Neuauflage des Boxkampfes, den er verloren hatte. Vor Jahren hatte er eine schöne Stange Geld verplempert, als er auf den alten Joe Louis setzte beim Kampf gegen Rocky Marciano; ihm war der Gedanke unerträglich gewesen, daß Louis von einem so stümperhaften Boxer wie Marciano besiegt werden könnte. Und im Jahr 1952 hatte er wieder ganz blödsinnig Geld verspielt, weil er aus demselben Grund auf den alten Jersey Joe Walcott gesetzt hatte; allerdings hatte er diesmal die pfiffige Idee gehabt, Walcott sei zu intelligent und zu schlau, um Marciano nach all dem, was mit Louis passiert war, die Gelegenheit zu geben, ihn fertigzumachen. Zwölf Runden lang hatte Felix völlig recht: Der ältere Mann lag vorn, er fügte Marciano in der Augengegend ziemlich schlimme Verletzungen zu und brachte ihn ins Taumeln. Aber dann passierte wieder die gleiche verdammte Scheiße: Marciano kriegte eine Chance, ging ran, erwischte ihn mit seiner Rechten und versetzte ihm den K.o. Und damit Schluß, das war das Ende von Jersey Joe Walcott. Es war der großartigste Kampf, den Felix Stevick je gesehen hatte, aber dummerweise hatte er auf den falschen Mann gesetzt.

Als Marciano Weltmeister im Schwergewicht wurde, war er neunundzwanzig – nicht gerade jung. Walcott war jedoch achtunddreißig.

Rocky Marcianos Rechte habe eine Schlagkraft, wie sie der Überlieferung nach kein Boxer jemals besessen habe, hieß es; Felix glaubte das ohne weiteres. Ein Schlag dieser Art hätte Felix den Kopf weggerissen, wenn er je das Pech gehabt hätte, ihn abzukriegen. Es war die Art von Schlag, die einem Alpträume bereitete: Man sah ihn kommen, war aber wie gelähmt und konnte nicht ausweichen. Er war einfach fürchterlich und nicht abzuschätzen. Man verglich Marciano gern mit Jack Dempsey und Jack Johnson zu ihren besten Zeiten, auf jeden Fall gab es im Jahr 1954 keinen, der mit Aussicht auf Erfolg gegen Marciano antreten konnte. Felix war entsetzt und fasziniert gewesen, als er die berühmte Aufnahme von dem armen Jersey Joe betrachtet hatte, die einen Sekundenbruchteil nach dem Auftreffen des Schlages entstanden war. Walcotts Gesicht hatte kaum noch etwas gemein mit einem menschlichen Antlitz; es war grauenhaft aufgebläht und entstellt, es war dabei, in Fleischfetzen, Knochensplitter und Knorpelstücke zu zerbersten. Felix genoß es beinahe, daß ihm beim Betrachten des Fotos fast übel wurde; er stellte sich vor, was Walcott empfunden hatte, und er dachte daran, daß Walcott bis zu jenem Augenblick ein überragender Boxer gewesen war, der glänzend agiert und fast keine Müdigkeit gezeigt hatte, einer der großen Athleten seiner Zeit. Aber dann... Aber dann...

Das zeigt doch, daß dieser Sport überhaupt kein Sport mehr ist, dachte Felix. Das ist wie im Leben, nur geht beim Sport alles viel schneller.

Seit diesem Kampf war Rocky Marciano für ihn zum Reizthema geworden. Er hatte keinen persönlichen Haß auf diesen Mann – er kannte ihn nicht näher. Von beiderseitigen Bekannten hatte er bisher über Marciano nur Gutes gehört. Felix Stevick betrachtete es aber als persönliche Beleidigung, daß es jetzt einen Weltmeister im Schwergewicht gab, der nicht boxen konnte; er stand schwerfällig auf den Beinen, war untersetzt, hatte eine so kurze Reichweite – ganze 173 Zentimeter! – und konnte nicht einmal einen Jab schlagen. (Die Reichweite von Joe Louis betrug 193 Zentimeter, die von Dempsey und Tunney 195, und Felix' eigene belief sich auf 187 Zentimeter.) Marcianos Strategie im Ring, die ihm sein Trainer eingebleut hatte, war überhaupt keine Strategie, er schob sich immer nur heran, steckte Schläge ein und teilte Schläge aus, wohl wissend, daß ein paar von diesen treffen würden. Er drosch los und wartete, drosch los und wartete auf eine Chance, lauerte darauf, den Glückstreffer zu landen, bei dem der Gegner zu Boden gehen würde, als hätte ihn eine Kugel am Kopf getroffen. Sobald er diesen Schlag ausgeführt hatte, war der Kampf zu Ende, sobald Marciano ins Ziel getroffen hatte, war man erledigt.

Felix Stevick kam es sogar moralisch bedenklich vor, daß eine so subtile und schwierige Sportart wie das Boxen sich nicht konstant weiterentwickelte, daß sich ein so grobschlächtiger Fighter bis zur Spitze durchkämpfen konnte: ein Marciano als Nachfolger von Jersey Joe Walcott, Ezzard Charles, Joe Louis! Das war ungerecht, das war widernatürlich! Er habe einen Traum, sagte er zu Freunden und brachte sie damit zum Lachen, denn es hörte sich lustig an, und Felix Stevick war ja nicht selten ein Spaßvogel. Eines Nachmittags erzählte er Enid den Traum: Er steht mit Marciano im Ring, er ist im besten Alter, aber noch aktiv, etwa sechsundzwanzig Jahre alt. Da muß er richtig boxen, da muß er zeigen, was in ihm steckt. Er muß auch flink auf den Beinen sein, darf aber nicht zurückweichen, weil Marciano sonst nur nach vorn drängt. Er muß sich also aufs Boxen verlegen. Und in der nächsten Runde ist es genauso, und in den darauffolgenden. Er bewegt sich so leichtfüßig und flink, wie er kann, bleibt außerhalb der Reichweite der wilden Schwinger seines Gegners, bis er schließlich anfängt, müde zu werden und nachzulassen. Dazu muß es letzten Endes kommen, weil Marciano nie müde wird und nie aufhört. Wenn Felix es fertigbringt, ihn zu erwischen, zeigt er wenig Wirkung, und allmählich rauben die eigenen Volltreffer Felix die Kraft. Es ist eine Wiederholung seines alptraumhaften Kampfes gegen Oscar Ellis, es ist wie der alptraumhafte Kampf gegen Gino Corvino, nur noch schlimmer. Marciano schiebt sich heran wie ein Erdrutsch, wie eine Lawine, wie eine gewaltige Woge, er wartet nur auf den Sekundenbruchteil einer Lücke, auf den Moment der Schwäche. Was Felix Stevick sich an Disziplin beigebracht hat, seine Fähigkeit, die Kräfte einzuteilen, Furcht und Angstzustände unter Kontrolle zu bekommen, sogar das eigene Blut hinunterzuschlucken, all das zählt jetzt nicht, weil Marciano ihn früher oder später erwischen wird, weil er wie vom Blitz getroffen zu Boden gehen und nicht mehr hochkommen wird.

Aus diesem Grund sei er bei jedem der seltenen Auftritte Marcianos unweigerlich dabei, sagte Felix. Er müsse sich den Kerl einfach ansehen.

Enid hörte gebannt zu. Ihr kam es fast so vor, als wäre Felix nicht mehr bei Sinnen. Oder ging es da lediglich um eine Männerphantasie, um ein männliches Weltverständnis, das ihrem eigenen so fremd war, daß sie es fast unbegreiflich fand?

Felix hatte ihr erzählt, daß er sich nach einem Kampf immer tagelang ganz elend gefühlt habe, sogar nach den vielen Kämpfen, die er gewonnen hatte. Das habe nicht nur mit dem körperlichen, sondern auch mit dem seelischen Zustand zu tun; wirre Gedanken schössen ihm durch den Kopf, sein Herz rase, und im Schlaf erlebe er den Kampf von neuem, aber diesmal sei er nicht imstande, sich zu wehren. Das sei das Schlimme an diesem Alptraum: die Unfähigkeit, sich zu verteidigen. Er habe einmal gesehen, wie ein Mann im Ring zu Tode gekommen sei, ein junger Boxer namens Jimmy Doyle, den Ray Robinson k.o. geschlagen habe, als er im Jahr 1947 seinen Weltergewichtstitel verteidigte. Diese Erinnerung stecke ebenfalls tief in seinem Inneren.

Enid stellte ihm eine Frage, die sie schon seit Jahren an ihn richten wollte: »Wieso wird überhaupt geboxt?«

Und Felix sagte eiskalt: »Wieso wird überhaupt gebumst? Weil es Spaß macht.«

Felix kam angezogen aus dem Schlafzimmer, mit raschen Bewegungen das Haar kämmend; Enid stand fröstelnd da, die Arme fest übereinandergelegt, die Stirn an den Fensterrahmen gedrückt. Vielleicht erstaunte ihn das. Er merkte vielleicht, daß ihr Gesicht von Tränen feucht war, aber er schwieg, denn es war nicht seine Art, sich bei Schwäche nachsichtig zu zeigen.

»Es wird Zeit, daß ich dich nach Hause fahre«, sagte er. »Es ist nach drei.«

Der Tag war düster geworden; Regen prasselte herunter, der fast schon ein Graupelschauer war. Selbst auf der breiten, windigen Niagara Street konnte Felix kaum schneller als zwanzig Stundenkilometer fahren; die Scheinwerfer waren angeschaltet, und die Scheibenwischer klatschten hin und her.

Auf der East Clinton Street fragte Enid: »Gab es heute einen besonderen Anlaß?«

»Wieso?«

»Weil du mich in deine Wohnung mitgenommen hast.«

Felix schwieg zuerst, als müsse er die Frage genau überdenken. Er hatte zuvor eine Dreiviertelstunde lang mit mehreren Leuten telefoniert, und bei seinem letzten Gespräch war er oft in Gelächter ausgebrochen; Enid hatte angenommen, er rede gerade mit einem Freund, nicht mit einem Geschäftspartner. Das bedeutete, daß er eine flotte, hochfliegende Stimmung hatte; seine Worte, mit denen er bei solchen Gelegenheiten achtlos um sich warf wie mit Steinchen, konnten einem weh tun.

Schließlich sagte er: »Schätzchen, es ist immer ein besonderer Anlaß.«

Er beschloß, sie bis zur East Clinton Street 118 zu fahren, damit sie sich nicht durch den Regen durchkämpfen müsse. Falls gerade jemand herausschaute, falls sie Enid beim Aussteigen sahen, könnte sie ja sagen, er sei in einem Geschäft in der City zufällig mit ihr zusammengetroffen oder auch in der öffentlichen Bibliothek, wo er sich manchmal aufhalte, um dort etwas nachzuschlagen. Doch es würde sowieso niemand herausschauen. Niemand würde Fragen stellen.

13

Im Dezember 1952 saß Felix Stevick eines Abends in einem verrauchten Sportklub an der South Side, starrte hinauf zu einem achtzehnjährigen Amateur-Weltergewichtler und dachte: Liebe auf den ersten Blick, ist denn so etwas möglich? Sogar mit seinen vielen Fehlern erinnerte der junge Boxer Felix daran, wie er selbst in diesem Alter gewesen war. Aber er hatte den Eindruck, daß Jo-Jo Pearl viel besser sein würde, als Felix Stevick selbst auf dem Höhepunkt seiner Karriere gewesen war.

Es handelte sich um eine von den Kolumbus-Rittern unterstützte Amateurboxveranstaltung, bei der alle Plätze zehn Dollar und nur die Ringplätze zwölf Dollar kosteten. Der Abend war schneeverhangen und sehr kalt, aber Vince Mattiuzzio hatte Felix dazu gebracht, mit ihm loszuziehen und sich Jo-Jo anzusehen. Die Mattiuzzios und deren Freunde zeigten ein reges Interesse an Jo-Jo: Der Junge habe mit sechzehn beim Wettbewerb um die Goldenen Handschuhe im Leichtgewicht gesiegt, er sei im folgenden Jahr in die Weltergewichtsklasse vorgerückt und habe sich dort ebenfalls bewährt, nun sei er reif für eine Profilaufbahn. Er habe als Amateur alle seine Kämpfe gewonnen, elf davon durch K.o., und man sehe gleich, daß er es weit bringen könnte, wenn er ein ordentliches Training und die richtige Anleitung bekäme.

Jo-Jo Pearl sah jünger als achtzehn aus, obwohl er ein großer, schlanker, breitschultriger Junge mit kräftigen Waden und Schenkeln war. Sein Gesicht, das jetzt schweißnaß war, machte einen offenen, aufrichtigen Eindruck. Sein feuchtes Haar war sandfarben und ein kleines bißchen zu lang; sein Kinn war etwas eckig, sein Hals noch nicht von Muskeln verdickt. Felix gefiel es, daß er wie ein gespannter Bogen dastand und dabei die schlaue Haltung nachahmte, die Joe Louis zu seinem Gütezeichen gemacht hatte: den Körper angewinkelt, das Kinn eingezogen. Wie Louis versuchte er es mit einer absolut unbeweglichen Miene, er hatte sogar ganz schmale, starre Augen, in denen ein wildes Verlangen nach Erfolg lag. Er achtete auf jede Bewegung seines Gegners, auch auf die Stimmung des lärmenden Publikums – ein Kind, das Schaden anrichten und anderen gefallen wollte, also der gefährlichste aller Fightertypen.

Es war erstaunlich, es war großartig, wieviel Energie Jo-Jo Pearl übrig hatte. Er verschleuderte sie so nachlässig wie die Schweißtropfen, die von seinem Kopf wegspritzten, wenn ein Glückstreffer an seinem Kinn landete. Er schien zu verstehen, daß er einiges über sich ergehen lassen mußte, bevor er selbst loslegen konnte, also blieb er immer wieder auf einem Fleck stehen und machte einen Schlagabtausch mit seinem Gegner; er schlug einfach mit seinen Handschuhen drauflos und kümmerte sich nicht darum, daß sein Gesicht anfing zu bluten. Im Getümmel, in der Hitze des Gefechtes spürte er keinen Schmerz, vermutlich gefiel es ihm, der Menge seine Wunden vorzuzeigen – damit hätte er sich seinen Sieg verdient! Als er seinen Gegner in der zweiten Runde mit einem wilden Aufwärtshaken auf die Bretter schickte, zog er keinen Nutzen daraus, daß bis auf neun gezählt wurde; statt sich in eine neutrale Ecke zu stellen, tanzte er übermütig und schadenfroh herum und grinste dabei seinen Anhängern zu. Und als der andere Junge sich allmählich aufrappelte, tanzte Jo-Jo mit gesenkten Handschuhen auf ihn zu und ließ ihm Zeit, sich noch ein bißchen zu erholen. Felix verstand das als eine Geste voll naiver Ritterlichkeit: Jo-Jo Pearl war ein wahrer Amateur, ein Kind, das nicht nur seinen Kampf gewinnen wollte, sondern auch die Zuneigung und die Zustimmung eines jeden Betrachters.

Hatte Felix Stevick sich das nicht ebenfalls erhofft, vor langer Zeit?

In der dritten Runde verwickelte Jo-Jo seinen Gegner unermüdlich in Auseinandersetzungen, und dieser clinchte mit ihm, klammerte sich stur an ihn und wollte sich nicht von ihm lösen, weil er dann getroffen werden könnte. Jo-Jos Gegner taumelte vor Erschöpfung, war aber fast ebenso keck wie er, ließ seine Handschuhe gegen Jo-Jos Kopf und seine Schulter klatschen und versetzte ihm einen leichten Genickschlag. Bei einem Clinch stieß er seinen Kopf gegen Jo-Jos Stirn und brachte ihm eine Platzwunde bei. Jo-Jo drückte ihn weg, bevor der Ringrichter dazwischengehen konnte. Er war erbost und schockiert, sein starrer Gesichtsausdruck wich sogleich einer jungenhaften Verdrießlichkeit und Verletztheit. Aber jetzt kannst du ihn fertigmachen, dachte Felix. Jetzt hat er dir den Grund geliefert.

In der Schlußrunde war Jo-Jo tatsächlich auf einen K.o. aus. Er schnaufte, schwitzte und schwankte umher, er versuchte es, wohl zu seinem eigenen Erstaunen, mit allen möglichen Schlägen: mit schwungvollen linken Haken und wilden rechten Cross-Schlägen, die den Kiefer seines Gegners treffen oder genausogut verfehlen mochten. Aus seiner Ecke erhielt er keine Hilfe, er schien überhaupt keinen Trainer zu haben, sondern nur gleichaltrige Sekundanten. Auf jeden Fall war er nicht in der Verfassung, die Ratschläge aufzunehmen, die ihm aus dem Publikum zugerufen wurden. Dort hielt sogar Vince Mattiuzzio die Hände an den Mund und schrie, er solle rangehen, er solle loslegen, jetzt oder nie! Auch Felix konnte nicht widerstehen, ihm Ratschläge zuzurufen: »Rangehen!«, »Nimm die Rechte!«, »Deckung hochnehmen!«, »Los jetzt, um Himmels willen!« Jo-Jo schien zwar boxerische Fertigkeiten zu besitzen, doch fehlte ihm in beiden Händen der harte Punch; er hätte nur dann die Kraft für einen K.o., wenn die Situation reif wäre, das Timing und der Ansatzpunkt ideal. Es genügte ihm, einfach dazustehen, sich mit dem anderen zu prügeln und so lange Schläge zu tauschen, wie sie es beide ertragen konnten. Der einen Hälfte des Publikums gefiel die Rauferei, die andere forderte den Ringrichter auf, den Kampf abzubrechen. Dann schwankte Jo-Jos Gegner, wich zurück, und Jo-Jo erwischte ihn plötzlich mit einem linken Haken, so daß er seitwärts auf die Bretter fiel, auf die Knie, dann nach vorn auf seine Hände, wobei ihm fortwährend Blut übers Gesicht lief. Der Ringrichter schob Jo-Jo zur neutralen Ecke hinüber und fing an zu zählen, doch der Junge war erledigt, konnte sich nicht einmal rühren vor Schwäche, er hatte genug abbekommen.

Die Menge war begeistert von Jo-Jo und brach in Beifall aus. Der junge Boxer und seine Sekundanten jubelten so überschwenglich und ausgelassen wie Kinder, tanzten im Ring herum. Da spielte es keine Rolle, daß Jo-Jo in seinem jungenhaften Gesicht Platzwunden hatte, daß er von dem Kopfstoß eine bleibende Narbe davontragen könnte. Er genoß den Triumph, den verdienten Triumph, das unvergleichliche Gefühl; vielleicht ahnte er sogar, wer dort auf den Ringplätzen saß, daß seine Zukunft nach diesem Abend auf einmal Gestalt annehmen würde. Alles war in Butter, alles war verdammt in Ordnung und ganz einmalig. Felix Stevick beobachtete Jo-Jo und spürte, daß ihn das aufwühlte, aber auch nachdenklich stimmte.

Für ihn war das nichts Neues, aber diesmal würde es besser laufen.

Vince meinte: »Hab ich's dir nicht gesagt, Felix, das ist ein toller Bursche!«

»Du hast es gewußt«, erwiderte Felix.

So kam es dazu, daß Jo-Jo Pearl bei den Mattiuzzios als Profi unter Vertrag genommen wurde und ein richtiges Training erhielt. Gegenüber der Athletic Commission des Staates New York fungierte ein Rechtsanwalt namens Chris Delancy als sein Manager; er hatte auch Felix Stevick vertreten. Sein Trainer war Felix' früherer Trainer Dan Hickey. Jo-Jo arbeitete weiterhin im Hafen; zuerst reduzierte er seine Arbeitszeit um ein Drittel, dann um die Hälfte, und sobald ihm das Boxen Geld einbrachte, hörte er ganz auf. Innerhalb von sechs Monaten bestritt er drei Vier-Runden-Kämpfe gegen gleichaltrige oder erheblich ältere Gegner und gewann sie alle mühelos. Mit ihm ging es aufwärts. Er mußte den Eindruck gewinnen, seit seinem Einzug ins Profilager sei hinter seinem Rücken eine geheimnisvolle, ihm wohlgesonnene Maschinerie am Werk, mit der er in seinem tiefsten Inneren schon immer gerechnet hatte. Er würde womöglich ein neuer Kid Galivan werden! Ein neuer Ray Robinson! Irgendwann würde er sein Gewicht steigern und gegen Rocky Marciano antreten! Die Maschinerie war für ihn und wohl auch für andere so gut wie unsichtbar, doch sie war ungeheuer mächtig; sie rief in weit entfernten Städten an, arrangierte Kämpfe, traf Vereinbarungen. Ganz plötzlich in Newark im Bundesstaat New Jersey ein Kampf über vier Runden als Vorprogramm einer Veranstaltung, bei der im Hauptkampf kein Geringerer als Paddy De Marco auftreten würde, der frühere Champion im Leichtgewicht! Und zu seiner Überraschung hatte er zum ersten Mal in seinem Leben genug Geld; fürs Wochenende oder für die kommende Woche erhielt er kleine Summen Bargeld als Vorschuß, Mr. Delancy, Mr. Mattiuzzio und selbst Dan Hickey drückten ihm Zwanzigdollarscheine in die Hand, gelegentlich sogar einen Fünfzigdollarschein. Jo-Jo konnte seinen Vater in De Marras Restaurant zu einem Steak einladen und ihm einige Drinks spendieren; seine Glücksperiode hatte begonnen.

Felix schaute Jo-Jo häufig in der Sporthalle beim morgendlichen Training zu. Ein feuchter, glitzernder Strahlenkranz umgab seinen Körper, als wolle sich seine verzückte Seele gerade der Enge des Körpers entledigen. Was man ihm sagte, führte er sofort aus, machte es gleich ein Dutzend Mal; er gierte nach Zuneigung, er war ganz erpicht auf Zustimmung, in seine Augen traten Tränen der Erregung, dann ging er plötzlich zum Punchingball und verwandelte ihn in einen lärmenden Schemen, indem er immer rascher zuschlug, sich dabei selbst hypnotisierte. Er grinste, lachte, plauderte und ulkte; in seiner Ekstase sprach er mit dem Punchingball, er war für ihn ein imaginärer Gegner, ein Freund oder eine Geliebte, wurde zu einem Menschen, nach dem er ganz verrückt war, den er besteigen und sich ganz untertan machen wollte. Es war dieselbe Verzückung, Selbstvergessenheit und Freude am eigenen Körper, wie Felix Stevick sie einst empfunden hatte, bevor er hatte erkennen müssen, daß er dem Tod entgegenging.

Vince Mattiuzzio sagte zu Felix: »Hoffen wir, daß er nicht allzu schnell kaputtgeht.«

Jo-Jo hatte das Boxen im Alter von vierzehn Jahren in der Besserungsanstalt von Red Bank gelernt, einer ländlichen Einrichtung südlich der Stadt. Das Urteil lautete auf sechs bis acht Monate wegen versuchten Autodiebstahls und wegen verschiedener Einbrüche in Geschäfte seines Viertels, das hinter der Lloyd Street lag. Wie die meisten Jungen der East Side gehörte er einer Bande an, er beteuerte jedoch, er sei von älteren Burschen verleitet worden, er habe nie etwas von sich aus unternommen und fürs Mitmachen höchstens ein paar Dollar gekriegt. In Red Bank merkte er, daß er das Zeug zum Boxer hatte; er lehrte alle das Fürchten, selbst Kerls, die zwanzig oder dreißig Pfund schwerer waren als er. Der für den Sport zuständige Anstaltsbeamte meinte, Jo-Jo könne ein zweiter Manuel Ortiz oder Willie Pep werden. Doch das war zu der Zeit gewesen, als Jo-Jo weniger gewogen hatte. Jetzt war Johnny Saxton sein Vorbild.

Er war ein großer Bewunderer von Felix Stevick, obgleich er ihn nie hatte boxen sehen. Er erinnerte sich dunkel, daß sein Vater über Felix geredet hatte, daß etwas in der Zeitung gestanden hatte, als er ein junges Bürschchen gewesen war.

Nachdem Jo-Jo in der unmittelbaren Umgebung sowie an anderen Orten des Bundesstaates seine ersten Siege errungen hatte, nahmen die Sportredakteure der in Port Oriskany erscheinenden Zeitungen selbstverständlich Anteil an seiner weiteren Entwicklung. Chris Delancy gab ihm vor den Interviews genaue Instruktionen und war bei all seinen Gesprächen mit Medienvertretern dabei; Jo-Jo sollte nach Möglichkeit ein nettes, sauberes Image erhalten, das zu seinem Erscheinungsbild und zu seinem wahren Charakter paßte. Jo-Jo sagte nämlich, er habe schon seit Jahren bei keiner Bande mehr mitgemacht, sondern im Hafen schwer gearbeitet und die Hälfte seines Lohnes bei seiner Mutter abgeliefert; Autodiebstähle und ähnlichen Blödsinn werde es nie mehr geben, er wolle nur boxen und zeigen, was in ihm stecke, wolle sehen, wie weit er es bringen könne. Daß er einmal in der Besserungsanstalt gewesen war und dort boxen gelernt hatte, werde erst herauskommen, wenn er ganz nach oben gekommen sei, so wie Rocky Marciano, Jake LaMotta und andere Typen, und dann spiele das keine Rolle mehr, dann sei er schon an der Spitze.

Das gehörte zu den Themen, über die er wiederholt mit Felix redete, sei es in der Sporthalle, im Umkleideraum oder in einem Schnellrestaurant in der Nähe, in das Felix ihn manchmal zum Mittagessen einlud. Falls er ganz nach oben käme, falls er Weltmeister werden würde, wäre doch alles okay, was in seinem

Leben geschehen sei, oder nicht? Und bei seinen Familienmitgliedern ebenfalls? »Nämlich all die beschissenen Dinge, die man erleben mußte, der Blödsinn, den man gern vergessen möchte«, sagte Jo-Jo mit ernster Miene. »Auch die ganz schlimmen Sachen, etwa daß mein Vater im Krieg zusammengeschossen wurde und meine Mutter zu ihren Kindern so garstig war, wie sie eben die meiste Zeit ist? Verstehst du? Weißt du, was ich meine? Das kommt alles in Ordnung, stimmt's – sobald man erst mal Weltmeister ist? So wie bei Joe Louis? Am Anfang hat er doch geboxt, um Lebensmittelgutscheine oder sonstwas zu kriegen für seine Familie! Und er mußte sich Nigger schimpfen lassen! Solche Sachen meine ich. Daß also kein Dreckskerl, der seine Nase in deine Angelegenheiten steckt, dir etwas nachsagen und sich überlegen vorkommen kann! Weißt du, was ich meine? Falls du es schaffst, nach oben zu kommen, ist alles in Ordnung.«

»Das stimmt«, sagte Felix dazu immer.

Er wußte nicht, ob es wirklich stimmte, er war nie nahe genug an die Spitze herangekommen, aber es hörte sich gut an. Und es milderte immer die Anspannung, die sich um Jo-Jo Pearls Augen herum zeigte.

Im Leben von Felix fand Jo-Jo rasch seinen Platz wie zuvor schon Enid. Felix war kein nachdenklicher Typ – er überlegte nicht lange hin und her, sondern verließ sich auf seinen Instinkt –, doch begriff er, daß beide für ihn wertvoll waren, manchmal Enid mehr als Jo-Jo, der anmaßend und arrogant sein konnte, manchmal Jo-Jo mehr als Enid, die er sowieso bald aufgeben müßte. Er hielt es für wichtig, daß die beiden sich nie begegneten. Enid bat ihn immer wieder, er solle sie mitnehmen, doch Felix meinte, es sei nicht der richtige Moment dafür. Sie sagte: »Mein Vater könnte doch auch mitkommen und sich Jo-Jo anschauen, wenn er hier boxt?« Felix spürte plötzlich Enid gegenüber eine heftige Abneigung. Wie konnte sie nur auf den Gedanken kommen, er ließe sich, auch wenn es sich um eine so unbedeutende Angelegenheit handelte, von ihr deichseln und werde etwas tun, wogegen ihn sein Instinkt warnte? »Laß doch deinen alten Herrn die zwei Karten kaufen, wozu brauchst du mich dazu?« sagte er.

Felix war nicht auf den Kopf gefallen, er legte keinen Wert darauf, Jo-Jo mit einem so attraktiven Mädchen wie Enid bekanntzumachen, das außerdem noch seine Nichte war. Wenn er sich an Jo-Jos Stelle versetzte, dem die Anfangserfolge schon ein bißchen zu Kopf gestiegen waren, weil in den Zeitungen der übliche Schmonzes stand und in der Stadt über ihn geredet wurde, konnte er sich das schon ausmalen. Jo-Jo hatte Freundinnen, Jo-Jo war jetzt der Knüller drunten auf der Lloyd Street, doch das spielte keine Rolle. Felix fiel ein, wie ihn Enid am Shoal Lake fasziniert hatte, wie er sie unwillkürlich angeschaut hatte, wie er sie beobachtet hatte, ohne sich viel dabei zu denken, wie sie ihm gefolgt war und keine Ruhe gegeben hatte. Im übrigen wäre es am besten, wenn er Enid in einem abgeschirmten Bereich, in einer dem Gedächtnis ähnlichen Kammer seines Gehirns unterbringen würde, zu der er beliebig Zugang hätte, so wie er einen Korridor im alten Haus seines Vaters entlanggehen und Türen öffnen konnte, um ganz schnell zu entdecken, was sich drinnen befand, schon bevor er sich, dem Schlaf schon ganz nahe, daran zu erinnern vermocht hätte. Dort müßte Enid sein, allein, genau dort; er würde an sie denken und dabei in Erregung geraten. Er war verrückt nach ihr, warum also nicht weitermachen, da konnte doch nichts passieren. Er machte sich keine Sorgen mehr, daß sie wieder versuchen könnte, sich umzubringen, daß sie schwanger werden könnte oder daß sie ihn am Telefon belästigen würde. Nach so langer Zeit war es unwahrscheinlich, daß sie jemandem davon erzählen würde: Wem denn? Ihrem großsprecherischen Arschloch von Vater bestimmt nicht, und ihrer Mutter auch nicht, der sie angeblich nie etwas erzählte. Der Verwandte, mit dem sie den vertrautesten Umgang pflegte, war Felix Stevick.

»Lern doch mal meinen Vater kennen«, sagte Jo-Jo immer wieder. »Komm doch mit in seine Wohnung zu einem Drink, er möchte dir nur mal die Hand schütteln; er hat dir früher oft beim Boxen zugeschaut.«

Da nahm Felix keine Rücksicht auf seinen Instinkt und sagte zu. Und wie jeder Depp hätte merken können, war das ein Fehler.

Jo-Jos Vater hieß Leroy Pearl; er lebte von seiner Familie getrennt in einer heruntergekommenen Pension an der South

Union Street in der Nähe des Fabrikgebäudes von Ingersoll-Rand. Jo-Jo sagte mit Bitterkeit, er sei bei der Air Force Bombenschütze gewesen und in Italien durch Granatsplitter an den Beinen und am Schädel verwundet worden; der Staat habe ihm zwei Verwundetenabzeichen verliehen und eine Versehrtenrente bewilligt, von der kein Mensch leben könne. Außerdem habe er eine Art Rückenmarksklerose, von der die Ärzte behaupteten, sie könne nicht dem Staat angelastet werden.

Manchmal gehe er auch auf eine Sauftour, sagte Jo-Jo. Das sei der Hauptgrund dafür, daß seine Mutter ihn hinausgeworfen habe.

Auf dem Weg zur South Union Street teilte Jo-Jo Felix im Vertrauen mit, er werde seinem alten Herrn aus der Klemme helfen, sobald er richtig Geld verdiente. Er werde ihm eine bessere Wohnung besorgen und ihn zu guten Ärzten schicken, nicht zu den Hurensöhnen vom Veteranenhospital, die ihn nicht einmal über die Schulter anschauten. Er wisse nicht, weshalb ihn die Mattiuzzios nicht schneller aufbauten, wenn sie ihn für talentiert hielten, sagte Jo-Jo. Er wolle sich nicht beklagen und auch niemand etwas unterstellen, sondern Felix nur mal erzählen, wo ihn der Schuh drückte. Er habe zum Beispiel erfahren, daß Joe Louis schon fünf Monate nach seinem Wechsel ins Profilager, als er in Jo-Jos Alter war, einen erstklassigen Gegner bekommen habe, und daß sein Manager für ihn jede Woche einen Kampf arrangiert habe, sofern man genug Gegner auftreiben konnte: Jawohl, Woche für Woche! Und ihn halte man im Hintergrund und behandle ihn, als wäre er noch ein Amateur. Er wisse, daß er reif sei für Kämpfe über acht oder gar zehn Runden, er sei imstande, gegen ältere Burschen anzutreten, gegen einige der Titelbewerber im Weltergewicht, die die Leute für große Klasse hielten, wenn man ihm bloß die Gelegenheit geben würde, sich zu bewähren.

Felix unterbrach ihn. Jo-Jo werde keineswegs langsamer aufgebaut als irgendein anderer auf seiner Ebene, sagte er. Es sei gefährlich, wenn man zu rasch vorangetrieben werde, und an Joe Louis könne er sich, egal in welchem Alter er gerade sei, einfach nicht messen, weil er schlicht und einfach nicht Joe Louis sei. Da sagte Jo-Jo mit leiser Stimme: »Du brauchst bloß dafür zu sorgen, daß ich zur rechten Zeit an der richtigen Stelle bin, dann werde ich's allen mal zeigen, wer ich bin.«

Dies sollte auch für Leroy Pearl das Hauptgesprächsthema bilden, obwohl er Felix zuerst überschwenglich begrüßte, ihm die Hand schüttelte und mit seiner rauhen, erstaunten, halb spöttischen Säuferstimme schmeichelte: Himmel noch mal, er könne sich genau erinnern, was für ein herrlicher Boxer Felix Stevick gewesen sei! Er sei bei ein paar von seinen hiesigen Kämpfen dabeigewesen und habe immer geglaubt, Felix werde es bis ganz nach oben schaffen. Das komme einem ja vor, als wäre es erst gestern gewesen – wie er einen technischen K.o. errungen habe gegen einen Jammerlappen namens Willie, Wylie oder so ähnlich. Gegen Felix Stevicks überlegene boxerische Fertigkeiten habe kein Weißer eine Chance gehabt; er habe seine Gegner ausgetrickst wie Billie Conn auf dem Höhepunkt seiner Laufbahn. Er wisse nicht mehr genau, wie Felix' Karriere verlaufen sei, sagte Leroy Pearl, nur daß er sich zur Ruhe gesetzt habe. Gott, sei das schade, Jo-Jo habe ihn gar nie boxen sehen können, der Junge würde bestimmt etwas lernen von ihm. Es sei eine Ehre für ihn! Er fühle sich richtig geehrt! Und sowas passiere im Leben von Leroy Pearl nicht alle Tage! Das könne man sich ja denken, wenn man nur das elende Loch anschaue, in dem er wohne.

Das Zimmer war so eng, so vollgestopft, daß man kaum atmen konnte. Mittendrin stand Leroy Pearl, ein Säufer, der ganz zittrig war vor Aufregung; er hielt Felix' Hand mit beiden Händen fest und wollte sie nicht loslassen. Er trug keine Schuhe, war ein Stückchen kleiner als Felix und ungefähr Mitte vierzig, nicht älter. Er hatte ein breites, aufgedunsenes, von Äderchen durchzogenes Gesicht, eine geschwollene, großporige Nase, und bei seinem sabbernden Lächeln zeigte er seine fleckigen, unregelmäßigen Zähne. Seine geröteten Augen strahlten vor aufrichtiger Freude. Betont kühl trat Felix ein Stück zurück, und Pearl redete wieder von der Ehre des Besuches, dem feierlichen Anlaß, zu dem er ihnen einen Drink anbieten wolle – er habe sich am Morgen von einem Kumpel eine Flasche Jack Daniels holen lassen, was jedoch nicht seine übliche Marke sei.

»Für mich nicht, Paps«, sagte Jo-Jo verärgert. »Du weißt, ich bin im Training.«

Leroy Pearl bot Felix die einzige Sitzgelegenheit an, einen niedrigen Sessel mit schmutzverkrusteten Kissen, aus dem das Füllmaterial drang. Pearl ließ sich langsam und zuckend vor Schmerz auf sein Bett sinken; er streichelte sich verstohlen die Knie und murmelte: »Kein Drink für Jo-Jo, klar; Jo-Jo ist im Training, kein Schnaps, kein Tabak, keine Frauen, ich weiß Bescheid.« Er nahm ein verschmiertes Glas und goß Felix mit zitternden Händen einen Drink ein, dann schenkte er sich selbst ein und stieß ganz formell mit Felix an. Er murmelte wieder etwas von Ehre und wie stolz er sei auf seinen Sohn und dessen großartige neue Karriere; mit seinem Sohn gehe es aufwärts, das verdanke er nur Felix Stevick und den Freunden von Felix Stevick. Tränen schossen ihm in die Augen, seine Hand zitterte, als er sein Glas erhob.

Felix stellte sein eigenes Glas auf den Boden und nippte nicht einmal daran. Er war wütend auf Jo-Jo, weil er ihn hierhergebracht hatte; der Junge hätte wissen können, daß sein Vater betrunken wäre. Was für eine Unverschämtheit, Felix Stevick in so ein Dreckloch zu schleppen! Jo-Jo ging ruhelos umher, während sein Vater weiterbrabbelte; er wollte sich nicht auf die klumpige Matratze setzen, er warf Felix aus den Augenwinkeln verzweifelte Blicke zu, doch dieser schaute nicht her zu ihm. Vor Verachtung ganz starr, betrachtete Felix Leroy Pearl: Das war ein Mann, der sich ganz und gar hatte gehen lassen, der sich völlig ruiniert hatte; er hatte ein dickes Gesicht und einen Schmerbauch, er stank nach Whiskey, nach Schmutz, nach trocken gewordenem Urin und Erbrochenem. Man konnte riechen, daß die Bettwäsche wochenlang nicht gewechselt worden war, und in seiner Besoffenheit führte er sich auf, als hätte er einen Schlag zuviel auf die Birne bekommen. Und das sabbernde, halb spöttische Grinsen! Und diese hinterhältige Singsangstimme! Kriegsveteran hin, Kriegsveteran her: Leroy Pearl war die Art von Mensch, die Felix mit grenzenlosem Abscheu erfüllte – es war, als hätte er die falsche Tür aufgemacht und erblicke nun etwas, das ihm immer im Gedächtnis bleiben würde.

Für Leroy Pearl wäre der Tod eine Erlösung, genauso wie bei diesen menschlichen Wracks, die in Eingängen schliefen und bei der Inneren Mission Schlange standen nach Essen, die auf der

Straße herumstreunten und manchmal in die Gegend pinkelten, wie es ihnen gerade paßte. Wenn Felix am frühen Morgen im Park am Seeufer joggte und dann quer durch Kilbirnie und über den Niagara Square zurückrannte, sah er des öfteren Männer, die kaum mehr waren als ein Haufen Lumpen, die in Gassen und Eingängen lagen, auf Parkbänken und sogar darunter: Säufer im Endstadium der Degeneration. Manchmal rührte sich einer der Männer, schaute mit offenem Mund und einem schwachsinnigen Glotzen zu dem vorbeisprintenden Felix hinauf. Und Felix bemühte sich, nicht hinzuschauen, er wollte nichts sehen; in ihm stieg ein Ekel auf, der ihn erzittern ließ und ihm den Atem nahm.

Jo-Jos Vater bemerkte, daß Felix nichts trank; er grinste, zuckte die Achseln, kratzte sich zwischen den Beinen und goß sich noch einen Drink ein, diesmal fast bis an den Rand des Glases. Seine Hände zitterten, er schüttete Whiskey auf den Fußboden. In seinem vertraulichen, aufdringlichen Ton erkundigte er sich nach Jo-Jos Zukunftsaussichten. Sein Manager »bremse« ihn doch viel zu sehr, vielleicht sei er der neue Joe Louis, ein Kid Gavilan oder Sugar Ray; man solle doch mal dran denken, wie Jo-Jo im Wettbewerb um den Goldenen Handschuh abgeschnitten habe, wie erfolgreich er seine ersten Kämpfe bestritten habe, er sei doch auf dem Weg nach oben. Aber jetzt komme wieder bloß ein Vierrundenkampf im Vorprogramm, der Junge werde allenfalls 250 Dollar verdienen, wenn er Glück habe. Felix sagte so gut wie nichts, er starrte Pearl verachtungsvoll an, bis dieser schließlich wegschaute, sich die Lippen leckte und ein dämliches Grinsen aufsetzte. Kaum zu glauben, aber er war nicht älter als fünfundvierzig; man merkte, daß er einmal gut ausgesehen hatte, so wie Jo-Jo: ein eckiges Kinn, breite Backenknochen, helle Augen, eine starke Stirnglatze, aber sein Haar war genauso sandfarben wie Jo-Jos. Auch ihre Nasen ähnelten sich, doch hatte Pearl geschwollene, aufgesprungene Äderchen und am Nasenbein eine Vertiefung wie von einem lange zurückliegenden Bruch. Vermutlich von einer Schlägerei: Wenn Leroy Pearl jemals richtig geboxt hätte, dann hätte er sich damit längst gebrüstet.

Felix wollte gehen, er schaute auf seine Uhr. Leroy Pearl redete jetzt schneller, fast hätte er die Hand auf Felix' Arm gelegt, als er ihn fragte, ob Jo-Jo seinem Manager und den Mattiuzzios trauen könne; man höre doch immer, daß junge, aufstrebende Sportler von Geschäftemachern oder gar von richtigen Gangstern übers Ohr gehauen würden, da brauche man bloß mal an den Kefauver-Untersuchungsausschuß zu denken. Einer habe doch zugegeben, daß er vor ein paar Jahren einen Kampf absichtlich verloren hatte, weil er von einem New Yorker Gangster namens Palermo bestochen worden war – ob das nicht Jake LaMotta gewesen sei, der dann sogar noch Weltmeister wurde? Und Frankie Carbo sei auch so einer gewesen, der habe doch mit den Promotern und den Managern unter einer Decke gesteckt: Ob Felix je von Frank Carbo gehört habe?

Doch Felix hatte jetzt die Nase voll. Er stand auf und sagte obenhin: »Von wem? Wie buchstabiert man den Namen?«

»Was weiß ich, wie man den buchstabiert! Das ist doch egal!« sagte Leroy Pearl mit lauter Stimme. Er wollte ebenfalls aufstehen, aber es gelang ihm nicht; dabei schaute er mit einem schwachsinnigen Groll zu Felix hoch. Auf einmal verhielt er sich völlig anders – er verzog den Mund zu einem spöttischen, bösartigen Lächeln, ließ die Zungenspitze heraushängen und riß die Augen auf; er hatte die Hand zwischen die Beine gelegt, kratzte dort herum und sagte dabei: »Und wie steht es mit Giulio Rimi? Was wissen Sie über den? *Ich* weiß genau Bescheid über ihn! Und Sie, Mr. Stevick? Felix?«

»Paps, was zum Teufel...« jammerte Jo-Jo.

»Von ihm möcht ich 'ne Antwort hören!« sagte Leroy Pearl. »Ich darf ruhig mal fragen! Ich hab ein Recht zu fragen! Jetzt sind wir beisammen, er und ich, bei 'nem Drink; du willst ja nicht, daß ich in die Sporthalle komme, du willst ja nicht, daß ich mit 'nem Rechtsanwalt rede, aber jetzt ist dein hochberühmter Freund hier, und deshalb frage ich ihn! Ich hab ein paar Sachen unterschrieben, weil du ja minderjährig bist, ich weiß aber nicht mehr, worum es da ging, und deshalb hab ich ein Recht zu fragen, ich hab ein Recht darauf, zu wissen, ob da irgendeiner einen Reibach machen wird mit meinem Sohn!«

»Das hat er aus der Zeitung, das meint er nicht im Ernst«, versuchte Jo-Jo zu vermitteln, aber Pearl versetzte ihm einen üblen Schlag mit der Handkante und sagte, er solle das Maul halten.

»Ich will's jetzt genau wissen: Was für 'ne Lebensversicherung gibt es da? Was für 'ne Unfallversicherung? Wie siehts bei Verletzungen aus?« brüllte er. »Schaut mich mal an! Schaut mal, wie sie mich zugerichtet haben! Ich weiß, wovon ich rede! Ich fahr mit dem gottverdammten Scheißbus zum Krankenhaus, muß in Union umsteigen, dann komm ich rein, und die schauen mich an, als wär ich eine Art Ungeziefer, das unter einem Stein hervorgekrabbelt ist; die glotzen mich an und sagen, sie könnten nichts machen: Du kannst dir von mir aus die Gurgel durchschneiden, spring doch in den See, soll das heißen. Waren Sie im Krieg? Was zum Teufel haben Sie da gemacht? Wo hat man Sie hingeschickt? Ich hab von meinem Sessel aus den Wagen gesehen, mit dem Sie herangerauscht sind, und wie Sie den Schlitten am Straßenrand geparkt und abgeschlossen haben. Was kostet denn so'n Auto? Hören Sie mir überhaupt zu? Sie glauben, Sie seien große Klasse, was? ›Felix the Cat‹ – ich weiß das noch gut, und wie die Zeitungen Sie hochgejubelt haben, bis Sie dann auf den Arsch gefallen sind wie andere Leute auch.«

Nachher war Felix froh darüber, daß er sich zusammengenommen und den Wutanfall dieses Mistkerls ertragen hatte. Er hätte Pearl zu gern die Fresse poliert, er war drauf und dran gewesen, ihn fertigzumachen, sein idiotisches Grinsen und sein unverfrorenes Herumfummeln zwischen den Beinen hatten ihn angewidert und aufgeregt. Felix hätte ihm mit der Rechten einen Aufwärtshaken versetzen können, der ihm die untere Zahnreihe in den Gaumen getrieben und den Kiefer ausgerenkt hätte; oder einen harten rechten Cross wie den, mit dem er vor Jahren in Cleveland einen Gegner erwischt hatte – vielleicht war das auch in Chicago gewesen, in einer großen, zugigen, nach Tabaksqualm und Bier miefenden Arena. Felix war durch die Abwehr seines Gegners hindurchgeschlüpft und hatte ihm mit der Rechten einen Schlag versetzt, der ihm die Nase zerschmetterte und den Backenknochen brach; er hatte gespürt, daß der Knochen entzweiging und auf einmal nachgab wie zertrümmertes Geschirr; dieses Gefühl ging durch das dünne Leder des Handschuhs und durchströmte augenblicklich seinen gesamten Körper. Dann schoß ein Sturzbach von Blut auf Felix und den anderen Boxer, als dieser ihn umklammerte und fortwährend clinchte, weil er sich nicht traute, ihn loszulassen. Daß er diesen Treffer erzielen konnte, hatte Felix gefallen, der Kampf endete dadurch auf eine spektakuläre Weise; daß er den anderen Boxer, dem man in Fachkreisen Achtung entgegenbrachte, übel zurichtete, hatte ihm nicht behagt. Diesen Leroy Pearl aber, diesen großmäuligen, widerlichen Schweinehund, hätte er bestimmt mit Vergnügen auseinandergenommen, er hätte sein Gesicht zu einer noch viel häßlicheren Visage gemacht. Wie konnte der es wagen, so mit Felix Stevick zu reden, ihn in Gegenwart eines Dritten zu beleidigen! Allerdings würde Felix niemals gegen einen Mann vorgehen, welcher sich in einem derartigen Zustand befand und sich nicht wehren konnte. Er würde sowieso nur dann zuschlagen, wenn der andere angefangen hatte: Das hatte er sich schon vor langer Zeit gelobt.

Deshalb bewegte er sich einfach ganz gemächlich von Leroy Pearl und dessen fuchtelnden Händen weg. »Tut mir leid«, sagte er. »Ich muß jetzt gehen.«

Jo-Jo sagte in einem groben, verletzten, jungenhaften Ton: »Um Gottes willen, Paps, du bist doch betrunken! Also sei doch still. Halt jetzt endlich den Mund. Warum tust du mir das an? Halt die Klappe!«

Felix verließ das Haus und wartete hinter dem Lenkrad seines Wagens auf Jo-Jo. Er hatte genug von Leroy Pearl, er war stolz darauf, wie er sich verhalten hatte, als ihm der Kopf dröhnte und seine Lenden brannten vor Verlangen, dem Feind Schaden zuzufügen. Aber dennoch hatte er die Nase voll, in Wahrheit verspürte er einen tiefsitzenden Ekel und würde sich erst nach Stunden, vielleicht erst nach Tagen wieder erholen. Doch als sich Jo-Jo beschämt und reumütig zu ihm gesellte, sagte Felix in einem barschen, abweisenden, gereizten Ton: »Vergiß es.«

Und das Thema Leroy Pearl kam zwischen den beiden nie mehr zur Sprache.

Bei den Sparringskämpfen mit Jo-Jo, die Felix ein- oder zweimal wöchentlich bestritt, sofern er sich fit fühlte, stellte er sich vor, die Zeit sei stehengeblieben: Er war wieder ein zwanzigjähriger Bursche und träumte von seinem zukünftigen Leben. Er hatte sich den Kopf mit Versprechungen und Prophezeiungen vollstopfen lassen, ohne zu ahnen, daß man jeden talentierten jungen Boxer damit überhäufte: Es war ein so grausamer Sport, daß man sich dreister Lügen bedienen mußte, um ihn überhaupt in Gang zu halten. Wenn er Glück hatte, wenn seine Beine mitmachten und er die Nacht zuvor gut geschlafen hatte, gelang es ihm ab und zu, Jo-Jo wirklich zu fordern, ihn in die Seile zu treiben, bis er nur noch schnaufend und benommen dastand und sein dünnes Lächeln auf den gekräuselten Lippen hatte, das weder Heiterkeit noch Zuneigung ausdrückte, nicht einmal simple Anerkennung. Da überkam Felix ein richtig schadenfrohes Glücksgefühl, und er konnte fast die Reaktion der Menge vernehmen. Bewies das nicht, daß alles noch wie früher war?

Mit der Rechten und mit der Linken konnte er immer noch hart zuschlagen; sobald er in Schwung kam, war er gefährlich, etwa mit blitzschnellen Kombinationen wie bei Joe Louis, die er vor Jahren zusammengestellt und sich eingeprägt hatte. Er funktionierte manchmal wie ein Roboter oder ein Zombie, auch wenn er wegen eines geschwollenen Auges nicht mehr richtig sehen konnte und einen stechenden Schmerz im Ohr hatte, weil das Trommelfell verletzt war. Wenn es morgens wirklich gut lief, spürte er, wie seine Kraft sich von den Schultern zum Brustkorb hinunterschlängelte; dieses Gefühl faszinierte ihn, es erfüllte ihn wie Gottes heiliges Feuer. Man sagte ja, die besten Schläge eines Boxers seien unvergänglich, und darauf wollte Felix vertrauen. Er brachte Jo-Jo einen Punch bei, den er unter Dan Hickeys Anleitung perfektioniert hatte: teils linker Haken, teils linker Uppercut zum oberen Teil des Abdomens, wo keine ausreichende Kräftigung der Muskulatur möglich war. Er freute sich, als er sah, daß Jo-Jo sich diesen Schlag aneignete wie ein Kind ein Spielzeug, daß er begierig war, alles zu übernehmen, was Felix zu bieten hatte. »Jo-Jo wird noch dein Lehrling«, spaßte Vince, und Felix erwiderte lachend: »Warum auch nicht? Einen besseren Ausbilder kann er hier nicht finden.«

Aber es gab auch die völlig neue Einsicht, die sich so tief in ihm eingenistet hatte wie ein Auge in seiner Höhle: Außerhalb des Rings war er mit seinen einunddreißig, zweiunddreißig Jahren ein junger Mann in bester körperlicher Verfassung; im Ring aber spürte er die Anspannung schon im Verlauf einer einzigen

Runde. Wie kam es, daß die Beine langsam wurden, daß ihm die Luft ausging? Das Gehirn wußte, was zu tun war, doch der Körper konnte es nicht ausführen. Da war zum Beispiel der Weg zu Jo-Jos eckigem Kinn wunderschön frei, aber Felix' Beine schafften es nicht, ihn rechtzeitig hinzubringen. Oder er sah einen linken Haken kommen und konnte nicht schnell genug ausweichen. Und die ganze Zeit tastete sich Jo-Jo vor, startete seine Versuche, bedrängte ihn, schlug Jabs und fintierte Tiefschläge, die er sogar ab und zu mit der unschuldigen Dreistigkeit des Lehrlings ausführte, der auf Nachsicht hoffen durfte. Jo-Jo setzte ihm gewöhnlich zu, bis er schließlich nach Atem rang und seine Beine so schlaff waren wie nie zuvor, doch einmal gelang es ihm, zehn dreiminütige Runden tänzelnd zu bestreiten, wobei er sich überlegte, wie es wohl wäre, wenn der Kampf über fünfzehn Runden ginge. Wenn er dann unter der Dusche stand, war er für die Erschöpfung dankbar, sogar für das Summen und Klingeln in seinen Ohren. Er versuchte sich vorzustellen, wie Jersey Joe Walcott es mit siebenunddreißig Jahren hatte schaffen können, gegen den sieben Jahre jüngeren Ezzard Charles den Weltmeistertitel im Schwergewicht zu erringen, aber es gelang ihm nicht. Es war gerade so, als hätte er überhaupt nie geboxt. Er wußte überhaupt nichts. Er hatte noch gar nicht richtig angefangen. Er war erledigt.

Eines Abends ging Felix mit einigen anderen zu De Marras Restaurant, um ein Steak zu essen. Er saß neben Jo-Jo und trank Scotch, während Jo-Jo wie üblich Ginger Ale trank, drei, vier oder gar fünf Flaschen der Marke Vernor. Zu seiner eigenen Überraschung vertraute er Jo-Jo an, wie nervös und ängstlich er vor seinen Kämpfen gewesen sei, sogar vor Begegnungen, die angeblich ein Kinderspiel waren; er habe das niemandem erzählt, weil er sich so geschämt habe. Selbstverständlich habe er kämpfen wollen – er habe es kaum erwarten können, daß der Kampf losging, nichts habe er sich sehnlicher gewünscht –, doch in seinem Mund habe er diesen seltsamen Geschmack gehabt, in seinem Bauch und in seiner Brust seien die Nerven aufs äußerste angespannt gewesen, dieses Gefühl sei immer schlimmer geworden, so daß er nicht mehr habe schlafen können und sogar einiges an Gewicht eingebüßt habe. Dann der Tag des Kampfes, die Stunden davor: Da habe er fast gezittert, er sei furchtbar nervös gewesen bis zu dem Augenblick, als er tatsächlich den Ring betreten und gesehen habe, daß ihn sein Gegner von der gegenüberliegenden Ecke aus anschaute. Da sei die Angst auf einmal verschwunden. Da habe er loslegen wollen. Da sei er ganz wild darauf gewesen, hineinzukommen und endlich anzufangen, und er sei völlig fit gewesen.

Er sagte zu Jo-Jo, vor Treffern brauche er sich nicht zu fürchten – selbst Spitzenkönner bekämen früher oder später etwas ab, sogar ganz schwere Treffer. Man müsse sich eben nach Möglichkeit aufrappeln und weitermachen.

Jo-Jo nickte, hörte zu, zeigte auf den gekräuselten Lippen sein dünnes Lächeln, blickte mit seinen hellen, von dichten Wimpern umgebenen Augen vor sich hin, als wisse er nicht recht, was er davon halten solle, daß Felix Stevick ihm solche Sachen erzählte, ob er vielleicht ein bißchen zuviel getrunken hatte, daß er Dinge ausplauderte, die die anderen hören könnten. Jo-Jo Pearl hatte jedenfalls eine Erfolgsserie, er kämpfte alle paar Wochen und siegte des öfteren durch K.o.; er entwickle einen ganz besonderen Stil, stand in den Zeitungen, er sei das größte Nachwuchstalent, das es am Ort seit Jahren gegeben habe. Die Art von Treffer, die Felix meinte, hatte Jo-Jo noch nicht abbekommen; er konnte sich gar nicht vorstellen, daß ihm das je passieren würde. Er war, wenn man die Raufereien in Red Bank nicht mitzählte, in seiner gesamten Laufbahn nur ein halbes Dutzend Mal zu Boden gegangen; stets war er wieder federnd auf die Beine gesprungen, sein Stolz hatte es nicht zugelassen, daß auf Neun gezählt, daß er auch nur angezählt wurde. Dabei hatte er gegrinst, um der staunenden Menge zu zeigen, daß er keine Verschnaufpause nötig hatte, daß ihm überhaupt nichts fehlte, daß er vielleicht gar nicht zu Boden geschlagen worden war, sondern nur einen Augenblick lang das Gleichgewicht verloren hatte und hingefallen war. Deshalb rutschte er unbehaglich auf seinem Stuhl herum, als Felix sich ihm anvertraute und ihm Dinge erzählte, die er gar nicht hören wollte, durch die er seine Hochachtung für Felix Stevick verlieren könnte, der ihm stets Respekt eingeflößt hatte. Er sei selbst ein Klasseboxer gewesen, sagten die Leute immer, aber seine Laufbahn habe ein klägliches Ende genommen. Dabei deuteten sie an, er habe vielleicht zu früh Schluß gemacht, er habe Angst bekommen und sei vorzeitig abgetreten, er habe die Lust am Boxen verloren, was ja nichts anderes bedeutete, als daß er den Mut verloren hatte. Bei Jo-Jo Pearl aber konnte von all dem nicht die Rede sein.

Ohne sich groß zu bemühen, seine Stimme zu senken, damit die anderen Männer ihn nicht hören konnten, lächelte Jo-Jo schließlich und sagte voller Ungeduld: »Hör mal, du weißt doch, daß es bei mir ganz anders ist. Was du da sagst, begreif ich schon, das ist mir klar; aber weißt du, ich bin einer von den Typen, die im Umkleideraum fast ein Nickerchen machen könnten. Wie man hört, ist Marciano auch so einer. Ich könnte glatt eine Flasche Bier trinken und dann den Kampf beginnen. Ich seh nicht ein, wieso ich mir groß den Kopf zerbrechen soll. Das muß erledigt werden, und ich mache es.« Dann fügte er erregt hinzu: »Felix, ich sag mir auch, gleich ist der Kampf vorüber, und ich hab ihn mühelos gewonnen. Weißt du, ich kann mir schon so ungefähr vorstellen, was in den Zeitungen stehen wird! Die Schlagzeilen! Weißt du, was ich meine? Dann gehe ich hinaus und erledige es.«

Auf diese Weise erteilte der anmaßende Schnösel Felix eine Abfuhr. Und es kam ihm vor, als hätte er sie verdient.

Bei mir ist es ganz anders. Ich seh nicht ein, wieso ich mir groß den Kopf zerbrechen soll. Weißt du, was ich meine? – Ich gehe hinaus und erledige es. Wenn er sich morgens rasierte, hatte Felix diese Worte wieder im Ohr, die gar nicht angeberisch, sondern offen und aufrichtig geklungen hatten. Er rasierte sich sorgfältig, zügelte seine Erregung, betrachtete sein Gesicht im Spiegel. Stets fiel ihm die schmale weiße Narbe auf – die Platzwunde hatte mit achtundzwanzig Stichen zusammengenäht werden müssen, und das Ergebnis konnte sich durchaus sehen lassen.

Bei Jo-Jo Pearl zeigten sich jetzt schon oberhalb der Augenbrauen vernarbte Fissuren, winzige Halbmonde. Man sah sie kaum, aber sie waren da. Und weil er seine Linke, nachdem er sie eingesetzt hatte, so oft herunterhängen ließ, sah seine Nase bereits ein bißchen verschwollen aus; wenn er nicht aufpaßte, wäre sie gebrochen, bevor er seinen ersten Halbfinal-Kampf austragen würde.

Anmaßender Schnösel, dachte Felix.

Dir werd ich's zeigen, dachte er.

Aus Stolz war Felix darauf bedacht, zu Jo-Jo Pearl ein bißchen auf Distanz zu gehen. Er hatte ja schließlich auch noch sein eigenes Leben, und da gab es manchmal mehr als genug zu tun. Obwohl es zu seinen schönsten Erlebnissen gehörte, den jungen Boxer im Ring agieren zu sehen, besuchte er längst nicht alle Kämpfe von Jo-Jo, selbst wenn sie in der Stadt ausgetragen wurden. Es machte ihm besonderen Spaß, sich vorzustellen, wie Jo-Jo sich über seine Abwesenheit wundern und sich nach ihm erkundigen würde.

Und das tat er auch gelegentlich.

Jedenfalls erhielt Felix entsprechende Hinweise.

Felix Stevick mußte sich jedoch um seine eigenen Angelegenheiten kümmern – er hatte mit Rechtsanwälten, Buchhaltern und Grundstücksmaklern zu tun, mit Vertretern von Banken und Darlehenskassen sowie mit Al Sansom; es gab Mittagessen, die bis halb vier Uhr dauerten, und Dinners, die sich bis nach Mitternacht hinzogen. Manche der Transaktionen waren schwierig und erforderten mehr Energie, als Felix zu investieren bereit war. Er verließ sich gern auf sein Gefühl, schlug intuitiv eine bestimmte Richtung ein; wenn er in einem Monat Verluste eingefahren hatte, würde er im nächsten schon wieder Gewinn machen, und wie Al Sansom zu sagen pflegte, war die Zukunft »völlig offen«. Für die Firma Sansom & Stevick begannen Anfang Juni 1954 einige turbulente Wochen, als es ganz danach aussah, daß die Villa Rideau Pleite gehen würde; dann aber wurde ein umfangreicher Kredit bewilligt, in den Adirondacks kamen die Geschäfte in Schwung, und Al Sansom prahlte nachher, er habe sich gar keine großen Sorgen gemacht – Felix etwa?

Felix zuckte die Achseln. Auch er gab sich gern locker und unbekümmert; er sagte: »Sobald ich anfange, mir Sorgen zu machen bei diesem Spiel, bin ich erledigt.«

(Denn waren Geschäfte nicht im Grunde ein Spiel? Kein Sport, sondern ein Spiel: Man wollte nur gewinnen, um mehr ging es nicht.)

Neben der Firma Sansom & Stevick und vielleicht im Gegensatz zu den Interessen dieses partnerschaftlichen Unternehmens suchte Felix des öfteren nach anderen Betätigungsformen, nach Anlagemöglichkeiten für sein Geld. Eine größere Wette war schließlich auch eine Investition, Gewinne wurden bar ausbezahlt und waren kein »Arbeitseinkommen«, das er seinem Steuerberater gegenüber erwähnen müßte. Felix wußte, daß es unbedingt nötig war, sich tagsüber Bewegung zu verschaffen; er stellte sich als Radrennfahrer auf einer Hallenbahn vor, eifrig strampelnd die steilwandige Strecke entlangflitzend. Sich gegen die Schwerkraft hoch oben auf der Bahn zu halten, war eine Sache der Geschwindigkeit, und es gab nichts Erhebenderes, als ganz nahe am Rand dahinzurasen. Er hatte Enid, aber er hatte auch Geld. Er verlor vielleicht am Dienstag 12 000 Dollar, aber am Freitag gewann er schon wieder 15 000. Hatte er zu Beginn eines Monats 20 000 Dollar eingestrichen, dann mochte dies bedeuten, daß gegen Ende des Monats ein Verlust von 25 000 kommen würde, doch dieses Risiko nahm Felix Stevick auf sich.

Und in Jo-Jo Pearl hatte er ebenfalls Geld investiert, das sich eines Tages bestens amortisieren könnte. Er würde auch Wetten auf Jo-Jo abschließen, sobald die Quoten in die Höhe schnellten.

Es sei denn, der Junge ginge allzuschnell kaputt, wie Vince es mal ausgedrückt hatte.

Jo-Jos erster Halbfinal-Kampf fand Anfang Februar 1955 in Yonkers im Bundesstaat New York statt; sein Gegner war ein Boxer namens Byron McCord, der als unzuverlässig galt, sogar als etwas unprofessionell. Vor einer Reihe von Jahren war McCord ein ernstzunehmender Mitbewerber um den Titel im Leichtgewicht gewesen, bis ihm der spätere Champion Ike Williams Einhalt geboten hatte. Daraufhin zog er sich ein oder zwei Jahre lang zurück, und 1953 trat er als Weltergewichtler auf, wobei er einige Kämpfe gewann, andere wiederum verlor. Den offiziellen Angaben zufolge war er dreiunddreißig, doch wußte fast jeder, daß er gut und gerne zwei oder drei Jahre älter sein mochte. Felix hatte ihn wenige Jahre zuvor im Madison Square Garden in einem Vorkampf boxen sehen, und schon damals war es mit dem armen Hund bergab gegangen. Er hatte wacker durchgehalten, über die ganzen acht schlimmen Runden, und sich das Gesicht zerschlagen lassen; wie nicht anders erwartet, hatte er dann nach Punkten verloren gegen einen zehn Jahre jüngeren Burschen, der sich auf dem Weg nach oben befand. Aber Byron McCord hatte immerhin einen gewissen Bekanntheitsgrad, und sein Name war schon etwas wert: Manager wußten, daß es sich durchaus lohnte, ihn zu schlagen.

Vince sagte, ein Sieg gegen McCord würde in Jo-Jos Wettkampfbilanz gar nicht übel aussehen. Man würde ihm landesweit Beachtung schenken – in Blättern wie *Ring, Boxing News* und *Sports Illustrated.* Vince behauptete, McCord gehöre zu den Boxern vom Typ Jack Sharkey, auch wenn er nicht deren Niveau besitze; er sei unberechenbar, wild, einfallsreich, er bringe im Ring Erstaunliches zuwege, aber dann mache er alles zunichte, denn er sei der geborene Verlierer. Die Leute strömten in Scharen zu McCord, um mitzuerleben, wie er eine Niederlage erlitt. Er kämpfe jetzt bloß noch, um Geld zu verdienen, und dabei sei es ihm egal, gegen wen er antrete. Sein Manager sei sich ebenfalls im klaren darüber, daß nicht mehr viel Zeit übrig bliebe, und warum sollte er da nicht jeden Monat einen Kampf ansetzen, solange McCord dazu in der Lage war: in Albuquerque, Seattle, St. Louis, Tampa, Pittsburgh sowie in Yonkers gegen einen einundzwanzigjährigen Burschen mit einer Bilanz von 12:0. Wieso auch nicht?

Als sie Jo-Jo über das bevorstehende Match informierten, war er zuerst ganz aufgeregt: Er habe McCord einmal als Leichtgewichtler boxen sehen, der Mann habe wirklich einen Punch. Danach reagierte er etwas unsicher: Hatte sich Byron McCord denn nicht zurückgezogen? War er denn nicht etwas wirr im Kopf? Gerüchte dieser Art seien doch im Umlauf.

Sie versicherten Jo-Jo, momentan sei McCord für ihn der richtige Kontrahent. Ein Jahr später wahrscheinlich nicht mehr. Aber gegenwärtig sei Byron McCord bestens geeignet.

Am 9. Februar fuhr Felix nach Yonkers hinunter, um Jo-Jo bei seinem ersten Achtrundenkampf zuzuschauen. Er hatte sich in der Vorwoche einen neuen 1955er Cadillac zugelegt und wollte ihn nun auf der Autobahn testen. Um ihm Gesellschaft zu leisten, fuhr Vince Mattiuzzio mit, anstatt zusammen mit den anderen per Bahn zu reisen. »Gibt es da noch irgend etwas, das ich wissen sollte über den Kampf?« fragte Felix unterwegs, und Vince antwortete, ohne zu zögern, es gebe nichts. Felix wettete mit Vince um 1 000 Dollar, daß Jo-Jo durch K.o. gewinnen werde, und zwar in der zweiten oder dritten Runde; Vince wettete, daß Jo-Jo Sieger nach Punkten werden würde.

Während der ersten Minuten des Kampfes empfand Felix unwillkürlich ein gewisses Mitgefühl für Byron McCord – Jo-Jo Pearl, der neben ihm so jung aussah, daß er sein Sohn hätte sein können, war McCord boxerisch überlegen, und im Zuschauerraum herrschte überdies eine ungewöhnlich rauhe und gehässige Atmosphäre. Obwohl Jo-Jo in diesem Teil des Bundesstaates unbekannt war, kamen sofort Bravorufe, wenn er auch nur den harmlosesten Treffer landete. Sobald McCord sich zusammenkauerte und die Handschuhe vor sein Gesicht hielt oder seinen Gegner in einen Clinch zog, rief man ihm zu, er solle sich gefälligst in Bewegung setzen. Der ältere Boxer wußte, daß er mit seinen Kräften haushalten mußte, um acht Runden lang durchzuhalten, und die Menge durchschaute diese Taktik von Anfang an.

Dazuhin gab es in den Gängen und in der Nähe des Rings viel Unruhe: Zuschauer drängten sich unaufhörlich zu ihren Plätzen durch. Sie wollten das Hauptereignis des Abends sehen, das nach diesem Kampf stattfinden sollte, nämlich ein Match mit Archie Moore, bei welchem es nicht um den Titel ging; was mit dem alternden Byron McCord und dem jungen Jo-Jo Pearl passierte, interessierte sie eher beiläufig.

Felix saß auf einem Ringplatz und schaute gespannt zu; wenn es zu einem Schlagabtausch kam, wagte er kaum zu atmen. Er hatte Jo-Jo vor knapp zwei Monaten das letzte Mal kämpfen sehen und stellte deshalb mit Erleichterung fest, daß sich der Junge in Topform befand: nicht ganz so dreist, wie Felix in Erinnerung hatte, doch nach wie vor aggressiv und ehrgeizig; er umkreiste seinen Gegner und bedrängte ihn mit kurzen Salven, zu denen ihn offenbar auch die Ungeduld der Zuschauer motivierte. Unter den grellen Scheinwerfern war Jo-Jos hübsches Gesicht mit Absicht völlig ausdruckslos, und sein Körper bewegte sich rasch und geschmeidig. Er war etwa fünf Zentimeter größer als

McCord und wog fast drei Kilo weniger, doch sein Oberkörper war jetzt gut entwickelt und sein Hals etwas verdickt. Neben ihm wirkte McCord plump und unbeholfen. Er schlug primitive Schwinger und kümmerte sich nicht darum, daß sie ihr Ziel verfehlten; er blieb einfach stehen und ließ wieder einen Schwinger los, wobei er den Kopf einzog, die Knie beugte und Jo-Jo aus seinen Knopfaugen verbissen und boshaft anglotzte. Über dem Hosenbund seiner schwarzen Shorts wellte sich talgiges Fleisch, seine zuckende Oberschenkelmuskulatur hatte ein widerliches Weiß. Seine Nase war platter, als Felix sie in Erinnerung hatte, und seine Brust war seltsam unbehaart. In den ersten beiden Runden landete er nur einen Volltreffer, und das war ein gemeiner Tiefschlag in Jo-Jos Unterbauch, der vom Ringrichter sofort gerügt und von der Menge mit lauten Buhrufen bedacht wurde. Das war also der Mann, der unter den Titelanwärtern im Leichtgewicht den zweiten oder dritten Platz eingenommen hatte, damals, als Felix noch die Hälfte seiner Karriere vor sich gehabt hatte…

Ein extrem beweglicher Boxer war Jo-Jo Pearl noch nicht, doch umtänzelte er Byron McCord mit der wilden Aggressivität eines Raubvogels; dabei schlug er Jabs, preschte immer wieder stichelnd vor und brachte McCord an der Stirn die eine oder andere Platzwunde bei. Und in der dritten Runde traf er McCord mit einem schnellen linken Haken am Kinn, der Felix nicht besonders wuchtig vorgekommen war, bei dem der ältere Boxer jedoch schwer zu Boden ging. McCord saß benommen da, die Knie unbeholfen angezogen, und drückte die Handschuhe gegen die Bretter, als könne er sich nur so aufrechthalten. Die Zuschauer brüllten, und Felix hoffte auf ein Ende des Kampfes – dadurch hätte er seine Wette gewonnen, und Jo-Jo wäre noch weitgehend unversehrt. Doch als der Ringrichter auf acht gezählt hatte, fing der schnaufende, blutende McCord an, seine Muskeln anzuspannen, um sich auf die Füße zu bringen.

Zwischen den Runden erhielt Jo-Jo in seiner Ecke Anweisungen: weiter Druck zu machen, einfach so weiterzumachen, aber keine riskanten Versuche zu unternehmen, einen K.o. zu erzielen, sondern weiterzumachen; der alte Knabe sei jetzt schwach auf den Beinen, er solle ihm nicht in die Quere kommen, dann gehe ihm bald die Puste aus.

Doch in der folgenden Runde änderte McCord seine Strategie. Er hatte wohl festgestellt, daß Jo-Jo in keiner von beiden Händen einen harten Punch besaß und er es genausogut mit einem Glückstreffer versuchen könnte. Das war seine einzige Chance, den Kampf zu gewinnen: mit einer zynischen Verzweiflung Schwinger auszuteilen und die Buhrufe der Menge zu ignorieren. An seinem Oberkörper schwabbelte das schlaffe Fleisch, doch sein Bizeps war nach wie vor hart, sein Hals immer noch mächtig verdickt; die frischen, blutenden Platzwunden auf seiner Stirn gaben ihm ein wildes und zorniges Aussehen, ließen ihn aber auch seltsam intakt und unbeugsam erscheinen. Mit überraschender Gewandtheit duckte er sich unter einem von Jo-Jos kühnen rechten Cross-Schlägen weg und feuerte im Hochkommen selbst einen ab, auf den er sofort einen linken Haken folgen ließ. Da taumelte Jo-Jo plötzlich rückwärts in die Seile, konnte nicht zu Boden gehen, und McCord hämmerte auf ihn ein: in die Herzgegend, auf den Bauch, an den Kopf. In Sekundenschnelle fügte er ihm an den Augen und am Mund offene Wunden zu, als hätte er dort ein Rasiermesser angesetzt. Er machte das so rasch und geschickt und erzielte mit seiner unerwarteten Aktivität so verheerende Wirkungen, daß die Zuschauer aufsprangen, weil sie meinten, das Ende des Kampfes sei gekommen. Und Felix Stevick saß stocksteif da, starrte fassungslos hinauf. Er traute seinen Augen nicht.

Der benommene und blutüberströmte Jo-Jo schlüpfte jedoch unter McCords Arm hindurch. Und wie ein Betrunkener, der nach wenigen Augenblicken von seinem Toben erschöpft war, ließ McCord ihn entkommen.

In der Pause beugte sich Felix in der Ringecke über die Seile, um mit Jo-Jo zu reden, doch dieser schien ihn nicht zu hören. Die Sekundanten rieben ihn eifrig mit kaltem Wasser ab und wischten das Blut weg; Dan Hickeys drückte mit den Fingern geschickt das zerfetzte Fleisch zusammen und schmierte Vaseline darüber. Als Felix das flüssige Adrenalin und den Ammoniakdunst roch, spürte er Übelkeit, aber auch Erregung. Er redete auf Jo-Jo ein und massierte ihm dabei die gespannte Nackenmuskulatur. Jo-Jo verzog unter Hickeys Behandlung vor Schmerz das Gesicht und schien Felix nicht wahrzunehmen, murmelte nur »Ja, okay, okay, klar«, dann beugte er sich vor und spuckte einen Mundvoll Schleim und Blut in den Eimer. Schräg gegenüber saß McCord mit ausgestreckten Beinen da; er hatte den Kopf in den Nacken gelegt, und die Sekundanten behandelten in fieberhafter Eile sein Gesicht. Felix wäre am liebsten noch geblieben; er fuhr langsam mit der Hand über Jo-Jos nasse Schulter, wobei er ihm auf eine freundschaftliche und halb zornige Weise die Muskeln drückte, als gehörten sie ihm und wollten ihn im Stich lassen. Zu Dan Hickey sagte er mit leiser, sorgenvoller Stimme: »Scheiße. Jetzt blüht uns was!«

Seit er seinen jungen, frechen Widersacher verletzt hatte, war Byron McCord mit Entschlossenheit und Begeisterung auf dem Vormarsch; er zog den Kopf ein, hielt die Handschuhe vors Gesicht und kauerte sich zusammen, bis er gerade noch einen Meter zwanzig groß war – das war die legendäre Haltung von Jack Dempsey, und McCord verwendete sie in einem komisch wirkenden Überschwang. Er bewegte sich wie eine Kobra auf und nieder, hin und her, er fintierte Hiebe und schlug zu, während sein verblüffter Gegner zurückwich. Jo-Jo hatte sich noch nie in einer derartigen Situation befunden, keiner seiner Sparringspartner hatte ihn darauf vorbereitet, er konnte einfach nicht nachdenken, konnte im Ring nicht überlegen, während Hiebe auf ihn zukamen, die zwar zu schwach waren, um ihm weh zu tun, die ihn aber schon durch ihre Vielzahl verwirrten. McCord schlug ihm wieder in die Leistengegend, dann zog er ihn in einen Clinch, brachte ihn aus dem Gleichgewicht und rieb mit der Schnürung seiner Handschuhe in Jo-Jos klaffenden Wunden herum, dann in seinem ungeschützten linken Auge, bis der Ringrichter sie endlich trennte. Die Zuschauer schrien vor Erregung: Das war der altbekannte Draufgänger Byron McCord, ein Schlawiner in seiner trickreichen Bestform.

Jo-Jo gelang es jedoch, auf den Beinen zu bleiben, ab und zu einen zufällig oder routineartig wirkenden Treffer zu erzielen; er blutete stark an beiden Augen, aus der Nase und am Mund. McCord blutete ebenfalls, sie clinchten mehrmals, taumelten dabei in die Seile wie zwei erschöpfte Trunkenbolde und konnten sich nicht voneinander lösen. Einmal versetzte McCord Jo-Jo unbeabsichtigt einen Kopfstoß an die Stirn, als er mit dem linken

Knie einknickte und fast umgefallen wäre, wenn er nicht Halt gefunden hätte an Jo-Jos zerschundenen Armen. Wieder zog der Ringrichter die beiden auseinander, wobei die Hitze und die Verärgerung sein Gesicht rot anlaufen ließen. Vereinzelte Pfiffe hallten durch die Ränge, doch jeder der beiden Boxer achtete nur noch auf den Gegner, obwohl keiner in den letzten Sekunden dieser Runde die Kraft besaß, die Handschuhe oben zu behalten, geschweige denn zu kämpfen.

Das Ende der vierten Runde.

Felix dachte: Er ist erledigt.

Doch als die Glocke zur fünften Runde ertönte, war Jo-Jo zur Stelle, er trat auch zur sechsten Runde an; er war jung und kräftig, er vermochte sich mit erstaunlicher Schnelligkeit zu erholen, und seine Betreuer hatten bei seinem aufgeschlagenen Gesicht Wunder bewirkt, indem sie dafür sorgten, daß das Blut zu vaselineverschmierten Krusten gerann. Problematisch war sein linkes Auge, das in der Größe eines Pfirsichs, eines Apfels, ja einer kleinen Melone anschwoll; die Prellungen hatten grauenhafte Farbtöne, die ganz anders waren als diejenigen, die menschliches Fleisch normalerweise aufwies, wenn es bloßgelegt wurde. Jo-Jo kam aber zur fünften Runde aus seiner Ecke, landete ein paar empfindliche Schläge und brachte seinen Gegner ins Taumeln; zur sechsten kam er groggy und mit einem Blinzeln; offenbar wußte er gar nicht recht, welche Runde das eigentlich war und was er zu tun hatte, doch seine Beine funktionierten noch gut: Er war ja erst einundzwanzig Jahre alt. Sein Gegner war ungefähr fünfzehn Jahre älter, und dessen Beine machten nicht mehr mit. Also stellte sich Byron McCord einfach in der Ringmitte hin, kauerte sich spöttisch zu der von Dempsey entliehenen Killerpose zusammen und wartete auf Jo-Jos Versuche, die Initiative zu ergreifen. Jo-Jo umkreiste ihn vorsichtig und starrte ihn an. Aber den anderen Boxer oder vielmehr dessen Umrisse konnte er wohl nur durch einen blendenden rosigen Dunst hindurch wahrnehmen, denn sein linkes Auge taugte nichts mehr und sein rechtes war ebenfalls geschwollen. Doch dann spornten ihn die ungeduldigen Zurufe der Menge dazu an, es mit ein paar Jabs zu versuchen und mit einem wilden linken Haken; daraufhin ließ er seine Linke sinken, was schon immer eine schlechte Angewohnheit von ihm gewesen war, und Felix machte sich darauf gefaßt, daß McCord nun mit seiner Rechten einen Volltreffer erzielen würde. Doch dieser war zu vorsichtig; er hatte sich so zusammengekrümmt, daß er kaum noch einen Meter zwanzig maß, und hielt den Kopf gesenkt, so daß man seine blasse, durch feuchte, festgeklatschte Haarsträhnen hindurchschimmernde Kopfhaut sehen konnte. Jo-Jo umkreiste ihn weiterhin; er federte dabei auf den Zehen und fintierte, sein Körper schien einen Drill auszuführen, während sein Kopf dröhnte und ein Schmerz in ihm brannte, der so durchdringend war, daß es dafür keinen Namen gab. »Vorwärts!« – »Los!« – »Jetzt aber ran!« riefen einige Besucher, die auf den Stufen der Gänge ihren Plätzen zustrebten, blieben stehen und schauten zu; sie standen einander im Weg und verstopften die Durchgänge. In der Arena herrschte eine gespannte Atmosphäre. Die eine Hälfte der Zuschauer unterstützte den jungen Jo-Jo Pearl, der, wie am nächsten Morgen in einem einspaltigen Bericht über den Kampf McCord gegen Pearl in den Zeitungen stehen sollte, sich so tapfer schlug in seinem ersten Achtrundenkampf; doch die andere Hälfte war mit ihrem launenhaften Überschwang auf Seiten von McCord, rief in Sprechchören seinen Namen und hoffte, daß bald etwas wahnsinnig Aufregendes geschehen werde, denn er hatte sie schon einmal überrascht und könnte das wieder tun.

Beim nächsten Schlagabtausch ging McCord brutal auf Jo-Jos Auge los und fuhr mit dem Daumen seines Handschuhs darin herum. Er machte einen Vorstoß, bei dem er einen Nierenschlag anzubringen versuchte; er clinchte und versetzte Jo-Jo zahllose Nackenschläge. Als er sich aus dem Clinch löste, weil ihn der Ringrichter wegschob, schlug McCord plötzlich einen unbeholfenen rechten Uppercut an Jo-Jos Kinnspitze, der ihn zu Boden brachte. In kurzer Entfernung von Felix und Vince lag Jo-Jo wie betäubt auf dem Rücken; seine Beine bewegten sich, als glaubte er, er stünde noch auf ihnen, fände aber aus irgendeinem Grund keinen festen Boden. Sein Gesicht war nicht wiederzuerkennen, Ungläubigkeit und Verzweiflung lagen auf ihm, während sein Gehirn zu begreifen versuchte, was passiert war und was er als nächstes tun müßte. Felix dachte, der Kampf sei vorüber; er konnte sich nicht vorstellen, daß Jo-Jo wieder aufstehen würde. Er legte die Hände an den Mund und rief ihm zu, er solle unten bleiben, doch Jo-Jo gelang es, sich aufzuraffen und sich zu erheben, wie es ihm eintrainiert worden war; völlig unerwartet befand er sich schon bei Acht auf den Knien, und bei Neun stand er bereits schwankend auf den Beinen, mit erhobenen Handschuhen, um sich gegen die Vernichtungsschläge seines Gegners abzuschirmen. Felix sollte diesen Anblick für den Rest seines Lebens in Erinnerung behalten und sich dabei immer mit einem Gefühl des Abscheus bewußt werden, daß er sich, seine Jugend und sein Mannesalter für einen solchen Wahnsinn aufgeopfert hatte: Da mühte sich ein junger Boxer ab, auf die Beine zu kommen, sein linkes Auge war blutüberströmt, sein ganzes Gesicht aufgeschlagen und geschwollen; unter dem Geschrei der Menge stellte er sich hin und machte sich kampfbereit, obwohl er seinen Gegner sicherlich nur noch als einen verschwommenen Schemen ausmachen konnte.

»Laß das sein, Jo-Jo!« rief Felix ihm zu.

Er stand da und beobachtete ihn. Es war nichts mehr zu machen. Plötzlich packte ihn eine so starke Verzweiflung, daß er befürchten mußte, sie würde unaufhaltsam um sich greifen; aber sie hielt sich natürlich in Grenzen, er stand einfach da und schaute zu wie die anderen auch, die Tausende von Besuchern im rauchgeschwängerten Civic Memorial Auditorium in Yonkers, wo Byron McCord jetzt Druck machte, auf Jo-Jos Kopf, dann auf seinen Körper einschlug, um einen K.o. zu erreichen, bevor ihm die Kraft ausging und bevor die Runde zu Ende war. Denn nach dieser Runde käme eine weitere, und dann wieder eine. Der Kampf würde sich ewig hinziehen, wenn er ihm kein Ende setzte! Felix schaute blinzelnd zu den Scheinwerfern hinauf und erinnerte sich an den mühseligen Kampf, den er gegen den Schwarzen Oscar Ellis geliefert hatte, der seine verzweifelten, mit aller Kraft ausgeführten Schläge ungerührt eingesteckt hatte. Er erinnerte sich an das Gefühl absoluter, abgrundtiefer Verzweiflung, welches sich einstellte, wenn man sich bewußt wurde, daß man sein Bestes getan und das Letzte hergegeben hatte, daß dies aber nicht reichte, daß man erledigt und geschlagen war und die Menge schon höhnisch johlte. Felix hatte seinen

Kampf gegen Ellis jedoch durch ein umstrittenes Urteil gewonnen; Jo-Jo hingegen schlug sich immer noch mit McCord herum, versuchte einen Schlagabtausch zu liefern, gerade so, als glaubte er aufs Wort, was man ihm in der Sporthalle eingetrichtert oder was Felix ihm in einer übermütigen Stimmung beigebracht hatte: daß ein Boxer nicht k.o. geschlagen werden könne, wenn er einen starken Willen habe, daß er nur dann k.o. gehen werde, wenn er aufgebe; dann allerdings verdiene er es, zu Boden geschlagen zu werden, dann habe er alles, was mit ihm passiere, sich selbst zuzuschreiben.

Jetzt lief die letzte Minute dieser Runde, doch die beiden Männer tauschten immer noch eifrig Schläge, Jo-Jo zog dabei seinen zerschundenen Kopf ein und machte einen Buckel, McCord kämpfte in seiner tief gebückten Haltung, mit krummen Knien und einem sichtbaren Zittern. Sie atmeten schwer, ihr Brustkorb glänzte vor Blut; Jo-Jos weiße Shorts waren schrecklich blutverschmiert, der Bodenbelag war befleckt, war glitschig unter ihren Sohlen, doch die beiden droschen immer noch blindwütig aufeinander ein, um einen K.o. zu erreichen, und in der Arena erdröhnten Anfeuerungsrufe. Und dann passierte es: McCord landete einen wilden linken Haken, traf Jo-Jo oben an seinem geschwollenen Backenknochen, und Jo-Jo taumelte erstaunt nach hinten, als hätte er zum erstenmal in seinem Leben einen Treffer abbekommen. Als er zu Boden ging, schlug McCord noch einmal zu, diesmal mit einem unbeholfenen rechten Cross, der sein Ziel um einige Zentimeter verfehlte. McCord verhedderte sich dabei in Jo-Jos Beinen und stürzte so schwer zu Boden wie er; seine speckigen Schultern und Schenkel bebten, als wäre er empört darüber, und die Zuschauer brachen in Applaus und in Gelächter aus. Jo-Jo lag bewegungsunfähig da, doch McCord kroch zum Ringhandtuch und zog sich an den Seilen hoch, wobei er den Kopf in den Rücken warf, um Luft zu bekommen. Als Sieger bot er einen schrecklichen Anblick – ein Auge war zugeschwollen, und seine aufgeschwollenen, durch den Mundschutz aufgestülpten Lippen waren blutverkrustet. Als er die Faust erhob, schien er damit jemandem hoch droben auf der Galerie zuzuwinken, aber vielleicht fuchtelte er auch nur herum, während der schwitzende Ringrichter an Jo-Jos Seite kauerte, ohne daß er sich die Mühe machte, die Hand zu erheben und ihn auszuzählen. Der Kampf war am Schluß der sechsten Runde zu Ende, Byron McCord hatte ihn durch einen technischen K.o. gewonnen.

Als Jo-Jo im Krankenwagen unterwegs war zu einem örtlichen Krankenhaus, kam er halb zu Bewußtsein und fing an wirr zu reden. Felix fuhr mit, er saß auf einem Klappsitz an seiner Seite, doch Jo-Jos Augen waren zugeschwollen, und seine Stimme schien er ohnehin nicht zu erkennen. »Du kommst schon wieder in Ordnung, Jo-Jo«, sagte Felix. Er sprach langsam und gefaßt und hörte dabei die Sirene gellen, die sie rasch voranbrachte. »Hörst du? Du kommst schon noch in Ordnung«, sagte er mehrmals. Die Handschuhe hatte man Jo-Jo schon im Ring ausgezogen, doch seine Hände waren noch fest mit Klebeband und Gaze umwickelt, und Felix beschäftigte sich damit, lange, gewundene Streifen abzulösen, die er dann auf den Boden fallen ließ. Jo-Jo stank nach Vaseline, Ammoniak und Schweiß; diese Gerüche umgaben Felix wie eine vertraute Medizin. Er brauchte nur die Augen zu schließen, um sich in Erinnerung zu rufen, wie er vor Jahren in einer anderen Stadt zum ersten Mal im Rettungswagen ins Krankenhaus geschafft worden war, ein von Schmerzen gepeinigter Felix Stevick, der weder bewußtlos noch bei Bewußtsein gewesen war, aber froh darüber, daß alles, was von nun an mit ihm geschehen würde, nicht seine Schuld wäre. Von da an hatten andere die Verantwortung für seinen Körper; seine Seele war zusammengeschrumpft, hatte sich in ein winziges, flammenartiges Pulsieren verwandelt, das kaum noch zu ihm gehörte. Er hatte zwar eine Gehirnerschütterung erlitten, doch die elektroenzephalographische Untersuchung hatte keinen Hinweis auf ernstliche Blutungen erbracht. Er hatte nur im Gesicht genäht werden müssen, und das war ja weiter nicht schlimm. Felix hatte den Eindruck, daß Jo-Jo nicht so leicht davonkommen würde.

Jo-Jos Lippen waren übel zugerichtet und blutverkrustet. Mit einer kindlichen, schläfrigen Stimme fragte er, wieviel Uhr es sei und wo er eigentlich hinmüsse. Er wolle den Kampf nicht verpassen, sagte Jo-Jo. Er sei weit gereist deswegen, seine Leute hätten ihn mit der Bahn hergeschafft.

14

Da sie schon so lange miteinander befreundet waren, sagte Felix zu Vince Mattiuzzio in einem bitteren, belustigten und halb spöttischen Ton: »Ich weiß, du hast mich noch nie angelogen. Also, was ist denn vereinbart worden bei dem Kampf in Yonkers? Du kannst mir's ruhig sagen: Sollte McCord zu Boden gehen?«

Und Vince Mattiuzzio beharrte darauf, bisweilen in einem verletzten, aggressiven Ton, daß der Kampf durchweg verdammt fair gewesen sei, Felix sei doch selbst dabeigewesen.

Felix sagte, er wisse genau, was er gesehen habe. Von Vince wolle er erfahren, ob nicht etwas ganz anderes geplant gewesen sei.

Felix Stevick und Vince Mattiuzzio waren seit dem Herbst des Jahres 1935, als sie drüben an der West Side die achte Klasse der nach dem heiligen Ignatius von Loyola benannten Schule besuchten, miteinander befreundet. Sie kannten sich also schon zwanzig Jahre, mehr als ihr halbes Leben lang. Vince war, zumindest in der Öffentlichkeit, nicht so temperamentvoll wie Felix und sah auch nicht so gut aus; er hatte einen unförmigen Brustkorb und recht plumpe Arme, hatte seinen Körper jedoch durch Gewichtheben fit gemacht. Das erfüllte ihn mit Stolz, und er war darauf bedacht, seinen Diätplan einzuhalten, da die Muskeln verfetten könnten. Das war aber bereits der Fall, und Vince war erst dreiunddreißig Jahre alt. Er hatte eine braune Hautfarbe und dunkle, wachsame Augen; sein dichtes, schwarzes Haar hatte er straff aus der Stirn zurückgekämmt, wie es damals bei jungen Männern Mode war.

Vince hatte drei Brüder, mit denen er immer um die Gunst ihres Vaters wetteifern mußte, so daß er sie allmählich haßte und ihnen mißtraute. Felix kam ihm fast wie ein Bruder vor, aber nicht dort, wo es wirklich eine Rolle gespielt hätte: Vince müßte mit Felix nie um die Liebe seines Vaters wetteifern.

Zwischen Felix und Vince galt es als Tatsache, daß die Mattiuzzios in Port Oriskany als ordentliche Geschäftsleute tätig seien, die sich hauptsächlich mit der Sporthalle und mit örtlichen Boxveranstaltungen befaßten; daneben trainierten und betreuten sie gelegentlich einen Boxer. Übereinstimmung herrschte auch darüber, daß Felix seine Boxerkarriere vorschnell abgebrochen habe, daß er das Talent besessen habe, bis zur Spitze vorzudringen. Wenn es zu einem Rückkampf mit Corvino gekommen wäre, hätte er ihn glatt fertiggemacht. Er hätte sich bloß Filmaufnahmen vom Kampf anzusehen brauchen, dann wäre ihm schon klar geworden, daß ihm dieser Scheißkerl jede Menge unsaubere Treffer versetzt hatte. Felix habe bei dem Kampf Pech gehabt, seine Freunde und Geldgeber in der City hätten ihm jedoch weiterhin Vertrauen entgegengebracht. Und so weiter. Gegenüber der ersten von diesen beiden Unaufrichtigkeiten zeigte sich Felix taktvoll und wurde selten einmal ironisch, denn ihm war es völlig egal, auf welche Weise einer sein Geld verdiente, doch die zweite behagte ihm im Laufe der Jahre immer weniger. Sobald Vince auf seine mißglückte Karriere anspielte, wandte sich Felix verlegen ab und sagte: »Hör bloß auf damit. Schwamm drüber.«

Beide hätten es als beschämend empfunden, miteinander über ihre intimeren Gefühle und ihre Privatangelegenheiten zu sprechen. Felix war der Pate von Vinces siebenjährigem Sohn, Vince hatte Felix ungefähr 35 000 Dollar geborgt, als er der Partner von Al Sansom wurde, aber Felix wäre es nie eingefallen, ihm von seinem Verhältnis mit Enid oder mit anderen Frauen zu erzählen. Und Vince hatte Felix nie etwas über seine Beziehung zu seiner Frau, zu seiner Familie und zu seinen Geschäftspartnern erzählt. Ihre Freundschaft war nicht viel anders als damals im Jahr 1935, als sie dreizehn gewesen waren und gegen die rigorosen jesuitischen Lehrer an der Ignatius-von-Loyola-Schule opponiert hatten, nur daß sie jetzt als Erwachsene nicht mehr so oft beisammen waren.

Als Jo-Jo Pearl an einer schweren Gehirnblutung gestorben war, entstand zwischen den beiden Männern eine gewisse Verstimmung. Sein Tod, der im Krankenhaus von Yonkers nach einem dreiwöchigen Koma eingetreten war, bedeutete einen schweren Schock, doch fand Felix es besonders niederdrückend, daß Jo-Jo, wenn er sich körperlich und geistig erholt hätte, auf dem linken Auge völlig blind gewesen wäre: Das Bohren mit dem Daumen und die fortgesetzten Schläge hatten auf der Netzhaut Dauerschäden hinterlassen. Nicht lange nach dem Kampf kam

Felix zu Ohren, Byron McCords Manager sei Leonardo Mattiuzzio noch irgendeinen Gefallen schuldig gewesen, aber dabei müsse wohl etwas schief gelaufen sein. Vince beteuerte zuerst, das sei eine Lüge, doch dann räumte er ein, von seinem Manager könnte McCord angewiesen worden sein, mit Jo-Jo vorsichtig umzugehen, weil dieser insgeheim geglaubt habe, McCord sei in einer Verfassung, in der er die erste Runde sowieso nicht überstehen würde. Aber dann sei McCord offenbar in Fahrt gekommen, weil er Blut gerochen hatte, und von da an habe er keinen Ratschlag mehr befolgt. Das gehöre eben zu den Risiken, die man selbst bei einer wohlüberlegten Paarung eingehen müsse.

»Immerhin hat Jo-Jo einen guten Kampf geliefert«, sagte Vince. »Obwohl er ja noch ziemlich unerfahren war.«

III Unterschlupf

März 1955 – März 1956

1

Wenn du mich erfülltest mit deinem Leben. Mit deinem warmen, dahinströmenden Blut. Oh, dann würde ich nie sterben: niemals! Deine starken, harten Knochen, in deinem Fleisch ein Baum aus Adern. Von deiner Haut umgeben, bin ich geborgen, ich schaue hinaus durch deine Augen, und die Welt ist rauh und kraftvoll, nach allen Seiten hin hell, mit harten, im Sonnenschein leuchtenden Farben.

2

Jetzt war er oft wütend, sie konnte nie sicher sein, in welcher Stimmung sie ihn antreffen würde.

Enid wußte, daß er dem jungen Boxer nachtrauerte, der gestorben war, und doch zögerte sie, ihn darauf anzusprechen.

(Die beiden Zeitungen von Port Oriskany stellten den Todesfall groß heraus, brachten sowohl auf der Titelseite wie auch im Sportteil Fotos von Jo-Jo Pearl. Im *News Transcript* erschien ein Leitartikel, in welchem das Boxen als ein primitiver, blutrünstiger Sport gebrandmarkt wurde. Im *Evening Herald* erschien ein Leitartikel, in dem der Tod von Jo-Jo Pearl beklagt, der Boxsport selbst jedoch gefeiert wurde; von allen Sparten des Männersports sei er wohl die edelste und gewiß die faszinierendste.)

Enid bekam Felix nach Jo-Jos Beerdigung zwölf Tage lang nicht zu Gesicht. Er mochte verreist sein; er mochte am Niagara Square sein, doch ging er nicht ans Telefon. Sie versuchte es nur wenige Male, und dabei fürchtete sie sich fast davor, seine Stimme zu hören – er hatte etwas dagegen, daß sie ihn anrief. Er finde es nicht richtig, sagte er, daß Frauen Männer anriefen. Und als sie sich trafen, beging sie gleich den Fehler, über Jo-Jo Pearl zu sprechen. Sie hörte ihre stockende Stimme, ihre unangemessenen, idiotischen Worte – woher nahm sie das Recht, Felix Stevick ihr Mitgefühl auszusprechen? Ohne viel zu überlegen, sagte sie auch noch, es tue ihr leid, daß sie Jo-Jo nie begegnet sei. Und dann war es zu spät.

Felix starrte sie wortlos an. Er war so außer sich, daß das Blut aus seinem Gesicht wich; selbst seine Lippen waren aschfahl. Woher nahm *sie* bloß das Recht, *ihm* ihr Mitgefühl auszusprechen? Mit welchem Recht mischte sie sich in seine Angelegenheiten? Doch sie hörte sich ungeschickt weiterreden, so als könne ihre nette, kindliche Art sie retten, alles wieder in Ordnung bringen – »Tut mir leid, daß ich ihm nie begegnet bin, du hast ihn sehr gern gehabt, und ich bin sicher, daß ich ihn auch gemocht hätte« –, bis Felix schließlich sagte: »Was soll das? Man ist doch viel besser dran, wenn man Verstorbene nicht kennt, oder?« Er fuhr sich langsam mit der Hand durchs Haar, lächelte sonderbar starr und schluckte seinen Ärger hinunter, damit Enid, die nahe bei ihm stand, ihm nicht anmerkte, wie ihm zumute war. Wie seine Hände zitterten, was für eine Wut ihn erfüllte. Wie sehr Jo-Jos Tod ihn mitgenommen hatte und wie gern er sie vielleicht gepackt hätte, um sie zum Schweigen zu bringen und diesen Blick aus ihrem Gesicht zu wischen – dieses erstaunte, törichte Geblinzel. Enid hatte nett sein wollen, aber Nettigkeit würde da auch nicht viel nützen. Ihr wurde klar, daß sie Jo-Jos Namen ihm gegenüber nie mehr erwähnen durfte.

Jetzt war er zwar oft wütend, aber manchmal war er auch liebenswürdig.

Er kaufte ihr an einem Samstag einen RCA-Plattenspieler, damit sie zu Hause klassische Musik hören konnte; er nahm sie mit in Weissmans Musikgeschäft, wo sie sich Schallplatten im Wert von hundert Dollar aussuchen durfte. Sollten ihre Eltern argwöhnisch werden, dann würde sich Enid schon zu helfen wissen. Im Umgang mit Felix hatte sie von ihm eine gewisse Arroganz übernommen, sie hatte schon so oft gelogen, daß sie jetzt mit Begeisterung Lügen erzählte, sie waren ihr sogar lieber als die Wahrheit. Denn eine Lüge mußte man sich erst mal ausdenken, die »Wahrheit« war billig zu haben.

Enid sagte zu ihren Eltern, Felix sei ja schließlich ihr Onkel: ledig und ohne eigene Kinder. Er habe eine freigebige Art, es fehle ihm nicht an Geld, und vielleicht tue sie ihm auch ein bißchen leid. (Sobald Enid auch nur die leiseste Anspielung auf ihren »Unfall« vom Juni 1953 machte, verstummten ihre Eltern. Dazu hatten sie nichts zu sagen. Über dieses Thema machten sie sich so wenig Gedanken, daß es fast so aussah, als hätten sie es vergessen.)

Die meisten der Schallplatten, die Enid bei Weissman gekauft hatte, waren Einspielungen von Klaviermusik – Mozart, Beethoven, Chopin, Liszt, Debussy, Ravel. Artur Rubinstein, Artur Schnabel, Robert Casadesus, Vladimir Horowitz und Alexander Brailowsky waren die Pianisten, dazu ein junger Ungar namens Tamàs Vàsàry, den Mr. Lesnovich wegen seiner Interpretationen von Chopin bewunderte. Ihr Klavierlehrer riet ihr auch, Neuauflagen von alten Rachmaninow-Aufnahmen zu kaufen, bei denen er seine eigenen Kompositionen spielte, und Josef Hofmanns Aufnahmen von Chopin, Schumann und Strauss. Er sagte, er beneide sie fast, weil ihr so vieles unbekannt sei – weil es für sie noch so viel zu entdecken gebe. »Du ähnelst dem Menschen, der ich vor so langer Zeit war, daß ich mich schon gar nicht mehr erinnern kann«, sagte er.

Enid fühlte sich durch diese Bemerkung verletzt; sie empfand sie als Beleidigung, wußte aber, daß sie stimmte. Mr. Lesnovich hatte ja ganz recht, wenn er sie verachtete, auch wenn er ihr Förderer war. Doch er hätte das nicht gelten lassen, er hätte sein dünnlippiges Lächeln aufgesetzt und beteuert, er habe sich dabei nichts Böses gedacht – Enid Stevick sei ihm doch sehr sympathisch!

Enid erwiderte diese Sympathie nicht immer, seine Einstellung und sein Gebaren waren ihr ziemlich zuwider, auch seine scharfen, knorrigen Gesichtszüge, die lange Nase, sein graues Haar, das seinen Kopf als flaumige Krause umgab, sein weit oben ansetzender, runder Bauch, der gegen seine Weste drückte, das nervöse Gestikulieren der Finger, wenn sie ihr Pensum vorspielte. Er war ein empfindlicher, gebrechlicher, alternder Mann, doch unberechenbar und bissig: Er konnte verletzend sein. Deshalb war sie ganz erpicht auf seine Anerkennung, auf das kleinste Lob; sie bemühte sich, an seinem Gesicht abzulesen, wie es um ihr Schicksal bestellt sein würde. Sollte sie lieber aufgeben? Oder weitermachen? Der Musiklehrer an ihrer Schule habe vorgeschlagen, sie solle doch am örtlichen College einen Abendkurs in Musiktheorie besuchen – wie denke Mr. Lesnovich darüber? Er sprach mit Geringschätzung über die Musikkurse in der Stadt und über das College im allgemeinen – das sei »drittklassig«, sei bloß ein staatliches Lehrerseminar –, doch Enid befürchtete, daß der Stoff zu schwierig wäre. Sie begriff, daß sie ein Gebiet betrat, auf dem Bestnoten, die sie an der Schule ohne viel Mühe bekommen hatte, bedeutungslos wären.

Neben den anderen Schülern von Mr. Lesnovich, die überwiegend aus wohlhabenden, am Lakeshore Drive oder in der Gegend Eaton Boulevard-Prudhoe Park ansässigen Familien stammten, kam sich Enid völlig unwissend und benachteiligt vor. Sie erfuhr, daß es sich um Leute handelte, die regelmäßig Kammermusikveranstaltungen und Sinfoniekonzerte besuchten. Sie fuhren nach New York zur Metropolitan Opera; sie lebten in einer Welt, in welcher Musik einfach dazugehörte, wo sie fast selbstverständlich war. Wie sehr sich diese doch von ihrer eigenen unterschied! Selbst Enids Vater, der angeblich klassische Musik liebte, gab abgedroschenen Schlagermelodien, die er pfeifen oder vor sich hinsummen konnte, den Vorzug. Als der Plattenspieler eingetroffen war, kam er in Enids Zimmer, um gemeinsam mit ihr Schallplatten anzuhören: Rubinstein mit Kompositionen von Liszt und Chopin; von Schnabel gespielte Beethoven-Sonaten. Und obwohl er behauptete, von dieser Pracht zutiefst bewegt zu sein, schien es ihm nicht besonders wichtig zu sein, sich mehr davon anzuhören. Enids Mutter zeigte überhaupt kein Interesse. Für sie war es eine Genugtuung, spürte Enid, daß Felix Stevick einem ihrer Kinder einen Gefallen tat; sie freute sich ein bißchen, weil Enids Vater dadurch gedemütigt und herabgesetzt wurde, doch zeigte sie nicht das geringste Interesse an der Musik und machte auch kaum einmal eine Bemerkung über Enids Klavierspiel. Als ob ich gar nicht existierte, dachte Enid. Es ist ihr völlig schnuppe, sagte sie sich.

Und wieso denn nicht? Ihre Eltern kannten nur Enid Maria, aber nicht sie selbst.

Bis spät in die Nacht hinein lag sie in dem Zimmer, das sie so lange mit Lizzie geteilt hatte, allein auf ihrem Bett und ließ den Plattenspieler leise laufen. Manchmal las sie dabei die Noten, wenn sie diese besaß – für Chopins *Préludes* und für seine *Sonate Nr.* 2 interessierte sie sich besonders. Bei diesen Gelegenheiten brauchte sie nicht an Felix zu denken, auch wenn sie am selben Tag bei ihm gewesen sein mochte – in seiner Wohnung, wo sie sich jetzt immer trafen – und ihr Körper noch ein bißchen erhitzt war, noch weh tat und wundgescheuert war von dem, was er mit ihr angestellt hatte. Sie hörte sich die von Rachmaninow gespielte Sonate Nr. 2 – mit dem sogenannten »Trauermarsch« – genau an, und wenn der Mechanismus nicht abschaltete und statt dessen die Platte erneut laufen ließ, hörte sie sich die Aufnahme immer wieder an. Faszinierender als den vertrauten »Trauermarsch« fand sie den letzten Satz, jene raschen, schimmernden, in bloßen Oktaven gespielten unmodulierten Triolen, ohne Melodie, ohne Harmonien, ohne Betonung, ohne Auflösung, nur *presto,* nur *sotto voce e legato,* nur ein einziger mächtiger Akkord am Schluß. Enid war nie richtig gefaßt auf ihn – hatte die Musik nicht den Eindruck von Unendlichkeit, von Ewigkeit erweckt, war sie nicht unentschlossen wie Wellen, die am Ufer brachen oder wie der durch Gräser wehende Wind? Doch die geheimnisvolle Sonate endete mit einem einzigen, ziemlich rauhen Akkord. Dann war es still. Diese Stille versetzte ihr immer einen Schock und tat ihr weh.

Man hatte ihr gesagt, ihr Herz habe im Notaufnahmeraum ausgesetzt, und das bedeutete, daß sie tatsächlich gestorben war. Am 7. Juni 1953. Jetzt überlegte sie sich, ob diese Musik von Chopin jenes heimliche Raunen des Todes sei, an das sie sich nur noch schwach erinnern konnte – jetzt, wo sie benommen und verzückt auf ihrem Bett lag, mit offenen Augen, und zuhörte, wie ein inzwischen verstorbener Pianist die Musik eines Komponisten spielte, der schon über ein Jahrhundert lang tot war. Was bedeutete diese Musik? Könnte sie ihre Bedeutung ertragen? Als sie allmählich in den Schlaf sank, gingen ihre Gedanken zu Felix. Oder hatte sie schon die ganze Zeit an Felix gedacht? Wie er ihre Schultern streichelte, ihre Brüste, ihren Bauch; wie er sie zwischen den Beinen streichelte, wie er stark und voller Ungeduld in sie eindrang. Auch das traf sie immer unvorbereitet, und sie wappnete sich gegen den Schmerz, während sie ihm entgegenstrebte und danach trachtete, ihn mit ihrem Fleisch zu umhüllen.

Eines Tages erzählte sie ihrem Klavierlehrer ganz spontan, sie hege eine so starke Bewunderung für die Chopin-Sonate, daß sie in ihrem Leben niemals mehr unglücklich sein werde; wenn sie diese Musik nur genauso spielen könnte, wie sie eigentlich gespielt werden sollte, würde sie in ihrem ganzen Leben und bei ihrem Tod nichts mehr fürchten, nichts würde sie schrecken: Enid Stevick mit ihren strahlenden Augen, dem kecken Blick und jenem Erstaunen, das sie häufig ganz unvermutet aus ihrer Stimme heraushörte. Mr. Lesnovich war jedoch an diesem Morgen nicht geneigt, von einer mäßig begabten Sechzehnjährigen solch bizarre Ideen zu akzeptieren. Er bleckte seine verfärbten Zähne zu einem melancholischen Lächeln und sagte ihr unverblümt, es sei »äußerst unwahrscheinlich«, daß sie das betreffende Werk von Chopin jemals so werde spielen können, wie es eigentlich gespielt werden sollte. Und im übrigen gebe sie sich – wie so viele junge Musiker – einer Illusion hin, wenn sie glaube, eine solche Glanzleistung könne das Leben verändern.

Enid schreckte vor dem ruhigen, vernünftigen, pedantischen Ton seiner Stimme zurück wie vor dem vertrauten Geruch seiner schlecht gelüfteten Kleidung und seinem etwas schal riechenden Atem. »Immerhin hast du einen ›jungen Pianisten‹ vor dir«, sagte er und spreizte die Finger, »der das Stück einmal recht ordentlich gespielt hat. Aber hat sich dadurch in meinem Leben etwas geändert? Hat sich das auf Dauer ausgewirkt? Und denk doch mal an den armen Chopin selber, an seiner Vorgänger John Field; wie war es denn bei Mozart, Schumann, Schubert und vielen anderen – ihre Musik hat sie nicht davor bewahrt, unglücklich zu sein. Weißt du, die Musik ist nur für sich da, sie hebt dich über dich selbst hinaus, doch dann mußt du zurückkehren. Verstehst du das?«

Zuerst erwiderte Enid nichts. Dann sagte sie so leise, daß es kaum hörbar war: »Ja.«

»Nun, es ist wohl eine weit verbreitete Illusion«, sagte Mr. Lesnovich langsam. Er schien nicht geneigt zu sein, das Thema fallenzulassen, obwohl Enid ihm schweigend und sichtlich verletzt gegenüberstand. »Vielleicht ist sie sogar bis zu einem gewissen Grad harmlos. Macht es dir etwas aus, wenn ich so offen rede? Schließlich gehört das nicht zu dem Unterricht, für den ich von den Vätern meiner Schüler jede Woche mein Honorar bekomme.«

Das sollte nett und belustigend wirken. Er zuckte dabei nervös mit den Fingern. Doch Enid verachtete ihn und ließ sich nicht darauf ein. In einem etwas spöttischen Ton sagte sie: »Mein Vater bezahlt diesen Unterricht nicht, Mr. Lesnovich, das erledigt mein Onkel.«

Diese Bemerkung war so völlig irrelevant, daß Mr. Lesnovich sie einfach anblinzelte, als hätte er gar nichts gehört. Er betrachtete sie neugierig, als wolle er feststellen, wie tief die Wunde ging, die er geschlagen hatte. Doch vielleicht hatte er es die ganze Zeit nur gut mit ihr gemeint; er schien sie wirklich gern zu haben. »Immerhin kann es nur nützen«, beharrte er, »gewisse Täuschungen von vornherein zu erkennen. Damit sie uns nicht so stark in ihren Bann schlagen können. Verstehst du?«

»Ja«, sagte Enid spöttisch und mißmutig.

Es bedeutete das Gegenteil: Sie verstand es nicht und glaubte es nicht.

Die Musik war ihr heimlicher Trost, so wie ihre Liebe zu Felix; von ihr erfuhr sie, daß das Dunkel vor ihrer Geburt sie nicht in Schrecken versetzen konnte; warum sollte das Dunkel nach ihrem Tod einen Schrecken in sich bergen?

Wenn sie in den Schlaf sank, fühlte sie sich geborgen. Ihr Geliebter war ihr ganz nahe – sein warmer, feuchter Atem streifte ihren Hals, an der Seite spürte sie sein Gewicht, vielleicht hatte er ein Bein über ihre Beine gelegt. Ein stickiger, widerlicher Geruch von Schweiß und Menstruationsblut. Die feuchten Laken. Das zusammengeknüllte Tuch unter ihr, klebrig von ihrem Blut. Wieviel Uhr war es denn? Sie wollte es wissen, weil es ihr wichtig erschien, dann verlor sie plötzlich das Interesse, ihre Augenlider waren so schwer, daß sie sie nicht mehr aufschlagen konnte.

Zum ersten Mal in all diesen Monaten hatte Felix während ihrer Periode mit ihr geschlafen. Sonst hatte er sie nicht bedrängt, hatte sie meist in Ruhe gelassen; Enid hatte immer ganz verlegen gesagt, sie fühle sich nicht wohl, sie habe Kopfschmerzen und Magenkrämpfe, sie habe jetzt einfach keine Lust. Doch diesmal hatte Felix gespöttelt: »Du weißt doch genau, daß du Lust hast.«

Er sagte ihr, sie könne nicht schwanger werden, die Blutung wasche alles weg; es sei die beste Zeit zum Bumsen, und die Frauen seien da richtig scharf darauf, Enid wolle es ja genauso wie er. Und er müsse auch keinen Pariser drüberziehen; das Drum und Dran mit der Empfängnisverhütung habe er allmählich satt, sagte er lachend, ungeduldig und etwas ärgerlich, als wäre dieses schreckliche Risiko der Schwangerschaft allein Enids Schuld.

Da müsse man doch keine Angst haben oder sich schämen, sagte Felix. Ob sie denn nicht wisse, daß er alles an ihr liebe?

Er breitete das Badetuch aus als Unterlage für sie. Es mache gar nichts, wenn die Laken nachher Blutflecken hätten, er würde sie dann abziehen und in den Wäschekorb werfen, seine Haushälterin, die zweimal wöchentlich vorbeikam, würde sie waschen. Wenn er mit Enid schlief, war er meist gutgelaunt und zeigte einen Sinn fürs Praktische; er fühle sich so verdammt wohl mit ihr zusammen, sagte er, er könnte ewig weiterficken, und ihr ginge es doch bestimmt genauso.

Ja, genauso sei es bei ihr.

Im vorangegangenen Monat hatte Felix seinen 1954er De Soto Deluxe in Zahlung gegeben für einen 1955er Cadillac Eldorado Brougham, eine viertürige Limousine mit Weißwandreifen, Speichenrädern und einem cremefarbenen Finish, das so elegant war, so glänzend und chromblitzend, daß die Leute auf der Straße dem Wagen hinterhergafften. Man konnte sich den sahnigen Lack fast auf der Zunge zergehen lassen! Der Wagen kam daher wie eine Jacht. Er hatte steil ansteigende Haifischflossen, einen breiten, anmutigen Kühlergrill, vorn und hinten breite, elegante Stoßstangen, ein Armaturenbrett aus Teak und eine Innenausstattung aus rubinrotem Leder, deren herber Geruch an Wein erinnerte.

Enid freute sich, als wäre der Wagen für sie bestimmt, eine Art Geschenk speziell für sie; sie sog den Geruch des Funkelnagelneuen ein und war berauscht davon. Ihm würde es Spaß machen, sagte Felix, ihr ein paar Fahrstunden zu geben; warum auch nicht, sie sollte es mal lernen, früher oder später müsse sie es sowieso beherrschen, warum also nicht gleich? Und es sehe nicht so aus, sagte Felix, als ob Lyle besonders erpicht darauf wäre, ihr das Autofahren beizuzubringen.

Enid wandte ein, sie könne doch an der Schule Fahrunterricht bekommen, ob das nicht sicherer wäre?

Nein, das wäre keineswegs sicherer, sagte Felix, er werde ihr das selbst beibringen.

Als Lyle Stevick erfuhr – nicht von Enid, sondern von einem der Pauleys –, daß sein Bruder einen Cadillac Eldorado gekauft hatte, rief er sofort einen Händler an, um herauszubekommen, was so ein Auto wohl kosten könnte. Er war perplex und voller Groll, als man ihm 16 000 Dollar als Kaufpreis nannte.

Nicht zu fassen, 16 000 Dollar für ein Auto! Und er fuhr eine rostige Klapperkiste, einen 1948er Ford, der vielleicht 200 Dollar bringen würde, wenn er einen Dummen finden könnte, der ihm den Wagen abkaufte.

Den Gedanken, daß Enid bei ihrem Onkel Fahrunterricht nehmen könnte, finde er gar nicht gut. Das sei doch merkwürdig, das mache einen komischen Eindruck. Und wenn sie mit dem Wagen einen Unfall hätte, was dann? Würde die Versicherung von Felix dafür aufkommen?

Lyle sagte, er wisse gut, wie Felix darauf reagieren würde. Am Schluß bekäme *er* seine Wut zu spüren.

Mrs. Stevick war anderer Ansicht. Sie meinte, das sei sehr nett von Felix, sehr großzügig; sie wäre froh, wenn man ihr im richtigen Alter das Autofahren beigebracht hätte, jetzt, mit dreiundfünfzig, sei es zu spät.

»Ja, aber du wolltest doch gar nicht Auto fahren«, erklärte Mr. Stevick.

»Ich wollte schon«, gab Mrs. Stevick zurück, »aber dir war es nicht recht.«

»Hannah, das stimmt einfach nicht. Du weißt, daß das nicht stimmt.«

»Du hast gesagt, ich wäre mit dem Bus besser dran, und du

könntest mich auch hinbringen. Das hast du gesagt. Und es gebe keinen Grund, daß Frauen das Autofahren lernen sollten, hast du gesagt, erzähl mir bloß nicht, daß du das nicht mehr weißt.«

»Daran kann ich mich allerdings nicht erinnern«, sagte Lyle geduldig. »Du verwechselst mich mit deinem Vater – dein eigener Vater war es, Hannah, der gesagt hat, Frauen seien nicht imstande, Maschinen zu bedienen.«

Jetzt verlor Hannah die Geduld und knallte etwas auf den Küchentisch. »Erzähl mir bloß nicht, daß du das nicht mehr weißt! Ich weiß es noch ganz genau!« sagte sie. »Lizzie war gerade unterwegs, als ich dich fragte, ob es zu spät sei, das Autofahren zu lernen. Und du hast gesagt, jetzt sei es zu spät. Du hast behauptet, du hättest keine Zeit, mir das beizubringen. Du hast gesagt, ich könnte doch mit dem Bus überall hinkommen in der Stadt, du würdest mich fahren, wohin ich wollte – *erzähl mir bloß nicht, daß du das nicht mehr weißt.*«

(Im angrenzenden Zimmer saß Enid am Klavier und ließ ihre Finger rasch und mechanisch über die Tasten gleiten. Sie hörte nicht hin, doch sie bekam die erregte Auseinandersetzung ihrer Eltern mit; sie merkte, wie unterschiedlich ihre Erinnerung an die gemeinsame Vergangenheit war, und mit welcher Lautstärke sie redeten – als wollten sie Enid um Beistand bitten oder die anderen Kinder, die nicht mehr zu Hause wohnten. Sie fand das lustig, war vielleicht ein bißchen verstimmt, aber warum gerieten die beiden nach so vielen Jahren in Rage? Warren hatte schon recht: Es war wohl ihre Art, miteinander zu reden, Kontakt aufzunehmen; ihre gemeinsamen Jahre waren ein Durcheinander, so verwirrend wie das Innere eines Fernsehapparates, in welchem Kabel, Röhren, Schrauben und winzige Plastikstecker nach einer unverständlichen Logik miteinander verbunden waren.)

Ihr kam das Märzwetter an diesem Morgen zu feuchtkalt und böig vor, doch in einer Gasse hinter dem Decker Boulevard kopulierten zwei Köter aus der Nachbarschaft unter Gebell und Gewinsel. Um ihnen aus dem Weg zu gehen, beschloß Enid, eine Abkürzung durch einen Hinterhof zu nehmen und unter der Wäsche durchzuschlüpfen, die dort im Wind flatterte. Es war noch früh am Morgen, erst 8.25 Uhr, und niemand bemerkte sie, doch ihr Gesicht brannte, als wäre sie beleidigt worden, als hätte sich eine Bande Gassenjungen versammelt, um sie zu verhöhnen: »Enid Maria! Enid Maria! Enid Maria! Tu doch nicht so, als hättest du sowas noch nie gesehen!« Natürlich sah sie das nicht zum ersten Mal: Den erigierten, fahlroten Penis des Rüden, das unterwürfige Kauern der bellenden, winselnden, geifernden Hündin, ihre verdrehten Augen. Man konnte den Anblick für völlig normal und unbedeutend halten oder für widerlich und obszön; wie dem auch sei, es wäre das Klügste, durch den Hinterhof fremder Leute zu schlüpfen und das Weite zu suchen. Weil die Hunde so sehr feststeckten und dabei nacheinander schnappten, befürchtete Enid, von ihnen angefallen zu werden, wenn sie ihnen zu nahe käme und sie störte. Ihr fiel ein, daß sich Mrs. Stevick vor ein paar Jahren über zwei Hunde aus der Nachbarschaft beklagt hatte, die auf dem Rasen vor dem Haus fast den ganzen Tag lang zusammengesteckt hatten. Wütend und angeekelt war sie gewesen; man müßte einfach die Polizei holen, hatte sie gesagt, das sei doch eine öffentliche Ruhestörung, öffentlicher Unfug, die Hundebesitzer müßten eigentlich bestraft werden.

Präsident Eisenhower erschien in den Sechs-Uhr-Nachrichten, sein vertrautes Gesicht faltig vor freundlichem Stirnrunzeln, seine Stimme klang wie immer aufrichtig und ernst: *Unsere Regierungsarbeit hat keinen Sinn, wenn sie nicht auf einer tiefempfundenen Religiosität beruht, ganz gleich welcher Glaubensrichtung!* Enid wartete auf ein verächtliches Schnauben ihres Vaters, doch die Sekunden vergingen, und er sagte nichts. Er räkelte sich in seinem Lehnstuhl, in der einen Hand ein Glas, in der anderen eine Flasche Molsons Ale; seine Glatze schimmerte, sein fetter Hals wölbte sich unter seinem Kinn. Ein Fernsehauftritt seines alten Feindes Joe McCarthy (der jetzt mitgenommen und kränklich aussah) war immer noch dazu angetan, ihn in Wut und Empörung zu versetzen, in geringerem Umfang war dies bei John Foster Dulles, Syngman Rhee und Tschiang Kaischek der Fall, doch am stärksten beschäftigten ihn Nachrichten, die mit Atomwaffen zu tun hatten, insbesondere mit der H-Bombe. Sie waren zu seinem großen Faszinosum geworden. Eines Abends hatte er Enid überraschend detaillierte Entwürfe gezeigt, die er für einen unterirdischen, im Kellergeschoß einzurichtenden Schutzbunker angefertigt hatte. Auf Enid, die in diesen Dingen unerfahren war, hatten die Pläne wie echte Architektenentwürfe gewirkt: mit blauer Tinte auf einer Art Seidenpapier ausgeführt, alles maßstabsgetreu gezeichnet. Sie hatte darauf nicht so reagieren können, wie er es sich vielleicht erhofft hatte – mit Aufgeregtheit, Interesse, Bewunderung? –, und er war enttäuscht gewesen, hatte die Zeichnungen zusammengefaltet und weggeräumt. Dann hatte er schimpfend, doch mit seinem alten spöttischen Humor gesagt, selbst für jemanden, der an den Himmel (und die Hölle) glaube, sei die H-Bombe noch viel wichtiger, weil nämlich (und das sei den einfältigen Priestern und Pfarrern und Rabbinern entgangen) ein Leben nach dem Tode sinnlos wäre, wenn das diesseitige Leben verschwände, nämlich *diese Welt, der drittnächste Planet der Sonne.*

Enids Mutter räumte ein, daß Schutzräume durchaus nützlich sein könnten, sie habe auch davon gehört und in den Illustrierten verschiedene Abbildungen gesehen. Dennoch tat sie die Pläne ihres Mannes als Unsinn ab – sie könnten sich doch keinen Bunker leisten (die geschätzten Kosten beliefen sich auf 4300 Dollar bei sachgerechter Ausführung, und Lyle Stevick wollte etwas Ordentliches), wenn sie im Moment kaum das Geld für den Unterhalt der Familie zusammenbrächten? Und sie seien ja gar nicht die Eigentümer, sondern nur die Mieter des Hauses, wieso sollte Lyle Stevick sich abrackern und für den Hausbesitzer einen Bunker bauen? Das wäre ja typisch: Zeit, Geld und Energie zu investieren, seine Hoffnung zu setzen auf etwas, das jemand anderem gehörte.

Und sie glaube auch nicht, daß die H-Bombe schon nächste Woche auf Port Oriskany fallen werde; das glaube sie einfach nicht, sagte sie.

Mit einer vor Sarkasmus triefenden Stimme sagte Mr. Stevick, genau das könne geschehen: daß nächste Woche eine H-Bombe auf Port Oriskany fiele.

Sie glaube nicht, daß das passieren würde, sagte Mrs. Stevick.

Und woher *sie* das denn wisse? fragte Mr. Stevick.

Sie wisse es nicht, sie habe nur so ein Gefühl.

Ein nuklearer Holocaust sei keine dumme Phantasterei wie

diese Science-fiction-Filme, wie *The Thing* oder *Destination Moon,* sagte Mr. Stevick; er sei Realität, die Gefahr sei mit Händen zu greifen, es könne nächste Woche passieren, und wo sollten sie dann hin? Das Haus in der East Clinton Street wäre vielleicht weggeblasen von einer Explosion draußen in der Gegend von General Motors und den Chemiewerken, schätzungsweise fünf Megatonnen (fünf Millionen Tonnen TNT!) könnten das sein, auf jeden Fall gäbe es Stürme, Feuer, radioaktiven Fallout, und wo sollten sie sich dann Hannahs Meinung nach aufhalten, wenn all das passierte?

Sein grober, tyrannischer Ton beleidigte Hannah, sie zog sich in die Küche zurück, wo sie noch zu tun hatte. Lyle solle doch wieder einen seiner Leserbriefe schreiben, sagte sie.

Enid erhielt ihre Anfängerlizenz Mitte März, und in den folgenden zwei Wochen holte Felix sie ein halbes Dutzend Mal ab, um ihr in seinem neuen Wagen Fahrunterricht zu erteilen. Das lieferte Stoff für Familientratsch, den Hannah Stevick eifrig verbreitete und den andere Verwandte neidisch und grollend weitererzählten. In Vorstadtgegenden, wo nicht viel Verkehr herrschte, brachte ihr Felix bei, den schweren Wagen richtig zu steuern, zu beschleunigen, abzubremsen und den Gang zu wechseln. Er brachte ihr bei, langsam rückwärts zu fahren und dabei zuerst in den Rückspiegel über dem Armaturenbrett zu schauen, dann in den außen angebrachten Seitenspiegel. Eines Tages zeigte er ihr sogar, wie man rückwärts einparkt; als sie den Tränen nahe war und aufgeben wollte, bestand er darauf, daß sie es weiter versuchte. »Wenn du was machst, dann mach es aber auch richtig«, sagte Felix gelassen. Er faßte sie selten an, wenn sie hinter dem Steuer saß, kniff sie höchstens in den Schenkel, wenn sie ein schwieriges Manöver gut ausgeführt hatte. Sie hätten Nichte und Onkel – oder auch zwei einander fremde Menschen – sein können, die sich ganz einer gemeinsamen Aufgabe widmeten.

An guten Tagen fand Enid es höchst aufregend, hinter dem Lenkrad des prachtvollen cremefarbenen Automobils zu sitzen, sich durch den Verkehr zu bewegen wie eine Erwachsene unter Erwachsenen: Mittendrin im Leben! Felix gab ihr die nötigen Instruktionen in sachlichem Ton: »Ein bißchen bremsen. Drück doch auf die Hupe. Fahrspurwechsel anzeigen – los, komm schon! Du schaffst es noch gut, an der Ampel vorbeizukommen, nur zu!« Er ermutigte sie, andere Autos zum Spaß zu überholen; ein paarmal kam es dazu, daß sie auf einer Kreuzung festsaß, als sie nach links abbiegen wollte, die Ampel aber schon auf Rot war und der Gegenverkehr herankam. »Bleib, wo du bist«, sagte Felix dann. »Alles in Ordnung. Du machst das prima. Warum bist du so nervös?« Sie schaute ihn von der Seite an und sah, daß er lächelte, daß er es lustig fand. Er liebt mich, dachte sie. Und ihr Herz klopfte so verzückt, als wäre sie betrunken: Das war das Leben!

Dann wieder gab es Tage – es mochte windig oder bedeckt sein, vielleicht waren sie auch nur durch Felix' wechselnde Stimmungen getrübt –, an denen sie sich unbehaglich fühlte, wenn sie mit ihrem Onkel fuhr, der so völlig untypisch neben ihr auf dem Beifahrersitz saß, die Hände untätig auf den Knien. Manchmal verfiel er in Schweigen, als wäre er in Gedanken woanders; er hatte vielleicht geschäftliche Probleme, kam vielleicht mit seinem Partner nicht zurecht, dachte sich etwas aus, überlegte, überdachte etwas, erinnerte sich an etwas, das nicht so gelaufen war, wie er es sich vorgestellt hatte, und Enid spürte, wie das Entsetzen in ihr hochkroch, denn sie war ja unbeobachtet und deshalb führungslos. Sie mußte einfach weiterfahren, bis Felix ihrer wieder gewahr wurde und Mitleid zeigte mit ihrer Besorgnis und Verwirrung. Sie hatte einen schalen Geschmack im Mund, war voller Anspannung, sah aber die Gefahr erst, wenn es fast zu spät war – »Aufgepaßt!« sagte Felix dann, aus seiner Trance erwachend, in scharfem Ton, und Enid trat auf die Bremse, so daß sie beide nach vorn fielen, tastete mit dem Handrücken nach der Hupe, fand sie jedoch nicht –, erst jetzt sah sie, daß ein rückwärts aus einer Einfahrt herausstoßender Lieferwagen ihr frech den Weg versperrte oder ein Bursche mit öliger Entenschwanzfrisur in einer aufgemotzten Kiste, die keine Kotflügel besaß, über eine Kreuzung raste und einen Zusammenstoß riskierte. »Hurensohn«, flüsterte Felix an Enids Stelle. Enid empfand jedoch keine Wut, sie war ganz von einer Panik erfüllt, die so stark war wie die alte, halbvergessene Todespanik: daß sie nur knapp einer Katastrophe entronnen war.

Sie hörte die hämischen Worte ihres Vaters: »Er bringt dich um, wenn du seinen Luxusschlitten kaputtmachst. Ich kenne mich aus mit Felix. *Was er sagt, spielt keine Rolle.*«

Wenn Enid dann an den Straßenrand fuhr, um sich von dem Schreck zu erholen, sagte Felix gereizt: »Dir fehlt doch nichts, mach nur weiter.« – »Fahr du doch mal«, sagte sie daraufhin mit schwacher Stimme und versuchte nicht einmal zu lächeln. »Ich bin müde.« Aber Felix erwiderte dann: »Nein, du bist überhaupt nicht müde, mach nur weiter.« Und er gab ihr vielleicht ganz nebenbei einen Klaps auf die Schulter oder aufs Knie, wie um ein ängstliches Kind zu besänftigen. »Das ist doch erst der Anfang.«

An einem kühlen, sonnigen Tag machte Felix zum Spaß auch noch eine Schießübung mit ihr: Meilenweit draußen in der Buschlandschaft bei der mit Schlaglöchern übersäten West Clinton Extension, auf der er ihr beigebracht hatte, mit konstanter Geschwindigkeit zu fahren. »Wohin wollen wir denn?« fragte Enid, und Felix sagte: »Das wirst du schon sehen, wenn wir erst mal dort sind.« Sie lachte, als sie sah, daß er eine Waffe aus dem Handschuhfach holte, eine echte Feuerwaffe. Das sei sein vernikkeltes Revolverchen, Kaliber 22, sagte Felix. Er wolle mal sehen, ob es noch funktioniere, er habe es jahrelang nicht benützt.

Felix war richtig nach Feiern zumute, denn er hatte eben erst bei dem Kampf Saxton gegen De Marco Geld eingestrichen. Der arme Johnny Saxton sei auf den Arsch gefallen, und Tony De Marco habe es geschafft: mit dreiundzwanzig Jahren Weltmeister im Weltergewicht. Die Wetten hätten vier zu eins für Saxton gestanden, er habe jedoch einen Riecher gehabt, daß De Marco das Zeug hätte, mit ihm fertigzuwerden. Sein Freund Vince Mattiuzzio habe auf Saxton gesetzt und verloren. Er fühle sich also prima, es gebe einen Grund zum Feiern. Nur so zum Spaß werde er ihr jetzt mal das Schießen beibringen. Er fragte, ob sie schon mal eine Waffe abgefeuert habe. Noch nie?

»Das geht ganz einfach«, meinte Felix.

»Ich will aber nicht«, erwiderte Enid.

»Hier draußen auf dem Land hört uns kein Mensch«, sagte Felix.

Er schloß den Wagen ab, und sie folgten einem Weg zu einem

Gehölz. Buchen mit glatter Rinde, Gruppen von dünnen, schlanken Birken. Es war die zweite Aprilwoche, doch herrschte immer noch Winter; die Bäume hatten keine Blätter, die dicken Knospen schienen Helligkeit zu verströmen mit ihrem verschwommenen, flaumigen, verträumten Grün. Der Himmel war wolkenlos, ein hartes Keramikblau, doch die Luft roch nach Schnee.

Das einzige, was einen dabei stören könne, sei der Lärm, sagte Felix. Doch man gewöhne sich schnell daran. Er habe bis zu seiner Einberufung zur Armee, bis zu seiner Rekrutenausbildung in Texas, keine Waffe benutzt, aber nach ein paar Tagen sei es geradeso gewesen, als wäre er sein ganzes Leben lang mit Waffen umgegangen.

Enid sagte noch einmal, sie wolle keine Schießausbildung bekommen.

Sie fürchte sich vor Waffen.

Sie kenne sich ja überhaupt nicht aus mit Waffen, sagte Felix. Aber eines Tages würde sie sich vielleicht schützen müssen.

Ihm sei das, was er in all den Kriegsjahren tun mußte, nicht richtig vorgekommen, aber er habe es getan, sagte Felix geistesabwesend, während er das Magazin überprüfte. Obwohl er eine andere Vorstellung vom Kämpfen gehabt habe, habe er mit einem Hochleistungsgewehr aus der Ferne auf Menschen schießen und mit Maschinengewehren und Handgranaten Unbekannte umbringen müssen, deren Gesichter man meist nicht einmal habe erkennen können.

Enid fragte nervös, ob er denn einen Waffenschein besitze.

»Klar«, sagte Felix. »Und hier draußen sind wir auch völlig ungestört.«

Er ging ein paar Schritte weg, um die Pistole abzufeuern; er hob sie langsam mit beiden Händen hoch und visierte etwas an, das in einiger Entfernung lag. Er will mir keine Angst einjagen, dachte Enid. Er kann ja nicht wissen, wie mir zumute ist. Sein Gesicht war gerötet und lebendig wie schon seit Wochen nicht mehr.

Enid wappnete sich, als er den Abzug betätigte, dann folgte ein scharfer Knall, der wie ein Donnerschlag in den Ohren dröhnte. Felix mußte sein Ziel getroffen haben, er schien zufrieden zu sein. Jetzt, wo es vorbei war, blinzelte Enid und rieb sich verärgert die Ohren: Er tyrannisierte sie, er ließ ihr keine andere Wahl. Doch den scharfen, säuerlichen Geruch des Schießpulvers mochte sie – so etwas hatte sie noch nie gerochen.

Felix lächelte sie von der Seite an. Er bestand darauf, daß sie die Pistole ein einziges Mal ausprobierte. Das sei völlig ungefährlich, solange sie mit dem Lauf von ihnen wegziele.

Widerstrebend ließ sich Enid von ihm die Waffe geben. Sie unterdrückte die in ihr aufsteigende Panik – diese regte sich und verschwand im selben Moment. Felix stellte sich hinter ihr auf, legte die Arme um sie; er brachte ihre Hände sorgfältig in Position und zog die Waffe in Augenhöhe hoch. Dann trat er zurück. »Los«, sagte er. »Ziele auf irgend etwas. Dort auf dem Baum ist ein dürrer Ast. Siehst du ihn? Dort drüben? Versuch es mal damit.«

Enid hielt die Waffe unsicher in den Händen; sie drückte ein Auge zu und schaute am Lauf entlang. Felix sagte, sie solle beide Augen offenhalten. Sie zitterte, kämpfte gegen ein Lachen an, in Wahrheit kam sie sich plötzlich albern vor, als ihr einfiel, daß es doch typisch sei für Enid Maria, so ein Getue zu machen, sich selbst so furchtbar ernst zu nehmen: Schließlich war es nur eine Schießübung.

Sie drückte den Abzug, schloß dabei die Augen. Sie habe ihr Ziel um fast einen Meter verfehlt, sagte Felix.

Er wollte, daß sie es noch einmal versuchte: »Du darfst nicht wackeln mit der Pistole, laß dir Zeit, mach keine große Sache draus. Drück beim Einatmen den Abzug. Kapiert?«

Also versuchte es Enid ein zweites Mal. Und dann ein drittes, ein viertes Mal. Sie war steif, unsicher, voller Groll und unterdrückte den Lachreiz.

»Probier einfach weiter, bis keine Patronen mehr da sind«, sagte Felix.

Als Felix in die Stadt zurückfuhr, redete er eine Weile nichts, dann fragte er Enid plötzlich, ob sie es wohl fertigbrächte, auf einen anderen Menschen zu schießen.

»Nein«, sagte Enid.

»Wenn du dazu gezwungen wärst, meine ich.«

»Nein.«

»Um dein eigenes Leben zu retten.«

Enid sagte widerwillig: »Ich weiß nicht. Darüber möchte ich nicht nachdenken.«

»Warum denn nicht?« fragte Felix.

»Ich möchte einfach nicht darüber nachdenken.«

»Um dein eigenes Leben zu retten oder das eines anderen Menschen«, sagte Felix langsam.

Sie fuhren an kleinen Farmen vorbei, hüttenartigen Häusern, verwahrlosten Äckern und Wiesen, Reklametafeln mit abblätternder Werbung für Kaufleute in Port Oriskany. Die Sonne stand tief am Himmel, und der gesamte westliche Horizont war mit dünnen, verschwommenen Wolken bedeckt. Enid hatte Kopfschmerzen bekommen – sie hörte das schwache, höhnische Echo der Pistolenschüsse in ihrem Schädel.

»Was könnte dich dazu bringen, auf mich zu schießen?« fragte Felix.

»Wie kannst du nur so etwas Schreckliches sagen!« rief Enid.

Sie schaute ihn schockiert an und merkte, daß er lächelte, daß er sie aufziehen wollte. Seine gesprenkelte Sonnenbrille gab ihm ein spöttisches Aussehen.

»Warum sagst du sowas?« fragte Enid zornig. »Ich mag es nicht, wenn du so bist.«

»Wie denn? – Ich habe ja bloß mal gefragt«, sagte Felix.

Enid gab keine Antwort. Er sagte in seinem verspielten, sanften Ton: »Wenn du wüßtest, daß ich mit anderen Frauen ausgehe?«

»Nein.«

»Schau mich an.«

»*Nein.*«

Zwischen ihnen herrschte eine gespannte Atmosphäre. Enid starrte durchs Fenster die vorbeiziehenden Felder an; ihr war schlecht, sie schämte sich und konnte es kaum erwarten, nach Hause zu kommen. Ich mag ihn nicht, dachte sie. Ich hasse ihn.

»Eine Frau hat mal versucht, mich mit einer Waffe umzubringen«, sagte Felix, als ob ihm der Vorfall jetzt erst wieder in den Sinn gekommen wäre. »Sie kriegte ihre Chance, und dann war ich an der Reihe.« Er hielt inne und warf Enid einen Blick zu. »Was könnte dich dazu bringen? Wenn du wüßtest, daß ich auch mal eine andere bumse? – Aber das weißt du ja wohl.«

Die letzten Worte waren eine gemurmelte, beiläufige Bemerkung, die Enid nicht unbedingt zu hören brauchte.

Dennoch sagte sie: »Ich hasse dich.«

Sie sagte: »Ich hasse dich, Felix.«

Sie lachte, wischte sich mit dem Handrücken den Mund, lehnte sich an das Wagenfenster und starrte hinaus auf die öden Felder, die vorbeizogen. Farmhäuser, Scheunen, dann Vorstadthäuser mit einer Asphaltverkleidung als Backsteinimitation. Wieder Reklametafeln. Tankstellen. Ein Eiskiosk, der noch geschlossen war. Sie merkte plötzlich, daß sie sich auf der West Clinton Street befanden, genau der Straße, die auf der anderen Seite der Stadt an ihrem Haus vorbeiführte, doch hätte sie sich leicht überreden können, sie sei noch nie auf dieser Straße gewesen. Sie erblickte nichts, was ihr bekannt vorkam.

Felix hatte nichts mehr zu sagen, also war sie in Sicherheit. Er hatte das Autoradio angeschaltet, ein Liebeslied war zu hören, von Vic Damone gesungen oder vielleicht auch von Perry Como. Enids Hände waren eiskalt, sie schob sie in ihren aufgeknöpften Mantel, steckte sie unter ihre Arme, in die Achselhöhlen, und dabei hielt sie sich heimlich fest. Er liebte sie, er würde ihr nie weh tun, dessen war sie sich sicher.

Im abgeschlossenen Handschuhfach des Cadillac lag die vernickelte Pistole, die jetzt harmlos war, da keine Patronen mehr in ihr steckten. Sie hatte alle verbraucht, indem sie ins Leere schoß.

3

Auf einem zerknitterten, eselsohrigen Schnappschuß in Schwarzweiß war Warren mit seiner kleinen Schwester Enid zu sehen, Warren als stämmiges siebenjähriges Kerlchen in kurzen Hosen, das auf dem Hinterhof des Hauses in der East Clinton Street stand und Enid in den Armen hielt, die höchstens ein Jahr alt war; ihr winziges Gesicht und die wedelnden Arme waren verschwommen zu sehen, sie strampelte mit ihren stämmigen Beinchen. Obwohl die Aufnahme überbelichtet war und der Sonnenschein sich von oben her wie Feuerschein ausbreitete, konnte man an den Augen, an dem seltsam erwachsenenhaften

Mund, an jenem stolzen, besorgten und nervösen Blick erkennen, daß es sich bei dem kleinen Jungen tatsächlich um Warren handelte. Für ihn war es wohl etwas Besonderes gewesen, daß sie ihm zutrauten, das Baby nicht fallenzulassen. Sie hatten sich stets auf ihn verlassen.

An dem Schnappschuß war etwas Komisches: das Gitterwerk der Veranda direkt hinter Warrens Kopf konnte man bis ins Detail erkennen, auch das kurzgeschorene Gras zu Warrens Füßen, doch die Kinder selbst wirkten durch die Lichtfülle ausgebleicht und geisterhaft. Als wären sie gerade dabeigewesen, sich in Nichts aufzulösen. Enid fragte sich, wer das Foto aufgenommen haben mochte. Es mußte von Mr. Stevick stammen – auf dem Gras lag ein zwergenhafter, gekrümmter Schatten, der wohl von ihm herrührte. Bestimmt hatte er an einem Sonntagmorgen nach der Halb-elf-Uhr-Messe Bilder geknipst und daraus einen Jux gemacht, indem er sie hänselte und so tat, als schimpfe er, und indem er ihnen allen Anweisungen erteilte: »Stillhalten. – Schluß mit dem blöden Grinsen! – *Lächeln!* – Eins, zwei, *drei!*« Manchmal hatte er allerdings die Geduld verloren und ernstlich geschimpft. Er hatte wohl seine alte Brownie-Boxkamera von Kodak verwendet, deren Hülle aus imitiertem Ziegenleder innen so scharf roch – so geheimnisvoll nach Leder, Öl und Dunkelheit. (Natürlich sollten die Kinder nicht mit Mr. Stevicks Kamera spielen, sie durften sie nicht einmal berühren. Und schon gar nicht die Rückwand öffnen, um das dunkelrote Papier zu untersuchen, das sich zwischen den Rollen spannte und straff um sie herumgewickelt war.)

Enid stahl den Schnappschuß aus Mrs. Stevicks lädiertem Album, in dem sich die meisten der älteren Schnappschüsse aus den ersten Ehejahren längst gelöst hatten; sie versteckte ihn in ihrem Schreibtisch, damit sie ihn anschauen konnte, wann immer sie wollte. »WARREN UND ENID ALS BABY, MAI 1939« hatte jemand sorgfältig in Großbuchstaben mit Bleistift auf die Rückseite geschrieben, doch diesen Schnappschuß betrachtete niemand als sein Lieblingsfoto – man würde ihn nicht vermissen. Wenn sie Warren anschaute, diesen kleinen Jungen mit dem merkwürdigen Selbstvertrauen, der so erwachsen wirkte in seiner Pose, der zu lächeln versuchte trotz der strampelnden Last in seinen Armen, hätte Enid am liebsten laut gelacht: Ja, das war tatsächlich Warren, schon als Siebenjähriger. So war er immer. Er hatte seine kleine Schwester immer bewundert. Sie beschützt. Mehr Aufhebens um sie gemacht, als sie verdiente.

»Bist du glücklich, Enid?« fragte er sie in seinem neuerdings sehr vorsichtigen Ton, als er von Philadelphia aus zu Hause anrief. »Bist du jetzt wieder in Ordnung, Enid? – Mir kannst du's doch sagen.«

Aber das konnte sie natürlich nicht.

Enid hatte gelesen, daß die Menschen nicht fähig seien, sich genau daran zu erinnern, wie sie als kleine Kinder gewesen waren. Das Gedächtnis spiele einem einen Streich: die visuellen Erinnerungen an uns selbst stammten in Wirklichkeit aus dem Familienalbum.

Es durfte sie also nicht überraschen, daß sie sich nicht an jenen Augenblick, an jenen Tag, an jene Zeit in »ihrem« Leben erinnern konnte, als irgendeine »Enid als Baby« von Warren Stevick auf den Armen getragen wurde, die ein hübsches weißes Kleidchen oder Nachthemd anhatte, weiße Söckchen und ganz kleine, weiße Schuhe. Und dieses Baby hatte auch winzige Hände und Füße sowie ein Köpfchen, das neben Warrens Kopf so klein und zerbrechlich wie eine Eierschale aussah. Je genauer man den Schnappschuß betrachtete, desto weniger sah man von Enid, und selbst Warrens lächelnder, brüderlich stolzer Gesichtsausdruck löste sich allmählich auf. Jener Augenblick, jener Tag. Jene Zeit in ihrem Leben. Warren hatte vielleicht gar nicht mit seiner kleinen Schwester für Mr. Stevick posieren wollen, hatte vielleicht Angst gehabt, sie fallenzulassen, hatte eine starre, gestellte, unnatürliche Haltung eingenommen. Doch der zusammengekrümmte Schatten auf dem Gras hätte jederzeit aufschauen und Befehle erteilen können, die man zu befolgen hatte: »Stillhalten. Lächeln.«

Enid starrte den Schnappschuß an, wischte sich die Augen und versuchte ihre Gefühle zu begreifen. Warum sie spät nachts dasaß – Mitternacht war schon vorbei, die anderen schliefen – und sich in einen verlorengegangen, von Sonnenschein überströmten Augenblick vom Mai des Jahres 1939 versenkte. Empfand sie denn tatsächlich etwas? Wollte sie wirklich weinen? – Oder war es nur ein nervöses Muskelzucken, weil sie nicht darüber lachen wollte, wie traurig und einsam das Dasein, das Leben war? Wenn Enid sich nicht an jenen Augenblick in Warrens Armen erinnern konnte, dann hatte es ihn vielleicht nie gegeben. Das war durchaus möglich. Es war vorstellbar, daß »Enid als Baby« nichts zu tun hatte mit der Enid vom April 1955, die gerade siebzehn geworden war. »Enid als Baby« hatte fast nicht existiert, denn ein Dasein ohne Erinnerung war ja kein menschliches Dasein.

Felix hatte einmal gesagt, es sei für einen Boxer besser, im Ring zu sterben als mit einem Gehirnschaden zu überleben.

Enid schob den Schnappschuß unter einen Stapel Notizen, der auf ihrem Schreibtisch lag. Um ihre Nerven zu beruhigen, schrieb sie manchmal auf einem Blatt Schmierpapier die Vokabeln ab, die sie dort aufgelistet hatte: *chthonisch, Rhizom, Palimpsest, Obloquium, Oneirodymia, strappado, Abulie.* Es handelte sich um exotische Vokabeln, die sie selbst aus dem Wörterbuch ausgesucht hatte, obwohl sie dafür im Frühjahr bei der Abschlußprüfung am Ende ihres letzten Schuljahres kaum Verwendung haben würde. Dennoch sammelte sie einen ganzen Stoß von diesen Blättern; sie kamen ihr wertvoll vor, vielleicht gerade wegen ihrer Nutzlosigkeit. *Kandelaber, Inanition, quelque chose.* Als hörte sie Klaviermusik, die so schwierig war, daß sie diese nie würde spielen können, daß sie nicht einmal daran denken durfte, sie zu spielen: Schönheit, die um ihrer selbst willen existierte, nicht für einen eng umgrenzten menschlichen Bedarf.

Tags zuvor war sie mit Felix aufs Land hinausgefahren, und am Morgen hatte sie um halb neun zusammen mit ihrer Mutter die sonntägliche Frühmesse besucht. Sie war an der Seite ihrer Mutter zur Kommunion gegangen, sie hatten nebeneinander am Altargitter gekniet. Und dann war der alte Pfarrer Ogden herbeigekommen mit seinem gemurmelten lateinischen Singsang, mit seinen nach Nikotin und nach grober, schmieriger Seife riechenden Händen; dann war die papierdünne Waffel in Enids Mund langsam zu Klümpchen zergangen. Sie wußte, daß es nur eine

Geste war, ein Zeichen oder ein zum Ritual gewordener Kannibalismus, wie sie irgendwo gelesen hatte; es besaß nicht die Macht, ihr weh zu tun, brachte sie aber sehr wohl in Verlegenheit. Sie schämte sich dafür, daß sie aus einer Schwäche heraus Sonntag für Sonntag einwilligte, mit ihrer Mutter zur Messe zu gehen, obwohl sie nicht gläubig war. »Warte nur ab, bis du ausziehst«, hatte Lizzie ihr geraten. »Um Himmels willen, provoziere sie nur jetzt nicht!« Dabei hatte Lizzie noch eine Art kirchlichen Glauben. Sie ging bloß nicht mehr zur Beichte und auch nicht zur Kommunion; warum sollte sie also zur Messe gehen, die Leute würden sich nur wundern. Enid aber war doppelt feige: sie war nicht gläubig, ging aber weiterhin zur Kommunion, und sie befand sich dauernd im Zustand der Todsünde, ohne daß sie daran geglaubt hätte.

Und am Abend hatte Warren die Stevicks aus Philadelphia angerufen, was er gewöhnlich jeden dritten oder vierten Sonntagabend tat. Warren war ein guter Sohn, immer noch ein gehorsamer Sohn, obwohl er jetzt Distanz hielt, in einer Hunderte von Kilometern entfernten Stadt wohnte und in einem Haus, das niemand von ihnen je zu sehen bekommen würde. Zum Briefeschreiben hatte er keine Zeit mehr, sosehr beanspruchte ihn sein Jurastudium, das gnadenlose, Kopfschmerzen verursachende Büffeln von »toten Fakten«, wie er sich ausdrückte, aus dem Strafrecht, dem Sachenrecht, dem Schadenersatzrecht und dem Vertragsrecht. Er teilte ihnen ausdrücklich mit, er sei von der juristischen Fakultät nicht enttäuscht, er müsse unter dem Konkurrenzdruck einfach doppelt so hart arbeiten als jene Kommilitonen, denen alles zuzufallen scheine. Wenn er eine Laufbahn als Staatsanwalt oder als Verteidiger anstrebe oder gar auf dem Gebiet der Politik, dann habe er keine andere Wahl. Man könne in der amerikanischen Gesellschaft nur dann einen Wandel herbeiführen, wenn man auf gesetzlicher Grundlage und innerhalb eines Machtapparates arbeite, sagte Warren.

Er brauche doch gar keinen Anwaltsberuf zu ergreifen, betonte Mrs. Stevick daraufhin, als hätten sie das Thema schon seit Jahren debattiert. Er solle doch nach Hause kommen und sich eine andere Aufgabe suchen, zum Beispiel im Verkauf, in einer Verkaufs- und Werbeabteilung wie Neal O'Banan bei AT&T.

Warum er denn nicht nach Hause komme und heirate? – Es sei an der Zeit.

Wenn Warren anrief, sprach er immer zuerst mit Mrs. Stevick, dann mit Mr. Stevick, sofern dieser sich zu Hause aufhielt (dieses Mal war er weg: Wo er denn stecke?). Dann sprach er mit Enid, die sich gespannt und erwartungsvoll bereithielt und sich darauf einstellte, die vertraute Stimme ihres Bruders zu hören, die so warm und freundlich klang mit ihrem leichten Stottern, aber auch so vorsichtig. Enid drückte die Stirn gegen den Türrahmen und senkte den Blick, dachte daran, daß Warren sie in ihrem Krankenhausbett mit dunkel umrandeten, blutunterlaufenen Augen gesehen hatte, mit blutleerer Haut, mit Schläuchen in den Nasenlöchern und den Venen; so eine alptraumhafte Vorstellung könnte sich bei einem Telefongespräch blitzartig einstellen. Angelogen hatte sie ihn; er wußte das, und sie wußte, daß er es wußte, und so weiter. Er wäre schön dumm, wenn er ihr wieder vertraute; ihre Seele war doch von Lügen zerfressen, er würde sie nie wieder lieben, aber Enid machte sich Sorgen, daß eine Zeit kommen könnte, in der sie seine Liebe wirklich brauchen würde.

Doch das war ja schließlich Warren Stevick, zu dem Gott gesprochen hatte irgendwo in Korea. Und das hieß, daß er die ganze Menschheit lieben mußte und der gesamten Menschheit verpflichtet war, einschließlich seiner jüngsten Schwester, vor der er sich fürchtete, die ihm unsympathisch war.

Als Enid an der Reihe war, mit Warren zu sprechen, erkundigte sie sich rasch nach seinem Befinden, bevor er ihr wieder seine Fragen stellen konnte; dann brachte sie ihn dazu, ein paar Minuten lang über seine Juravorlesungen und seine politische Tätigkeit zu sprechen – er half gerade mit, auf dem Campus der Universität von Pennsylvanien eine pazifistische Vereinigung ins Leben zu rufen, eine Ortsgruppe der Gesellschaft für gewaltfreie Aktion. Und wie es um sein Privatleben bestellt sei, fragte sie, ob er glücklich sei. Warren zögerte bei seiner Antwort wie ein von Natur aus schüchterner Mensch, der so wenig über sich selbst nachsann, daß er gar nicht wußte, was er dachte und notfalls etwas erfinden und zu Improvisationen greifen mußte. Die Worte schienen Warren unter geheimnisvollen Schwierigkeiten über die Lippen zu kommen; Enid hatte den Eindruck, daß das nicht nur an seinem Stottern lag. Sie fragte sich, wie er sich bloß vorstellen konnte, als Anwalt tätig zu sein und im öffentlichen Leben eine Rolle zu spielen. Er hatte ihr jedoch einmal erzählt, daß eines seiner Vorbilder, nämlich der große Mahatma Gandhi, als junger, unerfahrener Rechtsanwalt so sehr unter Schüchternheit gelitten habe, daß er eines Tages den Gerichtssaal verlassen und einen anderen Rechtsanwalt mit der Verteidigung seines Klienten beauftragen mußte. Und das sei Gandhi gewesen, der Indiens Zukunft bestimmen sollte, eines der größten politischen Genies aller Zeiten! Und deshalb seien die Aussichten vielleicht gar nicht so schrecklich düster. Vielleicht könne man unter Druck lernen, seine Schwächen zu überwinden.

Warren legte eine Pause ein, dann sagte er plötzlich, er habe vielleicht bald etwas zu berichten, das neu für sie wäre. Er wisse aber noch nichts Genaues – mehr könne er im Moment nicht sagen.

Freudig erregt, wie jede Schwester es gewesen wäre, fragte Enid drauflos: »Was sind das für Neuigkeiten? – Bist du verliebt? – Willst du etwa heiraten?«

Doch Warren wollte sich dazu nicht äußern.

Enid versuchte, ihn aus der Reserve zu locken, ihn zu beschwatzen. Sie versprach, sie würde es niemand erzählen, und Mama schon gar nicht; er wisse doch bestimmt, daß er ihr vertrauen könne. »Bist du verliebt? Ist es das?« fragte Enid. »Denkst du ans Heiraten?«

»Lassen wir doch das Thema fallen, Enid«, sagte Warren.

»Bist du tatsächlich verliebt?« machte Enid hartnäckig weiter. »Gib mir eine klare Antwort: Ja oder nein?«

»Nein.«

»Heißt das, daß du nicht verliebt bist oder daß du nichts sagen willst?«

»Daß ich nichts sagen will«, antwortete Warren etwas verschnupft. »Hören wir doch auf damit, ja?«

»Ja oder nein, mehr nicht«, sagte Enid.

Er schwieg. Sie wußte, daß er verärgert und verletzt war; bestimmt bereute er es, daß er überhaupt etwas hatte verlauten lassen. Dennoch gab sie sich weiter als hocherfreute Schwester, und sie neckte ihn, als wären sie beide noch Kinder: »Hast du mir nicht mal gesagt, nach dem Gesetz bedeute Schweigen Zustimmung? Wenn du also die Antwort verweigerst…«

Doch Warren lachte nur und ließ sich nicht aus der Reserve locken.

Dann fragte er Enid nach ihrem Befinden, wie ihr Geburtstag verlaufen sei vor ein paar Tagen; er habe ihn leider vergessen, zuerst habe er eine Karte schicken wollen, dann sei es plötzlich zu spät gewesen, und er habe sich entschlossen, einfach mal anzurufen. »Kommst du gut zurecht?« fragte er obenhin, und Enid versuchte zu antworten, obwohl jetzt eine Welle kalten Entsetzens über sie hereinbrach: den Gedanken, Warren sei wirklich verliebt, Warren könnte Heiratspläne haben, fand sie unerträglich. Denn es gab ja keine, die seiner würdig gewesen wäre.

4

Lyle Stevick rief Felix Stevick an und fragte, ob sie zusammen einen Drink nehmen könnten, er habe mit ihm etwas zu bereden.

»Um was geht es denn?« fragte Felix.

»Um eine persönliche Angelegenheit«, sagte Lyle.

Also vereinbarten sie, sich im Rainbow Lounge am Van Buren Boulevard zu treffen. Das bedeutete für Lyle, daß er von der Möbelhandlung aus eine Viertelstunde fahren mußte, doch darüber durfte er nicht klagen: Er müsse ja eher dankbar sein, sagte er sich, daß Felix neben all seinen geschäftlichen Transaktionen und seinen Reisen für ihn etwas Zeit übrig hatte.

Lyle Stevick wäre es ohnehin peinlich gewesen, seinen Bruder in einer von seinen vertrauten Kneipen auf der East Side zu treffen, wo ihn jeder kannte und als Stammgast behandelte – zum Beispiel im Cadboro, das neuerdings, seit das alte Speisezimmer in einen Billardsaal umgewandelt worden war, Kunden aus der Unterschicht anzulocken schien: laute, ungehobelte Typen jüngeren Alters. Das Rainbow Lounge zählte zu jenen großen Restaurants am Boulevard, die bei Tag nur ein häßlicher, fensterloser Betonklotz waren, aber bei Nacht im Licht der Neonröhren erglänzten, mit einem schwarz asphaltierten Parkplatz, der so groß war wie der eines Supermarktes. Wer verkehrt wohl in diesen Lokalen? fragte sich Lyle Stevick. Er war nicht einmal neidisch. Er kam sich vor wie Gulliver bei den Liliputanern. Oder war er vielmehr Gulliver bei den Riesen und verlor fast den Verstand, weil er menschliche Wesen in so starker Vergrößerung erblickte, daß sie monströs und komisch wirkten – wobei selbst der zarteste Teint sich als grob und löcherig erwies, und Schönheit als optische Täuschung? Dort errötet der arme Gulliver, als er zum Spaß auf die harte Brustwarze eines gewaltigen Busens gestellt wird, welcher einer riesigen Frauensperson gehört, die in ihren Kreisen als schön und begehrenswert gilt. Und hier errötete Lyle Stevick wie ein Bauerntölpel und erwiderte den Gruß einer hübschen Garderobefrau (sie wußte verdammt gut, daß sie hübsch war), von welcher er – ein Fremder! – angelächelt wurde, als ob sie dicke Freunde wären und sie das Recht hätte, ihn hochzunehmen, weil er keinen Hut (und keinen Mantel, keinen Regenschirm und keine Aktentasche) dabeihatte für sie zur Aufbewahrung. In seiner Verwirrung überlegte er, ob er ihr trotzdem ein Trinkgeld geben müßte – vielleicht einen Dollar? Den Schein diskret zusammenfalten und ihr in die Hand drücken? Machten es andere so? Doch das Mädchen war so hübsch mit ihrem rotblonden Haar und den eingedrehten Locken, ihren großen, strahlenden Augen, ihrem purpurroten Mund, dem halb entblößten Busen auf einem satinartigen, mit Rüschen besetzten Mieder (fast wie aus einem edwardianischen Gemälde), und sie schien so aufgeweckt zu sein, daß er befürchtete, er könnte sie verletzen und das breite, feuchte Lächeln zum Verschwinden bringen. Dann kamen andere Männer herein, lauter Kunden, deren Namen ihr geläufig waren. Sie hatte jetzt keine Zeit mehr für Lyle Stevick, doch er schaffte es spielend, einen Platz in einer Nische mit Blick auf die Tür zu bekommen, von wo aus er das Mädchen in aller Ruhe betrachten konnte. Er war verdammt froh darüber, daß er zehn Minuten zu früh gekommen war; er hatte vor Felix eintreffen wollen, um sich noch einmal durch den Kopf gehen zu lassen, was er ihm sagen wollte. Gott, war er froh gewesen, das Geschäft zusperren zu können, endlich aus dem Laden herauszukommen und einen Drink zu kriegen! Es gab keinen besonderen Grund, er hatte an diesem Tag 75 Dollar Reingewinn gemacht, was gar nicht schlecht, aber auch nicht besonders gut war: 75 Dollar Gewinn, doch bei der Bank hatte er Schulden, das Auto mußte dringend repariert werden, und die Miete war auch bald fällig – am ersten Mai, also in der folgenden Woche. Er ging unaufhörlich weiter, dieser Kreislauf, fort und fort; Nietzsche hatte hochtrabend von der »ewigen Wiederkehr« gesprochen, doch der verrückte Hundesohn hatte keine Ahnung gehabt vom ewig wiederkehrenden Monatsersten, von den Lebensmitteleinkäufen im Supermarkt oder von Arztbesuchen. Dieser Hundesohn: Einst, in seiner Jugend, hatte Lyle Stevick ihn sehr bewundert.

Lyle bestellte einen schottischen Whisky mit Wasser bei einer Getränkekellnerin, die fast so hübsch war – oder sagte man dafür sexy? – wie die Garderobefrau; er saß bedächtig nippend da, zündete seine Pfeife an und verbreitete den typischen Gestank, der einfach zu ihm gehörte. Als zu Hause noch vier weibliche Wesen versammelt waren, hatten sie sich gegen ihn verbündet, und er mußte hinaus ins Freie, wenn er in Ruhe rauchen wollte. Der Whisky schmeckte ihm. Sein üblicher Drink war das nicht, doch das Rainbow Lounge mit seinen bläulichweißen Statuen im Foyer und den künstlichen, in Kübeln aufgestellten Bäumen – oder waren es echte? – gehörte auch nicht zu seinen gewohnten Lokalen. Wenn Hannah wüßte, wo er sich befand! Und daß er ungeniert eine Garderobefrau im Alter seiner Tochter Geraldine beäugte, ihre Beine anschaute in den gemusterten schwarzen Strümpfen, ihre Füße in den hochhackigen Schuhen, daß er dabei die erste Regung eines Verlangens spürte, das so schwach und so traurig war wie das fortwährende Klingeln eines Telefons in einem weit entfernten Zimmer, das man entweder nicht mehr rechtzeitig erreichen konnte oder wo sich dann herausstellte, daß das Gespräch für jemand anders bestimmt war.

Lyle Stevick nippte an seinem Whisky, rauchte genüßlich seine Pfeife und schaffte es, gegen das Kitzeln in seiner Kehle anzukämpfen. Es tat ihm in der Seele wohl, ganz allein dazusitzen und auf jemand zu warten, es könnte sich ja um eine schöne Frau handeln, das wußte man nie. Er war immer noch ein gutaussehender Mann, trotz der Glatze, der Tränensäcke unter den Augen und des Doppelkinns. Das Revers seines braunkarierten

Sportjacketts war breit genug, um wieder modisch zu sein; man merkte ihm sein Gewicht nicht an, er achtete darauf, den Brustkorb herauszudrücken und eine Haltung einzunehmen, die sehr wohl aus der Militärzeit stammen könnte. Ja, er fühlte sich hier, wo ihn niemand kannte, recht wohl. Daß sich Felix wie üblich verspätete, machte Lyle Stevick nichts aus, zumal ihre Unterhaltung um ein heikles Thema gehen würde, zumindest was ihn selbst anbetraf. Jemanden, den man nicht mochte, um etwas zu bitten, war immer entwürdigend.

Das Rainbow Lounge gefiel ihm überraschend gut, und das nicht nur wegen der Garderobefrau und der Bedienungen in ihren enganliegenden Kostümen. Seines Wissens gehörte das Lokal einem Mann namens Farolino, den Felix wahrscheinlich kannte und der vermutlich mit der Unterwelt in Verbindung stand; daher also das üppige Dekor, die mit schwarzem Leder gepolsterten Nischen, die knalligen roten Kacheln auf dem Fußboden, die Bronzespiegel, die nackten »klassischen« Statuen und drüben im Speisesaal der englische Touch mit den gekreuzten Schwertern und Lanzen, mit den Messingschilden und Keulen. Man mußte es den Italienern lassen, sie waren großspurig und schwelgten in Vulgarität dieser Art, doch sie brachten es zu etwas. Sie führten sich jetzt wie ganz normale Geschäftsleute auf, hatte Lyle vor kurzem gelesen – es mochte im *Reader's Digest* gewesen sein, in einem Artikel über J. Edgar Hoover. Sie hatten Rechtsanwälte, Steuerberater, Lobbyisten in Washington, hochgestellte Verbindungsleute im angelsächsischen Establishment, nämlich Bankiers, Richter und vielleicht sogar den Bezirksstaatsanwalt. Wer wußte da schon Bescheid – Lyle Stevick gewiß nicht. Von der Unterwelt oder dem sogenannten Syndikat merkte man nur dann etwas, wenn es dort zu Zerwürfnissen kam, wenn einer einen anderen mit der Maschinenpistole niedermähte und es dann in den Zeitungen stand. Nach dem Tod des alten Giulio Rimi könnte es vielleicht wieder Auseinandersetzungen geben, und das beträfe auch die Matiuzzios, aber Lyle Stevick kannte sich da wirklich nicht aus. Vor langer Zeit einmal hatte er Felix rundheraus gefragt, was er über die Unterwelt wisse, doch dieser hatte ihm das Wort abgeschnitten und gesagt, ihm sei nur das bekannt, was in den Zeitungen stehe, und davon glaube er sowieso nur die Hälfte.

Himmel noch mal, er wäre fast zusammenzuckt, als die Garderobefrau hinter ihrem kleinen Klappbrett hervorkam und er ihre Schuhe sah: Pfennigabsätze und vorne an den Zehen so spitz, wie konnte das arme Ding den Schmerz ertragen? Schmerzhaft war das auf alle Fälle, auch wenn das lustige, kokette Gebaren, das sie ihrer männlichen Kundschaft gegenüber an den Tag legte, nichts davon verriet. Sie ließ sich auf die Wange küssen, gab selbst Küsse auf die Wange, und wozu das alles? Frauen trugen solche Schuhe, quetschten ihre zarten Zehen zusammen, um ihr Hinterteil anzuheben und ihre Waden zu straffen. Auch Lizzie, als er sie das letzte Mal gesehen hatte. Die Garderobefrau trug ihr Haar in einem schulmädchenhaften Pagenschnitt, der wohl an Dorothy Collins erinnern sollte – die reine Unschuld, ganz erstaunt und atemlos –, doch das war eine gespielte Unschuld, sie verstand ihr Geschäft. Sie hatte eine schmale Taille und wohlgeformte Hüften, einen schönen, vollen Busen, der durch das schwarze Satinmieder heraus- und hinaufgequetscht wurde, wahrscheinlich mit Hilfe einer dieser Drahtkonstruktionen, die Howard Hughes angeblich erfunden hatte, den trägerlosen Büstenhalter, ein Wunderwerk des amerikanischen Know-how, das der Schwerkraft trotzte. Er hatte ihn für diese vollbusige Filmschauspielerin Jane Russell geschaffen, die wahrscheinlich eine seiner Mätressen war. So etwas tat bestimmt genauso weh wie die hochhackigen, spitz zulaufenden Schuhe, dachte Lyle Stevick, mehr noch als das Korsett, das die arme Hannah trug; sie verpackte sich seufzend, als wäre das Fleisch etwas, das man mit sich herumtragen müsse wie eine Bürde, die nicht richtig zu einem gehörte, für die man jedoch verantwortlich war. Dagegen diese Jane Russell, großer Gott: Auf den Plakaten, den Reklametafeln gewaltige Brüste, die bestimmt die ganze Kinoleinwand füllten, aus der Nähe geradezu furchteinflößend; ein Mann würde dadurch in einen Lemuel Gulliver verwandelt, der vor Versagensangst schwitzte und rot anlief. Was würde ein Mann, ein normaler, durchschnittlicher Mann, wohl mit so einer Frau anfangen? dachte Lyle Stevick und starrte traurig ins Leere.

Aber war denn nicht alles Furchteinflößende stets ganz nahe? – Das wußte man doch von alters her.

Als Felix schließlich mit einer Viertelstunde Verspätung eintraf, schaute Lyle interessiert zu, wie er von der Garderobefrau willkommen geheißen wurde – und er hatte etwas zur Aufbewahrung, einen eleganten, khakifarbenen Trenchcoat. Sie redete ihn gewiß mit seinem Namen an, lächelte dabei anzüglich und neigte den Kopf zur Seite; sie klappte das Brettchen absichtlich hoch, damit Felix ihr Hinterteil sehen könnte, wenn sie den Mantel aufhängte, und dazu ihre Beine mit den hochhackigen Schuhen. Felix schaute aber gar nicht hin, er schüttelte eifrig einem Mann die Hand, der wie ein alter Freund auf ihn zugegangen war, einem bulligen Kerl mit dunkler Gesichtsfarbe, etwa im Alter von Lyle. Er hatte eine Frau dabei, die Felix mit überschwenglicher Wärme und Fröhlichkeit begrüßte; sie legte die Hand auf seinen Arm, beugte sich vor und küßte ihn auf die Wange, als wären sie ganz alte Freunde – Großer Gott, dachte Lyle, gerade wie im Fernsehen. Was hatte das zu bedeuten? Steckte überhaupt etwas dahinter? Die Frau war blond und fast so groß wie Felix; auch sie trug hochhackige Schuhe, dazu ein dunkelorangefarbenes Jerseykleid, das sich um ihren Busen und ihre Hüften spannte. Sie sah gut aus und war sich dessen bewußt; an ihren Ohren baumelten funkelnde Diamanten, und an ihrer Hand steckte ein Diamant, dessen Blitzen Lyle Stevick selbst aus der Entfernung sehen konnte. Was hatte das zu bedeuten? Felix mit seinem unbeschwerten Lächeln, entspannt und schwungvoll, so wie er einst in der Arena die Bewunderung der lärmenden Menge genossen hatte, ohne daß er je direkt zu ihr hingeschaut hätte, denn das war nicht sein Stil. Es war jener oberflächliche Charme, den er schon seit langem kultivierte, der, wie Lyle Stevick aus Erfahrung wußte, rein gar nichts bedeutete. Felix trug ein beigefarbenes Sportjackett, dunkle Hosen, ein dunkles Hemd ohne Krawatte; sein Haar war zurechtgebürstet, sah feucht aus, dunkel und ölig; an den Schläfen wich es vielleicht ein ganz kleines bißchen zurück, aber das mochte sich Lyle auch nur einbilden. Er mußte zugeben, bei Felix suchte er immer zuerst nach Anzeichen des Verfalls.

Er war Karl Stevicks jüngster und liebster Sohn.

Dennoch hatte Felix nicht viel von seinem Vater gehabt. So gut wie Lyle und Domenic hatte er ihn nicht gekannt, er war ja die meiste Zeit seines Lebens vaterlos gewesen.

(In der Verwandtschaft erzählte man sich, der achtjährige Felix habe den alten Karl nicht wiedererkannt, als er ihn in der Leichenhalle in seinem mit Satin ausgeschlagenen Sarg erblickt habe. Das dicke, kräftige Make-up, das Rouge auf den Wangen und den Lippen, der absolut friedliche und entspannte Gesichtsausdruck bei einem Mann, der seit Monaten im Sterben gelegen hatte, vom Krebs verwüstet – Felix sei ohne ein Zeichen der Rührung zurückgewichen: »Das ist er nicht!«)

Die ersten zehn Minuten ihrer Unterhaltung galten verschiedenen familiären Neuigkeiten, die natürlich alle von Lyle stammten. Sie hatten einander recht herzlich begrüßt, einander freundlich die Hand geschüttelt, doch Lyle hatte den Eindruck, daß seinem Bruder nicht ganz wohl war, weil er sich wunderte, weshalb Lyle dieses Treffen vereinbart hatte und weil er vielleicht sogar ahnte, welche Richtung das Gespräch nehmen würde. Felix bestellte einen Martini, Lyle noch einen Whisky, dann hantierte er an seiner Pfeife herum, die ihm stets eine Beschäftigungsmöglichkeit lieferte. Er hatte bemerkt, daß Felix nicht mehr rauchte, wollte aber das Thema nicht zur Sprache bringen. Er hoffte bloß inständig, daß sich sein Husten nicht melden würde.

Die meiste Zeit redete Lyle. Er war liebenswürdig, gesprächig, wollte seinem Bruder die Befangenheit nehmen. Als sie so beieinandersaßen in der Nische, fiel ihm auf, daß Felix ein bißchen erschöpft und ermüdet aussah, ein wenig angegriffen vielleicht von all seinen Transaktionen und Besprechungen; wahrscheinlich kriegte er nicht genug Schlaf, aß nicht richtig, denn er lebte ja allein, besuchte nicht einmal seine Mutter. An Felix' Kinn zeigte sich eine Kerbe, eine Vertiefung, an die Lyle sich nicht erinnern konnte. Er hatte eine bläßliche Hautfarbe, wohl von dem langen Winter, und er schien auch erkältet zu sein, hatte rotumränderte Nasenlöcher, tränende Augen. Die Knöchel seiner rechten Hand waren geschwollen und blaugeschlagen; Lyle fragte scherzend, ob er in eine Schlägerei geraten sei, worauf Felix lächelnd erwiderte, er habe einen Unfall gehabt. »Was für einen Unfall?« fragte Lyle neugierig und achtete darauf, einen freimütigen, offenen, brüderlichen Ton anzuschlagen. »Ein Mißgeschick«, sagte Felix. »Ich hab mir an einer Autotür die Hand eingeklemmt.«

Das kannst du mir doch nicht erzählen, dachte Lyle.

Doch er ging der Sache nicht weiter nach. Felix Stevick umgab ein Geheimnis, das außer Lyle und vielleicht noch Domenic niemand kannte: Er traute keinem. Darauf lief es hinaus. Ganz egal, wie freundlich und nett oder gar liebevoll Felix sein mochte, im Grunde traute er einem nicht. Das geschah instinktiv, war aber auch eintrainiert. Als er ein elf- oder zwölfjähriger Junge war, hatten sie ihm schon eine Boxstrategie eingebleut, die ja weiß Gott das Motto der gesamten Menschheit darstellen könnte: Deckung hoch, stets geschützt sein.

Wie die Ringrichter immer sagten: »Jetzt liefert mal einen schönen, sauberen Kampf, Jungs. Und denkt immer dran, euch zu schützen.«

Lyle plauderte ein Weilchen über »Pater« Domenic draußen in Foxboro. Auf diese Weise ergab sich sofort eine Gemeinsamkeit mit Felix, denn sie waren beide richtige Männer, virile Typen; doch in dieses Überlegenheitsgefühl mischte sich auch ein bißchen Groll und Unbehagen – Domenic war schließlich ein »Mann Gottes«, ein Geistlicher, und das hieß doch wohl, daß er ihnen etwas voraus hatte, jedenfalls hatte er sich nicht abrackern müssen wie Lyle, der geheiratet und vier Kinder großgezogen hatte. Die einzige echte Neuigkeit, die Lyle über seinen Bruder zu berichten hatte, betraf die Wurzelbehandlung, welche der Zahnarzt bei Domenic durchführte; das sei verdammt unangenehm, das könne wohl den Glauben an Gott auf eine harte Probe stellen. Felix nickte jedoch nur zerstreut, lächelte und nippte nervös an seinem Drink; er wußte wahrscheinlich nicht einmal, worum es bei einer Wurzelkanalbehandlung ging, schließlich war er ja erst vierunddreißig. Und doch schien er interessiert zu sein. Er stellte einige Fragen. Er erkundigte sich wie immer nach Hannah, und manchmal lag eine merkwürdige Anspannung in seiner Stimme. War es denn möglich, daß Felix ihn ein bißchen beneidete um sein häusliches Leben, daß ihn dessen Geheimnisse und Segnungen mit Staunen erfüllten? Aus der Perspektive eines unverheirateten, ungebundenen Mannes wie Felix mochte Lyle Stevicks Los beneidenswert, ja höchst erstaunlich erscheinen. Die katholische Kirche machte gerade eine schlaue Anzeigenkampagne – *Die Familie, die gemeinsam betet, bleibt beisammen;* der kindische Slogan hatte mit der Wahrheit absolut nichts zu tun, doch er stach einem überall von den Reklametafeln ins Auge. Wahrscheinlich überkam alleinstehende Männer und Frauen dabei ein Gefühl der Einsamkeit oder gar der Trauer, weil sie sich das entgehen ließen. Die Bischöfe waren keineswegs so beschränkt wie der durchschnittliche Gemeindepfarrer, sie wußten genau, wie man das anzupacken hatte, wie man die Schäfchen manipulierte; sie blätterten Werbeleuten von der Madison Avenue Geld hin, damit sie sich einen griffigen Slogan einfallen ließen: »Die Familie, die gemeinsam betet, bleibt beisammen.« Und der war ja wohl Millionen wert, so wie es der »Segen der Ehelosigkeit« in einem früheren Jahrzehnt gewesen war. »Segen der Ehelosigkeit«! Jetzt, in den fünfziger Jahren, kannten die Leute nichts Schöneres, als Babys zu bekommen; die jungen Leute heirateten immer früher und wollten »so viele Kinder, wie Gott schickt«. Genau wie Neal O'Banan, der mit seinem breiten, netten Lächeln sagte, kinderreiche Familien gefielen ihm, er stamme selbst aus einer und sei bereit, fünf oder sechs oder Gott weiß wie viele Kinder großzuziehen, solange Gerrys Gesundheit mitspiele; da müsse man nie befürchten, *einsam* zu sein, meinte Neal, und damit hatte er gewiß recht.

Also zügelte Lyle seinen Sarkasmus, als er mit Felix plauderte; er gab sich ungezwungen und brüderlich, ließ sich nicht anmerken, was für eine Verbitterung er empfand, was für finstere Gedanken er hegte. Er brach aber unwillkürlich in Gelächter aus, als er Felix von dem neuesten Aufruhr im Leben der armen Hannah berichtete: Sie habe zusammen mit Ingrid jede Menge Handtücher bestickt für den alljährlichen Wohltätigkeitsbasar der weiblichen Gemeindemitglieder von St. James und dabei offenbar so gute Arbeit geleistet, daß fast alle Handtücher verschwunden gewesen seien, als der Verkauf losgehen sollte. Das bedeutete, daß Mitarbeiterinnen dieser karitativen Vereinigung sie geklaut haben mußten. Hannah und Ingrid seien entsetzt gewesen. Großer Gott, endlich seien sie mal ganz sprachlos gewesen und völlig erledigt. Da sie nicht gewußt hätten, wen sie dafür verantwortlich machen sollten und sich auch aus Angst vor einer Abfuhr überhaupt nicht getraut hätten, jemand zu beschuldigen, hätten sie das Komitee, dem sie angehörten, schleunigst verlassen. Hannah habe einen Teil des Problems dadurch bewältigt, daß sie Pfarrer Ogden beichtete, sie sei voller Zorn wegen dieses Vorfalls. Sie sei dabei tatsächlich in Tränen ausgebrochen, doch Ogden habe bloß so getan, als wäre dies Hannahs eigene Sünde; er habe es beiseite geschoben und vermutlich keinen Gedanken mehr verschwendet an das Gezänk eines Haufens dummer Weiber. Handtücher, Teekannenwärmer und Topflappen fertigten sie an, manche von ihnen strickten kleine Babypullover und Schuhchen. »O Gott, wie traurig«, sagte Felix. »Ist das aber traurig«, sagte er und starrte Lyle an, als könnte er Hannah durch ihn hindurch erblicken mit ihrem von der Enttäuschung gezeichneten, runzligen Gesicht. Felix wirkte so aufrichtig, daß sich Lyle ein bißchen schämte wegen seines Gelächters.

»Allerdings ist das traurig«, sagte er und klopfte seine Pfeife in einem Aschenbecher aus. »Wenn du mit Hannah zusammenleben würdest, wüßtest du, wie traurig das ist.«

Lyle warf Felix einen Blick zu und spürte dabei eine freudige Erregung. Sollten sie sich vielleicht mal zusammen betrinken? – Das könnte nicht schaden.

Nach einer Pause sagte Felix beiläufig: »Wie ist es denn, Vater zu sein?« Und er setzte verlegen hinzu: »Eigene Kinder zu haben, meine ich.« Er nippte an seinem Martini, betrachtete Lyle mit seinem seltsam starren, berechnenden Blick und verzog keine Miene.

Wie es denn sei, Vater zu sein! – Lyle glotzte Felix ungläubig an.

»Also, denkst du denn immer darüber nach?« fragte Felix. »Beschäftigt es dich die ganze Zeit?«

Lyle wollte das zuerst ins Lächerliche ziehen, doch dann versuchte er, die Fragen ernst zu nehmen und nüchtern zu reagieren, denn gerade jetzt war ihm nicht daran gelegen, seinen Bruder zu kränken. Er sagte: »Es kommt darauf an. Manchmal habe ich wirklich den Eindruck, daß ich andauernd an sie denke, ganz zwanghaft, auch wenn ich mir dessen nicht richtig bewußt bin. Und ein andermal habe ich sie wohl ganz vergessen.« Er sah ein, daß das nicht recht überzeugend klang und fügte entschuldigend hinzu: »Als die Kinder klein waren, bereiteten sie mir große Sorgen. Aber vor allem liebte ich sie natürlich! An erster Stelle stand die Liebe, dann erst kamen die Sorgen. Es mag auch etwas Schlimmeres als Sorgen gewesen sein – so ein dumpfes Gefühl im Bauch. Ich schlief damit ein und wachte damit auf. Besonders dann, wenn ein Baby im Haus war, verstehst du? Mir ging es nicht bloß ums Geld, obwohl davon weiß Gott nie genug vorhanden war«, sagte er in rascherem Tempo und hantierte an seiner Pfeife herum, »sondern um die Situation im allgemeinen. Um die Welt von heute, um Unfälle, Krankheiten und dergleichen. Was würde aus ihnen werden, wenn mir etwas zustieße wie damals, als ich bei Swale arbeitete? – Du weißt schon, da habe ich bei meiner Drecksarbeit Gift eingeatmet oder gar richtiges Nervengas. Oder wenn ich krank werden würde, wenn ich etwa einen Herzanfall bekäme?« Felix schaute ihn so gebannt an, daß Lyle die Hitze ins Gesicht stieg. Er fuhr etwas verlegen fort: »Ich glaube, es ist das Allerwichtigste in meinem Leben. Es ist eigentlich alles, was Hannah und ich erreicht haben, weißt du? Denn was gibt es da sonst noch...?« Er verstummte allmählich. Dann leerte er sein Glas und spürte wieder mit freudiger Erregung, daß er schon ein bißchen alkoholisiert war.

Halb im Spaß sagte er: »Warum willst du das wissen, Felix? Denkst du etwa ans Heiraten? Ans Kinderkriegen?« Er grinste, lachte los, es war eine richtig brüderliche Atmosphäre. »Lieber spät als nie.«

Felix zuckte die Achseln, trank seinen Martini aus und gab der Kellnerin ein Zeichen: noch zwei Drinks. Er hatte seine schmalen, doch ziemlich muskulösen Schultern hochgezogen, als stemme er sich gegen den Tisch; die Sehnen an seinem Hals waren gestrafft. Lyle dachte fast verächtlich daran, wie Felix trainiert hatte in all den Jahren, um seinen Körper dazu zu bringen, Schläge zu ertragen, den Schmerz hinzunehmen, während er, Lyle Stevick, der Welt schutzlos ausgeliefert gewesen war! Von Zeit zu Zeit legte Felix seine blau angelaufenen Fingerknochen ganz unbewußt an den Mund und ließ seinen Atem über sie hinwegstreichen – die Geste hatte etwas Kindliches.

»Das Schlimme an der Vaterrolle ist folgendes«, fuhr Lyle fort und hörte dabei, wie er murmelte, als hätte er etwas sehr Wichtiges und Vertrauliches zu sagen: »Da glaubst du, du wüßtest schon, worauf du dich einläßt, aber du hast keine Ahnung. Du weißt überhaupt nichts, du merkst bloß, daß du schlechter dran bist als zuvor! Bevor ich geheiratet habe, ging es nur um mich, weißt du? – Ich mußte mir über niemand sonst Gedanken machen. Und dann wurde Hannah bekanntlich schwanger, also haben wir geheiratet und einen Hausstand gegründet, und von da an gab es keinen ruhigen Tag mehr! – Als setzte man sich in aller Unschuld ganz frohgemut auf die Achterbahn, und die geht dann unablässig weiter, immer weiter, sie jagt dir eine Höllenangst ein und macht dich kaputt, und der einzige Ausweg ist, von dem verdammten Ding runterzuspringen und dir den Hals zu brechen. Sooft ein Baby im Haus war, herrschte eine gereizte, gespannte Atmosphäre; Hannah war jeweils die ersten zwölf Monate ganz auf das Baby fixiert, sie nahm mich gar nicht wahr, wenn ich mit ihr redete. Außerdem ging es mit ihrer Gesundheit bergab, doch davon will ich gar nicht reden, da kann niemand was dafür. Inzwischen sind die Babys groß geworden, aber ich habe immer noch diese schlimmen Sorgen – wie wenn man etwas aus den Augenwinkeln sieht, doch wenn man hinschaut, ist es verschwunden. Und doch muß ich an sie denken. Zum Beispiel nachts. Oder im Geschäft, wenn nicht viel los ist. Ich zerbreche mir wegen Warren den Kopf, er ist so verdammt unrealistisch. Dann gibt es noch Enid und Lizzie. Enid, die uns diesen Schreck eingejagt hat – vor zwei Jahren war es wohl; sie hat so etwas Verschlossenes und Heimlichtuerisches, sie ist nicht mehr mein kleines Mädchen so wie früher. Der Arzt sagt ja, sie sei bester Gesundheit, und sie scheint glücklich zu sein; sie hat ja immer einen glücklichen Eindruck gemacht – was weiß man schon über andere Menschen? Aber dann ist da noch Lizzie. Sie wohnt drunten an der South Olcott Street und läßt sich mit Männern ein, auch mit einem Dreckskerl, der dem Vernehmen nach verheiratet ist und sogar ein Kind hat. Sie nimmt Gesangsunterricht oder sowas Ähnliches, Tanzunterricht, und wenn Hannah anruft, hebt eine von Lizzies Zimmerkameradinnen ab und sagt, Lizzie sei nicht da, und Hannah schwört, sie könne sie kichern hören. Hannah weiß einfach, daß Lizzie dort steht und sich weigert, mit ihrer eigenen Mutter zu reden – was kann man da machen? Wenn du ein Vater oder eine Mutter bist, wenn du heutzutage Töchter hast, was kannst du da machen? – Du weißt doch, was für Männer das sind, mit denen sie da in der Regel zusammenkommen. Schweinehunde, stimmt's? Scheißkerle! Großer Gott, da wird einem ganz elend und schwindlig, wenn man bloß daran denkt; man möchte, daß sie glücklich sind, daß sie in Sicherheit sind, aber man kann sie nicht unter Kontrolle halten, und man hat überhaupt keinen Einfluß darauf, was mit ihnen passiert. Das ist die Lektion, die einem beigebracht wird, wenn man Vater ist. Das ist die Lektion, Felix.« Er legte eine dramatische Pause ein. Ihm war ein bißchen schlecht, aus seinen Eingeweiden stieg ein Schwächegefühl empor; er blinzelte und wischte sich den Mund. Und auf der anderen Seite der Nische saß Felix und starrte ihn an mit dunklen, großen Augen; die Narbe an seiner Augenbraue trat hervor wie ein sichtbares Zeichen einer Niederlage, die er hatte erleiden müssen. Felix Stevick starrte ihn ausdruckslos an, saugte an seinen geschwollenen Knöcheln wie ein kleines Kind. Lyle schämte sich, er zitterte und war den Tränen nahe; solche Sachen hatte er nicht sagen wollen, er hatte darüber nicht so ausführlich reden und sich nicht ausgerechnet Felix anvertrauen wollen.

Die Kellnerin brachte ihre Drinks, und der Bann war gebrochen.

Lyle sagte mit einem herzhaften, ordinären Lachen: »Denkst du denn wirklich ans Heiraten?«

»Nein«, antwortete Felix barsch.

»Also dann…« Lyle suchte nach einer Erwiderung. Er war etwas mitgenommen und mißmutig; er räusperte sich und murmelte: »Du bist einer, der seinem inneren Gefühl folgt, stimmt's? Du läßt dich von ihm leiten.«

Felix sagte: »Sowas kann auch mal danebengehen.«

»Wie? Was soll das heißen?« fragte Lyle und riß die Augen auf.

Felix zuckte die Achseln, suchte in seiner Tasche nach einem Kleenex und putzte sich die Nase. Lyle dachte, es sei schon komisch, seinen Bruder mit einer Erkältung zu sehen – irgendwie wohltuend.

Sie schwiegen. Die Spannung, die zwischen ihnen herrschte, war fast mit Händen zu greifen, und Lyle schwitzte am ganzen

Leib. Sein Blick schweifte hinüber zu der rotblonden Garderobefrau, doch das Foyer war gedrängt voll mit Männern und Frauen, er bekam sie kaum zu Gesicht. Sie stöckelte auf ihren hohen Absätzen umher, mit halbentblößtem Busen. Was hatte das zu bedeuten? Steckte überhaupt etwas dahinter? Er nahm einen großen Schluck Whisky, der in seiner Kehle brannte und ihr schmeichelte – Gott, tat das gut! –, dann holte er tief Luft und sagte: »Nun, du fragst dich vermutlich, wieso ich dich treffen wollte?«

»Klar«, sagte Felix in liebenswürdigem Ton. Doch seine Augen waren schmal geworden, als machte er sich auf etwas Unangenehmes gefaßt.

»Felix, die Sache ist so: Ich bin in einer verzwickten Lage, ich brauche Geld und möchte es mir von dir leihen, aber ich weiß nicht, wann ich es zurückzahlen kann.« Die schrecklichen Worte kamen überstürzt heraus, Lyles Gesicht glühte. Als er sah, daß Felix' Miene fast unverändert geblieben war, machte er rasch weiter, gestikulierte mit seiner Pfeife und ließ die angestauten Sätze hervorsprudeln: Er brauche 4300 Dollar zum Bau eines unterirdischen Schutzbunkers mit mindestens einem Meter zwanzig Erdabdeckung zwischen der Oberkante und der Außenluft, wie es jetzt vom Zivilschutz empfohlen werde. Den neuesten Verlautbarungen zufolge sei ein gewöhnlicher Schutzraum in einem normalen Kellergeschoß so gut wie nutzlos, falls der Feind mit einem Flächenbomdardement angreife. Er sei gewillt, Zinsen in einer von Felix zu bestimmenden Höhe zu bezahlen, sagte er. Er habe schon zu lange gewartet und könne das einfach nicht mehr hinauszögern.

Felix starrte ihn an, als traue er seinen Ohren nicht.

»Geld willst du also? Für einen Schutzbunker?« fragte er.

»Einen zu verzinsenden Betrag«, sagte Lyle rasch. »Also, ich möchte dir wirklich Zinsen zahlen. Egal, was du sagst. Aber ich brauche die 4300 Dollar so schnell wie möglich, ich habe schon zu lange gewartet, ich kann das einfach nicht mehr länger hinausschieben. Jetzt ist die Erde aufgetaut, zumindest haben wir Tauwetter – wir können mit dem Ausgraben beginnen.«

Lyle redete rasch und ein bißchen ungeduldig weiter, und Felix hörte ihm verwundert zu: Er habe schließlich mit Hannah schon so viele Male darüber geredet, er habe sich im Cadboro und anderswo mit Bekannten und mit Fremden darüber unterhalten, wobei er manchmal mit den Kunden in lebhafte Diskussionen geraten sei; sie stünden entweder ganz auf seiner Seite oder seien strikt dagegen. In den meisten Fällen stelle sich heraus, daß sie kaum über konkrete Tatsachen verfügten und leicht zu widerlegen seien, daß er sie mit seinen überlegenen Kenntnissen rasch mattsetzen könne. Die Leute merkten innerhalb weniger Minuten, daß er wisse, wovon er rede, und daß das, was er zu besprechen habe, eine Frage von Leben und Tod sei. »Es ist ja gar nichts Politisches, Felix«, sagte Lyle und nahm einen großen Schluck Whisky. »Amerikanischer Imperialismus, russischer Imperialismus – Bulganin, Eisenhower, Verteidigungsminister Wilson, Anthony Eden, Konrad Adenauer: die sind uns doch völlig gleichgültig. Was uns beschäftigt, transzendiert alles Politische. Hier geht um das *Schicksal.*«

Er habe eine aktuelle Zivilschutzbroschüre mitgebracht für den Fall, daß Felix Interesse zeige. Man könne einfach nicht darüber hinwegsehen, daß der Atomkrieg unmittelbar bevorstehe, die Politiker beider Seiten wüßten das, auch Kirchenmänner wie Billy Graham und Fulton Sheen; man könne mit dem Teufel keine Kompromisse schließen, sagten sie, und die Bedeutung sei klar. Er, Lyle, habe Fakten und Statistiken! Käme beispielsweise ein Angriff mit 263 Atomwaffen in einer Größenordnung von einer bis zehn Megatonnen, bei welchem insgesamt 1 446 Megatonnen über die USA verteilt würden (insbesondere auf »strategische« Ziele und auf Ballungszentren), dann gäbe es praktisch keinen Ort im ganzen Land, der weiter als achtzig Kilometer von einer Bombenexplosion entfernt wäre. *Kein Ort mehr als achtzig Kilometer!* Zuerst die Bombe, dann der Feuersturm, dann die Fallout-Strahlung – dem könne man nicht entrinnen. Es bleibe einem lediglich die Entscheidung, ob man sich auf intelligente Weise schützen wolle. Eine freie Willensentscheidung könne man nur noch dahingehend treffen, sagte Lyle mit leiser, erboster Stimme, ob man sich und seine Familie vor dem Atomtod retten wolle.

Er habe Felix auch einen Abdruck des Sloan-Reports über den Zivilschutz mitgebracht; dort gebe es Tabellen mit zeitlich gestaffelter Strahlungsintensität im Anschluß an eine Explosion, und zwar auf der Grundlage von einer Kilotonne Spaltprodukte pro Quadratmeile; vom Naval Radiological Defense Laboratory seien einschlägige Experimente durchgeführt worden, alles entspreche dem neuesten Stand und sei absolut zuverlässig, betonte Lyle. Den Tabellen zufolge liege die anfängliche Strahlungsmenge (mindestens eine Stunde nach der Explosion) bei 3 629 Röntgeneinheiten pro Stunde bei einer Kilotonne Spaltprodukte pro Quadratmeile, und bei vier Kilotonnen pro Quadratmeile käme man auf etwa 14 500 Röntgen pro Stunde als *Durchschnittswert* der Strahlung!

Wissenschaftlern zufolge führe eine Ganzkörperbelastungsdosis von 200 Röntgen zur Strahlenkrankheit, eine Dosis von 500 wäre etwa bei der Hälfte der Fälle tödlich, und eine Dosis von 1 000 wäre stets tödlich. (Und wer wisse schon, was »Strahlenkrankheit« wirklich bedeute?) Eine im Freien befindliche, der gewöhnlichen Strahlung ausgesetzte Person würde in weniger als fünf Minuten sterben; im Keller würde es vielleicht eine Stunde dauern; in einem kostengünstigen Schutzbunker im Hinterhof oder im Kellergeschoß könne man vielleicht noch zwei Monate leben, doch in einem tiefen Bunker mit einem Meter zwanzig Abstand von der Strahlung wäre man – vorausgesetzt, daß es keinerlei Kontamination und kein Leck gebe – auf Monate, auf ein Jahr hinaus sicher. Der Plan sehe vor, daß sich eine Familie die ersten zwei Wochen nach der Explosion in ihrem abgesperrten Bunker aufhalte; dann folge ein umsichtiges Programm mit einer Wochenstunde Aufenthalt im Freien, welches allmählich im Einklang mit den Zivilschutzrichtlinien erweitert werde. Angestrebt werde eine über ein halbes Jahr verteilte Dosis von 100 Röntgen, woraus sich keine ernsten Folgen ergeben dürften, außer für sehr junge oder sehr alte Personen sowie für Kranke.

Und am Schluß wären Überlebende selbstverständlich in der Lage, unter Befolgung der Zivilschutzrichtlinien ihre Bunker für immer zu verlassen.

Als er dies erregt vortrug, merkte Lyle zwar, daß Felix zuhörte, doch wußte er nicht, ob Felix die Botschaft tatsächlich vernahm. Jene unbewegliche, respektvolle und doch widerstrebende Miene hatte Lyle, wenn er über dieses Thema redete, auf so vielen Gesichtern gesehen, bei so vielen Dummköpfen. Selbst angesichts des bevorstehenden Holocaust wollten sie einfach nicht begreifen! Die Augen wurden glasig, die Mundwinkel zuckten. Diejenigen, die kein Wort des Widerspruchs sagten, waren hinterlistiger als die Opponenten – man verschwendete seine kostbare Zeit mit ihnen, ohne es zu merken.

Lyle umriß dann schnell sein Vorhaben und nannte Felix die wichtigsten Ausgabenposten. Die Hauptarbeit würde er natürlich selbst erledigen, doch brauche er Hilfe beim Ausheben der Erde und beim Betonieren. Da nun der Frühling gekommen sei, wolle er so bald wie möglich anfangen; die Einwilligung des Hausbesitzers habe er, doch müsse er diesem schlauen Hund auch noch Miete zahlen für den Bunker, vom Beginn der Ausgrabungsarbeiten an. Man müsse sich das mal vorstellen: Miete für etwas, das er, Lyle Stevick, selber baue, wofür er aus eigener Tasche bezahle! Dieser Hurensohn setze ihre Monatsmiete um fünfzehn Dollar herauf!

»Aber natürlich ist es das wert«, sagte Lyle aufgeregt und schnaufend. »Mit dem Schicksal soll man nicht hadern.«

Er wollte noch weitere Ausgabenposten beziffern, wurde jedoch von Felix unterbrochen: Er leihe ihm das Geld gern, habe aber bloß keine 4300 Dollar bei sich; er werde Lyle einen Scheck ausstellen und ihn am folgenden Morgen abschicken, sagte Felix.

Lyle runzelte die Stirn, als wäre ihm dieser Sieg zu leicht zugefallen: »Ich will aber Zinsen entrichten, ich möchte keine Almosen. Ich bestehe auf einer Verzinsung«, erwiderte er.

Felix machte eine verlegene, beleidigte Geste. »Von dir möchte ich keine Zinsen«, sagte er. »Die kannst du vergessen.«

»Aber ich bestehe darauf«, sagte Lyle unerschrocken. »Wie wäre es mit drei Prozent? Vier Prozent?«

»Ich leihe dir einfach das Geld, und du zahlst es zurück, sobald du dazu in der Lage bist«, meinte Felix. Er war sichtlich nervös, wollte so schnell wie möglich weg; sein Glas hatte er ausgetrunken und beiseitegeschoben. »Es eilt nicht. Laß dir Zeit.«

»Felix, ich will keine Almosen«, sagte Lyle. »Du kennst mich doch gut genug. Du weißt doch, wie unser Vater dazu stehen würde.«

»So?«

»Etwa nicht?«

Felix sagte ungeduldig: »Er ist schon lange tot – was zum Teufel hat er denn damit zu tun?«

»Er hatte seinen Stolz, er war auf seine Integrität bedacht«, fuhr Lyle fort. »Und das würde er auch von seinen Söhnen erwarten.«

Felix schaute auf die Uhr. Lyle überlegte, ob er ihn vielleicht mit seinen Ausführungen über den Holocaust beunruhigt hatte – den Leuten ging ja gerade dieses Thema schwer auf die Nerven. Oder hatte er ihn beleidigt, weil er vergessen hatte zu erwähnen, daß Felix natürlich willkommen wäre im Bunker, sofern er rechtzeitig eintreffen könnte?

»Wir beide sind Geschäftsleute«, erläuterte Lyle ungerührt. »Und hier geht es um geschäftliche Dinge.«

»In Ordnung«, sagte Felix.

»Es ist also abgemacht?«

Felix lachte, war auf einmal fröhlich und gleichgültig. »Zahl mir doch soviel Zins, wie es dir gerade paßt, Lyle«, sagte er.

Die Brüder reichten sich die Hand, und die Sache war abgemacht. Felix sagte, er werde den Scheck am Morgen zur Post geben. Dann entschuldigte er sich; er müsse weg, weil er noch eine Verabredung habe. Sie hätten sich nett unterhalten, Lyle solle Hannah von ihm grüßen. Und Lyle blieb in der Nische zurück, wo er zur Feier des Tages einen weiteren Whisky trinken wollte, zumal es ja noch nicht sehr spät war.

Warum auch nicht? dachte er. Man lebt nicht ewig.

Er gab der Kellnerin ein Zeichen, stopfte seine Pfeife, war ganz zapplig vor Freude und machte sich paffend Gedanken. In seinen Fingern spürte er noch Felix' kurzen, harten Händedruck. Der Kerl hatte vielleicht eine Kraft, sie kam auch zum Vorschein, ohne daß er es merkte! – Aber jetzt war nicht die Zeit, nachtragend zu sein gegenüber Felix, er hatte sich prächtig benommen, so wie Lyle es im Grunde von ihm erwartet hatte. Der Scheck würde zweifellos am übernächsten Tag eintreffen, er könnte daher ohne weiteres am Morgen einen Bauunternehmer anrufen, um die Sache in Gang zu bringen. Wenn die Verrückten, von denen die Welt regierte wurde, mit ihren Bomben bloß noch zwei oder drei Monate warteten, hätten die Stevicks vielleicht eine Chance.

Lyle Stevick war so erfreut über den Verlauf der Unterredung, daß er im Rainbow Lounge noch eine Stunde lang pfeifenrauchend und genüßlich trinkend weiterfeierte; es machte ihm kaum etwas aus, daß er allein war, in Wahrheit mochte er das, denn es verschaffte ihm einen klaren Kopf. Warum auch nicht, dachte er, als ob er gerade mit Hannah redete. Man lebt ja nicht ewig.

Doch das Glück war Lyle Stevick weiterhin hold.

In derselben Nacht rief ihn Felix unerwartet an und sagte, er habe sich die Sache überlegt und sei dabei auf einen Gedanken gekommen; nun wolle er erfahren, was Lyle davon halte. Selbstverständlich werde er Lyle die vereinbarte Summe leihen, er wolle aber noch 1 500 Dollar drauflegen, und mit diesem zusätzlichen Betrag könne Lyle eine Wette plazieren auf einen jungen, vielversprechenden Weltergewichtler namens Carmen Basilio, der im folgenden Monat gegen Tony De Marco um die Meisterschaft kämpfen werde. De Marco werde zwar bei den Wetten vorn liegen, doch habe er das Gefühl, daß Basilio ihn kleinkriegen werde, sagte Felix. Er habe Basilio in Syracuse boxen sehen, der Mann sei schnell und überaus gefährlich, er habe einen tollen linken Haken. Lyle solle doch den zusätzlichen Betrag nehmen und dort, wo es die besten Quoten gebe, eine Wette abschließen. Der Kampf finde am 11. Juni statt, und wenn Lyle gewinne, könne er über das Geld frei verfügen.

Lyle war unentschlossen und sagte, er werde es sich überlegen. Von Wettgeschäften sei er eigentlich nicht sehr angetan, meinte er, aber er wolle darüber nachdenken.

»Tu das mal«, sagte Felix.

In jener Nacht fand Lyle fast keinen Schlaf. Die Gedanken überstürzten sich, und sein Puls raste vor Aufregung – sein innigster Wunsch war so bereitwillig erfüllt worden, und sein Schicksal hatte sich auf geheimnisvolle Weise zum Besseren gewendet! Als wäre sein Leben eben doch eine Art Märchen und nicht, wie er immer vermutet hatte, eine endlose Tragödie. Oder ähnelte es etwa diesem neuen, ungeheuer populären Fernsehquiz mit dem Titel »Die 64 000-Dollar-Frage«, nach dem Hannah und ihre Schwester Ingrid so verrückt waren? Dort fielen einem Reichtümer in den Schoß, wenn man nur flink und schlau genug war und die richtigen Antworten wußte auf die bescheuerten Fragen.

5

Warren Stevicks Liebesaffäre mit Miriam Brancher begann völlig unerwartet an einem Nachmittag Ende März.

Sie begegneten einander auf eine ganz unwahrscheinliche Weise, die Warren für immer in Erinnerung bleiben sollte: Er kehrte gerade von der juristischen Fachbibliothek in seine Pension zurück und entdeckte draußen auf dem Dach, knapp fünf Meter vom Fenster am Treppenabsatz entfernt, eine junge Frau, die keinen Mantel, sondern nur einen Pullover und Bluejeans trug und barfüßig war.

Auf dem Dach? Bei diesem Wetter? Was war da bloß los?

Auf dem Weg nach oben hatte er gemerkt, daß etwas nicht stimmte, weil das Fenster am Treppenabsatz halb hochgeschoben war und kalte Luft hereinströmte. Aber er hatte nicht damit gerechnet, daß er draußen jemand entdecken würde.

»Was soll das? Was ist denn los?« rief er.

Er schaute hinaus und blieb wie angewurzelt stehen: Es war diese junge, blonde Frau, die er nur dem Namen nach kannte – ein Künstlermodell, wie ihm einer der Mitbewohner erzählt hatte –, die schöne Miriam Brancher mit den harten Gesichtszügen, die auf der Straße Zigaretten rauchte, Männerhemden, Bluejeans und Stiefel trug, aber manchmal auch provokante, nuttenhafte Kleider und grotesk aussehende Schuhe mit bleistiftdünnen Absätzen. Eine Trinkerin und Herumtreiberin, sagten die Leute, doch Warren hatte sie immer anziehend gefunden und ihr nachgeschaut, wenn sie auf der Treppe oder auf dem Korridor an ihm vorbeiging. Nun saß Miriam Brancher auf einmal draußen auf dem Dach in der kühlen Märzluft, in der einen Hand eine Weinflasche, in der anderen eine brennende Zigarette. Warren lehnte sich aus dem Fenster und schämte sich ihretwegen. Immer wieder fragte er, was denn los sei. Ob sie Hilfe brauche? In seiner momentanen Verwirrung konnte er sich nicht vorstellen, was sie als Nächstes tun würde: Hinunterspringen? Das Gleichgewicht verlieren und sich fallenlassen? Das Dach war steil, die Schindeln waren feucht, doch die junge Frau nahm halb sitzend, halb liegend eine lässige Haltung ein und regte sich nicht, hatte die Beine ausgestreckt und den blonden Schopf in den Nacken gelegt. Wenn der Himmel nicht bedeckt gewesen wäre, hätte sie auf verwegene Weise ein Sonnenbad nehmen können.

Sie hörte, daß er ihr vom Fenster aus zurief, wandte sich jedoch anfangs nicht um. Er redete aufgeregt und stotternd auf sie ein: »Seien Sie vorsichtig. Bewegen Sie sich nicht. Ich helfe Ihnen herein...« Schließlich schaute sie ihn an, machte dabei eine wegwerfende Geste und murmelte etwas Unverständliches. Daß er zum Teufel gehen solle? Daß er sie in Ruhe lassen solle? Warren hatte noch keinen Erwachsenen in einer so verblüffenden Situation erblickt: Eine menschliche Gestalt, wo sie nichts zu suchen hatte. Es war ihm gar nicht in den Sinn gekommen, einfach zu seinem Zimmer hinaufzugehen, die Tür hinter sich zuzumachen und nicht mehr an sie zu denken.

»Man wird die Polizei holen, wenn man Sie dort sieht«, sagte er. »Möchten Sie, daß die Polizei kommt? Oder die Feuerwehr? Wenn Mr. Novick davon erfährt...« Novick betrachtete sich als »Hausverwalter«; er war ein jähzorniger Mann in den Fünfzigern mit einem feisten Gesicht, wohnte in einem Apartment im Erdgeschoß und hatte für die Mieter selten ein freundliches Wort übrig. »Ich helfe Ihnen gern, wieder hereinzukommen. Dort draußen ist es doch nicht besonders angenehm, oder?«

Sie bewegte sich zentimeterweise weg von ihm, rutschte einfach auf dem Gesäß das Dach entlang und murmelte in ihrem betrunkenen Zustand mürrisch vor sich hin. Das Weiß ihrer bloßen Füße wirkte schockierend – ihr Anblick rührte Warren; sie waren so ungeschützt und hatten dabei etwas so Intimes. Er spürte Anwandlungen von Mitleid, Zärtlichkeit und Ungeduld. »Nein! Halt! Bleiben Sie, wo Sie sind!« rief er. Die Zigarette fiel ihr aus der Hand und rollte das Dach hinunter, dann verlor sie die Weinflasche – sie kreischte, griff nach ihr und wäre fast abgerutscht. Die Flasche rollte scheppernd das Dach hinunter, hüpfte über die Regenrinne und fiel drunten, zwei Stockwerke tiefer, auf den Gehsteig. Sie hörten, wie sie zerbrach.

Sie rief ihm etwas zu, gab vielleicht ihm die Schuld dafür, daß sie die Flasche verloren hatte. Sie hatte einen bitteren Zug um den Mund, das Dreieck ihres Gesichts war blaß, und das ungewaschene Haar flatterte ihr in blonden Strähnen um die Augen. Warren erinnerte sich an eines der letzten Zusammentreffen mit Miriam Brancher: Vor einigen Tagen war sie abends in der Gesellschaft eines Mannes die Treppe hochgestiegen, mit dem er sie in letzter Zeit schon öfter gesehen hatte. Er sah gut aus, war Anfang vierzig, trug einen Kamelhaarmantel und einen gelbbraunen Filzhut, den er nach hinten geschoben hatte. Die hübsche Miriam Brancher und ihr Freund waren beschwipst gewesen, sie waren eng umschlungen und lachend das schlecht beleuchtete Treppenhaus hinaufgestolpert. Warren hatte sich an die Wand gedrückt, um sie vorbeizulassen. Mit Miriam Brancher hatte er noch kein Wort gesprochen, doch kannte er ihren Namen von den für sie bestimmten Briefen, die ab und zu in der Eingangshalle herumlagen. Warren hatte diese Briefe lange betrachtet, hatte sich gefragt, wer ihr wohl schreibe und was sie für ein Leben führte. Sie war die Art von Mädchen, die er nie kennenlernte; er hätte auch gar nicht gewußt, wie er das anstellen sollte, hätte ihr vielleicht nicht einmal näherkommen wollen – sie war eine, die man auf der Straße anstarrte und im Vorbeigehen bewunderte. Sie hatte den frechen, lustigen, schwungvollen Gang, den auch seine Schwester Lizzie hatte, wenn sie guter Laune war, doch war sie viel hübscher als Lizzie. Aus gelegentlichen Bemerkungen der anderen Mieter und aus Novicks Äußerungen wußte er jedenfalls, daß sie ein Künstlermodell war – also nackt Modell stand –, obgleich sie auch noch einen festen Job haben mochte, etwa als Sekretärin oder als Kellnerin. Gewiß hatte sie allerlei Freunde unterschiedlichen Alters, doch wurden die anderen Mieter nie so stark beeinträchtigt, daß sie sich ernstlich beschwert hätten. Miriam hatte Warren an jenem Abend auf der Treppe vergnügt angelächelt und dabei in einer kindlichen Hochstimmung begafft, so wie es Frauen bisweilen tun, wenn ihr Liebhaber bei ihnen ist, wenn ihre Schönheit und ihre Verführungskraft ihnen ein Gefühl der Erfüllung, der Unbekümmertheit und des Reichtums vermitteln. »Hallo, wie geht's denn?« hatte sie gemurmelt, als wäre Warren ein alter, ziemlich vertrottelter Bekannter, den man mit liebenswürdigem, aber doch herablassendem Humor behandeln durfte. Doch bevor Warren etwas erwidern oder auch nur durch eine Geste der Verblüffung zeigen konnte, wie ihm zumute war, hatten sich Miriam und ihr Freund schon an ihm vorbeigedrückt und waren verschwunden. Er hörte, wie sie geräuschvoll weitergingen; um ihn herum roch es nach Parfüm, Haarwasser und Alkohol.

Später ging ihm der Vorfall durch den Kopf, noch eine ganze Zeitlang. Miriam Brancher mit den großen, grünen Augen, der zarten Stupsnase, dem reizenden Mund mit der kurzen Oberlippe – und ihrer beschwipsten Ausgelassenheit, die so verheißungsvoll war! Er hatte den Eindruck, daß sie ein paar Jahre älter und viel erfahrener war als er. Doch als Warren sie das nächste Mal sah, ging sie auf der Straße in einem Wildledermantel von billigem Schick ganz vergnügt an ihm vorbei, ohne eine Andeutung, daß sie ihn wiedererkannte. Sie schaute durch ihn hindurch; er existierte für sie überhaupt nicht.

Jetzt beobachtete sie ihn, beugte sich wie ein verängstigtes Kind über ihre angezogenen Knie, während er auf dem nassen Schindeldach vorsichtig damit anfing, die fünf Meter bis zu ihr zurückzulegen. Warren unterdrückte seine panische Angst und arbeitete sich Stück für Stück voran – die Schindeln waren verdammt naß und glitschig, das Dach steiler, als er erwartet hatte. »Bleiben Sie dort, wo Sie sind, bitte bewegen Sie sich nicht«, rief er laut und deutlich, sein Stottern war auf wunderbare Weise verschwunden. Er wußte, daß er jeden Moment den Boden unter den Füßen verlieren, seinen Halt am Dachfirst einbüßen könnte; er könnte ausrutschen, hinunterfallen und sich das Genick brechen auf dem Gehsteig drunten. Dennoch machte er weiter. Sein Atem zeichnete sich als leichter Dunsthauch ab, Schweiß rann an ihm herunter. Ein schwacher Nordostwind pfiff durch die halb zerbröselten Ziegelsteine eines nahen Schornsteins; auf der anderen Seite des Daches fuhren Tauben unbeirrt mit ihrem Gurren fort, und drunten auf der Straße herrschte der übliche Verkehrslärm, gingen Lastwagen knirschend in einen anderen Gang. Warren bemühte sich, Miriam Brancher gegenüber einen unbeschwerten Ton anzuschlagen. In fünf Minuten seien sie beide in Sicherheit, sagte er; sie solle doch die Hand ausstrecken, sich herüberlehnen und die Hand ausstrecken, er tue ihr doch nichts. Doch sie rührte sich nicht vom Fleck. Sie umklammerte ihre Knie, sah mitgenommen und verdrossen aus, vielleicht machte ihr jetzt der Wein zu schaffen, denn der Spaß war zu Ende. So ein Arschloch, dachte sie wahrscheinlich: Ein verdammter Narr, der seine Nase in ihre Angelegenheiten steckte. Nur weil sie ein schwaches und benachteiligtes Wesen war, hatte sie die Lage falsch eingeschätzt und war auf ein Dach hinausgeklettert, als wäre es Sommer, als wäre die Sonne einladend und das Dach selbst völlig ungefährlich. – »Bitte, können Sie sich nicht ein bißchen rüberbeugen?« fragte Warren.

Er wollte die Verzweiflung nicht zeigen, die er empfand. Aber er hatte die Gefahr schwer unterschätzt, das abschüssige Dach, die tückischen Schindeln; seine Schuhsohlen waren dünn, er rutschte immer wieder ab – er wäre besser dran gewesen, wenn er barfuß herumgeklettert wäre wie ein Affe! Es war, als robbe er über ungeschütztes Gelände und warte auf das Einsetzen des gegnerischen Feuers. Die Dämmerung am Imjin-Fluß. Auf tausend Mann hatten sich ihre Verluste belaufen. »Verluste« – was für ein Wort! Der furchtbaren Weite des Himmels ausgesetzt zu sein, aus dem Mörsergeschosse fallen konnten, die Feuer und Tod verbreiteten. Ohne es zu wissen, wappnete sich Warren gegen eine Explosion, die so ohrenbetäubend wäre, daß er sie gar nicht hören könnte.

Von der Straße her machte der große, schäbige, aus den zwanziger Jahren stammende Fachwerkbau mit den zahlreichen steilen Dachflächen, Giebelfenstern, spitzen Türmchen, Bögen und winzigen Balustraden einen verspielten, überladenen Eindruck, wirkte wie die Marotte eines Architekten, doch aus Warrens jetziger Perspektive wurde daraus ein fürchterlicher Steilhang mit jähen Abstürzen und heftigen Windböen. Was kinderleicht ausgesehen hatte, war jetzt ein Alptraum. Wieso hatte er nicht die Polizei oder die Feuerwehr geholt? Jetzt lief der Schweiß an ihm herunter, seine Brille war beschlagen, weil er von einer Verzweiflung erfüllt war, die er kaum noch verbergen konnte. Am meisten machte ihm zu schaffen, daß die Schwerkraft unablässig versuchte, ihn hinunterzuziehen – fast sein gesamtes Gewicht lastete auf seinem linken Fuß, der steil abwärts zeigte. Wenn sein Fußknöchel versagte, wenn er plötzlich umknickte! Er schloß die Augen, ihm fiel ein, wie er hinter dem Geschäft seines Vaters in der Lock Street auf das Dach des mit Brettern vernagelten Lagerhauses gestiegen und immer höher geklettert war, weil er sich vor dem Umkehren, vor dem Rückweg gefürchtet hatte. Vor lauter Angst hatte er, ein neun- oder zehnjähriges Kind, nicht einmal einen Blick nach unten geworfen. Ein panischer Schrecken, ein Zittern hatte ihn befallen; an den Händen und an den Hosen hatte er Vogeldreck und Teergestank gehabt, die Sommersonne hatte erbarmungslos heruntergebrannt...

Er konnte sich nicht mehr erinnern, wie er schließlich wieder heruntergeklettert war.

Jetzt streckte er Miriam Brancher die Hand hin und forderte sie auf, sie zu ergreifen: »Versuchen wir's mal? Aber ganz vorsichtig!« Sie schaute ihn verbittert an, doch dann gab sie nach, und sie packten einander an der Hand; ihre Finger waren überraschend kräftig – kalt, trocken, fest und geschickt. In seiner freudigen Erregung fiel Warren dazu etwas Spaßhaftes ein: »Ich bin Ihnen ja noch gar nicht vorgestellt worden – mein Name ist Warren Stevick.« Doch Miriam antwortete nicht. Er sah, daß sie weinte; ihre Wangen glänzten vor Tränen.

Zu diesem Zeitpunkt absolvierte Warren sein erstes Jahr an der juristischen Fakultät und stand kurz vor dem Ende eines schwierigen Frühjahrstrimesters; er hatte in der juristischen Fachbibliothek eine Teilzeitbeschäftigung mit maximal zwanzig Wochenstunden, für die er 1,50 Dollar brutto die Stunde erhielt, doch die meiste Energie verwandte er darauf, für die Ortsgruppe Philadelphia der Society for Non-Violent Action neue Mitglieder zu werben. Diese pazifistische Vereinigung veranstaltete vor allem Demonstrationen gegen den Atomkrieg, gegen Atombombentests und den einschlägigen Forschungsbetrieb; sie war international tätig, hatte Geschäftsstellen in London und New York und verfügte angeblich über 2 000 Mitglieder. (Die Ortsgruppe hatte nur ungefähr zwanzig verläßliche Mitglieder.) Warren arbeitete in dieser Organisation eifrig mit, achtete jedoch darauf, daß dies nicht auf Kosten seines Studiums und seiner Gesundheit geschah wie beim Wahlkampf für Stevenson. Für ihn war das Recht eine Waffe, die gegen die Rüstung eingesetzt werden konnte – um den akademischen Grad bemühte er sich aus reinen Nützlichkeitserwägungen heraus. Er wollte sich dem Öffentlichen Recht und dem Armenrecht widmen oder zur Durchsetzung der Bürgerrechte beitragen, dann nach ein paar Jahren mit der Friedensthematik für ein Amt kandidieren, vielleicht im selben Kongreß-Wahlbezirk, in dem er jetzt wohnte. Er schwieg sich zwar seinen Eltern gegenüber aus, doch hatte er nicht die Absicht, nach Port Oriskany zurückzukehren: Für ihn gab es dort keine Zukunft.

Wann immer er an Port Oriskany dachte, geschah dies mit einer für ihn unerklärlichen Anwandlung von Panik und Entsetzen. Er hatte ja dort eine glückliche Kindheit verbracht, soweit er sich erinnern konnte.

Die SNVA, wie die Vereinigung allmählich abgekürzt genannt wurde, hatte auf örtlicher Ebene trotz ihrer niedrigen Mitgliederzahl mancherlei Aktivitäten entfaltet und einige Aufmerksamkeit erregt – sie hatten im vorangegangenen Herbst auf dem Universitätscampus und im Zentrum von Philadelphia Protestmärsche gegen die Atomwaffenpolitik der Eisenhower-Regierung veranstaltet; sie hatten eine an Eisenhower und an den sowjetischen Ministerpräsidenten Bulganin gerichtete Petition verfaßt, in welcher zu Abrüstungsverhandlungen aufgerufen wurde, und diese Petition mit mehreren hundert Unterschriften nach Washington geschickt; sie hatten die Vorführung eines umstrittenen Dokumentarfilms in die Wege geleitet, in welchem japanische Fischer an Bord des unglückseligen Schiffes *Fortunate Dragon* zu sehen waren, die wegen des amerikanischen Wasserstoffbombentests im Pazifik vom März 1954 unter Strahlenschäden zu leiden hatten. Für das Frühjahr planten sie gerade eine Demonstration vor der Beratungsstelle für Reserveoffiziersbewerber auf dem Universitätscampus. Obwohl die Leute ihrer Vereinigung eher feindselig gegenüberstanden, verbrachten Warren und die anderen jede Woche etliche Stunden damit, hektografierte Flugblätter zu verteilen. Warren erläuterte die Grundsätze und Ziele der Vereinigung gegenüber Mitgliedern örtlicher Organisationen – den Young Democrats, der St. Thomas More Society, der Liga der Jurastudenten sowie verschiedenen Studentenverbindungen und konfessionellen Gruppierungen. Aus ihm war trotz seines gelegentlichen Stotterns ein bemerkenswerter Redner geworden; er war etwas unsicher, aber voller Begeisterung, und in manchen Kreisen bewunderte man ihn sogar – diesen großen, breitschultrigen jungen Mann mit dem rauhen, geröteten Teint, dem kurzgeschnittenen braunen Haar und der Brille aus Schildpatt. Mit seinem linken Auge schien etwas nicht zu stimmen, das linke Brillenglas vergrößerte stark. Man wußte, daß er ein Veteran des Koreakrieges war und zwei Tapferkeitsauszeichnungen erhalten hatte, doch wenn er sich vorstellte, bezeichnete er sich immer als einen typischen amerikanischen Bürger seiner Generation. Seine Kleidung war meist schäbig und zerknittert, doch bei öffentlichen Veranstaltungen trug er stets ein weißes Hemd, eine Krawatte und einen Sportsakko – Warren Stevick und seine Mitstreiter in der SNVA waren keine Beatniks von der Sorte, wie *Time* und *Life* sie in grellen Farben schilderten; ihre Rebellion bewegte sich auf einer ganz anderen Ebene.

Dennoch kam es zu ernüchternden Schmähungen, wenn er bei örtlichen Organisationen auftrat, wenn er es wagte, das Wort zu ergreifen, um über zivilen Ungehorsam und Gandhis *satyāgraha,* seine Methode des gewaltfreien Protestes, zu sprechen im Zusammenhang mit dem Widerstand gegen die Verteidigungsstrategie der US-Regierung. Wiederholt fragte man ihn: Wenn es zwischen den Vereinigten Staaten und der Sowjetunion einen Kampf um die Weltherrschaft gäbe und amerikanische Bürger sich gegen eine Zusammenarbeit mit der Regierung aussprechen würden – wäre dies nicht Hochverrat oder Landesverrat?

Die meiste Geringschätzung zeigten Warrens Studienkollegen, die Juristen. Sie behaupteten, es führe zu Anarchie und Chaos, es wäre der helle Wahnsinn, wenn jeder »selbst entscheiden würde, was gesetzmäßig sei«. Warren blieb jedoch bei seinem Standpunkt und war auch auf die übelsten Attacken vorbereitet. Er bemühte sich stets, auf eine lockere und persönliche Art zu sprechen, als wende er sich an Einzelpersonen und nicht an eine größere Gruppe; entstand eine unschöne, gewalttätige Atmosphäre, so fuhr er unbeirrt fort, war nur ein klein wenig verlegen und hob kaum die Stimme, um sich gegen die wütenden Zurufe durchzusetzen. Er hatte die Situation im Griff! Er zeigte sein wahres Ich! Und er stand mitten im Leben – im öffentlichen Leben! Warren sagte, er lasse sich von dem Grundprinzip leiten, daß Gewissensentscheidungen für sein Handeln bestimmend seien. Und dieses Tun sei völlig gewaltfrei, so wie Henry David Thoreau es vorgelebt habe, als er sich im Jahr 1846 aus moralischer Entrüstung über die Sklaverei in den Südstaaten und über den Krieg gegen Mexiko weigerte, seine Steuern in Höhe von 1,50 Dollar an den Bundesstaat Massachusetts zu entrichten, und Mahatma Gandhi in seinen langen *satyāgraha*-Kampagnen gegen die britische Herrschaft in Indien. Er versuchte seine Gegner zu widerlegen, indem er auf gesetzeswidrige, von Gewissensentscheidungen diktierte Handlungen verwies: in Nazideutschland, in den englischen und den spanischen Kolonien auf dem amerikanischen Kontinent sowie im römischen Weltreich zur Zeit der christlichen Märtyrer. Ob jemand die Tatsache leugnen wolle, daß der Untergang des Römischen Reiches durch den Ungehorsam von Christen herbeigeführt worden sei, die sich einer höheren Gerechtigkeit verpflichtet gefühlt hätten?

Auch wenn es bei seinen Vorträgen Gegendemonstrationen gab, auch wenn man ihn beschimpfte – als »Roten«, »Verräter«, »Blödmann«, »Arschloch« –, ließ sich Warren nicht von seiner gutmütigen Haltung abbringen; er war freundlich, verschaffte sich unaufdringlich Gehör und nahm die Argumente seiner Gegner ernst. Gandhi war oftmals ins Gefängnis geworfen worden, hatte stets in Lebensgefahr geschwebt, also konnten diese verbalen Beleidigungen Warren Stevick nichts anhaben. Ab und zu wurde er in seinem Stolz – oder in seiner männlichen Eitelkeit – getroffen, doch auch dies hatte nichts zu bedeuten.

Wie er Miriam Brancher zu einem späteren Zeitpunkt zu erläutern versuchte, waren die Widersacher nicht von Grund auf böse, doch mochten sie schlimme Überzeugungen vertreten.

Dies sei natürlich Gandhis Auffassung, und das Ziel des *satyāgraha* liege nicht darin, einen Gegner zu besiegen, schon gar nicht, ihm eine Niederlage beizubringen, sondern bei der Durchsetzung der objektiven Wahrheit Entgegenkommen zu zeigen – so daß sich daraufhin, wie Gandhi bewiesen habe, Gerechtigkeit einstellen werde.

Nach der Wahrheit die Gerechtigkeit.

Vielleicht sei das ein Prinzip des Universums.

Miriam Brancher sagte zu Warren, sie fürchte sich davor, in ihr Zimmer zurückzukehren; sie wolle nicht allein sein. Und so brachte Warren die schwankende, stolpernde Frau in sein eigenes Zimmer, wo sie sich aufs Bett legte: leichenblaß, benommen und völlig erschöpft. Für Warren schien es die natürlichste Sache der Welt zu sein, daß diese Frau auf sein Bett sank und die Knie bis zur Brust hochzog. Ihre Füße waren so weiß und zart, selbst durch die schmutzigen Fußsohlen schimmerte das Weiß hindurch, und dieser Anblick rührte ihn bis ans Herz. Sie kannte ihn zwar kaum, doch vertraute sie ihm, als sie sich gefaßt hatte; sie sagte, daß es ihr leid tue, daß sie sich schrecklich schäme und ihm dankbar sei, daß er sie vielleicht davor bewahrt habe, sich umzubringen. Oder davor, bei den Nachbarn ins Gerede zu kommen, wenn die Polizei oder die Feuerwehr erschienen wäre. Sie wisse gut, daß es ein Fehler gewesen sei, allein zu trinken, doch nach dem ersten Schluck sei es zu spät gewesen. Warren deckte sie mit einer Steppdecke zu und holte einen mit kaltem Wasser getränkten Waschlappen, den er ihr aufs Gesicht legte; ihre Finger umschlangen die seinen, als sie den Waschlappen fest an die Augen drückte. Es gebe da einen Mann, sagte sie, der sie schlecht behandelt habe, das sei der Grund. Er habe ihr allerlei Versprechungen gemacht, und dann sei da noch etwas, aber sie wolle Warren nicht auf die Nerven gehen mit ihren Problemen, mit der Geschichte ihres verpfuschten Lebens, wie sie sich einem nach dem anderen an den Hals geworfen habe. Doch im Grunde sei sie innerlich Hunderte von Kilometern weit weg, sagte sie, nämlich bei ihrem kleinen Jungen. Im Haus wisse wohl niemand, daß sie einen kleinen Jungen habe? – Mikey sei fünf Jahre alt, er wachse bei ihrer Mutter auf. In Gedanken sei sie bei ihm, doch ihr Leben spiele sich hier ab, und sie könne nicht beides unter einen Hut bringen.

»Ich war aber verheiratet«, sagte Miriam, »als Mikey geboren wurde. Es ist nicht so, wie Sie vielleicht denken.« Sie redete in einem bitteren, müden Ton. Warren sagte, sie solle doch schlafen, wenn ihr danach zumute sei, er würde sie nicht stören. Dann saß er lange Zeit in einem Zustand der Verwunderung und der Verliebtheit da und starrte die schlafende Frau an, ihre körnige Haut, die fettigen, dunkelblonden Haarsträhnen, jene schwache Prellung an ihrer Stirn und die vor Erschöpfung fahl gewordene Augenpartie. Dennoch kam sie ihm schön vor – er hatte noch nie eine so schöne Frau gesehen. Zarte Gesichtszüge, doch die Form ihres Kopfes, ihr Kiefer, ihr Hals und ihre Schultern hatten etwas Kraftvolles. Sie erinnerte ihn an Rodins Eva, jene reizvolle Frauengestalt mit dem kraftvollen, muskulösen Körper, dem straffen Unterleib und den herrlich geformten Schenkeln und Hinterbacken. Ja, wie Rodins Eva, dachte Warren: keine Idealvorstellung von einer Frau, sondern eine Frau aus Fleisch und Blut.

Miriam Brancher schlief in Warrens Bett ohne Unterbrechung fast fünfzehn Stunden lang.

Es war ein schmales, primitives Bett mit einer klumpigen Matratze, das in einer Ecke des Zimmers stand, welches Warren für 45 Dollar pro Monat im dritten Stock in der Hickory Street Nummer 4722 gemietet hatte. Das pompöse, aber heruntergekommene Gebäude hatte man einfach in fünfzehn »Apartments« unterschiedlicher Größe aufgeteilt und die Mietkosten entsprechend gestaffelt; es gehörte zu den ersten Objekten, die Warren Stevick besichtigt hatte, als er im September des vorangegangenen Jahres nach Philadelphia gekommen war. Seine Ansprüche waren bescheiden, seine Mittel begrenzt. Ihm gefiel die Abgeschiedenheit des langen, schmalen, unter einem abschüssigen Seitendach liegenden Zimmers, welches ein Mansardenfenster mit Blick auf ein wenige Meter entferntes Nachbarhaus besaß. Ein geheimnisvoller Geruch nasser, von Regen und Wind aufgewühlter Asche weckte in ihm ähnlich geheimnisvolle, bedeutungsschwere Erinnerungen an Stätten seiner Kindheit. Wenn überhaupt, drangen Sonnenstrahlen nur am

Morgen schräg ins Zimmer; die übrige Zeit lag es im Zwielicht und im Schatten, so daß Warren eine Lampe brauchte, wenn er arbeiten wollte. Dennoch gefiel es ihm dort, er hatte sich sofort richtig zu Hause gefühlt.

Der Raum war sparsam möbliert: das Bett, ein Tisch für Mahlzeiten und für das Studium, ein Schreibtischstuhl, Bücherregale aus unbehobelten Brettern und Backsteinen sowie ein schäbiger Ohrensessel, den er bei der Heilsarmee in der Thirteenth Street für zehn Dollar erstanden hatte. Gerade so, als wohnte er mitten in Lyle Stevicks Möbelhandlung, dachte Warren. In einem schmalen Alkoven befand sich die sogenannte Pullman-Küche: ein Miniaturkühlschrank, ein zweiflammiger Herd und ein zerbeulter Ausguß. Neben der Küche lag das Bad mit einer altmodischen, ebenfalls zerbeulten, recht ausladenden Wanne auf verschnörkelten Beinen. Die Wanne hatte eine unheimliche Ähnlichkeit mit jener, die in der East Clinton Street 118 in Port Oriskany stand – Warren döste manchmal beim Baden, erwachte im lauwarmen Wasser mit dem Eindruck eines unerklärlichen Verlustes und wußte nicht mehr, in welchem Jahr er sich befand und wie alt er eigentlich war.

Den wenigen Besuchern, die in Warrens Zimmer kamen, fielen unweigerlich die an der Wand neben seinem Schreibtisch mit Klebeband befestigten Gegenstände ins Auge – ein Porträt des jungen, bärtigen, hohläugigen Henry David Thoreau; ein Foto des betenden, mit einem Lendenschurz bekleideten Mahatma Gandhi; ein umfangreicher Kalender für das Jahr 1955, auf welchem viele Tage durchgestrichen, andere wiederum rot umrandet waren; und auf weißem Zeichenpapier ein mit Tusche geschriebener Spruch:

> KRIEGE SIND ÜBERHOLT
> DIESE BEDROHUNG MUSS VERSCHWINDEN
> WENN DIE WELT WEITER BESTEHEN SOLL.
> *General Douglas MacArthur*

(»MacArthur? Dieser Wahnsinnige?« fragte einer von Warrens Bekannten, als er den Spruch zu Gesicht bekam. »Er war nicht wahnsinnig, er war Soldat«, sagte Warren barsch. »Der Krieg war der Wahnsinn.«)

Während Miriam Brancher jene Nacht in seinem Bett verbrachte, schlief Warren halb ausgezogen in dem schlecht gepolsterten, staubigen und nach Schimmel riechenden Ohrensessel, der ihn ebenfalls an zu Hause erinnerte. Er schlief unruhig, empfand eine starke Erregung durch die Gegenwart der Frau, den Duft ihres Haares und ihres Körpers, durch ihren nach Wein riechenden Atem; er wand sich unter dem Verlangen, das in ihm aufstieg, wobei das Pulsieren des Blutes in seinen Lenden zuerst angenehm, dann ziemlich beängstigend war. Ihm wäre es vorgekommen, als hätte er gar nicht geschlafen, wenn er nicht durch Miriam Branchers leises Schnarchen und einen schwachen Aufschrei, der auch von ihm stammen mochte, geweckt worden wäre. Und schließlich war er hellwach, hörte aus dem Bad das Rauschen der Dusche, erblickte das leere, zerwühlte Bett und den Wecker, dessen Leuchtziffern ihm anzeigten, daß es fünf Minuten vor sieben war.

Warren erhob sich, setzte seine Brille auf und wartete zitternd auf Miriams Rückkehr. Er war schon beim Aufwachen erregt gewesen, doch durch das Geräusch der Dusche und den Anblick der Laken wurde sein Verlangen noch angestachelt. Nun brachte er das Bett so rasch und gründlich in Ordnung, als wäre er gerade in der Kaserne beim Bettenbauen. Aus dem Kopfkissen sog er den scharfen, betäubenden Duft von Miriams Haar ein. Sieben Uhr morgens am 26. März 1955: Auf seinem Kalender war das Datum nicht angestrichen.

Nach ein paar Minuten kehrte Miriam ins Zimmer zurück, von einer duftenden Dampfwolke umgeben; sie trug Warrens weißen Frotteebademantel, der für sie einige Nummern zu groß war, das Haar hatte sie mit einem Handtuch umwickelt. Sie ging auf bloßen Füßen und war wie umgewandelt: schwungvoll, heiter, voller Selbstvertrauen, als wisse sie genau, wie sehr er sich nach ihr sehnte. Der Schlaf hatte sie wunderbar erfrischt, sogar die Prellung an ihrer Stirn schien verschwunden zu sein. »Guten Morgen!« sagte sie zu Warren, der sie anstarrte und kaum ein Wort herausbrachte. Dann setzte sie sich ganz selbstverständlich auf den Rand des Bettes, rieb sich das Haar trocken und verdrehte vor Entzücken die Zehen. Sie fragte ihn, ob er eine Zigarette da habe, ob er am Morgen irgendwohin müsse. Ihre Haut war vom Duschen etwas gerötet, ihre Augen waren grün mit nuß- oder goldfarbenen Einsprengseln, ihre Lippen voll und schön. Warren hörte vom Dach her die Tauben und ein Rascheln unter der Dachkante. Durch die Decke das Geräusch von Schritten. Im Heizkörper ein dumpfes Pochen wie der Pulsschlag seines Blutes, das in seine Lenden strömte. Miriam fragte Warren mit einem Lächeln nach seinem Nachnamen, und er ging in lustvoller Verzückung zu ihr hinüber, wollte sich hinunterbeugen, um sie zu küssen, doch sie umschlang plötzlich seine Schenkel und drückte ihr Gesicht an seinen Unterleib. Ein scharfer, schneidender Schmerz durchfuhr ihn, als wäre ein Messer in ihn eingedrungen – jetzt würde er nie mehr loslassen.

So begann die erste Liebesaffäre im Leben von Warren Stevick.

Sie werde nie vergessen, sagte Miriam, wie nett Warren zu ihr gewesen sei. Wie er sie »gerettet« habe. (Aber war sie denn wirklich in Gefahr gewesen? Von Zeit zu Zeit kam sie auf das Thema zu sprechen und meinte, sie wäre wohl nicht hinuntergefallen, sie sei ein Glückspilz; wenn Warren sie nicht bemerkt hätte, wäre sie vermutlich nach ein paar Minuten wieder hineingeklettert.) Sie war jedoch auf eine kindliche Weise dankbar; sie sagte ihm, er sehe ihrem älteren Bruder ähnlich, den sie verloren habe, ihrem Mann jedoch überhaupt nicht – er bilde vielmehr die genaue Antithese zu Bob Brancher, falls »Antithese« das richtige Wort sei.

»Dein Mann? Bist du denn noch verheiratet?«

»Nicht richtig«, sagte Miriam.

Sie habe sich wegen ihres Freundes betrunken (Curt: mit dem Kamelhaarmantel und dem schicken Filzhut) und sei dann auf das Dach hinausgekrochen, um einen klaren Kopf zu bekommen; er habe ihr gesagt, er liebe sie und sei verrückt nach ihr, allerdings nicht so sehr, daß er ihretwegen sein Leben ändern werde. Dieser Dreckskerl! Es sei fast zum Lachen, meinte Miriam, wenn es nicht so verdammt traurig wäre.

»In Wahrheit hat er's mit der Angst zu tun bekommen wegen Mikey«, fügte sie hinzu.

Genaugenommen war Warren Stevick nicht jungfräulich, als

er zum ersten Mal mit Miriam Brancher schlief, doch hatte er mit keiner Frau mehr als einmal Geschlechtsverkehr gehabt, und es war ohnehin nur sehr selten zu intimen Beziehungen gekommen. Er bemühte sich, die verschiedenen Vorkommnisse zu verdrängen, weil sie ihm peinlich waren. Über seine Erinnerungen legte sich ein Schleier, aus knabenhaften Tagträumen wurden Tatsachen, und Tatsachen verwandelten sich in erotische Phantasien; obwohl er längst erwachsen und seit Jahren ausgebrochen war aus dem vertrauten römisch-katholischen Kreislauf von sündhaften Gedanken und Taten, von Beichte, Absolution und Kommunion, von sündhaften Gedanken und Taten und, wie gehabt, Beichte, Absolution und Kommunion, konnte er sich nicht von der Überzeugung freimachen, daß Sex doch etwas Sündhaftes sei und für Männer wie auch für Frauen etwas Erniedrigendes. Sein verunstalteter Körper brachte ihn immer noch in Verlegenheit, beeinflußte seine Gedanken. Er hatte noch nie ein Mädchen oder eine Frau geliebt, doch hatte er von Zeit zu Zeit gehofft, er werde sich noch richtig verlieben – denn sonst wäre das Leben zu einsam! Seine Romanzen (an der High-School, an der Cornell University) waren zuerst vielversprechend und aufregend, doch dann kam die Unbeholfenheit, das leere Geschwätz, die Befangenheit. Die jungen Frauen, die er an der Cornell University gekannt hatte, dachten nur ans Heiraten, selbst wenn sie die engstirnige Lebensweise ihrer Eltern ablehnten; sie hatten Angst davor, schon vor der Ehe ihre Jungfräulichkeit zu verlieren – »verlieren« war eine Vokabel, die Warren einleuchtend fand: wie ein Spiel verlieren, Geld verlieren, die größte Chance verlieren, nämlich die Verhandlungsposition der Jungfräulichkeit, deren Gegenwert wohl in barem Geld zu entrichten wäre. Er konnte es ihnen nicht verübeln, denn in dieser Ära gab es für Frauen einen strengen Sittenkodex; alle wußten, was richtig und was falsch war, und wer etwas durcheinanderbrachte, mochte dadurch fürs ganze Leben ruiniert sein.

Wenn Warren an seine Schwestern dachte, spürte er gleich die Verletzlichkeit, die Gefährdung. Insbesondere bei Lizzie: Ihm graute vor dem Sonntagabend, an dem er zu Hause anrufen und von seiner Mutter erfahren würde, bei Lizzie sei nun etwas passiert, man müsse abwarten, ob der Mann sie heiraten werde. Er konnte seine Mutter fast hören, wie sie ihren Kummer und ihre Entrüstung unterdrückte und in jenem matten, hoffnungslosen, bitteren Ton redete, der ihm so vertraut war. Lizzie, diese Schlampe, diese Herumtreiberin. Lizzie mit ihrem Lästermaul.

Und was Enid anbetraf, machte er sich Sorgen, daß sie wieder versuchen könnte sich umzubringen, daß es ihr diesmal gelänge und sie für immer wegginge von ihnen, ohne den Grund zu nennen. Ein schlimmes oder ein unglückliches sexuelles Erlebnis könnte die Ursache sein, doch wer sollte sie davor bewahren, vor dem Verderben retten? Warren war überzeugt, daß Enid noch Jungfrau sei, immer noch ein »braves« Mädchen, auch wenn sie diese schreckliche East Clinton High School besuchte, wo es jetzt, wie er erfahren hatte, schlimmer zuging als in seiner Schulzeit. Unvorstellbar, daß Enid keine Jungfrau wäre, und doch: Man konnte nie wissen. Ihr Selbstmordversuch war so etwas ähnliches wie der Verlust der Jungfräulichkeit...

Warren hatte geglaubt, bei der Liebe komme es wie beim Schachspiel auf raffinierte Züge und Gegenzüge an, da gebe es Finten, Verzögerungstaktiken, Forderungen und Täuschungsmanöver, doch in den ersten Tagen und Wochen seiner Beziehung mit Miriam Brancher trafen sie sich einfach, so oft sie Zeit hatten, und sie schliefen miteinander, wann immer sich eine Gelegenheit ergab. Manchmal aßen sie gemeinsam zu Abend; sie blieb dann die ganze Nacht bei ihm und weckte ihn am Morgen, indem sie sich mit gespreizten Beinen auf ihn setzte; Miriams Haar umgab ihre Gesichter, sie machte kurze, schnelle Atemzüge und schloß unter der Anstrengung ihre vom Schlaf verkrusteten Augenlider. Sie war lustig und lieb, ausgelassen und obszön, war eine Frau, von der Warren nicht einmal zu träumen gewagt hätte: Miriam schlief mit ihm, weil sie Lust dazu hatte, so einfach war das. Sie umklammerte ihn mit den Knien, legte die Arme um seinen Hals, und Warren lachte erstaunt, kam sich zwergenhaft vor angesichts ihres schlanken Körpers, selbst sein Penis, der unter dem Blutandrang so riesig ausgesehen hatte, wurde schließlich durch ihren schwungvollen Elan überwunden – mit raschen, geschickten Bewegungen ihres Beckens und ihrer Hüften brachte sie beide zum Orgasmus. Die Sehnen an Miriams schönem Hals waren gestrafft, sie strahlte triumphierend. In der Ekstase dieser langen Augenblicke spürte Warren, während er tief in ihr steckte, die krampfartigen Zuckungen ihrer Vagina, die sich ringförmig zusammenziehenden Muskeln, und empfand dabei ein unvergleichliches Lustgefühl. »O Gott, tut das gut!« stöhnte Miriam, wenn sie wieder sprechen konnte.

Manchmal vergrub sie ihr Gesicht an seinem Hals und sagte: »Mein Gott, ich liebe dich so.«

Und Warren sagte in seliger Verzückung: »Ich liebe dich auch.«

An ihrem ersten Tag blieben sie die ganze Zeit in Warrens Zimmer. Sie aßen gemütlich ein spätes Frühstück: Orangen, Toast, einen alten, mit Puderzucker bestreuten Krapfen, und dazu zwei bis an den Rand gefüllte Marmeladengläser mit Milch. Warren trank täglich einen Liter Milch, schon seit seinem fünfzehnten Lebensjahr. Der scharfe Duft der Orangenschalen und der Schnitze blieb an Warren haften, als säße er unter seinen Fingernägeln fest – er hatte die Orangen feierlich für beide geschält –, vereinte sich mit der von Miriam Brancher ausgehenden Betörung. Sie trug seinen alten, etwas unsauberen Frotteebademantel, hatte die Haare zurückgekämmt und saß gelassen da. So wird es sein, dachte Warren. Wenn wir verheiratet sind.

Miriam schaute sich die an der Wand befestigten Fotografien an. Sie sah einen gebrechlichen, kahlköpfigen, ältlichen Mann, der eine Nickelbrille trug und mit gekreuzten Beinen dasaß und betete: Gandhi, die prägende Kraft Indiens; Henry David Thoreau starrte ihr melancholisch aus einer Porträtaufnahme entgegen. Sie erkundigte sich, wer die beiden seien, was sie geleistet hätten, warum Warren sich für sie interessiere. Thoreau komme ihr bekannt vor, sie hätten ihn in der High-School behandelt. War da nicht etwas mit einem Teich? Im Wald? Ging es da nicht um einen Mann, der allein an einem Teich im Wald lebte? Sie hätten kein ganzes Buch gelesen, nur Auszüge, doch habe sie immer vorgehabt, in die Bibliothek zu gehen und mehr zu lesen. Damals habe sie so viel unternehmen wollen! Aber dann habe sie plötzlich Bob Brancher geheiratet, diesen Burschen aus ihrer Heimatstadt Litchfield; er sei fünfundzwanzig gewesen und Zeitsoldat, sie achtzehn, und sie habe die Schule einen Monat vor dem Abschluß verlassen müssen. »Eines hat mir immer zu schaffen gemacht«, sagte sie langsam und lächelte Warren an. »Auf der Welt gibt es so viel zu lesen und zu lernen – wenn man da mal richtig angefangen hat, kann man wohl gar nicht mehr aufhören?«

Ihr fiel auch ein gläserner Briefbeschwerer auf, der auf einem von Warrens Bücherregalen stand. Er hatte ihn vor langer Zeit von Enid als Geburtstagsgeschenk erhalten; es war eine von diesen kleinen gläsernen Kugeln, in denen ein winziger Schneesturm entsteht, wenn man sie auf den Kopf stellt. Der Briefbeschwerer war ein Souvenir vom Shoal Lake, am Sockel trug er die Inschrift *Shoal Lake, N.Y.* Miriam hielt ihn gegen das vom Fenster kommende Tageslicht und drehte ihn langsam in der Hand. Das Wirbeln der Schneeimitation mit seinen winzigen, gleichförmigen weißen Flocken in einer Substanz, die dichter und geheimnisvoller war als Luft: »Diese Dinger sind wirklich hübsch, und so raffiniert«, sagte Miriam. »Ich habe nie herausbekommen, wie sie funktionieren.« In der Kugel lag ein glitzerndes Quarzstückchen, das wohl ein Berg sein sollte, der sich über einem kobaltblauen See erhob. Ihre Großmutter habe einmal so eine Kugel gehabt, sagte Miriam, im Wohnzimmer ihres Hauses. Aber sie habe sie als Kind nicht anfassen dürfen. Eine Szenerie mit einem kleinen Dorf, einigen winzigen Häusern und einer Kirche, dazu der Schnee.

Warren hatte den Briefbeschwerer seit Jahren bei sich, hatte ihn immer mit seinen Büchern eingepackt, bloß als sentimentale Geste, denn er hatte keine Verwendung für ihn. Er konnte sich nicht mehr erinnern, wie alt er gewesen war, als er die Kugel von Enid geschenkt bekam – dreizehn vielleicht. »Mikey mag solche Sachen auch«, sagte Miriam. »Bloß macht er sie schnell kaputt.«

Warren sagte stockend: »Erzähl mir doch von Mikey.«

»Was interessiert dich der?« meinte Miriam.

»Aber hör mal, selbstverständlich interessiert er mich.«

»Ich erzähl dir schon noch mal von ihm«, sagte Miriam.

Nach ein paar Wochen trafen sie sich jedoch längst nicht mehr so häufig, wie Warren gehofft hatte. Sie hatte ihn auch kein einziges Mal zu sich in ihr Zimmer eingeladen; sie sagte, es sei in einem unmöglichen Zustand (in der Tat herrschte dort ein unglaubliches Durcheinander) und die Trennwände seien so verdammt hellhörig, daß die Nachbarn alles mitbekämen. Sie besuchte ihn, wann es ihr paßte, und ging nach dem Geschlechtsverkehr erquickt und achtlos fort, während der arme, liebeskranke Warren noch stundenlang an sie dachte; sein Körper war noch erhitzt durch sie, das Blut strömte hinunter in seine Lenden. Fast von Anfang an hatte er übers Heiraten gesprochen, hatte das Thema locker und unverbindlich angegangen; Warren glaubte, er sei ihren anderen Verehrern gegenüber im Vorteil, weil er sie tatsächlich heiraten und außerdem ihren Sohn adoptieren würde. Miriam sagte jedoch stets, das sei doch nicht sein Ernst. Er sei so lieb und nett, aber er kenne die Verhältnisse nicht, er kenne sie nicht. Oft konnte er ihr nicht einmal das Versprechen abringen, daß sie sich zu einer bestimmten Zeit wiedersehen würden. »Morgen? Morgen abend?« Miriam küßte ihn und sagte bedauernd, sie wisse es nicht; sie müsse am Nachmittag in der Pennsylvania Academy of Fine Arts Modell stehen – ein Kurs für Aktzeichnen, mit fünfundvierzig Studenten –, dann werde sie im Zentrum, in der Sansom Street, einige Freunde treffen, und sie wisse nicht, wann sie zurück sein werde. (Nein, Curt treffe sie nicht mehr, das sei vorbei. Der Dreckskerl habe mal vorbeigeschaut, aber sie habe ihm gesagt, er solle zum Teufel gehen.) Warren unterdrückte seine Enttäuschung, küßte sie rasch wieder, als sie einen Kuß auf seine Lippen hauchte und liebkoste sie, als sie versuchte, sich anzuziehen, bis beide umhertaumelten und in atemloses Gelächter ausbrachen. In Miriam Branchers Gegenwart wurde aus Warren Stevick ein neuer Mensch – er war verspielt und jungenhaft, und sein verunstalteter Körper war für eine Weile frei von Schmerzen und Erinnerungen; er fürchtete sich nicht mehr so sehr vor dem Spiegel, seit Miriam ihm versichert hatte, er sehe völlig normal aus; wenn einem etwas auffallen sollte, wisse man doch gleich, daß es sich um eine Verwundung handelte, daß er eine Operation hinter sich habe. Er sei ein attraktiver Mann, behauptete sie. Er müsse sich nur im richtigen Licht betrachten.

Warren liebte Miriams Köper, war manchmal ganz hingerissen von der Lust, die er ihm bereitete; er liebte ihre Brüste, ihre bläulich-milchige Fülle, die braunen, blütenförmigen Brustwarzen, ihren etwas rundlichen Bauch mit den alten, fast unsichtbaren Schwangerschaftsstreifen. Sie fragte ihn eines Abends, als sie miteinander geschlafen hatten, ob er es ihr ansehe, daß sie Mutter sei, daß die Geburt zwanzig Stunden gedauert habe? Warren war verlegen und wußte nicht recht, was er erwidern sollte. »Du bist eine schöne Frau«, sagte er dann, als wäre dies eine Antwort.

»Na gut, aber *merkst* du was davon?«

Miriam sah aus, als wäre sie in Warrens Alter oder gar noch jünger, aber sie würde im Oktober siebenundzwanzig werden. Sie machte sich Gedanken um ihre Schönheit, hatte vielleicht ein bißchen Angst: Wenn man ein Künstlermodell sei, würden einem allerdings manche Illusionen genommen, sagte sie. Auf das gute Aussehen, das man angeblich habe, vertraue man da nicht mehr lange.

Die Fotografen gäben ihr Bestes, damit man gut aussehe, doch für die Kunststudenten sei Häßlichkeit gleichbedeutend mit Kunst. Hängebusen, Hängebauch, schlapper Hintern – das sei *Kunst*. Daß Miriam für sie posiere, benutzten sie nur als Vorwand.

Warren gefiel es nicht, daß sie ein Künstlermodell war; er wollte kaum etwas über die Sitzungen wissen, weil er ahnte, daß seine Mißbilligung und sein Abscheu sich in seinem Ton bemerkbar gemacht hätten. Manchmal schien Miriam ihre Arbeit auch zu hassen, dann wiederum war sie ziemlich angetan von ihr, weil sie so einfach sei. Als Kellnerin habe sie sich viel gefallen lassen müssen, in einem von den Lokalen, in denen sie gearbeitet habe, gingen manche Kellnerinnen zwischen den Schichten mit Freiern ins Bett; bestimmte Kunden hätten natürlich von Miriam dasselbe erwartet, und dann hätten die Saukerle die Frechheit besessen, auf *sie* böse zu sein und als Trinkgeld nur ein paar lächerliche Münzen liegen zu lassen. Und deshalb stehe sie jetzt Modell; sie komme mit den Dozenten der Akademie und der Universitätsabteilung für Kunst gut aus. Es sei zwar anstrengend, so lange in derselben Stellung zu verharren, doch könne sie das Denken abschalten, könne sich in eine Art Hypnose versetzen, manchmal klappe das wirklich prima.

Ernüchternd sei jedoch, was die Studenten aus ihr machten, wie sie von ihnen gesehen werde. Falls sie überhaupt zu ihr hersahen. Seit einer Weile schaue sie sich nichts mehr an, nicht einmal, um etwas zum Lachen zu haben. Was da über das Wesen des Menschen ausgesagt werde, sei deprimierend: daß Menschen so falsche, so verrückte, so gegensätzliche Betrachtungsweisen haben konnten. Wie sollten sie jemals Übereinstimmung erzielen? Sie mokierte sich über Warrens politische Zukunftserwartungen, über die Friedensbewegung und die SNVA, von der er ihr einiges erzählt hatte. Er wolle die Denkweise der Menschen ändern, doch müsse er zuerst einmal ihre Sichtweise ändern. »Es kommt einem ja vor, als müsse man immer wieder von vorn anfangen«, sagte sie kopfschüttelnd, als bereite ihr dieser Gedanke Verdruß. »Als müsse man immer wieder zum Ausgangspunkt zurück, um bei Null zu beginnen.«

Warren schien diese Meinung zu teilen, doch in Wirklichkeit wußte er nicht recht, was Miriam im Sinn hatte.

Anfang Mai erzählte sie ihm von Mikey: Er sei fünf, lebe bei ihrer Mutter in Litchfield, Pennsylvania, droben an der Grenze zum Bundesstaat New York. Sie legte ihm einen Stapel Schnappschüsse hin: »Da, schau sie dir an. Laß dir ruhig Zeit.«

Gespannt nahm Warren die Fotos in die Hand, denn er dachte, er bekäme endlich das Kind zu sehen, das sein Sohn werden sollte – sein eigener Sohn.

Doch was sollte er bloß von Mikey halten! – Von diesem leicht mißgestalteten Kind mit seinen kleinen, mattglänzenden Augen und dem stumpfen Blick, den dicken Lippen, der brutalen Stupsnase – das Kind war so häßlich, daß Warren Kummer empfand, als er die Schnappschüsse durchschaute und nach einem Foto suchte, das die anderen widerlegen könnte. Warren hatte geglaubt, alle kleinen Kinder seien schön oder zumindest anziehend, doch was sollte er zu Miriam sagen über dieses runzlige, zusammengekauerte Kind, das mit hellen, blicklosen Augen in die Kamera gaffte? – Das dünne, fahle Haar von derselben Farbe wie Miriams war angefeuchtet und aus der niedrigen Stirn zurückgekämmt, die dicken Lippen waren aufgestülpt zu einer Art Lächeln. Im Hintergrund stand ein übertrieben üppiger Weihnachtsbaum mit knalligen Verzierungen, Lamettasträhnen, rot, gelb, blau und grün schimmernden Lichtern sowie einem

Engel mit einem platten, slawisch anmutenden Gesicht und Glaswollehaar, der aussah wie ein alter Weihnachtsengel von Mrs. Stevick. Auf einem der Schnappschüsse saß Mikey mitten in einem Haufen Einwickelpapier und sah aus, als wäre er ganz erschöpft vom Aufreißen seiner Geschenke. Das eine Auge war verdreht, aus seinem Mund troff Speichel.

Warren meinte mit stockender Stimme: »Er sieht dir gar nicht ähnlich.« - »Doch«, sagte Miriam und nahm ihm die Aufnahmen aus der Hand.

Mikeys »Zustand« sei unabänderlich, sagte sie. Es sei keine Krankheit, auch kein genetischer Fehler, er habe vielmehr bei der Geburt einen Gehirnschaden bekommen – er habe unter Sauerstoffmangel gelitten, und als der Gynäkologe und die anderen dies im Kreißsaal endlich bemerkt hätten, sei es zu spät gewesen. Sie selbst habe bewußtlos auf dem Entbindungstisch gelegen – sie habe fürchterliche Wehen durchmachen müssen und viel Blut verloren. Im Hospital einer Armeebasis in Fort Worth, Texas, sei das gewesen, wo Bob Brancher damals stationiert gewesen sei. Daheim in Litchfield sei Bob Brancher für die Leute ein völlig unbeschriebenes Blatt gewesen, wer ihn aber mal bei der Armee zu Gesicht bekommen habe, der habe sofort Bescheid gewußt. »Ein typischer Soldat«, sagte Miriam spöttisch: »Nach oben gehorsam, nach unten tyrannisch. Er schluckte Beleidigungen hinunter und beschimpfte dafür Untergebene. Er wurde oft zusammengestaucht und machte dann andere zur Sau. So einfach war das.« Daß Mikey in diesem Zustand sei und eine unschöne Zukunft vor sich habe, mache ihn ganz fertig, habe Bob gesagt, er komme damit nicht zurecht. Er sei ja ohnehin jähzornig gewesen, aber dann sei alles noch schlimmer geworden. Selbst wenn er nüchtern gewesen sei, habe sie sehen können, wie sehr er sie und Mikey haßte und daß es ihm nichts ausgemacht hätte, wenn sie tot umgefallen wären.

Sie habe das nicht mehr aushalten können, sagte Miriam. Und das brauche sie sich auch nicht gefallen zu lassen: daß ihr Mann sie verprügelte, wenn ihm danach war, und daß das Baby in Gefahr geriet. Wenn Bob in einer gewissen Stimmung gewesen sei, wenn er einen seiner Wutanfälle gehabt habe, dann habe er das Kind so durchgeschüttelt, daß ihm fast der Kopf wegflog. Sie habe ja mit keinem anderen Mann etwas gehabt, obwohl es genug Gelegenheiten gegeben hätte; sie sei einfach weggegangen, sei abgehauen, habe zusammen mit Mikey einen Greyhound-Bus in Richtung Osten genommen. Jetzt sei Brancher in Deutschland stationiert, sie hätten seit drei Jahren nicht mehr miteinander gesprochen, sie habe die Nase voll davon.

»Seid ihr denn geschieden?« fragte Warren.

»Aber klar«, sagte Miriam mißvergnügt. »Ich bin fertig mit diesem Scheißkerl.«

»Bist du verliebt, Warren?« wollte Enid wissen. »Willst du heiraten?« In ihrer Stimme schwang Neugier mit und Furcht. Oder steckte hinter der schulmädchenhaften Aufgeregtheit sogar Bosheit?

Das wisse er nicht, sagte Warren und ärgerte sich, daß er das Thema überhaupt angeschnitten hatte.

Wenn Miriam über Nacht dageblieben war, duschten sie manchmal morgens zusammen, und Miriam war ihm zum Spaß beim Rasieren behilflich; sie seifte seine Wangen ein, dann legte sie die Arme um seine Taille, schaute ihm über die Schulter und beobachtete ihn im Spiegel. »Ich möchte deine Odaliske sein«, sagte sie. »Weißt du denn, was eine Odaliske ist?« Warren lachte, doch spürte er bei solchen Gelegenheiten genau, daß alles nur ein Spiel war und daß ihr dieses Spiel ganz leicht fiel. »Nein, ich möchte keineswegs, daß du meine Odaliske bist – weißt du überhaupt, was das bedeutet?«

Er sagte ihr, das mit Mikey mache keinen Unterschied.

»Doch, das tut es«, meinte Miriam.

»Ein bißchen, aber nicht viel«, sagte Warren.

Dann überlegte er es sich anders: »Nein, es macht gar keinen Unterschied.«

Miriam küßte die narbige, gezackte Haut in Warrens Gesicht, seine Brust, seinen Rücken, seinen Bauch. Sie fragte ihn, ob er noch Schmerzen habe, ob er noch Angst habe; er sei anders als die Veteranen, die sie kenne, er rede nicht viel über sich. »Ich habe noch nie jemand wie dich gekannt«, sagte sie.

Manchmal drehte sie die Dusche an und ließ die Badezimmertür offen, damit sich der Dampf ausbreitete. Sie setzte sich auf Warrens Oberschenkel und massierte ihm fachmännisch den Rücken. Verzückt von dem Genuß, Lust zu spenden, streichelte und liebkoste sie ihn, sagte ihm, daß sie ihn liebe, daß sie seinen Körper liebe, daß sie gern bei ihm sei; er sei so nett, so lieb, er wisse gar nicht, wie lieb er sei. Sie massierte sein Kreuz, sein Gesäß, seine Oberschenkel. Ihre Fingerbewegungen waren langsam, bedächtig, kraftvoll, seltsam unpersönlich. Als Warren sich im Bett auf den Rücken drehte und sie umarmen wollte, stieß sie ihn von sich; sie bestand darauf, ihn weiter zu massieren, seine angespannten Schultern, seine Brust, seinen Unterleib. Sie war ganz bei der Sache, und zuletzt ergriff sie seinen steifen, harten Penis, streichelte ihn langsam und beharrlich, betrachtete dabei Warrens Gesicht; er konnte das Lustgefühl schließlich nicht mehr länger aushalten und ergoß sich – mit einem so intensiven Genuß, daß dieser ihm fast fremd vorkam.

Seine Verlobte war sie jedoch nicht. Sie liebe ihn, sagte Miriam, doch gebe es gewisse Schwierigkeiten. »Welche denn?« fragte Warren. Sie wolle auch mit anderen Leuten zusammenkommen, antwortete sie. Nicht unbedingt mit anderen Männern, sondern mit anderen Leuten, mit alten Bekannten. Ob er das verstehe? – Insbesondere sei ihr die Vorstellung unangenehm, jemand denke die ganze Zeit an sie und erwarte etwas von ihr, was sie vielleicht nicht erfüllen könnte. Ob Warren das begreife, fragte sie, und Warren sagte lächelnd, er begreife das schon.

Aber ihm blieb ja keine andere Wahl.

Dann überraschte sie ihn eines Tages – es war Mitte Juni – mit dem Wunsch, eine Sondervorführung des Dokumentarfilms *Hiroshima* zu besuchen, welche die Society for Non-Violent Action auf dem Universitätscampus organisiert hatte. Als jedoch die Szenen mit verunstalteten, verstümmelten und sterbenden Kindern zu sehen waren, wurde ihr schwach und elend; sie flüsterte ihm zu, sie könne das nicht ertragen – sie werde draußen auf ihn warten. Doch ein paar Tage danach überraschte sie ihn erneut, indem sie ihn zu einer Versammlung der SNVA begleitete, bei welcher Gandhis *satyāgraha*-Strategie ausführlich diskutiert wurde, außerdem sein Prinzip der *ahimsa,* der tätigen friedlichen Gesinnung, und seine Ablehnung der *dhurna,* der willentlichen Zerstörung. (Zur Friedensbewegung gehörten auch Mitglieder, die in naher Zukunft ziemlich drastische Aktionen planten: etwa die Bauarbeiten an den Raketenbasen im Westen durch Straßenblockaden zu stören und sich in der Nähe verschiedener Testgelände festzusetzen.) Miriam besuchte einen Vortrag von Warren, den eine presbyterianische Kirchengemeinde veranstaltete – »Ein Pazifist erhebt seine Stimme gegen den Krieg« – und war schockiert von der feindseligen Atmosphäre, die ihm dabei entgegenschlug. Warren hatte sie gewarnt, doch sie hatte ihm nicht glauben wollen. Sie redete noch Tage danach über den Vorfall, staunte darüber, mit wieviel Fassung er Störungen, Widerreden, Zwischenrufe, ja sogar Beschimpfungen hingenommen hatte – sie selbst wäre da außer sich geraten, sie hätte diesen großmäuligen Mistkerlen Bescheid gesagt. Warren aber habe sich so ruhig, so sachlich verhalten. Wie das bloß möglich sei? Warren sagte, das gehöre einfach zu seiner Aufgabe.

Schließlich mache sie auch Sachen, die er nicht über sich brächte, sagte er.

»Nämlich?« fragte Miriam.

»Modellstehen. Deinen Körper zur Schau stellen.«

»Ach, das!« sagte Miriam.

Warren überlegte sich seine Worte genau: Das sei etwas, was er nicht tun könne.

Doch, das brächte er auch fertig, meinte Miriam. Wenn es nicht anders ginge.

Sie zerbrach sich den Kopf über das Konzept einer unilateralen Abrüstung, sagte die Worte laut vor sich hin, als wolle sie deren Wirksamkeit testen: »Unilaterale Abrüstung.«

Bei Warren wollte sie es auf eine Auseinandersetzung ankommen lassen, obwohl sie sich seinen Freunden gegenüber zurückhielt. Keine Waffen mehr produzieren und die vorhandenen abschaffen – wie sollte sowas funktionieren? Wo die Russen doch völlig übergeschnappt seien?

Warren war nicht in der Stimmung für ein Streitgespräch, er sehnte sich nach Liebe.

Er sagte, die Sache sei halt doch etwas komplizierter.

Miriam geriet jedoch allmählich in Wut. Sie bot einen faszinierenden Anblick. »Und das nach Hitler, Himmel nochmal! Nach den Deutschen! Nach Pearl Harbor! Nachdem es die Vernichtungslager der Nazis gegeben hat! Und Guadalcanal, wo mein Bruder Jackie ums Leben kam!«

Sie sagte: »Man muß doch verrückt sein, um so etwas länger als fünf Minuten ernst zu nehmen! Jetzt – im Jahr 1955! Einfach alles hinzunehmen, was da kommen mag, ohne sich zu verteidigen!«

»Was auch geschehen mag, es passiert so oder so«, meinte Warren.

Sie starrte ihn an, als sähe sie ihn jetzt zum ersten Mal.

»Ich hasse es, wenn man so denkt.«

»Ich auch«, sagte Warren leise. »Aber so ist das nun mal.«

An einem heißen Julitag ging Warren mit Miriam ins Rodin-Museum beim Parkway. Sie habe schon von Rodin gehört, sagte sie, das sei wohl der berühmte Bildhauer. Das Museum sei ihr auch nicht unbekannt, sie habe es schon immer mal besuchen wollen.

Rodins Bronzestatue von Balzac gefiel Warren von den zahlreichen Kunstwerken, die er in Philadelphia seit seinem Umzug gesehen hatte, am besten – einfach dazustehen und diese aufgeschwemmte, verhüllte, groteske Gestalt anzusehen, war eine zutiefst bewegende Erfahrung. Wie bizarr der unförmige Kopf aussah! Und das entstellte Gesicht! Beim Anblick des verunstalteten Balzac von Rodin empfand Warren Stevick auf unerklärliche Weise Wut und Trost.

Er wollte, daß Miriam seine Gefühle teilte, und sie enttäuschte ihn nicht. Oder nur ein klein wenig: Sie starrte die Balzac-Statue an, diesen kleinen, fetten, grotesken Mann, der so etwas wie einen Morgenmantel trug; sein kaum noch menschenähnliches Gesicht, die leeren Augen. Sie starrte einen langen Augenblick hin, hatte ihre weiße Sonnenbrille nach oben geschoben und bewegte den Mund, als ob sie lächeln wollte, sich jedoch nicht recht traute. War es Absicht, daß diese Skulptur so seltsam wirkte? So häßlich? So komisch? War das vielleicht ein ausgefallener Witz? – Die Statue stand in einem großartigen Mausoleum aus Granit, mit glänzenden Marmorfußböden und hohen, vornehmen Decken. Da gab es teilnahmslos dreinschauende Museumswärter und Besucher, die mit gedämpfter Stimme murmelten. Miriam sah an diesem Tag sehr hübsch, wenn auch etwas salopp aus mit ihrem aschblonden, als Pferdeschwanz über den halben Rücken reichenden Haar, den bis zu den Augenbrauen heruntergekämmten Fransen, ihren blauen Shorts, dem straffsitzenden hellgrünen Polohemd und den Strohsandalen mit Pfennigabsätzen, die das Gehen ein wenig beschwerlich machten. Ihre bloßen Beine waren leicht gebräunt, die Wadenmuskeln glatt und glänzend. Sie hatte ihre Strohhandtasche lässig um die Schulter gehängt und die Hände auf die Hüften gestemmt: Miriam Brancher stand vor Rodins Balzac und versuchte, sich ein Urteil zu bilden.

Sie war ratlos und sagte schließlich seufzend: »Mein Gott, der war wirklich Klasse, nicht?«

»Meinst du Rodin oder Balzac?« fragte Warren.

Miriam wandte sich um und sah, wie ihr Liebhaber sie mit seinem Dauerlächeln betrachtete, mit diesem verliebten und besorgten Blick. Das eine Auge war genau auf sie gerichtet, das andere war hinter dem dicken Brillenglas verschwommen und vergrößert sichtbar. Miriam errötete ein wenig, rückte ihre mondäne Sonnenbrille zurecht und sagte in spaßhaftem Ton: »›Rodin oder Balzac‹ – ist mir doch egal, die Namen sagen mir nicht viel. Wie soll ich mich denn da auskennen, Schatz?«

Miriam schien es eilig zu haben, aus dem Museum wegzukommen – die Luft sei stickig und nicht sehr kühl –, sagte aber nachher zu Warren, sie sei sehr beeindruckt; sie könnten eventuell noch einmal hingehen. Das also sei Rodin: Skulpturen wie »Der Denker« seien ihr schon seit Jahren ein Begriff, sie habe schon viele Reproduktionen gesehen. Sie gingen in der Sansom Street auf ein Bier in eine Gaststätte. Der Mann hinter der Bar kannte Miriam, er winkte ihr zur Begrüßung zu; Warren schaute er ohne ein Lächeln an. Über der Bar stand ein kleines Fernsehgerät, in dem ein Ratespiel lief. Sie setzten sich in eine Nische, und Warren redete begeistert über Rodin, und was dessen Werk – zumindest für ihn – bedeute: Es sei tief bewegend, spreche aber auch unmittelbar an; bei oberflächlicher Betrachtung sei der Anblick etwas verwirrend. Er zitierte, was er von Rodins Ästhetik in Erinnerung hatte: »›Jede Form wölbt sich am Punkt ihrer höchsten Spannung nach außen.‹« Erstaunlicherweise seien die meisten von Rodins Skulpturen ursprünglich viel kleiner gewesen, gerade so groß wie die ausgestreckte Hand des Bildhauers. Miriam schlürfte ihr Bier und betrachtete Warrens Gesicht. Im Halbdunkel der bierdunstigen Bar, in der ein Ventilator für Kühlung sorgte, sah sie wieder frisch aus und schien ihr Selbstvertrauen zurückgewonnen zu haben. Jetzt lag ihre Sonnenbrille auf dem Tisch neben einer Packung Chesterfield-Zigaretten.

Sie sagte, das Museum habe ihr gefallen, es habe ihr Stoff zum Nachdenken geliefert, aber daß die blöden Polizisten so aufpaßt hätten, das habe sie nervös gemacht. Wie diese sie angeglotzt hätten: Als gehöre sie dort nicht hin, als warteten sie nur darauf, daß sie etwas kaputtmache. Warren überraschte das, er sagte, das seien keine Polizisten, sondern Museumswärter. »Na ja«, meinte Miriam. »Aber sie haben sich wie Polizisten aufgeführt.«

Wenig später sagte sie mit einer Heftigkeit, die Warren verblüffte, daß zwei Menschen voneinander profitieren oder sich gemeinsam für etwas interessieren müßten, etwa für Statuen und Gemälde. »Was soll das heißen?« fragte Warren. »Ich weiß nicht«, antwortete Miriam ungeduldig. »Es ist so, wie ich's gesagt habe.«

Sie trank noch ein Bier. Und dann ein drittes. Sie machte einen abwesenden, reizbaren Eindruck. Ihr Blick schweifte zur Bar, zum Barkeeper und zum lärmenden Fernseher. Warren ergriff ihre Hand, legte ihre Finger zaghaft zwischen seine Finger; sie reagierte zuerst nicht, so als hätte sie vergessen, wer sie waren und was sie verband. Er hatte sie nach Port Oriskany eingeladen, um sie seiner Familie vorzustellen, doch sie hatte entgegnet, es sei nicht der richtige Zeitpunkt, sie hielte es für besser, wenn Warren zuerst nach Litchfield käme, um Mikey kennenzulernen. Dann wüßte er genau Bescheid, hatte sie gesagt. »Aber ich weiß es doch jetzt schon, Schatz«, hatte er lächelnd erwidert. »Warum zweifelst du an mir?«

Jetzt kam er wieder auf das Thema zu sprechen, doch ging Miriam nicht darauf ein.

Plötzlich sagte er: »Paß mal auf: Falls du von Brancher nicht rechtskräftig geschieden bist, kann ich dir behilflich sein.«

Miriam sagte ausweichend: »Wir *sind* geschieden, das hab ich dir doch gesagt. Es ist alles erledigt.«

»Hast du die Dokumente?«

»Klar hab ich die Dokumente.«

»Kann ich sie mir irgendwann mal anschauen?«

»Aber ja, Schatz. Irgendwann mal«, sagte Miriam.

6

Das kleine Luder. Er sah sie drüben auf dem Gehsteig mit den anderen, aber er wollte sicher sein. Vielleicht war es gar nicht Enid.

Anfang Oktober, Mittagszeit, die Sonne brannte herunter, und Felix Stevick hatte eine halbe Stunde später einen Termin. Er wollte am Kanal, oberhalb der Railroad Street, eine Immobilie anschauen, ein verfallenes Gebäude, welches einst als Lagerhaus einer Konservenfabrik gedient hatte und das er billig bekommen könnte, ohne eine Hypothek. Er fuhr gemächlich auf der Nine Mile Road nach Osten, hatte sein Autoradio wegen Fats Domino aufgedreht und auf seiner Seite das Wagenfenster trotz des Abgasgestanks heruntergekurbelt. Felix fühlte sich ziemlich wohl, obwohl er ein bißchen übernächtigt war; er hatte etwa fünf Stunden Schlaf bekommen, was ja nicht übel war, er hatte nur etwas blutunterlaufene Augen, aber er mußte ja wegen der Sonne ohnehin seine dunkelgetönte Sonnenbrille tragen. Er fühlte sich trotzdem einigermaßen wohl, war ganz in Ordnung; mit seinem Partner Sansom könnte es ein ernstes Problem geben, doch darüber wollte er jetzt nicht nachdenken, denn er hatte nur zwei Tassen schwarzen Kaffee als Frühstück gehabt, war nervös und angespannt. Er würde sich ja nur ärgern, wenn er an Sansoms mysteriöses Gebaren dächte an diesem sonnigen Tag mit blauem Himmel, diesem so vielversprechenden Tag. Das zum Abriß bestimmte, mit Brettern vernagelte Lagerhaus und das hinter der Tuscarora Street an den Kanal grenzende Grundstück boten einen so schrecklichen Anblick, daß nicht einmal

Schwarze dort wohnen wollten. Das Grundstück am Kanal war ungefähr fünfhundert Meter lang, er könnte es bei Barzahlung für 25 000 Dollar bekommen, außerdem wären noch 5 000 und 1 500 Dollar fällig, die weder im Kaufvertrag noch in irgendwelchen Bilanzen auftauchen würden. Ja, das sah nicht schlecht aus; es war eine Gelegenheit, die sich Felix nicht entgehen lassen wollte.

Er hatte in letzter Zeit ab und zu Pech gehabt und konnte es sich nicht leisten, ganz auf Nummer sicher zu gehen.

Al Sansom arbeite doch auch mal auf eigene Rechnung und habe seine Geheimnisse, sagte er sich. Er vergriff sich ja nicht an Al Sansoms Geld. Schließlich konnte man es Felix Stevick nicht ankreiden, daß ihn manche Leute auf den ersten Blick mochten und daß er in der City über Verbindungen verfügte, die in gewisser Weise schon vor seiner Geburt bestanden hatten – fast ein Vierteljahrhundert nachdem Karl Stevick sich ein Loch in den Kopf geschossen hatte, erinnerte man sich noch immer an ihn, zeigten manche Leute eine seltsame Anhänglichkeit, wenn sie von ihm redeten. Jetzt, wo er schon so lange tot war! Zu seinen Lebzeiten hatte Karl Stevick jede Menge Feinde gehabt.

Warum zum Teufel sollte sich Felix wegen Al Sansom den Kopf zerbrechen? Sie waren Partner, doch hatten sie sich schon seit fast zwei Wochen nicht mehr getroffen. Sansom sei in Miami Beach, sagte Claudette.

Liebe auf den ersten Blick, hatte Sansom einmal gesagt und Felix aus feuchten Augen mit gespielter Wehmut angeschaut. Doch das war schon lange her.

Als Felix die Nine Mile Road entlangfuhr, wollte er von diesen Dingen nichts wissen. Er fühlte sich wohl, er hatte den Cadillac tags zuvor waschen und polieren lassen; jetzt, um die Mittagszeit, strahlte die Sonne vom Himmel und spiegelte sich auf der Motorhaube, so daß er fast geblendet wurde. Felix merkte, daß andere Leute zu ihm herschauten, andere Fahrer, die er mühelos überholte, da er die Geschwindigkeitsbeschränkung leicht überschritt. Dann erblickte er zufällig zwei Mädchen und ein paar Jungen – vermutlich Oberschüler, die East Clinton High School stand nur ein oder zwei Blocks entfernt an der Decker Avenue –, und eines der beiden Mädchen sah aus wie Enid: kastanienbraunes Haar, das über die Schultern fiel, eine schlanke Figur mit schmalen Hüften. Felix starrte das Mädchen an und kniff die Augen zusammen, als er es zusammen mit den Freunden, den Klassenkameraden sah; sie lachten, standen auf dem Gehsteig eng beisammen und bildeten einen richtigen Klüngel. In seinem Kopf brannte ein unerträglicher Schmerz.

Felix bremste seinen Wagen sofort ab. Seit sie ein Liebespaar waren, hatte er Enid noch nie so erblickt: rein zufällig, auf der Straße, ohne daß sie seiner gewahr wurde. In einer Welt, aus der er ausgeschlossen war. Er hatte sie schon ein- oder zweimal den Niagara Square in Richtung auf sein Apartment überqueren sehen, hatte sie an ihrem Mantel, ihrem Haar oder ihrem Gang erkannt und hatte ihr zugeschaut, wie sie vergnügt, aber auch mit einem gewissen Widerwillen dahineilte, der ihm unerklärlich war. Er wußte ja, daß dieses Mädchen zu *ihm* kam, daß Enid zu *ihm* gehörte, daß er mit ihr alles machen konnte, was er wollte, weil sie begriffen hatte, daß Felix Stevick der einzige Mensch auf der Welt war, der sie wirklich liebte. Enid war verrückt nach ihm; sie hatte gesagt, sie würde für ihn sterben, würde sterben, wenn er sie nicht liebte; ihre süße kleine Fotze öffnete sich nur für ihn, für ihren Onkel Felix, den sie anbetete. Und was es sonst noch gab in ihrem Leben, existierte nicht, spielte keine Rolle. Wenn er gefragt worden wäre, dann hätte er zur Antwort gegeben, seine hübsche kleine Nichte Enid sei siebzehn Jahr alt, sei jetzt in der Abschlußklasse einer High-School, habe vermutlich ihren Freundeskreis von Klassenkameraden und irgendwelche ihm nicht näher bekannte Interessen. Doch für ihn sei das alles ganz unwirklich und bedeutungslos.

Er stierte hin, fuhr nahe an sie heran. Es war tatsächlich Enid. Dieses kleine Luder stand am hellen Tag auf der Nine Mile Road und wackelte in dem schwarzen, die Waden zur Hälfte bedeckenden Faltenrock mit dem Arsch; sie trug dazu eine fleischfarbene Strickjacke, die sie verkehrt herum angezogen und bis ans Genick zugeknöpft hatte im albernen Teenager-Stil jener Tage, außerdem die üblichen weißen Socken und mokassinartige Halbschuhe. Felix betrachtete angewidert die drei Jungen, von denen sich einer, der gut einsachtzig groß war und das rotblonde Haar in einem Bürstenschnitt trug, über Enid beugte. Würde der

Dreckskerl es wagen, Enid vor seinen Augen anzufassen? Alle redeten eifrig miteinander, lachten zusammen, ihre Unbeschwertheit war unerträglich: Enid Stevick mit ihren Freunden, die Felix Stevick unbekannt waren. Sie kam ihm so fremd vor, als hätte er sie noch nie gesehen.

Das Klügste wäre, sich nicht mehr darum zu kümmern, es einfach zu ignorieren, sagte sich Felix. Immerhin hatte er einen Termin auf der anderen Seite des Kanals, hatte noch eine zwanzigminütige Fahrt vor sich. Doch sein Herz klopfte stark, das Blut stieg ihm ins Gesicht.

Der blaue Himmel blendete Felix Stevick, als ströme grelles Licht durch ein Loch in seinem Kopf.

Er hielt am Straßenrand, hupte ungeduldig und rief ihren Namen; alle wandten sich sofort erschrocken um. Als erstes bemerkten sie das Auto, das gewaltige, funkelnde Auto; es sah prima aus mit seinem hellen Cremeton und dem Glanz, machte einen sündhaft teuren Eindruck – dann erkannte ihn Enid. Sie eilte keuchend herbei, lehnte sich durchs Fenster, versuchte zu lächeln und war bemüht, ihre Besorgnis nicht zu zeigen. Er forderte sie auf, ins Auto zu steigen.

»Einsteigen? Jetzt? Das geht doch nicht«, meinte Enid.

»Steig ein, hab ich gesagt.«

»Aber ich hab keine Zeit. Ich hab gerade Mittagspause, die geht nur noch bis viertel vor eins, und wir wollten gerade in ein Lokal…«

»Ich lade dich zum Mittagessen ein, Enid«, sagte Felix. »Komm endlich ins Auto.«

Sie lehnte sich immer noch durchs Fenster, starrte ihn an und versuchte zu lächeln. Ihre Augäpfel kamen Felix unnatürlich weiß vor; vielleicht ahnte sie, wie es um ihn bestellt war. Vielleicht sah sie etwas auf seinem Gesicht, das ihm unbekannt war.

»Es geht nicht«, flüsterte sie verängstigt. »Bitte. Ich kann wirklich nicht.«

»Komm, steig ein«, sagte Felix. Er schaltete das Radio ab, damit sie einander besser hören konnten. »Ich lade dich zum Mittagessen ein. Ich bringe dich rechtzeitig zum Unterricht zurück. Sag deinen Freunden, sie sollen ohne dich weitergehen.«

Enids Klassenkameraden standen ein Stück weit weg und gafften her. Wahrscheinlich wußten sie nicht, was sie davon halten sollten: Enid Stevick, durchs Fenster eines großen, cremefarbenen Cadillac Eldorado gelehnt, im Gespräch mit einem jugendlich aussehenden Mann, der eine Sonnenbrille trug.

»Los, sag ihnen, sie sollen ohne dich weitergehen«, wiederholte Felix.

Enid verharrte noch einen Augenblick lang, nahm seine Verärgerung in Kauf, doch dann wandte sie sich um und winkte den anderen zu, sie sollten weitergehen. Es sei alles in Ordnung, rief sie; es sei bloß ihr Onkel, sagte sie obenhin, sie gehe mit ihrem Onkel zum Mittagessen und treffe sich dann in der Schule mit ihnen. Der großgewachsene Junge mit dem Bürstenhaarschnitt rief etwas, das Felix nicht mitbekam, und Enid sagte noch einmal, alles sei in Ordnung, sie esse mit ihrem Onkel zu Mittag. Felix stellte sich vor, wie schön es wäre, dem Jungen die Fresse zu polieren, ihm mit einem einzigen Schlag die Nase zu brechen. Enid setzte sich neben ihn ins Auto und schlug die Tür zu; sie war etwas außer Atem und roch, so kam es Felix vor, etwas süßlich, als hätte sie panische Angst. Sie schwitzte wohl am ganzen Leib, genau wie er.

Sie sieht aber gut aus, dachte Felix. Und ist sich dessen bewußt.

Sie beugte sich herüber und küßte ihn rasch auf die Wange, gab ihm den keuschen, flüchtigen Kuß einer Nichte. Enid war unsicher und aufgeregt. Ihre Pupillen waren geweitet, die Augäpfel hatten ein bläuliches Weiß. Sie leckte sich die Lippen. Der Faltenrock sah mädchenhaft aus, doch die hinten zugeknöpfte Strickjacke wirkte aufreizend und ein bißchen schlampig, betonte ihre kleinen, harten Brüste, die nicht größer waren als ihre geballte Faust. Felix drückte das Gaspedal durch, und die Reifen quietschten leise, als sich der Wagen vom Straßenrand entfernte. Im Rückspiegel waren Enids Freunde zu sehen, die ihnen vom Gehsteig aus nachschauten; Felix wollte sich ihretwegen kein Kopfzerbrechen mehr machen, sie könnten ihm gestohlen bleiben.

»Überrascht, mich zu sehen?« fragte er mit einem unbeschwerten Lächeln.

»Ja«, sagte Enid. »Nein, eigentlich nicht. Na ja, vielleicht doch.«

»Schöner Tag, nicht wahr?«

Enid lachte atemlos, machte es sich neben ihm bequem und blinzelte zum Himmel hinauf, als wolle sie feststellen, ob er die Wahrheit sagte.

»Heute morgen war es recht kühl«, sagte sie und glättete an ihrem Knie einige Falten. Er sah, daß sie Fingernägel lackiert hatte – in einem so hellen und durchscheinenden Rosa, daß es fast unsichtbar war. »Dann ist es wärmer geworden. Man könnte fast meinen, es sei wieder Sommer«, sagte sie mit einer nervösen Überstürztheit, als spüre sie, daß Felix gar nicht richtig zuhörte.

Sie fuhren auf der Nine Mile Road nach Osten in Richtung Lakeshore Drive und Kilbirnie Park; Felix ging höchstens fünfzehn Stundenkilometer über die Geschwindigkeitsbegrenzung hinaus, schlängelte sich durch den Verkehr und wechselte die Spur, als er sich der vielbefahrenen Kreuzung beim Stupp Boulevard näherte, wo der Verkehr dicht und riskant wurde. Er wechselte oft die Fahrspur, fuhr geschickt hin und her, nahm die Überholspur, die mittlere, dann ein paar hundert Meter weit die rechte, wieder rasch die mittlere, dann weiter auf der linken Spur. Er drückte auf die Hupe, wenn es nicht anders ging und scherte hinter langsamen Fahrzeugen ein bißchen ungeduldig aus. Richtig ungeduldig kam er sich nicht vor, auch nicht wütend, nur ein klein bißchen angespannt, und das brauchte er, damit das Gehirn schneller funktionierte als bei den anderen. Felix war ein guter Fahrer, wenn er guter Laune war. Hatte er die jetzt etwa nicht? Und dabei sagte ihm sein Instinkt, wo es langging, was er tun mußte.

»Tut es dir leid, daß du nicht mit deinen Freunden zu Mittag essen kannst?« fragte er.

»Nein.« Enid schwieg und dachte nach. »Ich sehe sie ja die ganze Zeit.«

Sie machte es sich bequem neben ihm, als wäre nichts geschehen, ließ sogar das Radio leise laufen – Kitty Kallen sang »Little Things Mean a Lot«. Aus der Sicht von Felix war ja alles in Ordnung; die Spannung zwischen ihnen resultierte in der Hauptsache aus der Überraschung und der Aufregung, so wie es vor Jahren gewesen sein mochte. Er hatte sie einfach mitnehmen müssen, vielleicht würde er zu einem der nördlich der Stadt gelegenen Motels fahren, wo er so verrückt gewesen war nach ihr und bei jedem Beisammensein mit ihr befürchtet hatte, er könnte ihr eine Verletzung zufügen: Was wäre, wenn eine unstillbare Blutung einsetzte? Dann gäbe es die Schande, die öffentliche Bloßstellung, sein Stolz würde zertrampelt wie eine von diesen billigen, leichtgewichtigen Aluminiumbierdosen. An einer Verkehrsampel schaute er zu ihr hinüber und stellte fest, daß sie Ohrringe trug, aber nicht diejenigen, die er ihr einmal gekauft hatte – Keramikdesign, in einem dunklen Muschelrosa, das den zarten, rosafarbenen Windungen ihres Ohres ähnelte. (Im Juni war er mit ihr im Anschluß an eine ihrer Fahrstunden, als er gerade aus dem Kampf Basilio gegen De Marco eine stattliche Summe eingestrichen hatte, in einer Aufwallung liebevoller Gefühle in der Stadt zum Juweliergeschäft Renwick gegangen. Dort hatte er dafür gesorgt, daß ihre Ohrläppchen fachmännisch gestochen wurden und hatte ihr ein Dutzend Paar Ohrringe gekauft. Enid hatte gefragt, wie sie dafür ihren Eltern gegenüber eine unverdächtige Erklärung finden solle, und Felix hatte gleichmütig geantwortet: »Erzähl ihnen, was dir gerade einfällt.«) Attraktiv waren die Ohrringe aber schon. Ihre freiliegenden Ohren wirkten ebenfalls anziehend, und diese langen, dunklen Wimpern, die Kurve ihrer Augenbrauen, der Flaum auf ihrer Oberlippe und der weiche, fast unsichtbare Flaum auf ihren Wangen... Sie sah wirklich gut aus und wußte das bestimmt, denn diese Oberschüler umlungerten sie, wahrscheinlich glotzten ihr Männer auf der Straße nach, und Enid beobachtete sie dann aus den Augenwinkeln, so wie sie ihn beobachtete, als könne sie ihm selbst jetzt, nach so langer Zeit, nicht offen ins Gesicht sehen.

»Stimmt etwas nicht?« fragte Felix.

»Nein, es ist alles in Ordnung«, sagte Enid.

»Du schaust mich aber gar nicht an.«

Sie lachte leise, zeigte dabei die Zähne. Ihre Haut war warm und gerötet. Dennoch blickte sie unverwandt geradeaus, und Felix nahm mit einer spielerischen Geste ihr Kinn zwischen seinen Daumen und seinen Zeigefinger und drehte ihren Kopf zu sich hin. Sie lächelte immer noch, doch er konnte sehen, daß sie Angst hatte. »Das tut weh«, sagte sie. »Laß das.«

»Provozier mich nicht.«

»Ich provoziere dich doch nicht.«

»Das Urteil mußt du schon mir überlassen«, sagte Felix. Die Ampel schaltete auf Grün, und er fuhr weiter; sein Blut pulsierte, war angenehm erwärmt.

Zuerst nach Norden auf dem breiten, windigen, schmutzigen Stubb Boulevard, dann wieder in östlicher Richtung eine Nebenstraße entlang, die zum Lakeshore Drive führte: Da also wollte Felix hin.

Was sah Enid wohl, was sah sie sonst immer, wenn sie ihn verliebt anschaute? überlegte Felix. Das hatte er sich weiß Gott oft genug gefragt, besonders am Anfang: diese schönen, weit auseinanderliegenden Augen, dunkel, leuchtend, wachsam, mit einem feuchten Schimmer und einem Anflug von Verletztheit. Er sah, wie sie brannten vor Liebe, doch was erstrebte diese Liebe, und wem galt sie? Manchmal überkam ihn ein unwiderstehliches Verlangen, sich selbst aus ihrer Perspektive zu sehen. Wenn er Felix Stevick durch sie hindurch betrachtete, würde er vielleicht das Geheimnis seines Lebens begreifen, das ihm sonst verborgen bliebe. Es wäre eine Überraschung wie in Vinces Büro, als er hochschaute und ein gerahmtes Foto von sich selbst erblickte, das Jahre zuvor aufgenommen worden war: ein gutaussehender, jungenhafter Felix in seinen Boxershorts, die in Handschuhen steckenden Hände erhoben, ein eitles, befangenes Lächeln, die Stirn faltenlos und keine einzige Narbe im Gesicht. Doch es müßte ganz zufällig passieren, er müßte überrascht und unvorbereitet sein. Vielleicht so ähnlich wie bei Karl Stevick, der dem Vernehmen nach sein immer hagerer werdendes Gesicht in einem Handspiegel betrachtet hatte während der letzten Wochen im Krankenhaus; ein sterbender Mann, der sich ohne große Bitterkeit, nur aus Interesse anschaute: Das ist es also? Aber was steckt dahinter?

Nun fuhren sie auf dem Lakeshore Drive nach Norden, und zu ihrer Rechten breitete sich der gewaltige See aus, ein herrliches Emailblau, ein klein wenig rissig und schaumbekrönt von leichten Windböen. Der Himmel war ungewöhnlich klar. Der Oktobersonnenschein verlieh den Gegenständen harte, scharfe Konturen. In Ufernähe fuhren mehrere Segelboote, und in der

Ferne bewegten sich zwei Frachter aufeinander zu, als befänden sie sich auf Kollisionskurs; ihr weißgrauer Rauch stieg träge empor, breitete sich in der Luft aus und löste sich dann auf. Felix zog es an diesem Tag zum See hin, obwohl der grelle Sonnenschein seinen Augen weh tat. Enid drehte zu seinem Mißvergnügen unermüdlich den Sendersuchknopf des Radios: Ein Bruchstück einer Nachrichtensendung – nach dem Herzanfall macht Ikes Genesung weiterhin »stetige« Fortschritte, Chruschtschow hält sich in Warschau auf, vermutlich in »geheimer« Mission –, dann eine tiefe Männerstimme, welche unablässig einen heiseren Singsang ertönen ließ: *Oh, happy day, oh, happy day-ay.* – »Mach bloß das verdammte Ding aus!« rief Felix.

Enid schaltete das Gerät sofort ab. Der Song gehe ihr auch auf die Nerven, sagte sie.

Einen Augenblick später fügte sie in gemächlichem, behutsamem Ton hinzu, sie freue sich, ihn zu sehen; sie habe ihn ziemlich vermißt. Dort auf der Nine Mile Road sei sie allerdings überrascht gewesen, und sie sei wirklich besorgt darum, noch rechtzeitig in die Schule zurückzukommen. Sie hätten in der fünften Stunde eine Chemiearbeit, und für ein Projekt im Rahmen des Englischunterrichts habe sie aus einigen Gedichten von Robert Frost ein Hörspiel zusammengestellt; Mr. Tate, ihr Englischlehrer, der auch die Theatergruppe leite, sei der Meinung, sie könnten das vielleicht noch im Laufe des Jahres zur Aufführung bringen. Da dürfe sie nicht fehlen; sie träfen sich in der sechsten Stunde im Lesesaal. Und da es Mittwoch sei, müsse sie mit Valerie, Marsha und einigen anderen dieses Kinderheim an der Kincross Street besuchen. Sie habe Felix wohl schon davon erzählt, aber er erinnere sich vielleicht nicht mehr daran...

Ihre Stimme verlor sich. Felix sagte nichts. Er bemerkte ihre flachen, beschleunigten Atemzüge; in der Nähe seines Knies lag ihre kleine Hand reglos auf dem Sitz, damit er sie jetzt noch zur Begrüßung drücken könnte. Felix zeigte jedoch kein Interesse. Er hatte sie seit Mitte September nicht mehr angerufen, weil er zu beschäftigt gewesen war. Sein Leben wurde immer komplizierter und anstrengender; manchmal war es aufregend, dann wieder entnervend wie die Augenblicke, die er in einer Anzahl seiner Kämpfe erlebt hatte, als er zu erschöpft war, um seine Handschuhe zu heben, zu erschöpft, um sich die Ermattung seines Gegners zunutze zu machen, als sich alles drehte vor seinen Augen und verschwamm, sobald er daran dachte, daß er noch einen langen Weg vor sich hatte, daß er eine qualvolle Strecke hinter sich und einen langen Weg vor sich hatte, den er vielleicht nicht schaffen würde. Aber da gab es auch noch einen alten, unerledigten Streitpunkt zwischen ihnen, der hauptsächlich Felix beschäftigte und auf den er gern zurückkam, weil es ihm Spaß machte, auf Enid ein klein bißchen böse sein zu können. Dadurch empfand er weniger Schuldgefühle, wenn er mit ihr schlief: Was er da tat, mochte als Teil ihrer Strafe gelten.

Die Meinungsverschiedenheit ging auf den Hochsommer zurück, als Enids Mutter plötzlich dagegen war, Enid droben am See in der Villa Rideau arbeiten zu lassen. Felix hatte dafür gesorgt, daß sie in dem großen, eleganten Speisesaal bedienen konnte, dessen Glastüren einen Blick auf den See boten. Hannah sagte jedoch auf einmal, sie wolle nicht, daß Enid so lange von zu Hause weg sei, und sie wolle auch nicht, daß sie mit allen möglichen Leuten zusammenkäme. Enid protestierte heftig, und Felix schaute selbst bei den Stevicks vorbei, um Hannah zu erläutern, daß die meisten Bedienungen des Hotels – wie auch anderswo am Shoal Lake – Oberschülerinnen und Studentinnen seien, die in Schlafsälen ihre Gemeinschaftsunterkunft hätten. Falls Enid nicht in einem Schlafsaal untergebracht werden wolle, könne er für sie bestimmt andere Vorkehrungen treffen. Er werde sich den Sommer über immer wieder am Shoal Lake aufhalten und könnte sie im Auge behalten; im übrigen seien ja im August die O'Banans dort. »Jaja«, sagte Hannah langsam und schien einverstanden zu sein, vielleicht weil sie sich durch Felix' Besuch geschmeichelt fühlte. Doch sobald er weg war, nahm sie hartnäkkig ihren alten Standpunkt ein und sagte, sie wolle nicht, daß Enid so viele Wochen lang weg sei, und sie wolle nicht, daß aus ihr so eine wie Lizzie werde. Dabei sei Lizzie bis zu ihrem Auszug gar nicht mal von zu Hause weggewesen!

Zum Teufel damit! dachte Felix. Ihm konnte das doch egal sein. Er setzte Enids Erläuterungsversuchen ein Ende, wollte sich ihre weinerlichen Entschuldigungen nicht anhören; er wußte zwar, daß es gar nicht ihre Schuld war, machte sie aber trotzdem verantwortlich für Hannahs Hartnäckigkeit, für ihre Bauernschläue. Lyle unterstützte den Plan, aber Hannah behauptete ihren Standpunkt, und damit war die Sache erledigt. Felix fühlte sich insgeheim ein bißchen erleichtert, denn es war vielleicht doch keine besonders gute Idee, Enid an den See kommen zu lassen, wo er für sie verantwortlich wäre und wo sie von den Gästen beobachtet werden könnten.

Dennoch schien er Enid für die Situation verantwortlich zu machen, und es sah aus, als nähme sie die Schuld auf sich. Selbst einige Monate danach herrschte zwischen ihnen eine gewisse Verstimmung.

Felix fragte sie ganz nebenbei, als wäre es ihm eben erst eingefallen: »Wer waren die – diese Jungen?«

»Nur ein paar Jungen aus der Schule«, sagte Enid.

»Du hast dich mit ihnen recht gut verstanden«, meinte Felix.

Sein Ton war ruhig, doch Enid sagte nur: »Das sind ein paar Klassenkameraden von mir.«

»Der mit dem Bürstenhaarschnitt – wie heißt der?«

»Ach, Peter?«

»Und wie lautet sein Nachname?«

»Ist doch egal, wie er mit dem Nachnamen heißt.«

»Du kennst seinen Namen, oder nicht?«

»Na klar, ich gehe ja seit der sechsten Klasse mit ihm zusammen zur Schule«, erwiderte Enid. »Er heißt Venner.«

»Peter Venner«, sagte Felix, als wolle er den Silbenfall ausprobieren. »Gefällt er dir? Hast du ihn vielleicht besonders gern?«

»Nein. Wir sind nur gute Freunde.«

»Und was würde denn passieren, wenn mehr dahintersteckte als bloß Freundschaft?«

Enid lachte zornig. Er merkte jedoch, daß sie Angst hatte.

»Felix, ich verstehe die Frage nicht«, sagte sie.

»Ich habe gefragt, was aus dir und diesem Burschen werden würde, wenn ihr mehr als ›gute Freunde‹ wärt. Du bist doch diejenige, die von ›guten Freunden‹ gesprochen hat«, sagte Felix. Sein Kopf hatte plötzlich hinter den Augen zu schmerzen begonnen; der heiße, grelle, von der Motorhaube des Cadillac widergespiegelte Sonnenschein durchfuhr ihn wie eine Klinge. »Das hast du gesagt, Schätzchen, nicht ich.«

Enid glättete wieder die Falten ihres Rockes, hatte sich ein wenig zur Seite gekrümmt. Als sie keine Antwort gab, wiederholte er in gefaßtem Ton: »›Gute Freunde‹ – das war deine Formulierung. Ich habe aber von euch beiden den Eindruck gehabt, daß ihr mehr als gute Freunde seid.«

»Nein«, sagte Enid mit schwacher Stimme.

»Was?«

»*Nein.*«

Felix fuhr auf dem Lakeshore Drive konstant sechzig Stundenkilometer, obwohl nur vierzig erlaubt waren; er schlängelte sich um die langsameren Fahrkolonnen herum und beherrschte den großen Wagen mit traumhafter Leichtigkeit. Er war nicht böse auf Enid, doch fühlte er sich nicht ganz wohl – der schwarze Kaffee zerrte an seinen Nerven, die noch strapaziert waren von der vorangegangenen Nacht. Da hatte er zu viele Martinis getrunken, hatte mit Vince, Freddy und den anderen Poker gespielt und 600 Dollar verloren, sich aber als guter Verlierer gezeigt. In kleinen Dingen hatte er ja schon immer mit Anstand verlieren können, seine Freunde bewunderten ihn dafür, daß er seine Wut einfach hinunterschluckte. – Jetzt hatte er ein Gefühl freudiger Erregung, aber er war auch verärgert. Er könnte ja den Vorfall als Lappalie abtun, wenn Enid sich entsprechend aufführte, wenn sie nicht versuchte, ihn zu belügen. Sie saß ganz am Rand des Sitzes und schaute aus dem Fenster. Er roch die unverwechselbare, berauschende Süße ihrer Angst, roch ihr Haar, ihre Achselhöhlen und das feuchte, gekräuselte Schamhaar. Es war, als spalte sich ein Teil seiner Persönlichkeit ab und versuchte, ihn zu hintergehen. Er konnte es nicht ertragen. »Und was ist mit den anderen?« hörte er sich fragen. »Mir kam es vor, als wärt ihr nicht bloß gute Freunde, sondern weit mehr.«

»Valerie war dabei. Das Mädchen heißt Valerie Sherman, sie ist meine Freundin«, sagte Enid rasch. »Sie ist jetzt meine beste Freundin ... Sie nimmt auch Klavierunterricht, aber nicht bei Mr. Lesnovich.«

»Und dieser Bursche? Hast du etwas mit dem?«

»Nein.«

»Gehst du aus mit ihm?«

»*Nein.*«

»Triffst du dich mit ihm nach der Schule? In der Schule? Oder sonst?« fragte Felix. Er schaute geradeaus, steuerte das Auto mühelos; als er an einer Kreuzung in hohem Tempo die Twelve Mile Road überquerte, schaltete die Ampel eben erst von Rot auf Grün. »Gehst du mit einem der anderen aus? Was tust du mit ihnen? Machst du Dinge, die ich dir beigebracht habe? Sag schon! Mögen sie dich deshalb, diese kleinen Dreckskerle? Treibst du dich mit ihnen herum?«

Enid lachte nervös. »Aber nein. Das weißt du genau.«

»Ich weiß Bescheid«, sagte Felix. »Aber ich habe dich etwas gefragt.«

Enid gab keine Antwort.

»Ich weiß Bescheid«, sagte Felix. »Und du solltest auch Bescheid wissen. Ich bringe jeden um, der sich mit dir herumtreibt.«

Wieder stieß Enid ein nervöses Lachen aus. Sie machte eine Bewegung, als wolle sie ihn anfassen, überlegte es sich jedoch anders.

Sie fuhren jetzt gar nicht in Richtung Kilbirnie Park, das südlich der Straße lag, sondern eher in Richtung Roosevelt Park, hin zu dem Waldgebiet am See, das sich von der Stadtgrenze Port Oriskanys bis zum Vorort Deerfield hinzog. Felix sagte: »Ich bin nicht böse, Enid, doch es gefällt mir nicht.« Und er fügte hinzu: »Du weißt doch, daß ich dich liebe, Schätzchen. Aber ich mag das einfach nicht.« Nach einer Weile fuhr er mit leiser, gefaßter Stimme fort: »Wenn ich dich dabei erwische, daß du dich mit einem Kerl herumtreibst, bring ich ihn um. Glaubst du das etwa nicht? – Ich liebe dich, Enid, aber ich will dich nicht mit irgendwelchen Rabauken und Schnöseln von der Oberschule teilen, als ob du eine Nutte wärst. Oder macht dir das vielleicht Spaß? Schau mich an: Willst du, daß es so weit kommt?«

Enid hatte angefangen zu weinen.

»Ich bringe den Kerl um«, sagte Felix. »Ich bringe euch beide um.«

Er sagte das, ohne es zu wollen; die Worte rutschten ihm einfach heraus. Er war nicht richtig böse, aber es machte ihn wütend, daß Enid so steif dasaß, ihn nicht einmal anschauen wollte. Warum machte sie es sich nicht an seiner Seite bequem und legte den Kopf an seine Schulter? Sie könnte doch sein Haar streicheln, ihn küssen und mit ihm schmusen, so wie sie es schon so oft gemacht hatte, könnte ihr schweißnasses Gesicht an seinem Hals vergraben. Er müßte bald einmal dafür sorgen, daß sie einen Schwips bekam, denn er sehnte sich danach, daß sie ihn kichernd vor Ausgelassenheit umschlang und ihm zuflüsterte: »Ich liebe dich, ich liebe dich.« Er wollte, daß sie sich mit gespreizten Beinen auf seinen Schoß setzte und ihn umfaßte; er war verrückt danach, sie in dieser Stellung zu ficken, da konnte er ihren Hintern kneten, konnte sich tief in sie hineinbohren. Am zärtlichsten liebten sie sich manchmal im Auto, da konnten sie sich an einem bestimmten Punkt nicht mehr bewegen, da hielten sie sich fest, weil sie sich nicht mehr rühren wollten aus Angst vor dem abrupten Ende; sein Denken war erloschen, nichts als Lust erfüllte ihn; sie ließ seine Nerven vibrieren, als hätte er einen so fürchterlichen Schlag auf die Kinnspitze bekommen, daß kein Schmerz mehr fühlbar war. Kein Schmerz mehr, der Nerv am Kinn gelähmt, die seitlich am Körper entlanglaufenden Nerven paralysiert, überall ein Kribbeln; das Knie, der Fuß, alles abgestorben, aber es war schön, er empfand es nicht als Schmerz, wußte gar nicht mehr, was Schmerz war.

»Ich hasse dich, ich *hasse* dich«, flüsterte Enid.

Obwohl Felix sich später genau daran erinnerte, daß er aus den Augenwinkeln ihre auf dem Türgriff liegende Hand gesehen hatte, war er von dem, was sich nun abspielte, völlig überrascht: Als er an einer Ampel anhielt, öffnete sie die Tür, stieß sie die schwere Tür auf und stieg aus, bevor er sie festhalten konnte, und rannte blindlings durch zwei Autokolonnen hindurch zum Gehsteig. Und dem verblüfften Felix Stevick blieb nur die Wahl, entweder weiterzufahren und sein Auto an den Straßenrand zu manövrieren oder es einfach mitten auf der Straße stehenzulassen und ihr nachzulaufen. Er hatte sich aber schon entschieden; er schaltete den Motor aus, zog den Zündschlüssel ab und rannte hinter ihr her. Er holte sie in der Mitte des Häuserblocks ein – so schnell wie sie lief er doch allemal! – und schlang die Arme um sie, packte sie an der Taille, als sie sich schluchzend wehrte und ihn beschimpfte: Sie hasse ihn, er sei doch übergeschnappt, sie hasse, hasse ihn. Und Felix sagte zu ihr, er werde sie umbringen, wenn sie noch einmal versuchte, ihn reinzulegen. Die beiden standen atemlos auf dem Gehsteig einer Wohngegend – es war tatsächlich Deerfield, in einiger Entfernung von der Straße befanden sich große Backsteinhäuser, es gab gepflegte Rasenflächen und geschotterte Auffahrten; die weißliche Oktobersonne verlieh den Bäumen und Büschen scharfe Konturen. Felix' Kopf dröhnte, als er merkte, wo Enid hingewollt hatte: Ganz in der Nähe befand sich eine Bushaltestelle, eben fuhr ein Bus am Straßenrand ab. Er hielt Enid ganz fest und wartete; tatsächlich bremste der Fahrer den Bus ab, öffnete die Tür und rief heraus: »Was ist denn los? Was geht hier vor?« Aus allen Fenstern gafften Fremde heraus, alle richteten den Blick auf Felix Stevick und das schluchzende Mädchen, das sich immer noch ein bißchen wehrte und ihn mit den Ellbogen wegzustoßen versuchte. »Kümmern Sie sich um Ihren eigenen Dreck!« rief Felix zurück. Der Fahrer stand auf, lehnte sich aus dem Einstieg und versuchte, den Mutigen zu spielen – ein in die Uniform gezwängter Wanst, dicke Backen und ein ängstlicher Blick; er war etwa fünfzig, und daß Felix ihn leicht fertigmachen könnte, war beiden klar. »Fräulein, brauchen Sie Hilfe?« fragte er, doch Enid schüttelte den Kopf, sagte mit abgewandtem Gesicht, ihr fehle nichts, es sei alles in Ordnung. Dem Busfahrer blieb nichts anderes übrig, als ihr zu glauben, er stierte die beiden an, die Fahrgäste gafften auch heraus, und Felix mußte sich beherrschen, als er mit Enid zu seinem Wagen zurückging, der mitten auf dem Lakeshore Drive stand. Das sollte sie ihm büßen, das sollte Enid noch lange zu spüren bekommen, auch wenn sie jetzt mit kindlicher Stimme sagte, es tue ihr leid, tue ihr so leid, sie liebe ihn doch, weshalb er ihr denn weh tun wolle, und er selbst überrascht erwiderte: »Schätzchen, *dir* würde ich nie weh tun.«

Dann fuhren sie nach Roosevelt Park hinauf, und am Ende eines Waldweges hinter den verlassen daliegenden Sportplätzen liebten sie sich auf dem Vordersitz von Felix' Wagen genauso, wie er es sich ersehnt hatte. Die Zeit drängte, aber dann war es so schön, daß sie nicht mehr wußten, wie spät es war. Enid umklammerte ihn so heftig, wie er es sich vorgestellt hatte, Enid schlang die Arme um seinen Hals, küßte ihn in lustvoller Verzückung und flüsterte »Ich liebe, liebe, liebe dich«, bis er es nicht mehr aushalten konnte.

7

Im Frühsommer traf ein zweiköpfiger Bautrupp mit einem Bulldozer ein, um den alten, verrotteten Hinterhofzaun abzureißen, der an das Gäßchen hinter dem Haus East Clinton Street 118 grenzte. Im Beisein der halben Nachbarschaft wurde im Hof der Stevicks, ganz in der Nähe ihrer hinteren Veranda, eine riesige Grube ausgehoben; Kinder rannten aufgeregt umher, kamen dem Bulldozer gefährlich nahe, Anwohner schauten gelassen zu. Lyle Stevick, der ein sauberes weißes Hemd und eine Fliege trug und dessen kahler Schädel vor Verlegenheit dunkelrosa schimmerte, überwachte den Baubeginn des ersten unterirdischen Atombunkers der East Clinton Street. Auf Fragen nach dem Zweck des Bunkers gab er knappe Antworten: Selbstverständlich sei das ein Privatbunker für ihn und seine Familie, er werde Proviant und Bedarfsartikel für neun Personen (sechs Erwachsene, drei Kinder) enthalten, und zwar für einen Zeitraum von sechzig Tagen; der Bunker werde nach den neuesten Zivilschutzrichtlinien erbaut; natürlich habe er im Rathaus eine ordnungsgemäße Baugenehmigung eingeholt, er trage sie bei sich und könne sie auf Verlangen vorzeigen. Die geschätzten Kosten wolle er nicht unbedingt nennen, doch handele es sich, so fügte er mit leiser Stimme hinzu, nicht um einen von den Bausätzen zu 2 350 Dollar, die in den Zeitungen als »Sonderangebot« auftauchten; diese verwandelten sich nach dem Abwurf der Bombe in einen Backofen, so daß alle Insassen darin verbrennen würden wie die Einwohner von Dresden, die während des Brandbombenangriffs in ihren völlig unzulänglichen Kellern und Schutzräumen Zuflucht gesucht hatten.

Er wolle ja nicht behaupten, daß es zu einem Atomkrieg mit den Russen komme, ganz gleich, was gegenwärtig von Dulles und J. Edgar Hoover zu hören sei – er sei seiner Natur nach kein Untergangsprophet, er halte es einfach für das Klügste, sich auf das Schlimmste vorzubereiten und dabei zu hoffen, daß es nie eintreten werde.

Ja, den Bunker würde er natürlich abschließen; er verwahre dann den Schlüssel.

Ja, der Bunker sei nicht öffentlich, sondern Privatbesitz.

Privateigentum, so wie das eigene Haus und der eigene Wagen.

Man fragte ihn, ob er die Absicht habe, im Bunker Schußwaffen zu lagern, um bei einem Notfall andere Leute fernzuhalten – so ähnlich wie jener pensionierte Investmentbroker, der von *Life* interviewt worden war und der für jedes Familienmitglied ein Gewehr, Kaliber 22, parat hatte, oder wie jener Schullehrer, der neulich abends in der Jack Parr Show so aufgebracht gewesen war, weil man ihm keine Lizenz für ein Maschinengewehr für seinen Bunker erteilt hatte. Lyle Stevick merkte, daß das eine knifflige Frage war. Zuerst sagte er: »Nein«, dann: »Ja – vielleicht«, und schließlich meinte er: »Hannah und ich haben uns noch nicht entschieden.« Gegenüber Nachbarn, mit denen er ziemlich gut auskam, räumte er ein, daß er eine Abneigung gegen Schußwaffen habe; er sei von Natur aus kein kriegslustiger Typ, habe allerdings für den Pazifismus wenig übrig – was diese bescheuerten Pazifisten wohl gegen Hitler erreicht hätten? Es sei noch nichts entschieden, er müsse es sich genau überlegen. Vielleicht reiche es aus, einen Schlüssel zu haben und ein stabiles Schloß. Er werde auch ein Sehrohr anschaffen. Im allgemeinen betrachte er die Dinge ja in einem freundlichen Licht. Ein Untergangsprophet sei er keineswegs, einem Geschäftsmann sei so etwas völlig fremd!

Immerhin sage dieser katholische Theologe, dieser Jesuit, über den *Time* neulich geschrieben habe – von »Bunkerethik« sei die Rede gewesen –, ein jeder sei in erster Linie verpflichtet, seine Familie zu beschützen. Also müsse er auf jemanden, der in seinen Bunker einzudringen versuchte, genauso schießen wie auf jemanden, der in sein Haus eindringen wolle.

Und die Nachrichten klängen ja auch immer bedrohlicher: Außenminister Dulles mit seinen Warnungen, die USA seien militärisch auf eine Auseinandersetzung mit den Sowjets vorbereitet, und die 35,5 Milliarden Dollar, die Verteidigungsminister Wilson für das Pentagon haben wolle für das Jahr 1957. Das große Projekt, um das es dabei gehe, sei die Produktion von ferngelenkten Geschossen, der sogenannten »Superwaffe«, nämlich einer interkontinentalen ballistischen Rakete mit einer Atombombe als Gefechtskopf! – Geradezu teuflisch.

»So ist das. So sieht es aus auf der Welt. Da muß man realistisch sein«, sagte Lyle Stevick.

Um sechs Uhr abends hatten die Männer der Baufirma Poole die Ausgrabungsarbeiten abgeschlossen und mit einem Kipplaster große Mengen feuchter, lehmiger Erde weggeschafft. Das Interesse der Nachbarn am Hinterhof der Stevicks schwand nun rapide. Mr. Stevick verjagte ein paar flegelhafte Kinder, die noch übriggeblieben waren, dann ging er hinein, um ein Bier zu trinken. Mrs. Stevick bereitete in der Küche das Abendessen zu. Sie hatte vom Fenster aus eine Weile zugeschaut, jedoch nicht nach draußen gehen wollen; sie möge diese vielen neugierigen Nachbarn nicht, sagte sie, vor allem aber wisse sie nicht recht, was sie von dem Bunker halten solle – daß Lyle soviel Geld ausgebe, das sie anderweitig verwenden könnten, gehe ihr gegen den Strich, und die Folge sei doch wohl, daß sie für immer und ewig im Haus in der East Clinton Street hocken müßten. Dabei gehe es mit der Gegend laufend bergab, in einem Doppelhaus an der Ecke Packer Street ziehe jetzt eine Negerfamilie ein.

Lyle Stevick war erschöpft, aber doch heiterer Laune. Er sagte: »Mein Gott, sie fragen schon, ob wir im Bunker Schußwaffen lagern wollen!« Mrs. Stevick schaute ihn verständnislos an. »Weißt du, um Eindringlinge fernzuhalten, in Kriegszeiten«, fügte er hinzu. Mrs. Stevick fuhr mit ihrer Arbeit fort, briet kleingehackte Zwiebeln in einer großen eisernen Bratpfanne, rührte geduldig mit einer Gabel darin herum. »Ich habe ihnen geantwortet, das wisse ich nicht«, sagte Mr. Stevick etwas beklommen. »Ich habe ihnen erklärt, ich würde es mit meiner Familie besprechen… Ich bin ja nicht gerade erpicht darauf.«

»Nein«, sagte Mrs. Stevick mit einer Stimme, die so ausdruckslos und gedankenverloren war, daß ihr jede Ironie fehlte. »Aber tun wirst du es doch.«

Von seiner Möbelhandlung abgesehen, beschäftigte sich Lyle Stevick im Sommer des Jahres 1955 hauptsächlich damit, den Bunker nach den strengen Vorschriften seiner Pläne zu erstellen:

ohne am falschen Platz zu sparen, ohne Baustoffe aus Sonderangeboten. Zusammen mit einem alten Freund, der bei Ingersoll-Rand arbeitete, goß er den Betonboden und die Mauern; dabei sorgte er dafür, daß die Mauern mindestens sechzig Zentimeter dick wurden, obwohl sie noch auf allen Seiten mit Erdschichten abgedeckt werden sollten. Mit Hilfe eines anderen alten Freundes, der in der Nähe ein bescheidenes Zimmerergeschäft betrieb, baute er verschiedene Installationen ein – den Generator, das Trockenklo, den Wassertank, die Vorratsregale und sechs Stockbetten. Außerdem konstruierten sie die Decke, die selbstverständlich eine starke Isolierung erhielt; sie sollte nach dem Einbau mit einer 1,20 Meter hohen Erdschicht abgedeckt werden. (Die Decke bestand aus übereinandergeschichteten Asbestplatten, die in einem schwachen, irisierenden Grau glitzerten wie Sternenlicht, das durch einen Dunstschleier funkelte.)

Von einer Bunkerausstattungsfirma in Albany kam ein Öfchen, ein Verbandskasten, ein Kofferradio, ein Strahlenmeßgerat samt Strahlungstabellen, außerdem »Schutzanzüge« für Erwachsene und Kinder, die so exotisch aussahen wie Tiefseetauchanzüge. Aus Stevicks Möbelgeschäft kamen einige Haushaltsgegenstände – ein Küchentisch mit Formica-Abdeckung und dazu passende Stühle, zwei Lampen und ein weicher, hellgrüner Afghan-Teppich. Eine Hacke und eine Schaufel für Räumungsarbeiten, falls der Bunker nach einer Explosion mit Geröll und Schutt bedeckt sein sollte. Und allerlei für den Haushalt – Konserven, Geschirr, Besteck, Kochgeschirr, Seife, Decken, Handtücher, Brettspiele (Monopoly, Pachisi, Schach) sowie eine kunterbunte Auswahl aus Mr. Stevicks Büchern, darunter Shakespeares Tragödien, *Don Quijote,* Thukydides, Aristoteles, *Gullivers Reisen* und *Story of Philosophy* von den Durants. Da sich Hannah und Enid kaum für den Bunker interessierten, machte Mr. Stevick die ganze Arbeit alleine; er hielt dies für das beste, denn so konnte er absolut sicher sein, daß alles ordnungsgemäß erledigt wurde. Nach einer Atomexplosion bliebe ja keine Zeit mehr, um Schlampereien zu beheben.

Die genialste Vorkehrung des Bunkers war seiner Meinung nach der Ein- und Ausstieg; er glich der Luke eines Unterseebootes und war mit einer Leiter ausgestattet, die bis auf eine Länge von 1,50 Meter ausgezogen werden konnte. Und dann das Sehrohr: Das seltsame Erlebnis, durch ein Periskop zu schauen, hatte er noch nie gehabt. Als das Dach eingebaut und abgedeckt war, ging Mr. Stevick oft in den Bunker hinunter, um das Sehrohr zu erproben; er drehte es langsam im Kreis herum und war fasziniert von den vertrauten Bildern, welche die drahtgeschützte Linse sichtbar machte – die hintere Veranda und die Fenster des Hauses, die schlaffe Wäscheleine von Mrs. Stevick – und manchmal so verzerrt wiedergab, daß er sie kaum erkannte. Diese flüchtigen Bilder, die so nahe an seinem Auge auftauchten, besaßen eine geheimnisvolle, traumhafte Schönheit, so daß er manchmal nicht einmal traurig war, wenn er sich vorstellte, die Bombe sei bereits abgeworfen worden, er selbst befände sich im Bunker in Sicherheit, die Luke sei geschlossen und verriegelt, und draußen sei alles verstrahlt und vergiftet.

Da der sechs Meter lange und viereinhalb Meter breite Bunker mit allerlei Gegenständen vollgepfropft war, gab es nicht viele freie Wandflächen; den zur Verfügung stehenden Platz bedeckte Mr. Stevick im Laufe der Zeit mit Glanzpapierstreifen. Zuerst versah er den groben Beton mit einem Glattstrich, und darauf klebte er dann die Tapeten – Aluminiumfolie, die er irgendwo im Haus gefunden hatte oder gar auf dem Gehweg oder im Rinnstein, auch einen Bogen gebrauchtes Weihnachtspapier aus Mrs. Stevicks Vorräten. Er wußte gar nicht, wieso er den Bunker auf eine so kunterbunte und ausgefallene Weise ausschmückte, doch das Ergebnis gefiel ihm – der Leuchteffekt war festlich, besänftigte jedoch seine Nerven, wenn er Ruhe brauchte, und er gemahnte ihn an etwas, das ihm nicht mehr erinnerlich war, von dem er nur wußte, daß es ihn nicht mehr schrecken konnte, seit die grellweißen Mauern zugedeckt und ordentlich mit der schützenden Erdschicht umgeben waren.

Mr. Stevick machte es sich zur Gewohnheit, den Bunker jeden Tag vor dem Abendessen zu inspizieren. Manchmal lag er auf einem der unteren Stockbetten im Licht einer einzigen 100-Watt-Lampe, hatte die Arme hinter den Kopf gelegt, die Augen halb geschlossen, und dabei kam es ihm vor, als wären die silbrig tapezierten Wände gar keine Wände, sondern ein geheimnisvoller Teil seiner Seele. Er hatte es geschafft! Er befand sich in seinem Bunker. Wenn er dalag und das Radio laufen ließ, konnten ihn selbst die alarmierendsten Meldungen nicht aus der Ruhe bringen. Einmal wachte er auf und wußte gar nicht, daß er geschlafen hatte – er konnte nicht länger als zehn Minuten im Bunker gewesen sein –, und plötzlich vernahm er die energische, ungestüme Stimme von J. Edgar Hoover. Früher einmal wäre Mr. Stevick in Wut geraten, hätte Kummer oder gar Verzweiflung empfunden, doch jetzt war er lediglich ein klein wenig belustigt. Hoover hielt eine Rede, in welcher er behauptete, die Kommunisten in den Vereinigten Staaten hätten eine neue »Schmähkampagne« gestartet, um die Vollstreckungsorgane des Staates zu schwächen. »Den schlimmsten Schaden richten die Roten mit Hilfe von Pseudoliberalen an«, sagte Hoover.

Lyle Stevick hatte dafür aber nur ein müdes Lächeln übrig. Er war kein Pseudoliberaler mehr. Bei ihm gab es nichts, was J. Edgar Hoover vom Federal Bureau of Investigation hätte kritisieren können.

Ein paar Wochen zuvor war sein alter Feind Senator Joseph McCarthy von seinen Senatskollegen offiziell »gerügt« worden, aber Mr. Stevick war auch dies ziemlich egal gewesen. Das kam doch zu spät – zu spät, um den Schaden wiedergutzumachen, den McCarthy angerichtet hatte. Und Hoover wollte jetzt wieder anfangen damit! Dennoch empfand Mr. Stevick keine richtige Wut. Ihm konnte nichts passieren.

Als Enid schließlich bereit war, den Bunker zusammen mit ihrem Vater zu besichtigen, machte sie mit heller, nervöser Stimme eine Bemerkung über die silbrigen Wände – »Ist das aber mal hübsch, Daddy, was ist denn das?« –, so als fiele ihr nichts anderes ein. Bis auf Neal O'Banan und seine kleinen Bengel war niemand in der Familie erpicht darauf, den Bunker zu besichtigen: Weder Mrs. Stevick, die sich wegen der »zu steilen« Leiter Sorgen machte, noch Geraldine, die wieder schwanger war und viel Mühe hatte mit der Hitze im August und im größten Teil des Septembers, und auch Lizzie nicht, die immer wieder versprach, bald mal vorbeizukommen, vielleicht an einem Sonntag zum

Mittagessen – doch dann sagte sie ihren Besuch immer in letzter Minute ab, wobei die Gründe nicht sehr einleuchtend waren.

Enid aber kam. Enid tat ihrem Vater den Gefallen. Eines Tages, als die Schule aus war und sie noch immer ihren hübschen Rock mit dem Schottenmuster und die hochgeschlossene weiße Baumwollbluse trug, dazu einen winzigen goldenen Anhänger an einer Halskette und kleine goldene Ohrstecker. Als Enid vorsichtig in den unterirdischen Raum hinunterkletterte, blinzelte sie in das grelle Licht (Mr. Stevick hatte alle Glühbirnen angeschaltet), als hätte sie etwas ganz anderes erwartet. Während ihr Vater verschiedene Aspekte des Bunkers ausführlich erläuterte, stand Enid mit gerunzelter Stirn in einer starren, leicht gebückten Haltung da, schnupperte in der abgestandenen Luft herum, als käme sie ihr vergiftet vor und schaute mißbilligend in die Ecken des Raumes, als befänden sich dort Spinnen oder Mäuse. Mr. Stevick bemühte sich, seine Verärgerung zu unterdrücken. Er hatte sich in letzter Zeit wegen Enid so oft ärgern müssen. Sein Nesthäkchen – so erschien sie ihm – war jetzt siebzehn, war in der Abschlußklasse der High-School und schmiedete Zukunftspläne, bei denen er keine Rolle spielte; Enid war empfindlich, abweisend und herablassend geworden, schaute ihn an und schwieg, selbst jetzt, als er ihr voller Stolz das Strahlenmeßgerät und die aufklappbaren Strahlungsschaubilder zeigte mit ihren detaillierten, minutiösen Grafiken und Daten sowie das Kofferradio samt seiner Sonderausstattung. Mr. Stevick schaltete das Radio an, um es ihr vorzuführen. Das Krachen einer atmosphärischen Störung war zu hören, dann folgte ein lauter, durchdringender Downbeat – Bill Haley and the Comets legten los mit ihrem Riesenhit »Rock Around the Clock« –, doch Mr. Stevick setzte dem Lärm erzürnt ein Ende. In Notzeiten sei nur der Sender des Zivilschutzes von Port Oriskany in Betrieb, erklärte er Enid.

Enid lachte nervös, doch was gab es da zu lachen? Sie fuhr sich über die Arme, als hätte sie eine Gänsehaut.

Sie bewunderte die Tapezierung. Sie freue sich über das Bücherregal, sagte sie, auch über die Spiele – die seien nicht schlecht, falls sie da unten lange Zeit festsäßen. Sie sprach aber mit müder, schwacher Stimme. Sie sah verängstigt aus. Wie schon seit Monaten, schluckte sie immer wieder vor Erregung und strich sich die Haare aus den Augen, doch ihr Vater war entschlossen, nicht die Fassung zu verlieren.

Fast problemlos öffnete er die Metalltür des Trockenklosetts, und Enid schaute es sich kommentarlos an. Er machte die Tür zur Vorratskammer auf und zeigte ihr Regale mit den Campbell-Suppen, die sie als Kinder so gern gegessen hatten – die Gemüsesuppe mit den Buchstaben, die Hühnersuppe mit Nudeln, die Tomatencremesuppe, die Gerstensuppe mit Rindfleisch; in diesem merkwürdigen Gelaß wirkten die rotweißen Etiketten so wunderbar vertraut, so anheimelnd! Dann die dicht gestapelten Dosenreihen mit Thunfisch, Lachs, Makrelen, gebratenen Schinkenstücken. Außerdem allerlei Gemüse, auch Marmeladen und Gelees, Flaschen mit Fruchtsaft. Die neunzig Zentimeter tiefen Regale lagen halb im Dunkel und sahen aus, als reichten sie bis ins Innere der Erde. »Wir sind für mindestens sechzig Tage ausgestattet«, sagte Mr. Stevick. Auf dem untersten Regal standen drei Dutzend Behälter mit frischem Quellwasser, zwei Dutzend Familienflaschen Coca-Cola und riesige Kartons mit Kartoffelchips. Außerdem mehrere Dosen Erdnüsse der Marke Planter – Mr. Stevick knabberte sie besonders gern. Enid lachte wieder. »Das ist wie ein Picknick!« meinte sie.

»Es wird kein Zuckerlecken sein«, sagte Mr. Stevick in vorwurfsvollem Ton, »aber es braucht auch nicht schlimm zu sein. Es kommt ganz darauf an, was wir daraus machen.«

Dann hielt er Enid einen Vortrag über wichtige Einzelheiten – diese Punkte habe er ihr und Hannah wohl schon beim Essen erläutert, doch schade es nichts, wenn sie alles noch einmal zu hören bekäme. Bei diesem Typ von Familienbunker sei der Schutzfaktor 1 000 gewährleistet. Ob Enid wisse, was 1 000 bedeute? Nein? – Das sei so: Für Einzelpersonen, die sich während eines Zeitraums von sechzig Tagen konstant im Bunker aufhielten, betrage die Strahlendosis nur 45 Röntgeneinheiten – ein unbedeutender Wert – im Falle einer atomaren Explosion mit etwa 200 Megatonnen im Nordosten der Vereinigten Staaten. Sollte ein *ganzjähriger* Aufenthalt erforderlich sein, würde die Dosis nur auf 50 Röntgeneinheiten ansteigen. »Ich hoffe, du verstehst, daß das höchst beachtlich ist.«

Enid gab zuerst keine Antwort. Sie hatte sich hingekauert und untersuchte den Strahlungsdetektor.

»Ja«, sagte sie schließlich. »Das ist beachtlich.«

Er merkte, daß sie sich nicht mit ihm herumstreiten wollte; Gott sei Dank war sie über jenes Stadium hinaus, in dem zwischen ihnen eine gespannte Atmosphäre geherrscht und Hannah sich herausgehalten hatte. Im Laufe des Sommers hatten sie sich zur Essenszeit mehrmals gestritten, und Enid war schmollend vom Tisch weggelaufen, weil ihr Vater sie heruntergeputzt hatte wegen ihrer Unwissenheit und weil sie sich erdreistet hatte, ihn auf seinem Fachgebiet zu attackieren. Wie konnte sie bloß ihre Meinung über den Atombunker äußern, wo sie doch so wenig wußte? Wenn sie über keinerlei Fakten verfügte, die sie den seinen entgegensetzen konnte? Sie hatte eines Abends impertinent gefragt, wie sich ein normaler Mensch wohl sechs Tage lang unter der Erde aufhalten könne, ganz zu schweigen von sechzig Tagen, wenn es nachher keine lebenswerte Existenz mehr gebe. Und man könnte ja verrückt werden da unten, wenn man mit anderen Leuten zusammengepfercht wäre, auch wenn es die eigene Familie sei, das sei ganz egal; ihr stehe der Verstand still, wenn sie bloß daran denke. – Und Mr. Stevick hatte sie mit ruhiger Stimme angewiesen, sich vom Tisch zu entfernen, ihm schleunigst aus den Augen zu gehen.

Seit Jahren hatte er keines von seinen Kindern geschlagen. Doch in solchen Augenblicken war er drauf und dran, seine jüngste Tochter zu züchtigen.

Den Sommer über war Enid die meiste Zeit weder mit ihrem Vater noch mit ihrer Mutter gut ausgekommen. Sie war aufbrausend und spöttisch, zeigte so gut wie nichts mehr von ihrer netten, angenehmen Art, brach beim geringsten Anlaß in Tränen aus – Hannahs Schwester Ingrid sagte immer wieder, Enid befinde sich »in einer bestimmten Phase«, doch Mr. Stevick befürchtete, das könnte sehr wohl zu einer Dauererscheinung werden. Zuerst gab es fortwährend Streitigkeiten wegen des Jobs in der Villa Rideau, den Felix ihr verschafft hatte und den sie unbedingt antreten wollte; sie drohte damit, sie werde von zu Hause weggehen, auf eigene Faust an den Shoal Lake reisen und Felix fragen, ob sie bei ihm wohnen könne. Dann überlegte sie es sich plötzlich anders und trat zusammen mit einer Freundin eine Stelle in einem Eiscafé an der West Grand Street an. Den beiden Mädchen blieb jedoch nichts anderes übrig, als zum 1. August zu kündigen; dort herrschten schreckliche Arbeitsbedingungen, manche Kunden wurden sehr anzüglich, doch am schlimmsten war der Geschäftsführer, der sich beim weiblichen Personal Freiheiten erlaubte. In letzter Zeit schien ihr auch der Unterricht bei Mr. Lesnovich Qualen zu bereiten; sie behauptete, sie habe das Klavier schrecklich gern, doch Mr. Stevick hatte den Eindruck, daß ihr manchmal schon der Anblick des Instruments Angst einjagte. Warum nahm sie – genau wie Warren – alles so wichtig, während dies seinen anderen Kindern, soweit er wußte, nicht in den Sinn kam? Stundenlang übte sie ein kleines Rondo von Mozart, für welches sie kaum fünf Minuten benötigen würde, wenn sie es Mr. Lesnovich vorspielte. Doch die arme Enid kriegte es nicht richtig hin; vielleicht strebte sie auch nach einer Perfektion, die sie nach Ansicht ihres Vaters niemals erreichen würde, weil sie jenseits ihrer Möglichkeiten lag. Sie tat ihm leid, aber er war auch ziemlich aufgebracht. Manchmal saß Enid mucksmäuschenstill am Klavier und spielte überhaupt nicht, hockte nur da und starrte das mit vielen Anmerkungen versehene Notenblatt an, wobei ihr Tränen in die Augen traten. Dann fing Hannah an, ihr zu drohen; dieser Klavierunterricht müsse aufhören, sagte sie, wenn er Enid so unglücklich mache. Wozu der überhaupt gut sei? Ob sie denn glaube, daß sie es schaffen könnte, an die Westcott School in Rochester zu gelangen? Ob sie wirklich glaube, sie hätte das Zeug dazu, Klavierunterricht zu erteilen wie Mr. Lesnovich?

»Sie wird ja sowieso mal heiraten«, sagte Mrs. Stevick in einem so unbestimmten Ton, daß nicht zu erkennen war, ob sie dies für gut oder schlecht hielt; vielleicht war es einfach unbestimmbar.

Enid hatte jedoch vor, sich an verschiedenen Colleges und Universitäten des Bundesstaates zu bewerben und natürlich auch an der Pädagogischen Hochschule ihrer Heimatstadt – sollte sie, wie ihre Lehrer meinten, ein staatliches Stipendium erhalten, dann würde sie von einigen Lehranstalten zusätzliche Fördermittel bekommen, und Felix hatte Lyle wissen lassen, er wäre ihnen gern behilflich, falls sie Unterstützung brauchten. Mr. Stevick hatte sich jedoch nicht festgelegt. Der Gedanke, daß Enid ihr Elternhaus verlassen könnte, behagte ihm nicht recht. Vielleicht wäre die örtliche Hochschule ganz in Ordnung (obwohl sie kein besonders hohes Niveau besaß); zumindest könnte Enid weiterhin zu Hause bleiben – sie wäre noch für eine Weile seine Enid Maria, sein Mädchen. Dennoch wollte er dafür von seinem Bruder keine finanzielle Unterstützung, weil Felix ihnen schon soviel Geld geliehen oder geschenkt hatte, daß es nachgerade peinlich war. Lyle Stevick hatte seinen Stolz, schließlich hatte er ja auch seine Verdienstquellen. (Im Juni hatte er Felix' Ratschlag befolgt und insgeheim eine Wette auf Carmen Basilio abgeschlossen; er war zu einem Buchmacher gegangen, der an der Union Street einen Tabakwarenladen betrieb, und hatte in der Tat mit 1 500 Dollar Einsatz satte 4 500 Dollar Gewinn erzielt! Doch er war besonnen genug, es nicht noch einmal zu versuchen; er hielt es für besser, kein Risiko mehr einzugehen. In der Verwandtschaft kursierte das Gerücht, Felix habe bei jenem Kampf etwa 25 000 Dollar eingestrichen, aber kurz darauf bei einem anderen Match genausoviel oder noch mehr verloren – er hatte darauf gewettet, daß der sechsundzwanzigjährige Bobo Olson gegen Archie Moore, den Champion im Halbschwergewicht, gewinnen würde, der achtunddreißig Jahre auf dem Buckel hatte und immer noch aktiv war. Und Moore hatte es geschafft, Olson in der dritten Runde zu erledigen! Felix hatte Lyle geraten, auf Olson zu setzen, doch Lyle hatte schlauerweise keinen einzigen Dollar investiert, und nachher hatte Felix angerufen, um sich für den miesen Tip zu entschuldigen; Lyle Stevick hatte aber bloß ziemlich gelassen gesagt: »Felix, wir machen alle mal einen Fehler.«)

»Enid, was ist denn los?« fragte Mr. Stevick mit scharfer Stimme.

Sie hatte gar nicht zugehört, das merkte er genau; sie stand da und drückte die Stirn an eine Sprosse der Leiter, als wäre ihr schwach oder schwindlig. Sie sog die frische Luft ein, die durch die offene, von einem hellen, glitzernden Himmel überwölbte Luke spärlich nach unten drang, und er meinte zuerst, sie hätte ihn gar nicht verstanden. Doch sie flüsterte: »Nichts ist los.« Und dann sagte sie, ohne ihn anzusehen: »Daddy, ich glaube, ich schaffe es nicht.«

»Was soll das heißen?«

Sie stand einfach da mit dem Rücken zu ihm, hielt die Leiter mit beiden Händen fest und drückte die Stirn an eine der Sprossen. Einen schrecklichen Augenblick lang schwiegen beide. Lyle Stevick spürte einen Anflug von Angst. Sie glaubte, sie schaffe es nicht! Was war das bloß für ein Gerede!

»Enid, was soll denn das heißen?« fragte er in sanftem Ton. Er bemühte sich, geduldig zu bleiben, er legte sogar zaghaft die Hand auf ihre Schulter und ahnte dabei, daß sie unter der Berührung ein bißchen zusammenzucken würde. »Machst du dir Sorgen wegen eines atomaren Krieges? Liegt es daran? Die Hauptsache ist doch, daß wir darauf vorbereitet sind, begreifst du das nicht, Schätzchen? Dein Papa wird wie immer für dich sorgen.«

Weinte sie denn? Sie wandte ihm immer noch den Rücken zu und kümmerte sich nicht darum, ob ihm das paßte. Er hörte ihre raschen, flachen Atemzüge, aus ihrem Haar drang ein süßlicher Angstgeruch. Armes Mädchen, arme Enid Maria. Er war besorgt um sie, aber er wagte es nicht, sie herumzudrehen; er wollte nicht, daß sie plötzlich weinend in seinen Armen läge, das wäre zuviel unter diesen Gegebenheiten, das würde der Szene einen melodramatischen Anstrich geben wie in einem Hollywoodfilm. Um Gottes willen, nur das nicht! Er fühlte sich selbst ziemlich angegriffen – daß ein Atomkrieg drohte und ein Ende der Zivilisation, wie er sie seit vierundfünfzig Jahren gekannt hatte, war ja alles andere als lustig.

»Dein Papa wird wie immer für dich sorgen, das weißt du doch«, wiederholte er in einem kernigen, fast humorigen Ton.

»Ja, Daddy«, sagte Enid.

Womöglich dachte sie gar nicht an den Atomkrieg, an die düsteren Zukunftsaussichten. Sie war siebzehn, sie mochte an etwas ganz anderes denken, an etwas Persönliches, das sie unmittelbar betraf, und Lyle Stevick wäre nicht der Richtige, um dies herauszufinden: Das wäre Hannahs Aufgabe.

Der beklemmende Augenblick ging vorüber. Sie kletterten wieder nach oben ans Tageslicht, Enid voran, ihr Daddy hinter ihr; wie immer, wenn er aus der gemütlichen Enge des Bunkers herauskam, empfand Lyle Stevick kurz ein Schwindelgefühl, weil er ungeschützt und verletzlich war, seit er auf der Erdoberfläche stand und ihn nur eine dünne Membran aus Haut und Fleisch umhüllte. Vom Himmel könnte in der Tat ein Feuerball herunterstürzen… »Das war doch gar nicht so schlimm, oder?« sagte Mr. Stevick, und Enid murmelte so etwas wie »Nein«. Sie ging langsam weg, er blieb an der Luke zurück, schloß sie mit einem Grunzen und sperrte sie ab. Damit war die Besichtigung beendet. Enid kam nie wieder her.

In jenem Herbst prüfte Lyle Stevick sein Gewissen: Sollte er sich für den Bunker ein Gewehr besorgen, sollte er darauf vorbereitet sein, sich und seine Familie im Falle eines Angriffs zu verteidigen? Neal O'Banan meinte, alles andere wäre Dummheit.

Neal O'Banan sagte, er werde garantiert sein Gewehr mitbringen, falls er noch rechtzeitig in den Bunker käme.

Mr. Stevick paffte seine Pfeife, stolzierte auf dem Hinterhof herum, betrachtete den ungleichmäßig ansteigenden Erdhügel über dem Bunker und versetzte sich dabei mit alptraumhaften Visionen von seinen Nachbarn in Angst und Schrecken – er stellte sich den zweieinhalb Zentner schweren Art Flagler vor, der ein paar Häuser weiter wohnte, dazu den alten Schultz von nebenan, diesen streitsüchtigen Säufer, und dann ein paar von den Frauen – bösartige Weiber gab es in der Gegend! –, wie sie den Bunker stürmten und versuchten, ihn den Stevicks wegzunehmen. Bei einem Angriff mit Atomwaffen würde in der Stadt höchstwahrscheinlich das Kriegsrecht gelten, und das hieße doch wohl, daß mit Gesetzesbrechern kurzer Prozeß gemacht werden würde

Mr. Stevick dachte lange über die Frage der Bewaffnung nach, war mal dafür, mal dagegen. Wenn es darauf ankäme, so befürchtete er, wäre er nicht fähig, auf seine Mitmenschen zu feuern, von seinen Nachbarn ganz zu schweigen; vielleicht würde aber schon das bloße Vorhandensein eines Gewehres, also die Tatsache, daß er bewaffnet war, abschreckend wirken. Ohne es recht zu wissen, war er religiöser geworden. Er sprach kleine Gebete – manchmal lediglich ein gemurmeltes *Jesus, Maria und Joseph!*, so wie es ihm vor langer Zeit beigebracht worden war, besonders wenn er in Versuchung geriet und böse oder unkeusche Gedanken verscheuchen wollte; ab und zu, wenn er auf »seiner« Pritsche lag, wenn im Bunker nur ein einziges Licht brannte und die silbrigen Mauern leuchteten und ganz weit weg zu sein schienen, verlor er sein Zeitgefühl, wußte nicht mehr, ob es Tag oder Nacht war, und dann schoß ihm das Gebet *Gegrüßet seist du, Maria, voll der Gnade, der Herr ist mit dir* durch den Kopf wie ein durch brausende Wasser flitzender Elritzenschwarm. Es war ihm fast peinlich, wenn er sich selbst beim Beten ertappte. Ausgerechnet Lyle Stevick! Aber was machte das schon: Kein Mensch wußte etwas davon!

Wenige Tage vor dem Erntedankfest wurde gemeldet, Papst Pius XII. habe während einer ernsten Erkrankung eine Vision gehabt; Jesus Christus sei ihm erschienen und habe ihm zu verstehen gegeben, daß seine Zeit noch nicht gekommen sei: Er brauche noch nicht zu sterben. Und unmittelbar danach habe es beim Papst erste Anzeichen der Genesung gegeben – nach Meinung der vatikanischen Ärzte »wie durch ein Wunder«.

Die Story fand weite Verbreitung; Kardinal Spellman wurde im Fernsehen interviewt, ein ortsansässiger Priester in den 18-Uhr-Nachrichten der Radiostation von Port Oriskany. War das ein echtes Wunder? Nun, es kam darauf an, wie man »Wunder« definierte, aber höchstwahrscheinlich war es eines: Jesus Christus war dem Papst erschienen, um ihm mitzuteilen, daß seine Zeit noch nicht gekommen sei, daß er noch eine Weile auf Erden bleiben werde.

Wenige Monate zuvor hätte Lyle Stevick über so eine Geschichte höhnische Bemerkungen gemacht, hätte Hannah und ihre Schwester Ingrid verspottet, wenn sie sich darüber ausgelassen hätten, doch nun war er seiner Sache nicht mehr so sicher. Er lebte ja in außergewöhnlichen Zeiten. Es konnte gewiß nicht schaden, wenn er ab und zu betete.

Er fragte Gott – vorausgesetzt, daß es Ihn gab – um Rat, ob er ein Gewehr Kaliber 22 kaufen oder ob er sich auf Neal O'Banans Waffe verlassen solle.

Eine Handfeuerwaffe käme ebenfalls in Betracht, zum Beispiel eine Pistole, Kaliber 45.

Mr. Stevick hatte sich schon seit einigen Jahren überlegt, ob er eine Lizenz für irgendeine Handfeuerwaffe besorgen solle, um sich in seinem Laden besser schützen zu können. Bei der Firma Horizont Kanalreinigung hatte es im Frühjahr einen Einbruch gegeben, bei De Santis Elektrowerkzeuge drüben an der Canal Street war ein Verkäufer mit vorgehaltener Waffe überfallen worden; eines Tages könnten bewaffnete Räuber in Stevicks neue und gebrauchte Möbel eindringen, um Lyle Stevicks Geld zu holen, und womöglich würden sie ihn dabei umbringen! Seit einiger Zeit dachte er über derlei Dinge immer häufiger nach, er überlegte sich sogar, ob er sein Geschäft an trüben, düsteren, unheilvollen Tagen schließen sollte. Jetzt, da der Winter bevorstand, hatte er vor, bei Dämmerung ohne Rücksicht auf die Uhrzeit zuzusperren; allerdings würde er nicht sofort nach Hause fahren – er wollte nicht, daß Hannah ihn auf Schritt und Tritt überwachte. Er hatte zwar daran gedacht, wegen des Ladens eine Pistole zu kaufen, war aber über bloße Überlegungen nicht hinausgekommen. Vielleicht jagte ihm der Gedanke, eine Waffe zu besitzen, ungleich mehr Angst ein als das Stück Seil, das er im Keller aufbewahrte: Es war ja ein so altes, schmutziges und vertrautes Seil.

8

Mitte Dezember kam Felix beinahe ums Leben, als er in einer windigen Nacht mit viel Schneeregen von der Exerzierhalle nach Hause fuhr. Er hatte auf der Union-Street-Brücke, wo die Fahrbahn stellenweise vereist war, einen Unfall, als ein entgegenkommender Wagen, der zu schnell fuhr, ins Rutschen geriet. Felix blieb nicht einmal Zeit zum Hupen – doch was hätte ihm das wohl genützt? –; er riß in einer verzweifelten Reflexhandlung das Steuer herum, als die beiden Autos gerade mit einem schrecklichen Krachen kollidierten. Später sollte er sich erinnern, daß er keine Angst vor dem Sterben gehabt hatte, wohl deswegen, weil es ihm so vertraut war: Ausscheiden, zu Boden gehen – warum nicht schon jetzt, wenn es sowieso bevorstand? Das fuhr ihm durch den Kopf und kam ihm ganz vernünftig vor. Er hatte, während er in der Exerzierhalle die Boxkämpfe anschaute, ein bißchen getrunken, aber nur Bier. Er war nicht betrunken, der andere Fahrer aber war, wie es dann in den Zeitungen stand, »berauscht«; also war es doch nur gerecht, daß der Scheißkerl schwerere Verletzungen davontrug: Schädelbruch, Rippenbrüche, Fleischwunden; er verlor zwei Liter Blut, und seine 1953er Mercury-Limousine war schrottreif. Felix hatte Glück, obgleich auch sein Auto so stark beschädigt wurde, daß sich eine Reparatur nicht mehr lohnte: Er kam mit einen verstauchten Handgelenk und einem Dutzend oberflächlicher Schnittwunden im Gesicht davon, die von der Windschutzscheibe herrührten; am Körper erlitt er einige Prellungen, doch das war dann alles. Später bildete er sich ein, seine Reflexe hätten ihm das Leben gerettet. Ihm gefiel der Gedanke, instinktiv gehandelt zu haben, dem Schlag ausgewichen zu sein: Du kannst nicht k.o. geschlagen werden, wenn du den Schlag kommen siehst, hatte er immer geglaubt, und genau dies schoß ihm durch den Kopf, als die Scheinwerfer des anderen Autos ihn blendeten, als er mit den Zähnen knirschte und nicht wollte, daß sie ihm ausgeschlagen würden.

Man schaffte ihn im Rettungswagen ins St. Josephs-Krankenhaus, und um 2.20 Uhr nachts verließ er die Notaufnahme wieder. Sein Gesicht war sauber genäht, das Handgelenk bandagiert; er hatte sich geweigert, über Nacht zur Beobachtung dazubleiben, weil er wußte, daß er nicht ernstlich verletzt war. Er ließ sich durch den Unfall nicht aus der Ruhe bringen. Unfälle machten ihm nichts aus. Er hatte sowieso ein neues Auto haben wollen – tags darauf kaufte er einen 1956er Lincoln Continental, eine viertürige Limousine in funkelndem Metallicschwarz mit kastanienbrauner Plüschpolsterung, die einen sahnefarbenen Besatz aus Ziegenleder hatte. Als Enid in diesem Wagen zum allerersten Mal mitfahren durfte, erzählte sie Felix, daß sie schwanger sei. »Du *meinst* wohl, du seist schwanger«, gab er zurück.

9

Der gläserne Briefbeschwerer lag nicht mehr auf Warrens Schreibtisch. Er war weder auf dem Fensterbrett noch auf den

Regalen zu entdecken. Hatte Miriam ihn weggenommen, ihn in die Tasche gesteckt und mitgenommen bei ihrem letzten Besuch? fragte sich Warren.

Damals hatte er nicht gewußt, daß es ihr letztes Zusammentreffen sein würde.

In jenem Sommer hatte er sich bei den Stevicks nicht mehr so oft gemeldet, hatte Telefonate tage- und wochenlang aufgeschoben, bis er schließlich von Mr. Stevick oder von Enid angerufen wurde. Als er in Miriam verliebt war, zögerte er, seiner Familie von ihr zu erzählen, und von seiner Verlobung und seinen Heiratsplänen wollte er schon gar nicht berichten. (Wann wollte er sie denn heiraten? Nach dem Studienabschluß? Im folgenden Jahr? Oder im kommenden Monat?) Er brachte es auch nicht über sich, ihnen zu erzählen, was für enttäuschende Resultate er bei seinem Jurastudium erzielt hatte: Unter 214 Kursteilnehmern belegte Warren Stevick Platz 89.

(Er hatte im akademischen Bereich noch nie so schlecht abgeschnitten. Und das Schlimme daran war, daß er sich wirklich die größte Mühe gegeben hatte.)

Es bereitete ihm auch Unannehmlichkeiten, sich mit Mr. Stevick zu unterhalten. Vater und Sohn schienen zwar derselben Meinung zu sein, was den drohenden Atomkrieg betraf, doch gerieten sie jedesmal unweigerlich in Streit. Warren war der Ansicht, Atombunker seien durchweg unmoralisch, weil sie zum Krieg herausforderten. Mr. Stevick meinte, als politische Strategie lade der Pazifismus geradezu zum Krieg ein. »Als zukünftigem Rechtsanwalt müßte dir das doch aufgehen«, schimpfte Mr. Stevick. »Ich vermute, der Anwalt in spe ist sich darüber schon im klaren, du willst es bloß nicht zugeben.«

Um Warren einen Gefallen zu tun und um ihm Gesellschaft zu leisten, schloß sich Miriam der SNVA an und verbrachte auf dem Universitätscampus einige lange Sommernachmittage damit, Flugblätter und Gedichte gegen den Krieg zu verteilen; sie beteiligte sich zusammen mit etwa dreißig weiteren Mitgliedern an einem Protest gegen die Aktivitäten der Reserveoffiziersvereinigung an der Universität – die Demonstranten trugen handgemalte Plakate mit Aufschriften wie FRIEDEN JETZT UND FÜR

IMMER! – USA JETZT ABRÜSTEN! – KEINE KRIEGE MEHR! – NEIN ZUM ATOMTOD. Die Demonstration erregte einiges Aufsehen, die Menschen reagierten teils unbestimmt oder gleichgültig, teils feindselig – es gab die üblichen Schmährufe wie »Kommunisten«, »Rote«, »Verräter«, auch »rot angehauchte Juden«, und gegen die Frauen manches üble Schimpfwort. Die Demonstranten zeigten jedoch Gelassenheit und Geduld, sie marschierten langsam und beharrlich vor dem Gebäude der Reservisten auf und ab. Warren zweifelte an der Effektivität des Protestes: Die Leute gafften her, aber *begriffen* sie auch etwas? Sie lasen die Slogans, aber dachten sie auch darüber nach? Die Ironie des öffentliches Protestes lag ja darin, daß man eine hehre abstrakte Wahrheit verkünden wollte, sich aber doch nur selbst in einer bestimmten Verkleidung zur Schau stellte. Bei dem Bemühen, das Ich einer höheren Gesetzmäßigkeit unterzuordnen, kam schließlich nichts anderes heraus als eine theatralische Selbstdarstellung!

Für Miriam war es eine nervenaufreibende, frustrierende, aber auch interessante Erfahrung. »So schlimm wie das Modellstehen«, sagte sie. »Doch die Saukerle brauchen dafür, daß sie einen beschimpfen können, nicht mal etwas zu bezahlen.«

Miriam nahm bei Versammlungen der Society for Non-Violent Action selten an den Diskussionen teil, doch hörte sie mit einer gespannten Aufmerksamkeit zu, die Warren beeindruckte. In jenen Tagen war viel von einer Beendigung des Rüstungswettlaufs zwischen den USA und der Sowjetunion die Rede und von der für den August in Genf geplanten Konferenz »Atome für den Frieden«. Warren fand es aufregend, in einer Zeit zu leben, in welcher es innerhalb weniger Wochen oder Monate zu einer »radikalen moralischen Wende« kommen könnte – bei seinen öffentlichen Auftritten schloß er stets mit den Worten, er zweifle nicht daran, daß die öffentliche Meinung die Friedensbewegung unterstützen werde, sobald die Amerikaner wirklich begriffen hätten, worum es gehe. »Schließlich ist es ja nur eine Sache des gesunden Menschenverstandes.«

Am zehnten Jahrestag des Abwurfs der Atombombe auf Hiroshima hielt die SNVA eine nächtliche Mahnwache, die in der Abenddämmerung des 6. August an der Independence Mall begann. (Die Ankündigung der Sowjetunion vom 4. August, man werde die Atomwaffentests wieder aufnehmen, wirkte sich unglücklicherweise sehr nachteilig auf die Gedenkveranstaltung aus.) Gegenüber den 75 Friedensdemonstranten kam es zu Zusammenrottungen feindseliger Passanten; unter ihnen befanden sich Männer, die sich als Kriegsteilnehmer zu erkennen gaben und behaupteten, sie »verdankten ihr Leben« der Atombombe. (Wie Felix waren sie an Bord eines Transportschiffes nach Japan unterwegs gewesen, als die Bombe abgeworfen wurde.) Es gab Schmährufe, Beschimpfungen, Drohungen, Handgemenge und erste Anzeichen von Gewalttätigkeit. Die Polizei von Philadelphia war jedoch zu Stelle, und niemand wurde ernstlich verletzt; in Anbetracht der Umstände konnte die Mahnwache als Erfolg gelten. (Der *Philadelphia Inquirer* zum Beispiel brachte einen groß aufgemachten Artikel, in welchem bei aller Zurückhaltung eine gewisse Billigung der Ziele der Vereinigung zum Ausdruck kam. Und die sonstige Berichterstattung war durchweg höflich.)

Von allen Demonstranten war Miriam am wütendsten; wenn sie gereizt wurde, konnte sie sich nicht zurückhalten, zahlte Verwünschungen und Flüche mit gleicher Münze heim: »Geh zum Teufel!«, »Hau bloß ab, du Wichser!« Warren versuchte, sie zu bremsen, sie zu beruhigen; am besten wäre es, wenn sie ihr Tun als Teil der geschichtlichen Entwicklung betrachtete – »als unpersönliches, uneigennütziges Geschehen«. Sie seien nicht zu ihrem eigenen Vergnügen da, sie widmeten sich vielmehr dem, was objektiv notwendig sei. Miriam sagte mit verdrießlicher Miene, sie verstehe das nicht und wolle es auch gar nicht begreifen. »›Geschichtliche Entwicklung‹ – was soll denn das? Es geht doch um unsere Gegenwart, um unser Dasein. Wir können unser Leben nicht noch einmal von vorn anfangen.«

In solchen Augenblicken fürchtete sich Warren geradezu vor ihr – vor ihrer Wut, ihren Tränen. Doch er bewunderte sie auch. Und wenn sie sich nachher in seinem Zimmer liebten, weinte Miriam vor Hilflosigkeit und sagte, er habe recht, natürlich habe er recht, das wisse sie ganz genau; die anderen lägen richtig, und sie liege falsch, sie wolle versuchen, vernünftiger zu sein.

Im Oktober sprach Elias Bond, das Idol der Pazifisten, in einer Unitarierkirche im Zentrum von Philadelphia, und Warren Stevick hatte die Ehre, ihn vorzustellen. Bond sei Mitte achtzig; der ehemalige Biologe widme sich jetzt ganz der internationalen Friedensbewegung. Er sei im englischen Manchester zur Welt gekommen, sei mit siebzehn Jahren in die Vereinigten Staaten ausgewandert und habe sich während des Ersten Weltkriegs geweigert, dem Einberufungsbefehl Folge zu leisten. Er sei zum Tode verurteilt worden, habe jedoch nicht widerrufen, und seine Strafe sei schließlich umgewandelt worden zu zwölf Jahren Zuchthaus in Leavenworth. Nach seiner Entlassung sei er an die Schule zurückgekehrt und habe sich im Fach Biologie besonders ausgezeichnet. Auch in einer Atmosphäre der Gleichgültigkeit und Feindseligkeit habe er sich seiner Friedensarbeit gewidmet – er habe sich den Quäkern angeschlossen, habe sich gegen den Eintritt der Vereinigten Staaten in den Zweiten Weltkrieg gewandt und sich im Jahr 1950 aus Protest gegen die »Polizeiaktion« in Korea öffentlich geweigert, seine Steuern zu entrichten. Wieder habe ihm Gefängnis gedroht, und von da an hätten ihm Regierungsstellen auf ungesetzliche Weise die Sozialversicherungsrente gesperrt und zahlreiche Versuche unternommen, ihn für geistesgestört erklären zu lassen und ihn in eine staatliche Nervenheilanstalt einzuweisen. Doch von jedem Bundesrichter, vor dem Bond habe erscheinen müssen, sei der Antrag abgewiesen und Bond für geistig gesund erklärt worden, sobald dieser zu seiner Verteidigung habe aussagen dürfen... Warren hatte keine so emotionale Einführung geben wollen, doch als er fertig war, erhielt er viel Beifall, und Elias Bond schien tief bewegt zu sein. »Danke, mein Sohn, mein lieber Junge, vielen Dank«, sagte Bond. Er hielt Warrens Hand mit beiden Händen fest und schaute zu ihm auf, als wolle er ihn gleich in die Arme schließen. »Sie sind...« – er suchte nach den richtigen, den passenden Worten – »... ein großmütiger, nobler Mensch.«

Warren nahm mit glühendem Gesicht hinter Bond Platz. In einer der vorderen Reihen sah er Miriam unter den Zuhörern sitzen; sie hatte eine ernste, erwartungsvolle, ein wenig spöttische Miene. Sie wußte das eine oder andere über Elias Bond, hatte einen Teil seiner Abhandlung *A Small Utopia* gelesen und

Warrens Vorfreude auf den Besuch bis zu einem gewissen Grad geteilt. Sie hatte kräftig applaudiert und dabei Warren angelächelt, doch nun hätte er genausogut ein Fremder sein können – ihre Aufmerksamkeit richtete sich auf den gebrechlichen, weißhaarigen, vornübergebeugten Bond am Rednerpult. Sein Thema lautete »Die Verführbarkeit der Wissenschaftler«. Über eine Stunde lang sprach er mit einer scharfen, hohen Stimme, die nur gelegentlich ins Stocken geriet; dabei lehnte er sich auf das Podium und ließ seinen durchdringenden Blick über die Zuschauer wandern. Er sprach ohne Manuskript, sein Vortrag war jedoch bis ins kleinste durchdacht. Warren sah, wie Bonds Hände zitterten, doch der Mann schien keine Müdigkeit zu kennen – die Zuhörer in der vollbesetzten Kirche gaben ihm Kraft und Zuversicht, auch wenn er einige von ihnen schockierte, sie offensichtlich in Schrecken versetzte und ängstigte. Er wußte so viel – so unglaublich viel!

Er redete über die Verführbarkeit der Wissenschaftler im 20. Jahrhundert, über den Pakt mit dem Teufel (»Wenn ich Teufel sage, meine ich das Verderben«), den sogar wohlmeinende Wissenschaftler wie Einstein geschlossen hätten. Dann gab er einen Überblick über die geheimgehaltene Forschungstätigkeit des Army Chemical Corps auf dem Gebiet der chemischen und biologischen Kriegführung und kam auf die Gewissenskonflikte zahlreicher junger Wissenschaftler zu sprechen, zu den auch sein eigener Neffe gehöre. Er gab einen Abriß der Atombombenforschung, beginnend mit der Schlußphase des Zweiten Weltkriegs und den sogenannten »erfolgreichen Experimenten« von Hiroshima und Nagasaki. Er fragte die Anwesenden, ob ihnen bekannt sei, daß eine der mit Hilfe amerikanischer und russischer Wissenschaftler entstehenden 100 Megatonnen-Bomben bei einer Explosion in wenigen Kilometern Höhe auf einer Fläche von der Größe Ohios alles Brennbare entzünden würde – und auf diesem Gebiet praktisch alle Menschen entweder sofort oder innerhalb weniger Tage töten würde. Er fragte die Zuhörer, ob ihnen bekannt sei, daß bei einer Fortsetzung der Nukleartests der Strahlungs-Fallout und das Strontium mit der Zeit zu einer genetischen Schädigung der menschlichen Rasse und zu deren völliger Vernichtung führen würden – *auch wenn es gar nicht zu einem Atomkrieg käme.*

Im Gegensatz zu den wiederholten Behauptungen der Regierung sei es unmöglich, die Amerikaner in Kriegszeiten aus den Zonen höchster Gefährdung zu evakuieren, auch nicht bei etwaigen Katastrophenfällen in den vorhandenen Atomwaffenlagern. Er fragte die Zuhörer, ob sie wüßten, daß das Amt für Zivilschutz vor kurzem seine berüchtigte und völlig nutzlose Broschüre »Wie man den Atomkrieg überlebt« in einer Auflage von 25 Millionen Exemplaren veröffentlicht habe. (»Für alle Wissenschaftler ist diese Broschüre mit ihrem verlogenen, ja sogar zynischen Optimismus ein Schlag ins Gesicht; dort wird behauptet, ein normaler Hausbesitzer könne sich und seine Familie durch den Bau eines Schutzbunkers im Hinterhof vor dem Atomtod ›retten‹, wobei die Vorbereitungen auf den Atomkrieg in gewisser Weise mit Patriotismus gleichgesetzt werden.«) Er fragte die Zuhörer, ob ihnen bewußt sei, daß der Atomkrieg ganz anders sein werde als die bisherigen Kriege, weil Atomwaffen mit anderen Waffen nicht zu vergleichen seien – ihre Zerstörungskraft sei so gewaltig, daß es *praktisch keine Schutzmaßnahmen gegen sie gebe,* und dies sei so neu in der Entwicklungsgeschichte der Menschheit, daß man noch gar nicht fähig sei, seine volle Bedeutung zu erkennen.

Jedesmal, wenn eine von diesen Waffen getestet werde, *gebe es eine weitere unkalkulierbare Zunahme der Vergiftung der Erdoberfläche und der Erdatmosphäre.*

Er bezweifle, sagte Elias Bond sarkastisch, ob einer der Anwesenden fähig sei, diese Tatsachen zu begreifen – er selbst eingeschlossen.

Bond beendete seinen Vortrag mit einem geschichtlichen Abriß der Friedensbewegung seit dem Ersten Weltkrieg und mit einem leidenschaftlichen Appell zu einseitiger Abrüstung, »der einzigen realistischen Strategie, über welche die Menschheit jetzt verfügt«. Von Kritikern der Abrüstung werde diese Strategie verworfen, weil sie deren Prinzipien nicht verstünden und weil sie nicht zugeben wollten, daß der Atomkrieg ein selbstmörderischer Krieg sei, nichts anderes als reiner, glatter Selbstmord. Die einseitige Abrüstung hingegen bekämpfe das Denken in militärischen Kategorien.

»Meine Freunde, ich danke Ihnen, daß Sie heute abend so

freundlich waren, mir zuzuhören. Gott segne Sie. Gott möge uns allen beistehen in unserem gemeinsamen Bemühen, den Lauf der Welt zu korrigieren. Das zwanzigste Jahrhundert war in seiner ersten Hälfte eine Schreckenszeit, ein wahrer Alptraum. Der Erste Weltkrieg, der Holocaust, der Abwurf der Atombombe auf Hiroshima und Nagasaki: Diese drei Geschehnisse sind bis heute die Prüfsteine unserer Menschlichkeit. In den ersten fünfzig Jahren unseres Jahrhunderts ist die Erde in moralischer und geistiger Hinsicht aus der Bahn gekommen, und wir müssen sie in der kurzen Zeit, die uns noch zur Verfügung steht, wieder ins Gleichgewicht bringen.

Meine Freunde, ich wünsche Ihnen eine gute Nacht. Gott möge uns beschützen und mit uns allen Erbarmen zeigen.«

Die Zuhörer begannen begeistert zu applaudieren, und der Beifall hielt viele Minuten lang an. Obwohl es im Inneren des Gebäudes viel zu warm und ziemlich stickig war, schien es niemand eilig zu haben mit dem Weggehen.

In einigen Bankreihen, so in Miriams, erhoben sich die Besucher, um Bond stehend zu applaudieren. Man konnte die Gemütsbewegung und die Zuneigung fast mit Händen greifen.

Während der Beifall noch anhielt, wandte sich Bond zu Warren um und streckte die Hand aus. Warren war einen Augenblick lang verwirrt, weil er den Eindruck hatte, Bond wolle ihn an seiner Seite haben; dann begriff er, daß Bond einfach Hilfe brauchte, um vom Podium und von der Bühne herunterzukommen – er hatte sich bei seinem Vortrag verausgabt.

»Ich bin ein uralter Mann«, sagte er lächelnd zu Warren und drückte dessen Arm. »Ihre Generation wird sich mehr Mühe geben müssen.«

Tags zuvor hatte sich Warren von seinem Job in der juristischen Fachbibliothek mit der Begründung abgemeldet, daß ihm schlecht sei. Er hatte sich wirklich schon seit Tagen etwas unwohl gefühlt, vielleicht wegen des ungewöhnlich warmen, linden Herbstwetters, vielleicht auch wegen bestimmter zwanghafter Vorstellungen. Er war fast die ganzen vier Kilometer zur Akademie gerannt, um Miriam zu besuchen. Sie stand dort Modell für einen Zeichenkurs, stellte sich nackt zu Schau, als »Weiblicher

Akt«. Den Busen mit den braunen Brustwarzen, die glatte Wölbung ihres Bauches. Das Dreieck ihrer hellbraunen, buschigen Schamhaare. Die Schultern, die Schenkel, die Knöchel, die Füße. Damals auf dem Dach waren ihre bloßen Füße so weiß, so aufregend gewesen, er hatte so etwas noch nie gesehen und war gebannt stehengeblieben. Er wartete, bis sie sich angezogen hatte, und sie ließ sich Zeit dabei; dann erschien sie mit einem unbekümmerten, strahlenden Lächeln und brachte ihn mit einem spöttischen »Spionierst du mir nach, Warren?« vor einer Gruppe Studenten in Verlegenheit. Aber dann stellte sie ihnen Warren vor als ihren Verlobten. »Warren Stevick, mein Verlobter.« Das Wort kam ihr mit einen seltsamen Beiklang über die Lippen, als hafte ihm etwas Absonderliches an.

Und jetzt, auf dem Heimweg nach Bonds Vortrag, beobachtete er sie eifersüchtig aus den Augenwinkeln. Die Ausführungen des alten Mannes schienen sie aufgewühlt zu haben, obgleich ihr viel davon bekannt gewesen sein mußte. Sie hängte sich aus alter Gewohnheit bei ihm ein. Sie war ungewöhnlich still und sehr erregt.

Obwohl Warren mit den Grundzügen von Bonds Vortrag ebenfalls vertraut gewesen war, hatte ihn dieser zutiefst bewegt, und er hatte am ganzen Körper geschwitzt. Es hieß ja, man könne sich die Möglichkeit eines Atomkriegs höchstens ein paar Minuten lang vergegenwärtigen. Es war wie das Nachdenken über die Unendlichkeit oder den eigenen Tod. Das schaffte man einfach nicht. Dennoch fürchtete sich Warren vor dieser Möglichkeit – er vermochte sich zu erinnern, wie er in Korea, in jenem anderen Leben, von aus dem Himmel hervorbrechenden Flammen überwältigt und vernichtet worden war. *Und das konnte sich wiederholen, jeden Augenblick.*

Es war ein ungewöhnlich warmer Abend. Warren wischte mit dem Ärmel über sein Gesicht, er spürte eine Beklemmung in seiner Brust, als drücke ihn ein unsichtbarer Gegner beim Voranschreiten nach rückwärts. Das war sein Sommergefühl – ein Zustand der Beengung, der Atemnot. Von klein an war ihm der Winter lieber gewesen, hatte die frostige, rasiermesserscharfe Luft seine Haut belebt und seine Lunge angestachelt; da gab es keinen Dämmerzustand wie an heißen Tagen, keine körperliche

Schlappheit in flimmernder Hitze. Während er neben Miriam herging, die sich starr aufrecht hielt und es nicht eilig zu haben schien, das zwischen ihnen herrschende Schweigen zu beenden, ließ Warren seine Gedanken schweifen – er dachte plötzlich an den Bus, der in der East Clinton Street mit geöffneten Fenstern, welche die von der Sonne erhitzte Luft hereinströmen ließen, dahingerattert war; er dachte an den Abgasgestank und an die Ledersitze, auf denen seine Haut gebrannt hatte. Draußen zog sich die Stadt endlos hin – Straßen und Gehsteige strahlten eine feurige Hitze aus. Und als sie Kinder waren, brannte in Kilbirnie Park auch der Zementboden unter seinen Füßen; das aufgewühlte Wasser des Kinderbeckens schwappte hin und her, so viele ausgelassene Gestalten, soviel Geschrei, Drängelei und Geplansche, Jungen, die sich ins Wasser stürzten und dabei kreischten: »Bomben auf Tokio! Bomben auf Tokio!« Und eine wilde Erregung hatte in der Luft gelegen, hatte auch von Warren Stevick Besitz ergriffen, etwas in ihm genoß den Lärm, die Verzückung, die Zerstörungswut. *Bomben los!*

Und doch hatte er sich ferngehalten, immer hatte er abseits gestanden. Der schüchterne Junge. Groß, aber schüchtern. Ein Schwächling. Lizzie hatte mehr Mumm, und selbst die viel jüngere Enid besaß einen stärkeren, härteren Willen.

Miriam zündete eine Zigarette an und schnippte das Streichholz fort – eine profane Geste nach dem würdevollen Ernst von Bonds Vortrag. Sie verzog das Gesicht wegen des Rauches, zwinkerte mit feuchten Augen. Gewiß hatten ihr Bonds Ausführungen Angst eingejagt wie allen anderen auch, sie dachte vielleicht an ihren kleinen Jungen oder an die Zukunft.

Warren fragte sich schon seit Tagen, ob er sich verantwortlich fühlen müsse für die Veränderung, die in dieser Frau vorgegangen war.

Sie hatte sich wirklich verändert. Sie trug zwar keinen Ring, aber sie war seine Verlobte, und kurz nach Silvester würde sie Mrs. Warren Stevick sein. In den vorangegangenen Monaten war sie bedächtiger, reifer geworden; sie trank nicht mehr so viel und nicht mehr so zwanghaft. Sie war immer noch Miriam Brancher, doch nicht die Frau, die er auf dem Dach des Mietshauses gesehen und gegen ihren Willen gerettet hatte.

Warren sagte zögernd, fast entschuldigend: »Bond hat natürlich recht: ›Wir müssen die Erde wieder ins Gleichgewicht bringen‹ – das stimmt. Und wir können es schaffen, wenn viele von uns daran arbeiten.« Als Miriam keine Antwort gab, legte er seinen Arm um ihre Schulter und sagte mit übertriebenem Enthusiasmus: »Miriam, sei doch nicht so traurig. Es ist nicht zu spät – es darf einfach nicht zu spät sein.«

Miriam rauchte mit raschen, kurzen Zügen ihre Zigarette. Unter dem körnigen Puder war auch ihr Gesicht feucht, ihre Nasenflügel glänzten. Sie ging neben ihm und war doch unermeßlich weit weg. »Wie bitte? Entschuldige, Warren, ich hab's nicht mitbekommen«, sagte sie.

Seit langem hatten sie davon geredet, zusammen nach Litchfield zu reisen, damit Warren Mikey und Miriams Mutter kennenlernen konnte, aber es war immer etwas dazwischengekommen. Jetzt meinte Miriam, es wäre wohl besser, wenn sie allein hinreise, um den kleinen Jungen auf das Zusammentreffen mit Warren vorzubereiten. »Ich mache mir Sorgen, Schatz, daß es zuviel für ihn wäre, wenn er uns zusammen erblickte. Er würde dich vielleicht mit Bob verwechseln«, sagte Miriam. Sie schaute Warren offen ins Gesicht. »Davor habe ich große Angst – daß Mikey dich mit Bob verwechselt.«

»Sehen wir uns denn so ähnlich?« fragte Warren.

»Darauf kommt es nicht an, das weißt du genau.«

»Aber ich muß ihn doch mal kennenlernen.«

»Bob hat ihn traumatisiert, weil er ihn immer so verprügelte. Ihn und mich. Und das ganze Geschrei, die Szenen...«

»Ja, ich weiß«, sagte Warren. »Du hast es mir erzählt.«

»Ich hab's dir erzählt, aber du begreifst es nicht«, sagte Miriam in verletztem Ton. »Du siehst es nicht aus der Perspektive eines Kindes, das sich in diesem Zustand befindet.« Sie machte eine Pause, schaute ihn immer noch offen und forschend an. »Ich mache mir Sorgen wegen ihm und auch wegen dir.«

»Wegen mir brauchst du dir keine Gedanken zu machen, Miriam«, sagte Warren.

Warum rückte sie nicht mit der Sprache heraus, wenn sie ein paar Tage lang von Philadelphia und von ihm wegkommen wollte? Wozu die Ausflüchte? Als Warren mehrmals eine Reise nach Port Oriskany vorgeschlagen hatte, damit sie seine Familie kennenlernen könnte, hatte sie eingewandt, dafür sei die Zeit noch nicht reif. Dann hatte sie gesagt, sie fürchte sich vor dem Zusammentreffen, und sie war besorgt gewesen, daß sie seiner Familie nicht gefallen könnte, daß sie auf Ablehnung stoßen würde. »Sie erwarten doch wohl, daß du ein anständiges katholisches Mädchen heiratest?« hatte sie gefragt.

»Ich mache mir aber doch Sorgen wegen dir«, sagte Miriam. Ihre Stimme klang etwas spröde, so als hätten sie sich gestritten. In Wirklichkeit hatten sie auf Warrens Bett, wo sie nackt beisammensaßen, leise und ernst geredet. Miriam ließ jetzt ihre Haarmähne nach vorn fallen und verströmte dabei einen Schweißgeruch. »Ich habe Angst, daß du einen Fehler machst, Schatz«, sagte sie leise.

»Weil ich dich liebe?«

»Weil...«

Sie starrte eine ganze Weile ihre nackten, zappelnden Zehen an. Ihr Mund bewegte sich zuckend; sie hätte ein kleines Kind sein können, das sich über etwas schlüssig werden wollte. »Weil du mich nicht genug liebst«, flüsterte sie neckisch. Auf einmal herrschte eine andere Stimmung, die Spannung war verflogen. Miriam wurde verspielt und kokett, schlang die Arme um den Hals ihres Liebhabers, als wolle sie ihn zu Boden zwingen. Und ihre Kraft hätte dazu fast ausgereicht.

Nachher dachte Warren verblüfft, aber noch ohne Bitterkeit: Das war das letzte Mal. Jetzt ist es aus.

Das fiel ihm erst jetzt ein, und er überlegte sich, ob sie es schon vorher gewußt hatte. Er war von Sehnsucht erfüllt gewesen oder von einem wilden Verlangen, das er für Sehnsucht gehalten hatte; sein Rückgrat hatte weh getan, in seinem Auge war der altbekannte Schmerz gewesen, dennoch hatte er es noch einmal fertiggebracht, mit Miriam Brancher zu schlafen, sie noch einmal zu einem tränenreichen Orgasmus zu bringen. Aber dennoch war das Ende gekommen, in jener Stunde.

»Du bist so gut zu mir«, sagte sie. »Mein Gott, tut das gut.«

Sie fragte ihn, ob er ihr vielleicht 150 Dollar leihen könne, für die Reise nach Litchfield. Für den Greyhound-Bus, ein paar Sachen für Mikey, etwas für ihre Mutter und so weiter. Beschämt mußte Warren zugeben, daß er im Moment nicht soviel Geld habe. Ob 80 Dollar ausreichten? Oder 95?

»Klar«, sagte Miriam. »Jeder Betrag ist nützlich.«

Damit hatte sie insgesamt gut 350 Dollar von ihm geborgt. Sie hatte immer darauf bestanden, daß sie das Geld nur »leihweise« nehme und es »zurückzahlen« werde, obgleich Warren beharrlich gemeint hatte, das sei doch unnötig: »Schließlich wollen wir ja bald heiraten, nicht wahr?«

Sie fuhr also weg aus Philadelphia, reiste nach Litchfield. Jedenfalls verließ sie Philadelphia. Sie versprach, sie werde am folgenden Abend mit Warren telefonieren, aber es kam kein Anruf. Ein weiterer Tag und eine weitere Nacht verstrichen, ohne daß er von ihr gehört hätte. Also probierte es Warren mit der Telefonnummer in Litchfield, die sie ihm gegeben hatte; die Vermittlung schaltete sich ein, und er erfuhr, daß der Anschluß nicht existiere. »Schauen Sie doch bitte nochmal nach«, sagte das Fräulein.

Sie war also, getreu dem Klischee, ohne Abschied fortgegangen.

Doch es sah so aus, als hätte sie den gläsernen Briefbeschwerer mitgenommen. Das Andenken vom Shoal Lake, das Enid ihm einst geschenkt hatte. Jenen winzigen Schneesturm mit den künstlichen Schneeflocken, den sie bewundert hatte, oder zumindest hatte sie so getan. Wenn sie den Briefbeschwerer tatsächlich in einer Anwandlung von Sentimentalität gestohlen hatte, würde sie ihn bestimmt bald verlegen oder wegwerfen. »Was ist denn das?« würde ihr neuer Liebhaber fragen und den kleinen, schweren Gegenstand in die Hand nehmen. Und Miriam würde sagen: »Ach, nur so eine Kleinigkeit.«

»Ach, nichts.«

Warren erfuhr von Novick – er war jovial und hämisch –, daß Miriam Brancher gegen Ende November an einem Nachmittag in Warrens Abwesenheit noch einmal in das Haus gekommen sei. Miriam habe ausgesehen »wie immer« und sei in Begleitung eines »Bekannten« gewesen; sie habe ihre Sachen aus dem Zimmer geräumt und den Schlüssel abgegeben. Sie sei mit der Miete mehrere Wochen in Verzug gewesen und habe versprochen, einen Scheck zu schicken – »Aber man weiß ja, was das bedeutet, nicht wahr?«

Warren erkundigte sich nicht, ob Miriam eine Nachsendeadresse hinterlassen hatte. Dafür war er zu stolz. Und er wußte zu gut, daß es nichts nützen würde.

Er erwähnte auch seinen Eltern gegenüber nichts von seiner Enttäuschung, die man auch Liebeskummer nennen mochte. Wozu auch? Als Enid ihn nach Schulmädchenart hochnehmen wollte, fuhr er abrupt dazwischen: »Es ist aus und vorbei, Enid. Also laß das Thema fallen.«

Enid war ernüchtert und hielt sich daran.

In Warren Stevicks äußeren Lebensumständen änderte sich kaum etwas, er hatte lediglich mehr Zeit zur Verfügung – viel mehr Zeit.

Er widmete sich ganz dem Studium; manchmal träumte er mit offenen Augen und bewegte sich wie ein Schlafwandler durch den vollgepackten Stundenplan des Jurastudenten, der sein Leben ausmachte. Tag und Nacht gingen ineinander über: Immer nur Vorlesungen, Aufschriebe, Bücher, Büffeln. Er hämmerte sich ein, auch dies sei etwas Unpersönliches, wenn man es von einer bestimmten Warte aus betrachtete. (Wenn man mit der Zeit ein Thoreau, ein Gandhi oder ein Elias Bond werden wollte.) In seiner Rolle als »Warren Stevick« entwickelte er sich wie eine vielblättrige Blume von einer ihm unbekannten Art, die sich ganz allmählich öffnete, ein Blütenblatt nach dem anderen entfaltete, bis er erkannte, daß die Blume in Wirklichkeit er selbst war. Er brauchte sich nur zu fügen.

Im Dezember saß Warren Stevick spät nachts an seinem Schreibtisch, über eines seiner juristischen Bücher gebeugt. Er war ganz und gar damit beschäftigt, zu lesen, sich den Stoff einzuprägen und Unterstreichungen zu machen. Dabei wurde er weder durch das Gurren der Tauben auf dem Dach noch durch laute Stimmen aus den darunterliegenden Wohnungen gestört, auch nicht durch die Hoffnung oder die Angst, Schritte zu hören, die sich seiner Tür näherten, gleich danach Miriams zögerndes Klopfen und ihre schuldbewußte Stimme: »Warren…?«, wie er sie schon viele Male gehört oder zu hören geglaubt hatte. So oft in der tiefen Nacht, über viele Wochen hinweg. Aber jetzt nicht mehr. Er war ganz in seine Arbeit vertieft, die ihn anwiderte, und er erinnerte sich daran, wie sein Vater lächelnd und mit einem Achselzucken Arbeit definiert hatte als etwas, das einem gegen den Strich gehe und im Innersten zuwider sei, das man aber erledigen müsse, weil einem armen Schlucker ja nichts anderes übrig bliebe. Dabei ertönte Mr. Stevicks Stimme durch die Bodenbretter hindurch, und Warren hatte den Eindruck, daß dies sein Leben lang so weitergehen würde.

Aber es war wohl besser, eine einzige Kerze anzuzünden, als die Dunkelheit zu verfluchen.

Der Füllhalter rutschte ihm aus den Fingern, er mußte eingenickt sein. Am Morgen stand ein Examen bevor, und er büffelte noch in letzter Minute, stopfte sich den Kopf voll, obwohl ihm der Schädel brummte und sein Blick getrübt war. Als er auf allen Vieren mühsam nach dem Füller suchte, entdeckte er zu seiner Überraschung – eigentlich war es ein Schock – den gläsernen Briefbeschwerer hinter einem der Bücherregale auf dem Boden.

Sie hatte ihn also doch nicht mitgenommen.

Die kleine Kugel war mit einer Staubschicht überzogen. Warren wischte sie ab, drehte sie langsam in seiner Hand. Sofort setzte der winzige Schneesturm ein, kleine weiße Flocken fielen wie in einem Traum oder in einem weit zurückliegenden Geschehen, das längst vergessen sein sollte. *Shoal Lake, N.Y.* lautete die Inschrift aus Falschgold.

Warren freute sich über den Fund. Er setzte sich in die Hocke, drückte die Glaskugel an sein Gesicht und an sein linkes Auge. Er mochte ihre Kühle, sie war kälter und schien anders beschaffen zu sein als die Luft um sie herum. Vielleicht würde sie ihm ein wenig Erleichterung verschaffen.

10

Mama, reg dich nicht auf, ich muß dir etwas sagen.

Mama, sei bitte nicht böse auf mich.

Es war ein sonniger, windiger Morgen, der letzte Samstag im November, und droben in Mrs. Stevicks Nähstube – Warrens früherem Zimmer – kniete Enid auf dem Teppich und half ihrer Mutter und ihrer Tante Ingrid, auf einem feingesponnen blaßgelben Wollstoff ein dünnes, zartes Schnittmuster anzubringen. Die Schwestern waren damit beschäftigt, im Auftrag einer wohlhabenden Dame aus der Kirchengemeinde von St. James ein Kostüm in einem abgewandelten Dior-Stil zu nähen. Enid übte dabei Sätze ein, von denen sie wußte, daß sie sie nie aussprechen würde: *Mama, hilfst du mir? Ich bin in Schwierigkeiten.*

Sie hatte sich überlegt, ob sie die Tage nachzählen sollte – in ihrem Kalender standen dünne Bleistiftmarkierungen: Am 11. Oktober hatte ihre letzte Periode begonnen, am 8. November hatte also das Bangen eingesetzt, und mit jedem Tag waren die Sorgen größer geworden. *Das darf nicht wahr sein! Das ist doch unvorstellbar!* hatte sie sich gesagt. Und sie hatte sich überlegt, wie viele junge Mädchen in der East Clinton Street, wie viele junge Mädchen an ihrer Schule wohl im Laufe der Jahre verzweifelt ihre Mütter aufgesucht hatten mit den Worten: *Mama, ich bin in Schwierigkeiten.* Die uralte Geschichte.

Und ihre Mütter schauten sie entsetzt, doch ohne große Überraschung an und sagten etwas, das Enid sich nicht vorstellen konnte.

»Paß auf, daß du den Stoff nicht zerknüllst unter dem Schnittmuster«, wurde sie von ihrer Mutter belehrt. »Machst du's auch bestimmt richtig?« Enids Aufgabe bestand darin, das Seidenpapier mit Stecknadeln an dem Stoff zu befestigen. Über den Teppich gebeugt, arbeitete sie langsam und sorgfältig – die beiden älteren Frauen waren nicht so gelenkig wie Enid und hätten Mühe gehabt, vom Boden wieder hochzukommen –, dann schnitt sie das Muster mit einer Stoffschere aus: Schnipp, schnapp, so wie sie das, was tief in ihr nistete, gern herausgeschnitten hätte, dieses Stück von ihr, das ihr unbekannt war und das in anatomischen Darstellungen (die hatte sie in letzter Zeit immer wieder betrachtet) als »Gebärmutter« bezeichnet wurde. Es gehörte nicht zu ihr, und doch saß es tief drinnen fest, so tief in ihrem Inneren wie ihre Seele.

Anosognie lautete einer der Neuzugänge bei ihrem Vokabular, *kasteien* ein anderer. Dann gab es noch *obbligato* und *Harlekinade.*

Im September hatten sich Mrs. Stevick und Enids Tante Ingrid entschlossen, als Damenschneiderinnen zu arbeiten. Das gelbe Wollkostüm für eine Kundin namens Mrs. Brooks war ihr dritter Auftrag. Die Idee stammte von Tante Ingrid: die Schwestern würden ja immer rundum gelobt wegen ihrer schönen Näharbeiten, ihre Sachen fänden stets Anklang, fortwährend würden sie gebeten, mit Rat und Tat behilflich zu sein, also könnten sie sich genausogut mit einer Kleinanzeige im *East End Weekly Observer* als Damenschneiderinnen empfehlen, wie es einige andere Frauen der Gegend auch schon getan hatten. Zuerst lehnte Hannah ab; sie meinte, das wäre ihr peinlich, sie würde sich schämen. Ingrid fragte: »Wieso denn peinlich?« Und Hannah sagte, sie wisse es nicht. Ingrid fragte: »Aus welchem Grund solltest du dich denn schämen?« Und Hannah mußte zugegeben, daß sie den Grund nicht kannte. Da schmiedeten die Schwestern insgeheim ihre Pläne und hielten die erstaunliche Neuigkeit vor der Verwandtschaft zurück, bis die erste Anzeige im Observer auftauchte:

DAMENSCHNEIDERINNEN À LA MODE
Spezialisiert auf feine Damen- und Mädchenbekleidung
Tel. Clinton 8-3827

Sie hatten die Anzeige dreimal erscheinen lassen, was sie jeweils 15 Dollar kostete, und bisher war kein einziger Anruf gekommen – ihre Kundinnen stammten aus ihrem Bekanntenkreis, ihr Können würde sich allenfalls durch »Mundpropaganda« herumsprechen. Dennoch waren Mrs. Stevick und Tante Ingrid der Meinung, die Anzeige habe sich gelohnt. Sie stellte so etwas wie eine öffentliche Bekanntmachung dar! Sie waren »Damenschneiderinnen à la mode«.

Enid erklärte sich bereit, für sie Besorgungen zu machen – so fuhr sie rasch mal zu Kresge in der Union Street, um Zwirn und weitere Stecknadeln zu holen. Sie wollte sich unbedingt nützlich machen, zeigte ein munteres Lächeln und hoffte, sie könnte sich auf diese Weise von ihren Sorgen ablenken. Nach ihren Berechnungen war sie in der fünften Woche schwanger, doch sie hatte

Felix noch nichts davon erzählt, hatte sich noch nicht überlegt, mit welchen Worten sie es ihm sagen sollte. Sie wußte selbst nicht, was sich wohl noch ändern könnte, aber sie wollte abwarten. Ob die Blutung vielleicht einsetzte. Ob sich tief drunten im Bauch jener Schmerz regte, die unverwechselbaren Krämpfe einsetzten und die Mattigkeit. Immer wieder machte sie sich daran, die Tage zu zählen, *was bist du doch für ein dummes, blödes Stück*, es war ein Alptraum, der allmählich in Benommenheit, in Schweigen überging. Sie konnte an Mahlzeiten teilnehmen, ohne mit ihren Eltern zu reden, ohne auch nur ein Wort von dem zu vernehmen, was sie sagten; sie lächelte freundlich und schien mit Daddys Anmerkungen zu diesem und jenem Punkt nicht nur übereinzustimmen, sondern von ihnen sogar beeindruckt zu sein. Früher war Enid leicht in Tränen ausgebrochen, hatte sich eingebildet, sie sei schwanger (Grund dafür hatte Felix ihr oft genug gegeben; er war leichtsinnig geworden in diesem Jahr), oder hatte auch ganz grundlos geweint, doch jetzt geschah dies kaum einmal, auch nicht in der Abgeschiedenheit ihres Zimmers. Sie hatte schreckliche Angst, die Beherrschung zu verlieren, ihrer Mutter in die Arme zu sinken, sich an ihren großen, warmen Busen zu drücken: *O Mama, hilf mir doch, hilf mir doch.* Es war entwürdigend, es war verrückt, das war nicht die Enid, die sie kannte – *O Mama, hilf mir!*

Dabei würde sie doch nie zulassen, daß sie die Fassung verlor.

Doch an diesem Morgen bot sie ihrer Mutter und ihrer Tante Ingrid ihre Hilfe an, statt in die Stadt zu fahren zu ihrer Klavierstunde – sie erzählte ihnen, Mr. Lesnovich habe den Unterricht diesmal ausfallen lassen, er müsse verreisen, und am Telefon sagte sie Mr. Lesnovich, ihrer Mutter gehe es nicht gut, sie müsse bei ihr bleiben. Mr. Lesnovich schien wirklich besorgt zu sein, er drückte sein Bedauern aus und sagte, er hoffe, daß es nichts Schlimmes sei; Enid kämpfte gegen ihren Kummer an und entgegnete leise: »Es könnte schon etwas Ernstes sein – wir wissen es noch nicht.«

Sogar mitten im Reden konzentrierte sie sich auf ihren Körper und wartete – wie schon seit vielen Tagen und Wochen – darauf, daß die Blutung einsetzte. Aber sie kam natürlich nicht. Und es würde auch später nicht dazu kommen.

Du dummes, blödes Stück, du Arschloch, klagte die Stimme der anderen Enid. *Läßt ihn einfach drauflosficken. Läßt ihn machen, was ihm gerade einfällt!*

Der ironische Aspekt – dafür hatte sie jetzt ein besonderes Gefühl – blieb Enid nicht verborgen: Mrs. Stevick erfreute sich bester Gesundheit, war hervorragender Laune, redete über nichts anderes als ihre Damenschneiderei – sie gebrauchte dieses Wort auffallend oft –, ihre Kundinnen, die Preise diverser Stoffe, verschiedene Schnittmusterhersteller. Und wieviel sie und Ingrid wohl verlangen könnten für dieses schicke Wollkostüm mit dem trapezförmigen Rock, dem Gürtel mit Stoffbezug, den Ärmeln wie Fledermausflügel und dem feinen Musselinfutter. Mrs. Brooks wollte es zu Weihnachten, das hatten sie ihr zugesagt, und sie würden den Termin auch einhalten – das war eine Herausforderung für sie! Die erste Anprobe war bereits vereinbart und in Mrs. Stevicks Küchenkalender eingetragen.

Enid war über diese Veränderung, die in ihrer Mutter vorging, überrascht und, wie vielleicht auch noch andere Familienmitglieder, ein wenig beunruhigt. Aber natürlich war sie auch glücklich darüber, alles andere hätte ja egoistisch gewirkt. Hannah Stevick mit ihrer neuen Dauerwelle, das Haar in einem so hellen Graubraun, daß es fast blond aussah, mit glänzenden, wenn auch immer noch etwas eingefallenen Augen und rosiger Haut. Sie achtete jetzt auf ihre Erscheinung, legte sich einen neuen schwarzen Filzhut zu, den sie zur Messe tragen konnte, ein neues Paar Handschuhe, neue Schuhe. Zu Hause gab sie sich längst nicht so reizbar, vielleicht weil sie nicht mehr soviel Zeit hatte. Bei den Mahlzeiten hatte sie zuerst eine gewisse Abwehrhaltung eingenommen, war ein bißchen streitlustig gewesen, als rechne sie mit dem Spott ihres Mannes, doch diese Phase hatte sie anscheinend hinter sich gelassen. Eine Zeitlang war Mr. Stevick in der Tat etwas spöttisch, neckisch und ungläubig gewesen, doch dann änderte er seine Einstellung von einem Tag auf den anderen – die Tatsache, daß seine Frau und seine Schwägerin Geld verdienten, machte Eindruck auf ihn. Es sei zwar nicht besonders viel, aber immerhin besser als nichts, meinte er. »Mrs. Stevick ist jetzt eine Geschäftsfrau«, sagte er zu Hannah mit seinem bittersüßen Lächeln. »Die nächsten dreißig Jahre kannst du den Unterhalt für mich verdienen.«

Enid freute sich also für ihre Mutter, und doch fühlte sie sich von ihr ein wenig vernachlässigt – wegen ihrer Umtriebigkeit, weil sie droben immer mit Ingrid an der Arbeit war. Die Nähmaschine ratterte wie wild. Enid überlegte sich, ob der Wandel, der bei ihrer Mutter stattgefunden hatte, in irgendeinem Zusammenhang stand mit ihrem eigenen.

Jetzt machte sich die Todespanik bemerkbar. Vielleicht war sie auch schon die ganze Zeit dagewesen.

Als sie sich um nichts gekümmert und im Park im Auto mit ihm geschlafen hatte, hatte sie unbedingt glauben wollen, daß er sie noch liebte, daß er immer noch verrückt war nach ihr, obwohl er so oft Verärgerung zeigte. Manchmal achtete er nicht darauf, ob er ihr weh tat, und Enid selbst war es fast gleichgültig – was auch passierte, sie hatte es verdient. Daß es geschehen war, bewies ihr, daß sie es verdient hatte.

Einmal hatten sie in Felix' Badezimmer gemeinsam geduscht. Enid hatte ihr langes Haar mühsam mit einem Handtuch umwickelt, weil sie nicht wollte, daß es naß wurde: Was würde Mrs. Stevick sagen, wenn sie vom Klavierunterricht oder von der Bibliothek mit feuchtem Haar nach Hause käme? In Felix glomm noch die Leidenschaft, er war sehr lieb, er seifte sie ein, nannte sie sein Mädchen, sein kleines Mädchen, das schöne, kleine Mädchen, das er anbete. Er küßte sie, saugte an ihren Brüsten, beugte sich verspielt über sie, beide waren ganz ausgelassen, ließen das warme Wasser an sich herunterströmen, und Felix wollte es noch einmal machen, sein Penis war wieder steif, er stieß gegen ihren nassen Bauch. Felix versuchte, in sie einzudringen, doch er schaffte es nicht; er packte sie ungeduldig, drückte sich gegen sie und versuchte es noch einmal, dabei scherte er sich nicht darum, daß er ihren Rücken an die harten Wandkacheln preßte. Enid spürte plötzlich Angst in sich aufsteigen und einen Widerwillen gegen ihn, gegen sein Drängen; sie wurde starr, hatte nicht mehr die Kraft, ihn zu umarmen, ließ die Arme herunterfallen, als wäre sie plötzlich willenlos, ja bewußtlos geworden. Dabei wußte sie sehr wohl, daß er nicht aufhören würde, denn das war unmöglich für ihn: Sein ganzes Wesen, sein ganzes Leben, all seine Liebe zu ihr lag in jenen harten, wilden Stößen. Und das mußte er gewußt haben. Und es war ihm offenbar ganz egal gewesen. Wie schon so oft, als er sie mit spaßhaftem Getue bedrängt hatte, wollte er, daß sie seinen Schwanz in den Mund nähme: »Schatz, der tut dir doch nichts, wovor hast du eigentlich Angst?« Doch sie spürte wieder etwas von dem Widerwillen, der verletzten Selbstachtung. Es gab keine Stelle an ihrem Körper, die ihm nicht Verzükkung bereitet hätte, doch sie brachte das nicht über sich; jedesmal entwand sie sich ihm instinktiv, schnappte angstvoll nach Luft: Wieso sollte sie Felix einen ablutschen? – Den Ausdruck kannte sie gut, sie sah ihn als Gekritzel an Mauern, auf Gehsteigen, und gegen ihren Willen bekam sie ihn an der Schule von den Jungen oft genug zu hören. Aber dann packte Felix sie an der Schulter und schob sie einfach nach unten; fast ohne zu wissen, was er tat, ergriff er ihren Kopf und drückte ihn hinunter. Enid protestierte und versuchte zu entkommen, Felix sagte: »Los, Schatz, jetzt mach' es doch, Enid«, und sie spürte, wie die Todespanik in ihr hochstieg – wenn sie ihm jetzt zu Willen wäre, würde sie sterben.

Sie grub ihre Nägel in Felix' Hände, und er hörte auf. Er war ungeheuer erregt, aber er machte Schluß damit; er drehte sie mit dem Gesicht zur Wand, versuchte einigermaßen geduldig, seinen Schwanz zwischen ihre Hinterbacken zu stecken, dann hob er sie hoch, schlang die Arme um sie, drückte ihren Brustkorb zusammen, daß sie kaum noch atmen konnte. Doch sie machte die Augen ganz fest zu, kämpfte gegen den Schmerz an, den überraschenden Schmerz, und Felix preßte sich im Augenblick des Orgasmus stöhnend an sie, und dann war es vorbei.

Felix sagte später zu ihr, da habe nichts passieren können – mit der Brause sei alles weggeschwemmt worden.

Dennoch schien er es zu bereuen. Er sagte, es tue ihm leid. Das Handtuch hatte sich gelockert, war ihr vom Kopf gerutscht, und ihr Haar war doch noch naß geworden.

In Wahrheit hatte sich Enid kaum Gedanken gemacht wegen einer Schwangerschaft oder wegen der Unbesonnenheit, die sie an den Tag legten. Sie bemühte sich, an derlei Dinge gar nicht zu denken. Erst nachher, wenn sie allein war, wenn sie in ihrem Bett lag, spürte sie einen Anflug von Furcht, Angst und Erregung: Wie ein kostbares Juwel, das über ihre Finger rollte, ging ihr, während sie in den Schlaf sank, durch den Kopf: *Was wäre, wenn?*

Damals war es nicht passiert, sondern im Oktober, als er sie an der Nine Mile Road mitgenommen und nach Roosevelt Park gefahren hatte: Das wußte Enid genau. Nachher hatte sie oft genug die Tage gezählt, hatte gezählt und gerechnet und Sachverhalte, mit denen sie längst vertraut war, in der *Family Medical Encyclopedia* nachgelesen. Menstruation, Eisprung, Empfängnis, Befruchtung: die mikroskopisch kleine Eizelle nistet sich in der Wand des Uterus ein. Und damit fängt es an.

Mama, ich muß mit dir reden.

Mama, sei nicht böse auf mich!

Trotzdem konnte sie es immer noch nicht recht glauben, selbst als sie die Tage in ihrem Kalender ankreuzte, wobei sie, falls Mrs. Stevick je einen Blick darauf werfen sollte, einen dünnen Bleistift verwendete. In einer optimistischen Anwandlung stellte sie sich plötzlich vor, sie spürte, wie das Blut zu tröpfeln begänne; sie untersuchte ihr Höschen, nahm den Finger zu Hilfe, konnte nichts entdecken. Dann schlug sie auf einmal in verzweifelter Wut mit der Faust auf den Bauch, wollte selbst dafür sorgen, daß sie blutete, daß etwas geschah. Doch es passierte nichts.

Mama, ich glaube, ich bin in Schwierigkeiten.

An jenem Tag in Roosevelt Park aber war ihr alles egal gewesen. Was Felix auch von ihr verlangt hätte, sie hätte es getan. Sie war verrückt nach ihm und konnte seine Wut nicht ertragen; wenn er aufgehört hätte, sie zu lieben, wäre sie gestorben. Sie fürchtete sich vor dem Tod, nicht vor Felix Stevick, der ihr bestimmt nicht weh getan hätte. Sie wünschte sich, mit seinem Leben erfüllt zu werden, doch wenn sie sich in den Armen lagen, kam immer das Ende.

Dann waren sie zwei verschiedene Menschen. Saßen da, jeder für sich. Manchmal übelnehmerisch und mürrisch, ohne daß Enid genau wußte, wieso. Damals war ihre Unterlippe schmerzhaft angeschwollen, und sie dachte: Das gottverdammte Arschloch bringt mich erst um halb zwei zur Schule zurück! Dabei hatte sie ihm von der Chemiearbeit erzählt und hatte angenommen, daß er daran denken würde. Was war er doch für ein Scheißkerl, ein gottverdammter Hurensohn; ganz scharf darauf, sie im Freien zu bumsen, wo Leute sein konnten, wo ein Polizist auftauchen konnte – und was dann? Sie war so wütend gewesen auf ihn, daß sie die Wagentür zuknallte und den Weg zur Schule hinaufrannte, ohne sich umzudrehen. Sie schaute nicht einmal über die Schulter zurück, als er losfuhr: Er war schuld daran, daß sie jetzt zu spät kam! Und daß ihr ganz schwach war vor Hunger, denn er hatte ihr gar kein Mittagessen spendiert. Sie blieb vor dem Chemiesaal auf dem Gang stehen und starrte hinein, sah Mr. Sorenson, ihren Lehrer, an der Tafel und dachte, wie lächerlich Menschen wirkten, wenn man nicht hören konnte, was sie sagten, sondern lediglich ihre Bewegungen und ihren Gesichtsausdruck sah. Was zum Teufel sollte das eigentlich alles? Über irgendeinen griechischen Philosophen, der gesagt hatte, am schönsten sei es, nicht geboren zu werden, doch in jungen Jahren zu sterben, sei auch etwas Schönes, hatte Daddy einmal gespöttelt: »Wie kann man das bloß so genau wissen, wenn man schon tot ist?« Ihre Lippen waren trocken und wund von Felix' Küssen. Ihre Oberschenkel waren innen aufgescheuert. Sie spürte, wie sein Samen herauslief, wie er ihr Höschen durchnäßte, und das Gefühl durchbohrte sie wie ein Stich. Ach Gott, dachte sie, ist mir doch egal, was passiert.

Dann geriet sie in Verlegenheit, weil Mr. Sorenson sie erblickt hatte und auf den Gang herauskam, um mit ihr zu reden. »Enid, stimmt etwas nicht? Enid, warum sind Sie denn nicht zum Unterricht erschienen?« Er starrte sie an, wunderte sich wohl über ihre ramponierte Erscheinung, ihre zerknitterte Kleidung, den schweißnassen rosa Pullover und die geweiteten Pupillen: Enid Stevick, seine Musterschülerin, über die in der Schule das Gerücht umging, sie habe vor ein paar Jahren einen Selbstmordversuch unternommen. Mr. Sorenson war ein mittelgroßer Mann in den Dreißigern; er trug eine Brille aus Schildpatt, und sein blondes Haar wurde schon etwas schütter. Er kannte bei seiner Notengebung keine Nachsicht und war bei manchen Schülern sehr unbeliebt, während andere ihn wegen seiner aufrichtigen, direkten Art schätzten. Im September hatte er sich mit Enid des öfteren unterhalten, hatte sie über verschiedene Colleges informiert und ihr davon abgeraten, die örtliche Pädagogische Hochschule zu besuchen. Nun betrachtete er sie besorgt und verwundert und erkundigte sich nochmals: »Enid, ist Ihnen etwas zugestoßen?« Sie wich ängstlich zurück, schüttelte verdrießlich den Kopf. Sie sagte mit einer kaum vernehmlichen Stimme, es tue ihr leid, den Unterricht versäumt zu haben; wenn möglich, wolle sie die Arbeit nachschreiben. Sie habe Bauchschmerzen, sei eine halbe Stunde lang auf der Toilette gewesen, fühle sich aber immer noch nicht wohl. Ob sie die Arbeit nicht ein andermal schreiben könne? Sie schaute, während sie zurückwich, zu ihm auf und merkte, daß er nicht recht wußte, was er davon halten sollte; vermutlich nahm er den Geruch von Felix an ihr wahr, doch was sollte er machen, er war perplex, Enids Ausreden klangen überzeugend, sie war mittlerweile eine versierte Lügnerin geworden.

Er schaute sie über seine Brille hinweg an. Sie hätte eine Schwimmerin sein können, die sich ihren Weg bahnte durch ein Element, das ihr einen gewissen Widerstand entgegensetzte, ohne daß es sie aufhalten konnte. Beim Abendessen hörte sie kaum zu, als ihr Vater über Politik redete, vernahm statt dessen die Stimme ihres Liebhabers: *Ich bringe dich um, ich bringe euch beide um.* Sie hatte vor dem Abendessen ein Bad genommen, hatte sich untersucht und am Gesäß Blutergüsse entdeckt. *Ich bringe dich um,* hatte Felix gesagt, aber gewiß nicht im Ernst, sie konnte ja sehen, wie sehr er nach ihr verlangt hatte, daß er verrückt nach ihr gewesen war wie immer. Nach seinem Schätzchen, seinem kleinen Mädchen, nach seiner Nichte, der er nie etwas zuleide tun würde.

In jener Nacht läutete das Telefon. Es war nach elf, Enid stand an der Tür ihres Zimmers und hörte, wie ihr Vater abnahm und wieder auflegte. Falsch verbunden? Sie ahnte jedoch, daß es Felix war; als ihre Eltern zu Bett gegangen waren, schlich sie nach unten und rief ihn an. »Enid?« sagte er. »Ich möchte dich kurz treffen.« Sie sagte mit leiser, ängstlicher Stimme: »Heute nacht? Jetzt?« – »Enid, mein Schatz, ich möchte dich ein paar Minuten lang sehen«, erwiderte er. Er hörte sich an, als wäre er ein bißchen betrunken, vielleicht lag es aber auch an seinem flehenden Ton. »Ich fahre rauf zu euch, parke an der Ecke, und du kommst raus, in Ordnung? Ich will dich nur ganz kurz sprechen.« –

»Aber wenn sie mich erwischen...«, sagte Enid. – »Sie werden nichts merken, solange du nur ganz leise aus dem Haus gehst«, meinte Felix. Enid sagte verzweifelt: »Aber es ist schon spät, es ist fast Mitternacht. Ich bin auf dem Weg ins Bett.« – »Wir fahren nur ein bißchen in der Gegend herum, und dann bringe ich dich zurück«, sagte er. Enid versuchte, ihre Angst loszuwerden und fragte: »Können wir uns denn nicht morgen treffen? Um die Mittagszeit?« - »Ich möchte dich jetzt sehen, heute habe ich ein paar Sachen gesagt, die ich nicht sagen wollte, und ich habe Dinge getan, die ich nicht tun wollte. Ich möchte das wieder ins reine bringen, Schatz. Du weißt doch, daß ich dich liebe.« – »Ja«, flüsterte Enid so leise, daß sie es wiederholen mußte, und am Schluß gab sie nach und versprach, Felix zu treffen, denn ihr blieb keine andere Wahl.

Und nun war sie schwanger, nach ihren Berechnungen schon seit fünf Wochen, kniete in der Nähstube ihrer Mutter auf dem Teppich, als wäre sie immer noch das liebe kleine Mädchen, und ließ das harmlose Geplauder ihrer Mutter und ihrer Tante an sich vorbeiziehen. Die Zeit verging, eine volle Stunde verstrich: *Mama, es tut mir so leid, daß ich dich ausgerechnet jetzt mit schlechten Nachrichten behelligen muß.* Sie ließ sich Sätze einfallen, die sie nie aussprechen würde, so wie sie einst mit der Sünde gespielt hatte, indem sie den Rosenkranz rasch durch ihre Finger gleiten ließ, eine Glasperle nach der anderen, ohne das Gebet zu sprechen: Gott sollte merken, daß sie Ihm trotzte.

Es überraschte sie, daß sie mit den winzigen Stecknadeln und der Schneiderschere so gut zurechtkam. Ihre Finger waren jetzt ungelenk und, wie ihr Busen, etwas geschwollen, die Fingerspitzen empfindlich, ebenso ihre Brustwarzen. Jetzt fürchtete sie sich vor dem Klavierspielen, weil sie immer wieder danebengriff oder das Tempo verschleppte; Mr. Lesnovich verlor schon die Geduld und sagte mit schneidender Stimme, sie sei offenbar mit ihren Gedanken woanders: Warum sie denn überhaupt noch zum Unterricht komme? Ohne das Klavierspiel wäre Enids Leben unerträglich gewesen, doch nun kam es ihr erniedrigend und beschämend vor, daß sie die Stücke – von Mozart, Bach und Chopin – so fürchterlich zurichtete. Selbst wenn sie ihre vertrauten Tonleitern und Arpeggios spielte, war sie angespannt, lauerte auf den ersten Fehler. Und der kam, zum Teufel noch mal, ganz unweigerlich, auch wenn sie noch so vorsichtig war und noch so aufpaßte, aus tiefster Seele nach Vollkommenheit strebte.

Doch den Stoff hatte sie genau nach dem Muster zurechtgeschnitten.

Das Resultat hielt Mrs. Stevicks kritischem Blick stand: »Vielen Dank, Enid.« - »Danke Enid, bist du aber lieb!« sagte Tante Ingrid und lächelte sie fröhlich an, als wäre Enid so um die elf Jahre alt.

Damit hatte Enid ihre morgendliche Beschäftigung erledigt, und wenn sie sich noch länger in der Nähstube ihrer Mutter aufhielt, würde das verdächtig erscheinen. Ihre Augen waren feucht und verängstigt, sie zeigte ein gequältes Lächeln und sah ziemlich mitgenommen aus, denn sie hatte die Nacht zuvor nicht mehr als drei Stunden Schlaf bekommen, hatte nichts frühstükken können, weil sie sich vor Speisen, ja schon vor Essensgeruch ekelte und ihr manchmal übel wurde, wenn sie nur daran dachte. Sie war eindeutig schwanger, aber sie konnte es nicht glauben. Sie konnte es nicht glauben, aber sie wußte es. Sie kannte die Symptome. Und doch sagte eine innere Stimme andauernd, es könnte sich vielleicht um einen Irrtum handeln. Dabei wußte sie genau, daß ein Irrtum ausgeschlossen war. Sie war so vor den Kopf geschlagen, hatte solche Angst vor dem, was passieren würde, was Felix sagen oder tun würde, daß sie ganz verrückt wurde wie jene arme Frau in *The Snake Pit* – Gott, was hatte dieser Film Enid und Lizzie für eine Angst eingejagt, auch Geraldine, welche die beiden heimlich ins Kino mitgenommen hatte. Sie wäre wie die arme Molly Deal aus der achten Klasse, die fünf Monate schwanger gewesen war und immer noch die Schule besucht hatte, bis Miss Holland sie schließlich in ihr Büro bestellt hatte; Molly hatte es nicht zugeben wollen, Molly hatte alles abgestritten, es hieß, sie habe darauf bestanden, sie sei gar nicht schwanger, das sei unmöglich. Und sie habe nicht einmal geweint, sei gar nicht hysterisch geworden bei Miss Holland, habe vielmehr alles rundweg abgestritten. Vielleicht hatte sie solche Angst gehabt, daß sie tatsächlich übergeschnappt war. Miss Holland redete nachher kein Wort darüber. Und dann die

Buehl, von der die Leute behauptet hatten, ihr eigener Vater habe sie in Schwierigkeiten gebracht! Und ihre Mutter habe das Kind dann weggemacht mit einem Kleiderbügel oder einem Eispicker, einer anderen Version zufolge war sie verblutet. Großer Gott! Und Enid hatte die Wahrheit nie herausbekommen.

»Enid, fehlt dir etwas?« fragte Mrs. Stevick beiläufig.

»Wie? Aber nein.«

»Wieso stehst du hier rum? Du nimmst mir das Licht weg.«

Mrs. Stevick trug jetzt eine Bifokalbrille, hinter der ihre Augen seltsam schlitzförmig aussahen. Das Gestell aus durchsichtigem, rosafarbenem Plastikmaterial hatte ein elegantes Design. Enid dachte, aus ihr sei eine attraktive Frau geworden, mit der kurzgeschnittenen Dauerwelle und dem energischen Auftreten – wie eine Verkäuferin bei Sibley in einer der gehobeneren Abteilungen. Auch die plumpe, pausbäckige, nervöse Tante Ingrid zeigte mit siebenundfünfzig Jahren ein neues Selbstgefühl. »Geh doch nach unten und spiel Klavier, Enid«, sagte Mrs. Stevick. »Hier kannst du uns im Moment nicht mehr behilflich sein.«

Enid ging nach unten, doch sie setzte sich nichts ans Klavier. Sie stand eine Weile am Küchenfenster und schaute auf den Hinterhof hinaus. In ihren Augen standen Tränen. Alles kam ihr so schrecklich erniedrigend vor, selbst die Vorstellung, sich ihrer Mutter anzuvertrauen. *Mama, ich habe solche Angst. Mama, was wird mit mir geschehen? Mama, sei mir nicht böse.* Und wenn sie die Fassung verloren hätte und angefangen hätte zu weinen, was dann? Felix hatte ihr einmal von Soldaten erzählt, die mit ihm zusammen in Australien im Hospital gelegen hatten, von Burschen in seinem Alter, die in eine offene Abteilung verlegt worden waren, damit sie dort sterben konnten. Manche von ihnen seien so schwer verwundet gewesen, daß das halbe Gesicht, die Arme oder die Beine weggewesen seien, und sobald die Wirkung des Morphiums nachgelassen habe, hätten sie angefangen zu weinen wie Kinder, hätten sie wie Babys nach der Mutter geschrien; etwas Schrecklicheres habe er in seinem ganzen Leben nicht gehört, sagte Felix. Achtzehn, neunzehn oder zwanzig Jahre alt seien sie gewesen und hätten nach der Mutter gerufen, seien ganz von Sinnen gewesen vor Schmerzen und vor

Entsetzen, doch das Schlimmste an der Sache sei gewesen, daß die übrigen Patienten genug gehabt hätten von dem Lärm und ihnen zugerufen hätten, sie sollten still sein, sie sollten in Gottes Namen sterben, wenn es nicht anders ginge, aber unter allen Umständen endlich Ruhe geben! Da legte Enid die Hände an die Ohren und sagte: »Erzähl mir doch keine solchen Sachen.« Und Felix gab zurück: »Warum denn nicht? Von wem solltest du's denn erfahren, wenn nicht von mir?«

11

»Es ist wegen Al«, sagte sie.

»Was ist denn los mit Al?« fragte Felix rasch.

»Es gibt Probleme«, sagte sie.

Er war angekleidet, wollte weg aus dem Hotel und freute sich schon auf die lange nächtliche Rückfahrt nach Port Oriskany, ganz allein in seinem Wagen. Doch sie blieb traurig am Rand des Bettes sitzen, fing an zu weinen, und ihm blieb nichts anderes übrig, als sie zu trösten. Und dann erzählte sie ihm etwas, das er lieber nie erfahren hätte.

Sie saß leise weinend auf dem ungemachten Bett, unter ihr die zerknüllte Tagesdecke aus Satin. Ihr weißer Unterrock zeigte ihre hängenden Schultern, die eingezwängten, von Spitzenbesatz umgebenen Brüste mit dem tiefen, nach Parfüm duftenden Dekolleté. Sie hatte sich ungewöhnlich langsam angezogen, als verspürte sie einen Widerwillen oder Verwirrung: den einen Seidenstrumpf hatte sie an, das andere wohlgeformte, oberhalb des Knies etwas plumpe Bein war noch nackt, ihre bloßen, kindlichen Zehen gruben sich nervös in den Teppich. Auch wenn die Spitzen ihrer honigfarbenen Haare jetzt schlaff herunterhingen, Wimperntusche unter ihren Augen verschmiert war und ihr Mund sich verzog unter der Anstrengung, nicht noch lauter zu weinen, war sie schön; ihre gutdurchblutete Haut sah warm und glatt aus. Sie ließ ihn durchaus nicht kalt, aber es fiel ihm verdammt schwer, ihre Tränen ernst zu nehmen. Felix fragte, was denn jetzt los sei, er bemühte sich, einen lockeren Ton anzuschlagen und hoffte, sie damit aus ihrer schlechten Stimmung herauszuholen. Mit einer verheirateten Frau ein Verhältnis zu haben, war – ganz gleich, wer der Ehemann war – immer eine riskante Angelegenheit, eines Tages hörte man plötzlich den leisen, traurigen, verzweifelten Unterton: *Liebe mich, hilf mir, rette mich.*

Als sie zwei Jahre zuvor zum ersten Mal miteinander geschlafen hatten, war Claudette theatralisch in Tränen ausgebrochen und hatte beteuert, sie liebe Al Sansom, sie verdanke ihm so viel, sie würde lieber sterben, als ihn zu betrügen oder ihm weh zu tun; zwischen ihr und Felix müsse ein Einverständnis herrschen, daß sie ihre Ehe seinetwegen nicht aufs Spiel setzen werde. Und Felix, der damals ganz andere Dinge im Kopf hatte, sagte, auch er werde sich Al Sansom gegenüber nie illoyal verhalten. Sie konnten einander nicht regelmäßig treffen, doch wenn es dazu kam – oft geschah das wie jetzt in Syracuse, im alten, prunkvollen Hotel De Witt –, weinte Claudette in diesem Stadium eine Weile vor Schuldbewußtsein und Gewissensbissen. Doch dann erholte sie sich rasch, und wenn sie sich dann weiter oben an der Straße auf dem Hotelparkplatz verabschiedeten, zeigte sie ein breites, weißes, sonniges Lächeln wie ein Glamourgirl. Sie hatte gut lachen – Mrs. Al Sansom wohnte in einem »Tudor«-Haus mit sechs Schlafzimmern in einem exklusiven Vorort von Albany; sie besaß einen Zobelmantel, eine Hermelinjacke, einen Nerzumhang, eine stattliche Anzahl Juwelen und ein neues, sportliches, zweitüriges Buick-Kabriolet in Kanariengelb, das sie von ihrem Mann zu ihrem fünften Hochzeitstag geschenkt bekommen hatte.

Wenn Felix von Claudette weg war, neigte er dazu, sie zu vergessen; hielt er sich in ihrer Nähe auf, dann spürte er, wie sich eine Hoffnung regte, die wie Verlangen war. Anfangs hätte er sich ja gern in Claudette Sansom verliebt, um sich vor der anderen zu retten, aber aus irgendeinem Grund hatte es nicht geklappt.

Claudette hatte sich etwas abgewandt von Felix, verdeckte ihr tränenfeuchtes Gesicht; sie haßte es, wenn jemand sie weinen sah. Oft sagte sie, sie habe Angst davor, die Kontrolle zu verlieren. Drunten in der Hotelhalle, wo sie sich getroffen hatten, bevor sie sich am Empfang als Mr. und Mrs. Felix Stevick eintrugen, hatte Claudette, statt wie sonst einen Sloe Gin Fizz zu bestellen, gleich zwei kommen lassen, und sie hatte geradezu zwanghaft über Dinge geredet, die Felix nicht im geringsten interessierten: Über die bevorstehenden Feiertage, in was für eine traurige Stimmung sie an Weihnachten gerate, daß sie und Al im Januar eine Reise zu den Jungferninseln vorgesehen hätten, wo Al in Immobilien investieren wolle.

Will sie, daß ich eifersüchtig werde? hatte Felix sich gefragt.

Jetzt streichelte Felix ihre nackte, warme Schulter und bat sie, ihm zu sagen, was los sei. Er hoffte, daß es nicht schon wieder um Al Sansoms Verschwinden ging, um seine weinerlichen Besäufnisse, um sein Gerede über Fliegende Untertassen; er wollte jenen verzweifelten Unterton *Liebe mich, hilf mir, rette mich* nicht zu hören bekommen. Sie hatten doch vereinbart, daß ihre Ehe durch ihn nicht beeinträchtigt werden sollte. Doch Claudette führte sich jetzt seltsam auf, zeigte einen Überschwang von Gefühlen; als sie am Nachmittag mit Felix geschlafen hatte, war sie von einer Leidenschaftlichkeit gewesen, die ihm unecht vorkam, die er für überzogen und theatralisch hielt. Etwas in ihr war bloß Kintopp, ihre Ekstase zielte darauf ab, ihm zu schmeicheln und ihn zu erregen; das ähnelte den Pornofilmen, in denen Frauen einen Orgasmus vortäuschten, doch an einem bestimmten Punkt war es einem ja egal, ob das Ganze echt oder gespielt war, vielleicht war die Täuschung aufregender und weniger riskant. Felix besänftigte sie, nannte sie sein Schätzchen, seinen Liebling und bot ihr noch etwas zu trinken an. Er hatte eine Flasche Bourbon ins Zimmer mitgebracht, die noch viertel voll war. Als sie miteinander geschlafen hatten, war er allmählich unruhig geworden, hatte fortwollen; er hatte daran gedacht, daß es auf der 320 Kilometer langen Fahrt zurück nach Port Oriskany schon dunkel sein würde – es war der 2. Dezember, da blieb es nur noch bis halb fünf hell. Er hatte nicht einmal vor, das Autoradio anzuschalten, denn das ging ihm manchmal auf die Nerven; die einzige Musik, die er mochte, war der Jazz: Miles Davis, Errol Garner, Count Basie, aber keine lauten oder schnellen Stücke, auch nicht zu viele Schlagzeugsoli und keinen Dixieland, weil der seinen Herzschlag unangenehm beschleunigte. Jazz konnte er aber von diesen lokalen Hinterwäldlersendern kaum erwarten. Hinter dem Steuer seines Wagens könnte er die Stille genießen, müßte an niemand und nichts mehr denken. Er könnte sich an der Geschwindigkeit berauschen, so wie er einst darin aufgegangen war, seinen Körper bis aufs Letzte zu fordern. Die Scheinwerfer des Autos würden beim Dahinflitzen die Landstraße ausleuchten und den umherwirbelnden Pulverschnee in phantastische Traumgebilde verwandeln, deren Tanz er aus den Augenwinkeln betrachten könnte. Es bestand die Gefahr, daß man sich davon hypnotisieren ließ, daß man am Steuer einschlief, doch das war ihm bisher noch nicht passiert.

Claudette sagte in einem ziemlich scharfen Ton, sie wolle keinen Drink mehr, sie sei schon jetzt halb betrunken. Dann überlegte sie sich's anders, wollte doch noch einen, und auch eine Zigarette. Felix goß ihr einen kleinen Bourbon ein und warf ihr ihre Packung Chesterfields zu. Als sie beim Anzünden Felix' Hand hielt und das Feuerzeug mit ihren schlanken Fingern abdeckte, zitterte sie. Claudette mit ihren perfekt zurechtgefeilten, rotlackierten Fingernägeln und ihrem düster glitzernden Diamantring. Sie war dreiunddreißig und verlangte so sehr nach einem Baby, daß sie Felix gegenüber kaum noch davon sprach. Er fragte sich, ob sie sich wohl noch traute, mit Al Sansom über dieses Thema zu reden. Oder dachte sie vielleicht, daß sie von einem anderen Mann, von einem anderen Liebhaber bekommen könnte, was Felix ihr nicht geben wollte?

Zuerst hatte Felix geglaubt, Claudette würde ihm altbekannte Dinge erzählen: Über Al Sansoms Heimlichtuerei mit seinem Geld, sein halbes Dutzend Bankkonten, sein Verschwinden aus Albany und die Anrufe aus einer fremden Stadt, aus Chicago, Tampa, New Orleans oder Los Angeles. Al erklärte Claudette nie, warum er sich dort aufhielt; manchmal war er zornig und verwirrt, erzählte ihr, daß man ihm nachspioniere, daß er von bestimmten Leuten betrogen werde – nicht von Felix Stevick, dem er Zuneigung und Vertrauen entgegenbringe wie einem Sohn, sondern von anderen, deren Namen er nicht nannte, von früheren Freunden, Geschäftspartnern, von Männern, die ihn nicht ausstehen könnten, die ihn beneideten und ihn am liebsten tot sähen. Das hatte sich Felix mit Widerwillen angehört, weil er genau wußte, daß Claudette von ihm eine Reaktion erwartete und er dazu nicht fähig wäre. *Du bist doch mit ihm verheiratet, oder etwa nicht? Du gibst doch sein Geld mit vollen Händen aus!* Dann vergrub er sein Gesicht in Claudettes Haar, sog ihren warmen, hefigen Geruch ein, der ihm vertraut war. In solchen Augenblicken wurde ihm klar, was für ein Trost eine Frau war, der Körper einer Frau; er erinnerte sich an Zeiten, in denen er sich so kaputt gefühlt hatte, so furchtbar elend, weil er bloßgestellt und erniedrigt worden war, in denen er auf sich selbst wütend gewesen war, weil er im Ring eine so schwache Partie geliefert hatte oder weil er zwar gewonnen, aber nicht das gezeigt hatte, was in ihm steckte und was andere von ihm erwartet hatten – andere Leute wußten alles ganz genau, sie paßten immer auf, so war das im Ring, unter dem grellen Licht. Und er hatte unbedingt fortwollen, irgendwohin, wo ihn niemand kannte, wo ihn niemand angaffte, ihm Beleidigungen zurief und ihn in sein blutendes Gesicht hinein verhöhnte. Er hatte nichts anderes mehr gewollt, als sich in einer Frau zu verlieren, hatte eine Frau finden wollen, die ihn liebte und in der er sich tief vergraben konnte. Aufs Bumsen war es ihm gar nicht angekommen, aber das bildete eben den Zugang, anders ging es nicht.

Claudette sagte leise, sie wisse nicht genau, was mit Al los sei, doch könne sie einfach nicht bei ihm bleiben, wenn alles so weiterginge wie bisher. Er sei gar nicht eifersüchtig und verdächtige sie auch nicht, sein Verhalten sei in gewisser Weise viel schlimmer: Er scheine sie als Person gar nicht richtig wahrzunehmen, er sei bis zwei oder drei Uhr in der Frühe weg, und um sechs Uhr sitze er schon wieder in seinem Arbeitszimmer und führe hinter verschlossener Tür Telefongespräche. An manchen Tagen bleibe er zu Hause und trinke, da ziehe er sich nicht einmal an; in seinem Pyjama und seinem Bademantel warte er auf das Klingeln des Telefons, und wenn kein Anruf käme, werde er immer nervöser, aufgeregter, fange an zu schwitzen, rede laut und schnell und mache Witze, die überhaupt nicht komisch seien und die sie manchmal gar nicht verstehe. Er sei jetzt furchtbar gereizt und unberechenbar; im Grunde sei er natürlich immer noch ein lieber Mensch, und sie wisse, daß ihr Al wieder zum Vorschein kommen werde. Sie zweifle nicht rundweg an ihm, doch manchmal werde er wütend und behaupte, sie spioniere ihm nach, durchsuche seine Post, seine Papiere und den Inhalt seines Safes;

die Kombination seines Safes sei ihr jedoch gar nicht bekannt, das wisse er genau, aber mit Vernunft sei ihm nicht beizukommen. Wenn er trinke, fürchte sie sich vor ihm; er habe sie in letzter Zeit mehrmals geschlagen. Natürlich tue es ihm nachher immer furchtbar leid; er sage dann, er stehe gerade sehr unter Druck, sie solle ihm doch bitte verzeihen, er könne ohne sie nicht leben, er liebe sie so sehr. Und sie glaube ihm dann, ihr sei klar, daß Al zusammenbrechen würde, wenn sie ihn verließe. Er sei einfach nicht mehr derselbe Mann wie vor ein paar Jahren, als er sein Leben im Griff gehabt habe. Felix sei bestimmt derselben Ansicht, das könne vielleicht der Grund dafür sein, daß er Al aus dem Weg gehe. Selbst für sie, seine Frau, sei die finanzielle Lage Als undurchschaubar; sie habe in Albany gerüchteweise gehört, daß er wegen Steuerschulden an das Finanzamt Mahngebühren und Geldbußen zahlen müsse. Ob Felix davon etwas bekannt sei? Nein? – Nun senkte Claudette ängstlich die Stimme und redete ganz rasch, als sei ihr bewußt, daß sie Felix derlei Informationen nicht geben durfte: Das Schlimmste sei jedoch, daß sie den begründeten Verdacht habe, ja so gut wie sicher sei, daß die Krise mit einer Vorladung zu tun habe, die Al Sansom von einem Geschworenengericht erhalten habe, welches sogenannte »kriminelle Geschäfte« im nördlichen Teil des Staates New York untersuche. Sollte Al bereit sein, als Zeuge aufzutreten, werde er eventuell Straffreiheit erhalten. Ob Felix denn wisse…

»Um Gottes willen, Claudette, sei still!« fuhr Felix dazwischen.

Er stieß sie von sich weg, ohne zu wissen, was er tat.

Claudette zuckte beleidigt und überrascht zusammen: »Felix…«

»Kein Wort mehr!«

Er war aufgestanden und bewegte sich blindlings auf die Fenster zu, um Claudette außerhalb seiner Reichweite zu haben. Er wollte ihr nicht weh tun, aber er wußte selbst nicht, was er anstellen würde. Im Nu strömte der Schweiß aus allen Poren, explosionsartig strahlte sein Körper Wärme aus, und sein Herz klopfte so rasch, daß er kaum atmen konnte. Dieses Luder! Diese Schlampe! Was glaubte sie eigentlich! Was zum Teufel hatte sie vor?

Claudette blieb auf dem Bett sitzen, war so verblüfft, daß sie nicht einmal weinen konnte. Felix hielt sich auf Distanz und schaute sich nicht nach ihr um. Es war einer jener Augenblicke, die ihm sein ganzes Leben lang in Erinnerung bleiben würden – eine Last fiel auf ihn herunter, ein Schlag, den er nicht hatte kommen sehen, traf ihn an der Kinnspitze. Oder hatte er ihn doch kommen sehen?

Im Jahr zuvor hatte er die Sansoms eingeladen, sich Sandy Saddler bei einem Match in Port Oriskany anzusehen, das kein Titelkampf war. Wenn sich die Sansoms in der Stadt aufhielten, gingen sie oft zu dritt aus.

Al Sansom hatte mal gesagt, er wolle den berühmten Federgewichts-Champion gern in Aktion sehen, er habe schon viel von Saddler gehört – das sei doch der Nigger, der gegen Willie Pep gewonnen hatte? Im übrigen sei er wirklich neugierig, was Felix am Boxen so fasziniert habe. »Wenn man dich jetzt sieht, kann man sich kaum vorstellen, daß du je Boxer gewesen bist«, meinte er.

»Was willst du damit sagen?« fragte Felix liebenswürdig.

»Tja, ich weiß nicht«, sagte Al ausweichend und lächelte dabei. »Du siehst nicht wie ein Boxer aus.«

Claudette erklärte Felix, daß Al nichts im Schilde führe, wenn er in aller Freundschaft diese lockeren Bemerkungen fallenlasse, wenn er seine Hand auf Felix' Arm lege und sein geheimnisvolles Lächeln aufsetze; es habe nur damit zu tun, daß Felix ihm so nett und gutmütig vorkomme, und Felix solle bloß keinen Anstoß daran nehmen.

Felix lächelte immer noch liebenswürdig. »Wie kommst du bloß auf die Idee, daß ich beleidigt sein könnte?« sagte er.

Er bestellte Plätze in der vierten Reihe. Dann stellte sich heraus, daß Al Sansom kaum etwas vom Boxen verstand; er hatte allenfalls ein paar Fernsehübertragungen angeschaut. Claudette wußte gar nichts, nur was sie in Hollywood-Filmen gesehen hatte. Die vierte Reihe war wohl doch zu nahe dran. Sie trafen gegen Ende eines Vorrundenkampfes ein, den zwei ortsansässige Mittelgewichtler bestritten; beide waren schwarz, der eine hatte einen glattrasierten Kopf nach Art des alten Jack Johnson, und beide waren harte Kämpfer, die gleich zur Sache gingen. Al Sansom wurde schon bald nervös und gab Witzeleien von sich, Claudette saß ganz still auf ihrem Platz und dachte trotz der Hitze nicht daran, ihren Zobelmantel abzulegen. Die Arme starrte hinauf zu den muskulösen, halbnackten, schwitzenden Farbigen droben im Ring unter den grellen Lichtern, als hätte sie so etwas in ihrem ganzen Leben noch nicht gesehen. Doch als Felix sie fragte, ob er ihnen weiter hinten Plätze besorgen solle, lehnte sie ab und sagte, sie sei zufrieden, ja, sie versuchte sogar zu lächeln. Nach Beginn des Hauptkampfes aber, als die Boxer mit dem ersten ernsthaften Schlagabtausch anfingen und Saddlers Gegner – ein Achtundzwanzigjähriger aus Philadelphia namens Greza – ganz in ihrer Nähe an den Seilen in die Klemme geriet und am Schluß der Runde ein blutüberströmtes Auge hatte, sagte Claudette, sie fühle sich nicht wohl und wolle lieber hinauf zur Damentoilette. Felix sagte sofort, sie könnten ja gehen, wenn Claudette wegwolle, doch Al meinte, sie sollten jetzt schön sitzen bleiben, das bißchen Blut sei weiter nichts – ob Claudette denn glaube, daß das den Boxern etwas ausmache? Dabei sah er selbst mitgenommen aus und wischte sich mit einem Taschentuch den Mund.

Felix ging mit Claudette den überfüllten Mittelgang hoch, faßte sie am Oberarm und strich dabei über den seidenweichen Pelz. Er sagte zu ihr, es sei wohl ein Fehler gewesen, daß sie hergekommen sei. Er vermute, daß Saddlers Strategie darauf hinauslaufe, Greza noch ein paar Runden überstehen zu lassen, um ihm dann den K.o. zu versetzen; wenn Claudette sich jetzt schon ein bißchen schwach fühle, sollte sie lieber nicht zuschauen, es werde nämlich noch schlimmer kommen. Er werde sie ins Hotel zurückbringen, wenn sie es wünsche, sagte Felix, ganz gleich, was Al dazu meine. Claudette sagte mit einer kindlichen, zornigen Stimme, das könne sie nicht machen – wie er bloß so etwas vorschlagen könne! – »Du kannst doch tun, was du willst, Claudette«, erwiderte Felix. »Nein, eben nicht«, sagte Claudette in bitterem Ton. »Nicht, wenn ich mit ihm auskommen möchte.«

Wie sie Felix später erzählte, verbrachte Claudette die restliche Zeit auf der Damentoilette, wo sie sich nasse Tücher auf die Stirn legte. Felix kehrte zu seinem Platz und zu Al Sansom zurück, der seinen Filzhut nach hinten geschoben hatte und eine belustigte, herablassende Miene zur Schau stellte. »Dieser Nigger ist gut, was?« sagte er widerwillig, doch Felix machte sich nicht die Mühe, ihm zu antworten, schaute ihn nicht einmal an. Es stellte sich heraus, daß der Federgewichtschampion nicht in Bestform war und der so gut wie unbekannte Greza noch genügend Mumm in den Knochen hatte; der Kampf verlief also nicht so einseitig, wie Felix es sich vorgestellt hatte. Greza konnte ihn jedoch unmöglich gewinnen – er hatte keine Chance. Doch als der Kampf in der siebenten Runde zu Ende ging, als Greza schließlich ausgezählt wurde, während er ausgestreckt dalag und die Arme schützend vor sein zerschundenes Gesicht hielt, war Saddler auch ganz außer Atem und sah erschöpft aus. Und Felix merkte, daß ihn der Kampf gefesselt hatte; er war sehr aufgeregt, innerlich stand er auf der Seite der Verlierer, wie dieser Greza einer war, die ihre wahnsinnigen, zum Scheitern verurteilten Kämpfe austrugen, immer wieder zu Boden geschlagen wurden, während die Menge in Geschrei ausbrach, aber schwankend, benommen und heftig blutend auf die Füße kamen, wieder bereitstanden für noch mehr Prügel und zeigten, daß sie damit fertig wurden. Felix kannte den Wahnsinn in ihren Köpfen: *Es ist noch nicht vorbei, mach weiter, versuch doch mal selbst, einen K.o. zu landen.* Es hatte Schläge ins Gesicht gegeben, die Felix beinahe spüren konnte, auch Treffer an den Kopf, die noch schlimmer gewesen waren, außerdem Schläge in die Nieren, in die Leber, in den Unterleib, die der Ringrichter nicht zu bemerken schien oder einfach ignorierte. Gegen Ende der siebenten Runde hatte Saddler eine harte rechte Gerade zu Grezas Kopf geschlagen und dabei den Handschuh absichtlich so gehalten, daß der Daumen tief eindringen konnte; der arme Kerl hatte dennoch weitergemacht, war erst einige Sekunden später zu Boden gegangen, und man hatte einfach nicht begreifen können, was zum Teufel ihn auf den Beinen hielt.

Als es vorbei war und sie in einer Menschenmenge den Gang hinaufstiegen, erinnerte sich Felix plötzlich an Jo-Jo, spürte eine verspätete Anwandlung panischer Angst und schmeckte in seinem Mund etwas Unheimliches, Klebriges. Sein Partner Al Sansom blickte übelnehmerisch drein, wischte sich mit einem

Taschentuch den Schweiß von seinem unförmigen Gesicht und versuchte zu spaßen: Er sei verdammt froh, daß Felix ihnen keine Plätze in der ersten Reihe besorgt habe – in der Ecke nicht weit von ihnen sei der Boden besudelt gewesen mit Grezas Blut, und der Kamelhaarmantel eines Mannes in der ersten Reihe habe gräßliche Flecke abbekommen. »Das Ganze hat doch wirklich etwas Tierisches«, sagte Al, und Felix gab kühl zurück: »Es ist nicht tierischer als du, Al. Was hast du denn erwartet?«

Felix hatte sich im Umgang mit Al Sansom nie wohl gefühlt, hatte ihm nie voll und ganz vertraut, und seit dem Hochsommer hatte eine gewisse Entfremdung stattgefunden. Aber den Tod wünschte er Al nicht.

Am selben Tag, an dem sie im Hotel De Witt in Syracuse zusammengewesen waren, rief Claudette kurz vor Mitternacht bei Felix an. Sie war in Tränen und fragte ihn, warum er nur so böse gewesen sei auf sie, was er sich bloß einbilde, daß er sie so herumkommandiere und wie ein Stück Dreck behandele. Sie war betrunken, und Felix ließ sie reden. Am nächsten Morgen rief sie wieder an. »Was habe ich denn gesagt?« wollte sie wissen. »Was habe ich falsch gemacht?« – »Nichts«, gab Felix zur Antwort. Er wollte Nachgiebigkeit zeigen, aber irgendwie gelang es ihm nicht. Claudette fing wieder an zu weinen und sagte: »Ich habe dir bloß etwas erzählt, weil ich annahm, daß es dich interessieren würde. Du bist doch Als Partner, oder nicht?« Felix rieb sich die Augen und sagte: »Schätzchen, vergiß es doch einfach, ja? Denk gar nicht mehr dran, daß du mir etwas davon erzählt hast.«

Claudette fragte, was das zu bedeuten habe.

Felix sagte, sie solle sich darüber keine Gedanken machen.

Als er an jenem Abend die Tür zu seiner im Dunkel liegenden Wohnung aufschloß, hörte er das Telefon klingeln. Das Geräusch hallte in dem teppichlosen Wohnzimmer wider; er ließ das Telefon weiterklingeln, schloß die Tür hinter sich und ging in sein Schlafzimmer, in dem die Luft abgestanden und stickig roch. Er machte Licht, hörte sich das Klingeln an, war schon im voraus verärgert über Claudettes beleidigte, rauchige Stimme, doch als er abnahm, war es gar nicht Claudette, sondern Vince Mattiuzzio.

Sie begrüßten einander und verfielen instinktiv in einen Tonfall voller Wärme, Freundschaft und alter Kameraderie. Dabei hatte Felix seit dem Tod von Jo-Jo Pearl mit Vince nur noch selten zu tun gehabt. Und er konnte sich schon denken, aus welchem Grund Vince anrief. Er fragte Felix, warum er ihn denn so lange nicht zu Gesicht bekommen habe, und Felix erwiderte, er sei geschäftlich verreist gewesen. Dann erkundigte sich Felix, wie es Vince ergangen sei, und die beiden unterhielten sich ein paar Minuten lang recht ungezwungen – Leonardo, der Vater von Vince, liege im Krankenhaus, aber es sei nichts Schlimmes, und falls Felix irgendwelche Gerüchte höre, solle er sie nicht ernst nehmen. Dann machten sie sich Gedanken über den Kampf, der in Chicago bevorstand: Sugar Ray Robinson kehrte in den aktiven Boxsport zurück, um Bobo Olson den Titel im Mittelgewicht wieder abzunehmen, und wenn ihm das gelänge, wäre er der erste Ex-Champion, der dies geschafft hatte. Vince rechnete jedoch nicht damit; er war noch sauer auf Robinson wegen gewisser Vertragsstreitigkeiten bei einem Kampf, den die Mattiuzzios veranstaltet hatten. Vince wollte sein Geld auf Bobo setzen. Felix sagte, er werde diesmal gar keine Wette abschließen, er habe letztes Mal genug verloren wegen dieses Arschlochs Bobo, aber er könne sich auch nicht vorstellen, daß Robinson siegen werde, nachdem er so lange weg gewesen war. Ein wunderbarer Boxer sei er schon, er müsse jetzt etwa siebenunddreißig Jahre alt sein. Dann schwiegen beide. In einem nach wie vor lockeren Ton fragte Vince schließlich, was es denn Neues gebe von Al Sansom, ob Felix in letzter Zeit mit ihm gesprochen habe. Und Felix erwiderte, er habe Sansom schon seit ein paar Wochen nicht mehr gesehen und habe auch keine interessanten Neuigkeiten gehört.

»Es gibt also nichts Neues?« fragte Vince.

»Nein«, antwortete Felix.

»Tatsächlich?« fragte Vince.

»Nein«, sagte Felix.

»Gar nichts?« fragte Vince.

»Nein, nichts.«

Vince machte eine Pause, und Felix wußte genau, daß er sich jetzt dumm stellen und sich erkundigen müßte, was das alles zu bedeuten habe, ob Sansom etwas ausgefressen habe und so weiter. Es kam ihm aber viel zu verächtlich vor, sich dumm zu stellen: Vince sollte ruhig ein bißchen schmoren, sich Gedanken machen, die Augen aufreißen und wieder zusammenkneifen, wie er es immer tat, wenn er sich konzentrierte und auf seinem fleischigen Gesicht ein gemeiner Zug zum Vorschein kam. Vince sagte schließlich: »Er könnte uns alle in Schwierigkeiten bringen. Wenn er es darauf abgesehen hätte.«

»Wer weiß das schon?« meinte Felix.

Bevor Vince auflegte, tat er etwas verlegen und fragte: »Kommst du denn noch mit Claudette Sansom zusammen?«

Felix zögerte, dann sagte er: »Nein.«

Ein andermal, ein paar Tage später, öffnete Felix nach einem weiteren Gespräch mit Vince die Schublade seines Schlafzimmertischchens – Vince hatte angefragt, ob sie sich treffen und zusammen etwas trinken könnten, es gebe ein paar Sachen, die er nicht am Telefon besprechen wolle. Felix stellte fest, daß der Revolver noch da war, aber er rührte ihn nicht an. Belustigt dachte er daran, welche Überraschung Enid bei diesem Anblick gezeigt hatte, wie sie vor der Waffe und vor ihm zurückgeschreckt war. Sie hatte einfach aus mädchenhafter Neugier eine Schublade geöffnet und etwas gesehen, das nicht für ihre Augen bestimmt war, so wie sie ihrem eigenen Onkel in einem mit Brettern vernagelten Hotel nach oben gefolgt war, wohl wissend, daß er scharf auf sie war, doch sie hatte herauskriegen wollen, ob er sich trauen würde. Ihm gefiel der Anblick der Waffe. Eine Waffe zu besitzen, war immer ein Trost; man hatte die Macht, nach Belieben abzudrücken und es bleiben zu lassen, wenn einem nicht danach war. Er erinnerte sich an einen jungen Boxer, mit dem er vor einer Reihe von Jahren befreundet gewesen war; er war in seinem dritten oder vierten Profikampf schrecklich zugerichtet worden und hatte ausgesehen, als ob ihn jemand mit einem Baseballschläger oder mit einem Schlagring attackiert hätte. Seine Nase und sein Kiefer waren gebrochen, die Augen zugeschwollen, er hatte ein Dutzend klaffende Platzwunden, doch das Übelste war der Netzhautriß in seinem linken Auge; selbst wenn er sich wieder hätte aufraffen können, wäre es mit dem Boxen endgültig vorbei gewesen. Später stellte sich heraus, daß der andere Boxer oder dessen Trainer die Handschuhe aufgeschnitten und einen Teil der Polsterung herausgenommen hatte, so daß der Freund von Felix nicht mit Acht-Unzen-Handschuhen, sondern mit den bandagierten Knöcheln getroffen wurde. Dann hatte ihn Felix aus den Augen verloren, und ein paar Jahre später hatte er erfahren, daß der Freund sich umgebracht hatte – er hatte sich im Keller des väterlichen Hauses mit einem Gewehr vom Kaliber 22 in den Kopf geschossen. Felix war zornig, angeekelt und ungläubig gewesen: Warum zum Teufel sollte sich einer erschießen, wenn er genausogut jemand anderen erschießen konnte? Aber jetzt sah er die Dinge aus der Sicht seines Freundes: Man entledigt sich seiner selbst, und auf diese Weise löst man alle Probleme der Vergangenheit, der Gegenwart und der Zukunft.

Und die Probleme mit Enid. Wie würde es mit ihr weitergehen?

Er wußte in groben Zügen über Al Sansom Bescheid, und was da vermutlich passieren würde. Aber bei Enid wußte er es nicht.

Er liebte sie, er würde ihr nie weh tun, selbst wenn sie ihn provozierte. Dennoch hatte er eine Abneigung gegen sie – es war ihm zuwider, mit welcher Intensität er an sie dachte – seit dem Tag, als er sie zufällig auf der Nine Mile Road mit einem Freund oder Freunden, irgendwelchen Dreckskerlen, gesehen hatte. Er merkte, daß er die meiste Zeit auf Enid böse war, nur dann nicht, wenn er mit ihr zusammen war, wenn er mit ihr schlief; da konnte er ihr trauen, denn da gab es so manches, was sie ihm nicht vorschwindeln konnte. Ein Teil seiner selbst wußte, daß sie ihm treu war, daß sie ihn nie belügen würde, daß sie auf der ganzen Welt wirklich niemand hatte außer ihm – das kam ihm plausibel vor. Es war ein Märchen von der Art, wie er sie sich jetzt oft erzählte, seit er keine anderen mehr hatte, die er sich zu Gemüte führen konnte. Aber er wußte dennoch, daß sie ihn nie betrügen würde, er wußte, daß er ihr vertrauen konnte; er selbst würde Schluß machen, wenn die Zeit gekommen wäre, und das könnte schon bald der Fall sein.

Sie beteuerte ihm ja ständig, daß sie ihn liebe, und warf sich in seine Arme, hatte solche Angst, daß er aufhören würde, sie zu lieben; ohne ihn könne sie nicht leben, hatte sie oft gesagt, und Felix wußte nicht, ob das stimmte, das würde er ja erst erfahren, wenn sie es mal versucht hätten. Enid ging jedenfalls im folgenden Jahre weg, um zu studieren. Und damit wäre die Sache erledigt. Er wollte sie forthaben, weg aus der Stadt und fort aus seinem Leben, es war ihm zuwider, daß er so oft an sie dachte, und er ärgerte sich auch über das, was sich wie ein unterirdisches Rinnsal durch seine Seele fraß: daß es all diese Verdächtigungen und Eifersüchteleien geben konnte, diese kleinen, schmerzhaften, erniedrigenden Kränkungen, wo er doch über solche Dinge erhaben war, er, der seine Gefühle völlig unter Kontrolle hatte.

Trotz allem hatte er den Eindruck, daß sie ihn oft belog. Der Gedanke drängte sich ihm auf, daß sie sich auch zu anderen Männern hingezogen fühlen mußte, zu diesen jungen Dreckskerlen mit Pickeln im Gesicht. Schließlich und endlich war das etwas ganz Natürliches, das wußte er, doch er konnte es nicht hinnehmen, wenngleich er es in seinem tiefsten Inneren doch akzeptierte, weil er über solche Launen erhaben war. Um dies unter Beweis zu stellen, würde er sie eine ganze Weile nicht mehr anrufen. Und wenn er sie dann anriefe, wenn er sie träfe, würde er ihr keinerlei Vorwürfe machen – sie selbst sollte gekränkt, verwundert und eifersüchtig sein, dieses kleine Luder, das Pläne schmiedete für ein Leben ohne ihn. Er wollte gar nicht mehr an sie denken – schließlich war sie seine Nichte –, sondern sich voll und ganz mit Al Sansom und mit Claudette befassen, was er da gegebenenfalls tun müßte und wann dies geschehen sollte, damit es nicht zu spät wäre. Das war der Grund dafür, daß er die Pistole jedesmal minutenlang anschaute, sie aber nicht anfassen wollte, weil das eine allzu sinnliche Erfahrung gewesen wäre. Er hatte einen Lebensabschnitt hinter sich, in dem er alles schnell, unmittelbar und sinnlich erfahren hatte – er hatte es unter seinen Händen spüren können, war auf einen Widerstand gestoßen, der ihn erregte, und hatte die Schläge gebraucht, um selbst losschlagen zu können –, doch jetzt, beim Nachdenken und Vorsichhinstarren, würde er Ruhe finden. Auf diese Weise könnte er kein Unheil anrichten.

Diese neuen Märchen erzählte sich Felix Stevick etwa seit Jo-Jo Pearls Tod und seit Enid ihm mehr bedeutete, als seiner Meinung nach gut für ihn war.

Aber warum sollte er an Jo-Jo denken, was hatte das für einen Zweck, er war doch tot. Was für einen Sinn hatte es denn, an Verstorbene zu denken? Etwa an Karl Stevick, der schon lange tot war; Ursula war seit dem vorigen Jahr wieder verwitwet, hatte aber jetzt vor, einen pensionierten Börsenmakler zu heiraten, einen wohlhabenden, zweiundsiebzigjährigen Witwer – »Freust du dich nicht für mich, Felix?« hatte Ursula am Telefon ironisch gefragt, und Felix hatte geantwortet: »Klar.« Aber was sollte das bloß?

Es hieß, Leroy Pearl komme von Zeit zu Zeit zur Sporthalle und wolle die Männer sprechen, die für den Tod seines Sohnes »verantwortlich« seien – Felix Stevick, Vince Mattiuzzio, Dan Hickey und Chris Delaney. Obwohl der Hurensohn eine Art Abfindung erhalten hatte. Stockbesoffen stehe er draußen auf der Straße und mache einen Krawall, halte Passanten an, um ihnen zu erzählen, man habe ihm seinen Sohn weggenommen, ihn schlecht behandelt und umgebracht. Die verdammten Dreckskerle hätte seine Leiche genausogut im See versenken oder aus einem Auto werfen können, diese Lumpen, die einen lieben, begabten Jungen ausgenützt hätten, der dumm genug gewesen sei, sein Leben in ihre Hände zu legen. Statt ihn langsam und vorsichtig aufzubauen, hätten sie ihn hochgejubelt, als wäre er ein weißer Joe Louis, ihn jeden Monat oder sogar jede Woche antreten lassen. Und sie hätten sich überhaupt nicht um seinen behinderten Vater gekümmert, jeder könne selbst sehen, daß er behindert sei, er habe Rückenmarkssklerose und könne kaum noch gehen, sei von den Japsen zusammengeschossen worden, und der Staat, also diese verdammten Heuchler im Veteranenhospital und in Washington, lasse ihn einfach zugrundegehen. Die kümmerten sich nicht um seinen Lebensunterhalt, schon gar nicht um seine Lebensumstände und um seinen Stolz. – Schließlich kamen dann zwei oder drei Männer aus der Sporthalle heraus, die für Ruhe sorgten und ihn aus der Gegend wegschafften. Vince wollte nicht, daß man ihn hart anpackte, aber er meinte, dazu könne es schließlich kommen. Felix sagte: »Er will es ja nicht anders. Man merkt gut, wenn es einer darauf angelegt hat.«

Am Abend des 12. Dezember 1955 sollte Felix Al Sansom zum letzten Mal lebend sehen.

Al rief ihn am Abend des 11. Dezember an. Er sprach undeutlich und stockend, entschuldigte sich dafür, daß er so lange nichts von sich hatte hören lassen. Er sei auf Reisen gewesen, sagte er, er habe sich um neue Anlagemöglichkeiten für die Firma Sansom & Stevick gekümmert und wolle Felix einige Vorschläge unterbreiten, bevor er mit Claudette auf die Jungferninseln reise. Er wisse, daß er Felix eine Erklärung schulde, und die werde er schon noch bekommen; sie könnten sich doch am folgenden Tag zusammensetzen und etwas trinken, sagte Al. Aber nicht in einem schicken Lokal in der City, sondern in einer ruhigen Kneipe in der Nachbarschaft.

Felix schlug ein Gasthaus an der West Side unweit der St. Anne's Church vor. Er war um neun Uhr dort und wartete zwanzig Minuten, dann kam der Barmann in seine Nische und sagte, wenn sein Name Stevick sei, habe er ein Gespräch für ihn. Felix ging zum Telefon; am Apparat war Al Sansom, der ihm mit leiser, vorsichtiger Stimme sagte, er habe umdisponiert: Ob Felix ihn in zehn Minuten in der Olcott-Kegelbahn an der South Olcott Street treffen könne? Felix fuhr hin, und als er auf den Parkplatz bog, sprang Al Sansom aus seinem Wagen und gab ihm Zeichen, er solle anhalten. »Hier gefällt es mir doch nicht«, sagte Al zu Felix. »Fahren wir anderswohin.«

Al sah nicht ganz so schlimm aus, wie Claudette ihn beschrieben hatte, aber er hatte offensichtlich abgenommen; seine Haut war pergamentfarben, seine dünnen Lippen hatten jetzt einen nervösen, ironischen Zug, den Felix nicht ergründen konnte, und er verströmte einen Geruch von Erregung und Furcht. »In Ordnung«, sagte Felix rücksichtsvoll. »Wohin soll's gehen?« Er dachte, Al würde hinter ihm herfahren, doch dieser sagte, der Motor seines Autos funktioniere nicht so ganz, er traue ihm nicht recht. Also stieg Al in Felix' Wagen, sie fuhren die South Olcott Street hinunter zur belebten Grand Street, dann nach Osten in Richtung Decker Boulevard, wobei sie nach einem geeigneten Lokal Ausschau hielten. Felix merkte, daß Al nach Whisky roch, am Ärmel seines schwarzen Kaschmirmantels entdeckte er einen weißen, klebrig aussehenden Fleck. Und seine zusammengesunkene Haltung erinnerte eher an ein schwächliches altes Männlein als an den sportlichen Al Sansom.

Ihm zuliebe fuhr Felix zehn Minuten lang umher, von einem Lokal zum anderen, bis Al ihn am Arm packte und sagte: »Da – das kommt mir sicher vor.« Es war eine unscheinbare Kneipe mit einer roten *Schlitz*-Neonreklame im Fenster. Al fragte Felix, ob ihn dort wohl irgend jemand kenne, und Felix sagte, das glaube er nicht. »Also gut«, sagte Al, »die nehmen wir.« Drinnen in der Kneipe setzte sich Al mit dem Rücken zur stark frequentierten Bar in eine Nische, bestellte einen doppelten Scotch und zündete sich eine Zigarette an, die in einer Elfenbeinspitze steckte, welche Felix noch nie gesehen hatte. Er beugte sich vor, um mit Felix ein vertrauliches Gespräch zu führen; dabei lächelte und grinste er und schien die anderen Gäste bewußt zu ignorieren, selbst als sie in lautes Gelächter ausbrachen. Die Kneipe lag ganz in der Nähe der Kühlerfabrik von General Motors, und bei den Besuchern handelte es sich nach Felix' Eindruck um Arbeiter; sie standen in lärmenden Grüppchen an der Bar, jeder schien jeden schon seit der Grundschule zu kennen.

Al Sansom war aufgeregt und angespannt und bemühte sich offensichtlich, zur Ruhe zu kommen. Wenn man von einem Geschworenengericht als Zeuge geladen wurde und Immunität zugesichert erhielt, überlegte Felix, dann konnte man sich dummerweise nicht auf den fünften Verfassungszusatz berufen, weil eine Strafverfolgung bereits ausgeschlossen war und man nicht Gefahr lief, sich durch belastende Aussagen selbst zu schaden. Wer also die Aussage verweigerte oder die Unwahrheit sagte, konnte wegen Mißachtung des Gerichts verurteilt werden, und dabei ging es jedesmal um eine Gefängnisstrafe von bis zu fünf Jahren. Felix hatte sich den Sachverhalt einmal erläutern lassen, und er staunte über diesen einfallsreichen Schachzug. Wenn einen die Staatsanwälte zu fassen kriegten, dann hatten sie einen richtig am Wickel. Aber letzten Endes waren es die eigenen Freunde, die einem den Rest gaben.

Al sagte mit leiser, gehetzter Stimme, er habe sich an einem geheimen Ort aufgehalten, und dann sei er viel herumgereist. Er habe sein Innerstes erforscht und entdeckt, daß er tatsächlich so etwas wie eine Seele habe. Da gebe es wirklich etwas, auch wenn es vielleicht so klein wie ein paar Sandkörnchen sei, sagte er grinsend. »Weißt du, was ich meine, Felix?«

Felix ließ ihn reden. Er hatte nicht vor, sich von seiner Stimmung anstecken zu lassen; nervösen Menschen brachte er nichts als Verachtung entgegen – das war so, als höre er zu laute und zu schnelle Musik, die den Herzschlag unnötig beschleunigte.

Hauptsächlich sei er jedoch auf Reisen gewesen, sagte Al. In geschäftlichen Angelegenheiten. Florida und die Karibik: Ihnen gehöre die Zukunft, und die Firma Sansom & Stevick sei bestimmt nicht schlecht beraten, wenn sie in die Zukunft investiere. In diesem Teil der Welt werde es ihm allmählich zu eng, selbst in den Adirondacks; die Berge und die Seen seien gewiß schön, dort droben könne man noch viele Tausend Hektar erschließen und weiterverkaufen, aber vielleicht sollten sie die Villa Rideau doch abstoßen und den Erlös in einigen Wintererholungsorten investieren, etwa in Südflorida und den Florida-Reefs, auf Jamaika und den Jungferninseln, eventuell auch in Haiti, wo man mit Geld alles kaufen könne. Er habe dort unten gute Verbindungen zu talentierten jungen Leuten, die er Felix eines Tages vorstellen wolle. »Mein Gott, es ist so schön dort auf diesen Inseln«, sagte Al und blinzelte, als schiene ihm die Sonne ins Gesicht; er griff nach seinem Drink und zeigte ein schiefes, ausdrucksloses Lächeln, das Felix unangenehm war, weil er bei Al Sansom noch nie etwas Derartiges gesehen hatte.

Ein paar Tage zuvor war Vince Mattiuzzio plötzlich abends auf einen Drink zu Felix gekommen und hatte vorgeschlagen, er solle ihn anrufen, wenn er etwas von Al Sansom höre. Felix hatte in kühlem Ton gesagt, er glaube nicht, daß er von Al hören werde, sie stünden nicht in Verbindung miteinander und seien auch nicht miteinander befreundet. »Ja, aber ihr seid doch Geschäftspartner«, hatte Vince eingewandt, und Felix hatte die Schultern hochgezogen. »Du brauchst nur einen einzigen Anruf zu machen – Wirst du das für mich tun, Felix?« hatte Vince gefragt. Als Felix wiederum keine Antwort gegeben hatte, hatte Vince verachtungsvoll gesagt: »Mehr brauchst du in dieser Sache gar nicht zu tun.« - »Gut«, hatte Felix gesagt, »ist mir schon klar.«

Die Leute erzählten alles mögliche über ihn, meinte Al, sie

setzten Gerüchte in die Welt, die jeder Grundlage entbehrten. Nur weil er sich einige Zeit nicht habe blicken lassen. Aus diesem Grund habe Felix eine Weile nichts von ihm gehört, und es gebe da gewisse Schwierigkeiten wegen des Cash-flows und der Steuern, genauer gesagt gehe es um Steuerschulden sowie um Mahngebühren und Geldbußen für das Jahr 1954 und einen Teil des Jahres 1955. Das Ganze werde jedoch in Kürze geregelt werden, man müsse eben das Finanzamt mit seinen eigenen Waffen schlagen. Claudette mache sich zu viele Gedanken über ihn, sie bekomme allerlei erzählt und rechne anscheinend gleich mit dem Schlimmsten. Ihr erster Mann, dieser Hurensohn, habe sie wie ein Stück Dreck behandelt, und jetzt sei ihre Einstellung zum Leben zwangsläufig etwas problematisch. »Sobald wir's zu den Inseln geschafft haben, wird alles in Ordnung kommen«, sagte Al vage. »Dort ist es paradiesisch – wirklich wie im Paradies.« Er machte eine Pause und trank einen großen Schluck Scotch. »Solange man bestimmte Gegenden meidet.«

In der Kneipe »Davy's« an der Kreuzung West Aiken Street und Belvedere Street fand am 12. Dezember 1955 zwischen zehn und elf Uhr die letzte Unterhaltung statt, die Felix Stevick mit seinem Geschäftspartner Al Sansom führen sollte. Felix ahnte möglicherweise, daß es so sein würde. Dennoch war er mit seinen Gedanken nicht mehr bei Al und dessen aufgeregtem Gerede. Al schwafelte von Immobilienkäufen in tropischen Gegenden mit Namen wie Montego Bay, Port-au-Prince, Santo Domingo, San Juan; Felix dachte an die Adirondacks und an die Kälte, daß droben am Shoal Lake Schnee fiel, l'Isle-Verte in dieser Jahreszeit wohl verlassen dalag und die Saisonbetriebe geschlossen waren. Er hatte sich im Winter noch nie dort aufgehalten, wieso dachte er jetzt auf einmal daran? Und aus irgendeinem Grund auch an das frühere Haus seines Vaters am Wasser – an jene hohen, luftigen Räume, die Terrasse aus Steinplatten, die schicke braune Schindelverkleidung, die rasch morsch wurde, die eleganten weißen Dachkanten und die altmodischen Blitzableiter. Jemand hatte ihn mal gefragt, warum er das Haus denn nie mehr besucht habe, und er hatte geantwortet: »Warum auch?« Er erinnerte sich an das Segelboot seines Vaters, auf welchem er nie richtig segeln gelernt hatte. Einmal hatte ihn sein Vater dabei angeschrien, vielleicht hatte er es auch jedesmal getan. Er war ein kleiner Junge gewesen, aber schon damals hatte er andere enttäuscht. So ging es dann sein ganzes Leben lang. Er hatte die Berge nicht gemocht; die Weite, die Einsamkeit und die »Schönheit« langweilten ihn zu Tode, er war nur in der Stadt er selbst. Er brauchte seine Freunde, er brauchte die Betriebsamkeit. Eines Tages hörte Felix, wie Ursula mit nachdenklicher, klangloser Stimme zu seinem Vater sagte: »Er schlägt dir nach.« Und er fragte sich, was sie damit meinte: ihm und nicht ihr? Dabei waren sich Felix und Ursula dem Aussehen und dem Temperament nach stets ähnlich gewesen. Seine Mutter hatte ihn aus ihrer Eitelkeit heraus beschworen, daß er auf der Hut sein solle vor Verletzungen im Gesicht – das war ihre Hauptsorge gewesen, als er mit dem Boxen angefangen hatte.

»Ach, scher dich doch zum Teufel«, hatte er gesagt. »Hau bloß ab.«

Geh doch nach Miami Beach hinunter und heirate wieder. Über das Alter zum Bumsen bist du ja hinaus, aber wenn du dich ein bißchen anstrengst, könntest du einen dazu bringen, daß er dich heiratet.

Als Al Sansom immer betrunkener wurde, wurde seine Haut weicher, schwammiger, sie sah aus wie weißer Teig, und als er seinen Kopf in die Hand stützte, hinterließen die Finger auf seiner Wange schwache Abdrücke. Er schnappe bald über, hatte Claudette gesagt. Aber er drückte sich immer noch verständlich aus, obwohl er laufend das Thema wechselte – Immobilien, Lokalpolitisches, dann Claudette (»Ich liebe dieses Mädchen – ich würde mein Leben für sie hingeben«), bis er schließlich auf sein Lieblingsthema zu sprechen kam: die UFOs oder Fliegenden Untertassen, wie sie in den Medien gemeinhin genannt wurden. Er fragte Felix, ob er das große Feature in *Collier's* gesehen habe – wie die Eisenhower-Regierung die UFOs zu verniedlichen versuche als Luftballons, Wetterphänomene, Sterne, Meteoriten, Wolken oder simple Luftverschmutzung! Es sei jedoch eine historische Tatsache, daß UFOs – ganz egal, was sie nun eigentlich waren und woher sie kamen – von der Menschheit seit Jahrhunderten gesichtet worden seien, insbesondere im vorangegangenen Jahrzehnt, im Mai 1953 habe die Sache einen Höhepunkt erreicht, da habe man sie über Oregon, Colorado, Texas, Kalifornien und New York gesichtet, außerdem in Brasilien, Skandinavien und Japan – Eisenhower und die Zivilluftfahrtbehörde könnten die Wahrheit nicht länger unterdrücken, was auch immer sie beinhalte. Ob Felix wisse, daß es im Pentagon eine spezielle Zensurabteilung gebe? fragte Al. Deren Aufgabe sei es, Berichte über UFOs zu verharmlosen und Bürger lächerlich zu machen, die behaupteten, sie gesehen zu haben; selbstverständlich handele es sich bei manchen von ihnen um Spinner, Verrückte oder Wichtigmacher, doch sie meine er nicht. »Ich würde das Ganze als erledigt betrachten«, sagte Al, »wenn ich nicht solch eindeutige Fotos gesehen hätte. Eines davon wurde letzten Monat in Texas aufgenommen – da sieht man so etwas wie ein metallenes Luftschiff, strahlend weiß und blinkend – Augenzeugen haben berichtet, es sei senkrecht in die Höhe geschossen und innerhalb weniger Sekunden verschwunden. Manche von ihnen sind flach, manche zigarrenförmig, wieder andere sehen aus wie Untertassen, sie sind immer ungeheuer groß, doch kein Mensch kennt ihre genauen Ausmaße. Bei den Fotos – ich hätte ein paar von den Zeitschriften mitbringen und dir zeigen sollen – ist es leider so, daß man nicht beurteilen kann, wie groß oder wie klein ein UFO ist. Es könnte so groß wie ein Windrädchen sein oder so groß wie eine Scheune! Der bekannteste Vorfall – du hast vielleicht schon davon gehört – war am 1. Juli 1954, als ein Pilot und sein Radarbeobachter in einem Kampfflugzeug vom Typ F-94 eine riesige ›Untertasse‹ verfolgten, die grelles Licht ausstrahlte – das war irgendwo im Luftraum über Griffith Air Base. Und dem Bericht der Männer zufolge setzte dann plötzlich das Triebwerk des Düsenjägers aus, ohne Vorwarnung, und im Cockpit wurde es sehr heiß – als hätte jemand einen Schneidbrenner darauf gerichtet, sagten die Piloten. Also stiegen die beiden aus, das UFO verschwand nach oben, das Kampfflugzeug zerschellte in den Bergen, und bevor die Militärs den Piloten und den anderen Mann vergattern konnten, sprachen diese mit Zivilisten, erzählten ihnen alles, was passiert war, und somit ist alles belegt, es ist eine historische Tatsache, die nicht abgeleugnet werden kann.« Al hatte allmählich immer schneller und aufgeregter geredet und mit seiner Zigarettenspitze aus Elfenbein herumgestikuliert. »Ich hätte noch erläutern sollen«, sagte er stockend, »daß Griffith Air Base in der Gegend von Walesville liegt. Weißt du, wo das ist?«

Felix wurde es zu bunt, sich all das anhören zu müssen, den flehentlichen Ton Al Sansoms: Was dachte sich der arme Kerl dabei, falls er überhaupt noch denken konnte? Seine großen, dunklen Nasenlöcher waren auffallender als sonst, seine Stirn war dünn mit Schweiß bedeckt; Felix glaubte, daß er in seinem Mund die Angst schmeckte wie Auswurf – Felix kannte das genau. Er unterbrach Al, sagte abrupt: »Wolltest du mit mir zusammenkommen, um mir diesen Scheißdreck zu erzählen?« Und als Al ihn beleidigt anglotzte, spürte er einen Lachreiz und fügte hinzu: »Oder sonst einen Scheiß?«

Das war wohl der Augenblick, der winzige Moment, an dem Al drauf und dran war, ihm alles zu erzählen: Er sah aus, so dachte Felix später, wie ein Mann in einem abstürzenden Fahrstuhl. Aber dann überlegte Al es sich anders. Seine Kinnbacken bebten, verächtlich zog er die Nasenflügel zusammen. Er drückte seine Zigarette im Aschenbecher aus und tat so, als hätte er Felix' Bemerkung nicht gehört, obwohl er deren Hintersinn durchaus mitbekommen hatte. »Ich möchte ins Hotel zurück«, sagte er in seinem gewohnten hochnäsigen Ton. »Ich bin müde und muß morgen früh raus. Ich weiß nicht mal, wer Sie sind.«

Er stand mühsam auf, schwankte, griff sich an den Kopf, doch als Felix ihm behilflich sein wollte, winkte er ihn ungeduldig weg. Er müsse aufs Klo, sagte er. Dann ging er vorsichtig weg, schlängelte sich um die Tische herum, durch die rauchigen Luftschwaden: der millionenschwere Investor und Immobilienspekulant Al Sansom in seinem maßgeschneiderten Flanellanzug, der jetzt am Gesäß ausgebeult und an den Schultern zerknittert war. Felix empfand eher Ekel als Mitleid, als er ihm nachschaute, sein Herz war gefeit gegen Mitleid; das war ein Mann, der ihm schaden konnte, wenn er wollte, auch wenn er es nicht wollte, aber von anderen dazu gezwungen wurde. Also gut, du Mistkerl, dachte Felix.

Er bezahlte die Rechnung für beide und wartete vorne auf Al. Dieser tauchte nach einer Weile auf. Er sah aus, als hätte er sein Gesicht gewaschen, aber nicht richtig abgetrocknet; er hatte sein

Haar angefeuchtet und aus der Stirn gekämmt und sich bemüht, seine Kleidung in Ordnung zu bringen. Er ging langsam und unsicher, zog das linke Bein nach. Er warf Felix aus feuchten Augen einen bittenden Blick zu, der besagte, daß er sich entschuldigen wollte, aber nicht mehr wußte, was er eigentlich angestellt hatte. »Langsam, Felix«, sagte er. Er brauchte Hilfe, um aus der Kneipe zu kommen, um durch die Tür in die Kälte hinauszugelangen. Er stützte sich auf Felix' Arm, stieß Whiskeydunst aus, und Felix merkte, wie er die Augen umherschweifen ließ. Das ist die Gelegenheit, dachte Felix, jetzt sind wir schutzlos. Vom See her blies ein starker, steifer Wind, der nach Kälte und Schnee roch, auch nach Chemikalien aus irgendeiner Fabrik in der Nähe. Al Sansom zitterte in seinem teuren Mantel, stützte sich auf Felix und fragte, wo er denn sein Auto abgestellt habe – Felix solle doch bitte auf ihn warten und nicht einfach wegfahren. Felix war erstaunt, wie klein Al auf einmal war im Vergleich zu ihm, dabei war er mit einsachtzig nicht besonders groß, das war zwar viel für einen Mittelgewichtler, aber sonst gar nicht. Er sagte zu Al, sein Wagen stehe doch noch bei der Olcott-Kegelbahn, ob er sich denn nicht mehr erinnern könne? Und er werde ihn jetzt hinfahren.

Als sie über den leicht verschneiten, mit Schlacke bedeckten Parkplatz zu seinem Wagen gingen, war Felix schon ganz angespannt und rechnete damit, daß etwas passieren würde, noch bevor ganz in ihrer Nähe bei einem Auto die Scheinwerfer aufleuchteten und sie beide blendeten. Das ist die Gelegenheit, dachte er ein zweites Mal und starrte mit seltsamer Gelassenheit in den Lichtschein, wobei Al gegen seine Beine rempelte. Doch es war nur ein anderer Kneipenbesucher, der gerade vom Parkplatz wegfuhr.

Da Al nicht in der Verfassung war, ein Auto zu lenken, beschloß Felix, ihn direkt in sein Hotel zurückzufahren. Es war das zentral gelegene Onondaga Hotel. Felix hielt vor dem hell erleuchteten Eingang am Straßenrand an, doch Al blieb einen langen Augenblick neben ihm sitzen, atmete schwer und starrte seine Hände an, die in seinem Schoß lagen. Felix' Blick fiel auf den goldenen Ehering, auf den schwach glitzernden Diamanten. Und auf den klebrigen Fleck an Als Ärmel.

Als Felix gerade fragen wollte, ob er ihm behilflich sein solle, ins Hotel zu kommen, gab sich Al einen Ruck und öffnete die Tür. Er dankte Felix fürs Herbringen, schüttelte seine Hand und sagte, er wisse, daß noch vieles geklärt werden müsse, aber er sei leider nicht in der richtigen Verfassung. Er schüttelte Felix noch einmal die Hand, wollte sie fast nicht loslassen. »Wenn ich nur wüßte, was ich für dich tun könnte…«, sagte er in einem ratlosen, bestürzten Ton.

Felix lachte. »Wirklich?« sagte er.

Al wälzte sich aus dem Auto, schaffte es, die schwere Tür zuzuschlagen, und bewegte sich schwankend auf die Drehtür des Hotels zu, doch Felix wartete nicht mehr ab, ob er sein Ziel tatsächlich erreichen würde.

12

Rasch und glatt drang die Nadel in ihr Fleisch ein, in die zarte Haut an ihrer Armbeuge. *Nicht bewegen,* sagte die Krankenschwester warnend – als ob sie einer Warnung bedurft hätte.

Um ihren Kopf legte sich ein Flammenkranz. Sie sah eine Taube, deren Federn in Flammen standen. Enid war die Taube, doch sie sah auch, wie die Taube in wilden, feurigen, sich immer weiter ausdehnenden Kreisbewegungen nach oben flog und aus ihrem Blickfeld verschwand.

Als sie erwachte, lag Brandgeruch in der Luft, ihr Haar war versengt, ihre Pupillen hatten sich verengt, waren so klein wie Nadelspitzen. Eine Frau in Schwesterntracht fragte sie, ob sie wisse, wo sie sei. »Auf dem Operationstisch«, sagte Enid mit schwacher Stimme. »Nein«, sagte die Frau. »Jetzt nicht mehr. Es ist schon vorbei.«

In jenen langen Wochen, in denen Enid ihr Geheimnis für sich behalten hatte, hatte sie eine starre, kalte Haltung gezeigt, als wäre sie betäubt oder tot. Es war eine traumähnliche Gefühllosigkeit, bei der man ohne ein Klopfen des Herzens und ohne zu denken weitermacht, nur das übliche Lächeln zeigt, woraufhin die Leute dann zurücklächeln oder auch nicht. Sie hatte keine Angst, und sie war auch nicht erbost, sie traktierte sich vielmehr mit unsinnigen Ausrufen, für die sie keine Erklärung hatte, die ihr jedoch Trost zu spenden schienen: *Aber klar! Warum auch nicht! Paß mal auf! So geht das! Okay!* Aber dann, in Felix' Gegenwart, in seinem schönen, großen, neuen Auto, fing sie an zu weinen und zu schreien, hätte ihm am liebsten das verwunderte Gesicht mit den Fingernägeln zerkratzt: *Das hast du doch absichtlich getan, nicht wahr! Ich weiß es genau, ich wußte es damals schon! Du Dreckskerl! Hoffentlich sterbe ich, hoffentlich bringt mich das um! Ich will dich nie mehr sehen, nicht mehr an dich denken und nichts mehr von dir hören!*

Ihre Haut glühte, fühlte sich heiß an. Nach ihren Berechnungen war sie neun Wochen schwanger. Ihre kleinen Brüste schwollen allmählich an, im Bauch spürte sie ein Gefühl des Anschwellens, tagsüber hatte sie immer wieder ein schreckliches, herzbeklemmendes Schwindelgefühl – sie erzählte Felix, sie sei im Bus zur Clinton Street eingeschlafen und erst aufgewacht, als er den Van Buren Boulevard erreicht hatte. Manchmal, wenn sie ihrer Mutter beim Zubereiten des Abendessens half, wurde ihr furchtbar übel, sie rannte nach oben, um sich zu übergeben; dann wieder hatte sie einen Heißhunger und schlang so viel in sich hinein, daß ihre Eltern belustigt oder verwundert Notiz davon nahmen. Geraldine war diejenige, der sie aus dem Weg gehen mußte – sie hätte nur einen Blick auf Enid zu werfen brauchen und hätte gleich Bescheid gewußt.

Felix fragte, warum sie ihm so viele Wochen lang nichts gesagt habe.

Enid antwortete, das wisse sie nicht.

Ob sie denn geglaubt habe, es ginge vielleicht weg? fragte er.

Sie wußte keine Antwort.

In seinen Armen weinte sie bittere, zornige Tränen. Er habe es bestimmt mit Absicht getan, meinte sie. »Nein, ganz gewiß nicht«, sagte Felix gequält. Seine Stimme klang besorgt und schuldbewußt. »Weshalb sollte ich so etwas machen?« – »Das weiß ich doch nicht«, sagte Enid. Schwanger zu sein war eine Art Traum, in dem Enid sie selbst war und gleichzeitig mehr als sie selbst, eine weitere Person, ungestüm und glücklich, nichts als

Fleisch und Wärme, schien sich Geltung zu verschaffen und ihr verrückte Ideen einzugeben – Warum konnte sie das Baby nicht zur Welt bringen? Warum denn nicht? Man durfte es doch nicht umbringen, das war Mord, die schwerste aller Sünden, sie könnte weglaufen und in ein katholisches Heim gehen. Gab es nicht irgendwo in der Nähe ein Heim für alleinstehende Mütter? Im *Catholic Home Messenger* stand doch allwöchentlich eine Notiz mit der Bitte um Spenden. Aber vielleicht wollte sich Felix um sie kümmern, sie könnten dann zusammenleben – nicht in Port Oriskany, sondern anderswo –, und weder sie noch er hätten sich eines Mordes schuldig gemacht.

Aber sie schien zu wissen, daß Felix sie nicht mehr anfassen würde – nachdem das geschehen war. Und sie würde es auch gar nicht von ihm erwarten.

Wenige Tage bevor sie sich entschlossen hatte, ihm zu sagen, daß sie schwanger war, hatte sie für ihre Mutter in der Stadt eine Besorgung gemacht. Sie hatte plötzlich angefangen zu rennen, um ein schreckliches Schwindelgefühl niederzukämpfen, hatte auf der Main Street kein bißchen auf den Verkehr geachtet, auch nicht auf die eisglatten Gehsteige. Sie fühlte sich angezogen von etwas Großem, Dunklem, Schönem, das sie nicht benennen konnte, sie lief dahin auf ihren glatten Stiefelsohlen, mit denen sie immer wieder ausrutschte und hinfiel. Sie war ohne Kopfbedeckung, weil ihr Tuch davongeflogen war, ihr Haar wehte im Wind und ihre Augen glitzerten wohl wie die einer Verrückten – das Geheimnis der Verrückten muß darin liegen, dachte Enid, daß sie froh sind, entronnen zu sein –, und sie sah aus den Augenwinkeln einen Laster auf die vor ihr liegende Kreuzung brausen, und ihre Beine trugen sie weiter in wilder Erregung, doch sie war nicht schnell genug, der Laster fuhr vorüber, und sie stand schnaufend und frustriert am Straßenrand. Doch diesmal nahm ihre Verrücktheit bald ein Ende. Als es ihr mißlungen war, sich unter die Räder dieses Lasters zu werfen – ein ganz schön schwerer Lkw war das gewesen, auf dem ein Betonmischer stand –, breitete sich bis in ihre Seele hinein Selbstverachtung aus, weil sie wußte, daß sie nicht mehr den Mut haben würde, sich umzubringen. Jemand anders müßte es für sie tun, andernfalls käme es überhaupt nicht mehr dazu.

Als sie an jenem Tag bei Sibley einige Spulen Seidenzwirn und fünf Meter ungebleichten Musselin kaufte, sah Enid zufällig Miss Holland, ihre frühere Lehrerin, auf einem der Gänge stehen. Enid wandte sich sofort um, wollte den Adleraugen von Miss Holland ausweichen, die bei all den Mädchen gefürchtet gewesen waren. Seit sie die De Witt Clinton Junior High School verlassen hatte, war Enid Miss Holland ab und zu in der Stadt begegnet, und im allgemeinen hatte sie diese Frau eher aus Schüchternheit als aus Abneigung gemieden. Aber sie mochte ihr auch zuwider gewesen sein, weil sie ihr geheimnisvolles, spöttisches Lächeln vorausahnte, den enttäuschten, vorwurfsvollen Zug, der sich in ihre Munterkeit mischte, und ihr »Wie geht's dir denn, Enid? Bist du überrascht, daß ich dich noch kenne, Enid? Wo du dich doch so verändert hast!« Enid hätte da bloß sprachlos gelächelt und sich gewünscht, so schnell wie möglich wegzukommen.

»Die Holland ist lesbisch und ganz scharf auf dich, Engelchen!« hatten die anderen Mädchen sie gehänselt.

Das war lange her. Und ihr wurde ein bißchen übel, wenn sie daran erinnert wurde.

Sie verließ eilig das Geschäft, ohne noch einmal in Miss Hollands Richtung zu schauen – sie scherte sich nicht darum, ob die Frau sie erblickt hatte, und nahm den Vorwurf der Unhöflichkeit in Kauf. Doch auf dem Nachhauseweg verfiel sie im Bus in einen traumähnlichen Zustand, in dem sie sich selbst sah, so wie sie vor Jahren gewesen war: die kleine, drahtige Enid Stevick mit der affenartigen Gewandtheit, die alle in Erstaunen versetzte mit ihren Kunststücken auf der Matte und auf dem Trampolin. Sie zweifelte nicht daran, daß sie gut gewesen war, doch jetzt hauste sie in ihrem Körper, als gehöre er jemand anderem, sie hatte den kindlichen Übereifer für immer abgelegt, mit dem sie sich hoch in die Luft hatte schnellen lassen, um dann die Arme auszustrecken wie Flügel und mit dem Brustkorb und dem Bauch auf der groben Leinwand des Trampolins zu landen. Daß sie an ihren Brüsten Verletzungen davontragen könnte, war ihr egal gewesen – »Dort ist das Gewebe sehr zart!« hatte Miss Holland geschimpft –, Enid Stevick hatte ja keine Brüste haben wollen. Keinen schweren, baumelnden Busen wie ihre Mutter und ihre Tante, der in Büstenhaltern verwahrt wurde, die wie Zaumzeug aussahen, mit häßlichen Gurten, Ösen und Haken. Jetzt war das Trampolin in den staatlichen Schulen von Port Oriskany rundweg verboten, weil sich ein Junge in der Central High School im Frühjahr des vorangegangenen Jahres das Rückgrat gebrochen hatte.

Enid erinnerte sich an den Tag, an dem Miss Holland sie in ihr winziges Büro gerufen hatte (auf der einen Seite ein Spiegelglasfenster mit Blick auf den Eingang des Umkleideraums für Mädchen, auf der anderen Seite ein Spiegelglasfenster mit Blick auf die eigentliche Turnhalle), welches nach Vaseline, Schweiß, gummibesohlten Schuhen und Pfefferminzkaugummi roch. Miss Holland betrachtete stirnrunzelnd ein eselsohriges Klassenbuch und fragte Enid, ob sie gesund sei, ob sie in letzter Zeit einmal von einem Arzt untersucht worden sei. Ihren Aufzeichnungen zufolge habe sich Enid vor genau zwei Wochen wegen der Menstruation vom Unterricht entschuldigt, jetzt habe sie schon wieder diese Entschuldigung vorgebracht, und die Eintragungen zeigten, daß ihre Periode mit alarmierender Häufigkeit auftrete, nämlich bisweilen innerhalb von neunzehn oder gar sechzehn Tagen. Wenn die Periode nach weniger als einundzwanzig Tagen eintrete, bestehe angeblich die Gefahr einer Anämie, sagte Miss Holland mit ruhiger Stimme. Sie wolle Enid keine Angst einjagen, aber sie solle doch Bescheid wissen, falls der Sachverhalt ihrer Mutter nicht bekannt sei und falls die von ihr genannten Gründe tatsächlich zuträfen. »Ich muß das immer in gutem Glauben akzeptieren«, sagte Miss Holland. Dabei fixierte sie Enid mit ihrem traurigen, gelassenen, anklagenden Blick und zeigte ihr dünnes, mürrisches Lächeln.

Ich muß das immer in gutem Glauben akzeptieren! Enid wußte, daß sie diese absurde, lächerliche Bemerkung ihr ganzes Leben lang im Gedächtnis behalten würde, auch ihre mühsam unterdrückte Wut und die Demütigung; daß sie dasaß und auf den Fußboden starrte und sich klar zu werden versuchte, was man ihr zum Vorwurf machte, was sie antworten sollte, was eigentlich vor sich ging. *Die ist lesbisch und scharf auf dich, Engelchen,* würden die Mädchen nachher unter Gekicher sagen, doch Enid saß sprachlos da und blinzelte nur, ihr Denken war ausgelöscht.

Aus einem Impuls heraus hätte sie fast einen Finger zu Hilfe genommen und Miss Holland das Blut vorgezeigt, das wäre der Beweis gewesen, aber Enid Maria würde sich ja niemals trauen, so etwas zu tun. Sie saß mit rotem Kopf da, während Miss Holland über die Gesundheit redete, über die Pubertät, das »Heranreifen«. Sie fragte Enid, ob sie wisse, wie gefährlich es sei, mit einem Jungen intim zu sein, ob ihre Mutter oder sonst jemand in ihrer Familie ihr erklärt habe, wie gefährlich das sei, ob sie je etwas über dieses Thema gelesen habe. Enid murmelte: »Ja.« Es war ein vages, konfuses Ja; sie saß einfach da, starrte auf den Fußboden hinunter und hoffte, daß alles rasch ein Ende nehmen würde. »Weißt du, was unter ›intim‹ zu verstehen ist?« fragte Miss Holland leise, doch mit einem Unterton von Tadel, als rede sie mit einem widerspenstigen Kind. »Du wärst überrascht, wenn du wüßtest, wie viele Mädchen deines Alters – und ältere – nichts darüber wissen und sich von Jungen ausnutzen lassen. Und dann geraten sie natürlich in Schwierigkeiten.« Die Befragung durch Miss Holland ging noch einige Minuten lang weiter, dann durfte Enid gehen; sie mußte zu einer anderen Unterrichtsstunde. Natürlich wußte sie, was »intim« bedeutete, und sie wußte Bescheid über die »Schwierigkeiten«, aber dieses Wissen würde ihr nicht viel helfen, sie hatte sich bereits in Felix Stevick verliebt, obwohl ihr das damals noch nicht recht klar war.

Felix brachte sie einen Tag, nachdem sie ihn benachrichtigt hatte, zu einem Arzt im Vorort Lakeshore Heights. Sie solle sich ganz auf ihn verlassen, sagte er, wenn sie wirklich neun Wochen schwanger sei, dürften sie keine Zeit verlieren. »Wie heißt denn dieser Arzt?« fragte Enid skeptisch. »Sein Name spielt keine Rolle«, sagte Felix. »Woher kennst du ihn?« wollte Enid wissen. »Ich kenne ihn eben«, antwortete er. »Weil du schon andere Freundinnen zu ihm gebracht hast«, sagte Enid spöttisch. »Stimmt's?«

Enid hatte schon viele Geschichten gehört über Mädchen und Frauen aus der Nachbarschaft, die Abtreibungen hatten vornehmen lassen – bei »richtigen« Ärzten und solchen, die sich dafür ausgaben –, und sie kannte ein halbes Dutzend Fälle, in denen es zu starken Blutungen, Infektionen und Blutvergiftungen gekommen war. Einmal war ihr ganz übel geworden, als sie zufällig mitbekam, wie ihre Mutter mit einer ihrer Freundinnen über eine gemeinsame Bekannte redete, eine neununddreißigjährige Frau, die schon sechs oder sieben Kinder hatte, wieder schwanger geworden war und abgetrieben hatte. Wer auch immer die Abtreibung ausgeführt habe, sei ein Stümper gewesen; sie habe geblutet, als sie nach Hause ging, dann hätten starke Blutungen eingesetzt, und schließlich habe sie ein Taxi gerufen und sich zur Notaufnahme des St. Josephs-Krankenhauses fahren lassen, aber dort habe man sich geweigert, sie als Patientin aufzunehmen, weil sie an einem Verbrechen beteiligt gewesen sei, an einer Todsünde. Sie habe also wieder wegmüssen, und dann – dies war der abscheulichste Teil der Geschichte, und ihre Mutter erzählte ihn besonders genüßlich – habe sie kein einziger Taxifahrer befördern wollen, weil sie nun stark geblutet habe, ihre Kleidung sei voller Flecke gewesen, sie habe zu Fuß nach Hause gehen wollen, sei aber auf dem Gehsteig zusammengebrochen und schließlich mit dem Krankenwagen auf die andere Seite der Stadt geschafft worden, ins Port Oriskany General Hospital. Dort habe man gerade noch ihr Leben retten können, aber »natürlich« werde diese Frau nie mehr ganz gesund werden, weder körperlich noch geistig. Und das komme dabei heraus, wenn jemand abtreiben lassen wolle und sich Gottes Willen widersetze, sagte Mrs. Stevick.

Enid erzählte Felix einiges über diese Vorfälle auf der Fahrt nach Lakeshore Heights. Sie machte sogar die Stimme ihrer Mutter nach. Felix sagte mit einem gequälten Gesichtsausdruck: »Hör doch bitte auf damit, Liebes.«

Man hatte bei ihr noch nie eine umfassende Unterleibsuntersuchung vorgenommen, sie hatte noch nie ihre Bekleidung ablegen, einen Kittel aus grobem weißem Papier anziehen und sich auf einen Tisch legen müssen, die bloßen Füße in metallenen Steigbügeln, die zitternden Knie weit auseinander, damit jemand tief in sie eindringen konnte mit einem scharfen Instrument, das unerträgliche Schmerzen verursachte – aber sie würde sie ertragen müssen, zu diesem Zweck hatte Felix sie hierhergebracht. Als nächstes untersuchte der Arzt rasch und sachlich mit seinen in einem Gummihandschuh steckenden Fingern ihre Vagina und ihren Anus. Enid lag starr da, hatte die Hände zu Fäusten geballt, grub die Nägel in die Handflächen und dachte: Das ist erst der Anfang. Und sie dachte ironisch: So ist das Leben! Wie wenig dies doch gemein zu haben schien mit dem Liebesakt, mit ihrer langen Liebesbeziehung zu Felix, der jetzt im Wartezimmer saß, die Beine übereinandergeschlagen, die Augen verdeckt, als schliefe er, über dem Kopf ein schwaches, bläuliches Rauchwölkchen; er hatte wieder mit dem Zigarettenrauchen angefangen, weil er sich genauso ängstigte wie Enid, es aber nicht zeigen wollte.

Den Namen des Arztes sollte Enid nie erfahren. Felix kannte ihn bestimmt, doch Enid war bald nicht mehr neugierig. Er war etwa so alt wie ihr Vater, hatte schütteres Haar, ein faltiges Gesicht und einen kleinen, verkniffenen Mund, auf dem sie gern ein freundliches Lächeln gesehen hätte, der jedoch gleichgültig und nichtssagend blieb. Die Fragen, vor denen sie sich gefürchtet hatte (zum Beispiel: »Wer ist der Vater?«) bekam sie von ihm nicht zu hören, er erkundigte sich bloß ganz rasch nach ihrem Gesundheitszustand, ihrer medizinischen Vorgeschichte und ihrem Menstruationszyklus, dem Zeitpunkt ihrer letzten Periode und so weiter; er sagte, sie benötigten eine Urinprobe, um ganz sicher zu sein, doch seiner Schätzung nach sei sie neun oder zehn Wochen schwanger, ob das mit ihren eigenen Berechnungen übereinstimme? In seinen Gesichtsausdruck mischte sich eine Spur von Ungeduld, als sie zu schluchzen begann; sie saß mit gekreuzten Armen und gesenktem Kopf da, das Haar im Gesicht, war wundgerieben und benommen und spürte zwischen den Beinen einen stechenden Schmerz. So ist das Leben! wollte er ihr vielleicht sagen. Warum haben Sie's denn getan?

Er ließ sie weinen, zündete sich seufzend eine Zigarette an, blies Rauch in die Luft und erläuterte ihr dann die Prozedur – stets war von einer »Prozedur« die Rede, niemals von einer »Abtreibung« –, die man, wenn sie es wünsche, recht bald anberaumen könne, die Zeit zwischen Weihnachten und Neujahr eigne sich gut, da sei nicht viel los; sie könnten sich auf einen Termin einigen, sobald das Ergebnis der Urinuntersuchung vorliege. Es werde eine Vollnarkose geben, was natürlich nicht auf die leichte Schulter zu nehmen sei, doch der tatsächliche Eingriff – die Ausschabung der Gebärmutter und die Entfernung des Fötus – stelle keine größere Operation dar. Und an dem, was sie vorhätten, gebe es aus humanen oder moralischen Überlegungen heraus nichts auszusetzen, doch sei die Prozedur in den Vereinigten Staaten, von therapeutischen Begründungen abgesehen, gesetzlich verboten; sie müsse also unter absoluter Geheimhaltung stattfinden. Ob ihr das klar sei?

Enid hörte auf zu weinen, wischte mit einem Papiertaschentuch über ihr Gesicht. »Das verstehe ich«, sagte sie. »Aus diesem Grund bin ich ja hier.«

Alles verlief ganz routinemäßig, ganz mechanisch – wie viele schluchzende Frauen und Mädchen hatten wohl schon hier gesessen und sich die Ausführungen des Arztes angehört? –, und sie begriff, daß es keine Veranlassung gab, beschämt, besorgt oder verzweifelt zu sein; im Grunde war es nur eine Frage des Geldes.

(»Was wird es denn kosten?« fragte Enid Felix, doch er wollte keine Antwort geben. »Tausend Dollar? Zweitausend? Fünftausend? – Ich habe ein Recht, das zu wissen.« Felix wollte sich jedoch nicht äußern, er starrte sie an und schien ein bißchen schockiert zu sein über ihren Ton, ihre Laune, über die nervöse Spannung, die sie umgab; wenn er sie anfassen wollte, schob sie seine Hand weg, wenn er sie trösten wollte, lachte sie und sagte, dazu sei es zu spät. »Was wird es kosten, den ›Fötus‹ loszuwerden?« fragte sie. »Ist das teuer?«)

Enid wußte genau, daß sie schwanger war und daß es zu einer Abtreibung kommen würde – irgendwann zwischen Weihnachten und Neujahr wäre nicht schlecht, da wäre bestimmt »nicht viel los« –, doch als Felix anrief und sagte, das Ergebnis der Urinuntersuchung sei positiv ausgefallen, er habe sie bereits angemeldet, und ihr dann den genauen Termin nannte, überkam sie ein Schwindelgefühl; sie ließ den Hörer zu Boden fallen, ihr Herz raste, als wäre es das Herz eines anderen Wesens, das um sein Leben fürchtete.

Was sie vorhatten, war ja nichts anderes als Mord, das wußte sie nur zu gut.

Dennoch würden sie es tun.

Ihr Künstlername war »Lizabeth Somers«; er klang zwar nicht ganz so exotisch, wie Henri La Porte es gern gehabt hätte, aber Lizzie fand ihn gut. Der Name Stevick war ihr schon immer peinlich gewesen, weil ihn die Leute sofort in einen Topf warfen mit unschönen Namen wie Nicolaou, Ziegler, Kroetz, Rossky, Esposito oder Weir. Sie wollte einen amerikanischen Namen; sie hatte das Telefonbuch durchgeblättert, hatte sich Zeit gelassen dabei und Namen ausprobiert, laut vor sich hingesprochen, bis sie auf den richtigen gestoßen war. Es sei wohl so etwas Ähnliches wie die Suche nach einem Namen für ein Baby, sagte sie, man müsse sich das genau überlegen. »Henri meint, im Showbusiness sei es erst einmal ungeheuer wichtig, den Namen zu finden, der das eigene Talent richtig zum Ausdruck bringt«, sagte Lizzie zu Enid.

Mrs. Stevick war nach wie vor dagegen, daß Lizzie als Sängerin auftrat, doch wenige Tage vor Weihnachten folgten die Stevicks einer Einladung, sich Lizzie in der Stadt im Cloverleaf Club anzuhören – Mr. und Mrs. Stevick, Enid, Geraldine und Neal O'Banan gingen gemeinsam hin, und Lizzies Mentor Henri La Porte bestand darauf, ihnen einen Imbiß und Drinks zu spendieren. Er sagte, es sei ja schließlich die Weihnachtszeit, die Zeit zum Feiern, er sei verdammt stolz auf Lizzie und glaube, ihre Familie solle das ebenfalls sein. Ziemlich aufgeregt erzählte er ihnen, seiner Meinung nach stehe Lizzie am Anfang einer großen Karriere – sofern sie das richtige Management bekomme. »Talent ist nur die eine Hälfte des Erfolgs«, sagte er, »ansonsten kommt es darauf an, daß man mit Köpfchen vorgeht.« Der imposante kleine Mann mit dem tiefschwarzen, glattgestriegelten Haar, dem winzigen schwarzen Schnurrbart und den schwarzen, glänzenden Knopfaugen, der den Frauen unter ihnen die Hand küßte und »*Enchanté!*« murmelte und dann im Club eifrig den Gastgeber spielte, kam Enid albern und anmaßend vor – doch sie begriff durchaus, weshalb Lizzie sich zu ihm hingezogen fühlen mochte, ja sogar in ihn vernarrt zu sein schien. Er hatte eine bestimmende, dominierende Art, jede seiner Äußerungen war übersteigert und jede seiner Gesten voller Dramatik. Selbst seine Verschlagenheit hatte etwas Anziehendes – wie er Mr. Stevick um den Bart ging, obwohl er genau wußte, daß dieser ihn nicht leiden konnte, wie er Mrs. Stevick hofierte (was sie verlegen machte, ihr aber auch schmeichelte). Man konnte ja nie wissen, vielleicht stimmte das, was Henri La Porte über Lizzies Talent und ihre »Zukunft« sagte. Jedenfalls glaubte man das gern.

Der Cloverleaf Club, der kurz zuvor renoviert worden war, befand sich in einem alten Backsteingebäude an der South Main Street, nicht weit von dem berüchtigten Bijou Burlesque und dem alten Tiffany Theater, in dem jetzt minderwertige Filme gezeigt wurden. Im Inneren war der Nachtclub jedoch weihnachtlich hergerichtet worden, und die Atmosphäre ausgelassener Fröhlichkeit schien ein bißchen darüber hinwegzutrösten, daß »Lizabeth Somers« nicht der Star des Abends war, sondern nur eine von mehreren Akteuren, die auf dem Programm standen. Die Besucher waren laut, spendeten jedoch ab und zu viel Applaus, und Enid bangte weniger um ihre Schwester, als sie es in einer vornehmeren Umgebung getan hätte. Was konnte hier im Cloverleaf schon schiefgehen bei einem Auftritt vor den dicht beisammenstehenden Tischchen, den übermütigen, betrunkenen Gästen, unter dem aufreizenden roten Schimmer der Weihnachtsbeleuchtung? Überdies hatte Henri La Porte seinen Schützling gut trainiert: Lizzie sang mit professionellem Geschick, ihre Stimme wirkte nur bei ganz hohen Tönen überbeansprucht und schwankte nur gelegentlich, nämlich wenn sie merkte, daß sie gegenüber der dreiköpfigen Begleitcombo aus dem Takt geraten war. Sie sah glamourös, ja geradezu aufsehenerregend aus in ihrem strahlend blauen, trägerlosen Abendkleid, welches ein ganz enges Oberteil, eine gekräuselte Taille und einen modischen ausgestellten Rock hatte, der ihre Waden zur Hälfte bedeckte; ihr platinblondes Haar war prachtvoll hochgekämmt und mit bergkristallbesetzten Kämmen eingeschlagen. Ihre Stimme klang abwechselnd rauh, suggestiv, einschmeichelnd, gefühlsbetont und dramatisch. Der Scheinwerfer tauchte sie in grelles Licht, und doch hatte sie in Enids Augen ein merkwürdig frisches, ja kerngesundes Aussehen, ihre kräftigen

Gesichtszüge, die Backenknochen und die Nasenform der Stevicks, kamen durch das dicke Make-up hindurch zum Vorschein; ihr hübsches Aussehen war von einer Durchsichtigkeit, ja einer Unschuld, die bei normalem Licht nicht richtig in Erscheinung trat. Während sie sang, machte sie geschickte, wenn auch etwas mechanische Armbewegungen, und in ihren Augen lag ein feuchtes Glitzern, das auch von echten Gefühlsregungen herrühren mochte, welche ihre Songs in ihr geweckt hatten – »Crying in the Chapel«, »Body and Soul«, »I'm Dreaming of a White Christmas«. Henri La Porte hatte Lizzie offenbar eingeschärft, flegelhafte Besucher überhaupt nicht zu beachten – dafür war Lizabeth Somers ein viel zu großes Talent –, ein glückliches Lächeln aufzusetzen, sich tief zu verbeugen und Küsse in die Luft zu werfen, ganz gleich, wie spärlich der Beifall gerade sein mochte.

Seit Ende Oktober war Enid immer wieder in dem Apartment vorbeigekommen, das Lizzie zusammen mit Nelia Pancoe und Thelma Price bewohnte. Sie genoß die ungezwungene Atmosphäre, die dort herrschte, und gewann einen Einblick in das turbulente Leben der Mädchen – sie waren, wie Lizzie andeutete, »mal hier, mal dort«, blieben über Nacht oder mehrere Tage lang weg, weil sie mit dem einen oder anderen ihrer Freunde zusammen waren. (Selbst die häßliche, vierschrötige Nelia Pancoe hatte jetzt eine Art Freund, der allerdings etwa doppelt so alt war wie sie.) Die South Olcott Street unterschied sich sehr von der East Clinton Street, wo Enid sich in ihrem Zimmer versteckte und ihren verzweifelten Gedanken nachhing – sie müsse schwanger sein, sie könne unmöglich schwanger sein! – und nicht einmal mehr auf dem Klavier üben wollte, weil sie befürchtete, ihr Spiel würde sie verraten. In Lizzies Wohnung kamen fortwährend Leute hereingeschneit, das Telefon klingelte ständig, immer spielte das Radio oder der Plattenspieler mit voller Lautstärke Chuck Berry, Bill Haley and the Comets, The Drifters, The Orioles, The Fontane Sisters. Zwischen Lizzie, Nelia und Thelma gab es ab und zu Zank, der jedoch schnell wieder vergessen war. Man bekommt den Eindruck, nur die unmittelbare Gegenwart sei wichtig, dachte Enid.

Als Enid einmal nach der Schule in das Apartment kam, war

Rose Ann Esposito mit ihrer einjährigen Tochter dort; sie hieß jetzt Mrs. Mick Hamill und war immer noch auf gewisse Weise hübsch mit ihrem säuerlichen Grinsen, auch wenn sie ihr Haar schon seit Tagen nicht mehr gewaschen und seit ihrer Schwangerschaft etwa neun Kilo zugenommen hatte. Sie erzählte in vertraulichem Ton, daß es zwischen ihr und Mick »Reibereien« gebe; ja, sie sei wieder schwanger, im dritten Monat, man könne es schon sehen, diesmal werde sie auseinandergehen wie ein Ballon. Die Mädchen kreischten vor Freude und gratulierten ihr, sogar Enid, doch Rose Ann sagte ungerührt: »Der macht noch lange nicht Schluß damit.« Lizzie, Nelia, Thelma und Rose Anne hatten vor Enids Ankunft Bier getrunken und kalte, schmierige Pizzastücke gegessen, sie waren bester Laune, als sie Enid begrüßten – »He, da kommt Engelchen!«; »Erinnert ihr euch noch an Engelchen?« –, und als Enid selbst ein paar Bier getrunken hatte, verspürte sie plötzlich einen Drang, sie in ihr Geheimnis einzuweihen, es mit ihnen zu teilen. Felix etwas darüber zu sagen, bereitete ihr zu jenem Zeitpunkt genauso große Angst wie die Schwangerschaft selbst. Sie wußte, wenn Felix es erführe, würde er sie nicht mehr lieben können.

Doch sie sagte nichts, saß verlegen lächelnd zu Lizzies Füßen auf dem Boden, hörte mit halbem Ohr das freche, ausschweifende, aufmüpfige Gerede und dachte, wie wenig das, was in ihrem Leben geschah, jetzt noch mit ihr zu tun hatte, wie wenig es sie berührte. Rose Ann beklagte sich über Mitch, Thelma erzählte unter Gekicher eine verwickelte Geschichte über einen Ex-Freund von ihr, dann redete Lizzie über Henri La Porte: Er wolle ihr bald einen Ring schenken, sie hätten sogar schon einen Diamanten ausgesucht. Nelia schnaubte vor Lachen und sagte: »Na sowas, ist der Kerl denn nicht verheiratet?« Und Lizzie konterte aggressiv: »Na und? Henri liebt mich, er ist der erste Mann, der sich wirklich um mich und meine Zukunft gekümmert hat.« Dann neckten sie Enid, ob sie eigentlich einen Freund habe, was denn bloß los sei mit ihr; sie beratschlagten, mit welchen jungen Männern sie Enid zusammenbringen könnten, riefen lachend einige Namen. Enid saß zu Lizzies Füßen, zeigte ihr süßes, nichtssagendes Lächeln und tat so, als höre sie zu; sie wußte, sie meinten es gut mit ihr und hatten sie gern, zumindest die Person, für die sie Enid hielten – vielleicht war sie in all den Jahren tatsächlich Engelchen gewesen! Sie dachte darüber nach, wie primitiv das Verhältnis zwischen Männern und Frauen war: Anfangs hielt man es für Liebe, doch schließlich dachte man nur noch an Sex, alles verkam zu vulgären, leichtfertigen Späßen, die bisweilen sogar ganz lustig waren. Felix nahm das Wort *ficken* oft in den Mund, gerade so, als wolle er ihr zeigen, wie wenig ihm das alles bedeutete, daß sie sich darauf nicht verlassen konnte: *ficken* war so etwas wie *scheißen* und *pissen*, das tat der Körper, ohne daß Gefühle dahintersteckten. Anfangs hatte Felix gesagt, das sei nicht Liebe, sondern etwas, das sie einfach brauchten, und obwohl soviel Zeit vergangen war – es hätte ihr ganzes Leben sein können –, wußte Enid auch jetzt noch nicht, ob sie ihn liebte, ob er sie liebte, ob ihre Gefühle füreinander nicht eine tiefsitzende Krankheit waren, die andere sofort erkannten und vor der sie angewidert zurückschreckten.

Verträumt dachte sie: Er könnte mich umbringen.

Sie dachte: Er könnte mich und sich umbringen, er könnte eine von seinen Pistolen nehmen, irgendwo draußen auf dem Land oder am See parken, bei Nacht, es müßte bei Nacht geschehen; er könnte auch einen Schlauch legen vom Auspuff her durch ein Fenster seines Wagens...

Die Mädchen sahen, daß sie ins Leere starrte, daß sie in einen melancholischen oder auch lustvollen Dämmerzustand versunken war. Sie neckten Enid, nannten sie Engelchen und fragten, was denn mit ihr los sei, warum sie so unglücklich sei. Enid gab keine Antwort, wollte auf einmal weg. Was kümmerten sie eigentlich Nelia, Rose Ann und ihre Schwester Lizzie? Die kannten sie ja gar nicht richtig.

Immerhin war sie schlau genug, Lizzie zu fragen, ob sie mal bei ihr über Nacht bleiben könne, bloß um von zu Hause wegzukommen. Und Lizzie meinte: »Klar, das wäre toll, Schätzchen.« Lizzie gab ihr einen Kuß und sagte: »Wenn Mama nichts dagegen hat. Mama ist heutzutage ziemlich argwöhnisch mir gegenüber.«

Als Lizzie sich dann an jenem Abend im Cloverleaf Club ganz aufgeregt und triumphierend zu ihnen setzte – sie hatte den ersten Auftritt des Abends hinter sich, der gut aufgenommen worden war, Henri La Porte hatte eine Flasche Champagner bestellt, um das zu feiern, und er hatte es gewagt, »Lizabeth Somers« vor den Augen ihrer Familie theatralisch auf den Mund zu küssen –, wartete Enid, bis etwas Ruhe eingekehrt war, dann fragte sie Lizzie vorsichtig, ob sie in den Weihnachtsferien ein paar Tage bei ihr verbringen und vielleicht zusammen mit ihr in Henris Studio gehen könne, um ihr bei den Proben zuzuhören. Und Lizzie sagte selbstverständlich ja. Das Komplizierte daran wäre, so hatten Enid und Felix überlegt, daß Mrs. Stevick Enids Frage sowie Lizzies Antwort mitbekommen müßte, auf diese Weise würde es spontan und impulsiv wirken, überhaupt nicht vorbedacht. Lizzie würde natürlich ja sagen, und Mrs. Stevick hätte unter den gegebenen Umständen vielleicht gar keine Einwände. (Enids Mutter saß etwas benommen da, als wisse sie nicht, was sie von Lizzies öffentlichem Auftritt halten solle – sie starrte sie andauernd an mit einem Blick, der ihren Stolz, ihr Hochgefühl oder einfach ihre Ratlosigkeit ausdrücken mochte.) Später wäre noch genug Zeit, dachte Enid, um Lizzie eine Halbwahrheit zu erzählen.

Diese lautete folgendermaßen: Enid habe die Absicht, zwei Nächte bei einem Bekannten zu verbringen, wolle aber ihren Eltern gegenüber behaupten, sie halte sich bei Lizzie auf.

»Ein Bekannter?« fragte Lizzie mit großen Augen. »*Du?* Was geht denn da vor sich?«

»Das spielt keine Rolle«, sagte Enid. Sie schaute ihre Schwester an, ohne mit der Wimper zu zucken. »Ich bitte dich ja nur, mir einen Gefallen zu tun.«

Lizzie schien schockiert, verwirrt zu sein. Sie betrachtete Enid von oben bis unten, als hätte sie sie noch nie richtig zu Gesicht bekommen. »Du willst dich also bei einem Mann, bei einem Freund aufhalten, und ich soll dir ein Alibi liefern?«

»Ich bitte dich nur um einen Gefallen«, sagte Enid. »Und nicht mal um einen großen.«

»Wie heißt er? Was geht da vor?« fragte Lizzie.

»Das geht nur mich etwas an«, antwortete Enid. »Nichts da!« sagte Lizzie ganz aufgeregt. »Ich möchte nicht, daß du – du weißt schon – in Schwierigkeiten kommst. Wenn ich für dich verantwortlich bin, möchte ich auf keinen Fall, daß du…«

»Aber du bist doch gar nicht für mich verantwortlich, Lizzie«, sagte Enid mit ruhiger Stimme.

»Aber wenn du dich hier bei mir aufhältst...«

»Ich werde mich gar nicht hier aufhalten.«

»Aber du hast doch gesagt, du würdest zu mir kommen...«

Enid blieb ruhig und erklärte Lizzie, daß sie nur zu sagen brauche, Enid halte sich bei ihr auf, falls ihre Mutter Nachforschungen anstelle, was sie aber wahrscheinlich nicht tun werde – sie sei zur Zeit mit ihrer Damenschneiderei vollauf beschäftigt; falls aber von zu Hause jemand anrufen sollte, könnte diejenige, die an den Apparat gehe, sagen, Enid halte sich bei ihnen auf, daß sie aber im Moment nicht ans Telefon kommen könne oder daß sie ins Kino gegangen sei. Ob das denn zuviel verlangt sei?

Lizzie starrte Enid lächelnd, verdutzt und ein bißchen beleidigt an. Sie schüttelte fortwährend den Kopf, als könne sie das einfach nicht fassen. »Ist es jemand, den ich kenne?« fragte sie.

»Nein«, sagte Enid.

»Bist du sicher?«

»Ja.«

»Aber der, bei dem du dich aufhältst, ist dein Freund?«

Enid hatte sich das meiste von dem, was sie gerade sagte, schon vorher zurechtgelegt, doch nun stand ihre Schwester so nahe bei ihr und beobachtete sie so genau, daß sie ins Stocken geriet. Sie befürchtete, Lizzie könnte in ihren Kopf hineinschauen und ihre Gedanken lesen. Ihre Fingerspitzen waren schon ganz kalt geworden. »Ich werde von Donnerstag sechs Uhr an von zu Hause weg sein; den ganzen Freitag über, der Samstag ist noch unsicher – vielleicht gehe ich am Samstagnachmittag wieder heim. Ich werde das tun, Lizzie, ob du mir nun hilfst oder nicht«, sagte sie rasch. Sie schaute Lizzie dabei in die Augen und merkte, daß ihre Schwester etwas ahnte, etwas vermutete: Enid Maria zum ersten Mal in ihrem Leben in Schwierigkeiten, war das nicht sonnenklar? »Ich werde das tun«, sagte sie mit stockender Stimme, »ob du mir nun hilfst oder nicht.«

»O Gott, Schätzchen«, sagte Lizzie mit leiser Stimme.

Sie setzte sich auf die Armlehne des Sofas und schaute Enid lange sprachlos an, rauchte eine Zigarette und starrte sie dabei an. Sag bitte nichts! dachte Enid flehentlich. Lizzie bot gerade einen schrecklicken Anblick: das gebleichte Haar in Lockenwicklern, das Gesicht mit Cold Cream verschmiert, die Augenbrauen halb ausgezupft, doch die Lippen immer noch in einem üppigen Rot geschminkt.

Enid verabschiedete sich, sie wollte nicht, daß ihre Schwester ihren Körper mit großen Augen von oben bis unten begaffte. Wie verdutzt und verblüfft Lizzie dreinschaute, wie mitleidig sie plötzlich wirkte! Enid holte ihren Mantel, ging zur Tür und dann zur Treppe; Lizzie folgte ihr langsam, und als Enid schon den halben Weg nach unten zurückgelegt hatte, rief sie: »Enid – in Ordnung. Ja, ich helfe dir. Und du sagst mir dann, wie es gelaufen ist, ja? Du gibst mir gleich Bescheid. Tust du das? So bald wie möglich?«

»Das mache ich«, sagte Enid.

»Wirst du mir alles erzählen, Herzchen?«

»Ja«, antwortete Enid.

Sie fühlte sich plötzlich so erleichtert, daß es ihr nichts ausmachte, als sie hörte, wie sie log. Sie hatte schon so oft die Unwahrheit gesagt, daß dies zu einem Teil ihrer selbst geworden war.

Diesmal war außer dem Arzt auch noch eine Krankenschwester da – eine Frau in den Vierzigern mit einem schmalen, derben Gesicht, großporiger Haut und wachsamen Augen, die, so schien es Enid in ihrem tranceartigen Angstzustand, ihren eigenen glichen. Doch die Praxis war nicht dieselbe. Sie befand sich nicht in einer Vorstadt, sie war vielmehr in einer älteren City-Wohngegend unweit der Grand Street in einem verwitterten Backsteingebäude untergebracht. Enid hielt das Gebäude für eine Art Klinik, für eine legale Einrichtung, obwohl sie und Felix die Hintertür beim Parkplatz hatten nehmen müssen. Nur über dem Eingang hatte ein Licht gebrannt; es war nach sieben Uhr gewesen und sehr dunkel. Bis auf Felix' Auto und zwei weitere war der Parkplatz leer gewesen. Felix hatte beim Gehen den Arm fest um Enid gelegt, als meinte er, sie könnte auf dem vereisten Gehsteig ausrutschen oder auch plötzlich davonlaufen.

Er habe während der Abtreibung bei ihr bleiben wollen, sagte er, doch der Arzt sei absolut dagegen gewesen.

»Ich möchte dich auch gar nicht dabeihaben«, sagte Enid schockiert. Sie trat zurück, damit sie ihn besser anschauen konnte. »Ich möchte nicht, daß du mich so siehst.«

»Wie denn?« fragte Felix.

»Du weißt schon, was ich meine.«

»Sei doch nicht kindisch«, sagte er.

Enid fing an zu lachen, als sie sich das vorzustellen versuchte: daß Felix Stevick sich mit ihr im selben Raum befände, zuschaute, wie man in ihr herumschnippelte und sie bluten sähe wie ein abgestochenes Schwein. Großer Gott, das war typisch für ihn: eine große Geste zu machen, die niemand nützte. »Werde bloß nicht hysterisch«, sagte Felix gereizt.

Sie lachte immer noch und rang nach Atem, als sie von der Schwester hinausbegleitet wurde. Mit einer ungeduldigen Flüsterstimme sagte diese zu Enid, es handle sich um eine Routineangelegenheit, es sei keine größere Operation und dauere kaum eine Stunde, sofern sich keine Komplikationen ergeben würden; sie werde also um zehn Uhr zu Hause sein, und sie könne von Glück sagen, daß sie sich in derart kompetenten Händen befinde. Enid hätte die Frau gerne gefragt, wie sie hieß, wie der Arzt hieß, wie oft sie solche Abtreibungen durchführten, warum sie es taten, etwa nur wegen des Geldes? Und ob sie sich Sorgen machten, erwischt zu werden, ob sie nicht Angst hätten, von einer ihrer Patientinnen angezeigt zu werden, die reumütig geworden und außer sich geraten war, weil sie bei einem Mord mitgewirkt hatte? Aber sie kam nicht zu Atem. Zum Glück! Als sie sich auszog, waren ihre Finger taub, wie abgestorben. Sie stand da und hielt etwas in der Faust fest – ihren Slip, den die Schwester dann wegnahm und auf einen Stuhl legte.

War das wirklich eine Krankenschwester, fragte sich Enid in ihrem Angstzustand, oder bloß irgendeine Frau, die eine Schwesterntracht angezogen hatte – die weiße Uniform aus Rayon, die vor statischer Aufladung krachte, weiße, durchsichtige Strümpfe, weiße Schuhe. Ihr ungepflegtes, grau werdendes Haar war zu einem matronenhaften Knoten zusammengefaßt, der so straff war, daß auf ihrer Stirn tiefe Furchen entstanden und ihre Haut einen merkwürdigen metallenen Schimmer erhielt. Enid fragte sich, ob sie wohl Kinder hätte, eine Tochter in ihrem eigenen Alter. Sie schaute Enid an, als teile sie ihre Besorgnis; sie ließ sich tatsächlich erweichen und berührte sogar Enids kühle Wange mit ihren Fingern, die ebenfalls kalt waren und zu zittern schienen. Doch sie versuchte, einen unbeschwerten Ton anzuschlagen: »Da kann doch nichts passieren. Es ist reine Routine. Ich gebe Ihnen mein Wort.«

Enid sollte sich später daran erinnern, daß sie der Schwester fast die Arme um den Hals gelegt und sie angefleht hätte, sie nach Hause zu bringen; alles sei ein Versehen, sie sei gar nicht schwanger und wisse überhaupt nicht, warum sie hier sei.

Doch sie beherrschte sich. Sie zog den lächerlichen Kittel aus Papier über den Kopf wie schon zuvor. Sie stieg auf einen Tisch, der demjenigen glich, auf dem sie in der anderen Praxis untersucht worden war, nur daß sie jetzt festgeschnallt wurde. Ihr Herz klopfte stark, ihre Augen weiteten sich und starrten die in die Decke eingelassenen Dämmplatten an. Jetzt machte sich eine seltsame Unbeschwertheit in ihr breit, eine starkes, fast frohgemutes Gefühl der Erleichterung; zum Umkehren war es zu spät: *irremeabilis* lautete eine ihrer ausgefallenen Vokabeln aus dem Wörterbuch, es war der 28. Dezember 1955, und es gab kein Zurückweichen mehr, am Morgen hatte sie sich *in vivo* eingeprägt, auch *in vitro* und *Valediktion, abortieren* und *Abortivum,* hatte die Wörter immer wieder mit frischer Tinte auf sauberem weißem Papier ganz langsam niedergeschrieben mit anmutigen Buchstaben. Selbst als der Arzt geräuschlos den Raum betrat und sie instinktiv ihr Gesicht verdeckte – ihn wollte sie nicht im Gedächtnis behalten –, dachte sie an die Wörter, die sie, um nicht den Verstand zu verlieren, am Morgen langsam und liebevoll auf Notizblockblätter geschrieben hatte, die jetzt zerknüllt im Papierkorb neben ihren Schreibtisch lagen im Obergeschoß des Hauses in der East Clinton Street. Und wenn sie auf dem Operationstisch sterben würde an diesem Abend, wenn sie ohne zu erwachen sterben würde, wenn sie verbluten würde, so wie sie es wohl verdient hatte, dann würden diese Wörter sie überleben und ihr eigenes geheimnisvolles Reich bewohnen, das mit ihr oder mit anderen Menschen nichts gemein hatte. Wie die Musik, wie die auf Papier festgehaltenen Noten hatten die Wörter das besondere Vermögen, Menschen zu überdauern.

Ihr rechter Arm wurde hochgehoben, etwas Feuchtes und Kaltes wurde auf die zarte Haut an ihrer Armbeuge getupft, dann drang die Spritze so rasch ein, daß ihr nicht einmal genug Zeit blieb, Schmerz zu empfinden. *Nicht bewegen,* flüsterte die Schwester – aber Enid war schon weg.

In Felix' Wohnung sollte sie in seinem Bett fast zwölf Stunden lang schlafen, zwischen den Beinen eine dicke Monatsbinde.

Es war ein tiefer, stetiger Schlaf, doch bildete sie sich ein, sie sei von Zeit zu Zeit schweißgebadet und mit Herzklopfen erwacht und habe Felix neben sich im Dunkel sitzen sehen; wenn sie redete, schien er sie nicht zu hören, sie rief verzweifelt seinen Namen, doch er verstand ihn nicht, sie streckte die Hand nach ihm aus, doch er schien sie nicht zu bemerken. Da merkte sie, daß Felix gestorben war und nicht sie selbst.

Das Telefon klingelte. Dann hörte es auf. Jemand war irgendwo in der Wohnung an den Apparat gegangen – sie horchte, aber sie hörte nur ihren eigenen beschleunigten Pulsschlag.

»Felix… ?«

An den Rändern der fest zugezogenen Vorhänge zeigte sich ein kräftiger weißer Schimmer. In den Zimmerecken lagen Schatten, an einer der Wände hing ein schiefer, leerer Spiegel. Enids Augenlider waren schwer, es kostete Mühe, sie geöffnet zu halten.

Sie spürte, daß sie blutete, und dieses Gefühl hatte eine Faszination, der sie nicht Herr werden konnte; das war wie die starke, unaufhörliche Menstruationsblutung, bei der sie sich vor Jahren eingebildet hatte, sie werde weißbluten und anämisch werden, wie Miss Holland sie gewarnt hatte. Und eine Weile hatte sie sich in kindlichem Entsetzen eingeredet, sie leide an so etwas wie Leukämie, ihr Lebenssaft versickere in den häßlichen weißen Baumwollbinden, die sie dann sorgfältig mit Kleenex oder mit Toilettenpapier verhüllte. So beschämend, so erniedrigend. Und doch war es »normal«, vermutlich sogar erwünscht. Jetzt waren die Krämpfe in ihrem Unterleib kaum stärker als die schmerzhaftesten Menstruationskrämpfe; sie glaubte, sie ertragen zu können, sie hatte ja Betäubungsmittel gespritzt und Kodein verabreicht bekommen, der Schmerz war real, doch seltsam weit weg, wie beim Zahnarzt unter dem Einfluß von Stickstoffoxydul. Sie und Warren hatten dieses »Lachgas« zu beschreiben versucht und gesagt, es sei wie ein Gemurmel oder eine Unterhaltung in einem anderen Raum; man konnte es hören, aber nicht verstehen, es war da, man nahm es wahr, aber es hatte keinen direkten Bezug zu einem.

Ihr Haar hatte in Flammen gestanden, aber sie hatte keinen Schmerz empfunden. Und jene Taube war mit brennenden Federn und wilden, verrückten Bewegungen im Kreis herumgeflogen...

Sie hatte in einem schwach beleuchteten, nach altem Linoleum und Desinfektionsmitteln riechenden Raum auf einer Couch gelegen und versucht, die Beine zu bewegen. Sie war wach und konnte auf Fragen ganz vernünftige Antworten geben – wie immer ein helles Köpfchen, die Musterschülerin Enid Maria –, doch sie hatten gewisse Schwierigkeiten, sie dazu zu bringen, daß sie aufsitzen, aufstehen und gehen konnte. Sie spürte ihre Beine, doch wenn sie sich hinstellen wollte, gaben diese jedesmal nach. Ihr Kopf war schwer und fiel ihr immer wieder auf die Schulter. Der Arzt war schon weg; Enid hörte nur die besorgte Stimme der Schwester. Es sei nicht gut, sagte diese zu Felix, daß hier zu dieser späten Stunde Lichter brannten. Felix mußte Enid schließlich fast zum Parkplatz hinaustragen, er schlang einen Arm um ihre Taille, machte langsame, vorsichtige Schritte und murmelte Worte, die sie nicht recht verstand. Er hatte bereits den Motor des Lincoln angeschaltet und die Heizung hochgedreht, um das Wageninnere für sie anzuwärmen, denn es war eine bitter kalte Nacht. Fahle Abgaswolken stiegen imposant in die Luft hinauf, Enid schaute sie gebannt an. Was konnte es jetzt, nachdem sie das Gebäude verlassen hatten, noch für Gefahren geben? Die Krankenschwester war zurückgeblieben und hatte die Tür hinter ihnen abgeschlossen. Enids Lippen waren gefühllos, als hätte man ihr dort Novocain gespritzt; sie versicherte Felix, alles sei in Ordnung, ihr gehe es gut. Sein Gesicht hätte ihr Angst eingejagt, wenn sie es genau angeschaut hätte.

Sie erwachte, weil das Telefon so laut klingelte, daß sie es nicht in ihren Schlaf integrieren konnte. Sie begriff, daß sie sich in Felix' Schlafzimmer und in seinem Bett befand – sie merkte, daß sie nicht in ihrem eigenen Bett lag, und das bedeutete, daß sie hier sein mußte. Eine andere Möglichkeit gab es nicht.

Plötzlich sickerte warmes Blut durch, ein dünnes Rinnsal lief innen an ihrem Oberschenkel entlang und drang in das Bettuch, in die Matratze. Das bedeutete, daß die Monatsbinde durchgeweicht war. Eine innere Stimme sagte rasch und barsch: Gut so, du hast es nicht anders verdient. Eine andere bedrängte sie, aufzustehen und schnell ins Badezimmer zu gehen, aber sie war ganz groggy, ganz durcheinander, ihr Mund schmeckte nach Rost. Sie mußte wohl angefangen haben zu weinen oder zu wimmern (so etwas war ihr ganz zuwider), denn auf einmal erschien Felix, beugte sich über sie, war selbst verängstigt. Er half ihr auf, mußte sie wieder fast tragen, nannte sie sein Schätzchen, sein Herzchen, sein kleines Mädchen und sagte, alles werde in Ordnung kommen, wenn sie nur durchhielte. Im Bad versuchte sie, ihn wegzuschieben: Himmel noch mal, sie wolle allein sein, er solle schleunigst verschwinden. Doch er blieb da, er mußte ihr auf der Toilette und beim Auswechseln der Monatsbinden helfen, als wäre sie ein kleines Kind oder eine ganz benommene, schwerkranke Person; sie wußte sich nicht zu helfen, durch die Badezimmerbeleuchtung wurde ihr im Kopf ganz schwummerig. Sie weinte aus Beschämung. Sie weinte, weil sie so wütend war, aber dennoch keine Kraft hatte in ihren Armen, ihren Beinen, ihrem Hals – ihr Kopf rollte auf den Schultern umher wie ein Tongefäß, das gleich hinunterfallen und zerbrechen würde. Felix sagte: »Nicht weinen, nicht weinen.« Er war selbst einem Zusammenbruch nahe, das wußte sie; Enid spürte, daß sein Haß auf sie in diesem Augenblick fast zur Panik wurde, so als jage es ihm Angst ein, sie auch nur zu berühren, sie anzuschauen und ihren schrecklichen Geruch wahrzunehmen; bestimmt hatte er sie die ganze Zeit gehaßt, weil sie solche Gefühle der Schwäche in ihm weckte und hatte sich geschämt in all den Jahren.

Sie schluckte noch eine von den unförmigen weißen Pillen, die Felix ihr hinhielt. Dabei verschüttete sie Wasser auf ihrem Nachthemd, sie würgte, hustete und sah mit ihren vom Schlaf verkrusteten Augen die fahlen Furchen in den Mundwinkeln ihres Onkels, die Kerben und Verfärbungen in seiner Haut, die nicht anziehend wirkten, wenn man sie aus der Nähe betrachtete in dem gnadenlosen, von den Kacheln reflektierten Licht. Gut so, dachte Enid, wir verdienen es beide – unsere Hände sind blutbesudelt und der Fußboden ist blutbeschmiert, er wird ihn später aufwischen müssen.

Dann war sie wieder im Bett, weinte vor lauter Dankbarkeit, umklammerte seine Hände, seine Arme, denn sie liebte ihn, liebte ihn so sehr. Sie schlief nicht mehr ein, sondern lag erschöpft über Stunden hinweg wach. Die Zeit stand, wie sie sich später erinnern sollte, auf geheimnisvolle Weise still; eine Minute glich der anderen, sie reihten sich friedlich aneinander, weil alles vorüber war und sie ihre ganze Willenskraft verloren hatte. Sie sah Felix in seinen weißen, seidigen Boxershorts hoch droben in einem hell erleuchteten Ring stehen – war es nicht in der Exerzierhalle, vor Jahren? Ihr Vater hätte sie lieber nicht mitnehmen sollen zu so einem Schauspiel. Felix umkreiste einen Gegner, dessen Gesicht im Halbdunkel lag, doch die beiden Männer paßten gut zueinander, sie befanden sich in hervorragender Verfassung, waren erhitzt und schweißnaß. Anfangs umkreisten sie einander vorsichtig und versuchten es mit Jabs, mit schnellen linken Jabs, gefolgt von rechten Cross-Schlägen. Dieses schreckliche Knirschen und Krachen, wie der Kopf nach hinten flog und die Augen einen Moment lang betäubt waren! Sie konnte nicht zuschauen, sie wandte das Gesicht ab. Sie liebte ihn, liebte ihn so sehr und wollte nicht miterleben, was mit ihm passieren würde.

Gut so, dachte sie ungerührt. Er hat es verdient.

Sie dachte ganz ruhig über die Folgen nach, die eine Abtreibung – das sei ein extremes physisches Trauma, hatte es in einem medizinischen Buch geheißen – für den Körper einer Frau haben mußte mit seinem einsatzbereiten Hormonarsenal, der im stillen Vorbereitungen traf für das Wachstum des Fötus, damit er sich in einen Säugling verwandelte. Doch plötzlich war der Fötus verschwunden, weil man ihn »entfernt« hatte – und wie reagierte der Körper darauf? Sie erinnerte sich, wie sie an einem sonnigen Tag, an dem Windböen Papierfetzen und Sand umherwirbelten, bei Rot über die Huron Street gerannt war; andauernd hatte ihr der Wind ins Gesicht geschlagen, ihr den Atem genommen, doch sie hatte Felix bei sich gehabt, er war stets bei ihr gewesen, in ihr, er und sie waren eins gewesen. Von nun an war sie ganz allein, und mit dieser Tatsache mußte ihr Körper fertig werden. Ein Knirschen, ein Krachen, der Kopf flog nach hinten unter der schrecklichen Gewalt des Schlages. Felix meinte oft, die gefährlichsten Treffer seien diejenigen, die man nicht habe kommen sehen, und diesen hatten sie vielleicht nicht kommen sehen. Oder vielleicht doch? Darüber sollte sie noch ihr ganzes Leben lang nachdenken.

Trotz der Schmerzen schaffte sie es, Lizzies Nummer zu wählen. Sie redete leise und verstohlen, damit Felix nichts hörte. Lizzies Stimme klang zornig; sie sagte, sie habe schon lange auf einen Anruf gewartet. Wie es Enid denn gehe? Enid sagte, ihr gehe es gut, sie sei völlig in Ordnung, Lizzie hätte sich keine Sorgen zu machen brauchen. »Das kommt daher, daß ich keine Ahnung habe, was zum Teufel da wohl vor sich geht«, sagte Lizzie. »Wo steckst du eigentlich?« Enid antwortete, das könne sie ihr im Moment nicht sagen, sie werde es ihr später erzählen. Ihre Stimme war fast nicht zu vernehmen; Lizzie bat sie, lauter zu sprechen, und fragte, ob es ihr wirklich gut gehe. »Ja, natürlich«, erwiderte Enid. Lizzie fragte: »Wie heißt er denn? Bist du verliebt in ihn?« Enid antwortete: »Nein, nicht richtig, es ist einfach so passiert.« – »Möchte er dich heiraten, meint er es ernst?« wollte Lizzie wissen, und Enid sagte rasch: »Nein. Ich lege jetzt auf und rufe dich morgen wieder an.« Doch Lizzie schimpfte, sie solle doch nicht so verflucht schnell Schluß machen, und Enid schloß die Augen, als sie hörte, wie ihre Schwester in ihrer Wut die Stimme hob; sie wollte weinen, so wie sie ihm Cloverleaf Club gern geweint hätte, als sie von dummem, ordinärem Weihnachtsschmuck und lauten Besuchern umgeben war und ein Betrunkener an einem Tisch in der Nähe die Hände an den Mund gelegt und Lizzie Worte zugerufen hatte, die Enid lieber nicht gehört hätte. »O Lizzie, Herzchen, du wirst deinen Weg machen!« hieß es nachher. Sie sei so gut wie Dinah Shore, eine Wucht wie Marylin Monroe, sagte Henri La Porte; die Leute seien ja ganz begeistert gewesen. Auf der Damentoilette schwatzten und kicherten Geraldine, Enid und Lizzie miteinander, beschwipst vom Champagner. Geraldine meinte, sie sei wohl ein klein bißchen neidisch; sie umarmte Lizzie, und Enid umarmte sie auch, sagte zu ihr, sie werde Karriere machen, und unterdrückte die Tränen. Sie erinnerte sich daran, wie sie sich von Warren verabschiedet hatte, als er seine kratzige Uniform trug, doch das war lange her. Lizzie sagte nun, sie habe am Morgen einen Termin gehabt, ihn jedoch wegen Enid streichen lassen, sie habe sich ihretwegen die größten Sorgen gemacht, Enid solle ihr wenigstens sagen, wann sie sich treffen würden. Enid meinte: »Vielleicht morgen oder übermorgen.« Sie starrte zur Tür hinüber und rechnete damit, daß Felix hereinkommen und ihr den Hörer aus der Hand reißen würde; er wäre sprachlos, er würde ihr womöglich, ohne ihr weh tun zu wollen, einen Schlag versetzen, ganz unwillkürlich, aus seiner Überraschung heraus. Felix Stevick haßte es, auf die falsche Weise überrascht zu werden. Aber er tauchte nicht auf. Die Tür war angelehnt, aber er blieb weg. Lizzie begriff schließlich und sagte: »Schätzchen, kannst du im Moment nicht reden?« – »Nicht so recht«, antwortete Enid, und Lizzie fragte: »Aber es geht dir doch gut?« Enid sagte: »Ja. Hör mal, hat Mama angerufen?« Lizzie lachte. Ja, Mama habe tatsächlich am vorigen Abend angerufen, es sei nichts Ernstes gewesen. Nelia habe abgenommen und gesagt, Lizzie und Enid seien miteinander ins Kino gegangen, um diesen Film mit Audie Murphy anzuschauen, und Mama habe erzählt, daß irgendein Junge von der High-School Enid sprechen wollte wegen einer Silvesterparty, doch sie habe ihm das ausgeredet; sie wolle nicht, daß ihre Tochter ausgerechnet in dieser Nacht weggehe, in der es in der Stadt von betrunkenen Autofahrern nur so wimmele und die Leute sich aufführten, als wären sie komplett übergeschnappt. Enid lachte leise, und Lizzie sagte: »Die arme Mama! Sie würde tot umfallen, wenn sie etwas ahnte!« Enid sagte: »Arme Mama!« und hielt dabei ihr Lachen zurück wie ein kleines Mädchen. Dann legte sie auf.

Sie hatte gemeint, Felix könnte an der Schlafzimmertür gelauscht haben, doch das war offenbar nicht der Fall gewesen.

Sie lag in dem stinkenden Bett, hatte die Finger in den Mund gesteckt und bemühte sich, nicht laut zu lachen, überhaupt nicht zu lachen.

Als sie erwachte, war sie immer noch allein, und sie wußte nicht, ob es noch derselbe Tag war oder nicht. Oder hatte sie vielleicht nur fünf oder zehn Minuten lang geschlafen?

In der Schublade des Schlafzimmertischchens lag Felix' Revolver, Kaliber 45, dessen Anblick ihr immer Angst eingejagt hatte. Sie fing an zu begreifen, daß er auch Trost bot, daß Felix ihn aus diesem Grund immer bei der Hand haben wollte. Sie verstand auch, warum es ihm manchmal Spaß gemacht hatte, sie anzutreiben, wenn sie draußen auf dem Land, wo sie nicht erwischt werden konnten, seinen Wagen fuhr, den herrlichen cremefarbenen, längst verschrotteten Caddie, der bei hundertdreißig Stundenkilometern noch gut auf der Straße lag. »Gib mal Vollgas, Schätzchen«, sagte er immer. »Nur so zum Spaß. Probier mal, wie schnell du fahren kannst.« Enids Nervosität belustigte ihn, auch ihre Waghalsigkeit: Enid Maria, die das Gaspedal mit ihrem Fuß fast bis auf den Boden durchdrückte; Enid Maria mit eingezogener Unterlippe, die die vorüberfliegende Fahrbahn, die primitiven, schwarz asphaltierten, von Wäldern und Äckern gesäumten Landstraßen anstarrte und nicht zu blinzeln wagte. Je schneller man fuhr, desto schneller wollte man fahren – so einfach war das. Die gerade, ebene Straße vermittelte einem die Illusion, man könne bis zum Horizont sehen und in die unmittelbare Zukunft. Was könnte da noch schiefgehen? In dem dahinrasenden Auto machte sich die Erregung spürbar, Enid fühlte sich durch Felix' Nähe in ihrem Wagemut, ihrer Tollkühnheit angestachelt; er mochte es, wenn sie ab und zu wild und ein bißchen verrückt war und ihm Angst einjagte – aber es kam selten vor, daß Felix Stevick Angst hatte! Wenn es dazu kam, war es herrlich, wie wenn sie sich liebten und er sich Zeit ließ, an ihr zu saugen, mit der Zunge an ihr zu spielen und sie ganz allmählich zu einem Orgasmus brachte, der so groß und wild war, daß sie es kaum ertragen konnte. »O Felix, hör nicht auf, mich zu lieben, hör nie auf damit, ich kann ohne dich nicht leben.«

»Eines Tages wirst du das tun«, sagte Felix.

»Dann werde ich nicht mehr dieselbe sein«, sagte Enid.

Mr. Stevick hatte die Angewohnheit, in spaßigem Ton über das Fernsehen zu lästern, über Sendungen wie *I Love Lucy, I Remember Mama* und *The Honeymooners* – er sei allerdings ein Bewunderer von Jackie Gleason, das könne er nicht abstreiten. Bei diesen Shows hätten jedoch selbst die einfältigsten Typen die Gabe, sich untereinander auf eine mühelose und oft scharfsinnige Art verständlich zu machen; sie seien zungenfertig, witzig, einfallsreich, ihr Timing sei immer perfekt, und sie könnten das ausdrücken, was sie auf dem Herzen hatten – allem Anschein nach wüßten sie das durchaus. Doch im wirklichen Leben, außerhalb des Fernsehers, sei die Sache anders: »Die guten Einfälle gibt es nur im Fernsehen, wir müssen mit dem auskommen, was noch übrig ist«, sagte Mr. Stevick.

Und so hörte Enid mit ungläubigem Staunen, wie sie Felix fragte: »War es ein Junge oder ein Mädchen – hast du das erfahren können?« Sie wußte, daß das eine schreckliche und wohl ganz zwecklose Frage war, denn das Baby war ja noch gar nicht so weit entwickelt gewesen, daß sich sein Geschlecht herausgebildet gehabt hätte. Sie war vollgepumpt mit Kodein, daran lag es. Sie war zu Felix' Überraschung in die Küche gekommen, wo er whiskeytrinkend dasaß und, nach dem vollen Aschenbecher und der dicken Luft zu urteilen, eine Zigarette nach der anderen geraucht hatte. Seine Augen hatten sich vor Schmerz zusammengezogen, die Pupillen hatten sich verengt. Großer Gott, sie mußte schrecklich ausgesehen haben, wie sie dort im Türrahmen gestanden hatte in ihrem blutbefleckten Nachthemd, mit faltigem Gesicht, geröteten Augen und leichenblasser Haut. Vor ihm auf dem Tisch lagen Zeitungsblätter herum, dort stand auch eine fast leere Flasche mit dem Schriftzug Early Times, den Enid mit ihrem unsicheren Blick zuerst als Easy Times entziffert hatte.

War er betrunken? Er starrte sie an, als brächte er vor Entsetzen kein Wort heraus. Sie hatte Angst, er könnte plötzlich ausholen und zuschlagen. Sie hatte Angst, daß sie auf seinem Gesicht den Haß zu sehen bekäme, den sie dann nie vergessen würde.

»Haben sie dir's gesagt? Haben sie irgendwas gesagt?« fragte sie beharrlich weiter.

»Halt den Mund«, gab Felix zurück.

Er hielt ein Glas in der Hand, war unrasiert, hatte eine Hose und ein schmutziges Unterhemd an – ein Felix Stevick, den Enid noch nie gesehen hatte. Er sah ganz krank und schwach aus. Wie Lyle Stevick vor ein paar Tagen, als er sich ans Treppengeländer gelehnt hatte nach einem Hustenanfall und Enids Mutter ihn angeschrien hatte, er müsse jetzt unbedingt mit dem Pfeifenrauchen aufhören, er müsse wieder zum Arzt gehen – warum er sich denn umbringen wolle, vielleicht um sie zu ärgern?

»Halt den Mund, verdammt noch mal«, flüsterte Felix.

Etwas in seinem Gesicht ließ sie erstarren, sie konnte sich nicht abwenden oder die Augen verdecken, obwohl sie brannten, als schaute sie in ein helles, blendendes Licht. Felix mit seiner dunklen, lockigen, welligen Körperbehaarung, die sich durch das dünne, weiße Baumwollgewebe seines Unterhemds bohrte; Haarbüschel auf seinen Oberarmen, in seinen Achselhöhlen, und seine Haut sah wie immer leicht erhitzt aus. Er hatte ihr einmal erzählt, Boxer schwitzten gern, auf diese Weise wüßten sie, daß sie noch lebten. Die Abkühlung sei schlecht, das bedeute Langeweile und Erstarrung. Felix' Augen waren jetzt umflort, die Lider geschwollen, sein Haar war fettig und unordentlich. Enid sah, daß es an den Schläfen zurückzuweichen begann und auch mit Grau durchzogen war wie bei Geraldine; sie wurde von Neal wegen ihrer »verfrühten« grauen Haare gehänselt, und er wunderte sich dann, daß sie das nicht komisch fand. Das sei ungerecht, sagte Geraldine, sie sei doch erst sechsundzwanzig.

Enid wollte eine Antwort hören auf die Frage, die sie Felix gestellt hatte, doch sie hatte mittlerweile vergessen, worum es dabei gegangen war. Bevor Felix aufstehen und zu ihr kommen konnte, ging sie zu ihm hin, beugte sich schwindlig schwankend über ihn und tat so, als wäre es einer ihrer verschmusten Augenblicke. Sie versuchte, die Schlagzeilen der Zeitung zu entziffern, doch diese verschwammen vor ihren Augen. »Ist das für mich?« Geschickt nahm sie ihm das Glas mit dem Whisky weg und trank einen Schluck – die feurige Flüssigkeit brannte in ihrer Kehle und schien ihr lüstern die Nase hochzukriechen; sie wirkte so rasch und so kräftig und versprach das gewohnte Behagen. Bevor Felix eingreifen konnte, nahm sie rasch einen weiteren Schluck. »Dir wird noch schlecht werden«, sagte er. Sie lachte, weil das schon komisch war, aber er lachte nicht mit, lächelte nicht einmal. Sie schwankte und wäre hingefallen, wenn er nicht den Arm gegen ihren Bauch gestemmt hätte. Einen Moment lang wußte sie nicht mehr, ob sie schon vorher betrunken gewesen war, ob Felix sie auf schlaue Weise betrunken gemacht hatte und wieso er sie eigentlich so scharf im Auge behielt.

Solange sie so aussah, würde sie die Wohnung nicht verlassen können – ihre Eltern würden die Polizei rufen.

Der schräg einfallende Wintersonnenschein ließ Enid vermuten, daß es früh am Nachmittag sei. Der ausgebleichte Himmel war so kalt, daß er keine Färbung hatte, er hätte aus Email oder aus Zinn sein können. Seine Küche wirkte düster und schemenhaft, aber vielleicht lag das auch an Enids unstetem Blick – sie blinzelte und blinzelte, konnte ihre feuchten Augen aber nicht trocken bekommen. Die Küche war ein kleiner, zweckmäßig eingerichteter Raum mit einem »modernen« Design wie in der Illustriertenreklame, sie hatte kieselgrüne, kunststoffbeschichtete Abstellfächen, auf denen ein Durcheinander herrschte aus schmutzigen Tellern, Gläsern, Besteck, alten Zeitungen und Illustrierten. Geschirr stand auch auf der Spüle aus rostfreiem Stahl und auf einem Tischchen, an dem Felix gewöhnlich saß, mit dem Rücken zur Wand: Dort konnte man die abgewetzten Stellen und die parallellaufenden Abdrücke sehen, die der Stahlrohrstuhl hinterlassen hatte. Enid konnte sich plötzlich vorstellen, wie ihr Onkel allein in diesem Raum saß, stets allein, wie er achtlos schwarzen Kaffee in sich hineingoß und seine Camels rauchte, wie er Zeitungen überflog und nichts fand, das ihn interessiert hätte. Er hatte ihr einmal mit starrem, ein klein wenig irritiertem Gesichtsausdruck gesagt, draußen auf der Welt gebe es nichts, was ihn fessele und errege, was ihn zornig oder auch hoffnungsvoll mache, was ihn anwidern oder enttäuschen könne. Ihn lasse alles kalt. Er habe am Krieg teilgenommen in der Überzeugung, auf der richtigen Seite zu stehen, er habe sozusagen seine soldatische Pflicht erfüllt, aber mit seinem tiefsten Inneren, mit seiner Seele sei er nicht recht dabeigewesen, weniger als bei einem unbedeutenden Amateurboxkampf. Als hätte er jene Jahre im Pazifik als Schlafwandler hinter sich gebracht – Gefreiter Felix Stevick in einem Kampf, der zu umfassend war und zu sehr ins Allgemeine ging, um noch einen Bezug zu ihm zu haben.

Felix sagte, es sei widerlich gewesen, auf Menschen schießen zu müssen, die er nicht kannte, sie abzuschlachten wie Tiere oder zu vernichten wie Ungeziefer, weil sie »Feinde« waren. Unter solchen Umständen sei es unmöglich gewesen, fair zu kämpfen, das wäre geradezu ein Witz gewesen, doch gerade dies sei die einzige Art des Kämpfens gewesen, auf die er sich verstanden habe. »Da verkümmert die Seele«, sagte Felix, »und was in einem drin ist und unverwechselbar zu einem gehört, wird ausgelöscht wie eine Kerze und kehrt vielleicht nie mehr zurück.« Er habe das Kriegsende abwarten wollen, um dann wieder sein eigenes Leben zu leben, aber da sei es dann vielleicht schon zu spät gewesen.

Weil Enid von Warrens Vorstellungen stark beeindruckt war, fragte sie Felix, ob er irgendwelche politischen Überzeugungen habe. Felix antwortete, er habe schon welche: Wenn ihm persönlich etwas gegen den Strich gehe, dann fange er an, »politisch« zu denken. So sei es auch bei anderen Leuten. Das sei das »Politische« an ihnen.

»Du bist ein Zyniker«, hatte Enid gesagt. »Ich möchte nicht zum Zyniker werden.«

Felix hatte nur gelacht.

Jetzt wollte er für beide etwas zu essen machen. Zum Frühstücken sei es zu spät, wie es denn mit einem Mittagessen wäre? Sofern er nicht zu betrunken sei, um das hinzukriegen.

Eier lägen im Kühlschrank, dann sei noch ein Liter Milch da, etwas Käse, Brot und Gewürzgurken – große, knackige, salzige polnische Gewürzgurken. Ob Enid Suppe möge, Hühnersuppe mit Nudeln, Tomatencremesuppe, Gemüsesuppe? Felix versuchte sie und vielleicht auch sich selbst aufzumuntern, indem er die vertrauten rotweißen Dosen zur Besichtigung in die Höhe hielt, doch da mußte Enid gegen Übelkeit ankämpfen; sie versuchte zu lächeln und dachte: O Gott, ich möchte nie mehr etwas essen. Sie wollte sich bis ins Mark hinein bestrafen für den Mord, den sie und Felix begangen hatten. Trotzdem hörte sie, wie sie kicherte, wie sie sagte: »Daddy hat in seinem Bunker Campbell-Suppen gehortet. Ganze Regale voll davon. Er ist auf alles vorbereitet und wartet darauf, daß es losgeht.«

Felix wollte sich aber auf Spötteleien über seinen Bruder nicht einlassen.

»Lyle meint es gut«, sagte er.

Er schüttete den Inhalt einer Dose in einen zerbeulten Kochtopf und stellte ihn auf den Herd. Seine Bewegungen waren langsam und präzise, aber nicht recht aufeinander abgestimmt; er behielt bei der Arbeit die Zigarette im Mund. Enid betrachtete ihn insgeheim: sein Profil mit der Adlernase, seine großporige Haut, das ausgefranste Haar an seinem Nacken. Und die Muskeln an seinem Hals, an seinen Armen und seinen Schultern – Muskeln, die dazu dienten, die Hiebe anderer aufzufangen und ihm selbst Kraft für Schläge zu geben. Es komme ganz auf das Timing, auf die Hebelwirkung an, sagte er; ob ein Boxer wirklich einen Punch habe oder nicht.

Ihr fiel ein Zeitungsfoto ein, das sie vor einer Weile gesehen hatte. Darauf bestaunte Präsident Eisenhower die riesige geballte Faust von Rocky Marciano, vielmehr bewunderten beide diese Faust.

Sie lachte. Dann überkam sie ein Gefühl der Besorgnis, der Verzweiflung. Sie konnte es nicht mehr ertragen, Felix zu betrachten, es war, als stünde dort ein Teil von ihr, ihr eigenes Dasein in ihm, das so sinnlos, so zwecklos und dem Untergang geweiht war.

Er schaute sie mit einem Stirnrunzeln an.

Sie räusperte sich und sagte: »Man konnte unmöglich zulassen, daß es geboren wurde. Es war nicht dazu bestimmt, geboren zu werden.«

Felix machte sich am Herd mit einer für Männer typischen Unbeholfenheit zu schaffen, die von einer Verachtung für dieses Tun, für den Umgang mit Kochtöpfen, Löffeln und Schüsseln, herrührte. Sein Whiskeyglas hatte er auf der Herdfläche zwischen den Kochplatten abgestellt. Er reagierte nicht auf Enids Worte. Sie merkte, daß die häßliche Narbe an seinem Auge so vertraut wirkte, daß sie diese gar nicht mehr wahrnahm. Sie war einfach da – Enid konnte sich nicht mehr an Zeiten erinnern, in denen sie nicht vorhanden gewesen war.

Um gegen die Übelkeit anzukämpfen, blätterte Enid in den herumliegenden Seiten des *Transcript*. Da ging es um die Bewilligung von Rüstungs- und Verteidigungsausgaben, um eine Stellungnahme der National Association of Manufacturers zur wirtschaftlichen Lage; ein Foto zeigte den mit einem breiten Lachen aus einer Düsenmaschine steigenden Vizepräsidenten Nixon. Nur die Comics spendeten ihr Trost. Da konnte man sterben und ins Leben zurückkehren, die Comics blieben dieselben – Dick Tracy, Blondie and Dagwood, Brenda Starr, Girl Reporter, Terry and the Pirates, Popeye, Olive Oyl, Wimpy. (Der arme Wimpy: triefäugig und komisch, so fett, daß seine Hemdenknöpfe immer absprangen und dann von einem geheimnisvollen Vogel, der ihm folgte, verschluckt wurden. Mr. Stevick hatte gesagt, er habe ein »intuitives« Verständnis für Wimpy.) Die Comics verhalfen einer Welt voller närrischer Eigenbrötler zur Unsterblichkeit. Enid sagte: »Die Comicstrips gehen wohl endlos weiter? Kannst du dich an eine Zeit erinnern, in der es Dick Tracy oder Donald Duck nicht gab?« Felix ignorierte sie, ließ sie links liegen: sein Mädchen, das sich über die Comics beugte, dem das Haar ins Gesicht hing, das eine dicke Baumwollbinde zwischen den Beinen hatte, welche sich langsam mit Blut füllte.

Felix schien sich in seiner Küche nicht recht auszukennen; er hantierte leise fluchend auf den Regalen und im Kühlschrank umher. Er aß ja so gut wie immer auswärts, hatte die meiste Zeit seines Lebens auswärts gegessen. »Magst du die Comics auch, Felix?« fragte Enid weiter und betrachtete dabei seinen starren Rücken; sie ahnte, daß er ihrer überdrüssig war, daß er es vermied, ihr ins Gesicht zu blicken. »Oder schaust du sie gar nicht an?«

»Schon seit meiner Kindheit nicht mehr«, sagte Felix.

Sie setzten sich an den Küchentisch. Es war die erste Mahlzeit, die Felix für Enid zubereitet hatte – zwei Teller mit Tomatensuppe, dazu einige Scheiben Schrotbrot italienischer Art und ein Stück würzigen Cheddar-Käse –, doch fehlte beiden der Appetit. Enid war besorgt, sie könnte anfangen zu spucken, sie hatte die Hände auf dem Schoß ineinandergelegt und die Augen halb geschlossen. Felix machte sich eine weitere Flasche Early Times auf, für Enid eine Flasche Rotwein, aus der er ihr ein großes Glas voll einschenkte. Sie trank ihn dankbar. Ihr wurde schwindlig im Kopf. Bald hatte sie den Punkt erreicht, an dem sie das vertraute, eng mit Felix zusammenhängende Gefühl überkam, sie verwandle sich gleich in ein anderes Ich, in die leicht betrunkene, unbesonnene, versöhnliche Enid Maria.

Sie sagte: »Wir mußten es tun. Wir konnten nicht anders.«

Felix sagte ironisch: »Stimmt genau, Herzchen.«

13

Neujahr 1956. Felix Stevick erhielt eine Vorladung ins Polizeipräsidium, wo er von Kriminalpolizisten aus Albany und einem Beamten aus dem Büro des Generalstaatsanwalts in Sachen Al Sansom, Teilhaber der Firma Sansom & Stevick, vernommen wurde. Allem Anschein nach war Sansom in Miami verschwunden: Er hatte alles Nötige veranlaßt, um seine Frau am 28. Dezember in Kingston auf Jamaika zu treffen; den Unterlagen der Fluglinien zufolge war er am 26. Dezember um die Mittagszeit aus Albany abgereist und am selben Nachmittag am Flughafen La Guardia eingetroffen; er hatte in Manhattan übernachtet und war am nächsten Morgen von La Guardia aus nach Miami geflogen. Dort war er auch angekommen, doch hatte er es versäumt, sein Ticket für den Flug um ein Uhr nach Jamaika abzuholen. Und von diesem Zeitpunkt an sei sein Aufenthaltsort »unbekannt«, hieß es.

Felix sagte den Kriminalbeamten in höflichem Ton, er wisse über das Privatleben seines Partners so gut wie nichts. Falls Sansom wirklich verschwunden sei, überrasche ihn das aber nicht besonders, denn der Mann habe sich seit langem merkwürdig benommen; er habe ziemlich viel getrunken und immer wieder angedeutet, er habe etwas vor. Das habe so geklungen, als wolle er bei Nacht und Nebel außer Landes reisen und in der Karibik Geld investieren – von »geheimen Geldreserven« habe er gesprochen. Felix gab an, seiner Meinung nach habe Sansom in letzter Zeit unter Druck gestanden, habe insgeheim Sorgen oder Kummer gehabt. Er sei ja häufig verschwunden, meist übers Wochenende, aber manchmal auch länger. Er sei einfach abgehauen, kein Mensch habe gewußt, wohin. Er sei ein schwieriger Typ, sagte Felix, man könne nicht an ihn herankommen; er sei immer ein Geheimniskrämer gewesen, auch gegenüber seiner Frau, habe Geldanlagen gehabt, von denen sie nichts wußte, und Wohnungen in fremden Ländern.

Felix redete offen und freimütig, brachte jedoch seine Überraschung zum Ausdruck über die Besorgnis; sein Partner werde ja noch gar nicht lange vermißt, weniger als drei Wochen. Er fragte, ob das die normale polizeiliche Verfahrensweise sei.

Felix wurde mehrere Stunden lang vernommen, dann durfte er gehen. Am folgenden Tag wurde er erneut vorgeladen und vernommen, diesmal in Gegenwart seines Rechtsanwalts. Felix hatte jedoch seinen Aussagen nichts hinzuzufügen. Er sagte, er wisse über Al Sansoms Privatleben sehr wenig und kenne niemand, der damit vertraut sei. Das Geschäftliche sei eine Sache für sich; sie hätten mit ihren Investitionen in ein Ferienhotel einige Enttäuschungen erlebt, doch die Saison 1956 werde sie vermutlich in die schwarzen Zahlen bringen. Außerdem kenne er niemand, der Al Sansom Böses antun wolle, von Sansom selbst einmal abgesehen – »Er ist der Joker in diesem Kartenspiel.«

Trotzdem könne er nicht glauben, daß Al etwas Ernstes zugestoßen sei, sagte Felix. Er habe das Gefühl, daß Al bald wieder auftauchen werde.

Er sagte, er werde sie anrufen, doch dann schob er es ein oder zwei Wochen lang hinaus, schließlich telefonierte er von einem Münzfernsprecher in einer Hotelhalle in Philadelphia mit ihr und fragte, wie es ihr gehe. »Gut«, sagte sie. Er fragte, ob es ihr noch zu schaffen mache, und sie sagte in einem leisen, schwachen, abweisenden Ton, den er haßte: »Nein, wieso denn?« Dann erkundigte er sich verlegen nach ihrer Gesundheit, ihrem Befinden, und sie fragte zurück: »Willst du wissen, ob meine Periode jetzt normal verläuft?« Das tue sie nicht, aber die Schmerzen seien weg, sagte sie, es gebe also keinen Grund zur Besorgnis, die Schmerzen, die ernsten Blutungen und die Schwierigkeiten seien ja verschwunden. »Das Problem ist jetzt erledigt«, sagte sie, und Felix fiel dazu keine Antwort ein. Er stand einfach da, hielt den Hörer an sein Ohr, bis Enid schließlich fragte: »Felix? Bist du noch da?« Er sagte: »Klar, wo sollte ich denn sonst sein?« Enid sagte: »Ich dachte, du hättest vielleicht aufgehängt.« Und Felix erwiderte: »Wieso sollte ich denn so etwas tun?«

Als Felix an einem Samstagmorgen den Locust Street Athletic Club verließ – er ging jetzt nicht mehr zu den Mattiuzzios –, sah er zufällig, wie Lyle Stevick weiter oben das Schaufenster einer Eisenwarenhandlung betrachtete. Es war ein windiger Tag, Staub und Schnee wirbelten durch die Luft; Lyle trug seinen alten, abgeschabten Kamelhaarmantel, der bis zu seinen Knien reichte, und auf dem Kopf einen flottsitzenden schwarzen Filzhut; er hatte die Hände tief in den Taschen vergraben und runzelte die Stirn. Er starrte so lange in das Schaufenster, daß Felix meinte, Lyle müsse ihn bemerkt haben und warte nun darauf, daß er ihm zur Begrüßung etwas zurufe.

»Weißt du was, wir sollten mal einen trinken gehen, uns eines Abends vollaufen lassen, nur wir beide. Wir haben viel zu bereden, was sich so angesammelt hat im Lauf der Jahre seit den Tagen des alten Karl, nicht wahr?« hatte Lyle einmal gesagt, und Felix hatte geantwortet: »Stimmt genau.«

Felix wandte sich ab, bevor Lyle etwas sagen konnte, sofern er das überhaupt beabsichtigte. Sein Haar war noch feucht vom Duschen; er hatte keinen Hut auf und fröstelte. Er konnte sich nicht dazu bringen, seinem Bruder die Hand zu schütteln, jetzt nicht. Mit seinem Bruder losziehen und einen trinken? Nicht gerade jetzt.

Und wenn er Lyle Stevick nie mehr wiedersehen würde? Zu ihren Lebzeiten? Dann würde der Überlebende zur Beerdigung des Verstorbenen gehen, und das könnte schon früh genug der Fall sein.

Ein Junge oder ein Mädchen? hatte sie gefragt, um ihn zu quälen, doch Felix ließ diesen Gedanken nicht in sich aufkommen. Es war ja nichts als ein Klümpchen Fleisch gewesen, das man in einer Toilette fortgespült hatte.

So machte man das doch wohl, oder nicht? Eine Krankenschwester spülte es in der Toilette weg.

Felix war sich sicher, daß es noch keine Geschlechtsmerkmale gehabt hatte, so weit war es doch nicht entwickelt gewesen. Genaues wußte er nicht, er wollte das auch nicht in einem medizinischen Buch nachlesen. Dazu hätte er die Bibliothek besuchen müssen, er wollte aber nicht ausgerechnet deswegen hinfahren, zumal er sich dafür sowieso nicht interessierte.

Der Arzt hatte Felix Stevick an jenem Abend alles erzählt, was er wissen wollte. Die Sache war erledigt, und damit Schluß.

Der Arzt hatte nicht viele Worte gemacht, hatte gar nicht erst über den Fötus, den Embryo, das Baby oder dessen Geschlecht geredet, sondern nur die Prozedur kurz geschildert: »Eine reine Routineoperation.« Felix wußte Bescheid, er hatte schließlich schon andere Freundinnen gehabt, und alle seine Freunde hatten ihre Mädchen; wenn man sich auskannte und ein bißchen Bargeld zur Verfügung hatte, war das kein Problem. Die Abtreibung hatte Felix lächerliche 700 Dollar gekostet – Gott, er hätte ohne weiteres 7 000 bezahlt. Und Enid hatte gemeint, es koste viel mehr, das zeigte ja nur, wie uninformiert sie war oder wie sehr sie zu Übertreibungen neigte. Weder der Arzt noch die Schwester hatten wegen des Altersunterschiedes zwischen ihm und Enid die leiseste Überraschung gezeigt, und Felix wußte dies zu schätzen. Sie kannten sich aus und hatten Erfahrung; sie wußten, was sie zu tun hatten, und erledigten es prompt. Er würde sie nie mehr anrühren, nahm er sich vor, er würde sie nur noch im Beisein anderer treffen und auch dies, wenn möglich, erst nach langer Zeit. »Ich kann ohne dich nicht leben«, hatte sie ihn mit feuchten Augen angefleht, und Felix hatte gesagt: »Versuch's doch mal.«

Im Mid City Café, wo er einen über den Durst getrunken hatte, erzählte Felix einem Mann, mit dem er ins Gespräch gekommen war, das Baby seiner jüngeren Schwester sei vorige Woche gestorben, und er wisse gar nicht, warum ihn das so mitnehme, warum er sich so elend fühle; das Baby habe nur etwa ein Pfund gewogen – eine Frühgeburt, deswegen sei es gestorben – und sei noch nicht genügend entwickelt gewesen. Er schüttelte verblüfft den Kopf und sagte: »Himmel noch mal, das hat mich schwer getroffen. So ist das Leben, ein verdammtes Pech ist das, was soll man dazu sagen? Großer Gott, da fehlen einem einfach die Worte, nicht wahr?« Sein Saufkumpan schüttelte den Kopf und sagte: »Ja, das kenne ich.«

Oder dann in der Genesee Street Tavern, da sah er in dem verschmierten Spiegel hinter den aufgestellten Flaschen sein verschmiertes Abbild umherschweben wie ein in Formaldehyd konservierter Embryo in einem Gruselkabinett. Felix schaute sich die letzten zwei Runden des Gilette Friday Night Fight an – Joey Maxim kämpfte gegen einen schwarzen Halbschwergewichtler aus Cleveland, siegte nach Punkten, und die Menge buhte. Das war natürlich eine abgesprochene Sache, jeder wußte, daß Maxim mit der Unterwelt in Verbindung stand. Felix wollte jedoch nicht über den beschissenen Kampf reden, er wollte sich mit diesem Conroy oder Connor unterhalten, einem älteren Mann aus der Gegend, der Mitgefühl zeigte und ein guter Zuhörer war. Und er merkte plötzlich, wie er ihm Dinge anvertraute, deren er sich gar nicht bewußt gewesen war, weder in nüchternem noch in betrunkenem Zustand. Er redete vom Baby seiner Schwester, das vorige Woche gestorben sei; die Familie sei außer sich und werde nie darüber hinwegkommen. Conroy hörte sich das an und sagte, er verstehe das, genau das gleiche sei ihm und seiner Frau auch passiert, vor langer Zeit, vor ungefähr dreißig Jahren sei ein winziges Mädchen drei Monate zu früh zur Welt gekommen mit einem Herzfehler, das arme Ding habe aus diesem Grund nicht genug Sauerstoff bekommen, sei eines von diesen blauen Babys gewesen, von denen ab und zu die Rede sei. Die Ärzte hätten sie an ein Beatmungsgerät angeschlossen, aber sie habe es nicht geschafft, sei nach achtundvierzig Stunden gestorben. Auch habe sie nur ein Pfund gewogen, sagte Conroy. Ein so winziges Baby könne man sich gar nicht vorstellen, meinte er mit langsamer, ernster Stimme und legte Felix die Hand auf den Arm, so wie es sein Vater hätte tun können, aber wohl nie getan hatte. Conroy sagte, das Traurige an der Sache sei gewesen, daß seine Frau das Baby nicht einmal zu Gesicht bekommen habe, als ob es gar nicht ihr Baby gewesen wäre, das sie in jenen Monaten unter dem Herzen getragen hatte. Nach den Krankenhausrichtlinien sei das nicht erlaubt gewesen. Seine Frau habe geschrien, sie wolle es sehen, sie wolle es im Arm halten, aber man habe das nicht gestattet. Sie sei dann eine Weile ganz außer sich gewesen, aber schließlich und endlich komme man ja doch darüber hinweg. Man glaube, man schaffe es nicht, aber man schaffe es doch.

»Man sorgt einfach dafür, daß weitere Kinder kommen. Anders geht es nicht.«

Claudette sagte mit ihrer rauchigen Stimme, die so leise war, daß er sie kaum hören konnte: »Da ist eine andere Frau im Spiel, nicht wahr?« Und Felix antwortete: »Nein.«

Er dachte daran, wie gern er sich – in seinem Auto – dahinbewegt und die Geschwindigkeit genossen hätte, daß er Trost darin gefunden hätte, sowohl räumlich als auch zeitlich rasch voranzukommen, wobei seine Konzentration bis ins tiefste Innere hinein geschärft und auf das gerichtet wäre, was unmittelbar vor ihm lag, auf die vorüberflitzende, von einer verschwommenen, bedeutungslosen Welt umgebene Fahrbahn. Er würde eine Flasche Bourbon griffbereit halten und sich nicht darum scheren, ob ihn eine Verkehrsstreife erwischte; er hätte eine volle Packung Camels bei sich und würde wieder seinen jungenhaften Stolz spüren in diesem Auto, diesem großkotzigen amerikanischen Schlitten, der so hervorragend ausgestattet und so teuer war, daß einem Hören und Sehen verging, ein schwarzer Continental, der aussah wie ein auf sportlich getrimmter Leichenwagen. Dann und wann, wenn der Bourbon warm durch seine Adern rann, erinnerte ihn das Auto an den Sarg des alten Mannes im Bestattungsinstitut in der Prudhoe Street, an die eleganten weißen, eingeknöpften Satinpolster, die unheimlich aussahen, wie gekräuselte Lippen. – Felix hörte die Verletztheit in der Stimme der Frau, ihr Drängen, ihren Zorn; Claudette liebte ihn, war verrückt nach ihm, das wußte er, doch das schien nichts zu bewirken, sie konnte ihn jetzt nicht mal zur Erektion bringen, obwohl das sonst so leicht gewesen war bei ihm und nur ein paar Sekunden gedauert hatte. In ihrem Zorn und ihrer Verzweiflung führte sie sich auf wie eine Nutte, sie befeuchtete ihre Hand mit Spucke und streichelte seinen Penis, lutschte mit ihren schönen samtigen Lippen daran herum. Es war wie ein Versuch, etwas zum Leben zu bringen, das im Grunde schon abgestorben war, dachte Felix und empfand fast Mitleid mit ihr – wie ein Gebet, bei dem man dieselben klammen Bewegungen immer wieder ausführte, obwohl man wußte, daß es nichts bewirken würde, mit denen man aber fortfuhr, weil es nichts anderes zu tun gab. »Du hast eine andere, nicht wahr?« sagte Claudine in ihrem verletzten, hilflosen Ton. »Du liebst eine andere, nicht wahr? Du kannst es mir ruhig sagen, wir müssen ehrlich zueinander sein, Felix.« – »Warum denn?« hätte Felix gern geantwortet, doch er sagte nichts, er fühlte sich so leer, so erschöpft, so schuldig; er hatte sich bemüht, diese Frau zu lieben, die besser war, als er oder Al es verdienten, aber er hatte versagt. Er wollte nicht mit ihr schlafen und wußte nicht, wann er dieses Bedürfnis wieder spüren würde, es lag nicht nur daran, daß er keine Lust hatte, daß die Nervenenden taub oder abgestorben waren; er hatte an diesem Tag und am Vortag viel getrunken, weil er wußte, was ihm bevorstand: daß er mit der Frau eines Toten schlafen müßte und er dazu vielleicht nicht fähig wäre. Es gefiel ihm nicht, daß die Frau über ihn herfiel, er streichelte deshalb ihren Kopf, griff ihr in den Nacken, packte ihr glänzendes Haar mit seinen Fingern und sagte: »Ach Gott, Schätzchen, laß es doch sein, laß mich in Ruhe, es lohnt sich nicht.«

Ein andermal gab sie ihm einen Schlag ins Gesicht und schrie, sie hasse ihn, er sei an allem schuld. Ob er sich vorstellen könne, wie fürchterlich es sei, nicht zu wissen, ob sie noch einen Ehemann habe oder Witwe sei? Felix aber wich mit erhobenen Händen zurück, er wollte vermeiden, daß er instinktiv zuschlug, daß er loslegte und sie mit einem einzigen Hieb quer durchs Zimmer fegte; er wollte ihr auf keinen Fall den Kiefer oder die Nase brechen, er war nicht der Typ, der eine Frau schlug. Aber wie kam sie dazu, ihn herauszufordern, ihm die Schuld zuzuschieben für das, was mit ihrem dämlichen Mann geschehen war!

Unter dem kunstvollen Make-up sah Claudettes Gesicht wild aus, in ihrem feuchten, verrückten Blick, den sie auf ihn gerichtet hielt, lag die Angst vor dem, was er tun könnte. Er beherrschte sich jedoch und sagte: »Nimm es doch nicht so schwer, Schätzchen. Treib es nicht auf die Spitze.«

Seit Al Sansoms Verschwinden nahm Claudette abends Seconal und trank tagsüber Gin. Sie sprach jetzt davon, in Albany freiwillig in ein Krankenhaus zu gehen, in eine kleine Privatklinik, die ihr jemand empfohlen habe. Sie könne die Anspannung, die nun schon zehn Wochen lang angehalten hatte, nicht mehr ertragen: War sie nun Als Frau oder seine Witwe? Jedesmal, wenn das Telefon klingelte, stehe ihr Herz still, und wenn jemand an die Tür klopfe oder wenn es draußen das geringste Geräusch gebe, verliere sie die Nerven. Und sie hasse Felix, weil er sich überhaupt nicht um sie kümmere, weil er keine Zeit für sie habe, weil er nach allem, was sie durchgemacht habe, kein bißchen Mitgefühl zeige.

Felix sagte noch einmal: »Nimm es doch nicht so schwer.«

Es machte ihm nichts aus, daß sie nach ihm schlug, denn es geschah ja nicht in der Öffentlichkeit. Der schnelle Schlag überraschte ihn, er brannte wie Feuer und trieb ihm Tränen in die Augen, er weckte ihn auf und verschaffte ihm einen klaren Kopf, als hätte er Salmiakgeist zu riechen bekommen. Bis zu einem gewissen Grad mochte er das Gefühl. Er verspürte sogar ein bißchen Erregung, sexuelles Verlangen; Claudette Sansom zeigte sich von einer ganz neuen Seite, und wenn er sie bumsen würde, könnte er wirklich einen klaren Kopf bekommen, könnte er Ordnung schaffen in seinem Schädel. Der Adrenalinstoß behagte ihm, aber er wollte sie nicht anrühren; sie tat ihm leid, sie war wirklich viel besser, als er oder Al es verdienten. Als sie seinen Gesichtsausdruck sah, fing sie an zu weinen, ließ sich von ihm in die Arme nehmen. »Okay, okay«, sagte er, »ich werde schauen, ob ich Genaueres herausfinden kann.«

Dabei wußte er genau, daß er es nicht tun würde, daß er nicht einmal nachfragen würde.

Als er um zwei Uhr morgens die verschneite und verlassen daliegende Schnellstraße entlangfuhr, spürte er immer noch die Erregung; sein Herz schlug rasch und etwas unregelmäßig, aber er wußte, daß er sich jetzt, allein in seinem Wagen sitzend, in Sicherheit befand. Er zündete sich eine Zigarette an, inhalierte genüßlich und dachte, daß er jetzt wohl endgültig die Nase voll hatte von Claudette Sansom: ihm ins Gesicht zu schlagen und dann mit ihm schlafen zu wollen, und in den Augen diesen Blick, als wäre sie am Ertrinken! Wenn alles geregelt wäre, hätte sie natürlich einen Haufen Geld, aber er war auf dieses Geld nicht angewiesen. Was zum Teufel hatte er mit dem zu tun, was Al Sansom in Florida oder sonstwo zugestoßen war – die Polizei vermutete ja, daß man Sansom droben im Norden umgebracht hatte und ein anderer mit seinem Flugticket nach Florida geflogen war, dieser Trick funktionierte fast immer. Felix wußte jedoch nichts Genaues und wollte es auch gar nichts wissen. Ohne die Leiche wußte kein Mensch Bescheid. Er hatte mit Vince seit Dezember nur einmal gesprochen, das Thema Al Sansom war dabei jedoch unberührt geblieben. Vince hatte angerufen, weil er wissen wollte, ob Felix Lust hätte, in ein Geschäft einzusteigen, bei dem sie den Schwergewichtler Floyd Patterson, der an den Olympischen Spielen teilgenommen hatte, in die Exerzierhalle bringen würden, einen schwarzen Burschen von zwanzig Jahren, der gerade Profi geworden sei und brandgefährlich agiere. Als Kontrahenten müßten sie ihm zumindest einen wie Joey Maxim geben, vielleicht sogar den alten Archie Moore, damit ließen sich ganz schöne Einnahmen erzielen. Felix hörte sich, wie er dankend ablehnte: Er habe kein Interesse, er wolle sein Geld nicht mehr fürs Boxen verplempern. Das hatte Vince wohl ziemlich schockiert, denn von ihm war eine Weile kein Ton mehr zu hören. Dann sagte er: »Du fehlst mir, Felix.« Aber Felix erwiderte nichts dergleichen, er bat Vince auch nicht, ihn in Ruhe zu lassen. Wie er das Gespräch dann beendet hatte, war ihm nicht mehr erinnerlich.

Tatsächlich war Vince sein einziger Freund gewesen, und jetzt hatte er keinen mehr, aber das war ihm völlig egal. Und Enid war auch weg, sein süßes kleines Mädchen, er würde sich nie wieder so vorkommen, als wäre er selbst wieder ein junger Bursche, und er könnte nicht mehr in diese wilden, phantastischen Zukunftsträume versinken: Verdammt noch mal, was Felix Stevick alles tun würde, wenn er die Chance dazu bekäme!

Als er auf der verlassenen Schnellstraße weiter nach Westen fuhr, bohrten sich die Scheinwerfer seines Wagens in die langsam herabsinkenden Schneeflocken und spiegelten sich auf vereinzelten Eisflächen; alles war schneebedeckt und sauber, sah aus wie die Arktis. Das wäre der richtige Ort für ihn – die Arktis!

Claudette weinte in letzter Zeit zuviel; Al Sansom hatte einmal gesagt, eine Frau müsse aufpassen, daß sie ihr Gesicht nicht ruiniere, und das stimmte. Und Enid weinte, weil sie ihn liebte und er ihr Schaden zugefügt hatte, weil sie ihm vertraut hatte und er ein Scheißkerl war. Die blutbefleckte Matratze müßte er schleunigst loswerden, doch wie sollte er etwas so Sperriges wegschaffen? Und die blutgetränkten Monatsbinden, die sie sorgfältig mit Toilettenpapier umwickelt hatte, damit er ja nichts merken sollte, und dann im Bad in den Abfalleimer gesteckt hatte. Am Schluß hatte sie ihm ein grimmiges kleines Lächeln geschenkt, als wolle sie ihn aufmuntern. Als Felix sich daran erinnerte, drückte er den Fuß fest aufs Gaspedal, wollte schnell nach Hause fahren oder sonstwohin.

Er war Lyle Stevick an jenem Tag auf der Straße ausgewichen, und er rief die Stevicks jetzt nicht mehr an, doch an einem Februarnachmittag war Felix unterwegs zu einem der Steuerberater von ihm und Sansom, er fuhr auf der Lock Street nach Norden – eine öde, heruntergekommene Gegend –, und an der Ecke zur East Cadboro Street stand das Geschäft seines Bruders, das er seit Jahren nicht mehr gesehen hatte. Nicht gerade der schäbigste Laden auf der Lock Street, aber traurig genug: STEVICKS NEUE UND GEBRAUCHTE MÖBEL *(Wir kaufen und verkaufen so gut wie alles, was es gibt)*. Zwei große schwarze Männer schleppten gerade ein Sofa durch den Vordereingang, während Lyle hemdsärmelig in der Kälte stand und Anweisungen gab; er merkte nicht, daß Felix dicht hinter ihm vorbeifuhr.

Armer Kerl.

Sechs Tage in der Woche hierherzukommen und zu versuchen, mit dem unnützen Zeug anderer Leute seinen Lebensunterhalt zu verdienen, war entwürdigend, aber schließlich hatte er selbst diese Wahl getroffen – vor langer Zeit. Das war wohl der Grund für seinen klugscheißerischen Ton, sein rechthaberisches wie auch sein fröhliches, »herzliches« Gebaren; er betrachtete die übrige Welt mit neidvollen Augen, auch seinen jüngeren Halbbruder. Und wie Lyle ihn wohl erst beneiden würde, wenn er ihn richtig kannte! dachte Felix ironisch.

Er könnte folgendes tun, überlegte Felix und fühlte sich auf einmal wohler: Er könnte dem Kerl eine Überraschung bereiten, die er nie und nimmer verkraften würde, nämlich sterben und sein Geld Lyle vererben. Und Lyle Stevick würde dann den Rest seines Lebens damit verbringen, herauszufinden, wie Felix soviel auf die hohe Kante hatte legen können, was zum Teufel für ein Geheimnis dahintersteckte.

Aber er würde noch lange nicht sterben.

Er verkaufte einen Teil seines Immobilienbesitzes in der Stadt mit gutem Gewinn und erwarb ein sechs Hektar großes Gelände am Südufer des Lake Oriskany – dazu gehörten auch die alten, braunen, leeren Backsteingebäude der seit Jahren bankrotten Huron Tanning Company. Er ging zu Graham's Gentlemen's Haberdashery und bestellte seinen ersten maßgeschneiderten Anzug. Der Angestellte sagte ihm, ein Zweireiher mit nicht zu breitem Revers sei die neueste Mode; er empfahl einen leichten, gestreiften Wollflanell von blaugrauer Farbe, und Felix sagte: »In Ordnung, was kostet der?« Er hörte kaum hin, als der Mann den Preis nannte. Als nächstes kaufte er bei Florsheim auf der Main Street ein Paar neue Schuhe für 65 Dollar. Dann ließ er sich in einem Salon in der Halle des Onondaga-Hotels die Haare schneiden und gab dem Friseur fünf Dollar Trinkgeld, weil er guter Laune war. Seit einer Weile schaute er sich morgens beim Rasieren im Spiegel nicht genau an; jetzt betrachtete er in den Friseurspiegeln sein Abbild mit einer gewissen Verwunderung und dachte: Wer ist denn das? Wenn Felix von Durchschnittsmenschen umgeben war, wirkte er immer ein bißchen größer, als er tatsächlich war, und seine Verfassung schien besser zu sein, als sie tatsächlich war: Schultern und Arme immer noch muskulös, dazu der kräftige Hals und seine ungezwungene Körperhaltung, ein leichtes Federn auf den Fußballen. Er ging instinktiv voran, wollte lieber vordringen als sich zurückziehen, getreu dem Motto, daß Angriff die beste Verteidigung sei. Während der Friseur sein Haar schnitt, schaute Felix gebannt sein Spiegelbild an – seine Backenknochen traten hervor, als hätte er stark abgenommen, seine Haut war fahl und unterhalb der Augen merkwürdig eingefallen. Natürlich war da auch noch das perlenartig schimmernde Narbengewebe und die große, geschlängelte Narbe; er begriff, daß ihn kein Mensch anschauen konnte, ohne dabei zu denken: Was zum Teufel ist denn mit dem passiert? So viele Jahre lang hatte er das Zeichen seiner Demütigung mit sich herumgetragen. Er hatte den stählernen, konzentrierten Blick eines Athleten, der seinen Höhepunkt überschritten hatte und auf der Hut war, daß man ihm dies nicht anmerkte.

Der Friseur bekam von ihm dennoch ein schönes Trinkgeld. Es gibt wohl nichts Geheimnisvolleres als die Frage, was letzten Endes aus einem werden wird, dachte Felix.

Er entfernte die Patronen aus seinen beiden Pistolen, wickelte sie sorgfältig in Zeitungspapier und fuhr zur städtischen Müllhalde, um sie loszuwerden. Wenn der Kanal nicht zugefroren gewesen wäre, hätte er sie dort hineingeworfen, oder in den See.

Du bist ein Hosenscheißer, sagte sich Felix belustigt. Mit dir geht es mächtig bergab.

Enid hatte ihn einmal gefragt, was denn wäre, wenn eine der Pistolen versehentlich losginge und ihn ein Schuß träfe. »Das würde dir wohl gefallen, Süße?« hatte Felix geantwortet. Und Enid hatte rasch gesagt: »Nein, ganz bestimmt nicht.« Dabei hatte sie ihn mit diesem beleidigten Blick angeschaut, den er so gern hatte.

Hatte er es eigentlich absichtlich getan? – Vielleicht schon.

Eines Abends läutete das Telefon, und er beschloß, an den Apparat zu gehen, statt ihn wie sonst klingeln zu lassen. Es war Lizzie Stevick, die mal von sich hören lassen wollte. Mit fröhlicher, hauchiger, kesser Stimme und einem vorwurfsvollen Unterton sagte sie, ihren Onkel Felix habe sie ja seit langem nicht mehr gesehen. Ob er denn nicht in den Cloverleaf Club kommen wolle, um sie singen zu hören?

»Klar«, sagte Felix. »Wann denn?«

Felix hatte für die Scheißkerle, die den Cloverleaf Club betrieben, wenig übrig; trotzdem kam er an einem Samstagabend, an dem viel Betrieb herrschte, vorbei, um sich den Auftritt seiner

Nichte anzuschauen. Er stand hinten in dem lärmerfüllten, verqualmten Raum, einen Drink in der Hand, und bildete sich ein Urteil über »Lizabeth Somers«. Sie hatte eine rauchige, sinnliche Stimme und verstand es, ihren Körper zur Geltung zu bringen: die nackten Schultern, die Brüste, das Hinterteil. Himmel noch mal, er hätte Lizzie kaum wiedererkannt mit ihrem weißblond gebleichten Haar und all dem kunstvollen Make-up. Mit einem schimmernden Schmollmund wie Marilyn Monroe, mit der Modulation und dem getragenen, atemlosen, verführerischen Gesangsstil von Dinah Shore. Am Schluß von Lizzies gefühlvoller Version von »Stranger in Paradise« beteiligte sich Felix an dem enthusiastischen Applaus – es gab auch vereinzelte Hochrufe und Pfiffe –, aber er ging dann weg, ohne sie begrüßt zu haben. Er wußte nicht recht, ob ihn das, was er gesehen und gehört hatte, ein bißchen angewidert oder bloß durcheinandergebracht hatte. Lizabeth Somers war jedenfalls nicht sein Typ.

Anfang März ging es los.

»He, Mister, wie wär's denn mit uns?« rief ein Mädchen Felix zu, als er in der Genesee Street gerade mit dem Schlüssel an der Tür seines Wagens herumfummelte, um sie aufzuschließen. Als Felix mit zusammengekniffenen Augen hochschaute, sah er ein überraschend junges, etwa sechzehnjähriges Mädchen von billigem Schick: mit einem schwarzen Ledermantel, Stiefeln mit falschem Pelzbesatz und einem getüpfelten rosafarbenen Kopftuch aus Chiffon. »He, Mister, wie wär's denn?« fragte sie mit alkoholisierter, aggressiver Stimme, und Felix sagte: »Okay, Süße, was soll's denn kosten?« – »Fünfundzwanzig«, antwortete sie. Sie lächelte mit verschmierten, nassen, zähen Lippen, er sah ihren ängstlichen Blick und fragte sich, wie sie sich um halb ein Uhr nachts hier hinter dem Rangierbahnhof allein herumtreiben konnte. Oder war ihr Zuhälter in der Nähe? Saß der gemütlich in einem geparkten Auto und wartete zigarettenrauchend auf sie? »Okay«, sagte Felix mit liebenswürdiger, etwas spöttischer Stimme. »Wo soll's denn hingehen?« Er war offensichtlich betrunken, aber seine Reflexe funktionierten noch. Vor einer Weile hatte er sich zu seiner Überraschung anfallartig erbrechen müssen, doch das hatte nur fünf Minuten gedauert, und nun ging es ihm wieder besser. Er fühlte sich wohl, war fast wieder er selbst. »Um die Ecke?« sagte das Mädchen und meinte damit das sogenannte Flanders Hotel. »Das Zimmer kostet fünf Dollar extra.« Sie verlor jetzt ihre aufreizende Ausstrahlung, was Felix gefiel, und wurde ein bißchen unsicher, weil sie auf seinem Gesicht etwas sah, das ihr Angst einjagte. Felix ging lächelnd auf sie zu. »Ein Hotel brauchen wir nicht, komm rein ins Auto, wir machen es dort, lutsch mir einfach einen runter, Süße. Geht das? Du kriegst zehn Dollar.« Sie blinzelte, als hätte sie ihn nicht richtig verstanden. »Ich weiß nicht recht«, sagte sie mit schwacher Stimme. Ihre eulenhaften, von dicker schwarzer Wimperntusche umgebenen Augen blickten ängstlich drein; sie hatte die Augenbrauen in einem seltsamen Grauton nachgezogen, doch ihr Gesicht war hübsch, mit dicklichen Wangen und Babyspeck unter dem Kinn und einem rosafarbenen, herzförmigen Mund. Im Licht der Straßenlaterne sah Felix, daß sie älter als sechzehn war – viel älter. Unter dem Mantel wäre sie vollbusig, füllig um die Taille und um die Hüften, er hätte es nicht ertragen können, sie zu ficken, ihr Parfüm riechen zu müssen, ihr Haar, ihr Gesichtspuder und all das. »Los«, sagte er, »steig ins Auto. Zehn Dollar, oder wir lassen es sein.« – »Nein. Ich weiß nicht recht«, sagte das Mädchen und wich auf ihren hohen Absätzen mit unsicheren Schritten zurück. Bestimmt saß ihr Zuhälter am Ende des Häuserblocks und schaute ihnen zu – der Gedanke versetzte Felix plötzlich in helle Wut und in eine ausgelassene Stimmung, ohne daß er den Grund gekannt hätte. Er faßte das Mädchen nicht an, er redete in ruhigem, höflichem Ton und sah, wie ihre Schweinsäugchen aus Furcht vor ihm noch kleiner wurden. Dabei sah Felix Stevick im Vergleich zu ihrer üblichen Kundschaft bestimmt gut aus – in diesem Abschnitt der Genesee Street, der sich ganz in der Nähe der Lkw-Rampen hinzog, gab es ein halbes Dutzend Kneipen mit ungehobelten Gästen, unberechenbaren Säufern, in der Hauptsache Dockarbeiter, Lastwagenfahrer, Männer aus den Fabrikhallen von General Motors, Chrysler und Ingersoll-Rand –, und Felix empfand es als eine Beleidigung, daß das Mädchen vor *ihm* zurückwich.

»Wo ist dein Zuhälter?« fragte er. »Ich möchte deinen Zuhälter sprechen.«

»Ich habe keinen – Zuhälter! Verflucht noch mal, für wen hältst du mich?« sagte das Mädchen und machte sich langsam davon. Felix merkte jedoch, wo sie hinschaute; er packte sie am Arm und ging mit ihr in diese Richtung. »Verflucht noch mal! Du elender Mistkerl! Du verdammte Drecksau!« – Er ignorierte ihr schrilles, dummes Geschrei, in ihm breitete sich die ausgelassene Stimmung aus und eine Erregung, die mit der späten Nachtstunde zusammenhing, mit der frostkalten Luft, den Atemwölkchen an ihren Mündern und dem starken Geruch des nahen Sees. Sofern Eis einen Geruch hatte. Konnte man es riechen wie das Wasser? Es hatte etwas Frisches, Durchdringendes, das ihm einen klaren Kopf verschaffte, war vermischt mit dem Geruch von Gummi und Dieselöl und dem Rauch der Fabriken. Das Mädchen fing an zu kreischen, versuchte, seinen Griff zu lockern, schlug um sich und trat mit den Beinen, doch Felix hörte, wie genau vor ihnen der Motor eines Autos aufheulte; das war er also, kein Scheinwerferlicht zu sehen, doch der Hundesohn wollte sich davonmachen und sein Mädchen dalassen, wahrscheinlich hielt er Felix für einen Polizisten, das erklärte auch, warum er nicht eine Pistole oder ein Messer herauszog, warum es Felix so leicht haben sollte – er schlug das Seitenfenster ein, öffnete die Tür, zog den Sauhund heraus und gab ihm die Tracht Prügel, die er verdiente.

Es war ein Kerl im Alter von Felix mit breiten, grobschlächtigen Backenknochen, löcheriger Haut, Koteletten und einer Tolle nach Art von Elvis Presley, die nach Haaröl roch. Er flehte Felix an, ihm nicht weh zu tun, ihn loszulassen. Er hatte solche Angst, daß er keine Kraft in den Beinen hatte, er versuchte nicht einmal, Felix' Schläge abzublocken, er winselte und jammerte bloß in einem fort. Ihm fehlte der Instinkt, sich zu verteidigen, aus seiner Nase schoß gleich Blut; er hielt die Hände vors Gesicht wie eine Frau, als Felix einfach dastand und ganz planmäßig auf ihn einschlug mit kurzen, kräftesparenden Stößen aus zehn Zentimetern Entfernung. Felix spürte wie schon lange nicht mehr die Ausstrahlung der Kraft von seinen Schultern in seinen Brustkorb. Dieser Saukerl! Dieser Zuhälter! Ließ ein Mädchen auf der Straße anschaffen gehen! Felix hatte wohl mit der ersten Linken die Nase gebrochen, auf beide von ihnen spritzte Blut, das

Mädchen wurde hysterisch, hielt sich aber in einiger Entfernung auf. Weiter oben an der Straße kamen einige Männer aus einer Kneipe, doch sie blieben nur stehen und schauten zu, hatten nicht die Absicht, sich einzumischen. Felix schlug auf den Mann ein, als wäre er ein Sandsack, er achtete auf sein Timing und sein Tempo, sorgte dafür, daß der Saukerl ein halbes Dutzend Körpertreffer abbekam von der richtigen Sorte, die auch keine sichtbaren Verletzungen hinterließen: ein paar gebrochene Rippen, Schläge in die Leber und in die Magengrube, ans Herz, eine schwere Rechte zum Solarplexus. Jeder von diesen Schlägen war ein Volltreffer, aber der Gegner von Felix stand mit dem Rücken zur Wagenwand und konnte nicht umfallen, es war so, als befände er sich an den Seilen oder in einer Ringecke in der Falle. Felix hatte noch nie auf einen Mann eingeschlagen, der am Boden war, aber hier gab es keinen Ringrichter, der seine Nase in Felix' Angelegenheiten stecken konnte; Gott, wie ihm das guttat, dieser Adrenalinstoß und diese Kraft in seinen Schultern, seiner Brust und seinen Armen, auch wenn er mit offenem Mund nach Luft schnappte, ganz außer Atem war und gar nicht in Form, wenn er mit seinen Händen unvorsichtig umging – er hätte ja wenigstens seine Handschuhe anziehen können! –, unbedacht wie ein junger Bursche. Womöglich hatte er am Kiefer dieses Mistkerls seine rechte Hand gebrochen. Was dann?

Er trat zurück, damit der Sauhund zu Boden sinken konnte. Die Abreibung hatte nicht länger als zwei oder drei Minuten gedauert, Felix war schlau genug, um damit aufzuhören, bevor etwas wirklich Schlimmes passierte, bevor sein Gegner in Lebensgefahr geriet – das wollte er nicht.

Er drehte sich um, wollte das Mädchen fragen, ob er sie irgendwohin mitnehmen könne – aber sie war weg.

Kleines Luder, er hatte es doch *ihretwegen* getan.

Doch er fühlte sich wohl. Er fühlte sich prima, als er in dem Lincoln wegfuhr; vom Adrenalin in einen Rauschzustand versetzt, der lange anhalten würde, schwebte er dahin und fühlte sich vollkommen glücklich, obwohl sein Herz in der Brust immer noch hämmerte und zuckte, obwohl er immer noch durch den Mund atmete und seine aufgeschürften, aufgerissenen Hände höllisch weh taten und bluteten, vielleicht stammte das

Blut aber auch von dem anderen – sein neuer Kaschmirmantel war voller Spritzer, auch seine Florsheim-Schuhe. Großer Gott, seine rechte Hand schmerzte stark, er hoffte, daß er sie nicht beschädigt hatte, und konnte sich nicht denken, warum er eigentlich keine Handschuhe getragen hatte – seine pelzgefütterten Lederhandschuhe lagen auf dem Beifahrersitz. Doch er fühlte sich wohl. Er fühlte sich verdammt wohl. Niemand könnte ihn aufhalten in seinem großen, schönen Auto, er fuhr mit sechzig, mit fünfundsiebzig Stundenkilometern die verlassenen Straßen entlang, verringerte an Stoppschildern oder blinkenden Ampeln kaum die Geschwindigkeit. Es war einer jener Momente, in denen man wußte, daß einem nichts passieren konnte, daß man unüberwindbar war und ewig leben würde! Als einer, der in der Großstadt aufgewachsen war, freute sich Felix Stevick über die schmalen, schmuddligen Straßen im Süden von Port Oriskany, über die im Dunkel liegenden Reihenhäuser, Mietskasernen, Brachflächen – St. Nicholas, Howard, Strick, Vandemere und der South Stubb Boulevard, der ihn in die oberen Stadtteile brachte. Er fuhr so schnell über Eisenbahngeleise hinweg, daß der Wagen Luftsprünge machte, er kam auf alten Straßenbahngeleisen ins Rutschen, die halb verdeckt waren von dem glänzenden, festgefahrenen Schnee. Dann kam eine Brücke – das Wasser konnte er nicht sehen –, und er erblickte die überkuppelte Basilika der polnischen katholischen Kirche, die einen seltsamen, gespenstischen Eindruck machte. Dann kam die Canal House Tavern, wo er oft einkehrte, die Neonlichter brannten noch; wieder eine Kneipe, Smitty's auf der Fourth Street, dann fuhr er hinüber zur Broad Street, zum Seeufer: Lagerhäuser, Zementsilos und Halden mit schneebedecktem Kies, die aussahen, als befänden sie sich auf dem Mond, Eisenbahnwaggons, Lastwagen, an den Docks Lastkähne und Frachtschiffe. Sogar bei Nacht erkannte Felix Einzelheiten, so vertraut war ihm die Stadt: Goodyear Tire Company, Quaker Cement, Atlas Storage, Fulton Sausage, Pittsburgh Paints, die verfallenen Gebäude der Huron Tanning Company, die ihm selbst gehörten, samt dem überwachsenen Gelände, das eines Tages Hunderttausende von Dollars wert sein würde. In einiger Entfernung stießen feurige Fabrikschornsteine gewaltige, sich auftürmende Rauchwolken aus, welche dem

Himmel eine pastellfarbene Tönung verliehen – mit einem Gelborange und einem rosafarbenen Schimmer wie beim Morgenrot. Der grauverhangene Winterhimmel erhielt eine Schönheit wie von fahler, leuchtender Glut umgebene Watte. Obwohl Felix' Herz immer noch unregelmäßig schlug und seine Hände klebrig waren von Blut, war er, als er in der vertrauten Umgebung diese Schönheit erblickte, so von Dankbarkeit überwältigt, daß er hätte weinen können. Er dachte, daß er diese düstere Welt, in der er zu Hause war, sehr vermissen würde; es war, als würde das Innere seines Schädels nach außen gekehrt; alle, die er dort draußen lieb hatte, vermißte er schon jetzt, obwohl er ja noch da war, noch lebte.

Man hatte ihm zwar ein halbes Dutzend Benachrichtigungen geschickt, ihn sogar telefonisch zu erreichen versucht, doch zur Anprobe erschien er beim Herrenausstatter Graham nicht mehr. Zum Teufel mit dem Maßanzug! Er ließ sein Haar wachsen und struppig werden, rasierte sich manchmal tagelang nicht, schaute auch nicht mehr bei der Firma Sansom & Stevick vorbei; »Stevick« hatte sich ebenfalls erledigt.

Drunten in seinem Briefkasten türmte sich die Post, es gab Benachrichtigungen über Eilboten- und Einschreibebriefe; Felix warf das meiste davon einfach weg. Klingelte in seiner Wohnung das Telefon, dann geriet er in Rage; er legte deshalb den Hörer neben den Apparat. Er gewöhnte sich an, seine eigenen Anrufe von Telefonzellen oder Hotelhallen zu führen, weil er sich daran erinnerte, daß Al Sansom immer gewitzelt hatte, seine Telefongespräche würden abgehört; damit hatte er, wie sich herausstellte, recht gehabt. Al hatte auch die Hosen voll gehabt, daß ihm etwas passieren könnte, und dann war ihm tatsächlich etwas zugestoßen. Und Felix hatte die Kühnheit besessen, der Polizei zu erzählen, daß sich sein Partner für Fliegende Untertassen interessiere, ja geradezu ein Experte sei; er habe vielleicht Kontakt aufgenommen mit ihnen, sei vielleicht von einer Untertasse mitgenommen worden. Felix hatte die Vernehmungsbeamten mit unbewegtem Gesicht angeschaut, und diese hatten ihn eine Weile ganz ratlos angegafft. Das war ein klugscheißerischer Einfall gewesen, sein Rechtsanwalt war erstarrt und hatte zu

Boden geschaut, doch der Augenblick war vorübergegangen; man konnte ja nie wissen, vielleicht hatte Al Sansom eben doch mit Wesen von einem anderen Planeten oder aus einer anderen Dimension Verbindung aufgenommen, vielleicht hatte man seine Leiche nicht irgendwo im Norden von Albany im Gebirge beiseite geschafft oder in den Everglades in Florida, wo er dann ein paar Monate später entdeckt werden würde; und als Todesursache würde wahrscheinlich »Selbstmord« angegeben werden – irgendwo würde ein Abschiedsbrief zum Vorschein kommen, etwa in einem Banksafe. Wieso sollte man Fliegende Untertassen nicht auch mal in Betracht ziehen? Felix hatte seine Zigarette ausgedrückt, hatte ein bißchen gelächelt und zu ihnen gesagt: »Er selbst wäre verdammt froh, wenn das der Grund gewesen wäre.«

Ursula wurde ganz nach Plan in Miami Beach im Rahmen einer »kleinen, privaten, überkonfessionellen« Zeremonie mit ihrem pensionierten Börsenmakler vermählt; Felix machte sich nicht die Mühe, sich seinen Namen zu merken. Sein Halbbruder Domenic – »Pater« Domenic – starb in Foxboro an einer Herzthrombose. Felix ging weder zu der Hochzeit noch zu der Beerdigung, er erfuhr davon ohnehin erst später.

Freust du dich denn nicht für deine Mutter, Felix?

Trauerst du denn nicht um deinen Bruder, Felix?

Ein Brief von Lyle Stevick mit dem Datum 11. März 1956, auf einer Schreibmaschine getippt, deren Farbband abgenützt war, bei der einige Tasten nicht funktionierten: *Wir beide sollten uns möglichst bald treffen, ich muß mit Dir reden. Ich habe versucht, Dich anzurufen, der Apparat ist aber immer belegt, oder es geht niemand ran. In der Stadt habe ich einiges über Dich zu Ohren bekommen, das mich beunruhigt – ich will meine Nase nicht in Deine Angelegenheiten stecken, das weißt Du genau, aber ich bin besorgt. Ruf mich also bitte bald an. Wir sind schließlich Brüder, zumindest hatten wir denselben Vater, und das verbindet uns doch.* Dann kamen noch zwei eng getippte Seiten über Domenics Sterben, die Totenwache, die Beerdigung, seine »persönliche Habe« im Pfarrhaus und seine »kümmerliche, mitleiderregende« Hinterlassenschaft. Felix überflog das rasch und vergaß es schon mitten im Lesen. Enid wurde nicht erwähnt; er warf den Brief weg oder verlegte ihn unter all dem Zeug, das sich in seiner Wohnung ansammelte.

Zu spät, Lyle. Ist mir scheißegal.

Allmählich mied er den Niagara Square und das schicke Apartmenthochhaus, wo man ihn anstarrte, wenn er zu unüblichen Zeiten in die Eingangshalle kam; den Portier mit seinem starren Lächeln und den Verwalter, der Felix in einem Ton, den er nicht mochte, »Mr. Stevick« nannte – wenn er etwas mitgenommen aussah, oder wenn er eine Frau dabeihatte.

Er bevorzugte billige Hotels und Pensionen, nichts Ausgefallenes wie das Onondaga, das Sheridan, das Oriskany Arms, wo es vielleicht Leute gab, die ihn kannten. Wenn er auf einer seiner impulsiven, ziellosen Fahrten die Stadt weit hinter sich gelassen hatte, verbrachte er die Nacht in einem am Straßenrand gelegenen Motel, ohne sich vorher auszuziehen. Und wenn er spät morgens oder um die Mittagszeit erwachte, da dröhnte ihm der Schädel von stundenlanger Trainingsarbeit – Seilhüpfen, Schattenboxen, ein Sparringskampf mit einem Partner, den er nicht kannte, dessen Gesicht er nicht genau sehen konnte; und der Kerl war jung, zäh, gewieft, ein klein bißchen hochnäsig, er brachte Felix Stevick ins Schwitzen, blamierte ihn vor aller Augen –, und wenn er dann aus dem Bett steigen wollte, mußte er sich anstrengen, daß er seinen schweren Oberkörper hochbekam, mußte sich auf die Beine stellen und sich dann ins Bad schleppen, wenn er es schaffte. Sein Körper gehörte keinem Boxer, sondern einem Durchschnittsmenschen, in ihm steckte eine bleierne Müdigkeit, und seine Jugendlichkeit war vergangen.

Wenn er erwachte, fand er sich in Fulton oder Marietta wieder, in Pendleton oder Spragueville. Oder irgendwo draußen auf dem Land, wo er sich überhaupt nicht auskannte, wo er, weil er nicht gern Fragen stellte, meilenweit fahren mußte – er war jetzt nüchtern und vorsichtig –, um herauszufinden, welche Richtung er einzuschlagen hatte. Er dachte jetzt nicht mehr an Enid oder an das Baby, er dachte an gar nichts, fühlte sich bloß benommen und elend; er hatte einen zwei Tage alten Bart, die Stoppeln auf seinen Wangen und auf seinem Kinn zeigten einen merkwürdigen Silberschimmer, seine Augen waren von Äderchen durchzogen. Manchmal war das eine Auge geschwollen und verfärbt, er hatte Platzwunden im Gesicht und auf dem Mund, die Fingerknöchel waren wund und geschwollen; er machte kaum den Versuch, sich genau zu erinnern, was passiert war, wie aus einem Wortgefecht ein Schlagabtausch geworden war – in Bars und Toiletten, auf Parkplätzen. Die Auseinandersetzungen dauerten nie länger als ein oder zwei Minuten, dann kamen die Kumpel von irgend jemand und setzten ihnen ein Ende. Es gab immer einen guten Grund dafür, daß er sein Leben riskierte oder das Leben anderer aufs Spiel setzte, so wie der Ort, an dem er am nächsten Morgen erwachte, stets einen Namen hatte – Bide-a-Wee, Traveler's Lodge, Spragueville Motor Court –, doch er hatte längst aufgehört, sich über die Einzelheiten Gedanken zu machen.

Er wußte, er würde sie ohnehin nur so lange im Gedächtnis behalten, bis es wieder geschah.

Wenn Felix nüchtern war, schwor er sich, er werde es nie mehr tun. Er werde nicht mehr trinken, er werde sofort damit aufhören und vielleicht Dan Hickey anrufen, ihn um Hilfe bitten; er könnte seinen Körper bestimmt in kürzester Frist wieder in Form bringen – als stünde Felix Stevicks »Körper« immer auf Abruf bereit. Wenn er um neun Uhr morgens oder um drei Uhr nachmittags seinen ersten Drink nahm, der meist die erste Nahrungsaufnahme darstellte, hatte er das Gefühl, er gleite aus, er komme ins Rutschen, der Erdboden bestehe in Wirklichkeit aus Sandkörnern oder aus Staubkrümeln, auf denen man keinen richtigen Halt finden konnte, der Boden sei eine Matte, auf der man dahinschlitterte. Warum sollte er also Widerstand leisten, warum soviel Kraft dafür aufwenden? Hör doch auf damit, Stevick, laß dich einfach treiben.

Da hatte es vor Jahren einen dicklichen Ex-Schwergewichtler namens Zubrzycki gegeben, der sich oft in der Sporthalle aufhielt, er war ein großer, langsamer, nett aussehender Bursche, der immer ein Sweatshirt trug und immer lächelte, wobei eine Lücke zwischen seinen Schneidezähnen sichtbar wurde. Er war ein guter Klubboxer gewesen, der sogar eines Abends in der Exerzierhalle acht Runden gegen Jimmy Braddock durchgestanden hatte, doch seine Karriere war abrupt zu Ende gegangen. Man sagte, er habe ein Gedächtnis wie ein Sieb; wenn man Zubrzycki etwas erzähle, dann höre er anscheinend zu, doch fünf Minuten später könne er sich an nichts mehr erinnern. Felix hatte sich mit dem armen Würstchen nicht abgegeben, aber jetzt sah er allmählich ein, daß es gar nicht so übel war, wenn man durch das Boxen Verblödungserscheinungen bekam: Da wurde das Leben einfacher, es war platt wie eine Spielkarte, die so dünn war, daß man es kaum messen konnte, und bei der nur die eine Seite zählte.

Mitte März wurde Felix Stevick in Pendleton im Gefängnis des Bezirks Oconee über Nacht eingesperrt, weil er an einer »öffentlichen Ruhestörung« beteiligt gewesen war, zusammen mit sechs anderen Männern; eine Woche danach wurde er festgenommen wegen »Verkehrsgefährdung« und »Trunkenheit am Steuer«; er hatte in der City das Tempolimit überschritten, als er auf der Grand Street nach Osten fuhr, war mit über neunzig durch eine Fünfzig-Stundenkilometer-Zone gebraust. Er erhielt eine Geldstrafe in Höhe von 500 Dollar, überdies wurde sein Führerschein für sechs Monate eingezogen. Nicht daß ihm das etwas ausgemacht hätte: Er sagte dem Richter auf der Stelle, er werde sein verdammtes Auto fahren, wann immer er wolle.

Doch ein paar Tage danach ließ er es stehen: Er parkte es auf der Straße und ging weg. Er war einem Unfall nur knapp entgangen, es wäre fast zu einem Frontalzusammenstoß gekommen, als er eine belebte Straße entlangfuhr; er schien so hilflos dahinzudriften wie Rauch, aus seinem Körper heraus, sein Kopf war voller Träume, und er wurde erst durch das wilde Hupkonzert anderer Autofahrer geweckt. Ein andermal hätte er fast einige Negerkinder überfahren, die auf der Straße spielten; seine Reflexe brauchten merkwürdig lange, bis sie dafür sorgten, daß er auf die Bremse trat; der Lincoln rutschte seitlich weg, etwa sechs Meter weit, er saß stocknüchtern hinter dem Lenkrad, fühlte sich ganz losgelöst, als ob er all dies schon einmal erlebt hätte und wüßte, wie es geendet hatte.

Das war's dann, Stevick.

Um diese Zeit durchlebte er eine Folge von Tagen und Nächten, die sich höchstens dadurch unterschieden, daß er bei Bewußtsein oder bewußtlos war, in wachem Zustand oder im Schlaf; der eine Zustand ging unmerklich in den anderen über, und keiner von beiden gewann die Oberhand. Nach seiner Einschätzung war er nie betrunken und nie nüchtern. Er war aus den Niagara Towers ausgezogen, ohne den Vermieter zu benachrichtigen, ohne seine Miete für den Monat März bezahlt zu haben; er ließ fast alles zurück und nahm ein Zimmer im Mohawk Hotel, das 35 Dollar die Woche kostete; es bot einen Ausblick auf das Seeufer mit den Werften, Lagerhäusern und Bars. Dort lag das Mid City Café, in dem er manchmal Poker spielte, das Falcon Tavern an der South Main Street und die namenlose Imbißbude neben dem Greyhound-Busbahnhof, in der er meist seine Mahlzeiten einnahm, sofern ihm nach Essen zumute war. Ein- oder zweimal machte er die Runde durch die Kneipen in der Genesee Street, fragte sogar im Flanders Hotel nach dem Mädchen mit dem schwarzen Ledermantel, erhielt aber keine Antwort. Er bekam sie nicht mehr zu Gesicht, auch ihren Zuhälter nicht, den er zusammengeschlagen hatte. Würden sie einander wiedererkennen? überlegte Felix. In seinem Kopf gab es große, ausgebrannte Flächen, die er nie betrat. Warum auch? Wozu denn? Verkohlte Formen, wie man sie im Dschungel vorfinden mochte, es könnten Körperteile von Menschen sein oder Menschenköpfe oder einfach Äste von Bäumen, die auf seltsame Weise schwarz geworden waren. Oder der Raum im Gehirn, in den man ging, wenn man völlig k.o. geschlagen wurde, der insgeheim so schön war. Er betrat ihn aber nie, er wußte nichts darüber und wollte auch nichts wissen. All das hatte er schon einmal erlebt. Er traf jedoch mit Jo-Jo Pearls Vater zusammen, irgendwo auf der South Side. Der Vorname des Mannes fiel ihm nicht mehr ein, dann stieg Übelkeit in ihm auf und er erinnerte sich: Leroy. Leroy Pearl schwang sich auf Krükken in eine Bar, er war munterer Stimmung und aggressiv, seine Haare waren aus der niedrigen, grimmigen Stirn nach hinten geklatscht wie Federn, sein Gesicht war voller, als Felix es in Erinnerung hatte, die Wangen von der Kälte gerötet. Er sah Felix, gaffte ihn an, blinzelte blöde und versuchte, ihn einzuordnen, und Felix' Herz klopfte, drängte ihn, sich davonzumachen.

Himmel noch mal, es wäre besser, wenn er seinen Mantel holte, sich davonstahl und die Regung unterdrückte, zu Pearl hinzugehen und zu ihm zu sagen: »Kennen Sie mich? Haben Sie etwas mit mir zu schaffen?« Er konnte sehen, wie das junge, unverdorbene Gesicht von Jo-Jo in diesem Gesicht zum Vorschein kam. Ein paar Abende danach trafen sie sich zufällig wieder. Diesmal war Felix völlig betrunken, er kotzte sich auf der Toilette vom Second Street Bar & Grill die Eingeweide aus dem Leib; das war an einem langen, milden Spätwintertag in einem Monat, den er nicht hätte benennen können, er wußte nur, daß die Leute plötzlich ohne Mantel und Hut umhergingen und lächelnd zur Sonne hinaufblinzelten, daß die Eiszapfen und die schmutzigen Schneehaufen schmolzen. Der für die Jahreszeit untypische Wärmeausbruch hatte ihn aus irgendeinem Grund ganz niedergeschlagen gemacht, er hatte also gleich einen ordentlichen Drink nötig gehabt. Er hatte es nämlich endlich verstanden, sich dem Winter anzupassen, er hatte begriffen, was der Winter bedeutete, doch nun bestand die Gefahr einer abrupten Veränderung, und darauf war er einfach nicht vorbereitet gewesen. Und am Abend erschien Leroy Pearl in Gesellschaft eines großen, hakennasigen Mannes, der eine schmierige Eisenbahnermütze verkehrt herum auf dem Kopf hatte, beide waren laut und guter Dinge, und Felix beugte sich gerade über ein schmutziges Waschbecken, tränkte Papierhandtücher mit kaltem Wasser, um sie auf sein Gesicht zu legen. Da machte er den Fehler, im Spiegel Pearls Blick zu erwidern – er hätte sich unerkannt wegducken können, wenn ihm dieser Fehler nicht unterlaufen wäre. Doch so begegneten sich ihre Blicke, und diesmal wußte Pearl, wer Felix war. Diesmal war Pearl Herr der Lage; er stützte sich auf seine linke Krücke und gestikulierte mit der rechten, auf dem schlaffen Fleisch zeichneten sich sehnige Armmuskeln ab, seine feuchten Augen rollten wild, der Mund verzog sich wie eine Narbe zu einem Lächeln. Felix war zu schwach, um sich zu verteidigen, in seinem Bauch rumorte es immer noch, und seine Knie waren butterweich. Pearl sagte bloß: »Du! Dich kenn ich!« und kam gleichzeitig auf ihn zu, doch es schien lange zu dauern, bis die Krücke durch die Luft sauste; Felix versuchte, seinen Kopf abzuschirmen, er dachte, er könne dem ersten Schlag ausweichen und dann über die Krücke hinweg mit einer harten Rechten zum Unterkiefer des Mannes durchkommen, doch die Gewalt des Schlages versetzte ihn in Erstaunen. Die Kante der Krücke traf ihn mit ungeahnter Gewalt am Schädel, er fiel gegen das Waschbecken, gegen die Wand eines Klosetts, und nun stand sein Gegner triumphierend über ihm, schrie vor Schadenfreude wie verrückt, schlug wild drauflos – auf Felix' Kopf, seine Arme, seine Brust, seinen Unterleib –, versetzte ihm mit dem Stiefelabsatz Tritte und schluchzte fast unter der Anstrengung: »Dich kenn ich! Dich kenn ich! Stevick! Du Sauhund ! Du Mistkerl! Hast meinen Jungen sterben lassen! Aber jetzt bist du dran!« Felix blutete aus dem Mund, konnte sich nicht verteidigen, er schwebte jetzt über seinem Körper und betrachtete das Schauspiel: Ein Mann lag auf dem schmutzigen Kachelboden und wurde von zwei Säufern getreten, unbeholfen wurde mit einer Krücke auf ihn eingestoßen und eingeschlagen. Er spürte keinen Schmerz und war auch kaum überrascht, er hatte ja all dies schon erlebt: Eine Tür ginge langsam auf, er würde hindurchschlüpfen und entkommen.

Epilog

28. Mai 1956

Liebe Enid,

ich schreibe dies rasch und in einer gewissen Aufregung – mein Brief wird unzusammenhängend und verwirrend sein, fürchte ich. Vielleicht empfinde ich aber auch nicht so sehr Aufregung als vielmehr Erregung und Vorfreude. Ich habe schon die ganze Woche lang nicht mehr richtig schlafen können.

Ich möchte Dir gleich sagen, daß mich Dein Brief sehr bewegt hat. Ich hätte Dich so gern angerufen, aber Du hattest wahrscheinlich recht, als Du sagtest, ich solle das lassen. Ich brauchte erst mal Zeit.

Ich sollte wohl zuerst einmal erläutern, worum es hier gerade geht – warum ich mich zusammen mit 87 anderen ungefähr vierzig Kilometer südlich von Pueblo, Colorado, aufhalte, und zwar in einem improvisierten Lager voller Zelte, Schlafsäcke, Campinganhänger, Wohnmobile und Autos. Die Gegend ist sehr schön, aber auch sehr unwirtlich. (Vor mir liegt eine Ebene, die sich bis zum Horizont hinzieht – Grasbüschel, kleine, verkümmerte Bäume und Buschwerk, blühender Klee und winzige gelbe Blumen, Blumen bis hin zum Horizont sowie unzählige Bienen und Schmetterlinge. Die Sonne brennt herunter, doch die Luft ist kühl, und aus Westen bläst dauernd ein starker Wind.) Wenn dieser Brief bei Dir eintrifft, wird unsere Aktion abgeschlossen sein, aber ich glaube nicht, daß Du etwas darüber lesen wirst. Die US-Regierung (insbesondere das Pentagon) fürchtet sich immer mehr davor, daß unsere Bemühungen publik werden könnten; man ist sich darüber im klaren, daß es zu einer Art Revolution kommen könnte, falls wir auf das Denken und Fühlen der Amerikaner Einfluß nehmen: zu einer revolutionären Umwälzung des Denkens! Ich spreche vom Widerstand unseres Bündnisses gegen die amerikanische Kriegsmentalität und die amerikanischen Kriegsvorbereitungen. Gegen die offizielle Kriegsrhetorik, die amerikanische Kriegswaffenproduktion. O Enid, ist das nicht grauenhaft, sind wir denn nicht alle bestürzt – für das nächste Jahr ein Verteidigungsetat von 35 Milliarden Dollar, obwohl uns die entsetzlichen Folgen unseres Tuns in der vergangenen Woche durch den Test im Pazifik klar vor Augen geführt wurden. Und dabei hatten die USA auch noch die Vermessenheit, stolz zu sein auf die Explosion der »ersten luftgestützten« Wasserstoffbombe in fünftausend Metern Höhe, und sie sind wahnsinnig genug, eine »perfektionierte« Bombe von zehn Megatonnen – *von zehn Millionen Tonnen* TNT – als ruhmreiche Errungenschaft zu betrachten.

Unsere Aktion hier, also unsere Demonstration und unser Protest, fängt morgen früh um sechs Uhr an. Wir werden uns an strategisch wichtigen Punkten aufstellen und das Baugelände der neuen Abschußbasis für interkontinentale ballistische Raketen vom Typ Atlas blockieren, von der Du bestimmt in den Zeitungen gelesen hast. Unser spezielles Ziel ist eine Abschußeinrichtung, mit deren Bau man vor zwei Wochen begonnen hat. Eine Anzahl von uns wird alle Tore und Lkw-Zufahrten zum Baugelände blockieren, andere werde auf der Landstraße und an den Verbindungsstraßen demonstrieren. Man wird zahllose Flugblätter verteilen, die dann gelesen werden oder auch nicht, viele Reden halten, Plakate mit sich führen und »Mahnwachen« abhalten, die nur auf diejenigen Eindruck machen werden, die ohnehin ein aktives Gewissen haben. Angesichts der Vergeblichkeit solcher Bemühungen drängen einige von uns darauf, drastischere Maßnahmen zu ergreifen, nämlich *dhurna* mitsamt einer möglichen Gewaltanwendung auf Seiten des Gegners. Du hast das wohl nicht erfahren, Enid, denn solche Tatsachen werden jetzt systematisch unterdrückt: Am 12. Mai wurde eine vom American Friends Service Committee unterstützte Petition mit der Forderung nach einem Stopp der amerikanischen Atomtests auf den Marshall-Inseln, unter der 25 000 Unterschriften standen, im Weißen Haus überreicht. Präsident Eisenhower nahm sie jedoch nicht persönlich in Empfang; den Überbringern wurde mitgeteilt, der Präsident sei »verhindert«.

Durch unerlaubtes Betreten von Privatgelände (die Zufahrtsstraßen führen durch private Ländereien einheimischer Rancher, welche dem Militär die Nutzung gestattet haben) und von Gebieten, die dem Staat gehören, wollen wir erreichen, daß der Betrieb gestört wird – statt »friedlicher Nichtbeteiligung« gibt es aktive Auflehnung und Obstruktion, bei der wir den »Gegner« dazu herausfordern, mit gewaltsamen Mitteln zu reagieren. Doch was bleibt uns anderes übrig? Viele von uns haben festgestellt, daß Worte – auch ganz überzeugende und durch und durch logische Argumente – offenbar wirkungslos bleiben: Ist das die Folge unserer »Redefreiheit«, bei der *alle* das Wort ergreifen können und *keiner* zuzuhören braucht? Wer jedoch zur Tat schreitet, findet Beachtung, Taten können nicht ignoriert werden. Bei unserem Protest gegen eine künftige globale Gewaltanwendung der USA müssen wir das Risiko eingehen, jetzt zur Gewaltanwendung gegen uns selbst herauszufordern. ETWAS ist aber immer noch besser als NICHTS – daß wir überhaupt etwas tun, ist besser als eine völlige Tatenlosigkeit, die auf Zustimmung hinausläuft.

Die Herausforderung, die wir darstellen, werden die Wachsoldaten auf dem Baugelände nicht ignorieren können – so wie es mit den Flugblättern, den Reden, den jahrelangen friedlichen Bemühungen geschehen ist. Durch die Straßenblockade werden wir die Lastwagenfahrer herausfordern: BRINGT UNS UM – DAMIT DIESE RAKETENBASIS GEBAUT WERDEN KANN. Sie werden sich entscheiden müssen, ob sie einige von uns überfahren wollen, ob sie ihre Laster anhalten und uns wegschaffen wollen oder ob sie umkehren und sich weigern wollen, mit der Arbeit auf dem Gelände weiterzumachen.

Wie dem auch sei, wenn dieser Brief bei Dir eintrifft, werden unsere Bemühungen beendet sein. Ich würde Dich gern darum bitten, daß Du für mich betest, Enid, aber davon halten wir ja beide nichts.

Was Deinen Brief angeht: Ich war ganz schockiert, und ich bin es noch immer.

Mir fehlen die Worte. Ich war ungeheuer erleichtert, daß es Dir jetzt angeblich wieder gut geht, daß bei Euch niemand etwas davon weiß – bis auf den »Vater« (»Vater« von was?). Und daß Du nicht mehr mit ihm zusammenkommst.

Gott, war ich schockiert! Und wütend war ich auch. Zum Glück habe ich Dich nicht angerufen, ich hatte mich nicht im Griff. Vielleicht konnte ich Dich auch gar nicht anrufen, weil ich Angst hatte, Deine Stimme zu hören oder mit unseren Eltern reden zu müssen. Da hätte ich nichts herausgebracht, bloß die üblichen hilflosen Wendungen, die wir am Telefon verwenden.

Ich weiß nicht, was ich sagen soll. (Habe ich Dir mal erzählt, daß ich immer noch den Briefbeschwerer besitze, den Du mir mal geschenkt hast? Es ist eine von diesen Glaskugeln mit »Schneeflocken« drin, ein Andenken vom Shoal Lake. Er steht in Philadelphia in meinem Zimmer auf dem Schreibtisch. Erinnerst Du Dich überhaupt noch an ihn?)

Ich habe vor einer Stunde angefangen, diesen Brief zu schreiben. Da wollte ich so vieles zu Papier bringen. Doch jetzt bin ich blockiert. Ich schmecke etwas Gallenbitteres – Ekel vor mir selbst.

Mag sein, daß meine Nerven ganz angespannt sind wegen morgen früh. Vielleicht rührt es aber auch daher, daß ich Dir nicht im nachhinein törichte Dinge sagen möchte. (Als wir uns im April sahen, schienst Du mir aus dem Weg zu gehen. Oder ich Dir? Ich mied alle, die sich erkundigen wollten, wie es mir bei meinem Jurastudium ergangen sei, ob ich noch einen Versuch machen wolle und dergleichen. Und den armen Daddy, den der Tod seines Bruders so erschüttert, so niedergeschmettert hatte.) Vielleicht liegt es daran, daß ich mir Dich nur als meine Schwester Enid vorstellen kann, als meine jüngste Schwester; deshalb kommt mir das, was geschehen ist, einfach unglaublich vor. (Was mich betrifft: Als die Frau, die angeblich meine Verlobte war, mich verlassen hatte, stellte man bei mir eine »leichtere« venerische Infektion fest. Bitte lach' nicht! Nein, Du würdest darüber natürlich nicht lachen. Und ich bin eigentlich gar nicht verbittert – wenn ich mich nicht schämen würde, könnte ich behaupten, ich sei trotz allem dankbar. Warren Stevick als Liebhaber!)

Es ist schon seltsam: Man »liebt«, ohne den anderen wirklich zu kennen. Die Menschen, die ich von klein auf geliebt habe (Du gehörst dazu), habe ich überhaupt nicht richtig gekannt. Und sie mich auch nicht.

Wie stark, tief und stumm doch die Blutsbande sind! Darin

liegt etwas Furchterregendes. Was wir füreinander empfinden – auch für das Haus in der East Clinton Street –, hat etwas Seltsames und Hilfloses, etwas Lähmendes wie auch Erregendes. Erst in der Fremde, wo die Leute mich gar nicht oder noch nicht lange kennen, bin ich ich selbst.

Nächstes Jahr, wenn Du weggehst zum Studium, wirst du verstehen, was ich meine. Und wir werden einander schreiben, nicht wahr? Unser ganzes Leben lang? Versprich mir, daß ich Dich nicht verlieren werde, obwohl ich Dir als Bruder nicht immer gerecht geworden bin.

Fühl' Dich nur nicht schuldig. Du redest von Schuld, und das ist natürlich, aber Du brauchst keine zu empfinden. (Fühlt sich der »Vater« schuldig? Weiß er überhaupt all das, was Du mir erzählt hast?)

Ich sollte jetzt Schluß machen. Wir fahren in einer halben Stunde mit den Wohnmobilen nach Hershey, um Lebensmittel zu holen. Ich kann den Brief im dortigen Postamt aufgeben.

Ich müßte aufhören – aber ich kann nicht. Ich glaube, dies ist der schwierigste Brief, den ich je geschrieben habe! Jedes Wort entsteht so entsetzlich langsam, gerade so, als hielte ich das Dokument für ein »Testament« von Warren Stevick. (Nichts als Eitelkeit und Paranoia; vielleicht werde ich morgen von den Wachen oder den Lkw-Fahrern oder der Landespolizei von Colorado ein bißchen verprügelt, aber ich werde bestimmt nicht in Lebensgefahr geraten. Dafür hat Warren Stevick nicht genügend politisches Gewicht.)

Plötzlich kommt mir der Pilot eines Kampfflugzeuges in den Sinn, den ich in Korea kannte. Ich glaube, ich habe Dir einmal von ihm erzählt. Er hatte insgesamt über hundert Einsätze geflogen, er machte manchmal zwei am Tag. Allmählich wirkte sich der Streß aus, doch er behauptete, für ihn sei das alles reine Routine. Sein Flugzeug war ein »fliegender Munitionstransporter«, er wurde von einem Aufklärungsflugzeug begleitet und erhielt seinen Einsatzbefehl über Funk – einen Hügel, einen Wald oder ein Dorf zu bombardieren oder zu beharken –, dann kam die Anweisung, er solle umkehren und zum Mittagessen zurück sein. Er sagte manchmal, im Einsatzbesprechungsraum werde er nervös, dort gerate er sogar in Panik, aber sobald er sich in der

Luft befinde, überlasse er sich der Routine, und alles falle von ihm ab; das Fliegen habe dann dieselbe einschläfernde Wirkung wie sonst auch, und wenn sein Ziel vor ihm auftauche, wache er auf und spüre weder Erregung noch Furcht, sondern eine Art Gewißheit, daß er an der richtigen Stelle sei und das Richtige tue – hatte man ihn denn nicht von der anderen Seite der Welt herbeigeschafft, damit er diesen Auftrag ausführte? –, nämlich eine Ladung Bomben befehlsgemäß abzuwerfen. Dort gebe es nur noch ihn und das Ziel, sonst nichts auf der Welt, sagte er – er verkörpere den gesamten Krieg. Deshalb könne ihm nichts mißlingen. Er könne nichts falsch machen. Alles sei in Ordnung.

Es klingt pervers, aber mir geht es genauso. Alle meine Sinne wurden lebendig, als wären sie monatelang abgestorben gewesen – in meinem Herzen regte sich Hoffnung, es rast vor Hoffnung!

Ich liebe Dich. Bete trotzdem für mich. In Eile,

Dein Bruder Warren

Das verdienst du überhaupt nicht! Nicht im geringsten! stichelte und nörgelte die Stimme. Enid schluckte vor Erregung und bemühte sich, nicht hinzuhören.

Du Mörderin! Wie kannst du's bloß wagen?

Diese neue, wütende Stimme war höhnisch und schlau. Sie versuchte, nicht hinzuhören.

Enid trug ein dunkelblaues Leinenkostüm, eine von Mrs. Stevick genähte weiße Seidenbluse, Strümpfe und hochhackige Schuhe, als sie Ende Mai mit dem Bus nach Rochester fuhr zur Westcott School of Music, wo sie einen Termin mit dem Professor hatte, der im Herbst ihr Studienberater sein würde. Sie war ohne ein Interview in das Institut aufgenommen worden; sie hatte nicht nur ein Stipendium des Bundesstaates New York errungen, sondern auch noch ein zusätzliches von der Musikhochschule. Bei der Abschlußfeier an ihrer High-School hatte sie sogar die Begrüßungsansprache halten dürfen.

Das verdienst du überhaupt nicht! hatte die Stimme gesagt, als Enid den Brief von der Westcott School mit zittrigen Fingern aufgerissen und gerufen hatte: »Mama! Mama! Gute Nachrichten!« Ihre Mutter hatte sich bemüht, eine freudige Reaktion zu zeigen. Auch Daddy, obwohl Enid an jenem Abend in seinem breiten Lächeln einen verkniffenen Zug sehen konnte, jenen beleidigten Gesichtsausdruck, der dann allmählich die Oberhand gewann. »Was ist denn gegen unsere Pädagogische Hochschule hier in Port Oriskany einzuwenden?« fragte er mehrmals. »Da könntest du zu Hause wohnen, Schätzchen, du könntest die Unterbringungs- und Verpflegungskosten einsparen«, überlegte er hartnäckig und war allmählich gekränkt, als stelle die ablehnende Haltung seiner Tochter gegenüber der örtlichen, staatlich finanzierten Hochschule eine persönliche Zurückweisung dar. Was ja auch stimmte, wie Enid vermutete. Aber sie sagte nur »Nein, Daddy« und »Bitte, Daddy« und ließ sich mit ihm auf keine Auseinandersetzung ein.

Schließlich und endlich würde er sie ziehen lassen. Was blieb ihm denn anderes übrig? Alle seine Kinder gingen weg.

In diesem letzten Abschnitt ihres Lebens in Port Oriskany, in der East Clinton Street 118, wollte sich Enid ihr Glück gar nicht recht eingestehen, weil sie befürchtete, es könnte ihr entweichen – wie in einem ihrer bedrückenden Träume, in welchem sie mit kindlicher Erwartung nach etwas Geheimnisvollem und Verlockendem griff, das aber unerreichbar blieb und sich in Rauch auflöste. *Das verdienst du nicht im geringsten!* Die Stimme gehörte nicht Enid, aber es war eine vertraute Stimme, die ihr so nahe war wie ihr Pulsschlag – *Du bist eine Mörderin, das weißt du genau.*

Doch sie brachte den Mut auf, sie würde es schaffen: Port Oriskany zu verlassen, ihr Zuhause zu verlassen, wie Warren es getan hatte, in einer anderen Stadt zu studieren, nur in den Ferien zurückzukehren, ihren Onkel Felix nie mehr wiederzusehen und an all das, was sie zusammen getan hatten, nicht mehr zu denken. Sie glaubte, sie könnte es schaffen, weil sie die Kraft dazu hatte, doch sie wußte, daß sie es so oder so tun würde, und nicht einmal Mr. Stevick, auch wenn er sie noch so inständig bat und lächelte und beleidigt war und anfing böse zu werden, sie davon abhalten könnte.

Nein, Daddy.

Am 28. Mai nahm Enid im Greyhound-Busbahnhof den 7.15-Uhr-Bus und dachte dabei ganz aufgeregt daran, daß sie zum ersten Mal eine so weite Reise allein unternahm. Von der Busstation in Rochester fuhr sie in einem Taxi zum wenige Kilometer entfernten Campus der Hochschule. Sie erlebte angstvolle Minuten, als sie erfolglos nach dem richtigen Gebäude suchte, dann zeigte ihr jemand den Weg, und sie eilte los, stieg einen Treppenaufgang hoch und fand das Zimmer. Ihr Herz klopfte wie wild. Der Mann, der ihr Studienberater war, schüttelte ihr die Hand, als ob sie erwachsen wäre und mit ihm auf derselben Stufe stünde – und Enid dachte, ganz schwach vor Erleichterung: Alles in Ordnung.

Am Schluß der halbstündigen Besprechung stellte sich heraus, daß Enids Studienberater Anton Lesnovich kannte und eine hohe Meinung von ihm hatte: »Ein eigenwilliger, aber auch ein ganz hervorragender Lehrer, auf dessen Urteil man sich sehr wohl verlassen kann.« Tatsächlich habe Mr. Lesnovichs ungewöhnlich nachdrückliche Empfehlung den Ausschlag dafür gegeben, daß Enid an der Hochschule zugelassen worden sei. Enid saß blinzelnd und lächelnd da, diese beiläufige, fast zufällige Enthüllung machte sie einen Augenblick sprachlos – auch der damit verbundene Einblick in die Enscheidungsbefugnisse der Erwachsenenwelt, in welcher sie dem Urteil anderer unterworfen war. Dort gab es eine Enid Stevick, die sie vielleicht nicht kannte und auch nicht richtig einzuschätzen vermochte.

Enid hatte diesen seltsamen, unerwarteten Gedanken schon vor Monaten gehabt, als sie ihren Eltern weisgemacht hatte, sie leide an einer Art Darmgrippe, die jedoch keine ernste Erkrankung darstelle und auch keinen Gang zum Arzt erfordere. Sie war fast zwei Wochen lang krank und ging nicht zur Schule. Sie war zu schwach zum Aufstehen und weinte häufig; sie behauptete – möglicherweise zu Recht –, sie habe Kopfschmerzen, Fieber und Schüttelfrost, vor allem aber sei sie erschöpft. Sie lag im Bett, zugedeckt mit einer alten Steppdecke, die Mrs. Stevick ihr vor Jahren genäht hatte, und hatte sich mit Kopfkissen abgestützt, um zu lesen, ihr Schulpensum zu erledigen, eine der Schallplatten anzuhören, die Felix ihr gekauft hatte und die sie auswendig kannte, wobei sie die in ihrem Schoß liegenden Noten anschauen wollte. Doch nach einer Weile merkte sie, daß sie einfach dalag und an nichts dachte – nicht einmal *daran.* Ihre Augen waren offen, aber blicklos, und selbst der Schmerz in ihrem Unterleib war vage und weit weg, irgendwie abstrakt und unpersönlich. Zur Beruhigung strich sie über die Steppdecke – Mamas Steppdecke, »Doppelter Ehering« hieß das Muster, es bestand aus ineinandergreifenden Kreisen auf unterschiedlich strukturiertem weißen Tuch mit einem einfachen weißen Hintergrund, weißen Applikationen und weißer, erstaunlich zarter Stickerei. So viele Stunden von Hannah Stevicks Leben sind bei dieser Näharbeit draufgegangen, dachte Enid. Und sie dachte auch, daß sie es nicht einmal fertigbrächte, das Puzzle aus vielen hundert verschiedenen Schattierungen und Strukturen, die sich fast unmerklich unterschieden, zusammenzufügen. Weiß fügte sich zu Weiß, die Eheringe griffen auf eine bei oberflächlicher Betrachtung kaum wahrnehmbare Weise ineinander. Sie fragte sich, ob sich wohl irgendein Familienmitglied diese von Mama genähte Steppdecke ganz genau angesehen hatte. Doch es reichte nicht, sie anzuschauen, man mußte sie auch befühlen – es war, als lese man Blindenschrift.

Enid schämte sich, als sie daran dachte, wie oft sie und Lizzie über Mamas Näharbeiten gespottet hatten und es nicht hatten wahrhaben wollen, daß Mrs. Stevick ihre Töchter liebte und ihnen deshalb diese Sachen nähte, die nicht immer modisch oder genau nach ihrem Geschmack waren. So viele Stunden, soviel Liebe, wie konnten sie ihr das jemals vergelten?

Die Steppdecke war vom vielen Waschen vergilbt, aber immer noch warm, schwer und schön; Enid betrachtete schläfrig die ineinandergreifenden Kreise, das kunstvolle Ringmuster und dachte: Was spielt das schon für eine Rolle, wenn Mama die Decke für ein Kind genäht hat, an das ich mich nicht mehr erinnern kann, das ich nie gewesen bin? Was macht das schon.

»He du! Wie geht's dir denn?«

Lizzie stand im Türrahmen ihres früheren Zimmers, benahm sich jetzt merkwürdig schüchtern und unsicher, als dächte sie, Enid könnte ein Besuch, insbesondere ihr Besuch, unerwünscht sein. Sie war jedoch mondän aufgetakelt und lächelte, sie verströmte ihr Fluidum und ihren Parfümduft – der noch Stunden später in der Luft hing, so daß Mr. Stevick, als er am Abend nach

Hause kam, unwillkürlich fragte: »Wonach riecht's denn hier, ist das ein neumodisches Raumspray?«

Lizzie brachte ihrer Schwester ein paar nette Kleinigkeiten als Geschenk mit: einen kleinen Pandabären aus Plüsch, eine Taschenbuchausgabe von *Jenseits von Eden* – »Weil du so gern dicke Romane schmökerst« – und einige Ann-Page-Pralinen. Sie sagte, sie könne nicht lange dableiben, da Henri auf sie warte, aber sie wolle mal schauen, was Enid so mache; dann warf sie einen verstohlenen Blick in die Diele und fragte, wie es ihr denn wirklich gehe. Enid fing an zu weinen, doch sie sagte rasch: »Eigentlich ganz gut.« – »Tatsächlich?« fragte Lizzie skeptisch. »Ja, wirklich«, sagte Enid. »Wie steht's denn mit der Blutung, ist die auch in Ordnung? Ich meine, ist die vorüber?« – »Ja, die ist vorüber.« – »Haben sie dich genäht?« – »Nein.« – »Und wie war das überhaupt?« – »Ich war betäubt, als der Arzt den Eingriff machte, ich weiß nicht, wie es ist«, sagte Enid, »bloß daß es nachher ziemlich weh getan hat.« – »Hast du jetzt noch Schmerzen?« – »Ab und zu.« – »Tut es sehr weh?« – »Lizzie, ich möchte jetzt nicht darüber reden, bitte...« – »Und der Typ, wer ist denn der? Das interessiert mich brennend.« – »Niemand, den du kennst.« – »Na gut, aber wie heißt er denn?« Lizzie beugte sich über Enid, berührte ihr glühendes Gesicht mit überraschend kühlen Fingern, doch Enid sagte nichts. »Ich kann es einfach nicht fassen«, sagte Lizzie schließlich. »Mein Gott, ausgerechnet meine kleine Schwester!« Dabei schaute sie Enid mit ganz anderen Augen an, und Enid hatte den Eindruck, daß Lizzie sie von nun an immer so betrachten und insgeheim denken würde: Das ist diejenige in unserer Familie, der man nie trauen darf. Nie und nimmer.

Wenn Enid manchmal vor sich hindämmerte oder von zuviel Schlaf ganz benommen war, konnte sie sich nicht mehr erinnern, ob es erst vor kurzem oder damals gewesen war, als sie unbedingt hatte sterben wollen und man sie ins Leben zurückgeholt hatte. Und daß sie dann in diesem Bett neben der geheimnisvollen Tapete gelegen hatte, so schrecklich müde, so schrecklich leer, wie man sich's gar nicht vorstellen konnte. Dann hatte sie sich ganz allmählich besser gefühlt, kräftiger, sie erwachte eines Morgens zum ersten Mal nach langer Zeit mit einem Hungergefühl und wußte, daß sie genug hatte vom Kranksein, genug von der Reue, daß sie jetzt aufstehen und duschen und die Haare waschen und sich anziehen und nach unten gehen und ausgehen wollte – Schluß mit diesem Bett und seinen vertrauten Ausbuchtungen und Vertiefungen, Schluß mit der Decke und der fleckigen Tapete, die sie selten anschaute. Sie hatte auch genug gehabt vom Leid, von der Trauer, von jenem Dröhnen in ihrem Schädel, das ihr mitteilte, sie verdiene ebenfalls den Tod, sie habe ja ihr Baby umgebracht, ein »Baby«, welches in Wirklichkeit nie existiert hatte, und der Gedanke daran verschwand allmählich ebenso wie der Schmerz in ihrem Unterleib, verflüchtigte sich wie bei einem Klavierstück, das sie schon so lange geübt hatte, so daß sie in einem bestimmten Stadium nur noch den allerersten Ton anzuschlagen brauchte und alle weiteren Töne ohne bewußtes Zutun entstanden, allein mit Hilfe ihrer Finger und ihrer Nervenenden.

Als Felix Ende März zwölf Tage lang im Krankenhaus lag (»Ein Unfall«, sagte man ihr anfangs. »Eine Schlägerei«, erfuhr sie später), war Enid das einzige Familienmitglied, das ihn *nicht* besuchte.

Alle anderen gingen hin, sogar Neal O'Banan. Warum blieb Enid Stevick, die ihrem Onkel soviel verdankte, weg?

Enid sagte jedem, der sie fragte, sie bringe es nicht über sich, das Krankenhaus zu betreten, schon der Geruch dort würde sie an etwas erinnern, das sie vergessen wolle. Man stellte keine weiteren Fragen, schließlich war Enids eigener »Unfall« in der Familie fast in Vergessenheit geraten, er wurde jetzt nie mehr erwähnt.

Sie ließ auch Vorsicht walten, wenn sie sich nach Felix' Befinden erkundigte und nach seinen Verletzungen, gab auf ihre Stimme, ihr Gesicht und ihre Hände acht, damit nicht plötzlich ein Zittern entstand. Mr. Stevick sagte jedoch, sein Bruder komme wieder in Ordnung, er werde nicht sterben; bloß ein paar Rippenbrüche und eine gebrochene Nase: »Er hat ja genug Geld, um die wieder richten zu lassen.« Da fuhr Mrs. Stevick plötzlich ganz erbost auf ihn los und sagte: »Himmel noch mal, dein Bruder ist doch schwer verletzt, hat es im Krankenhaus nicht geheißen, er sei stundenlang bewußtlos gewesen?« Doch Mr. Stevick war hartnäckig und mißgünstig und blieb bei seinem Standpunkt: »Felix fällt immer wieder auf die Füße – warte nur ab.«

Mitte Mai telefonierte Felix zum ersten Mal seit Monaten mit Enid. Um ihr zu sagen, daß er heiraten werde.

»Tatsächlich?« sagte Enid mit schwacher Stimme.

Er werde auch aus Port Oriskany wegziehen, fürs erste nach Albany, dann anderswohin – in eine neue Gegend. Er wolle sich einem anderen Geschäftszweig zuwenden, Investitionen anderer Art, seinen Grundbesitz in den Adirondacks und anderswo werde er verkaufen, aber er habe sich noch nicht genau entschieden.

In erster Linie wolle er ihr mitteilen, daß er heiraten werde, sagte er.

Enid solle es als erste wissen – noch bevor die betreffende Frau es erfahre, sagte er.

Enid lachte. Seine Stimme zu vernehmen, war ein kräftezehrender Schock für sie, doch sie hörte, wie sie lachte, als hätte er etwas Lustiges gesagt, was ja vielleicht auch der Fall gewesen war. Felix redete schnell und schuldbewußt, er sagte, er habe verstehen können, daß sie ihn im Krankenhaus nicht besucht hatte, habe gehofft, sie würde fortbleiben – es wäre besser, das Ganze zu vergessen.

»Ja«, sagte Enid.

Wer die Frau war, verriet er ihr nicht, und sie wollte ihn nicht danach fragen.

Sie telefonierten nicht lange miteinander, nur etwa zehn Minuten. Es gab Pausen, über längere Strecken hinweg ein gespanntes Schweigen; Enid bemühte sich, ihr Schluchzen zu unterdrücken, sie wollte nicht, daß er sie weinen hörte, und er wollte nicht zugeben, daß er hörte oder vermutete oder wünschte, daß sie weinte. Wäre er doch gestorben! dachte sie. In einer Kneipe bei den Docks hatte man ihn niedergeschlagen, brutal zusammengeschlagen, ihm die Brieftasche weggenommen, einen Teil der Kleider vom Leibe gerissen, den einen Schuh sogar in die Toilette geworfen; man hatte ihn im Krankenwagen ins Port Oriskany General Hospital geschafft, und als er schließlich das Bewußtsein wiedererlangte, als er sich verständlich machen konnte, erzählte er der Polizei, er habe die Übeltäter noch nie zuvor gesehen, er habe sie nicht erkannt.

Ein paar Tage zuvor hatte Enid auf der Main Street zufällig einen Mann über die Straße gehen sehen, der Felix Stevick ähnelte; dunkles, windzerzaustes Haar, die Statur von Felix, das Profil von Felix, in seinem Gebaren die kaum noch zu zügelnde Ungeduld. Enid stand auf dem Gehsteig, schaute ihm nach und spürte, wie die Kräfte sie verließen und ihr ganzer Stolz, ihre Entschlossenheit und ihre Verletztheit wie weggeblasen waren – selbst als sie erkannt hatte, daß der Mann gar nicht Felix war, beobachtete sie ihn weiterhin mit bangem Herzen und dachte dabei, daß sie diesen Mann ihr ganzes Leben lang sehen würde und es nicht zulassen dürfe, daß er sich umdrehte und sie erblickte.

Felix fragte Enid jetzt, wie es ihr gehe, und sie gab ihm die übliche Antwort. Er sagte, er habe von Lyle erfahren, daß sie im Herbst auf ein College gehen wolle, um Musik zu studieren. Falls sie je Geld brauche...

»Nein, ich werde kein Geld brauchen«, sagte Enid mit Bedacht.

»Falls doch, dann laß es mich nur wissen«, sagte Felix.

Wäre er doch gestorben!

Wären sie doch beide gestorben!

Sie erinnerte sich, als wäre sie dabeigewesen oder hätte es in einem Film miterlebt, an einen Mann und eine Frau, ein verzweifeltes Liebespaar, das sich ans Sterben machte, eingeschlossen in einem Auto, das an einem abgelegenen, versteckten Ort geparkt war; ein Stück Schlauch führte vom Auspuff durch eines der Fenster, das Radio lief leise, süßes Musikgesäusel sollte ihr Sterben begleiten, aber vielleicht wäre es doch besser, überhaupt nichts zu hören, nur weihevolle Stille, bis auf den Automotor und ihre eigenen absichtsvollen Atemzüge, die schließlich ebenfalls verstummen würden. *Wären sie doch gestorben.*

Am 28. Mai hatte Enid nach der Besprechung eine gute Stunde Zeit bis zu ihrem nächsten Termin – sie sollte eine frühere Schülerin von Mr. Lesnovich zum Mittagessen treffen, ein Mädchen, das im Hauptfach Musikerziehung studierte, was Enid ebenfalls vorhatte. Also spazierte sie neugierig und voller Bewunderung auf dem Campus der Westcott School umher. Hatte sie das eigentlich verdient? Diesen Ort mit seinen gepflasterten Wegen und grünen Innenhöfen, seinen neugotischen Bauwerken, den emporstrebenden Gewölben, den überraschenden Ausblicken auf lange Baumreihen? All diese intelligent aussehenden jungen Leute, dachte sie, lauter ernsthafte, anziehende Menschen, ihre zukünftigen Kommilitonen. Es hatte schon jetzt den Anschein, als gehöre sie zu ihnen, von ihrer eleganten Kleidung mal abgesehen.

In der Nacht zuvor hatte es ein Gewitter gegeben, jetzt zeigte die Luft ein helles, klares Emailblau, und der gesamte Erdboden, insbesondere das Gras, auch die Stämme und das Blattwerk der Bäume, schien voller Licht und Leben zu sein. Enid schritt umher, ohne zu wissen, wo sie hinging, sie betrachtete alles genau und begierig. Sie fand es ironisch, daß sie, nachdem sie nun einmal hier war, mit der Zeit daran glauben würde, sie gehöre hierher.

Welle um Welle durchflutete sie das Glücksgefühl. *Das verdienst du nicht* – sie wußte es, doch sie kümmerte sich nicht darum, sie war jetzt hier.

Sie näherte sich einem Gebäude, das einmal in Privatbesitz gewesen sein mußte, einer Art Herrenhaus. Sie war in diese Richtung gegangen, weil sie verschiedene etwas mißtönende Klänge gehört hatte; die Fenster im Ergeschoß standen halb offen, und durch eines von ihnen sah sie eine junge Frau am Klavier sitzen. Sie spielte immer wieder einige vertraut klingende Takte, war das nicht Beethoven? Aus dem nächsten Fenster ertönte eine Violine, weiter drüben hörte sie ein Instrument, das eine Klarinette sein mochte, dann wieder ein Klavier – das war das Gebäude zum Üben, und im folgenden Jahr würde Enid dort selbst am Klavier sitzen. Sie ging durch eine offenstehende Hintertür hinein und gelangte in einen niedrigen Gang, dessen Holzboden stark nach Wachs roch; die Wände brauchten dringend einen neuen Anstrich, die Wasser- und Heizungsrohre lagen nicht unter Verputz. Es war eben ein altes Gebäude, bescheiden und anheimelnd. Durch geschlossene Türen vernahm Enid gedämpfte Musik – Klavier, Violine und Holzblasinstrumente –, Geheimsprachen, die sich vorsichtig vorantasteten wie unterirdische Wasserläufe. Am Ende des Ganges gelangte Enid zu einem freien Zimmer, ging hinein, machte die Tür hinter sich zu und schloß sie ab. Warum denn nicht? Als hätte sie einen Sprung in die Zukunft gemacht und hielte sich nun mit vollem Recht in diesem kleinen schallgedämpften Raum auf, wo ihr ein Wurlitzer-Spinett zur Verfügung stand.

Das Instrument war ziemlich alt und abgewetzt, es hatte vergilbte Tasten, doch der Klang war überraschend klar und voll – so gut wie bei dem Klavier von Mr. Lesnovich. Enid stellte den Hokker auf die richtige Höhe ein, setzte sich hin und ließ ihre Finger über die Tasten gleiten; sie spürte immer noch, wie jenes Glücksgefühl in ihr emporstieg, ihr war schwindelig, als wäre sie betrunken, und sie dachte daran, wie privilegiert sie war, wie privilegiert sie gewesen war, daß sie sich nur an ein Klavier zu setzen und ganz gewöhnliche Tonleitern und Akkorde zu spielen brauchte – insbesondere Arpeggios wirkten auf sie immer besänftigend und beruhigend, sie trösteten sie über jeden Verlust hinweg, zumindest beinahe –, dank der einfachen, aber doch so wunderbaren Tatsache, daß die Klaviermusik bereits in dem Instrument steckte und nur darauf wartete, daß sie die Tasten anschlug.

Sie spielte eines der kleinen Rondos von Mozart, die sie für Mr. Lesnovich auswendig gelernt hatte, griff daneben und begann von neuem, spielte in ihrer Aufregung wieder falsch und fing noch einmal von vorne an, aber es konnte sie ja niemand hören, niemand würde den Fehler bemerken, also war es im Grunde gar keiner. Die heitere Logik des Rondos wirkte beruhigend auf sie, allein schon, wie sie ihre etwas steifen Finger über die Tasten gleiten ließ, und sie vernahm aus diesem Klavier klangliche Feinheiten, die ihr neu und rätselhaft vorkamen. Als sie krank gewesen, als sie tagelang nicht nach unten gegangen war und sich schon seit Wochen nicht mehr in die Nähe eines Klaviers gewagt hatte, dachte sie in ihrem Fieberwahn, wie schön es wäre – o Gott, es war immer so schön gewesen –, sich einfach ans Klavier zu setzen und eine einzige Taste anzuschlagen, diesen klaren, einzigartigen Klang zu erzeugen. Aber sie hatte nicht die Kraft dazu gehabt, den Willen. Drei Monate war sie dem Instrument und Mr. Lesnovich fern geblieben, und als sie wieder zum Unterricht ging, spielte sie schlecht und machte dumme Fehler, es hatte den Anschein, als müßte sie ganz von vorn anfangen. Mr. Lesnovich war überraschend mitfühlend, er schimpfte sie nicht aus, tadelte sie nicht, sondern riet ihr, nicht ungeduldig zu werden. Er gab ihr alte Sachen von neuem auf, die vertrauten Stücke, die sie schon im vorangegangenen Jahr »gemeistert« hatte. Er sagte zu ihr, für jeden Musiker sei schon ein einziger Tag ohne Spielpraxis schädlich, ganz zu schweigen von einer so langen Zeitspanne. Ob ihr das klar sei?

Das begriff sie durchaus. Sie war gewillt zu arbeiten, sie war bereit, sich zu demütigen und immer wieder von vorn anzufangen. Ihr blieb ja keine andere Wahl.

Vor Jahren hatte Enid bei einem Familientreffen ihren Vater und einen ihrer Onkel klagen hören, wie sie sich bei der Arbeit abrackern müßten. Mr. Stevick war beredt und verzweifelt und komisch gewesen, mit lallender Stimme hatte er gesagt: *Was bleibt einem schon anderes übrig?* Und Enid hatte ihn in diesem Augenblick geliebt, weil er soviel durchgemacht hatte; natürlich war es ihr peinlich gewesen, aber sie hatte ihn auch geliebt, weil sie wußte, daß er recht hatte: Was blieb einem schon anderes übrig?

Als Enid noch einmal mit dem Rondo anfing, machte sie sich auf einen geheimnisvollen Widerstand der Tastatur gefaßt. Diese sperrte sich manchmal gegen sie, wenn sie das Gefühl hatte, daß ein Stück Gestalt annahm, daß es sich von ihr und ihren blitzschnellen Gedanken löste und sie dann wie aus der Ferne sich selbst beim Spielen zuhörte – mit ihren Fingern, ihren Armen, ja mit ihren Atemzügen regelte sie den Fluß der Töne, während sie selbst kritisch und aufmerksam daneben stand. Das Stück nahm Gestalt an, schwebte dahin. Die Komposition faszinierte sie nicht nur wegen der Mühe, die sie damit hatte: »Mozart war ganz jung, als er das schrieb«, hatte Mr. Lesnovich ihr erzählt, »fast noch ein Kind, aber es ist mit seiner vibrierenden Zartheit, seiner

Logik, seiner Einfachheit, seinem Humor, mit diesen kleinen, anmutigen, raffinierten Doppelschlägen und den subtilen Auflösungen das Werk eines Genies.« Ein um das Jahr 1770 entstandenes Musikstück erklang nun an einem Maimorgen des Jahres 1956 wie von selbst, ohne daß sich die Pianistin oder das Instrument ihm in den Weg gestellt hätten.

Sie sagte nun schon zum zweiten oder dritten Mal an diesem Nachmittag, daß sie sich dort unten nicht lange aufhalten wolle. Dieser Aufenthalt unter der Erde mache sie nervös, und es komme ihr allmählich so vor, als könne sie nicht mehr richtig atmen.

Lyle Stevick zügelte seine Ungeduld und versprach ihr, sie würden nicht lange dortbleiben. Nur ein paar Minuten. Er wolle nach den schweren Regenfällen der vergangenen Nacht nur mal rasch nach dem Rechten sehen. Und sie könnten auch herausfinden, ob die Decken gut zu den Betten paßten.

»Die werden ein bißchen Farbe reinbringen«, sagte Hannah mit der Andeutung eines Lächelns.

Sie verschwanden aus dem weißlichen Maisonnenschein und stiegen durch die Luke nach unten, Lyle Stevick voran, Hannah hinter ihm, kletterten Schritt für Schritt die Metalleiter hinunter, als kämen sie in ein Unterseeboot; sie ließen die kompakte Erd- und Grasschicht hinter sich und gelangten dorthin, wo Lyles silbern tapezierte Wände glimmerten und wo es ein bißchen nach Feuchtigkeit, Erde und Abwässern roch. Lyle hoffte, daß sich Hannah nicht daran aufhalten würde. Bestimmt bemerkte sie den Geruch – ihr entging nichts –, aber vielleicht würde sie sich's verkneifen, darüber zu jammern. Als er sie nach wochenlangem Drängen das erste Mal dazu gebracht hatte, den Bunker zu besichtigen, hatten sie sich über den »Gestank«, wie sie das nannte, gestritten, und Lyle hatte argumentiert, daß es unter der Erde immer nach irgend etwas »stinke«. Im weiteren Verlauf ihres Streits bestand er dann darauf, daß sie sich alles nur einbilde – in Wirklichkeit gebe es überhaupt keinen »Gestank«. Inzwischen hatte sich Hannah so sehr an die Luft im Bunker gewöhnt, daß sie zugeben mußte, daß sie nichts mehr roch. Hannah Stevick konnte die Sache aber nicht auf sich beruhen lassen; sie sagte, der »Gestank« sei da, ganz gleich, ob ihn jemand wahrnehme oder nicht. Und Lyle fragte spöttisch: »Stürzt draußen im Wald ein Baum um, wenn niemand da ist, der es sieht oder hört?« Hannah starrte ihn an, als ob er verrückt wäre und sagte: »Natürlich. Was für eine dumme Frage!«

An diesem Nachmittag war die Frau Gott sei Dank taktvoll, sie nahm Rücksicht auf seine Gefühle, sagte kein Wort über den Geruch, murmelte sogar ein bißchen neidisch, der Boden sei wirklich trocken, jedenfalls trockener als der Kellerboden. Zumindest funktioniere die Pumpe, die er gekauft hatte, das sei ja immerhin etwas. (Anfang April hatte Lyle Stevick eine böse Überraschung erlebt: Als er eines Morgens nach schweren Regenfällen den Bunker inspiziert hatte, war dieser gut zehn Zentimeter hoch mit schmutzigem Wasser überschwemmt gewesen! Er hatte sofort zu Harry Pools Laden hinüberrennen und für 45 Dollar eine gebrauchte Schachtpumpe kaufen müssen, um das Wasser mit Hilfe eines Schlauches in die Gasse zu leiten, wie die schmutzige Seifenbrühe aus den Waschmaschinen der Frauen. Natürlich hatten sich Kinder aus der Nachbarschaft versammelt, um zu gaffen und unverschämte Fragen zu stellen, aber das ließ sich nun mal nicht ändern. Doch die verdammte Pumpe hatte funktioniert; und das war ja, mit Hannahs Worten, immerhin etwas.) In letzter Zeit war sie überraschend sensibel geworden, was seine Stimmungslage anbetraf, sie war sogar ziemlich besorgt um ihn – im März hatte ihm sein Gesundheitszustand sehr zu schaffen gemacht; daß sein Bruder Domenic dann ganz plötzlich, ganz ohne Vorwarnung gestorben war, hatte ihn niedergeschmettert, und Felix' »Unfall« war ebenfalls ein Schock gewesen. Und dann noch Lizzie! Großer Gott, er brauchte bloß an Lizzie zu denken, und schon ging sein Blutdruck hoch! Ein Schicksalsschlag nach dem anderen, und Hannah bemühte sich deshalb, nett und rücksichtsvoll zu sein, ihn vielleicht sogar mit Nachsicht zu behandeln, was ihm allerdings nicht paßte. Es kam vor, daß Hannah und seine Schwägerin Ingrid miteinander redeten und, wenn er sich ihnen näherte, auf einmal in Schweigen verfielen; dabei schauten sie ihn, so kam es ihm vor, verlegen, wenn nicht schuldbewußt an und warteten nur darauf, daß er wieder fortging – was hatten diese beiden nach all den Jahren noch zu bereden, auch wenn sie ihn aufs Korn nahmen?

Aber an diesem Tag war selbst Hannah düster gestimmt. In ihrer Damenschneiderei hatten die beiden Schwestern Schwierigkeiten mit einer von den Kundinnen, aber in erster Linie befand sich Hannah wegen Enids Weggang in einer melancholischen Stimmung – Enid, ihr jüngstes Kind, ihr letztes, wollte nach Rochester, traf fast den Tag lang Vorbereitungen für ihre Abreise im Herbst und ließ sich durch nichts davon abbringen; sie hatte von der Westcott School of Music ein Zusatzstipendium erhalten, und dort wollte sie unbedingt hin. Lyle Stevick sagte zum tausendsten Mal zu seiner Frau, er sehe nicht ein, wieso Enid nicht in Port Oriskany studieren und zu Hause wohnen könne, einige ihrer Freundinnen von der High-School gingen ja zur Pädagogischen Hochschule, sie könnte auf diese Weise einen schönen Batzen Geld sparen; er hätte nie gedacht, daß Enid so eigensinnig sei. Und Hannah sagte mit einem Anflug von Resignation, alle Kinder seien eigensinnig, man merke es bloß nicht immer.

War der Gedanke, keine Kinder mehr im Haus zu haben, für Hannah genauso alarmierend wie für ihn? Er hatte schon den Eindruck. Sie beide säßen ganz allein zu Hause wie am Anfang, als sie frisch verheiratet waren; natürlich waren sie da nicht lange allein geblieben, gleich kam das erste Baby. Die Kinder wuchsen auf, eines nach dem anderen ging weg, was ganz natürlich war, das wußte Lyle sehr wohl, es entsprach ja der natürlichen Ordnung; schmerzlich daran war, daß nächstes Jahr nur noch Geraldine in Port Oriskany übrig bliebe – man mußte über Neal O'Banan doch noch froh sein. Doch wer hätte sich träumen lassen, daß Warren so verschroben werden würde und sie so enttäuschen würde! Nun hatte er sogar sein Jurastudium aufgegeben und betätigte sich in einer Slumgegend von Philadelphia bei einem von der Stadtverwaltung finanzierten Projekt, dem sogenannten Kinderhilfswerk; Lyle hatte den Verdacht, daß Warren nicht ohne Grund auswich, wenn sich sein Vater nach dem Job erkundigte. Dabei hatte Warren an der High-School so gut abgeschnitten! Und er war Lyle Stevicks einziger Sohn! Dann war da noch Lizzie, an die er kaum zu denken wagte – sie hatte sich nach Manhattan abgesetzt, um ihrer Karriere nachzugehen, sie wohnte in einer Hotelpension in der Nähe des Broadway und der 42nd Street, und La Porte, ihr Verlobter, war bei ihr, wenngleich sie nach Lizzies Angaben getrennte Zimmer hatten. Getrennte Zimmer! Glaubte Lizzie denn im Ernst, daß Lyle Stevick so etwas auch nur einen Moment lang für bare Münze nehmen würde? Und sie wollten ja heiraten, sobald La Portes Scheidung perfekt sei, ja doch, darauf könne sich Daddy verlassen. Was dahintersteckte, war nichts anderes als: *Ob es dir nun paßt oder nicht, um dich schert sich sowieso keiner.*

Und da war noch Enid, die sich plötzlich so hartnäckig zeigte, gar nicht wie eine Tochter...

Nein, über Enid wollte er jetzt nicht nachdenken. Nicht gerade jetzt, während Hannah sich offenbar bemühte, liebenswürdig zu sein, und ihm Komplimente machte wegen der Mauern, an die man sich, wie sie sagte, durchaus gewöhnen könne; der Silberschimmer sei wie die Innenseite von etwas, an das sie sich nicht mehr recht erinnern könne. Und sie lobte die gebrauchten Armstrong-Linoleumplatten, die er auf dem Betonboden ausgelegt hatte. Nach penibler Hausfrauenart überprüfte sie die Vorratsregale, als könnte dort etwas abhanden gekommen sein. Dann wandte sie sich um und schüttelte die Kordsamtdecken aus, die sie für die Stockbetten genäht hatte, und dabei zeigte sie kein Lächeln, wie Lyle es vielleicht gern gehabt hätte, aber auch kein strenges Stirnrunzeln. Sie wußte, was ihm der Bunker bedeutete, sie war der einzige Mensch auf der ganzen Welt, der das zu wissen schien, und dafür mußte er ihr dankbar sein. Monatelang war Hannah wegen des Geldes, das er dafür ausgegeben hatte, verbittert gewesen, aber dann, als es um seine Gesundheit ging, hatte sie die Dinge von seiner Warte aus betrachtet oder zumindest diesen Anschein erweckt. Sie fing keinen Streit an und hatte nichts dagegen, daß er noch ein paar Dollar ausgab – zum Beispiel für die Schachtpumpe. Als Lyle ihr zuschaute, wie sie die Decken auf den Stockbetten ausbreitete, spürte er, wie sich Zuneigung in ihm regte und ein merkwürdiges, ganz schwaches Verlangen. Es war ja lieb von ihr gewesen, sich Zeit zu nehmen für die Decken, um so »etwas Farbe reinzubringen« in den Bunker, doch sie wies den Dank von sich und sagte, die Bettdecken seien ein Kinderspiel gewesen: billiger rostfarbener Kordsamt, schnell auf der Nähmaschine zusammengenäht, das sei ganz einfach gewesen. In dem düsteren Licht sah ihr Gesicht weicher aus, selbst die Runzeln zwischen ihren Augen, die sich im Tageslicht so deutlich zeigten, wurden geglättet; ihr gesenkter Blick erinnerte Lyle an die Hannah Weir von einst. Ein Vierteljahrhundert war das her! Und er war als frischgebackener Ehemann ganz außer sich gewesen vor Lust und vor Liebe, hatte sich frei von Schuld gefühlt, weil der heilige Stand der Ehe ein Sakrament der Kirche darstellte, das ihm seine schüchterne junge Frau nicht verweigern durfte, obwohl sie bei dem, was sie taten, vor Scham oft wie gelähmt war. Und sie war ja ohnehin schwanger. Da war es zu spät, da konnte nichts mehr passieren! Es war *schlicht* und *einfach* das körperliche Verlangen gewesen – schlicht und einfach konnte man es schon nennen! –, das Lyle Stevick vor fünfundzwanzig Jahren an sie gefesselt hatte, das sie zu Mann und Frau und zu einem Fleisch hatte werden lassen, getreu der unheimlichen Formel, in kranken wie in gesunden Tagen ein Fleisch, in Ewigkeit Amen.

Die Regung überfiel Lyle ganz plötzlich und jagte ihm fast Angst ein: Sie könnten ja miteinander schlafen.

Sie befanden sich an einem ganz sicheren, ganz abgeschiedenen Ort. Kein Mensch würde etwas erfahren. Wer sollte schon etwas merken?

Für eine Frau ihres Alters, für ihre dreiundfünfzig oder vierundfünfzig Jahre, war Hannah durchaus attraktiv – obwohl sie ziemlich schwer gebaut war und einen so vollen Busen hatte, daß es für sie eine Qual sein mußte, Tag für Tag diese verdrahtete Stützvorrichtung an- und auszuziehen mit all den Haken, Ösen, Gurten und Gummibändern; noch schlimmer war das Korsett mit den herabhängenden Strapsen, das wie eine Rüstung aussah und immer von einem krankenhausartigen Weiß war. Hannah hatte ein paar Pfund abgenommen, offenbar im Zusammenhang mit der Diät, auf die Lyle vom Arzt gesetzt worden war (er selbst hatte seit dem März elf Pfund abgenommen, aber nach dem Schreck, den Ritter ihm eingejagt hatte, war ihm ja weiß Gott nichts anderes übriggeblieben!). Trotzdem hatte sie breite Hüften, und er wußte, daß das weiße, talgige Fleisch ihrer Oberschenkel und Hinterbacken schwabbelig war, daß ihr großer Busen herunterhing, daß ihre Oberarme ganz schlaff waren und sie aus diesem Grund keine kurzärmeligen Sachen mehr trug – Lyle hätte diese Eitelkeit nicht in ihr vermutet, das war wie mit dem Lippenstift, den sie gelegentlich verwendete und dem Puder, den sie sich aufs Gesicht tupfte. Hannah wie auch Ingrid achteten jetzt in der Öffentlichkeit auf ihr »Erscheinungsbild« – auch Lyle gefiel ihre Frisur, diese kurzgeschnittene Dauerwelle, die einen so hellen Braunton hatte, daß man nicht merkte, wieviel Grau sich daruntermischte.

Sie könnten ja miteinander schlafen.

Es war ein seltsames, unerwartetes, verwirrendes Gefühl – nach den verschiedenen Krisen des Frühjahrs hatte es gelegentlich Regungen sexuellen Verlangens und geradezu amouröse Anwandlungen gegeben, die ihn verblüfften und die er sich nicht eingestehen wollte; er war verdammt froh gewesen, daß er nicht mehr an die Beichte glaubte, weil er sonst zu Pfarrer Ogden hätte gehen müssen wie ein fünfzehnjähriger Junge. Großer Gott, das mußte man sich mal vorstellen! Ganz unabhängig von seinem bewußten Denken vermochte ihn alles Mögliche in Erregung zu versetzen: Frauen, die er auf der Straße sah; Frauen, die er in seinem Laden bediente; die allabendlichen Fernsehsendungen; jene außergewöhnlich schöne Frau mit dem süßen Gesichtchen, die Felix im Krankenhaus besucht hatte; und wenn er von Elvira French träumte, obwohl er fest überzeugt gewesen war, sie vergessen zu haben. Am schlimmsten war ein Anfall sexuellen Verlangens gewesen, den er ausgerechnet beim Begräbnis seines Bruders bekommen hatte, als er eine junge, hellhäutige Frau anstarrte, die ihm völlig unbekannt war, eines von Domenics Gemeindemitgliedern in Foxboro. Zum Glück hatte ihn niemand bei seinem lustvollen, selbstvergessenen Gaffen ertappt. Er wies sich selbst zurecht wegen dieser Torheit, aber was sollte er machen? – Schon seit Jahren war sein Schwanz schlaff und nutzlos, diente sozusagen nur noch als Verzierung; zuerst war das männliche Geschlechtsteil so stattlich, doch nachdem es überflüssig geworden war, wirkte es komisch, wurde ein Gegenstand für Witze, die aber nichts Lustiges hatten, denn es gehörte ja zu einem. Daß er das Pfeifenrauchen aufgegeben hatte, hatte wohl etwas damit zu tun, auch daß er abgenommen hatte, daß er sich Sorgen gemacht hatte, er könnte Darmkrebs haben; statt dessen hatte man lediglich Hämorrhoiden gefunden, aber da war immerhin das Emphysem, dieser Anfang vom Ende, mit dem Ritter ihm einen Schrecken eingejagt hatte. Nach Domenics Tod hatte er viel nachgedacht, er hatte spät nachts am Küchentisch gesessen und sein Bier so langsam getrunken, daß er für eine Flasche eine Stunde brauchte. Ach, zum Teufel! hatte er gedacht, Domenic ist tot, und ich lebe, was soll's.

Als Hannah seine Miene sah, wandte sie sich mit geschürzten Lippen und einem Stirnrunzeln ab und widmete sich ganz ihrer Arbeit. Sie ahnte, was ihrem Mann durch den Kopf ging, denn in den letzten paar Wochen hatten sie – hatte Lyle – im Bett Versuche unternommen, bei denen er nervös und kleinlaut gewesen war und bald wieder aufgehört hatte: Er wolle ihr ja nichts aufzwingen, wolle weder Hannah noch sich selbst in Verlegenheit bringen. Schließlich hätten sie ja schon seit fast achtzehn Jahren nicht mehr miteinander geschlafen. »Habe ich dir weh getan, Liebes?« fragte Lyle beim letzten Versuch, und Hannah sagte leise: »Nein.« Und nach einer Weile sagte sie mit derselben leisen Stimme: »Versuch es doch nochmal, wenn du möchtest.« Aber Lyle lief vor Verlegenheit rot an, er hatte sowieso keine Erektion mehr und sagte: »Nein, ist schon in Ordnung. Mach dir keine Gedanken. Schlafen wir lieber.«

Tagsüber kamen sie natürlich auf solche Vorfälle und auf Lyles Verhalten, das Hannah merkwürdig, wenn nicht gar unnatürlich vorkommen mußte, nicht zu sprechen; Lyle selbst geriet jedoch unwillkürlich ins Sinnieren: Wie mysteriös und unergründlich war doch dieses sexuelle Verlangen! Die Philosophen hatten es auf einer abstrakten Ebene zu analysieren versucht, Schopenhauer behauptete, es sei nichts als der Drang des Willens, des verrückten, blinden, gedankenlosen Willens der Spezies, sich selbst zu reproduzieren, aber das konnte wohl nicht alles sein – wieso gäbe es sonst solche Qualen, solche Hoffnung?

»Hannah… ?« sagte Lyle schüchtern.

»Ja? Was ist denn?« Sie zupfte gerade die Ecken der letzten Bettdecke zurecht, auf ihrer Oberlippe sah er den schwachen Schimmer von Schweißtröpfchen.

»Ich möchte mit dir schlafen«, sagte Lyle. »Geht das? Jetzt? Hier unten? Ich verspreche dir, daß ich nicht…« Seine Stimme wurde immer schwächer, er hatte den Faden verloren. Er sah ihren vorsichtigen, ausdruckslosen, unbestimmten Blick, aber er ließ sich nicht so leicht von seinem Vorhaben abbringen. Schließlich war er ihr Mann – sie hatte keine Veranlassung, ihn abzuweisen. Als wäre es eine ganz spontane Regung, ging er zu ihr hin und umarmte sie, versuchte sie zu küssen, beugte sich dann hinunter und drückte seinen Mund auf ihren Nacken. Es war kaum zu glauben, was für ein Verlangen er auf einmal hatte, selbst als Hannah einen schwachen Versuch machte, ihn wegzudrücken, als sie ihn schalt, er sei so grob, er ziehe ernste Dinge ins Lächerliche, und als er dann protestierte und mit rauher, bebender Stimme sagte, er spaße nicht, er liebe sie, ob sie ihn denn nicht liebe? Sie waren so durcheinander und so unbeholfen wie ein junges Liebespaar vor dem ersten Kuß. Liebte sie ihn denn nicht? Wie käme sie dazu, ihn abzuweisen? Lyle Stevick war immerhin ein ganz normaler Mann, er war immer noch in den besten Jahren und gesundheitlich ziemlich auf der Höhe, er hatte Regungen, Bedürfnisse und Gelüste, die ganz normal waren, und Liebe empfand er obendrein, ganz zweifellos, war er ihr denn nicht in all den Jahren ein treuer Ehemann gewesen, in gesunden und in kranken Tagen? Er räusperte sich, vergrub sein Gesicht an ihrem warmen, feuchten Hals und sagte immer wieder in einem ungewollt aggressiven Ton: »Ich liebe dich, Hannah – *ich liebe dich.*« Da konnte sie keine Einwände mehr erheben.

Das Geheimnis, jenes schreckliche Engegefühl in der Brust, die Atemnot, auf die dann ein heftiger, quälender Hustenanfall folgte, hatte jetzt einen Namen: Emphysem. Es handelte sich nicht, wie er befürchtet hatte, um TB oder Krebs, sondern um ein Emphysem. Einer von den Rosskys, ein Großonkel, war daran vor Jahren gestorben; der arme Kerl hatte gut fünfzig Jahre lang in verschiedenen Gießereien gearbeitet, und dann war innerhalb einer Woche alles futsch gewesen – Herz, Lunge und Eingeweide. Und was hatte sich denn während seiner eigenen Beschäftigungszeit bei Swale Chemical abgespielt, als er diesen stechenden Chemiegestank einatmen mußte? Ob *die* nicht schuld daran seien, wollte Mr. Stevick von Dr. Ritter wissen, diese übelriechenden Dämpfe? Er solle ihm nur nicht mit der Pfeife kommen, bei der inhaliere man ja gar nicht! Tobend vor Zorn, hatte er nicht mehr gewußt, was er sagte; er hatte eine Heidenangst gehabt, war in kalten Schweiß ausgebrochen, und das schon Wochen bevor die Nachricht vom Tod des armen Domenic gekommen war. Schließlich hatte er Ritter eindringlich gefragt: »Bin ich nicht mehr zu retten?« Und Ritter hatte gesagt: »Warten wir mal ab.« Er war hart und unnachgiebig gewesen, hatte keine Versprechungen machen wollen, dieser verklemmte Dreckskerl, den Lyle Stevick nie hatte leiden können. Warum zum Teufel waren denn die Stevicks zwanzig Jahre lang zu ihm hingegangen? Das sollte ihm erst mal einer erklären.

Dies bedeute, daß seine Lunge in einem gewissen Umfang nicht unbedingt *kaputt*, aber doch *funktionsuntüchtig* sei. Röntgenaufnahmen zeigten eine Überblähung und einen Schwund des Lungengewebes; dort gebe es auch einen vermehrten Luftgehalt und demzufolge Schwellungen und Vergrößerungen. Warum er denn nicht schon vor Jahren zur Röntgenuntersuchung gekommen sei? Wieso er denn diese schrecklichen Hustenanfälle nicht erwähnt habe? Warum er denn weiter geraucht habe, obwohl er doch gemerkt haben müsse, daß etwas nicht stimmte? Nun, mit dem Rauchen hatte er jetzt aufgehört. Endgültig. Am Anfang vermißte er seine Pfeife und den Geschmack des Tabaks so sehr, daß er nicht länger als fünf Minuten stillsitzen und nicht einmal zwei oder drei Stunden durchgehend schlafen konnte. Er war barfuß und mit zerzaustem Haar nach unten gegangen und hatte die Zickzacklinien und das bläuliche Flimmern auf dem Fernsehschirm angestarrt; überall war das Programm zu Ende, der Ton war weg, wie am Morgen nach dem letzten Erdentag – am Morgen nach dem Abwurf der großen Zehn-Megatonnen-Wasserstoffbombe, wenn der Feind mit ein oder zwei oder einem Dutzend eigener Bomben zurückgeschossen hatte. Das wär's dann, Herrschaften! Vielleicht hatte er zu lange gelebt und wußte zuviel. In seinen Gehirnzellen herrschte die gleiche Überbelastung wie in seiner Lunge: In der vergangenen Woche die Übertragung des Wasserstoffbombentests auf den Marshall-Inseln, diese Woche wurde im Fernsehen über »Atomcocktails« à la Bikini gewitzelt, und ein Bikini-Badeanzug für Frauen sei auch im Kommen, nämlich ein skandalöses Kleidungsstück, das etwa so groß war wie zwei Männertaschentücher. Ein paar Tage zuvor hatte er im Fernsehen die Verheerungen betrachtet, die einige Tornados in Illinois, Ohio und Westpennsylvanien angerichtet hatten; eine sechsköpfige Familie war dabei umgekommen, es gab Luftaufnahmen von zerstörten Wohnhäusern und Scheunen, von umgestürzten Autos, und eine ältere Frau weinte. Was interessierten ihn eigentlich die Schrecken der Welt? dachte Lyle Stevick.

Wenn er sowieso machtlos war, etwas daran zu ändern.

Was hatte Domenic einst gesagt? Um das Schweigen Gottes war es dabei gegangen. (Das gehörte zu den wenigen Bemerkungen von ihm, an die Lyle sich jetzt noch zu erinnern vermochte, nach so vielen Jahren.) Lyle hatte ihn aus der Reserve locken wollen und hatte gesagt, die Leute beteten die ganze Zeit zu Gott, doch von Gott komme einfach keine Antwort, das Gespräch sei völlig einseitig. Domenic hatte barsch gesagt, das sei das Wunderbare an Gott, daß Er keine Antwort gebe. Im Schweigen zeige sich Seine Weisheit. War es das Wunderbare an Gott, daß Er nicht antwortete? Was war denn daran logisch?

Jetzt, nach Domenics Tod, erschien das Lyle Stevick in einem etwas anderen Licht, aber er wußte nicht, warum. Wie wenn sich draußen eine unsichtbare Wolke vor die Sonne schob, die Beschaffenheit des Lichts sich änderte und die Luft plötzlich kühler wurde. Doch die Brüder hatten einander nicht besonders nahe gestanden. In der Jugendzeit waren sie gemeinsam unglücklich gewesen, doch als Erwachsene hatte sie selten ein ernstes Gespräch miteinander geführt, nicht einmal, als Enid in Lebensgefahr geschwebt hatte und als Warren in Korea zusammengeschossen worden war. Lyle vermutete, daß das in der Hauptsache seine eigene Schuld gewesen war – er hatte für die Kirche wenig übrig gehabt, deren zölibatäre Priester den Gläubigen Vorschriften machten, sogar, was sie mit ihrem Schwanz zu tun und zu lassen hatten, unter welchen Umständen sie ihn gebrauchen durften; die Geburtenkontrolle war streng verboten, so wie Fleisch am Freitag – Todsünden waren das, keine läßlichen Sünden, wenn man starb, fuhr man direkt zur Hölle. (Hannah bekam vor Wut ganz fahle Lippen, wenn sie in den Zeitungen von Frauen las, die einen Verein mit dem Namen Planned Parenthood aufbauen wollten; sie selbst hatte es ertragen müssen, warum also nicht alle anderen auch?) Domenic war bei seinem Tod erst neunundfünfzig Jahre alt gewesen. Im Hause eines seiner Gemeindemitglieder ein großes Sonntagsessen – mit gebackenem Schinken, Röstkartoffeln, Maisbrot, Apfelbrei und gefüllten Pasteten –, dann der Herzanfall, er war hilflos in seinem Stuhl zusammengebrochen und nach wenigen Minuten gestorben. *Requiescat in pace.*

In den Tagen nach dem Begräbnis ging Lyle jeden Abend einen trinken; er machte die Runde durch die Kneipen der Gegend und fing mit jedem, der dazu bereit war, ein Gespräch an; er redete mit alten Freunden, mit Fremden und mit Barmännern über die Tragödie, einen Bruder zu verlieren, der eigentlich gar keiner gewesen war; das sei, als verliere man einen Vater, den man nie richtig gekannt hatte. Und das Schlimmste daran war, daß die Toten den Unternehmungsgeist der Lebenden zu verspotten schienen und ihn in all seiner Trivialität und Vulgarität bloß stellten, wie Gulliver es tat, wenn er sich auf seinen Reisen völlig vom Los der Menschen entfernte.

Er hatte sich überlegt: Vielleicht gelangte man, wenn man an den Himmel glaubte, nach dem Tod automatisch dorthin, vielleicht war der arme Domenic auf irgendeine Weise tatsächlich dort; glaubten nicht die Buddhisten oder die Hindus etwas Derartiges? Wie sich doch das Denken selbst hinters Licht führte! Seine eigenen Gedanken galten jetzt fast immer dem Bunker, auf den er ungeheuer stolz war, und seltsamerweise hatte sich seit dessen Fertigstellung sein alter Alptraum von dem weißgekachelten Raum in Nichts aufgelöst – jene ach so schreckliche Vision war weg.

Requiescat in pace.

Was Felix anbetraf: Er hatte dem Mistkerl einen Brief geschrieben und bezeichnenderweise keine Antwort erhalten; er hatte einen ganzen Vormittag damit verbracht, einen makellosen Brief zu verfassen, in dem er an das Verantwortungs- und Pflichtbewußtsein seines Bruders – oder Halbbruders – appellierte, an die Blutsbande zwischen ihnen und dergleichen, aber der selbstsüchtige Bastard hatte natürlich nicht geantwortet.

Geschieht ihm recht! hatte Lyles Kommentar zu dem neuesten Schlamassel gelautet, in das Felix geraten war; es war allerdings das schlimmste von allen gewesen, die er je mitgemacht hatte, man hatte ihn ja halb totgeschlagen. Ein paar Tage danach hatte Lyle einen Zeitungsartikel über Rocky Marciano gelesen, der sich im Alter von zweiunddreißig Jahren vom Boxsport zurückziehen wolle; er sei der erste Schwergewichtschampion, der ungeschlagen abtrete. Lyle hatte den Artikel herausgerissen, um ihn ins Krankenhaus mitzunehmen für Felix. Das Ende einer Ära, hatte Lyle gedacht, als er Marcianos zerschlagenes, lächelndes Gesicht betrachtete. Keine weißen Champions mehr.

Großer Gott – diese junge, hellhäutige Frau mit den purpurnen Lippen, dem schwarzen Tüllschleier, dem Glockenhut mit den schwarzen Federn, dem schwarzen Mantel mit Nerzkragen! Sie gehörte bei Domenics Beerdigung zur Trauergemeinde, trug jedoch ihr Leid mit Fassung; sie wirkte unbeteiligt und schaute ausdruckslos drein, sah verdammt gut aus und war sich dessen sicherlich bewußt. Sie zuckte nicht mit der Wimper, als Lyle sie anstarrte. Oder war sie es gewohnt, daß Männer sie angafften? Genoß sie das? Wie Marilyn Monroe, wenn sie überlebensgroß auf den Plakaten posierte, die saftigen roten Lippen schürzte zu einem Kuß oder zu einer wollüstigen, saugenden Geste? Man mußte sich nur einmal ihre schweren, perfekten Brüste vorstellen, die halb aus dem Kleid heraushingen, das aus straffsitzendem, anschmiegsamem Material gefertigt war; ein grelles, elektrisierendes Rot zeichnete alle Konturen ihres unglaublichen Körpers nach, der so weich und üppig war. Als er während des Krieges als Freiwilliger im St. Josephs-Krankenhaus gearbeitet hatte, war dort eine Krankenschwester gewesen, deren Name ihm entfallen war. Hatte sie nicht Jean-Marie geheißen? So hübsch mit ihrem roten Haar, der blaßen, sommersprossigen Haut und den braunen Augen, Gott, wenn er *die* aus dem Aufzug hatte steigen sehen zusammen mit den Pflegedienst leistenden Nonnen, von denen manche derb und stämmig wie Bullenkälber gewesen waren! Er hatte Unglaubliches über sie gehört, schon ihr Anblick hatte ihn erregt, aber er war nicht der Typ gewesen, um der Sache auf den Grund zu gehen; er war ein verantwortungsbewußter Ehemann und Vater, auch wenn sich Hannah schon damals, vor so vielen Jahren, ängstlich, angewidert und angeekelt von ihm abgewandt hatte: »Nein, bitte nicht! Laß es sein, ich bitte dich!« In manchen Nächten hatte er sich, vor Verletztheit bebend, drunten zum Schlafen auf die Couch gelegt; seine Vorstellungen von Liebe und Sex hatten einen Dämpfer erhalten, schlaff und lächerlich hatte sein Glied zwischen seinen Beinen gehangen, aber Hannah hatte natürlich recht gehabt – sie durfte sich nie mehr dem Risiko einer Schwangerschaft aussetzen.

Sie hatte auf der Seite gelegen, eingehüllt in ihr Flanellnachthemd, die Knie bis zur Brust hochgezogen, selbst ihre bloßen Füße hatte sie zugedeckt; seine junge Frau hatte die Augen zugehabt, ihr tränenüberströmtes Gesicht war verschlossen gewesen: *Bitte nicht.*

Allmählich verlor er seine Erektion; er preßte sich verzweifelt gegen sie und stocherte an ihr herum, an diesen Falten aus weichem, schwammigem Fleisch, die so seltsam kühl waren dort drunten, ihre gespreizten Schamlippen, das schwabbelige Fleisch ihrer Schenkel und Hüften wagte er sich gar nicht vorzustellen. Er flehte den Himmel um Beistand an, irgendwo hörte er ein schwaches Tröpfeln – war da doch ein Leck? Das Etagenbett war zu klein für ihre fülligen, sich abmühenden Leiber, Hannah hatte die Arme, diesen Ballast aus ehelichem Pflichtbewußtsein und Resignation, um ihn gelegt, sie verzog das Gesicht, ihre Augen waren fest geschlossen. Womöglich tat er ihr weh dort drunten, rieb sie wund, sie war so verdammt trocken, als wollte sie ihm absichtlich Schwierigkeiten machen! Er hatte seinen Penis mit Spucke angefeuchtet, doch das half nicht viel. O Gott, da war auf einmal die gerissene Elvira French und umschlang ihn, spielte mit ihren Lippen und ihrer Zunge an ihm herum, dieser berauschende Parfümduft, durch das zarte Gewebe ihres Kleides hindurch rieben sich ihre überraschend vollen Brüste an ihm – nein, lieber nicht, die Frau war übergeschnappt, heimtückisch, in ihr steckte etwas Boshaftes, überdies war Mrs. French nicht mehr die

Jüngste; lieber die Garderobefrau aus dem Restaurant in ihrem provokanten Kostüm, die mit ihm geflirtet und ihn ganz unverblümt und heiter beäugt hatte, als wisse sie genau, wonach ihm der Sinn stand und was für eine schwere, überreife Frucht in seiner Hose steckte, sie war vermutlich ein Callgirl, eines von der Extraklasse. Aber natürlich hatte sich Lyle Stevick nicht einmal getraut, Genaueres herauszufinden, immerhin lauerte da eine Ansteckungsgefahr; Gott im Himmel, nur nicht anfangen, an Krankheiten zu denken! Er versuchte, sich den kraftvollen Körper des Mädchens in Erinnerung zu rufen, wie sie den Kopf auf eine kindliche und doch wissende, laszive Art geneigt hatte, er bemühte sich, nicht an die arme Hannah zu denken, die seine Anstrengungen in untertänigem Schweigen über sich ergehen ließ, mit angespannten Nackenmuskeln, geschürztem Mund, fest geschlossenen Augen und unschön gespreizten dicklichen Beinen, ohne jegliche Würde. Sie hatte eben die Ecken der Bettdecke umgeschlagen, als ihr lüsterner Ehemann kam und sie wieder herausriß, als er sie mit einem nervösen Lachen küßte, sich an sie kuschelte und sagte: »Geht das? Jetzt? Hier unten? Warum auch nicht?« Das war nicht besonders klug gewesen, aber gleichzeitig hatte er das Gefühl gehabt, sie könnte ebenfalls erregt sein, sie könnte froh und dankbar sein, wie hart und steif und gierig er war. Ja, er wußte Bescheid, er war kein kleiner Junge mehr, aber er hoffte, sie könnte plötzlich schwach werden und zustimmend lächeln, schließlich war es schon so lange nicht mehr passiert! So viele Jahre! Jetzt aber gab es einen wilden, verzweifelten Ansturm von Virilität, bei dem sein Herz in der Brust hämmerte und seine Lunge keuchte; sein Gesäß lag bloß, und sein steif gewordener Penis schwankte wie die Flamme einer Kerze bei einem Luftzug. »O Hannah, ich liebe dich. Hannah, kannst du mir behilflich sein?« Ihre steifen Finger lagen kalt auf seinem Hals, ihr Gesicht war verschlossen wie eine Faust, doch sie gab sich Mühe, setzte ihm keinen Widerstand entgegen; sie ließ es stillschweigend zu, daß er ihre Beine ausbreitete und ihre Hinterbacken in die dünne Matratze rammte. Er hatte zwar anfangs einige Schwierigkeiten – hatte er nach so vielen Jahren vergessen, wie es ging? –, doch dann drang er grunzend und schwitzend in sie ein, spürte in seinen Lenden plötzlich einen exotischen und doch vertrauten Sinnesreiz: Das war es also, ja, das war es, er hatte es wieder in Besitz genommen. Er bemühte sich, nicht an den Anblick zu denken, den sie bieten würden, wenn beispielsweise eines von ihren Kindern in ungläubigem Entsetzen durch die Luke schauen würde; er bemühte sich, nicht an das Nachher zu denken – daß sie sich wieder anziehen und ins Haus zurückkehren mußten, wo Hannah mit der üblichen Schweigsamkeit und Verdrossenheit das Abendbrot zubereiten und er sie beim Essen anschauen würde, verlegen und hoffnungsvoll, beschämt und dankbar; nur sie beide würden an diesem Abend in der Küche sitzen, ganz allein, allein am Eßtisch, weil ihre Kinder allesamt davongelaufen waren, selbst die süße Enid Maria, die ihm teurer gewesen war als sein eigenes Leben, doch die Liebe war ja letzten Endes nicht das Entscheidende! Herrgott noch mal, er mußte unbedingt an etwas anderes denken, sein Penis wurde schlaff, sein Herz klopfte, das Bett quietschte, die arme Hannah stöhnte unter seinem Gewicht, bestimmt tat er ihr weh, auch wenn sie keinen Ton sagte, nicht den leisesten Protest äußerte. Er spürte, wie schlagartig ein Verlangen in ihm aufstieg, als er wieder jene gutaussehende Frau vor Augen hatte, die aus dem Krankenzimmer von Felix gekommen war; sie hatte etwas Weiches und Liebreizendes an sich gehabt, ihr honigfarbenes Haar mit dem Pagenschnitt hatte das eine Auge bedeckt; sie trug hochhackige Schuhe, und die Nylons, die sich straff um ihre Waden spannten, glänzten matt. Sie hatte ein saloppes Kostüm an, das auch gut aussah und vermutlich teuer war, die mauvefarbene Jacke aus einem feinen Jerseystoff stand offen, darunter trug sie eine Bluse, die am Hals gerafft war, sie wirkte elegant und ebenfalls kostspielig. Er sah an ihrer Hand einen Diamanten glitzern, roch den Duft ihres Parfüms, und statt sie anzusprechen und sich als Felix' Bruder vorzustellen, starrte er ihr heimlich nach; er hätte ihr auch in den Aufzug folgen und sie in ein Gespräch verwickeln können, doch er hatte sie natürlich ziehen lassen. Dennoch hatte er ihr Bild noch tagelang vor Augen gehabt, er hatte es sich im Möbelgeschäft, wenn nicht viel los war, in Erinnerung gerufen, um sich daran zu ergötzen; wenn er sein Auto durch den Verkehr steuerte oder im Bett lag und Hannah neben ihm leise atmete, erinnerte er sich an jenes reizvolle, sorgfältig zurechtgemachte Gesicht, an ihren verschleierten Blick, der ihn überhaupt nicht wahrgenommen hatte, an ihre verhaltene, unergründliche Miene. War sie Felix' Geliebte oder nur die Frau eines Freundes, wie er behauptet hatte? Felix hatte nicht einmal mit ihrem Namen herausgerückt, obwohl Lyle zu erkennen gegeben hatte, daß er sich dafür interessierte. Felix hatte ruhig und teilnahmslos in dem Krankenbett gelegen, vermutlich hatte man ihn mit Medikamenten vollgepumpt, so daß ihm alles egal war; die obere Gesichtspartie war verschwollen und verfärbt, die untere in weiße Bandagen gehüllt, in eines der Nasenlöcher war ein Schlauch eingeführt. Der arme Felix hatte ganz schön was abbekommen, aber er wollte nicht darüber reden, weder mit der Polizei noch mit Lyle Stevick, mit niemandem, er zuckte einfach mit den Achseln und sagte: »Pech gehabt.«

Herrgott noch mal, er verlor das Tempo und den Rhythmus, kam nicht mehr auf Touren, sein Penis wurde schlaff, Schweiß lief an ihm hinunter und seine Schenkel schmerzten unter der ungewohnten Anspannung; er kam sich vor wie Lemuel Gulliver, auf einem enormen Busen kauernd, schon die Brustwarze war gewaltig, war monströs, überall teigige Fleischmassen, in denen man spurlos verschwinden und ersticken konnte. Aber Gott sei Dank erschien auf einmal die süße achtzehnjährige Hannah Weir aus Olcottsport, die so schüchtern war und so stockend redete, die ihn mit verliebten Augen anschaute und dabei ein wenig lächelte, ungekünstelt und unkritisch, ihr braunes Haar war säuberlich geflochten und an den Ohren aufgerollt, und die dann plötzlich lächelte. Sie hatte Pausbacken mit Grübchen, und er konnte sie zu einem Lachen bringen, das sie selbst überraschte, und in Kilbirnie Park überwand er eines Abends ihre Gegenwehr mit Küssen, mit langsamen, stetigen, hypnotisierenden Liebkosungen und sagte ihr, er liebe sie, natürlich liebe er sie. Sein Mund war trocken vor Erregung, sein Herz hämmerte, und dann geschah das Unglaubliche, auf einmal war er fast von Sinnen und rieb seinen Penis an ihr, an ihrer weißen Baumwollunterwäsche, an dem feuchten, engen Schritt ihres Höschens – großer Gott, er verlor die Beherrschung, er konnte nicht aufhören, er war genauso naiv und jungfräulich wie sie, er zitterte und quetschte sich verzweifelt gegen sie, vergrub das Gesicht an ihr, als wäre er am Ertrinken; er wußte kaum, was passierte, und Hannah Weir schien es ebensowenig zu begreifen, sie war benommen und entsetzt, schlang die Arme um seinen Hals, und nach einer Weile schluchzte sie und flüsterte Worte, die er nicht richtig hörte, und er sagte, er liebe sie wirklich. So begann es, und er machte es dann immer wieder – wenn man einmal damit anfing, konnte man nicht mehr aufhören.

Und jetzt war es zu Ende. Es war vorüber. An der Wand eingezwängt, lag Lyle Stevick keuchend vor Erschöpfung neben seiner Frau. Der Bettpfosten drückte gegen seinen Kopf, aber das war ihm ganz egal; sein Herz hämmerte immer noch, doch jetzt im Triumph; die Überraschung, das Wohlgefühl und die Dankbarkeit ließen sein Blut rascher durch die Adern strömen. »Ich danke dir, Hannah«, sagte er, und dann: »Ich liebe dich, Hannah.« Nach einer Weile kam die leise, fast nicht vernehmbare Erwiderung: »Ich liebe dich auch.«